岩 波 文 庫

30-143-4

太　平　記

(四)

兵藤裕己校注

岩 波 書 店

凡例

一、本書の底本には、京都の龍安寺所蔵(京都国立博物館寄託)の西源院本『太平記』を使用した。西源院本は、応永年間(十五世紀初め)の書写、大永・天文年間(十六世紀前半)の転写とされる『太平記』の古写本である(本書・第四分冊「解説」参照)。

一、西源院本は、昭和四年(一九二九)の火災で焼損しているが(第三十八―四十巻は焼失)、東京大学史料編纂所に、大正八年(一九一九)制作の影写本がある。本文の作成にさいして、龍安寺所蔵本、東京大学史料編纂所蔵影写本を用い、影写本の翻刻である鷲尾順敬校訂『西源院本太平記』(刀江書院、一九三六年)、影写本の影印である黒田彰・岡田美穂編『軍記物語研究叢書』第一―三巻(クレス出版、二〇〇五年)を参照した。

一、本文は読みやすさを考え、つぎのような操作を行なった。

1　章段名は、底本によったが、本文中の章段名と目録のそれとが異なるときは、本文中の章段名を採用した(一部例外はある)。また、「并」「付」「同」によって複数の内容をあわせ持つ章段は、支障がないかぎり複数の章段にわけた(たとえば、第六巻の「楠出天王寺事并六波羅勢被討事同宇都宮寄天王寺事」は、「楠天王寺に出づる事」「六波羅勢討たるる事」「宇都宮天王寺に寄する事」の三章段にわけた)。なお、各章段には、アラビア数字で章段番号を付けた。

2 本文には、段落を立て、句読点を補い、会話の部分は適宜「　」を付した。

3 底本は、漢字・片仮名交じりで書かれているが、漢字・平仮名交じりに改めた。

4 仮名づかいは、歴史的仮名づかいで統一し、助動詞の「ん」「む」の混在は、用例の多い「ん」に統一した。底本にある「ゝ」「ゞ」「〱」等の繰り返し記号(踊り字)は用いず、仮名を繰り返して表記した。なお、仮名の誤写は適宜改めた(アとナ、カとヤ、スとヌ、ソとヲ、など)。

5 漢字の旧字体・俗字体は、原則として新字体・正字体または通行の字体に改めた。また、誤字や当て字は、適宜改めた(接家→摂家、震襟→宸襟、など)。なお、用字の混用は、一般的な用字で統一したものがある(芳野→吉野、宇津宮→宇都宮、打死→討死、城責め→城攻め、など)。

6　漢字の送り仮名は、今日一般的な送り仮名の付け方に従った。振り仮名は、現代仮名づかいによって、校注者が施した。

7　漢文表記の箇所は、漢字仮名交じり文に読みくだした。返り点などの読みは、可能なかぎり底本の読みを尊重したが、誤読と思われる箇所は、他本を参照して改めた。

8　底本に頻出する漢字で、仮名に改めたものがある(有→あり、此→この、然り→しかり、為→ため、我→われ、など)。また、仮名に漢字をあてたものもある。

9　底本の脱字・脱文と思われる箇所は、他本を参照して、(　)を付して補った。使用した本は、神田本、玄玖本、神宮徴古館本、簗田本、天正本、梵舜本、流布本などである。

一、校注にさいしては、岡見正雄、釜田喜三郎、後藤丹治、鈴木登美恵、高橋貞一、長谷川端、増田欣、山下宏明の諸氏をはじめとする先学の研究を参照させていただいた。また、藤本正行(武具研究)、川合康三(中国古典学)両氏からご教示をえた。ここに記して感謝申し上げる。

目次

第二十四巻

第二十五巻

第二十六巻

第二十七巻

第二十八巻

第二十九巻

付　録

地図

全巻目次

第一巻

第二巻

第三巻

第四巻

第五巻

第六巻

第十五巻

（以上、第二分冊）

第十六巻

第十七巻

第十八巻

第十九巻

第二十巻

第二十五巻

第二十六巻

第二十七巻

第二十八巻

第三十一巻

第三十二巻

第三十三巻

第三十四巻

第三十八巻

第三十九巻

第四十巻

（以上、第六分冊）

太平記 第二十二巻（欠）

第二十二巻

第二十二巻は、古本系のすべての諸本で欠巻である。第二十一巻には、宮方の脇屋義助《わきやよしすけ》が越前の黒丸城《くろまるのじょう》を攻め落とし、斯波高経《しばたかつね》を加賀に退却させたこと、それを受けて、京都の足利方が、高師治《こうのもろはる》、土岐頼遠《ときよりとお》、佐々木氏頼《ささきうじより》、塩冶高貞《えんやたかさだ》らを北国《ほっこく》へ向かわせたことが記される。おそらく第二十二巻では、足利方と脇屋義助との越前での戦闘が記されていたのだろう。第二十三巻冒頭に、「去年(暦応三年)の九月、杣山城《そまやまのじょう》の落ちし後は、越前、加賀、能登、越中、若狭五ヶ国の間に、宮方の城一所もなかりけるに……」とあり、また、同巻・4に、「去んぬる九月十八日、美濃国根尾城《ねおのじょう》破れし時……」とあるから、第二十二巻には、越前の杣山城を落とされた脇屋義助が美濃へ移り、九月の根尾城での戦いでも敗れたことが記されていたと思われる。ほかに、のちの伝承だが、『太平記《たいへいき》評判《ひょうばん》秘伝《ひでん》理尽鈔《りじんしょう》』巻一「名義并びに来由」には、「時に高徳入道義清《こうとくにゅうどうぎせい》、越前の合戦、義助の敗北、并びに尊《たか》氏《うじ》・直義《ただよし》が一代の悪逆を記す。二十二の巻なり。然るを、後に武州入道《ぶしゅうにゅうどう》(管領細川頼之《ほそかわよりゆき》)、無念の事に思ひて、一天下の内を尋ね求めて、これを焼失す」とある。後醍醐帝《ごだいごてい》の死や、その後の南朝方の敗退をうけて、第二十二巻には、足利兄弟の奢りや「悪逆」も記されていたのだろうか。そのような第二十二巻が欠巻であるのは、たしかに足利政権の政治的な圧力を想像させる。なお、流布本などの第二十二巻を有する本は、第二十三巻以降の記事を順次繰り上げるなどして、第二十二巻の欠を形式的に補塡している。

太平記　第二十三巻

第二十三巻 梗概

越前の南朝方の拠点杣山城《そまやまのじょう》が落城した翌年の暦応《りゃくおう》四年(一三四一)、鷹巣城《たかのすのじょう》に拠る畑時能《はたときよし》は、不思議な犬を使うなどして奮戦したが、流れ矢に当たって落命した。また、美濃で敗退した脇屋《わきや》義助《よしすけ》は、尾張に逃れ、さらに吉野に帰参したが、後村上帝《ごむらかみてい》は義助の武功を賞した。敗軍の将に恩賞を与えることを批判する洞院実世《とういんさねよ》にたいして、四条隆資《しじょうたかすけ》は、孫子《そんし》や太公望《たいこうぼう》の故事を引いて義助を弁護した。暦応五年二月、足利直義《あしかがただよし》は病に倒れたが、光厳《こうごん》上皇《じょうこう》が石清水《いわしみず》八幡宮《はちまんぐう》に願書を納めたかいがあってか、病は事なきをえた。その年の八月、故伏見《ふしみ》院《いん》の三十三年の遠忌《おんき》の仏事を終えて帰る光明帝《こうみょうてい》、光厳上皇の行列に、物見遊山の帰りの土岐《とき》頼遠《よりとお》、二《に》階堂行春《かいどうゆきはる》らが行き合い、二階堂は直ちに下馬して畏まったが、土岐は、下馬を命じる公家たちをあざ笑い、かえって「院」を「犬」に見立てて矢を射るなどの狼藉に及んだ。足利方の勝利に大功のあった土岐頼遠だが、足利直義はこの狼藉に激怒し、夢《む》窓疎《そうそ》石《せき》のとりなしにもかかわらず土岐は六条河原で斬られた。その頃、吉野の朝廷では、伊予の国からの要請で、脇屋義助を大将として下すことになった。義助が四国へ下る道中を守ったのは、備前の佐々木《ささき》信胤《のぶたね》だった。足利方に与していた佐々木は、幕府で権勢を誇った高師直《こうのもろなお》の従兄弟にあたる高師秋《こうのもろあき》の女を奪ったことで、足利方から離反し、南朝方についたのだった。

畑六郎左《はたろくろうざ》衛《え》門《もん》時能《ときよし》の事 1

[1]去年の九月、杣山城《そまやまのじょう》の落ち後《のち》は、越前《えちぜん》、加賀《かが》、能登《のと》、越中《えっちゅう》、若狭《わかさ》五ヶ国の間に、宮方《みやがた》の城一所《いっしょ》もなかりけるに、[2]畑六郎左衛門時能、わづかに二十七人にて籠《こ》もりたる[3]鷹巣城《たかのすのじょう》一所ぞ、なほ残りたりける。[4]一井兵部少輔氏政《いちのいひょうぶのしょうゆううじまさ》は、去年、杣山城より[5]平《へい》泉寺《せんじ》へ超《こ》えて、[6]衆徒《しゅと》を語らひ、旗を挙げんと議せられけるが、国中の宮方弱りて、[7]与力《よりき》する衆徒もなければ、白昼に国中を打ち通り、十三騎の勢《せい》にて、これも鷹巣城へぞ籠もられける。

時能が勇力《ゆうりき》、氏政が[8]気分《きぶん》、小勢《こぜい》なりとて閣《さしお》きなば、[9]いかさまの大事か出で来たりなんとて、[10]足利尾張守高経《あしかがおわりのかみたかつね》、[11]高上野介《こうのこうずけのすけ》、[12]北陸道《ほくろくどう》七ヶ国の勢七千余騎を率《そっ》し、鷹巣城の近辺を千重百《せんじゅうひゃく》重《じゅう》に取り巻いて、三十余ヶ所の[13]向かひ城を取つて、遠攻《とおぜ》めにこ

1

1　暦応三年（一三四〇）。第二十二巻が欠巻であるため、杣山城（福井県南条郡南越前町阿久和）の落城の記事はない。なお、流布本は、二十三巻以降の記事を繰り上げて、二十二巻を形式的に補塡するが、やはり杣山落城の記事を欠く。
2　脇屋義助の家来で、大力剛勇の武将。前出、第二十一巻・7。
3　福井市高須町の高須山にあった。
4　新田一族だが、不詳。
5　勝山市平泉寺町にあった天台宗の大寺。
6　多くの僧。僧徒。
7　味方する。
8　気性。
9　どのような危うい事。
10　斯波高経。尾張足利家。

そしたりけれ。

かの畑六郎左衛門時能《はたろくろうざえもんときよし》と申すは、元は武蔵国《むさしのくに》の住人にてありしが、年十六の比《ころ》より相撲《すもう》を取りけるに、[14]坂東《ばんどう》八ヶ国の間に、勝つ者かつてなかりけり。腕の力筋《すじ》太くして、股《もも》の[15]村肉《むらじし》厚ければ、[16]薩摩氏長《さつまのうじなが》もかくやと覚えて[17]おびたたし。

その後《のち》、信濃国《しなののくに》に移住して、生涯《しょうがい》[18]三《み》つ物替《ものが》への狩りをのみ事として、年久しくありしかば、馬に乗つて悪所巌石《あくしょがんせき》を落とす事、[19]神変《じんぺん》を得たるが如し。ただ[20]造父《ぞうほ》が御《くつわずら》を取つて千里に疲れざりしも、これには過ぎじと覚えたり。水練《すいれん》は、[21]馮夷《ひょうい》が道を得たれば、[22]驪龍《りりょう》が頷下《がんか》の玉をも、自《おの》づから奪ひつべし。弓は、[23]養《よう》由基《ゆうき》が跡を追ひしかば、弦《つる》を鳴らして、遥《はる》かに[24]樹頭《じゅとう》の棲猿《せいえん》を落としつべし。謀《はかりごと》巧みにして人を[25]狎付《なつ》け、気健《すく》やかにして心たゆまざりしかば、戦場に臨《のぞ》むごとに、敵を[26]靡《なび》けて堅きに当たる事、[27]樊噲《はんかい》、周勃《しゅうぼつ》が得ざる所を得たり。

越前守護。
11 師治(師春)。師氏の子。
12 若狭・越前・加賀・能登・越中・越後・佐渡の七か国。
13 敵城を攻めるときに相対して築く城。
14 相模・武蔵・安房・上総・下総・常陸・上野・下野の八か国。
15 盛り上がった筋肉。
16 九世紀に実在した力士。「日本三代実録」のほか、「今昔物語集」等にみえる。
17 ものすごい。
18 三つ物は、騎射の三種。流鏑馬(やぶさめ)・笠懸(かさがけ)・犬追物(いぬおうもの)。それに替わる狩りの意か。
19 神業のような身のこなし。
20 中国、周の穆王(ぼくおう)の時の馬術の名人。千里の馬を御した。くつわずらは、

物は類を以て集まる習ひなれば、かれが甥《おい》に、所大夫快舜《ところのたいふかいしゅん》とて、少しも劣らぬ悪僧《あくそう》[28]あり。また、中間《ちゅうげん》[29]に召し仕ひける悪八郎《あくはちろう》[30]とて、欠唇《いぐち》なる大力《だいぢから》あり。この外《ほか》に、犬獅子《けんじし》と名を付いたる不思議の犬一疋あり。この三人の者ども、闇にだになりければ、或いは大鎧《おおよろい》[31]に七つ物[32]持つ時もあり、或いは帽子冑《ぼうしかぶと》[33]に鏁《くさり》[34]を着て、足軽《あしがる》[35]に出で立つ時もあり。

先《ま》づ件《くだん》の犬獅子を先立《さきだ》てて、城の用心の様《よう》を窺《うかが》ふに、敵の用心密《きび》しくして、たやすく隙《ひま》を伺《うかが》ひ難《がた》き城にては、この犬、一吠《ひとほ》え二吠《ふたほ》え吠えて走り出づ。敵の寝入つて夜廻《よまわ》りもせず、用心緩《ゆる》なる城へは、つと走り入つて役所《やくしょ》[36]を嗅《か》ぎ廻《まわ》つて走り帰り、尾を揮《ふ》つて城へ入れける間、三人ともにこの犬を案内者《あんないしゃ》にて、塀を上《のぼ》り越《こ》え、城の中へ打ち入つて、叫《おめ》き喚《さけ》び、縦横無碍《じゅうおうむげ》[37]に切つて廻りける間、数千の敵軍、愕《おどろ》き騒《さわ》いで、城を落とされぬはなかりける。「それ[38]犬は守禦《しゅぎょ》を以て人に養はる」と云へり。誠《まこと》に

手綱(たづな)。
21 川の神(荘子・大宗師)。
22 黒い龍のあごの下にあるという貴重な玉(荘子・列禦寇)。
23 春秋時代の弓の名人。
24 梢にいる美しい猿。底本「婕狼」を改める。楚王の飼う白猿が、養由が矢をつがえただけで柱につかまり泣き叫んだという故事(蒙求・養由号猨)。
25 手なずけ。
26 従わせて。
27 漢の高祖(劉邦)に仕えた剛勇の臣と廉直の臣。
28 勇猛な僧。
29 侍と小者の中間の者。
30 本巻・3で為頼とある。
31 騎馬武者用の正式の鎧(略式の腹巻・胴丸に対する)。
32 七つ道具。一般に、具足・刀・太刀・弓・矢・母

心なき禽獣《きんじゅう》も、恩を報じ、徳を酬《むく》ゆる心ありけるにや。

戎王《じゅうおう》の事 2

昔[1]、周《しゅう》の世まさに衰へんとせし時、戎国《じゅうこく》[2]乱れて、王化《おうか》[3]に随はず。兵を遣《つか》はして、これを攻めらると云へども、官軍の戦ひ、利なくして、討たるる者三十万人、地の奪はるる事七千余里、国危ふく、士羞《はずかし》められて、諸侯《しょこう》皆かれに降《くだ》らん事を請ふ。ここに、周王これを愁《うれ》へて、玉扆《ぎょくい》[4]を安くし給はず。時節《おりふし》、御前《おんまえ》に犬の候ひけるに、魚肉《ぎょにく》を与へられて、「汝《なんじ》もし心あらば、戎国に下つて、ひそかに戎王を喰《く》ひ殺《ころ》して、世の乱れを鎮《しず》めよ。しからば、汝に[5]三千の宮女《きゅうじょ》を一人下《いちにんくだ》して、夫婦となし、戎国の主《あるじ》たらしむべし」とぞ、戯《たわむ》れて仰せられたりける。この犬、勅命《ちょくめい》を聴いて、立つて三声《みこえ》吠えけるが、則ち万里の路《みち》を過ぎ、戎国

衣(ほろ)・兜の七種。

33 眉庇(まびさし)を付けない簡略な兜。鎖頭巾とも。

34 鎖帷子(くさりかたびら)。

35 軽快に行動すること。

36 兵の詰め所。

37 縦横無尽。

38 そもそも犬は外敵を禦(ふせ)ぐゆえに人に飼われる。出典不明。

2

1 以下は、「後漢書」南蛮西南夷列伝を原拠とする話。古代中国の伝説上の五帝の一人、高辛(こうしん)氏が西戎(せいじゅう)と戦ったとき、敵将の首を取った者に娘をやるというと、槃瓠(ばんこ)という飼犬が取ってきたので娘を与え、その子孫が後に南蛮族になったという。類話は、「捜神記」、「山海経」注など。

に下つて、ひそかに戎王の寝入りたる所へ忍び入つて、その王を喰ひ殺し、その頸《くび》を銜《くわ》へて、周王の御前にぞ参りける。

これ[6]等閑《なおざり》に戯れて[7]勅定《ちょくじょう》ありし事なれども、[8]綸言改《りんげんあらた》め難《がた》しとて、后宮《きさきのみや》を一人《いちにん》、この犬に下されて夫婦たらしめ、戎国をその賞にぞ行はれける。后、この犬に伴ひて、泣く泣く戎国に下つて、年久しく栖《す》み給ひしが、一人の男子《なんし》を産《う》めり。その質《かたち》は、頭《かしら》は犬にて、身は人に違《たが》はねば、子孫相続《あいつ》いで戎国を保てり。これによつて、かの国を[9]犬戎国《けんじゅうこく》とは云ひけるなり。

鷹巣城合戦《たかのすのじょうかっせん》の事　3

されば、三十七ヶ所に城をしわき[1]て、[2]逆木《さかもぎ》を挽《ひ》き、塀を塗りたる向かひ城ども、毎夜に一つ二つ打ち落とされて、[3]物具《もののぐ》を棄て、馬を失ひ、恥辱を掻《か》きぬる事多かりければ、敵の強《つよ》るをば

2　西方の蛮族の国。
3　王の支配。
4　玉座。扆は、玉座の後ろに立てるついたて。
5　三千の後宮の女官。「後宮の佳麗三千人」(白居易・長恨歌)。
6　いいかげんに。
7　王の仰せ。
8　王の言葉。
9　犬戎は、褒姒を寵愛した周の幽王を滅ぼした異民族。

3
1　配置して。
2　棘のある木の枝で作った防御の柵。
3　鎧・兜などの武具。

顧《かえり》みず、御方《みかた》に笑はれん事を恥ぢて、或いは兵粮《ひょうろう》を入れ、或いは忍びやかに酒肴《さけさかな》を送つて、「しかるべくは、われを(な)[4]夜討《ようち》にしそ」と、[5]畑《はた》を語らはぬ者はなかりけり。

寄手《よせて》の中に、加賀国《かがのくに》の住人[6]上木《うえき》平九郎《へいくろう》家光《いえみつ》と云ひける者、城へ数百斛《こく》の兵粮《ひょうろう》を送りける由《よし》聞こえければ、いかなる者かしたりけん、大将[7]尾張守《おわりのかみ》の陣の前に、「[8]畑を打たんと思はば、先《ま》づ上木を斬れ」と[9]秀句《しゅうく》を書いて、[10]高札《たかふだ》をこそ立てたりけれ。

これより、大将も上木に[11]心を置かれ、傍輩《ほうばい》もこれに[12]隔心《きゃくしん》ある体《てい》に見えける間、上木平九郎、口惜《くちお》しき事に思ひて、二月二十七日[13]早旦《そうたん》に、すでに一族の手勢《てぜい》二百余人、俄《にわ》かに物具《もののぐ》ひしひしとし堅め、[14]大竹を拉《ひし》ぎて楯の面《おもて》に当て、[15]負《かず》き連《つ》れて鷹巣城《たかのすのじょう》へぞ寄せ懸けたる。自余《じよ》の寄手、これを見て、「城の[16]案内者《あんないしゃ》たる上木が俄《にわ》かに寄するは、[17]いかさま落とすべき様《よう》ぞあるらん。上木一人《いちにん》が高名《こうみょう》になすな。寄せよや、者ども」とて、三十七ヶ所

4 夜討ちするな。
5 (敵は皆)畑時能を説得して味方にしようとした。
6 石川県加賀市大聖寺上木町に住んだ武士。もとは新田方だったが、足利方についた。第二十一巻・7。
7 斯波高経。
8 畑を打つ(耕す)なら、まず植えてある木(上木)を切れ、の意を掛ける。
9 洒落。気のきいた言い回し。
10 禁制などを書いて、人の集まる所に立てた札。
11 うちとけず警戒して。
12 うちとけないこと。
13 早朝。
14 真竹(まだけ)を押し削り、それを楯の面に貼って。
15 いっせいに楯をかざし連ねて。 16 城内に詳しい者。
17 必ずや。
18 一町は、約一〇九メー

に楯籠《たてご》もりたる向かひ城の兵七千余人、取る物も取りあへず、岩根を伝ひ、木の根に取り付いて、さしも嶮《けわ》しき鷹巣の山坂《やまざか》十[18]八町を一息《ひといき》に上がりて、[19]切岸《きりぎし》の下半町《はんちょう》ばかりを攻《つ》めたりける。

かかりけれども、城の内には、「ただ置[20]いて、事《こと》の様《よう》を見よ」とて、鳴りを静めて音もせず。[21]鹿垣《ししがき》の辺近く昇りたりける時、畑六郎左衛門《はたろくろうざえもん》、[22]所大夫《ところのたいふ》、[23]妹尾新左衛門《せのおしんざえもん》、[24]若児玉五郎左衛門《わかこだまごろうざえもん》、[25]鶴沢蔵人《つるさわのくろうど》五人の者ども、思ひ思ひの鎧に、太刀、長刀《なぎなた》の鋒《きっさき》をそろへ、声々に名乗つて、喚《おめ》き叫《さけ》んでぞ出でたりける。

城に人なしと油断して、そぞろに進み近づいたる前懸《さきが》けの寄手百余人、これに驚いて[26]散《あら》けて、互ひに助けを得んと、一所《いっしょ》へひしひしと寄せたる処《ところ》を見て、[27]悪八郎《あくはちろう》、八、九寸ばかりなる大《たい》木《ぼく》を脇に挟み、五、六十人しても押しはたらかし難《がた》き[28]大磐石《だいばんじゃく》のありけるを、ゑいと駮《は》ね起《お》こして、[29]石弓《いしゆみ》にぞ弛《はず》したる。それに大木四、五本折れ倒れて、山を落ちて下《くだ》る声、ただ百千《ひゃくせん》の雷《いかずち》

トル。
19 切り立ったけわしい崖。
20 したいようにさせておいて。
21 鹿や猪など獣よけの垣を戦場に用いたもの。
22 前出、本巻・1。
23 玄玖本・流布本「長尾」。神田本、底本に同じ。
24 武蔵国埼玉郡若小珠（埼玉県行田市）の武士。
25 福井県越前市に住んだ武士。
26 ばらばらになって。
27 前出、本巻・1。
28 大岩。
29 石弓のように大岩を放った。石弓は、城壁や崖に石をくりつけ、綱を切って石をはじき落として、敵を圧殺する仕掛け。
30 仏教で、聖天子の転輪聖王（てんりんじょうおう）が持つ宝器。これが自転して王を先導し、

の地を揺るがすが如し。岩に当たつて砕《くだ》けて落つる石、二、三百に分かれて、甲《かぶと》を打《う》ち砕《くだ》き、楯を打《う》ち蟄《ひし》ぐ。これ[30]輪宝《りんぽう》の山を崩し、[31]磊石《らいせき》の卵《かいご》を押すに異ならず。されば、矢庭《やにわ》に打ち殺さる る者七十余人、血を吐《は》いて後《のち》に死する者、疵《きず》を蒙《こうぶ》つて片輪《かたわ》になりける人は、数を註《しる》すに遑《いとま》あらず。それより後は、寄手《よせて》、いよいよ懲《こ》り怖《お》じて、次第に向かひ陣を遠く取つて、徒《いたず》らに月日をぞ送りける。

敵の近き程こそ、夜な夜な夜討《ようち》に敵疲れ、兵粮《ひょうろう》をも常に城へ取り入れつれ。向かひ陣は、皆山を阻《へだ》て、川を超《こ》えて取つたれば、時能《ときよし》、今はすべき様《よう》やなかりけん、[32]珍しき懸け合ひの軍《いくさ》して、われ討たるるか、敵を蹴《か》け散《ち》らすか、その二つの中《うち》に天運の程を見ばやと思ひければ、鷹巣城《たかのすのじょう》には、大将一井兵部少輔《いちのいひょうぶのしょう》に、十一人を貽《のこ》し留《とど》め、わが身は、甥の所大夫房快舜《ところのたいふぼうかいしゅん》、悪八郎《あくはちろう》為頼《ためより》以下《いげ》の[33]手柄《てがら》の者十六騎を引《ひ》き具《ぐ》して、十月二十一日の夜半

四方を征服・教化する。

輪宝

31 ごろごろした石。
32 目をみはるような、双方が正面からぶつかる戦い。
33 武勇の者。 34 福井県坂井市丸岡町豊原にあった天台宗寺院、豊原寺。
35 勝山市北郷(きたごう)町伊知地の鷲ヶ岳。豊原の東南。
36 新田の旗。流れは、旗を数える単位。

中黒

37 勝山市平泉寺町にある天台宗寺院。白山権現の別当寺。比叡山末寺。

ばかりに、[34]豊原《とよはら》の北に当たりたる[35]伊地智山《いじちやま》に打ち上がり、[36]中黒《なかぐろ》の旗二流《ふたなが》れ打つ立てて、寄手遅しとぞ待つたりける。

尾張守高経《おわりのかみたかつね》、これを聞いて、畑が鷹巣城より勢《せい》を分けてここへ打ち出でたりとは思ひも寄らず、豊原、[37]平泉寺《へいせんじ》の衆徒《しゅと》、[38]敵と引き合うて旗を挙げたりと心得て、少しも足を[39]滞《た》めさせじと、同じき二十二日の[40]卯刻《うのこく》に、三千余騎にてぞ寄せられける。初めの程は、敵の多少を計りかねて、[41]左右《そう》なく進まざりけるが、小《こ》勢《ぜい》なりと[42]見課《みおお》せければ、少しも恐るる処《ところ》なく、われ先にとぞ進みたる。

畑六郎左衛門《はたろくろうざえもん》、敵の余所《よそ》にひかへたる程は、[43]わざとありとも知られざりけるが、敵すでに一、二町が程に攻め寄せたりける時、[44]金胴《かなどう》の上に、[45]火威《ひおどし》の鎧の敷目《しきめ》に拵《こしら》へたるを草摺長《くさずりなが》に着下《きくだ》し、同じ毛の[46]五枚冑《ごまいかぶと》に鍬形《くわがた》打つて緒《お》をしめ、[47]熊野《くまの》打《う》ちの頰当《ほおあて》に、[48]大《おお》立揚《たてあげ》の髄当《すねあて》を、[49]脇立《わいだて》の下まで引《ひ》き籠《こ》み、四尺三寸の大太刀《おおだち》に、

38 敵と結託して。
39 とどめさせまい。
40 午前六時頃。
41 簡単には。
42 見きわめたので。
43 故意に居場所を知られないようにしていたが。
44 鉄板をはぎ合わせた胴の防具。
45 緋色の糸に色違いの糸を筋違いに縅(おど)した鎧を、草摺を長く垂らして着て。
46 首を防御する錣(しころ)の板が五段からなる兜に、鍬形の前立物(まえだてもの=兜正面の飾り)を付けて。
47 紀伊国熊野で作られた頰当(頰から顎を覆う防具)。

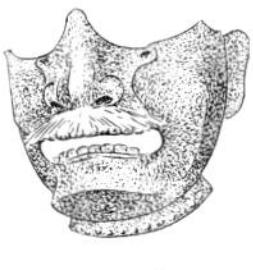

頰当

三尺六寸の長刀《なぎなた》50茎短《くきみじか》に拳《にぎ》つて、51一引両《ひとつひきりょう》に三州《みつす》余《あま》書いたる笠《かさ》符《じるし》を、馬の52三頭《さんず》に吹き掛けさせ、塩津黒《しおつぐろ》とて五尺53三寸ありける馬に、54金《かね》を鏁《くさ》りたる馬鎧《うまよろい》懸けさせ、劣らぬ兵十六騎左右に相《あい》順《したが》へ、「畑将軍《はたのしょうぐん》これにあり。尾張守《おわりのかみ》はいづくにおはするぞ」と呼ばはつて、大勢《おおぜい》の中へ懸け入り、追ひ回し懸け乱し、55四角八方《しかくはっぽう》へぞ懸けたりける。

　万卒《ばんそつ》忽《たちま》ちに56澆《あら》けて、皆馬の足を立てかねたるを見て、尾張守、57鹿草兵庫助《ししくさひょうごのすけ》二騎、旗の下にひかへて、「敵たとひ鬼神《きじん》なりとも、あれ程の小勢《こぜい》を見て、引くと云ふ事やあるべき。瀆《きたな》し、引くな」と下知《げじ》せられければ、三千余騎の兵ども、畑が十六騎を中に取り籠めて、余さじ洩らさじとこそ闘うたれ。大敵58欺《あざむ》くに難《かた》しと云へども、馬は、59項羽《こうう》が60騅《すい》にも劣らぬ駿足《しゅんそく》なりしかば、61鐙《あぶみ》の鼻に充《あ》て落《お》とされて、62敵若干《そこばく》馬の蹄《ひづめ》の下に踏み殺され討たれける。太刀は、いかなる大磐石《だいばんじゃく》をも切《き》り徹《とお》す程なれば、一

48　膝頭から大腿部の外側までを覆う大きな臑当。
49　鎧の胴の右脇の合わせ目に当てる防具。
50　柄の刃に近い所を握って。
51　三つの洲浜（すはま＝すあま）形の下に横線を一本引いた紋（畑の家紋）を書いた笠印（敵味方を区別する布きれ）。

三つ洲浜
に一引両

52　馬の尻の、骨が盛り上がって高くなった所。
53　肩までの高さが五尺三寸の馬。標準は四尺（約一二〇センチ）。
54　金鎖をつないで作った馬の鎧。

打ちに二、三人打ち落とさずと云ふ事なし。相順ふ兵十六騎も、皆似たるを友の者どもなれば、敵を五騎、十騎切つて落とさぬは更《さら》になし。その63膚撓《はだえたわ》まず、目逃《まじろ》がざる勇気、64三軍《さんぐん》あへて当たり難く見えければ、尾張守の兵三千余騎、東西南北に散乱して、川より西へ引き退く。

軍《いくさ》散じて後《のち》、65帷幕《いばく》の下に打ち帰り、その兵を集むるに、五騎は討たれて、九人は皆深手《ふかで》を負ひたり。その中に、畑が殊更《ことさら》一《いっ》騎当千《きとうぜん》と憑《たの》みたりける所大夫房《ところのたいふぼう》、切《き》り疵《きず》矢《や》疵《きず》七ヶ所負ひたりけるが、つひにその日の暮れ程に死ににけり。畑も、髄当《すねあて》のはづれ、66小手《こて》の余り、切られぬ所もなかりけり。少々の小疵《こきず》をば、物の数とも思はざりけるに、67障子《しょうじ》の板《いた》のはづれより、肩崎《かたさき》へ射とほされたりける白羽《しらは》の矢一筋《ひとすじ》、いかに脱《ぬ》くとも、鏃《やじり》更《さら》に脱《ぬ》けざりけるが、三日の間苦痛を責めて、68吠死《ほえじに》にこそ死ににけれ。

異朝の事は、未だ例するに遑《いとま》あらず、わが朝においては、未

馬鎧

55　四方八方。
56　散り散りになって。
57　越中の豪族で、斯波高経の被官。
58　侮りがたい。
59　秦を滅ぼし、漢の高祖(劉邦)と天下の覇権を争った楚の王。
60　項羽の愛馬。
61　鐙(乗馬の際に足を乗せる馬具)の先。
62　大勢。
63　膚を突き刺されても身はすくまず、目を突かれても目の玉を動かさない勇気。「北宮黝(ほっきゅうゆう)が勇を養ふ

だ畑《はた》が勇力智謀《ゆうりきちぼう》に並ぶべき人はなかりつれども、その平生《へいぜい》の振る舞ひを聞くに、僧法師を殺し、69仏閣社壇《ぶっかくしゃだん》を撲《こぼ》ち炷《た》き、善を修《しゅ》する心露《つゆ》ばかりもなく、悪を致す業《わざ》は山の如くに重なりしかば、つひに天のために罰せられて、流れ矢の疵《きず》に死ににけり。

君見ずや、70羿《げい》弓を控《ひ》いて天に羅《かか》れる九つの日を射て落とし、71奡《ごう》舟を盪《お》して水なき陸地《くがち》を遣《や》りしかども、或いはその臣72寒浞《かんさく》に殺され、或いは73夏后《かご》小康《しょうこう》に討たれき。されば、開元《かいげん》の宰相74宋開府《そうかいふ》が、75幼君のために武を黷《けが》して、その辺功《へんこう》を立てざりしも、智慮《ちりょ》の忠臣と云ひつべし。

脇屋《わきや》刑部卿《ぎょうぶきょう》吉野《よしの》に参《まい》らるる事　4

1脇屋刑部卿義助朝臣《よしすけあそん》は、去んぬる2九月十八日、美濃国《みののくに》3根尾《ねお》城《じょう》破れし時、郎等《ろうどう》七十三人を召し具し、4微服潜行《びふくせんこう》し、5熱田《あつた》の

や、膚撓まず、目逃(まじろ)がず」(孟子・公孫丑上)。
64 大軍。 65 陣幕。
66 手首から肘(ひじ)までを覆う防具。
67 鎧の肩の上に立てる半月形の鉄の板。首の左右を守る。
68 叫びながらの死。
69 寺院と神社。
70 「論語」憲問篇の「羿は射を善くし、奡は舟を盪(うごか)す。倶にその死を得ず」の孔安国注、何晏集解等による。夏の羿は弓に秀で、太康の帝位を奪ったが、臣下の寒浞に殺された。天の九つの日を射たのは、堯代の羿(淮南子・本経訓)で同名異人。ここは両者を混同したもの。
71 寒浞が羿の室と通じて生んだ子。剛力で陸地で舟を引いたが、太康の子小康

摂津大宮司《つのだいぐうじ》が城、尾張国《おわりのくに》[6]波津崎《はづがさき》へ落ち給ふ。

ここに十余日逗留《とうりゅう》あつて、敗軍の兵かなたこなたより温《たず》ね来《き》たりしかば、伊勢《いせ》、伊賀《いが》を経て、吉野の御所へ参ぜらる。則ち参内《さんだい》して、[7]龍顔《りょうがん》に謁《えつ》し奉れば、君、玉顔殊《ぎょくがんこと》に麗《うるわ》しくして、この五、六年が間、[8]北征《ほくせい》の忠功《ちゅうこう》、他《た》に異《こと》なる由《よし》を感じ仰せられて、[9]更《さら》に敗北の無念なる事をば仰せ出だされず。剰《あまつさ》へ、翌日《つぎのひ》臨時の宣下《せんげ》あつて、[10]一級《いっかい》を加へらる。しかのみならず、[11]当参《とうざん》の一族并《なら》びに相随へる兵ども、或いは恩賞を給はり、或いは官位を進めければ、面目《めんぼく》人に越えてぞ見えたりける。

その比《ころ》、[12]殿上《てんじょう》の口に、諸卿参候《さんこう》せられたりけるが、物語の次《つい》でに、[13]洞院右大将実世《とういんうだいしょうさねよ》公《こう》、未だ左衛門督《さえもんのかみ》にておはせしが、[14]欺《あざむ》き申《もう》されけるは、「そもそも義助、越前《えちぜん》の合戦に打ち負けて、美濃国へ落ちぬ。その国をさへまた追ひ落とされて、身の置き所なさに当山へ参りたるを、君、御賞翫《ごしょうかん》あつて、官禄ともに重く

に殺された。

73 「后」は帝。太康の子。　72 羿の臣。

74 唐の賢臣宋璟（そうえい）。玄宗の全盛期の開元の治を輔けた。開府は、三公に準ずる官。

75 宋璟が武を好む幼君（玄宗）のためにあえて武功を軽んじ、辺功（夷狄征伐の功）を立てなかったこと。「君聞かずや開元の宰相宋開府、辺功を賞せず、黷武（とくぶ）を防ぐと」（白居易・新豊の臂を折りし翁）。

4

1 新田義貞の弟。

2 暦応四年。

3 岐阜県本巣市根尾神所（ねおこうどころ）にあった城。根尾落城の話は、欠巻の第二十二巻にあったろう。

4 身をやつして潜伏する。

5 熱田大宮司昌能。愛知

せらるる事こそ、心得難《こころえがた》けれ。これはただ、[15]元暦《げんりゃく》の昔、権亮三位中将維盛《ごんのすけさんみのちゅうじょうこれもり》が、東国の討手《うって》に下《くだ》りて、鳥の羽音《はおと》に驚きて逃《に》げ上《のぼ》りたりしを、祖父清盛入道《きよもりにゅうどう》が計らひとして、一級《いっかい》を進ませしに異ならず」とぞ笑はれける。

[16]四条中納言隆資卿《しじょうちゅうなごんたかすけきょう》、つくづくとこれを聴き給ひけるが、「[17]過言一度《かげんひとたび》口を出ださんは、駟馬《しば》追ふとも舌に及ばず」と申す事の候ふに、などかやうの事をば仰せ候ふやらん。義助北国《よしすけほっこく》の合戦に利を失ひ候ひし事、全くかれが戦ひの拙《つたな》きにあらず。ただ[18]聖運《せいうん》の時未だ到らず、また[19]勅裁《ちょくさい》の将の威を軽《かろ》くせられしによつてなり。[20]高材《こうざい》に対してかやうの事を申せば、[21]管《くだ》を以て天を窺ひ、[22]途《みち》を聴き巷《みち》に説く風情《ふぜい》にて候へども、

孫武《そんぶ》の事 5

県名古屋市熱田区の熱田神宮の神主。
6 愛知県知多半島の突端、羽豆岬。
7 帝に拝謁すること。吉野の帝は、後村上帝。
8 北朝方の征伐に際して立てた功。 9 けっして。
10 一位階。
11 その場に参った。
12 殿上の間(殿上人の詰め所)の入り口。
13 公賢の子。南朝の重臣。
14 嘲って申したことには。
15 治承(四年)が正しい。平重盛の子維盛が大将軍として頼朝討伐に向かい、富士川で敗走したにもかかわらず、右近衛中将に昇進したこと(平家物語巻五・富士川)。
16 隆実の子。南朝の重臣。
17 過(あやま)ったことを口にすると、それが広まる速さ

[1]昔、周《しゅう》の末、戦国の時に当たつて、[2]七雄《しちゆう》の諸侯相諍《しょこうあいあらそ》ひて、互ひに国を奪はんと謀《はか》り(しに)、呉王《ごおう》[3]闔閭《こうりょ》、[4]孫武と云ひける勇士を大将として、敵国を伐《う》たん事を計る。時に孫武、呉王闔閭に向かつて申しけるは、[5]「『それ教へざる民を以て戦はしむ、これ、これを棄つ』と云へり。君、もし臣をして敵国を伐たしめんとならば、先《ま》づ宮中にある所の美人を萃《あつ》めて、兵の前に立てて陣を張り、戈《ほこ》を持たしめて後《のち》、われその命《めい》を司《つかさど》らん。一日の中《うち》に三度《みたび》戦ひの術を教へて、士卒の命に随ふ事を得《え》ば、敵国を殞《ほろ》ぼさん事、立ち所《どころ》に得つべし」とぞ申しける。呉王、[6]則ち孫武が申し受くるに任せて、宮中の美人[7]三千人を南庭《なんてい》に出だして、皆兵の前陣に立てらる。

時に孫武、甲冑《かっちゅう》を帯し、戈《ほこ》を取つて、「鼓《つづみ》を打たば、進んで刃《やいば》を交《まじ》へよ。金《かね》を拍《たた》かば、退いて二陣の兵に譲れ。敵引かば、急《すみ》やかに北《に》ぐるを追へ。敵返さば、堪《こら》へて[8]弱きを凌《しの》げ。命《めい》を背《そむ》

は、四頭立ての馬車もかなわない。「駟も舌に及ばず」(論語・顔淵)。

18　帝の運。

19　帝の判断・決定が武将(脇屋義助)の権威をないがしろにしたことによる。

20　逸材。

21　狭い視野で物事を判断すること。「管を以て天を窺ひ、錐(すき)を以て文を視るが如し」(史記・扁鵲倉公列伝)。

22　人から聞いたばかりのことを知ったかぶりで話す。「道に聴きて塗(ち)に説くは、徳をこれ棄つる也」(論語・陽貨)。なお、以下の四条隆資の語りは、本巻・6の末尾まで続く。

5

1　以下の話は、「史記」孫子呉起列伝などによる。

かば、われ汝《なんじ》を斬らん」と、馬を馳《は》せてぞ習《おし》へける。三千の美人、君の命によつて、戦ひを習《なら》はす場《にわ》へは出でたれども、[9]窈《よう》窕《ちょう》たる婉弱《えんじゃく》、[10]羅綺《らき》にだも堪えざる体《てい》なれば、戈《ほこ》をだにも擡《もた》げず、まして刃《やいば》を交《まじ》ふるまでもなし。[11]ただあきれたる体にて打《う》ち咲《え》めるばかりなり。孫武《そんぶ》、これを怒つて、殊更《ことさら》呉《ご》王闔閭《おうこうりょ》が最愛の美人三人を、忽《たちま》ちに切つてぞ棄てたりける。これを見て、自余の美人相順《あいしたが》ふ事、「士卒とともに懸けよ」と云はば進み、「返せ」と云へば(止《とど》まる)。[12]聚散変化《しゅさんへんか》機に応じ、進退度《ど》に当たれり。

　これ全く、孫武がかの美人を殺す事を以て兵法《ひょうほう》とはせず、ただ大将の命を士卒の重くすべき処《ところ》を、人に知らしめんためなり。呉王も、最愛の美人を三人まで失ひつる事は悲しけれども、孫武が武を教へたる謀《はかりごと》、実《まこと》に当たれりと思はれければ、つひに孫武を用ゐ、多くの敵国を亡ぼされけり。

2　古代中国の戦国時代の七雄(斉・楚・秦・燕・趙・魏・韓)。
3　春秋時代の呉の王。夫差の父。
4　春秋時代の兵法家。斉の人。闔閭に仕え、呉を強国とした。「孫子」はその著。
5　「教えざる民を以て戦ふは、是、これを棄つると謂ふ」(論語・子路)。訓練しない民を戦わせるのは、民を棄て死なせることだ。
6　ただちに。
7　「後宮の佳麗三千人」(白居易・長恨歌)。
8　敵の弱点を破れ。
9　しとやかでしなやかな美しさ。
10　うすものの美しい衣服の重みにも耐えかねる様子。「羅綺に任(た)えざるが若(ごと)し」(陳鴻・長恨歌伝)。

将《しょう》を立つる兵法《ひょうほう》の事　6

されば、周《しゅう》の[1]武王《ぶおう》、殷《いん》の[2]紂王《ちゅうおう》を伐《う》たんために、大将を立てん事を、[3]太公望《たいこうぼう》に問ふ。太公、答へて曰はく、「[4]凡《およ》そ国に難あるときは、君[5]正殿《せいでん》を避けて、将《しょう》を召してこれに詔《しょう》して曰《のたま》はく、『[6]社稷《しゃしょく》の安危、一《もっぱら》将軍にあり。願はくは、将軍[7]師《いくさ》を帥《ひき》ゐてこれに応ぜよ』と。将、すでに命《めい》を受けて、乃《すなわ》ち[8]太史《たいし》に命じて、卜《ぼく》せしめて、[9]斎《ものいみ》すること三日、[10]大廟《たいびょう》に之《ゆ》きて、[11]霊亀《れいき》を鑽《き》り、吉日《きちじつ》を卜し、以て[12]斧鉞《ふえつ》を授《さず》く。君、廟門《びょうもん》に入りて、[13]西面《せいめん》して立つ。将、廟門に入《い》りて、北面して立つ。君、親《みずか》ら鉞《えつ》を採つて[14]首《かしら》を持ち、将にその柄《え》を授けて曰《のたま》はく、『[15]これより上天《かみ》に至るまで、将軍これを制せよ』と。復《ま》た斧《ふ》を操《と》つて柄を持ち、将にその刃を授けて曰はく、『これより下《しも》[16]淵《ふち》に至るまで、将軍これ

11 ぼんやりした様子。
12 集合・散開する変化は機に応じ、前進後退は的確だった。

6
1 文王の子。周王朝の初代の王。
2 殷王朝の最後の王。暴虐で知られる。
3 呂尚（りょしょう）。渭水（いすい）で釣りをしていたとき文王に見いだされ、武王を助けて殷を滅ぼした。
4 以下は、太公望呂尚の作と伝える兵法書「六韜（りくとう）」龍韜・立将篇のほぼ全文の引用。
5 宮殿の主殿。
6 国家。
7 軍隊。
8 周代の官名で、史官・暦官の長。
9 潔斎。

を制せよ。[17]その虚《きょ》を見ては、則ち進み、その実《じつ》を見ては、則ち止《とど》まれ。[18]三軍《さんぐん》を以て衆《おお》しと為して、敵を軽《かろ》んずること勿《な》かれ。命《めい》を受くるを以て重しと為して、[19]必ず死すること勿かれ。身の貴《たっと》きを以て、人を賤《いやし》むること勿かれ。[20]独見《どくけん》を以て、衆に違《たが》ふこと勿かれ。[21]弁説《べんぜつ》を以て、必ず然《しか》なりとすること勿かれ。士未だ座《ざ》せざるに、将座すること勿かれ。士未だ食せざるに、将食すること勿かれ。寒暑必ず同じうせよ。かくの如くする則《とき》は、士必ず死力を尽《つ》くさん』と。

将、すでに命を受けて、拝して君に報じて曰はく、『臣《しん》聞く、国は外《そと》より治むべからず、[22]軍《いくさ》は中《なか》より御《ぎょ》すべからず。二心《ふたごころ》あつて、以て君に事《つか》ふべからず。[23]疑志《ぎし》あつて、以て敵に応ずべからず。臣、すでに命を受けて、[24]斧鉞《ふえつ》の威を専《もっぱ》らにす。臣、あへて生きて還らじ。願はくは君、また[25]一言《いちごん》の命《めい》を臣に垂《た》れよ。君、臣に許さずは、臣あへて将《しょう》たらじ』と。君、これを許す。乃《すなわ》ち

10 天子の祖先の廟所。
11 神聖な亀の甲に穴をあけて焼いて。
12 斧(おの)と鉞(まさかり)。将軍のしるしの武器。
13 西に向いて。
14 鉞の頭の部分。
15 ここから天上にいたるまで、将軍は征服せよ。
16 深い水底。
17 敵の気力が弱いのを見たら進み、充実しているのを見たら止まれ。
18 大軍。
19 むやみに死んではいけない。
20 自分一人の考え。
21 人の話だけで、必ずそうだと判断してはならない。
22 軍隊は宮中から指揮することはできない。
23 疑心を抱いて。
24 将たる権限をわが物とする。

辞[26]して行く。

　軍中の事、君の命を聞かず。皆将に由《よ》つて出づ。敵に臨《のぞ》んで戦ひを決するに、二心あることなし。かくの若《ごと》くする則《とき》は、[27]上《かみ》に天なく、下《しも》に地なし。前[28]に敵なく、後《しり》へに君なし。この故《ゆえ》に、[29]「智者《ちしゃ》はこれがために謀《はか》り、勇者《ゆうしゃ》はこれがために闘ふ。[30]気青雲《せいうん》を励《はげ》まし、疾《と》きこと[31]馳騖《ちぶ》するが若《ごと》し。兵刃《やいば》を接《まじ》へずして、敵降《くだ》り服す。戦ひ外《そと》に勝つて、功内《うち》に立つ。[32]吏《り》遷《うつ》り、士《し》賞せられて、百姓懽悦《ひゃくせいかんえつ》し、将に咎殃《きゅうおう》なし。この故に、[33]風雨《ふうう》時節あり、五穀《ごこく》豊熟《ほうじゅく》し、社稷安寧《しゃしょくあんねい》なり」と。

　古《いにし》へより今に至るまで、大将を重んずる事、かくの如くにてこそ、敵を亡ぼし、国を治むる道に候ふべきに、大将の[34]挙状《きょじょう》を帯《たい》せずと云へども、士卒[35]直《じき》に訟《うった》ふる事あれば、勅裁《ちょくさい》を下され、[36]わづかに山中祇候《さんちゅうしこう》の身を以て、軍用《ぐんよう》を支へたる北国《ほっこく》の所領を望む人あれば、事問はず聖断《せいだん》をなさる。これによつて、大将の威

25　全権を与える許し。
26　宮中を退出して戦に赴く。
27　将軍の上に天はなく、下に地はない。何物にも制約されないこと。
28　前を遮る敵はなく、後ろで指図する君主もない。
29　智者は将軍のために策を練り。
30　士気は高い雲をも凌ぎ。
31　馬を疾駆させること。
32　役人は昇進し、士卒は褒賞されて、万民は喜び、将軍に禍いはない。
33　風雨は時節を得て。太平のたとえ。
34　推挙状。
35　直接帝に訴える。
36　たかだか山中で帝に仕えるだけで、軍用に当てる北国を所領に望む者。

軽く、士卒心を恣《ほしいまま》にして、義助《よしすけ》、つひに百戦の利を失へり。これ全くかれが戦ひの罪にあらず。ただ上の御沙汰《おんさた》の違《たが》ふ所に出でたり。

[37]君、忝《かたじけ》なくもこれを思《おぼ》し召《め》し知《し》らるるによつて、その賞を厚くせらるるは、秦《しん》の将[38]孟明視《もうめいし》、[39]西乞術《せいきつじゅつ》、[40]白乙丙《はくいつへい》が鄭国《ていこく》の軍《いくさ》に打ち負けて帰りたりしを、秦の穆公《ぼくこう》、[41]素服郊迎《そぶくこうげい》して、「[42]われ百《ひゃく》里奚《りけい》、蹇叔《けんしゅく》が言《ことば》を用ゐざるを以て、三子《さんし》を辱《はずか》しめたり。子《し》何の罪やある。その心を専《もっぱ》らにして、怠《おこた》ること勿《な》かれ」と云ひて、三人の[43]官秩《かんちつ》を復せしにて候はずや」と、理を尽《つ》くして宣《の》べられければ、さしも[44]大才《たいさい》の実世卿《さねよきょう》、言《ことば》なくして立たれける。

上皇御願文《しょうこうごがんもん》の事　7

[1]暦応《りゃくおう》五年の春の比《ころ》、都には[2]疫癘《えきれい》家々に満ちて、人の病死す

37　帝は畏れ多くもこのことをご存じゆえに、義助の褒賞を厚くされるのは。
38　秦の穆公(ぼくこう)に仕えた百里奚の子。穆公は孟明視、西乞術、白乙丙を将として鄭を伐たせたが、三人は晋に敗れて囚われ、後に許され帰国した(史記・秦本紀)。
39　蹇叔(けんしゅく)の子。異説もある。
40　蹇叔の子。
41　白い喪服を着て郊外に出迎えて。戦いに敗れた時には喪服を着る。
42　穆公は「自分は百里奚と蹇叔の言を用いなかったために、そなたたち三人に虜囚の辱めを受けさせることになった。いくさに敗れたそなたたちに罪はない。その忠節の心を専一にして怠るな」と言った。百里奚と蹇叔は、子らの出陣に際

る事数を知らず。これただ事にあらずと、怪しみをなすに合はせて、[3]吉野《よしの》の御廟《ごびょう》より、車輪の如くなる光り物出でて都へ飛び渡ると、夜な夜な人の夢に見えければ、いかさま[4]前朝《せんちょう》の御怨《ごおん》霊《りょう》なるべしと、人皆《みな》恐れをなしける処《ところ》に、はたして[5]左兵衛督直《さひょうえのかみただ》義朝臣《よしあそん》、二月五日より俄《にわ》かに[6]邪気《じゃき》に侵《おか》されて、身心常に狂乱し、[7]五体鎮《とこしな》へに悩乱す。

[8]陰陽寮《おんようりょう》、[9]鬼見《きけん》、[10]泰山府君《たいさんぶくん》を祭り、財宝を焼《や》き尽《つ》くし、[11]典薬《てんやくの》頭《かみ》、[12]倉公《そうこう》、[13]華佗《かだ》が術を尽《つ》くして、医すれども痊《い》えず、祈れども叶《かな》はず。病《やまい》日々に重《おも》りて、今はさてもやと見えければ、天下の貴賤《きせん》、悲しみを含んで、もしこの人いかにもなり給はば、ただ[14]小松大臣重盛《こまつのおとどしげもり》の早世《そうせい》して、平家の運命忽《たちま》ちに尽きたりしに相《あい》似《に》たるべしと、思はぬ者はなかりけり。

[15]持明院《じみょういん》の上皇《しょうこう》、この由《よし》を聞こし召して、ひそかに勅使を立てられて、[16]八幡《やわた》の社《やしろ》に一紙《いっし》の御願書《ごがんじょ》を籠《こ》められて、様々《さまざま》の[17]御立願《ごりゅうがん》

して（敗戦を予見して）泣き、自分たちは老齢ゆえ子らには再び逢えまいと言ったが、穆公はその言にとりあわなかった（史記・秦本紀、春秋左氏伝・僖公三十二―三十三年）。

43 官位と俸禄。

44 すぐれた学才。

7

1 一三四二年。

2 疫病。

3 後醍醐帝の陵墓。

4 後醍醐帝。

5 足利尊氏の弟。

6 病を引き起こす悪い気。

7 全身がいつまでも苦しみ乱れる。

8 天文・卜筮を司る朝廷の役所。

9 鬼気（けき）の祭り。悪鬼の祟りや妖気を祓う祈禱。

10 中国の泰山に住むとい

あり。その御願文《ごがんもん》に云はく、

敬白《けいびゃく》す　所願《しょがん》の事

右神霊《しんれい》の18明徳《めいとく》を著《あらわ》すは、民を安んじ国を理《おさ》むるを本《もと》と為し、王者《おうじゃ》の19政化《せいか》を施すは、功を賞し賢を翫《もてあそ》ぶを先と為す。爰《ここ》に、左兵衛督　源　直義朝臣《さひょうえのかみみなもとのただよしあそん》は、啻《ただ》20爪牙《そうげ》の良将たるのみに匪《あら》ず、21股肱《ここう》の賢弼《けんひつ》たり。四海《しかい》の安危、偏《ひと》へにその人の力に懸かれり。22巨川《こせん》の済渉《さいしょう》、久しく23眇身《びょうしん》の心を漫《うるお》す。24義は君臣《くん》と為して、思ひは父子《ふし》の如し。而《しか》るに、近日の間、25宿霧《しゅくむ》相侵《あいおか》して、26薬石験《やくせきしるし》を失ふ。27驚遽聊《きょうきょやす》きこと無し。若《も》し28幽陵《ゆうりょう》の擁護《おうご》に非ずんば、争《いか》でか病源《びょうげん》の平癒《へいゆ》を得ん。仍《よ》つて、心中に所念《しょねん》有り、廟前《びょうぜん》に将《まさ》に禱《いの》りを奉らんとす。請《こ》ふらくは、神霊縦《たと》ひ忿怒《ふんぬ》の心有りと雖《いえど》も、眇身已《すで》に祈謝《きしゃ》の誠《まこと》を抽《ぬき》んず。29懇棘《こんきょく》忽《たちま》ちに答へて、病根《びょうこん》速やかに消ゆれば、30七日の光陰《こういん》を点じ、31弥天《みてん》の碩才《せきさい》に課《おお》せて、32妙法《みょうほう》の偈《げ》を講讃《こうさん》せしめ、33尊《そん》

う寿命を司る神。
11 医薬を司る役所の長。
12 前漢の名医(史記・扁鵲倉公列伝)。
13 魏の曹操の侍医となった後漢の名医。
14 平清盛の嫡子。忠臣孝子として有名。
15 光厳上皇。
16 石清水八幡宮。
17 神仏に願をかけること。
18 正しく公明な徳。
19 政(まつりごと)による徳化。
20 朝廷を守る優れた将軍。
21 王の手足となる賢臣。
22 王が臣下の補佐を得て政を行うのを、大河の渡渉にたとえる。「巨川を済(わた)らば、汝を用ゐて舟楫と作(な)さん」(書経・説命)。
23 小さな自分。へりくだって言う語。
24 名目は君臣。「義は乃ち君臣なり、情は父子を兼

勝《しょう》の供《ぐ》を勤《ごん》(修《じゅ》)すべし。

伏して乞ふ、尊霊《そんりょう》、[34]叡願《えいがん》を哀納《あいのう》して、[35]文治撥乱《ぶんちはつらん》の昔の合体《がってい》を忘れず、早く[36]経綸安全《けいりんあんぜん》の今の霊験《れいげん》を施し給へ。[37]春秋《しゅんじゅう》鎮《とこしな》へに盛んにして、[38]華夏《かか》純《もつぱ》ら熙《よろこび》とせんと、敬白す。

暦応《りゃくおう》五年二月日　　[39]太上天皇《だいじょうてんのう》敬白

勅使[40]勘解由長官公時《かげゆのちょうかんきんとき》、御願書《ごがんじょ》を開《ひら》いて宝前《ほうぜん》に跪《ひざまず》き、涙を流して高らかに読み上げけるに、宝殿《ほうでん》暫《しばら》く振動して、誠《まこと》に君臣合体《くんしんがってい》の寔《まこと》を感じて、霊神擁護《れいじんおうご》の助けを加へ給ひけるにや、勅使帰参《きさん》して三日が中《うち》に、直義朝臣、病《やまい》忽ちに平癒してけり。

この君の聖徳《せいとく》を誉《ほ》むる者は、これを聞いて、「あなあり難や。[41]昔、周《しゅう》の武王《ぶおう》病《やまい》に臥して崩御《ほうぎょ》ならんとせし時、[42]周公旦《しゅうこうたん》、天に祈つて命に易《か》はらんとし給ひしかば、武王の病忽ちに痊《い》えて、天下[43]無為《ぶい》の化《か》に奢《ほこ》りしに相似たり」と、称美《しょうび》せり。また、傍《かたわ》らに吉野方《よしのがた》を引く人は、「[44]いでや、冗《いたず》ら事な云ひそ。[45]神非礼《ひれい》を

ねたり」(随書・高祖紀)。
25 病の気。
26 医薬。
27 驚きあわてること。
28 石清水八幡をさす。
29 祈りの真心。懇誠。
30 七日間の日かずを定め。
31 天下に知られた学僧。
32 仏法を称える詩句。
33 尊勝仏頂尊を本尊とする修法。
34 私(上皇)の願いを哀れみ容れて。
35 文を以て乱を治めた君と臣の昔の一致協力。
36 今の国土を安穏たらしめる霊験。
37 いつまでも壮健で。
38 京の都がひとえに安らかであるようにと。
39 上皇。
40 菅原公時。公業の子。地方官の交替を監督する勘解由使の長官。

受けず、正直《しょうじき》の頭《こうべ》に宿らんことを期《ご》す。何故《なにゆえ》にか、[46]諂諛《てんゆ》の偽りを受けん。ただ、時節《おりふし》好く仕合《しあ》はせられたる御願書《ごがんじょ》ぞ」と、[47]欺《あざむ》く人も多かりけり。

土岐《とき》御幸《みゆき》に参向《さんこう》し狼藉《ろうぜき》を致《いた》す事　8

この年の八月は、[1]故《こ》伏見《ふしみ》院《いん》の三十三年の御遠忌《ごおんき》に相当《あいあ》たりければ、かの御仏事、殊更《ことさら》故院の御旧迹《ごきゅうせき》にて取り行はせ給はんために、[2]当今《とうぎん》、上皇《しょうこう》、[3]伏見《ふしみ》殿《どの》へ御幸《ごこう》なる。

この故宮《こきゅう》、荒れて久しくなりぬれば、[4]一村薄《ひとむらすすき》の野となつて、[5]鶉《うずら》の床《とこ》も露深く、庭の通《かよ》ひ路《じ》絶《た》え果《は》てて、落葉《らくよう》まさに[6]蕭々《しょうしょう》たり。その跡を問ふ物とては、苔泄《も》る閨《ねや》の夜の月、松吹く軒《のき》の夕嵐《ゆうあらし》、昔の秋のあはれまで、今の涙を催せり。物ごとに悲しみを添へ、愁《うれ》へを引く秋の気色《けしき》を、[7]導師、[8]富留那《ふるな》の弁舌を暢《の》べて、

41　「書経」金滕篇の故事。
42　武王の弟。後代、孔子と並ぶ聖人とされた。
43　世がひとりでに収まる理想的な政治。
44　いやもう、くだらない事を言うな。
45　神は礼にそむく祈りは受けない。「世俗諺文」「管蠡抄」などの名句名言集に引かれる諺。続く「正直の頭に…」も、上句と対で中世に広く行われた。
46　こびへつらうこと。
47　嘲る。

8

1　在位一二八七―九八年。光厳、光明帝の祖父。文保元年(一三一七)死去。「三十三年の御遠忌」は、年が合わない。
2　光明帝と光厳上皇。
3　京都市伏見区桃山にあ

光陰《こういん》人を待たず、無常《むじょう》の迅速《じんそく》なるに準《なず》らへ、[9]数刻宣説《すこくせんぜつ》し給ひければ、上皇を始め奉りて、旧臣老官悉《ことごと》く、袖を絞らぬはなかりけり。種々の御追善《ごついぜん》[10]端《はし》多くして、秋の日程なく暮れはて、山陰《やまかげ》なれば、月の上《のぼ》るを待ちて還御《かんぎょ》なるに、道遠くして、夜いたく深《ふ》けにけり。

時節《おりふし》、[11]土岐《とき》弾正《だんじょうの》少弼《しょうひつ》頼遠《よりとお》、[12]二《に》階堂《かいどう》下野《しもつけの》判官《ほうがん》行春《ゆきはる》、[13]今比叡《いまひえ》の馬場にて[14]笠懸《かさがけ》射て帰りけるが、[15]端《はし》なく[16]樋口《ひぐち》東洞院《ひがしのとういん》の辻にて御幸に参り合ふ。[17]召次《めしつぎ》ども、御先《おんさき》に走り散つて、「狼藉《ろうぜき》なり、何者ぞ。下《お》り候へ」と申しけるを、二階堂下野判官は、聞きもあへず、御幸なりと心得て、馬より下りて[18]蹲踞《そんきょ》す。土岐は、元《もと》来《より》[19]酔狂《すいきょう》の者なりける上、この比《ころ》特に世を世ともせざりければ、御幸の前に馬を懸《か》け居《す》ゑ、「この比、洛中にて頼遠なんどを下ろすべき者は覚えぬものを。かく云ふ者は、いかなる馬呵者《ばかもの》ぞ。奴原《きゃつばら》皆一々《いちいち》に、[20]蟇目《ひきめ》負ふせてくれよ」と申しければ、[21]竹林院《ちくりんいんの》

った持明院統の院の御所。
4　ひとところにむらがりはえているスキ。「君が植ゑしひとむら薄虫の音のしげき野べともなりにけるかな」(古今和歌集・御春〈はみる〉有助)。
5　鶉の臥す床。草むら。「風はらふ鶉の床は夜寒にて月影さびし深草の里」(新千載和歌集・飛鳥井雅孝)。
6　物寂しいさま。
7　法会を主催する僧。
8　富楼那。釈迦十大弟子の一人。説法に秀でた。
9　一刻は、一時の四分の一で、約三〇分。
10　次から次に行われて。
11　頼貞の子。美濃守護。猛将として知られ、青野原合戦で活躍(第十九巻・9)。
12　時元の子。初名は高元。
13　東山区妙法院前側町の新日吉神社。

大納言《だいなごん》公重卿《きんしげきょう》、「院の御幸《ごこう》に参会《さんかい》して、何者なれば狼藉《ろうぜき》を仕《つかまつ》るぞ」と仰せられけるを、頼遠《よりとお》、からからと笑うて、「なに院と云ふか。犬ならば射て置け」と云ふままに、三十余騎ありける郎等《ろうどう》ども、院の御車を真中《まんなか》に取《と》り籠《こ》め、[22]索涯《なわぎわ》を回《まわ》して追物射《おうものい》にこそ射たりけれ。御牛飼《おんうしかい》、[23]轅《ながえ》を廻して御車を仕《つかまつ》らんとすれば、[24]胸懸《むながい》を切られて[25]軛《くびき》も折れたり。供奉《ぐぶ》の[26]雲客《うんかく》、身を以て御車に中《あ》たる矢を防かんとするに、皆馬より射落とされて障《さ》へ得《え》ず。剰《あまっさ》へ、これにもなほ飽き足らず、御車の[27]下簾《したすだれ》かなぐり落とし、[28]三十輻《みそのや》少々踏み折つて、己《おの》が宿所へぞ帰りける。

[29]聴《き》くやいかに、[30]五条天神《ごじょうのてんじん》は、[31]殿下《てんが》の御出《ぎょしゅつ》を聞き給ひて宝殿より下《お》り会《あ》ひ、道に畏《かしこ》まり給ふ。[32]宇佐《うさ》八幡《はちまん》は、勅使の下る度ごとに威儀を[33]刷《かいつくろ》うて、勅答《ちょくとう》を申されき。いかに況《いわ》んや、聖主《せいしゅ》、上《しょう》皇《こう》の御幸に、忝《かたじけ》なくも参り会ひて、いかなる[34]禽獣《きんじゅう》なりとも、かかる狼藉を致す者やあるべき。異国にも未だかかる類《たぐ》ひを聞か

14 笠を的にする騎射。
15 間(ま)が悪く。
16 樋口小路(五条大路南)と東洞院大路の交わる辻。
17 院の御所の下級役人。
18 うずくまって控える。
19 好んで風変わりにふるまう者。
20 大型の鏑矢を浴びせてやろう。
21 西園寺実衡の子。公宗の弟。
22 周囲を縄で囲って、馬上から犬追物(犬を的にする騎射)のようにして射た。
23 牛車を牛につなぐ棒。
24 牛の胸から軛にかける紐。
25 牛の首につける轅の横木。
26 殿上人。
27 牛車の簾の内側にかける垂れ布。
28 車輪の中心と輪をつな

ず。まして本朝には、かつて耳にも触れぬ不思議なり。

その比《ころ》は、左兵衛督直義朝臣《さひょうえのかみただよしあそん》、尊氏卿《たかうじきょう》の世務《せいむ》に代はつて、天下の権柄《けんぺい》を把《と》りし時なれば、この事を聞いて、大きに驚歎《きょうたん》せらる。「その罪を論ずるに、[35]三族《さんぞく》に行ひてもなほ足らず。[36]五刑《ごけい》に下《くだ》しても何ぞ当たらん。直ちにかの輩《ともがら》を召し出だして、[37]車裂《くるまざ》きにやする、[38]醢《ししびしお》にやすべき」と、評定《ひょうじょう》ある処《ところ》に、頼遠、行春等《ゆきはるら》、伝へ聞いて、事悪《あ》しとや思ひけん、[39]跡を暗うして、皆己《おの》が本国へ逃《に》げ下《くだ》る。さらば、やがて討手《うって》を差し下すべしと、沙汰《さた》ありける間、二階堂《にかいどう》行春は、首《こうべ》を延べて上洛《しょうらく》し、咎《とが》なき由《よし》を陳じ申しければ、事の次弟精《くわ》しく糺明《きゅうめい》あつて、讃岐国《さぬきのくに》へ流さる。

頼遠は、[40]自科《じか》遁《のが》れ難《がた》しと思ひければ、美濃国《みののくに》に楯籠《たてご》もりて、謀叛《むほん》を起こさんと議しけれども、与《くみ》する宮方《みやがた》もなく、同意する一族もあらざりければ、ひそかに京都へ上《のぼ》り、[41]夢窓和尚《むそうおしょう》につき奉つて、「しかるべくは、命ばかりを扶《たす》けて給はり候へ」と歎《なげ》

ぐ放射状の三十本の棒。
29 聞いているかどうか。
30 下京区天神前町にある。
31 摂政関白のお出まし。
32 大分県宇佐市の宇佐神宮。八幡宮の総本社。しばしば勅使が派遣された。
33 ととのえて。
34 鳥や獣。
35 父母・妻子・兄弟姉妹の三族を死刑に処すこと。
36 笞・杖・徒・流・死の五種の刑。
37 車に四肢を繋いで八つ裂きにする刑。
38 殺して塩漬けにする刑。
39 行方をくらまして。
40 自分の罪科。
41 夢窓疎石。臨済宗の高僧。後醍醐帝や足利尊氏の帰依を得た。

き申しける。夢《む》窓《そう》は、天下の大知識《だいちしき》[42]にておはする上、殊更《ことさら》当《とう》[43]今《ぎん》の国師《こくし》として、武家の崇敬《すうぎょう》類《たぐ》ひなかりしかば、さりとも[44]、かれが命ばかりをば申《もう》し宥《なだ》めんずるものをと思はれければ、様々《さまざま》申されけるを、直義朝臣《ただよしあそん》、「事緩《ゆる》[45]に行ひては、向後《きょうこう》[46]の積習《せきしゅう》たるべし」とて、つひに頼遠《よりとお》を召し出だして、六条河原《ろくじょうがわら》[47]にて首を刎《は》ねらる。

その弟に、周済房《すさいぼう》[48]とてありけるを、すでに切らるべしと評《ひょう》定《じょう》ありけるが、その時の人数《にんじゅ》にてはなかりける由《よし》、証拠分明《ふんみょう》なりければ、死刑の罪を免《まぬか》れて本国へぞ下りける。

夢窓和尚の、武家に出でて、「さりとも」と口入《こうじゅ》[49]し給ひし事のかなはざりしを、欺《あざむ》[50]く者やしたりけん、狂歌を一首、天龍寺《てんりゅうじ》[51]の脇壁《わきかべ》の上にぞ書いたりける。

いしかりしときは夢窓に食らはれてすさいばかりぞさらに[52]
貽《のこ》れる

42　人々を仏法に導く偉大な僧。
43　今上帝の仏法の師。
44　そうはいってもなんとか。
45　寛大に処置しては。
46　今後の悪い前例。
47　六条大路東端の鴨川の河原。刑場として使われた。
48　俗名、土岐頼明。
49　とりなし。
50　嘲る。
51　京都市右京区嵯峨にある臨済宗天竜寺派の本山。足利尊氏が後醍醐帝を弔うため、夢窓疎石を開山として貞和元年(一三四五)建立した。第二十五巻・2、参照。
52　うまい食事はすべて夢窓に食われ、酢菜(すさ)だけが皿に残っている。斎(とき)と土岐、酢菜と周済、皿と更に、を掛ける。

この時の習俗、[53]中夏《ちゅうか》変じて蛮夷《ばんい》となりぬる事なれば、人皆院《いん》、国皇《こくおう》と申す事を知らざりけるにや、「土岐《とき》こそ、院の御幸《ごこう》に悪《あ》しく参り逢ひたる罪科によつて切《き》られたれ」と申しければ、道を過ぐる馬上《ばしょう》の客《きゃく》、相語《あいかた》らひて、「そもそも院だにも馬より下りんずるには、将軍に参り会うては、土を這《は》ふべきか」などぞ欺《あざむ》きける。

されば、その比《ころ》、いかなる[54]雲客《うんかく》にてかおはしけん、破れたる簾《すだれ》より見れば、年四十余りばかりなる、[55]眉《まゆ》作り鉄漿《かね》付けて、[56]立《たて》烏帽子《えぼし》引きゆがめて着たる人、轅《ながえ》はげたる[57]もなし車を、打てども行かぬ疲《や》せ牛《うし》に懸けて、[58]北野《きたの》の方《かた》へぞ通りける。ここに、この比《ころ》、殊《こと》に時を得たる者どもよと覚しき武士の、太く逞《たくま》しき馬に[59]千鳥足《ちどりあし》を踏ませ、[60]段子《どんす》、金襴《きんらん》の小袖《こそで》、色々に脱《ぬ》ぎ懸《か》けて、脇より余せるもあり、下人《げにん》の頸に巻かせたるもあり、金銀を打《う》ち含《くく》みたる[61]白太刀《しろたち》ども、[62]小者《こもの》、中間《ちゅうげん》に持たせ、[63]唐笠《からかさ》に[64]毛沓帯《けぐつは》いて、

53 都が一変して夷《えびす》の地となった。
54 殿上人。
55 作り眉にお歯黒をつけて。
56 中央部を立てたままで折らない烏帽子。
57 もなしは、時衆の僧の着た「裳無し衣」(裳のついていない身丈の長い衣で、僧侶としては「異形」の装いとされた)に準じる語か。神田本・流布本「やぶれ車」。
58 北野天満宮の辺。上京区から北区にかけての地。
59 千鳥のように足を交差させた乱れた足並み。
60 緞子(どんす)は、地の厚い光沢のある絹織物。金襴は、金糸で模様を織り出した錦。
61 銀で装飾した太刀。
62 小者は、下部。中間は、侍と下部の中間の者。

当世はやる田楽節《でんがくぶし》[65]、所々《しょしょ》打ち揚げて、酒温《あたた》めて炷《た》き残《のこ》せる紅葉《もみじ》、手ごとに折りかざして、五、六十騎が程、野遊びして帰りけるが、大嘗《おおにえ》[66]の野の辺《ほと》りにて、俄《にわ》かにこの車を見て、[67]「すはや、これこそ件《くだん》の院と云ふ恐ろしき物よ」と云ひて、一度にさつと馬より下《お》り、哺蒙《ほおかぶ》りを弛《はず》し、笠を脱《ぬ》いで、頭《こうべ》を地に付けてぞ畏《かしこ》まつたる。

車に乗りたる雲客《うんかく》、またこれを見て、[68]「あなあさましや。これはもし、土岐《とき》が一族にてやあるらん。院をだにも射奉る者に合ひて、下《お》りざらんはよかるまじ」と、惶《お》ぢ彷《おのの》きて、[69]懸《か》け弛《はず》さぬ車より遽《おど》り下《お》りに蜚《と》び下《お》りければ、車は先へ過ぐる。[70]檝《くさび》に立《たて》烏帽子《えぼし》を突いて落とされて、[71]髻《もとどり》放ちたる[72]生陪従《なまばいじゅう》、片手には髻をとらへ、片手には笏《しゃく》を取り直して、富貴《ふうき》の前に跪《ひざまず》く。前代未聞《もん》の癖事《ひがごと》なり。

その日は、殊更《ことさら》[73]北野の縁日《えんにち》なりければ、往来の貴賤《きせん》、群れを

63 唐(から)ふうの笠。
64 乗馬用の毛皮の沓。
65 田楽で歌われる歌謡。
66 かつて大嘗祭が行われた大極殿の前庭があった野。
67 それ。
68 ああ大変だ。
69 轅(ながえ)もはずさず牛につないだままの車。
70 車を車軸に止めるくさび。
71 髻(まげ)を束ねる紐(もとどり)がほどけ髪がばらばらになった。
72 貴人に仕える身分の低い公家。
73 北野天満宮で毎月二十五日に行われる祭礼の日。

なして立《た》ち停《ど》まり、「[74]路頭《ろとう》の礼は、[75]弘安《こうあん》の格式《かくしき》に定められたる次第あり。それにも、雲客、武士に会はば、車より下りて髻を放つべしとは、定められぬものを」と、笑はぬ人こそなかりけれ。

高土佐守《こうのとさのかみ》傾城《けいせい》を盗《ぬす》まるる事　9

吉野《よしの》には、伊予国《いよのくに》より[1]専使《せんし》を立てて、しかるべき大将を一人《いちにん》下されば、御方《みかた》に参じて、忠戦を致すべき由《よし》を奏聞《そうもん》したりける間、脇屋刑部卿義助朝臣《わきやぎょうぶきょうよしすけあそん》を下さるべしと、[2]公議《こうぎ》定まりにけり。但し、下向《げこう》の道、海上陸地《かいしょうくがち》も皆《みな》敵陣なれば、いかにして通るべきと、難儀一つならざりける処《ところ》に、備前国《びぜんのくに》の住人[3]佐々木三郎《ささきさぶろう》左衛門信胤《ざえもんのぶたね》がもとより、[4]飛脚《ひきゃく》を以て、「去月《きょげつ》二十三日、備前の[5]小豆島《しょうどしま》に押し渡り、義兵を揚げて、かの島の逆徒《ぎゃくと》少々討ち取

74　往来で貴族同士が出会った際の礼法。
75　弘安八年(一二八五)に亀山上皇が定めた礼式。

9
1　特別な使者。
2　朝廷の意見。
3　岡山市南区飽浦に住んだ佐々木一族。長胤の子。前出、第十四巻・11。
4　早馬。
5　香川県小豆郡の小豆島。

り、京都運送の船路《ふなじ》を差し塞ぎ候ふなり」とぞ奏しける。諸卿、これを聞き給ひて、大将進発《しんぱつ》の路《みち》開けて、天運《てんうん》機を得たる時至りぬと、悦《よろこ》び合《あ》へる事限りなし。

そもそもこの信胤《のぶたね》と申すは、[6]去んぬる建武《けんむ》の乱の始めに、[7]細川卿律師定禅《ほそかわきょうのりっしじょうぜん》に与力《よりき》して、備前《びぜん》、備中《びっちゅう》の両国を征《したが》へ、[8]将軍のために忠功《ちゅうこう》ありしかば、飽くまで武恩《ぶおん》に浴《よく》して、恨みを含むべき方《かた》もなかりしに、何事《なにごと》の憤《いきどお》りありければ、今俄《にわ》かに宮方《みやがた》にはなるぞと、事の根元を温《たず》ぬれば、この比《ころ》天下に禍《わざわ》ひをなす例の[9]傾城《けいせい》ゆゑとぞ申しける。

その比《ころ》、[10]菊亭殿《きくていどの》に、[11]御妻《おさい》とて、面貌《みめかたち》わりなく、その品《しな》卑しからで、[12]なまめきたる女房ありけり。しかれども、元来《もとより》心軽《かろ》く、思ひ定めたる方《かた》もなければ、何となく[13]引く手あまたの喩《たと》へもなほ事過ぎて、寄《よ》る瀬《せ》いづくにかと、われながら思《おも》ひ別《わ》かでぞありわたりける。おぼろげにては人の近づくべきにもあらぬ宮中

6　この経緯は、第十四巻・11。
7　頼貞の子。土佐守護。細川は、足利一族。
8　足利尊氏。
9　美女。
10　西園寺家の庶流。以下に見える「左大臣」に該当する人物は不詳。
11　人の妻の美称「御妻」が、固有名詞的に使われたもの。
12　若々しく美しい。
13　誘いを寄せる人は多いが、実際には相手もなく、誰に頼ったらいいか判断がつかずに日を過ごしていた。「大幣(おおぬさ)の引く手あまたになりぬれば思へどえこそ頼まざりけれ」(古今和歌集・読み人しらず)。

の深き棲家《すみか》なれども、心に懸けし玉簾[14]《たますだれ》の隙《ひま》求めける便りもさすがありけるにや、今の世に肩を並ぶる人なしと時めきあへる高土佐守[15]《こうのとさのかみ》通ひて、人知れず思《おも》ひ替《か》はしたるやうにてぞ、月比《つきごろ》過ぎにける。

初めの程こそ、忍びたる態《わざ》もありけれ、後《のち》は早やひたそらに[16]打ちひたたけて、あやにくなる里居《さとい》にのみ罷《まか》でければ、宮仕《みやづか》へも疎《おろそ》かなる事のみあつて、主《あるじ》の左大臣《ひだりのおとど》、儲君[17]《もうけのきみ》も、かくと知り給ひければ、むつかしの[18]人目を中の関守《せきもり》や、早や宵々[19]《よいよい》ごとの深《ふ》け過《す》ぐるを待たずともあれかしなんど許されてけり。

これのみならず、この土佐守に年久しく相狎《あいな》れて、子共《こども》あまた儲《もう》けたる鎌倉の女房ありけり。この女房、元《もと》より田舎人《いなかうど》なりければ、物妬《ものねた》みはしたなく、心たけだけしくて、源氏の雨夜《あまよ》の[20]品定《しなさだ》めに、頭式部《とうのしきぶ》が女房の、指を食ひ切りたりし有様ども多かりけり。されども、子共の親なれば、けしからずの有様やと思

14　玉簾の隙間から風のように入る恋の便り。「吹く風にわが身をなさば玉簾隙求めつつ入るべきものを」(伊勢物語六十四段)。
15　師秋。師行の子。師直の従兄弟。
16　すっかりしまりがなくなって、不都合にも宮中を退出して実家にばかりいたので。
17　跡継ぎの若君。
18　仲をさえぎるうっとうしい人目よ。
19　人目を気にせず、白昼堂々と通うことを許されたの意。「人知れぬわが通ひ路の関守は宵々ごとにうちも寝ななん」(古今和歌集・在原業平)。
20　「源氏物語」帚木巻、雨夜の品定めで左馬頭の語る体験談。気の強い女に別れ話をして指を噛まれた話。

ひながら、否《いな》やと云ふべき方もなくて、年を経《へ》ける処《ところ》に、土佐《とさの》守《かみ》、伊勢《いせ》の守護になつて下向《けこう》しけるが、二人の女房を同じく具足してぞ下《くだ》りける。

元の女房は、一日先立つて下りぬ。また、御妻《おさい》は、「今日よ、明日よ」と云ひて、[21]少しうるさげなる気色《けしき》に見えけるを、土佐守も、三日まで[22]逗留《とうりゅう》して、とかく云ひ恨みければ、さらばとて、夜半ばかりに輿《こし》差し寄せさせ、[23]几帳《きちょう》さし隠して助け乗せられぬ。土佐守、限りなくうれしく思ひて、道に少しの徘徊《やすらい》もなく、その夜、やがて[24]伊勢路《いせじ》に掛かりてぞ下《くだ》りける。

夜《よ》明けはて、[25]勢田《せた》の橋《はし》を渡りける時に、さざ浪《なみ》寄する[26]志賀《しが》の浦風《うらかぜ》劇《はげ》しく吹いて、輿《こし》の簾《すだれ》を吹《ふ》き挙《あ》げたるに、[27]出衣《だしぎぬ》の中《うち》を見たれば、年の程今は八十ばかりにもなりぬらんと覚えたる尼の、額には皺《しわ》のみあつて、口には歯一つもなきが、腰二重《ふたえ》に亀《かが》みてぞ乗りたりける。土佐守、大きに愕《おどろ》いて、「これはいかさま、

21 (伊勢へ下るのが)少しわずらわしそうに見えたが。
22 京に留まって。
23 とばり。
24 伊勢へ至る東海道。
25 琵琶湖から瀬田川への注ぎ口にかかる橋。
26 滋賀県大津市志賀。「さざ浪」は、志賀の枕詞。
27 牛車の簾の下から、女性の衣服の袖や裾などを出して飾りとすること。

古狸《ふるだぬき》か古狐《ふるぎつね》かの化けたるにてぞあるらん。鼻[28]をふすべよ。蟇目《ひきめ》[29]にて射てみよ」と申しければ、尼、泣く泣く申しけるは、「これは怪物《ばけもの》にても候はず。菊亭殿《きくていどの》へ年来《としごろ》参り通ふ者にて候ふを、御妻の局《つぼね》へ召され候ひて、「かやうに京に栖《す》み侘《わ》びんより、わが下《くだ》る田舎へ行《ゆ》いて慰《なぐさ》めかし」と仰せられ候ひし間、誘《さそ》[30]ふ水もがなと思ふ憂き身にて候へば、うれしき事に思ひて、昨日の夜より御局《みつぼね》へ参り候ひしかば、「早や輿に乗れ」と承《うけたまわ》り候ひし間、何心《なにごころ》なく乗りたるばかりにて候ふ」とぞ申しける。土佐守、「さては、この傾城《けいせい》に出し抜かれぬるものかな。菊亭殿へ打《う》ち入《い》つて、奪ひ取らでは下《くだ》るまじ」とて、尼をば勢田の橋爪《はしづめ》[31]に捨《す》て措《お》き、空《むな》しき輿を舁《か》き返《かえ》して、また京へぞ上《のぼ》りける。

土佐守、元来《もとより》思慮なき荒者《あらもの》なれば、数百騎の兵を率《そっ》し、菊亭殿へ押し寄せて、四方の門を差《さ》し籠《こ》めて、残る所なく探しければ、こはいかなる事ぞと、上下周章《あわ》て騒ぐ事限りなし。いかに

28　鼻を煙でいぶせ。
29　大型の鏑矢。
30　「わびぬれば身をうき草の根を絶えて誘ふ水あらばいなんとぞ思ふ」(古今和歌集・小野小町)。
31　橋のたもと。

覓《もと》むれどもなかりければ、この女房の住みし傍《かたわ》らの局《つぼね》なる[32]女《めの》童《わらわ》を捕らえて、責め問ふに、「その女房は、通ひ給ふ方《かた》多かりしかば、いづくとも知《し》り難《がた》けれども、近来《ちかごろ》は、[33]飽浦《あくら》三郎左衛門《さぶろうざえもん》とかや申す人にぞ、わきて志《こころざし》は深く、人目も憚《はばか》らぬさまに承《うけたまわ》り候ひしか」と語りける。

土佐守《とさのかみ》、いよいよ腹を居《す》ゑかねて、やがて飽浦が宿所へ押し寄せて討たんと議しけるを聴いて、飽浦、[34]自科《じか》遁《のが》れ難《がた》く、身の置き所なかりければ、力なく、多年粉骨《ふんこつ》の忠功を棄て果てて、宮方《みやがた》の旗をば挙げけるなり。

[35]折り得ても心緩《ゆる》すな山桜《やまざくら》誘ふ嵐に散りもこそすれ

と世を[36]諷歌《そえうた》に読みたりしは、[37]人の心の花なるべし。

32 召使いの童女。
33 佐々木信胤。
34 自分の罪科。
35 折り取ったと思っても油断してはいけない。山桜が風に誘われるように、女心は誘われるとなびいてしまうから。「折えても心ゆるすな山桜誘ふ嵐のありもこそすれ」(新続古今和歌集・仏国禅師)。修行に油断があってはならない意味の本歌を、男女関係に諷した。
36 「古今和歌集」仮名序にいう和歌の六つの表現法(六義)の一つ。別の事柄を詠んで、裏の意味を相手に伝えるもの。
37 人のあだ心のことを言ったのだろう。「色見えで移ろふものは世の中の人の心の花にぞありける」(古今和歌集・小野小町)。

太平記　第二十四巻

第二十四巻　梗概

暦応《りゃくおう》五年（一三四二。『太平記』に暦応三年とあるのは誤り）四月、脇屋《わきや》義助《よしすけ》は、吉野から伊予へ下る途中、高野山に参詣した。伊予では、守護の大館氏明《おおたちうじあきら》、国司の四条有資《しじょうありすけ》以下の宮方が、義助の下向によって勢いを得た。その頃、伊予の住人大森彦七《おおもりひこしち》は、兵庫湊川《みなとがわ》の合戦で楠正成《くすのきまさしげ》に腹を切らせた功によって所領を得ていたが、それを祝う猿楽の宴を催すと、鬼女が現れ、彦七に襲いかかるという怪異があった。また宴の最中、黒雲の中から正成を名のる鬼が現れ、天下を覆す用として、彦七の所持する名剣を乞う。さらに三、四日して、正成が剣を奪いに来たが、その時は、先帝後醍醐《ごだいご》や、護良親王《もりよししんのう》、新田《にった》義貞《よしさだ》らの怨霊も一緒だった。その後、天井から手が伸びて彦七の髻をつかんで連れ去ろうとしたり、大きな蜘蛛が現れて彦七の家来たちを金縛りにしたが、僧侶のすすめで大般若経を読誦すると、怪異はおさまった。はたして五月四日、脇屋義助は伊予国府で発病し、七日後に死去した。義助の死を知った細川頼春《ほそかわよりはる》は、伊予の河江城《こうのえのじょう》の宮方を攻め、宮方は、金谷《かなや》経氏《つねうじ》を後攻めの大将として日比《ひび》の海上で戦い、ついで備後の鞆《とも》の浦《うら》一帯で戦ったが、その間に、河江城は落とされ、金谷経氏も千町原《せんじょうがはら》の合戦で敗走した。細川軍はついで世《せ》田城《たのじょう》を攻め、九月三日、城は落ちて大館氏明は自害した。新田方の剛勇の士篠塚伊賀守《しのづかいがのかみ》は、世田城から船で隠岐島《おきのしま》へ渡った。なお、大森彦七の剣は、霊剣として足利直義《あしかがただよし》に献上されたが、直義は一顧だにしなかった。

義助朝臣《よしすけあそん》予州《よしゅう》下向《げこう》の事、付《つけたり》 道《みち》の間高野《かんこうや》参詣《さんけい》の事 1

[1]暦応《りゃくおう》三年四月三日、脇屋《わきや》刑部卿《ぎょうぶきょう》義助朝臣《よしすけあそん》、[2]吉野殿《よしのどの》の勅命《ちょくめい》を含んで、西国征罰《さいごくせいばつ》のために、先《ま》づ伊予国《いよのくに》へ下向《げこう》せらる。年来相《としごろあい》順《したが》ひし兵、数多しと云へども、越前《えちぜん》、美濃《みの》の合戦に打ち負けし時、或いは大将の行末《ゆくえ》を知らで山林に隠れ忍び、危難《きなん》を遁《のが》れて[3]堺《さかい》を隔《へだ》てしかば、吉野殿へ馳《は》せ来《き》たる兵、わづかに五百騎にも足らざりけり。

されば、未明《びめい》に吉野を(立つて)、[4]紀伊路《きのじ》に懸かりて通られけるに、かやうの次《つい》でならでは、いつか[5]高野参詣の志《こころざし》を遂げて、[6]当来値遇《とうらいちぐ》の縁をも結ぶべきと思はれければ、先づ拝《おが》み廻《めぐ》り給ふに、[7]八葉《はちよう》の峰空に聳《そび》えて、[8]千仏《せんぶつ》の座《ざ》雲に捧《ささ》げ、[9]無漏《むろ》の扉《とぼそ》を苔に閉ぢて、[10]三会《さんね》の暁《あかつき》を期《ご》す。或いは[11]説法衆会《せっぽうしゅえ》の場《にわ》、または[12]念仏《ねんぶつ》

1

1　諸本ともに、暦応三年とあるが、暦応五年(一三四二)が正しい。
2　後村上天皇。
3　遠隔の地にいたので。
4　紀州へ至る道。
5　高野山。弘法大師の開いた真言宗の霊場。真言宗総本山金剛峯寺がある。和歌山県伊都郡高野町。
6　来世で仏と会う機縁。
7　高野山の八つの峰を、胎蔵界曼荼羅中央の八葉の蓮華にたとえたもの。
8　過去・現在・未来の三劫にそれぞれ出現する千仏の座を、雲にたとえたもの。
9　煩悩のない境地。空海が高野山で入定したこと。
10　釈迦入滅から五十六億七千万年後に弥勒菩薩が行う三度の法会を待つ。

三昧《ざんまい》の砌《みぎり》、[13]飛行《ひぎょう》の三鈷《さんこ》地に落ちて験《しるし》に生《お》ひたる一株《いっちゅう》の松、[14]回禄《かいろく》の余煙《よえん》風《ほの》かに去つて軒《のき》を焦《こ》がせる御影堂《みえいどう》、香《こう》の煙《けぶり》窓を出でて心細く、[15]鈴《れい》の声霧に籠もりて物冷《ものさび》し。ここに、昔[16]滝口入道《たきぐちにゅうどう》が住みたりし庵室《あんじつ》の跡とて尋ぬれば、古き板間《いたま》に苔むして、荒れても漏《も》らぬ夜の月、かしこは古《いにし》へ[17]西行法師《さいぎょうほうし》が結び置きし、柴の庵《いおり》の名残りとて立ち寄れば、払はぬ庭に花散りて、[18]踏むに跡なき朝の雪、様々《さまざま》の[19]霊瑞《れいずい》、所々《しょしょ》の[20]幽閑《ゆうかん》を見るに、[21]遁《のが》れぬべくは、かくてもあらまほしくぞ思はれける、維盛卿《これもりきょう》の心の中《うち》、げにもと思ひ知られたり。

高野《こうや》より紀伊路《きのじ》に出でて、[22]千里《せんり》の浜《はま》を打ち過ぎて、[23]田辺《たなべ》の宿《しゅく》に逗留《とうりゅう》し、四、五日、渡海《とかい》の船をそろへ給ふに、熊野《くまの》の[24]新宮別《しんぐうのべっ》当湛誉《とうたんよ》、[25]湯浅入道定仏《ゆあさにゅうどうじょうぶつ》、[26]山本判官《やまもとほうがん》、東四郎《とうのしろう》、西四郎《さいのしろう》以下《いげ》の熊《くま》野人《のびと》ども、馬、[27]物具《もののぐ》、弓箭《ゆみや》、太刀、長刀《なぎなた》、絹布《きぬぬの》の類《たぐ》ひ、兵粮米《ひょうろうまい》に至るまで、われ劣らじと奉りける間、行路《こうろ》の資《たす》け万《よろ》づ卓散《たくさん》な

11 衆を集め法を説く場。
12 一心に念仏する場。
13 空海が唐から三鈷を飛ばすと高野山に落ちた。その場所を示す松。
14 火災(回禄)にも軒を焦がしただけで焼けなかった空海の御影(肖像)を安置した堂。
15 祈禱で鳴らす金剛鈴。
16 斎藤時頼。横笛との恋を父に制されて出家、高野に入る(平家物語巻十・横笛)。
17 歌人。高野に止住した。
18 「花の雪の庭に積もるに跡つけじ門《かど》なき宿と言ひ散らされて」(山家集)。
19 奇瑞の場所。
20 奥深く静かな場所。
21 のがれることができるなら、このような出家隠遁の生活を送りたいと思われたであろう、維盛卿の胸の

り。

　かくて順風になりにければ、かの熊野人ども、兵船《ひょうせん》三百余艘漕《こ》ぎ並《なら》べて、淡路国《あわじのくに》[28]武島《むしま》へ送り奉る。この島には、[29]安間《あま》、小《お》笠原《がさわら》の一族ども、元より宮方《みやがた》にて、城を構へて居《い》たりければ、様々の酒肴《さけさかな》、引出物《ひきでもの》を尽《つ》くして後《のち》に、二百余艘の船をそろへ、備前国《びぜんのくに》[30]小豆島《しょうどしま》へ送り奉る。ここには、[31]薩摩守信胤《さつまのかみのぶたね》、[32]梶原三郎《かじわらのさぶろう》、去年より宮方になつて、島内にはまた[33]交《まじ》はる人もなかりければ、大船《たいせん》百余艘にて、四月二十三日、伊予国《いよのくに》[34]今張《いまばり》の浦《うら》に送り付け奉る。

　[35]大館左馬助氏明《おおたちさまのすけうじあきら》は、[36]先帝山門《さんもん》より京へ御出でありし時、いかが思ひけん、供奉《ぐぶ》仕《つかま》つて降人《こうにん》になりし初めは、[37]将軍に属《しょく》して居たりけるが、先帝ひそかに[38]楼《ろう》の御所を御出《ぎょしゅつ》あつて、吉野《よしの》に御《ぎょ》座《ざ》ありと聞いて、[39]やがて馳《は》せ参《まい》りたりしかば、君、御感《ぎょかん》あつて伊予国の守護に補《ふ》せらる。これによつて、去年の春より当国に

内。維盛は、平重盛の子。高野に滝口入道を訪ねて出家。「のがれぬべくはかくてもあらまほしうや思はれけん」(平家物語巻十・維盛出家)。
22 和歌山県日高郡みなべ町の海岸。
23 田辺市。
24 新宮市の熊野速玉大社の長官。湛智の子。
25 俗名宗藤。有田郡湯浅町出身の武士。
26 いずれも熊野の武士。
27 鎧・兜などの武具。
28 兵庫県南あわじ市沼島(ぬまし)。淡路島の南。
29 ともに淡路島の武士。
30 香川県小豆郡の小豆島。
31 佐々木(飽浦)信胤。
32 備前の武士か。
33 ほかに加勢する人。
34 愛媛県今治市。伊予の国府があった。

居住せり。

　また、[40]四条大納言隆資卿《しじょうだいなごんたかすけきょう》の子息、少将有資《しょうしょうありすけ》は、この国の国司になされて、去々年より在国し給ふ。また、[41]土居《どい》、得能《とくのう》、土肥《とひ》、河田《かわだ》、武市《たけち》、日吉《ひよし》の者ども、多年の宮方《みやがた》にて、東は讃岐《さぬき》の敵を支へ、西は土佐《とさ》の[42]畑《はた》を堺《さか》ひて居たりければ、大将の下向《げこう》にいよいよ勢ひを得て、[43]龍の水を潜《くぐ》り、虎の山に靠《よりかか》るが如し。

　その威《い》漸く近国《きんごく》に震《ふる》ひければ、四国は申すに及ばず、備後《びんご》、安芸《あき》、周防《すおう》、乃至九国《ないしくこく》の方《かた》までも、「すは、大事出で来《き》ぬ」と云はぬ者こそなかりけれ。当国の内にも、将軍方の城郭《じょうかく》のわづかに十余ヶ所ありけるも、未だ敵も向かはざる先に、[44]皆聞き落ちにぞしたりける。

正成天狗《まさしげてんぐ》と為《な》り剣《つるぎ》を乞《こ》ふ事　2

35　宗氏の子。新田一族。
36　後醍醐帝は、建武三年（一三三六）十月、比叡山より京都に還幸。第十七巻・16、参照。
37　足利尊氏。
38　牢の御所。建武三年十月、後醍醐帝は花山院に幽閉されたが脱出、吉野に潜幸。第十八巻・1、参照。
39　ただちに。
40　隆実の子。南朝の重臣。
41　いずれも伊予の豪族。土居・得能は河野一族。土肥は義昌（本巻・3、4）。
42　高知県幡多郡。
43　龍や虎がその所を得たようである。「龍の水をえたるが如く、虎の山に靠るに似たり」（禅林句集）。
44　敵が攻めてくると聞いただけで、逃げること。

2

その比《ころ》、伊予国《いよのくに》に希代《きたい》の不思議あり。当国の住人大森彦七《おおもりひこしち》[1]盛長《もりなが》と云ふ者あり。心飽《あ》くまで不敵にして、力尋常《よのつね》の人に超えたり。去んぬる建武《けんむ》[2]三年五月に、将軍は筑紫《つくし》より攻め上《のぼ》り、新《にっ》田《た》左中将《さちゅうじょう》は播磨《はりま》より引き退いて、兵庫《ひょうご》[3]の湊川《みなとがわ》にて合戦ありし時、この大森の一族等《ら》、宗《むね》[4]と手痛き合戦をして、楠判官正成《くすのきほうがんまさしげ》[5]に腹を切らせし者なり。されば、その勲功他《た》に異《こと》なる間《あいだ》、数《す》ヶ《か》所《しょ》の恩賞を給はりてけり。この悦《よろこ》びに、一族ども寄り合うて、猿楽《さるがく》[6]をして遊ぶべしとて、あたり近き堂の庭に桟敷《さじき》[7]を打ち、舞台を構へて、様々《さまざま》の風流《ふりゅう》[8]を尽《つ》くさんとす。これを聞いて、近隣傍《きんりんぼう》[9]庄《しょう》の貴賤男女《きせんなんにょ》、群れをなす事雲霞《うんか》の如し。

彦七もこの猿楽の衆なりければ、様々の装束ども下人《げにん》に持たせて、楽屋《がくや》へ行きける道に、年の程十七、八ばかりなる女の、赤き袴《はかま》に柳裏《やなぎうら》[10]の五絹《いつつぎぬ》着て、鬢《びん》[11]深くそぎたるが、差し出でたる山《やま》の端《は》の月に映じて、ただ一人たたずみたり。彦七、これを見

1　愛媛県伊予郡砥部町に住んだ武士。清和源氏宇野流。
2　一三三六年。底本・玄玖本の「建武二年」は誤写。神田本・流布本により改める。第十六巻・4。
3　兵庫県神戸市兵庫区湊川町の一帯。
4　主だって。
5　後醍醐帝の忠臣。建武三年五月の湊川合戦で戦死。第十六巻・10。
6　能・狂言のもとになった物真似芸や舞踊。
7　地面より高く作られた見物席。
8　綺麗に飾り立て踊ること。
9　近在の村々。
10　表は白、裏は青の襲《かさね》の、五枚重ねの衣（女房の正装）を着て。
11　鬢そぎをしたばかりの

て、覚[12]えず、かかる田舎なんどに、かやうの女房いづくより来たりぬらんと、目[13]もあてやかにて、誰《た》が桟敷《さじき》へか入《い》ると見居《みい》たれば、この女房、彦七《ひこしち》に立ち向かひて、「[14]道芝《みちしば》の露打ち払ふべき人もなし。行くべき方《かた》をも誰《たれ》に問はまし」と、打ちしほれたる気色《けしき》なり。彦七、あやしや、いかなる宿《やど》の妻《さい》にてかあるらんに、[15]あやめも知らぬわざは、いかでかあるべきと思ひながら、[16]いはん方なくわりなき姿に引かれて、「こなたこそ道にて候へ。御桟敷なんど候はずは、たまたまあきたる一間《ひとま》の候ふに、御入《おんい》り候へかし」と云へば、女少し打ち笑ひて、「あなうれし、さらば、御桟敷へ参り候はん」と云ひて、跡に付いてぞ歩みける。[17]羅綺《らき》にだも堪《た》へざるかたち、誠《まこと》にたをやかに物痛はしげにて、未だ一足《ひとあし》も土をば踏まざりける人よと覚えて、行きなやみたるを見て、彦七、「余りに道も露深くして、御痛はしく候ふ。恐れながら、あれまで負《お》ひまゐらせ候はん」とて、前に跪《ひざまず》きたれ

女。女子は十六歳で成人すると、耳脇の髪を削ぎそろえ、赤い袴をはいた。

12 思いがけず。

13 目もまぶしいほどで。

14 露深いこの道を案内してくれる人もいない。どちらへ行けばよいか、どなたに尋ねればよいでしょう。「尋ぬべき草の原さへ霜枯れて誰に問はまし道芝の露」(狭衣物語巻二)。

15 物ごとの分別もつかない振る舞い。「郭公(ほととぎす)鳴くやさつきのあやめ草あやめも知らぬ恋もするかな」(古今和歌集・読み人しらず)。

16 いいようもなく美しい姿。

17 薄絹の衣の重さにも堪えられそうにないさま。「羅綺に任(た)えざるが若(ごと)し」(陳鴻・長恨歌伝)。

ば、女房、「[18]便《びん》なう、いかが」と云ひながら、やがて後ろに負はれぬ。[19]白玉《しらたま》か何ぞと問ひし古《いにしへ》へも、げにかくやと知らるるばかりなり。

彦七、踏む足もたどたどしく、心も空《そら》に浮かれて、[20]半町《はんちょう》ばかり行きたるに、さしもうつくしかりつる女房、俄《にわ》かに長《たけ》[21]八尺ばかりなる鬼になり、[22]二つの眼《まなこ》は血をといて鏡の面《おもて》にそそきたるが如し。上下の歯食《く》ひ違《ちが》うて、口脇《くちわき》耳の根まで広く裂け、眉《まゆ》は漆《うるし》にて百刷毛《ももはけ》塗りたるが如くして、額を隠したる振り分け髪の中より、[23]五寸ばかりなる犢《こうし》の角《つの》、鱗《いろこ》をかづき生《お》ひ出《い》でたり。彦七、きつと驚きて、打ち捨てんとする処《ところ》に、この怪物《ばけもの》、熊の如くなる手にて、彦七が[24]髻《もとどり》を摑《つか》み、虚空《こくう》に上がらんとす。彦七、元来《もとより》したたかなる者なりければ、これと引つ組んで、[25]深田《ふけだ》の中へ込《ころ》び落《お》ち、「盛長《もりなが》怪物と組んだり。寄れや者ども」とぞ呼ばはりたる声に付いて、[26]次に下がりたる下人《げにん》ども、太刀、長刀《なぎなた》の

18　そんなご迷惑をどうしてかけられましょう。
19　「伊勢物語」六段の芥川の話と歌をふまえる。「白玉か何ぞと人の問ひしとき露と答えて消えなましものを」。
20　一町は、約一〇九メートル。
21　約二・四メートル。
22　二つの眼は、血を溶かして鏡のおもてにまき散らしたようだ。
23　十五センチほどの子牛の角に鱗がついて生え出ている。
24　髻を束ねた部分。
25　泥深い田。
26　次の間。

鞘《さや》をはづし、走り寄つてこれを見れば、怪物《ばけもの》は掻き消すやうに失せて、彦七《ひこしち》は深田《ふけだ》の中に臥《ふ》したりけり。暫《しばら》く心を静めさせて、引き起こしたれど、なほ惘然《ぼうぜん》[27]として人心地《ひとごこち》もなければ、これただ事にあらずとて、その夜の猿楽《さるがく》をば止《とど》めてけり。

　さればとて、この程馴《な》[28]らしたる猿楽を、さてあるべきにあらずとて、四月十五日の夜に及んで、件《くだん》の堂の前に舞台をしき、桟敷《さじき》を打ち並べたれば、見物の輩《ともがら》群れをなせり。猿楽すでに半ばなりける時、遥《はる》かなる海上《かいしょう》に、装束《しょうぞく》[29]の唐笠《からかさ》ばかりなる光物《ひかりもの》二、三百出で来たり。海士《あま》[30]の縄《なわ》たく漁《いさ》り火《び》かと見れば、それにはあらで、一村《ひとむら》立つたる黒雲《くろくも》の中に、玉《たま》の輿《こし》を舁《か》いて、恐ろしげなる鬼形《きぎょう》の物ども、前後左右に連《つら》なる。その跡に、色々に鎧《よろ》うたる兵百騎ばかり、細馬《さいば》[31]に轡《くつばみ》を噛ませて供奉《ぐぶ》せり。近くなるより、その貌《かたち》見えず、黒雲の中に電光《いなびかり》時々して、ただ今猿楽する舞台の上に差《さ》し覆《おお》ひたる森の梢《こずえ》にぞ止まりたる。

27　呆然。

28　稽古した。

29　猿楽の装束につかう唐傘(広さ八尺程度)の大きさの光り物。

30　「思ひきやひなの別れに衰へて海人の縄たき漁りせんとは」(古今和歌集・小野篁)。「縄たく」は、釣り縄をたぐりよせる意。

31　よい馬。

見聞《けんもん》皆肝《きも》を冷《ひ》やす処《ところ》に、雲の中より高声《こうしょう》[32]に、「大森彦七殿《おおもりひこしちどの》に申すべき事あつて、楠 判官正成《くすのきほうがんまさしげ》と云ふ者、参つて候ふなり」とぞ申しける。彦七は、かやうの事にかつて驚かぬ者なりければ、少しも臆《おく》せず、「人死して再び帰る事なし。定めてその魂《こん》魄《ぱく》の霊となり、鬼となりたるにてぞあるらん。それはよし[33]、何にてもあれ、楠殿は何事の用あつて、今この場へ現れて、盛長《もりなが》をば呼び給ふぞ」と問へば、楠、重ねて申しけるは、「正成存《そん》[34]日《じつ》の間、様々《さまざま》の謀《はかりごと》を廻《めぐ》らして、相模入道《さがみのにゅうどう》[35]の一家を傾《かたぶ》けて、先帝の宸襟《しんきん》[36]を休めまゐらせ、天下一統に帰《き》して、聖主《せいしゅ》[37]の万歳《ばんぜい》を仰ぐ処《ところ》に、尊氏卿《たかうじきょう》、直義朝臣《ただよしあそん》、忽《たちま》ちに虎狼《ころう》の心を挿《さしはさ》みて、つひに君を傾《かたぶ》け奉る。これによつて、忠臣義士《ちゅうしんぎし》、尸《かばね》を戦場にさらす輩《ともがら》、悉《ことごと》く修羅《しゅら》[38]の眷属《けんぞく》となりて、嗔恚《しんい》[39]を含む心止《や》む時《とき》なし。正成、かれとともに天下を覆《くつがえ》さんと謀《はか》るに、(貪嗔痴《とんしんち》[40]の三毒《さんどく》を表《ひょう》して、必ず三つの剣《つるぎ》を用うべし。)われら大勢忿怒《たいせいふんぬ》[41]の悪眼《あくがん》を開き、剰《あまつさ》

32　大声で。

33　ままよ。

34　存命の時。

35　北条高時。

36　後醍醐帝の心。

37　帝の末永い代を願っていたところ。

38　常に帝釈天（たいしゃくてん）と戦う悪神である阿修羅王の従者。

39　怒り。

40　神田本により補う。貪嗔痴は、貪欲・嗔恚・愚痴という人間の三つの根本的な煩悩。三毒とも。

41　烈しく怒った眼。

へ[42]大三千界《だいさんぜんかい》を見るに、願ふ処《ところ》の剣、たまたまわが朝《ちょう》の内に三つあり。その一つは、[43]日吉《ひよし》の大宮《おおみや》にありしを、[44]法味《ほうみ》に替へて申し給はりぬ。今一つは、尊氏卿《たかうじきょう》のもとにありしを、寵愛《ちょうあい》の童《わらわ》に入り替はりてこれを乞ひ取りぬ。今一つは、御辺《ごへん》のただ今腰に差したる刀なり。知らずや、この刀は[45]元暦《げんりゃく》の古《いにしえ》へ、平家[46]壇浦《だんのうら》にて滅びし時、[47]悪七兵衛景清《あくしちびょうえかげきよ》が海に落としたりしを、江豚《いるか》と云ふ魚《うお》が呑んで、讃岐《さぬき》の[48]宇多津《うたづ》の澳《おき》にて死す。海底に沈んで百余年経《へ》て後《のち》、漁父《ぎょふ》の網に引かれて、御辺がもとへ伝はりたる刀なり。詮《せん》ずる所、この刀をだにも、われらが物と持つ程ならば、尊氏卿の天下を奪はん事は、[49]掌《たなごころ》の内にあるべければ、急ぎ進《まいら》せよと、先帝の勅定《ちょくじょう》にて、正成《まさしげ》参り向かつて候ふぞ」と云ひもはてず、雷《いかずち》東西の山に鳴りはためいて、ただ今落ちかかるかとぞ聞こえたる。

盛長《もりなが》、これにもかつて臆せず、刀の[50]柄《つか》を砕《くだ》けよと拳《にぎ》つて申し

42 三千大千世界。略して三千世界とも。仏教で全宇宙をさす。
43 日吉山王上七社の第一、大宮権現。
44 仏法の妙味。神に読経を捧げ、代わりに剣をもらった。
45 元暦二年(一一八五)。
46 山口県下関市、関門海峡東の早鞆(はやとも)の瀬戸一帯。
47 平家の侍大将で、剛力で知られる。上総介(伊藤)忠清の子。
48 香川県綾歌郡宇多津町。
49 たやすいはずだから。
50 刀剣の手で握る部分。

けるは、「さては、先に女に化けて、われを誑《たぶら》かさんとせしも、御辺達の所行《しょぎょう》なりけり。御辺未だ存生《ぞんしょう》の時、盛長常に[51]申《もう》し承《うけたまわ》りし事なれば、いかなる財宝なりとも、御用と承らん(に)惜しみ奉るべき事は[52]一塵《いちじん》もなし。但し、この刀をくれよ、将軍を亡ぼし奉らんと承らんに於ては、えこそ進《まいら》すまじけれ。身[53]不肖《ふしょう》なりと云へども、盛長、将軍の御方《みかた》に於ては、二心《ふたごころ》なき者と知られまゐらせて候ひし間、恩賞あまた所給はつて、その悦《よろこ》びにこの猿楽《さるがく》を仕《つかま》つて遊ぶにて候ふ。勇士の本意《ほい》、ただ心を変ぜざるを以て義とせり。たとひ身は[54]分々《つだつだ》に裂かれ、骨を一々に砕かるとも、進すべからざる上は、早や御帰り候へ」とて、虚空《こくう》を睨《にら》みて立ち向かへば、正成、以《もっ》ての外《ほか》に怒れる言《ことば》にて、「何とも云へ、つひには取らんずるものを」と詈《ののし》りて、また元の如く光り渡り、海上《かいしょう》遥《はる》かに飛び去りにけり。見物の貴賤、これを見て、ただ今天へ引つさげられて上がりぬと、肝心《きもこころ》身に添はね

51　ご用を承っていたので。

52　きわめてわずかなこと。

53　未熟者。謙称。

54　ずたずたに。

ば、親は子を呼び、子は親を引いて、四方四角《しほうしかく》へ逃げける間、また今夜《こよい》の猿楽《さるがく》も、55式三番《しきさんばん》にて止《や》みにける。

　また三、四日あつて、夜半ばかりに、雨一通《ひととお》り(降り)、風冷《ひや》やかに吹いて、電光《いなびかり》時々しければ、盛長《もりなが》、「今夜、56いかさま楠《くすのき》出《い》で来《き》ぬと覚ゆるぞ。57遮《さえぎ》つて待たばやと思ふなり」とて、58中門《ちゅうもん》に敷皮《しきがわ》しかせ、鎧59一縮《いっしゅく》して、60二所籐《ふたところどう》の大弓に、61中指《なかざし》二、三抜き散らし、62鼻油《はなあぶら》引いて、怪物《ばけもの》遅しとぞ待ち懸けたる。

　案の如く、夜半《やはん》過ぐる程に、さしも隈《くま》なかりつる中空《なかぞら》の月、俄《にわ》かに掻《か》き曇《くも》り、黒雲一村《くろくもひとむら》立ち覆《おお》へり。雲の中に声あつて、「いかに、大森彦七殿《おおもりひこしちどの》はこれにおはするか。先度《せんど》仰せられし剣《つるぎ》の事、新田刑部卿義助《にったぎょうぶきょうよしすけ》たまたま当国に下《くだ》りてあり。かの人に威を加へて、早速《さっそく》の功を致さしめんためなり。剣を急ぎ進《まいら》せられ候へとて、63綸旨《りんし》をなされて候ふ間、勅使《ちょくし》にて正成《まさしげ》また罷《まか》り向《む》かつて候ふぞ」とぞ申しける。彦七、聞きもあへず庭へ出で向

55　能(猿楽)の最初に演じられる儀式的な三つの祝言曲。室町期以前は、父尉(ちちのじょう)・翁・三番猿楽。
56　きっと。
57　先手を打って。
58　表門から主殿へ至る中間の門。
59　一揃いの鎧を身につけること。
60　二か所ずつ間をおいて巻いた籐を漆で固めた弓。
61　箙(えびら)の表側に差す二本の上差(鏑矢)に対して、中側に差す実戦用の征矢(そや)。
62　準備の完了を示すしぐさ。
63　天皇の発給する命令書。

かつて、「今夜は定めて来たり給はんずらんと存じて、宵《よい》よりこれに待ち奉りてこそ候へ。初めは何ともなき天狗、怪物なんどの化けて云ふ事ぞと存ぜし間、委細の問答にも及び候はざりき。今慥《たし》かに綸旨を帯《たい》したるぞと承《うけたまわ》り候へば、さては楠殿にておはしけりと、信をとる間、事永々《ながなが》しきやうに候へども、不審の事どもを尋ね申して候ふ。先《ま》づ、相伴ふ人あまたありげに見え候ふは、誰々《たれたれ》にて候ふぞ。御辺《ごへん》は今、64六道四生《ろくどうししょう》の間、いづれの所に生《しょう》じておはするぞ。委《くわ》しく御物語り候へ」とぞ問うたりける。

その時、正成近々と降《お》り下《さ》がつて、「正成が相伴ひ奉る人には、先づ先帝後醍醐天皇《ごだいごてんのう》、65兵部卿親王《ひょうぶきょうのしんのう》、新田左中将義貞《にったさちゅうじょうよしさだ》、66平馬助忠正《へいうまのすけただまさ》、67九郎大夫判官義経《くろうたいふのほうがんよしつね》、68能登守教経《のとのかみのりつね》、正成加へて七《しち》人《にん》なり。その外《ほか》、数万人《すまんにん》ありと云へども、69泛々《はんぱん》の輩《ともがら》は未だ数ふるに足らず」とぞ語りける。盛長、「そもそも先帝は、いづく

64　六道は、欲望が支配する欲界の衆生が輪廻する六種の世界(地獄・餓鬼・畜生・修羅・人間・天)。四生は、四種の生まれ方(胎生・卵生・湿生・化生)。
65　護良(もりよし)親王。
66　平忠盛の弟。保元の乱で崇徳院方に付いて敗れ、甥の清盛に斬られた。
67　源頼朝の弟。源平合戦で活躍したが、奥州平泉で滅んだ。
68　平教盛の子。勇猛で知られたが、壇ノ浦で入水。
69　些末なやから。

に御座《ござ》候ふぞ」と問へば、正成《まさしげ》、「元来《もとより》[70]摩醯修羅《まけいしゆら》の[71]所変《しよへん》にておはせしかば、今帰《かえ》つて[72]欲界《よくかい》の六天《ろくてん》に御座あり」と云ふ。「さて、相順《あいしたが》ひ奉る人々はいづくにぞ」と云へば、「悉《ことごと》く修羅の眷属《けんぞく》となりて、([73]或る時は[74]天帝《てんてい》と戦ひ、)或る時は人間《にんげん》に下《くだ》つて、[75]嗔恚《しんい》強盛《ごうじよう》の人に入り替はる」と答ふ。「さて、御辺《ごへん》はいかなる姿にておはするぞ」と問へば、「正成も最後の悪念《あくねん》に引かれて、罪障《ざいしよう》深かりしかば、今[76]千頭《せんず》王鬼《おうき》と云ふ鬼になつて、[77]七頭《しちず》の牛に乗れり。不審あらば、いでその有様を見せん」とて、炷松《たいまつ》を十四、五、同時にさつと振り挙げたれば、闇《やみ》の夜《よ》忽《たちま》ちに昼の如くになりたり。

その光に付いて虚空《こくう》を遥《はる》かに見たれば、一村《ひとむら》立つたる雲の中に、十二人の鬼ども、玉《たま》の御輿《みこし》を舁《か》いて捧げたり。その次に、兵部卿親王《ひようぶきようのしんのう》、[78]八龍《はちりゆう》の車を懸けて[79]扈従《こしよう》し給ふ。新田《にった》左中将義貞《さちゆうじようよしさだ》、三千余騎にて前陣《せんじん》に進み、九郎大夫判官義経《くろうたいふのほうがんよしつね》、[80]混甲《ひたかぶと》五百

70 摩醯首羅。宇宙(大三千界)を司る神。大自在天とも。その像は、三目八臂(さんもくはっぴ)で冠をいただき白牛にまたがる。しばしば悪神の阿修羅や、第六天魔王とも混同・同一視される。
71 この世のものに姿をかりて現れること。
72 欲望が支配する欲界に属する六種の天のうち、第六の他化自在天(たけじざいてん)。仏道の妨げをなす第六天魔王が住む。
73 神田本により補う。
74 帝釈天。欲界六天の第二の忉利天に住み、阿修羅を征服する仏法の守護神。
75 怒りの心の烈しい。
76 千の頭を持つ鬼。
77 頭が七つある牛。
78 八大龍王。
79 随従。
80 全員が鎧・兜で身を固

余騎にて後陣《ごじん》に支《ささ》ふ。また四、五町引《ひ》き下《さ》がりて、能登守教経《のとのかみのりつね》、三百余艘の兵船《ひょうせん》を漕《こ》ぎ並《なら》べて、雲霞《うんか》の浪に打ち浮かべば、平馬助忠正《へいうまのすけただまさ》、赤旗一流《ひとなが》れ差させて懸け出でたり。また虚空遥かに落《お》ち下《さ》がりて、楠判官《くすのきほうがん》は、平生《へいぜい》見し時の貌《かたち》に変はらず、紺《こん》地《じ》の[81]鎧直垂《よろいひたたれ》に、[82]黒糸《くろいと》の鎧着て、頭《かしら》の七つある牛にぞ乗つたりける。この外《ほか》、昔[83]保元平治《ほうげんへいじ》に討たれし者ども、近比元弘建武《ちかごろげんこうけんむ》に亡びし兵ども、雲霞《うんか》の如く充《み》ち満《み》ちて、虚空十里ばかりが間には、隙透《ひます》き間《ま》ありとも見えざりけり。

この有様ただ盛長《もりなが》が幻《まぼろし》にのみ見て、他人の目には見えざりければ、盛長、左右を顧みて、「あれをば見るか」と云はんとすれば、忽《たちま》ち消え去つて、正成が物謂《い》ふ声ばかりぞ残りける。盛長、これ程の不思議を見つれども、その心なほも動ぜず、「[84]一翳眼《いちえいまなこ》に在れば、空花乱墜《くうげらんつい》す」と云へり。[85]千変百怪《せんぺんひゃっかい》、何ぞ驚くに足らん。たとひいかなる[86]第六天《だいろくてん》の魔王《まおう》どもが来たつて云ふ

めること。

81　鎧の下に着る装束。

82　黒い縅毛(おどしげ)で縅した鎧。

83　保元の乱(一一五六年)と平治の乱(一一五九年)。

84　「景徳伝燈録」(北宋の道原撰の禅宗の僧伝)巻十に見えることば。眼に一つでも曇りがあると、実在しない花のようなものが見える。煩悩があると種々の妄想が起こる意。

85　多くの変化(へんげ)・妖怪。

86　欲界の第六天に住む魔王。天魔波旬とも。

とも、この刀をば進《まいら》せ候ふまじいぞ。さらんに於ては、例の手[87]の裏《うら》を返す如きの綸旨《りんし》給ひても詮《せん》なし。早や面々《めんめん》に御帰り候へ。この刀をば将軍へ進《まいら》せ候はんずるぞ」と云ひ捨てて、内へ入《い》れば、正成《まさしげ》、大きにあざ笑ひて、「この国たとひ陸地《くがち》に続きたりとも、道をばたやすく通すまじ。まして海上《かいしょう》を通らんに、やる事ゆめゆめあるまじ」と、同音《どうおん》にどつと笑うて、西を指してぞ飛び去りける。

その後《のち》より、盛長《もりなが》、[88]物狂《ものぐる》ひになつて、山を走り、水を潜《くぐ》る事止《や》む時なく、太刀を抜き、矢を放つ事隙《ひま》なかりける間、一族以《い》下《げ》数百人相集まつて、盛長を[89]一間《ひとま》なる処《ところ》に押《お》し籠《こ》めて置き、おのおの[90]弓箭兵杖《きゅうせんひょうじょう》を帯《たい》して、警固《けいご》の体《てい》にてぞ居たりける。

或る夜、また雨風一《ひと》しきり過ぎて、電光繁《いなびかりしげ》かりければ、「す[91]はや、例の楠《くすのき》来たりぬ」と怪しむ処に、案[92]の如く、盛長が寝たる枕[93]の障子《しょうじ》をがはと踏み破つて、数十人打ち入る音しけり。

87 手の裏をかえすように容易に変更・撤回される綸旨。建武の新政の時、後醍醐帝の指示・命令が定まらなかったことをいう。「綸言の掌(たなごころ)を翻(ひるがえ)す憚(はばか)りあり」(第十三巻・2)。

88 狂乱。

89 一間四方の小部屋。柱と柱の間を一間とする。

90 弓矢や太刀。

91 それ。

92 思ったとおり。

93 枕元のふすま。

警固の者ども起き騒ぎて、太刀、長刀《なぎなた》の鞘《さや》をはづし、夜討《ようち》入りたりと心得て、敵はいづくにかあると見れども、更《さら》になし。こはいかにと思ふ処に、天井《てんじょう》より、猿の手の如くに毛生《お》ひて長き腕《かいな》を差《さ》し下《お》ろし、盛長が髻《もとどり》を取つて中《ちゅう》に引つさげて、94八風《はふ》の口より出でんとす。盛長、中にさげられながら、件《くだん》の刀を抜いて、怪物《ばけもの》の95臂《ひじ》のかかりの辺を三刀《みかたな》差す。差されて少し弱りたる体《てい》に見えければ、むずと引つ組んで、八風より96広廂《ひろびさし》の軒《のき》の上にころび落ちて、また七刀《ななかたな》までぞ差したりける。怪物急所をや差されたりけん、脇の下より鞠《まり》の如くなる物、つつと抜け出でて、虚空《こくう》を指して去りにけり。

警固の者ども、97梯《はし》をさして屋《や》の上に昇り、その跡を見るに、一つの牛の頭《かしら》あり。「これは98いかさま楠が乗つたる牛か。しからずは、その魂魄《こんぱく》の宿《やど》れる物か」とて、この頭《かしら》を中門《ちゅうもん》の柱に吊《つ》り付《つ》けて置いたれば、家終宵《よもすがら》鳴りはためきて揺るぎける間、

94　破風。屋根の切り妻の三角形の部分に打ち付けた板。
95　臂の関節。
96　廂の間の外側、簀の子の内側にある板張りの部分。
97　はしごをかけて。
98　きっと。

微塵《みじん》に打《う》ち砕《くだ》いて、則ち水の底にぞ沈めける。

その次の夜《よ》も、月曇り、風荒くして、怪しき気色《けしき》に見えければ、警固《けいご》の者ども数百人、[99]十二間《ま》の遠侍《とおさぶらい》に並び居て、終夜《よもすがら》睡《ねぶ》らじと、囲碁《いご》、[100]双六《すごろく》を打ち、連歌《れんが》をしてぞ遊びける。夜半《やはん》過ぐる程に、上下三百余人ありける警固の者ども、同時にあくびをしけるが、皆酔へる者の如くになりて、首をうなだれて眠《ねぶ》り居《い》たり。その座中に、禅僧の一人《いちにん》、睡らでありけるが、燈《ともしび》の影より見ければ、大きなる[101]寺蜘《てらぐも》一つ、天井《てんじょう》より下がりて、寝《い》ぬる人の上をかなたこなた走りて、また元の天井へぞ上がりける。その後《のち》、盛長《もりなが》、[102]俄《にわ》かに驚き、「心得たり。[103]さはせらるまじきものを」とて、人に引つ組んだる体《てい》に見えて、上になり下になりころびけるが、[104]叶《かな》はぬ詮《せん》にやなりけん、「寄れや、者ども」と申しければ、あたりに伏したる数百人の者ども、起き上がらんとするに、或いは髻《もとどり》を柱に結《ゆ》ひ付《つ》けられ、或いは人の手にわが足を結《ゆ》

99 周囲十二間の、主殿から離れた所にある侍の詰め所。
100 賽を振り、目の数だけ駒を進めて相手の陣をとる遊び。
101 歩脚の長い女郎蜘蛛のたぐいか。
102 はっと目を覚まして。
103 そうはされないぞ。
104 ついに叶わなかったのか。詮は、とどのつまり。

ひ合《あ》はせられて、起き上がらんとすれども叶はず、ただ網に懸かりたる魚《うお》の如し。一人睡らでありつる禅僧、余りの不思議さに走り立つて見れば、さしも強力《ごうりき》の者ども、わづかなる蜘《くも》[105]の井《い》に手足をつながれて、ちとも働き得ざりけり。

されども、盛長、「怪物《ばけもの》をば、取つて押さへたるぞ。火をともして寄れ」と申しければ、警固の者ども、とかくして起き上がり、蠟燭《ろうそく》ともして見るに、盛長が押さへたる膝の下に、怪しき物あり。何とは知らず、生きたる物よと覚えて、押さへたる膝を持ち上げんと蠢《むぐめ》[106]きける間、諸人手に手を重ねて、逃《に》がさじと押す程に、大きなる瓦《かわらけ》[107]気の破《わ》るる音して、微塵に砕けけり。その後《のち》、手をのけて委《くわ》しくこれを見れば、曝《され》[108]たる死人の首、眉《み》間《けん》の半ばより破れて砕けたり。盛長、暫《しばら》く大息《おおいき》ついて、「すで[109]に奴《きゃつ》に刀を取られんとしたりつるぞや。いかにするとも、盛長が命のあらん程は、取らるまじきものを」と、気色《きしょく》[110]ばうで腰を

105　クモの糸。
106　うごめく。
107　素焼きの陶器。
108　野ざらしになっていた。
109　すんでのことに。
110　気負った様子で。

掻《か》い探《さぐ》りたれば、刀はいつのまにか取られけん、鞘《さや》ばかりあつてなかりけり。これを見て、盛長《もりなが》、「すでに妖鬼《ようき》に魂《たましい》を奪はれぬ。武家の御運《ごうん》、今は憑《たの》みなし。こはいかがすべき」と、色を変じ、涙を流し、わなわなと震《ふる》ひければ、皆人《みなひと》、[111]身の毛よだつてぞ覚えける。

在明《ありあけ》の月の隈《くま》なく、中門《ちゅうもん》に差し入りたるに、[112]簾台《れんだい》を高く巻き上げさせて、庭上《ていしょう》を遥《はる》かに見出だしたれば、空中より、手鞠《てまり》の如くに見えたる物、ちと光りて叢《くさむら》の中へ落ちたり。なにやらんと走り出でて、これを見れば、先に盛長に押《お》し砕《くだ》かれつる首の、半ば残りたるに、件《くだん》の刀自《おの》づから抜けて、[113]柄口《つかぐち》まで突《つ》き貫《つらぬ》いてぞ落ちたりける。不思議なんど云ふもおろかなり。やがてこの首を取つて、火に投げくべたるに、火の中より跳《おど》り出《い》でけるを、[114]金鋏《かなばさみ》にてしかと挟《はさ》みて、つひに焼《や》き砕《くだ》いてぞ捨てたりける。

事静まりて後、盛長、「今はこの怪物《ばけもの》、よも来たらじと覚ゆ

111 底本「病悸(ミノケヨダツ)テソ」。
112 簾をかけた上段の座敷。それに掛けた簾。
113 柄(手で握る部分)の刀身に近い部分。
114 鉄を鍛えるのに用いる大きな鉄鋏。

る。その故《ゆえ》は、楠《くすのき》がともなふ者七人ありと云ひしが、かくて早や来たる事七度なり。これまで(にて)ぞあるらん」と申せば、諸人、「げにも、さ覚え候ふ」と云ふを聞いて、虚空《こくう》にしわがれたる声にて、「よも七人には限り候はじ」と、あざ笑ふ声しけり。こはいかにと驚いて、諸人、空を見上げたれば、庭なる[115]鞠《まり》の懸《か》かりに、眉太く作つて、[116]金黒《かねぐろ》なる女の頸《くび》の、回《まわ》り四、五尺もあるらんと覚えたるが、乱れ髪を揮《ふ》り上《あ》げて、[117]目もあやに打《う》ち咲《わら》ひ、「恥づかし」とて後ろ向く。見る人、あつと怯《おび》えて、同時に地にぞ倒れける。

かやうの怪物は、[118]蟇目《ひきめ》の声にこそ怖《お》づるなれとて、夜《よ》もすがら[119]番衆《ばんじゅ》を置いて、[120]宿直蟇目《とのいひきめ》を射させければ、虚空にどつと笑ふ声、射る度《たび》に天を響《ひび》かせり。さらば、[121]陰陽師《おんようじ》に[122]四門《しもん》を封ぜさせよとて、[123]符《ふ》を書かせて門々《かどかど》に押させければ、目に見えぬ物来たつて、符を取つてぞ捨てたりける。

115　蹴鞠をする場所の四方に植える木。
116　鉄漿黒。お歯黒で歯を染めること。
117　まぶしいほど華やかに。
118　大型の鏑矢を射るときに発する音。魔よけに行われた。
119　当番の者。
120　宿直の者が射る蟇目。
121　陰陽道の卜筮・祈禱を行う者。
122　東西南北の門。
123　護符。呪文を書いた札。

かくてはいかがすべきと、思《おも》ひ煩《わずら》ひける処《ところ》に、或る僧、来たつて申しけるは、「そもそも、今現ずる所の怨霊どもは、皆修《しゅ》羅《ら》の眷属《けんぞく》たり。これを静むる計《はか》り事《ごと》を案ずるに、[124]大般若経《だいはんにゃきょう》を読むに如《し》くべからず。その故《ゆえ》は、帝釈《たいしゃく》と修羅と[125]須弥《しゅみ》の中央にして合戦を致す時、帝釈軍《いくさ》に勝てば、修羅小身《しょうしん》を現じて、[126]藕花《ぐうげ》の中に隠る。修羅また勝つ時は、須弥の巓《いただき》に座して、手に日月《じつげつ》を挙《にぎ》り、足を延べて大海《たいかい》を踏む。しかのみならず、[127]三十三天《さんじゅうさんてん》の上に登りて、帝釈の居所《きょしょ》を追ひ落とし、欲界《よくかい》の衆生《しゅじょう》を悉《ことごと》くわが[128]有所《うしょ》になさんとする時、[129]諸天《しょてん》[130]善法堂《ぜんぼうどう》に集まつて、般若《はんにゃ》を講じ給ふ。この時、虚空《こくう》より[131]輪宝《りんぼう》下《くだ》り、[132]剣戟《けんげき》降つて、修羅の輩《ともがら》を分々《つだつだ》に裂き切ると見えたり。されば、須弥の三十三天を領じ給ふ[133](帝釈だにも、わが力の及ばぬ所には、法威《ほうい》を以て魔王を[134]降《ごう》伏《ぶく》し給ふ)ぞかし。況《いわ》んや、[135]薄地《はくじ》の凡夫《ぼんぶ》、法力《ほうりき》を借らずは、退治する事を得難《えがた》し」と申しければ、「この[136]儀、げにもしかるべ

124 「大般若波羅蜜多経(だいはんにゃはらみったきょう)」六百巻。唐の玄奘訳。大乗仏教の根本経典。
125 仏教で、世界の中心にそびえる高山の須弥山。頂上に帝釈天の住む三十三天(忉利天)があり、帝釈天と争う阿修羅は、その中腹まで攻め上る。
126 蓮の花の茎や根の孔の中に身を隠す(観仏三昧経等)。
127 忉利天の漢訳。須弥山の頂上にある帝釈天の城とその四方の峰おのおのにある八つの天の総称。
128 所有物。
129 天上界で仏法を守護する神々。
130 三十三天(忉利天)にある帝釈天の宮殿、喜見城の西南にある堂。
131 聖天子の転輪聖王(てんりんじょうおう)が持つ宝器。これが自

し」とて、俄《にわ》かに僧衆《そうしゅ》を請《しょう》じて、[137]真読《しんどく》の大般若を、夜昼六部までぞ読ませたりける。

誠《まこと》に般若読誦《どくじゅ》の力によつて、修羅威《い》を失ひけるにや、五月三日の暮《くれ》程に、[138]導師《どうし》高座《こうざ》に上《のぼ》つて、[139]啓白《けいびゃく》の鐘打ち鳴らしける時より、俄《にわ》かに天掻《か》き曇《くも》りて、雲の上に車を轟《とどろ》かし、馬を馳《は》せ違《ちが》ふる声止《や》む時なし。矢先の甲冑《かっちゅう》を通る音は、雨の降るよりも茂《しげ》く、刃《やいば》の剣戟《けんげき》を交《まじ》ふる光は、耀《かかや》く星に異ならず。聞く人、見る人、ただ肝《きも》を消し、胸を冷《ひや》してぞ怖《お》ぢ合《あ》へる。この闘ひの声止《や》んで、天も晴れにしかば、盛長《もりなが》が狂気本復《ほんぷく》して、正成《まさしげ》が魂魄《こんぱく》、かつて夢にも来たらずなりにけり。

転して王を先導して四方を征服・教化する。第二十三巻・3、参照。
132 剣と鉾。
133 神田本により補う。
134 法力により退ける。
135 無知で愚かな人。
136 意見。
137 経典を全部読むこと。略式の転読に対する。
138 法会を主催する僧。
139 法会の初めに祈願の趣旨を申し述べること。

3　河江合戦《こうのえかっせん》の事、同《おなじく》日比《ひび》海上軍《かいしょういくさ》の事

[1]同じき四日より、宮方《みやがた》の大将軍にて[2]国府《こう》に座せられたる脇屋《わきや》屋

3
1 脇屋義助の死は、暦応五年(興国三年＝一三四二)五月。
2 伊予国府は、愛媛県今治市国分にあった。

刑部卿《ぎょうぶきょう》義助《よしすけ》、俄《にわ》かに病《やまい》を受けて、心身悩乱《のうらん》し給ひけるが、打《う》ち臥《ふ》す事わづかに七日を過ぎて、つひにはかなくなりにけり。相順《あいしたが》ふ官軍ども、ただ[3]始皇沙丘《しこうさきゅう》に崩じて、漢楚《かんそ》機に乗らん事を悲しみ、[4]孔明籌筆《こうめいちゅうひつ》に死して、呉魏《ごぎ》便りを得ん事を愁《うれ》ふ。されば、([5]五更《ごこう》に燈《ともしび》消えて、破窓《はそう》の雨に向かひ、[6]中流《ちゅうる》に船を失ひて、)一瓠《いっこ》の浪に瓢《ただよ》ふが如し。

この事余所《よそ》に聞こえなば、敵に気[7]を得られ候ふべしとて、ひそかに葬礼を致して、悲しみを隠し、声を呑むと云へども、さすがに隠れなかりければ、四国の大将軍[8]細川刑部大輔頼春《ほそかわぎょうぶのたいふよりはる》、この事を聞いて、「時をば暫《しばら》くも失ふべからず。これ[9]司馬懿仲達《しばいちゅうたつ》が、弊《つい》えに乗つて蜀《しょく》を滅《ほろ》ぼせし謀《はかりごと》なり」とて、伊予《いよ》、讃岐《さぬき》、阿波《あわ》、淡路《あわじ》の勢《せい》、七千余騎を率《そっ》して、先《ま》づ[10]道前《どうぜん》の堺なる[11]河江《こうのえの》城《じょう》へ押し寄せて、[12]土肥三郎左衛門《とひさぶろうざえもん》を攻めらる。

義助朝臣《よしすけあそん》に随ひ付きたりし多年恩顧《おんこ》の兵、并《なら》びに土居《どい》、得能《とくのう》、

3 秦の始皇帝が沙丘(河北省平郷県)で崩じて、漢と楚が勢いに乗ったこと。
4 中国、三国時代の蜀の丞相、諸葛亮(字は孔明)が籌筆(四川省広元県)で死んで、呉と魏が便宜を得たこと。孔明が病没したのは、五丈原(陝西省鳳翔県)。
5 神田本により補う。闇夜(五更は、夜を五分した最後の時刻)に灯が消え、破れた窓から外の雨を見るような暗澹とした気持をいう。
6 川の中ほどで舟が沈み、波間の瓢箪一つしか頼るものがない。第二十一巻・5、参照。
7 気勢。
8 公頼の子。讃岐守。伊予・阿波の守護。
9 中国三国時代の魏の将軍。仲達は字。諸葛孔明の

[13]合田《ごうだ》、二宮《にのみや》、日吉《ひよし》、太田《おおた》、三木《みき》、羽床《はゆか》、三宅《みやけ》、高市野《たけちの》の者ども、[14]金谷《かなや》修理大夫《しゅりのだいぶ》経氏《つねうじ》を大将にて、兵船《ひょうせん》五百余艘に取り乗り、土肥が[15]後攻《ごづ》めのために、[16]日比《ひび》の海上《かいしょう》に押し浮かぶ。これを聞いて、備後《びんご》の[17]鞆《とも》、[18]尾道《おのみち》に船揃《ふなぞろ》へして、土肥が城へ寄せんとしける備後、安芸《あき》、周防《すおう》、長門《ながと》の勢、大船《たいせん》千余艘に乗つて押し出だす。

両陣の兵船、[19]渡中《となか》に帆をついて、舷《ふなばた》を扣《たた》いて[20]時を作る。[21]塩に追風《おいかぜ》に随つて、押し合はせ押し合はせ戦ふ。その中に、[22]大館左《おおたちさ》馬助氏明《まのすけうじあきら》の執事 [23]岡部《おかべ》出羽守《でわのかみ》が乗つたりける船十七艘、備後の[24]宮下野守兼信《みやしもつけのかみかねのぶ》左右に分かれて漕ぎ並べたる船四十余艘が中へ分け入つて、敵の船に乗り移り乗り移り、皆引つ組んで海へ入りにけり。

備後、安芸、周防の船は、皆大船なれば、[25]舳《へ》、艫《とも》に櫓《やぐら》を高く掻いて、[26]指し下ろして散々《さんざん》に射る。伊予、土佐《とさ》の船は小船《しょうせん》なれば、[27]逆櫓《さかろ》を立てて縦横に相当たる。両方の兵ども、[28]「よしや、

死に乗じて蜀の軍を破った。
10 道後の愛媛県松山市周辺に対して、今治市周辺をさす。
11 四国中央市川之江町にあった城。
12 名は義昌。伊予の宮方。
13 合田・二宮・日吉・太田(多田)・高市野は伊予、三木・羽床は讃岐、三宅は備前の武士。
14 重氏の子。新田一族。
15 後方からの援護。
16 広島県尾道市日比崎町の沖の海。
17 福山市鞆町。
18 尾道市。
19 海上。
20 鬨(とき)の声。
21 潮の流れ。
22 宗氏の子。新田一族。
23 武蔵七党の猪俣党の武士。執事は家老。
24 備後国一宮の吉備津神

死して海底の魚腹《ぎょふく》には葬《そう》せらるとも、きたなく逃げて、天下の[29]人口《じんこう》には落ちじ」と、互ひに一引きも引かず、終日《ひねもす》闘《たたか》ひ暗《くら》してける処《ところ》に、海上《かいしょう》俄《にわ》かに風来たつて、宮方《みやがた》の船をば悉《ことごと》く西を指して吹き戻し、寄手《よせて》の船をば志《こころざ》す伊予《いよ》の地へ吹き送る。

備後鞆軍《びんごともいくさ》の事　4

夜に入りて、風少し静まりければ、宮方の兵ども、「これ程に[1]運のきかぬ時なれば、いかに思ふとも、叶《かな》ふべからず。ただ本《もと》の方へ漕ぎ戻るべきか」と申しければ、大将金谷《かなや》修理大夫《しゅりのだいぶ》、「運を計り、勝つ事を覓《もと》むるは、身を全《まっと》うして功をなさんと思ふ時の事なり。ただ独《ひと》り憑《たの》みたりつる大将軍、病《やまい》に犯されて失《う》せ給ひぬる間、今はすべき方《かた》なき微運《びうん》のわれらが、生きては何かせんとて、命の限りの[2]ふて軍《いくさ》をする事なれば、[3]運の通塞《つうさい》も、

社(福山市)の社家。
25 船首と船尾。
26 上から下に向けて。
27 船を前後自在にあやつるために船首と船尾の両方に付ける櫓。
28 よしんば。たとえ。
29 世人の噂。

4
1 運のめぐり合わせの悪い時。
2 捨て身の合戦。
3 運のよしあし。

軍《いくさ》の吉凶《きっきょう》をも、云ふべき処《ところ》にあらず。いざや、今夜《こよい》備後の鞆へ押し寄せて、その城を追ひ落とし、中国《ちゅうごく》の勢付《せいつ》かば、西国《さいごく》を攻め従へん」とて、その夜の夜半《やはん》ばかりに、備後の鞆へ押し寄する。

城中時節無勢《じょうちゅうおりふしぶぜい》なりければ、三十余人ありける者ども、暫《しばら》く戦うて皆討死《うちじに》す。宮方の士卒、これに機[4]を挙《あ》げて、大炊島[5]《おおいがしま》を攻[6]《つ》めの城に構へ、鞆の浦に満ち満ちて、小豆島[7]《しょうどしま》、武島[8]《むしま》の御方《みかた》を待つ処《ところ》に、備後、備中《びっちゅう》、安芸《あき》三ヶ国の将軍方の勢《せい》、三千余騎にて押し寄せたり。

宮方は、大炊島を後ろに当てて、東西の泊《とまり》へ船を漕ぎ寄せて、打つては上がり打つては上がり、荒手[9]《あらて》を替へて戦うたり。将軍方は、小松寺[10]《こまつでら》を陣に取つて、浜面[11]《はまおもて》へ騎馬の兵を出し、懸け合はせ懸け合はせ、揉み合うたり。互ひに討たれ、互ひに屈して、十余日を経ける処に、伊予の土肥《とひ》が城攻め落とされて、細川《ほそかわ》

4　気勢をあげて。
5　玄玖本・流布本「大可島」、神田本「太刀島」。大可島（たいがしま）は、広島県福山市鞆町後地（うしろじ）の古称。
6　本城。
7　香川県小豆郡の小豆島。
8　兵庫県南あわじ市沼島（ぬしま）。淡路島の南。
9　新手。ひかえの新しい軍勢。
10　広島県福山市鞆町後地にある万年山小松寺。
11　浜の方面。

刑部大輔《ぎょうぶのたいふ》、大館左馬助氏明《おおたちさまのすけうじあきら》の籠《こ》もられたる[12]世田城《せたのじょう》へ懸かると聞こえければ、土居《どい》、得能《とくのう》以下《いげ》の者ども、同じく死なば、わが国にてこそ尸《かばね》をも晒《さら》さめとて、大《おお》(炊《いが》)島《しま》が城を捨てて、伊予国《いよのくに》へ引っ返す。

敗軍の士卒、相集《あいあつ》まって二千余騎、その中より、日来《ひごろ》手柄を顕《あらわ》し名を知られたる兵を、三百騎勝《すぐ》り出《い》だして、[13]懸《か》け合《あ》ひの合戦に勝負を決せんとす。これは、細川《ほそかわ》を目に余る程の大勢《おおぜい》と聞いて、なかなか何ともなき[14]取り集め勢を[15]対揚《たいよう》して、合戦をせば、臆病武者《おくびょうむしゃ》に[16]引き立てられて、(御《み》)方《かた》の負けをする事あるべし。ただ一騎当千《いっきとうぜん》の兵を勝《すぐ》って、敵の大勢を懸け破り、大将細川刑部大輔と引っ組んで、差し違へんとの謀《はかりごと》なり。されば、「敵の国中へ入らぬ前《さき》に、打っ立て」とて、金谷修理大夫経氏《かなやしゅりのだいぶつねうじ》を大将として、選《え》り勝《すぐ》りたる兵三百騎、皆一様に[17]曼陀羅《まんだら》を書いて[18]母《ほ》衣《ろ》に懸け、とても生きて帰るまじき事なればとて、[19]十死一生《じっしいっしょう》の

12 愛媛県西条市と今治市の境、世田山にあった。
13 騎馬で正面からぶつかり合う戦い。
14 寄せ集めの軍勢。
15 対戦させて。
16 引きずられて。
17 曼荼羅。仏の悟りの境地を表す絵図。それを母衣に書いたとは、決死の覚悟を示したもの。
18 後方からの矢を防ぐために背負う袋状の布。
19 陰陽道の説で、出陣して生還の見込みのない大凶の日。

日を、吉日《きちじつ》に取つてぞ向かひける。

千町原合戦《せんじょうがはらかっせん》の事　5

さる程に、細川刑部大輔、七千余騎の勢にて千町原[1]へ打ち出でて、敵の陣を見給へば、渺々《びょうびょう》[2]たる野原に、中黒《なかぐろ》[3]の旗ただ一《ひと》流れ差し揚げて、わづかに三百騎ばかりひかへたり。頼春《よりはる》、これを見給ひて、「当国の敵、これ程まで小勢《こぜい》なるべしとは思はぬに、余りに無勢《ぶぜい》に見ゆるは、一定逸物《いちじょういちもつ》[4]の兵を勝《すぐ》つて、大勢の中を懸《か》け破《わ》り、頼春に近づかば、(組んで)勝負をせんためにてぞあるらん。思ひ切つたる小勢を一束《いっそく》[5]に討たんとすれば、手[6]に余りて討たれぬ事あり。ただ敵破《わ》[7]らんとせば破らして、しかも跡を塞《ふさ》げ。轡《くつばみ》を並べて懸からば、引《ひ》き退《の》いて敵の馬の足を老《つか》らかせ。打物《うちもの》[8]になりて一騎合《いっきあ》ひに合はば、間《あい》[9]の鞭《むち》を打つて、押

5

1　西条市千町あたりの地。
2　遥かに広々としたさま。
3　新田の紋。流れは、旗を数える語。
4　必ずや群を抜いてすぐれた兵をえりすぐって。
5　いっぺんに。
6　手に負えずにこちらが討たれてしまうかもしれぬ。
7　敵が味方の陣を破ろうとしたら破らせて、その上で敵の退路をたて。
8　太刀での戦いになって一対一になったら。
9　間合いをとって馬に鞭をあて、体をねじらせて矢を射て敵を射落とせ。

しもぢりに射て落とせ。[10]老《つか》れぬと見えば、荒手《あらて》を替へて取《と》り籠《こ》めよ。余りに近づいて敵に組まるな。引くとも御方《みかた》を見放すな。敵の小勢《こぜい》に御方を合はすれば、一騎に十騎を対《たい》しつべし。飽《あ》く

10 敵が疲れたと見えたら。

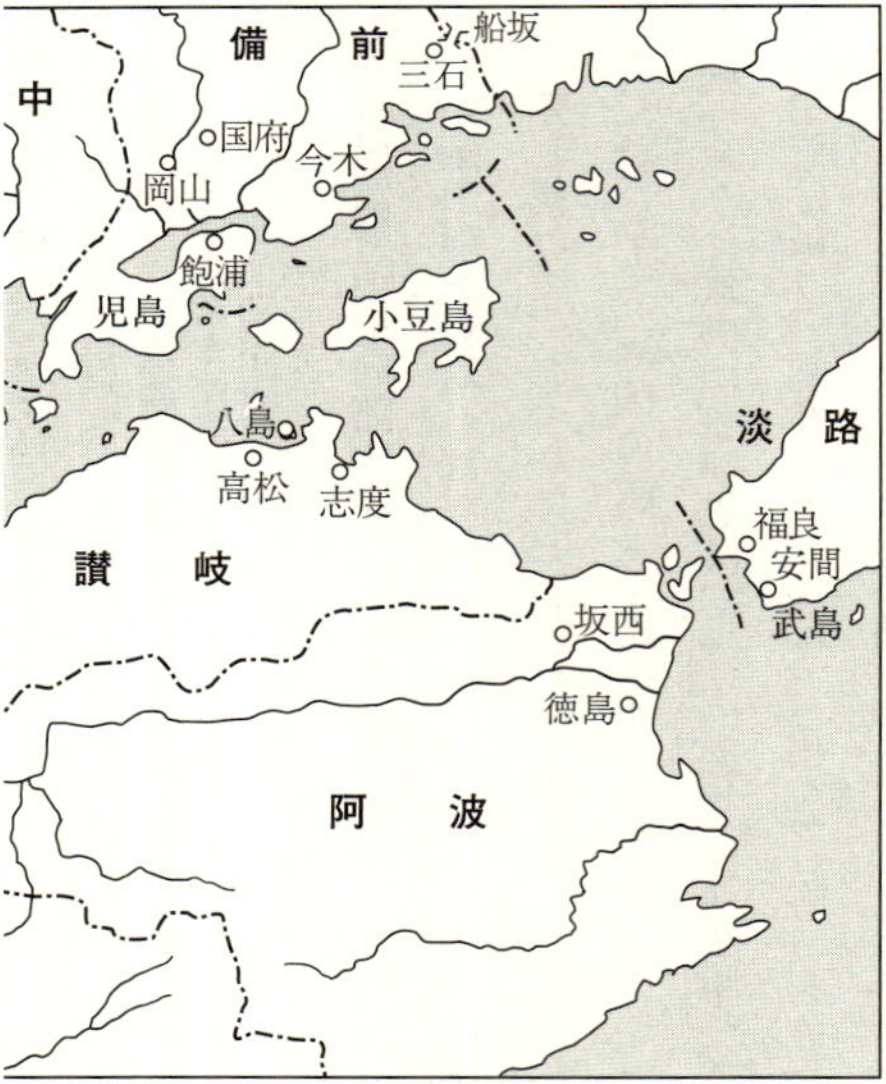

瀬戸内海関係図

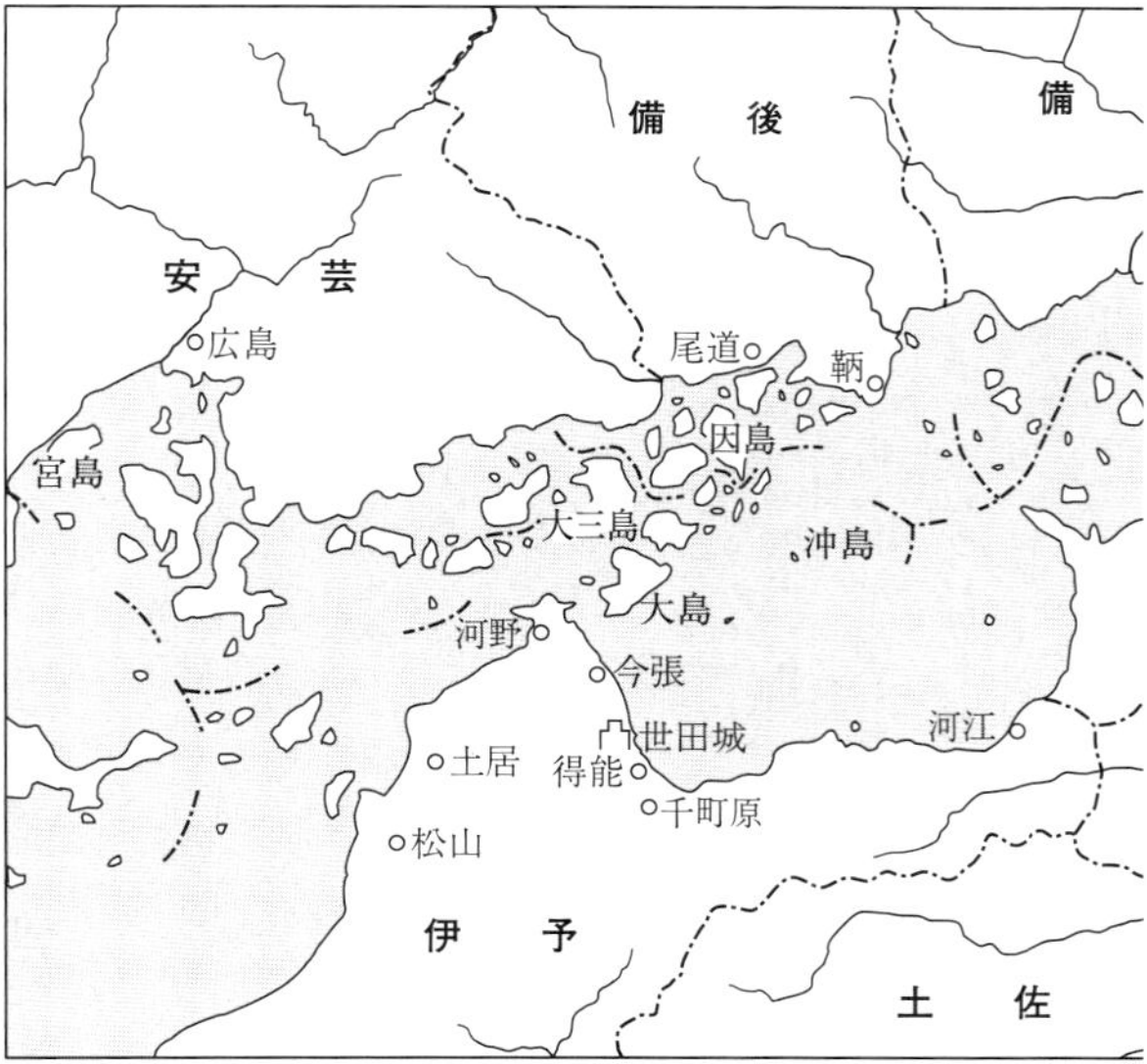
備　後
備
安　芸
広島
尾道
鞆
宮島
因島
大三島
沖島
大島
河野
今張
世田城
河江
土居
得能
千町原
松山
伊　予
土　佐

まで敵を悩まして、疲れに乗れ」とて、真前《まっさき》に進んで歩ませらる。

さる程に、宮方《みやがた》三百騎の兵、[11]相懸《あいが》かりに懸かりて、少し(も)[12]見繕《みつくろ》ふ気色《きしょく》もなし。一矢《ひとや》射違《いちが》ふる程こそありけれ、皆弓矢を投げ捨て、打物《うちもの》になりて、[13]ましぐらに懸かりたり。頼春《よりはる》の馬廻《うままわ》りは、[14]藤氏《とうし》の一族五百余騎にてひかへたりけるが、かねての謀《はかりごと》なれば、左右へさつと分かれてひかへたり。この中に大将ありとは思ひも寄らざりければ、三百騎の者ども、これをばちとも目に懸けず、裏へつと懸け抜けて、二陣の敵に懸かる。

二陣には、[15]三木《みき》、坂西《ばんぜい》、坂東《ばんどう》の兵相集《あいあつ》まつて、七百余騎にてひかへたりけるが、一散《ひとち》らし散らされて、南なる山の峰へ引き上がる。また、これをもはかばかしき敵にはあらじと見て、三陣の敵に打つて懸かる。

三陣には、[16]詫間《たくま》、香西《こうざい》、橘家《きつけ》、小笠原《おがさわら》の一族どもが、二千余

11 敵味方の双方が同時に攻めかかり。
12 様子を見て態勢をととのえる様子もない。
13 まっしぐらに。
14 讃岐の藤原姓の武士。詫間・香西・羽床など。
15 三木は讃岐(香川県木田郡三木町)の武士。坂西・坂東は、阿波国坂西郡・坂東郡(徳島県板野郡。中世、これを東西の二郡に分けた)の武士。
16 詫間は、香川県三豊市詫間町、香西は、高松市香西に住んだ武士。橘家は、讃岐の橘姓の武士(三木・寒川)。小笠原は、一門が阿波・淡路に住んだ。

騎にてひかへたる中を、さつと懸《か》け破《わ》つて、この内にぞ大将はおはすらんと、引つ組んでは差し違へ、落ち重なつては互ひに討たれ、一足《ひとあし》も引かず戦ひけるに、宮方の兵二百八十三騎は討たれて、わづかに十七騎にぞなつたりける。

その十七騎と申すは、金谷《かなや》修理大夫《しゅりのだいぶ》経氏《つねうじ》、河野《こうの》備前守《びぜんのかみ》[17]通里《みちさと》、[18]得能《とくのう》弾正《だんじょう》、[19]日吉《ひよし》大蔵左衛門《おおくらざえもん》、[20]杉原与一《すぎはらよいち》、富士六郎《ふじのろくろう》、[21]高市野三郎左衛門《たけちのさぶろうざえもん》、[22]土居《どい》備中守《びっちゅうのかみ》、[23]浅海六郎《あさみのろくろう》なり。かれらは皆一騎当千《いっきとうぜん》の兵なれば、自《みずか》ら敵に当たる事十余ヶ度、陣を破る事六ヶ度なりと云へども、未だ痛手をも負はず、また疲れたる体《てい》もなかりけり。一所《いっしょ》に馬を打ち寄せて、「馬も物具《もののぐ》も見知らねば、大将に近づかん事難《かた》し。さしたる事なき国の軍勢に逢ひて討死《うちじに》せんよりは、いざ打ち破つて落ちて行かん」と[24]一同《いちどう》して、十七騎の人々、また馬の鼻を引つ返し、七千余騎が中をさつと懸《か》け破《わ》つて、一騎もつひに討たれず遁《のが》れて、後ろの方《かた》へぞ落ち行きける。

17　底本「通理」。通有の子。通郷とも。伊予の豪族。
18　伊予の河野一族。
19　愛媛県今治市日吉に住んだ武士。
20　杉原・富士（他本「富田」）は、不詳。伊予の武士か。
21　今治市高市（たかいち）に住んだ武士。
22　伊予の河野一族。
23　伊予の武士か。
24　一決して。

世田城《せたのじょう》落《お》ち大館左馬助《おおたちさまのすけ》討死《うちじに》の事　6

寄手《よせて》の大将細川刑部大輔《ほそかわぎょうぶのたいふ》頼春《よりはる》は、終日《ひねもす》[1]の闘ひ事散《ことさん》じて、御《み》方《かた》の手負《ておい》、死人を註《しる》さるるに、七百人に余れりと云へども、宗《むね》[2]徒《と》の敵二百七十人まで討たれにければ、人皆《みな》気を挙《あ》げ、勇《いさ》みをなせり。さらば、[3]やがて大館左馬助が籠《こ》もりたる世田城へ寄せよとて、八月二十四日の早旦《そうたん》に、世田の後ろなる山へ打ち揚がり、城を遥《はる》かに直下《みお》ろし、一万余騎を七手《ななて》に分けて、城の四辺《しへん》に打ち寄り、先《ま》づ己《おの》が陣々をぞ構へたる。

対陣《むかいじん》[4]すでに取りおほせてければ、四方より攻め寄せて、持《もち》[5]楯《だて》を蒙《かず》き寄《よ》せ、乱杭《らんぐい》[6]、逆木《さかもぎ》[7]を引《ひ》き除《の》け、夜昼《よるひる》十三日までぞ攻めたりける。城の内には、宗《むね》[8]と軍《いくさ》をもしつべき兵と憑《たの》まれし岡辺《おかべ》出羽守《でわのかみ》が一族は、四十余人皆日比《ひび》の澳《おき》にて自害しぬ。その外《ほか》の

6
1　一日中の戦闘が終わって。
2　主だった。
3　ただちに。
4　向かい陣。敵城に相対して構えた陣。
5　携帯用の楯。
6　杭を打って縄を張りめぐらした、騎馬への防備。
7　棘のある木の枝で作った防御の柵。
8　おもだって。

勇士どもは、また[9]千町原《せんじょうがはら》の戦ひに討死《うちじに》しぬ、矢尽《つ》き、食乏《じきとぼ》しくして、防くべき様《よう》もなかりければ、九月三日の暁、大館左馬助主従十七人、[10]一の関口《きどぐち》へ打ち出でて、[11]塀《へい》に付いたる敵五百余人を遥かなる麓《ふもと》へ追《お》ひ下《お》ろし、一度に腹を掻《か》き切《き》つて、枕を並べてぞ臥したりける。

篠塚落《しのづかお》つる事　7

暫《しばら》く防き矢射ける兵どもも、今はこれまでぞとて、或いは敵に引つ組んで差し違へ、或いは己れが[1]役所に火を懸けて、猛火《みょうか》の底に死するもあり。

かやうに思ひ思ひに自害をしけれども、[2]篠塚伊賀守《しのづかいがのかみ》一人《いちにん》は、かつてその気色《けしき》もなし。大手の一、二の関《きど》残りなく押し開き、ただ一人《いちにん》立つたり。降人《こうにん》に出でんためかと見れば、さはあらで、

9　底本「千松原」を改める。前出「千町原（センヂヤウカハラ）」。
10　第一の城門。
11　城柵。

7
1　兵の詰め所。
2　新田方の剛勇・大力で知られた武士。前出、第十巻・8、第十四巻・5、10、第十五巻・3、など。

紺糸《こんいと》[3]の鎧に、龍頭《たつがしら》の冑《かぶと》の緒《お》をしめ、四尺二寸ありけるいか物[4]作りの太刀に、八尺余りの金《かな》[5]さい棒《ぼう》脇に挟み、「余所《よそ》にては、定めて名をも聞きつらん。今は(近づいて)われを知れ。畠山《はたけやまの》[6]庄司次郎重忠《しょうじじろうしげただ》に六代の孫《そん》、武蔵国《むさしのくに》に生《お》ひそだちて、新田左中将殿《にったさちゅうじょうどの》[7]に一騎当千《いっきとうぜん》と憑《たの》まれたりし篠塚伊賀守《しのづかいがのかみ》と云ふ者、ここにあり。討つて勲功《くんこう》に預《あず》かれ」と、大音声《だいおんじょう》を挙《あ》げて名乗るままに、百騎ばかりひかへたる中へ、少しも擬々《ぎぎ》[8]せず、直《ただ》ちに走り懸かる。その勢ひ事柄、勇鋭《ゆうえい》たるのみにあらず、かねて聞こえし大力《だいちから》[9]なれば、誰《たれ》かはこれを遮《さえぎ》り止《と》むべき。百余騎の者ども、東西へさつと引き退いて、中をあけてぞ通しける。

篠塚は、馬にも騎《の》らず、弓箭《ゆみや》をも持たず、しかもただ一人《いちにん》なれば、「何程の事かあるべき。ただ近づく事なくして、遠矢《とおや》に射殺せ。返し合はさば、懸《か》[10]け悩《なや》まして射よ」とて、藤《とう》[11]、橘《きつ》、伴《ばん》の者ども二百余騎、跡に付いて追つ懸くる。篠塚は、少しも騒

3 紺糸で緘(どお)した鎧に、龍の頭の飾りを正面に付けた兜。
4 金銀の装飾を施していかめしく作った太刀。
5 表面にいぼの付いた鉄棒。八尺は、約二・四メートル。
6 源平合戦の英雄。重能の子。桓武平氏秩父流。
7 義貞。
8 ためらわずに。
9 非常に強い力の持ち主。
10 馬に乗って攻めたてて矢を射よ。
11 讃岐の藤原姓・橘姓・大伴姓の武士。

がず、[12]小歌《こうた》歌うて閑《しず》かに歩み行きけるが、敵近づけば、「嗚呼《ああ》、御辺達《ごへんたち》、いたう近寄りて、[13]頸《くび》に仲違《なかたが》ひすな」と、あざ笑うて立《た》ち留《ど》まる。敵、矢先をそろへて射れば、「それがしが鎧には、方々《かたがた》のへろへろ矢は、よも立ち候はじ。すは、射て見給へ」とて、[14]後ろを差《さ》し任《まか》せて休み居たり。篠塚、[15]名誉《めいよ》の者なれば、一人なりとも、もしや討《う》ち留《と》むると追つ懸けたる敵二百騎に、六里の道を送られて、その夜の夜半《やはん》ばかりに、今張《いまばり》の浦《うら》に着きにけり。

これより舟に乗つて[16]隠岐島《おきのしま》へ落ちばやと志《こころざ》し、船やあると見るに、敵どもの乗り捨てて、[17]水手《かこ》ばかり残せる船、あまた澳《おき》にかかりて浮かべり。これこそわが物よと悦《よろこ》びて、鎧着ながら、浪の上[18]五町余り泳ぎて、ある舟にがつはと飛び乗る。[19]水手梶取《かんどり》驚いて、「これは、そも何者ぞ」と咎《とが》めければ、「な騒《さわ》いそ。これは、宮方《みやがた》の落人《おちうど》に篠塚と云ふ者ぞ。急ぎこの船出だして、隠[20]

12 南北朝・室町期にはやった短い歌詞の歌謡。
13 首と胴が離れるな。
14 背中を向けて。
15 武勇に名を得た者。
16 愛媛県今治市の沖にある沖島(越智郡上島町魚島)。神田本「隠ノ嶋」、玄玖本「陰島」、流布本「隠岐島」。
17 舟人。
18 一町は、約一〇九メートル。
19 船乗りや船頭。
20 底本「隠岐国」を改める。

岐島へ送れ」と云ひて、二十余人して繰《く》りたりける碇《いかり》をやすやすと引き上げ、[21]十四、五尋《ひろ》ありける檣《ほばしら》を軽々と押し立てて、屋形の内に高枕《たかまくら》して、鼾《いびき》かいてぞ臥したりける、水手《かこ》梶取《かんどり》どもこれを見て、「あなおびたたし。[22]凡夫《ぼんぶ》にはあらじ」と怖《お》ぢ恐《おそ》れて、[23]則ち順風に帆を揚げて、隠岐島《おきのしま》へ送りて後《のち》、暇《いとま》乞ひてぞ帰りける。

さても、[24]大般若経《だいはんにゃきょう》講読《こうどく》の功力《くりき》によつて、敵軍に威を添へんとせし正成《まさしげ》が亡霊《ぼうれい》鎮《しず》まりければ、大将脇屋《わきや》刑部卿《ぎょうぶきょう》義助《よしすけ》、副将軍大館《おおたち》左《さ》馬助《まのすけ》を始めとして、土居《どい》、得能《とくのう》以下《いげ》に至るまで、或いは病んで死し、討たれて亡び、或いは落ち行き、遁世《とんせい》して、四国、中国、期《ご》せざるに静謐《せいひつ》しけるこそ不思議なれ。天竺《てんじく》の[25]斑足《はんぞく》太子《たいし》は、[26]仁王経《にんおうぎょう》の功徳《くどく》によつて、千王を害する事を止《や》め、今の楠判官《くすのきほうがん》は、大般若の講読に鎮まつて、[27]三毒《さんどく》を免《まぬか》る事を得たりき。

21　一尋は、両手を広げた長さ。
22　常人。
23　ただちに。
24　正成の亡霊を鎮めるため、大森彦七が僧に大般若経を誦ませたこと(本巻・2)。
25　釈迦の本生譚中に説かれる鬼王。外道から千人の王の首をとることを勧められた斑足太子が、九百九十九人の王を得た。千人目の普明王は、一日の猶予を得て仁王経の法会を催すと、太子は悔悟して空三昧を得、普明王は虚空等定を得た(仁王経・護国品)。第七巻・4にもあり。
26　「仁王護国般若波羅蜜多経」。天下太平・鎮護国家を祈る経典。
27　貪欲・瞋恚・愚痴。人間の三つの根本的な煩悩。

その後《のち》、かの盛長《もりなが》が刀をば、天下の霊剣なればとて、左兵衛《さひょうえの》督直義朝臣《かみただよしあそん》の方《かた》へ奉りたりしを、さしたる事あらずとて、28賞《しょう》翫《かん》の儀もなかりしかば、沙《いさご》に埋《うず》まれたる29断剣《だんけん》の如くにて、30凌《りょう》天《てん》の光もなかりけり。

28 珍重すること。
29 折れた剣。
30 天高く上がる光。

太平記　第二十五巻

第二十五巻　梗概

康永《こうえい》元年(一三四二)秋、四国・中国の宮方が滅んで天下は武家のものとなり、公家は衰え、朝廷の諸行事も行われない世となった。足利尊氏《あしかがたかうじ》と直義《ただよし》は、先帝後醍醐《ごだいご》の神霊を鎮めるべく、夢窓《むそう》疎石《せき》を開山として天龍寺を建立した。康永四年(一三四五)八月の落慶法要には、光厳上皇《こうごんじょうこう》が臨席することになったが、比叡山延暦寺は款状《かんじょう》を捧げて抗議した。朝廷では公卿僉議が行われ、坊城《ぼうじょう》(勧修寺《かじゅうじ》)経顕《つねあき》、日野《ひの》資明《すけあきら》が意見を述べ、三条《さんじょう》(中院《なかのいん》)通冬《みちふゆ》は和漢の例を引いて天台と禅に宗論をさせるよう提案したが、二《に》条《じょう》良基《よしもと》は末代における宗論の難しさを説き、判断は武家に委ねられた。武家は延暦寺の訴えを退け、落慶法要の準備を進めた。延暦寺は強訴を企て、興福寺に牒状を送って同心を求めると、朝廷は上皇の御幸を法要当日ではなく、翌日とすることで延暦寺の憤りを静めた。八月二十九日、天龍寺の落慶法要が行われた。光厳・花園《はなぞの》両上皇はその翌日に御幸したが、法要が勅会とならなかったことは不吉の前兆であり、以後、天龍寺はたびたび火災に見舞われた。その頃、備前の三宅《みやけ》(児島)高徳《たかのり》は、丹波の荻野《おぎの》朝忠《ともただ》と結託し、新田《にった》(脇屋《わきや》)義治《よしはる》を大将として挙兵を企てたが、計画が露見し、荻野は山名《やまな》時氏《ときうじ》に攻められて降伏した。三宅高徳は備前を脱出して京都へ上り、足利兄弟の夜討ちを企てたが、夜討ちの前日に事が洩れて幕府方に襲われ、宮方の兵の多くは自害し、高徳は大将新田義治とともに信濃へ逃れた。その折、壬生の地蔵堂に隠れた香匂《こうわ》高遠《たかとお》は、地蔵菩薩の霊験によって命を救われた。

朝儀《ちょうぎ》の事　1

この三、四年が間は、国々に[1]兵革《ひょうがく》止《や》まずと雖《いえど》も、四国、中国の宮方《みやがた》、[2]漸々《ぜんぜん》に亡びしかば、京中の百官万民《ひゃっかんばんみん》、今は[3]国衙《こくが》庄園《しょうえん》も公家の御知行《ごちぎょう》になり、[4]正税官物《しょうぜいかんもつ》も運送の煩《わずら》ひあらじと、悦《よろこ》びあへる処《ところ》に、[5]路次《ろし》の狼藉《ろうぜき》もなほ止《や》まず、[6]本主《ほんしゅ》の領知《りょうち》も叶《かな》はず、天下ただ武家のために押領《おうりょう》せられしかば、洛中の貴賤《きせん》、窮困《きゅうこん》の愁《うれ》ひを抱かずと云ふ者なし。

それ天子は、[7]万機《ばんき》の政《まつりごと》を行ひて、四海《しかい》を治め給ふ者なり。[8]その年中行事と申すは、先《ま》づ正月は、[9]平旦《へいたん》の天地《てんち》四方拝《しほうはい》、[10]屠蘇《とそ》白散《びゃくさん》、[11]群臣《ぐんしん》の朝賀《ちょうが》、[12]小朝拝《こちょうはい》、[13]七曜《しちよう》の御暦《ごりゃく》、[14]氷《ひ》の様《ためし》、[15]腹赤《はらか》の御贄《みにえ》。[16]式兵《しきひょう》二省《にしょう》、内外官《ないげかん》の補任帳《ぶにんちょう》を進《たてまつ》る。立春《りっしゅん》の日は、主水司《もんどのつかさ》、若水《わかみず》を献《たてまつ》る。[17]卯日《うのひ》の御杖《みつえ》、[18]告朔《こうさく》の礼、[19]中東両宮《ちゅうとうりょうぐう》の御拝賀《ごはいが》、[20]東寺《とうじ》

1
1 戦乱。
2 徐々に。
3 国府の公領と荘園。
4 国の税と年貢。
5 運送の道中での略奪。
6 領主の荘園支配。
7 帝の行うすべての政。
8 以下の行事は、南北朝期に停滞したものが多い。
9 早朝(平旦)に帝が天地四方の神を拝する儀。
10 薬を浸した酒を飲む儀。
11 元旦に大臣以下諸臣が大極殿で行なう新年の拝賀。
12 公式の朝賀の後、殿上人が清涼殿で行なう拝賀。
13 暦の奏上の儀。
14 氷室の氷の出来ぐあいを奏する儀。
15 太宰府から献上の腹赤(鱒)を内膳司が奏する儀。
16 式部省・兵部省が京

の国忌《こくき》、叙位《じょい》の儀式、21白馬《あおうま》の節会《せちえ》。八日は、22大極殿《だいごくでん》の御斎会《ごさいえ》、23踏歌《とうか》の節会《せちえ》、女叙位《にょじょい》、24外官《げかん》の除目《じもく》、秋冬の馬料《めりょう》、25殿上《てんじょう》の内論議《うちろんぎ》、七種《ななくさ》の御粥《おんかゆ》、宮内省《くないしょう》の26御薪《みかまぎ》、諸司の27大粮《おおがて》、射礼《じゃらい》、賭弓《のりゆみ》、28年給《ねんきゅう》の帳、神祇官《じんぎかん》の29御麻《みぬさ》。晦日《つごもり》は、御巫《みかんなぎ》30御贖《おんあがもの》を奉る。

二月には、上丁日《かみのひのとのひ》の31釈奠《せきてん》、大原野《おおはらの》、春日《かすが》、率川《いさかわ》の祭、京官の除目《じもく》、32祈年《としごい》の祭、33三省考選《さんしょうこうせん》の目録、34列見《れっけん》の位禄《いろく》、35季《き》の御読経《みどきょう》、36仁王会《にんおうえ》。

三月には、三日の37御燈《ごとう》、38曲水《ごくすい》の宴《えん》、薬師寺《やくしじ》の最勝会《さいしょうえ》、石清水《いわしみず》の臨時の祭、東大寺《とうだいじ》の授戒《じゅかい》。同日、39鎮花《はなしずめ》の祭を行はる。同日、東大寺の華厳会《けごんえ》。

四月は、朔日《ついたち》の告朔《こうさく》。同日、掃部寮《かもんりょう》、冬の御座《ぎょざ》を徹《てっ》して、夏の御座を供《くう》ず。主殿司《とのものつかさ》、始めて氷《ひ》を貢《こう》じ、兵衛府《ひょうえふ》、御扇《みおうぎ》を進《たてまつ》る。山科《やましな》、平野《ひらの》、松尾《まつのお》、杜本《もりもと》、当麻《たいま》、当宗《まさむね》、梅宮《うめのみや》、大神《おおみわ》の祭、広瀬《ひろせ》、龍田《たつた》の祭。五日は、中務省《なかつかさしょう》、40妃《ひ》、夫人《ぶじん》、嬪《ひん》、女御《にょうご》の夏の衣服の

官・地方官の名簿を作成し、提出する儀。
17 上卯の日に邪鬼を払うまじないの杖を奉る儀。
18 毎月朔日(ついたち)に帝が百官の勤怠を記した文を閲覧する儀。
19 中宮・東宮の拝賀。
20 醍醐帝后隠子の忌日。
21 帝が白馬を見る儀。
22 大極殿で「金光明最勝王経」を講説させる法会。
23 祝言を唱えての舞踏。
24 地方官を任命する儀。
25 御斎会結願の日に行われた仏法論義の儀。
26 燃料の薪を奉る儀。
27 月俸を給する儀。
28 任官者推挙の儀。
29 ぬさを神に捧げ、罪をあがなう儀。 30 除災の人形(ひとがた)を奉る儀。
31 大学寮で聖人を祀る儀。
32 五穀豊穣を祈る祭。

紋《もん》を申す。同日の[41]準蔭《じゅおん》の位記《いき》。七日、[42]擬階《ぎかい》奏す。八日、[43]灌仏《かんぶつ》。十日は、女官《にょかん》、春夏の時の[44]飾り物の紋を奏す。内《うち》の[45]弓場《ゆば》の埒《らち》、[46]斎内親王《いつきのひめみこ》の御禊《みそぎ》。酉日《とりのひ》、賀茂《かも》の祭、[47]男女《なんにょ》の飾り馬、東大寺授戒《じゅかい》の使《つかい》、[48]牽駒《こまひき》、[49]神衣《かんみそ》、[50]三枝《さいぐさ》の祭あり。中申日《なかのさるのひ》、日吉《ひよし》の祭礼、[51]二つの時は後。賀茂も同じ。

五月は、三日、六衛府《ろくえふ》、菖蒲《あやめ》并《なら》びに花を献《たてまつ》る。四日は、[52]走馬《はしりうま》の結番《つがい》并びに毛色を奏す。五日、競馬《くらべうま》。日吉《ひよし》の祭、[53]小五月会《こさつきえ》、最勝経《さいしょうきょう》を講ず。

六月には、内膳司《ないぜんのつかさ》、[54]忌火《いんび》の御飯《ごはん》を供《くう》じ、中務省《なかつかさしょう》、[55]御暦《ごりゃく》を奏す。造酒司《さけのつかさ》の[56]醴酒《ひとよざけ》を進《たてまつ》る。神祇官の[57]御体《ごたい》の御卜《みうら》、[58]月次《つきなみ》、[59]神今食《じんこんじき》、[60]道饗《みちあえ》、[61]鎮火《ひしずめ》の祭。神祇官、[62]荒世《あらよ》和世《にこよ》の御贖《おんあがもの》を奏す。東西《やまとかわち》の文《ふん》部《ひとべ》、[63]祓《はら》への刀《たち》を奏し奉る。

七月は、朔日《ついたち》の告朔《こうさく》、広瀬、龍田の祭に向かふべき五位の定め、女官の補任帳《ぶにんちょう》、[64]文殊会《もんじゅえ》、[65]盂蘭盆《うらぼん》、[66]相撲《すまい》の節《せち》。

33　式部・民部・兵部三省が官人を評定した目録を献ずる儀。　34　叙位候補者を大臣らが引見する儀。
35　宮中で「大般若経」を転読する法会。
36　「仁王般若経」を講読して祈願する法会。
37　帝が北斗七星に燈明を捧げる儀。
38　詩歌を詠む遊宴。
39　疫神を鎮める祭。
40　女官は中務省に属す。
41　先祖に準じ位を賜る儀。
42　地下官人の名簿を上奏する儀。　43　釈迦生誕像に香水をそそぐ法会。
44　衣服の文様。
45　弓場に競馬の埒を作る。
46　賀茂の斎院。　47　男女官人の飾り馬を見る儀。
48　五月の節句に供する馬を帝が見る儀。
49　伊勢神宮の神服を奉納

八月は、上丁日《かみのひのとのひ》の釈奠《せきてん》、明くる日の内論議《うちろんぎ》、[67]官の定考《こうじょう》、[68]駒《こま》引《ひき》、八幡《やわた》の放生会《ほうじょうえ》、仁王会《にんおうえ》、季《き》の御読経《みどきょう》、北野《きたの》の祭。

九月は、[69]重陽《ちょうよう》の宴《えん》、伊勢《いせ》の例幣《れいへい》、祈年《としごい》、月次《つきなみ》、[70]神嘗《かんなめ》、[71]新嘗《にいなめ》、[72](大)《おお》忌風神《みかざかみ》、鎮花《はなしずめ》、三枝《さいぐさ》、[73]相嘗《あいなめ》、[74]鎮魂《たましずめ》、道饗《みちあえ》の祭あり。

十月は、掃部寮《かもんりょう》、夏の御座《ぎょざ》を徹《てっ》して、冬の御座を供《くう》ず。兵庫《ひょうご》寮《りょう》、[75]鼓笛《つづみふえ》の声を発《おこ》し、刑部省《ぎょうぶしょう》、[76]年終断罪《ねんしゅうたえづみ》の文《ふみ》を進《たてまつ》る。興福寺《こうふくじ》の維摩会《ゆいまえ》、競馬《くらべうま》の負方《まけかた》の献物《こんぶつ》、[77]大歌始《おおうたはじ》めあり。

十一月は、朔日《ついたち》、内膳司《ないぜんのつかさ》、忌火《いんび》の御飯を供ず。中務省《なかつかさしょう》、御暦《ごりゃく》を奏す。神祇官《じんぎかん》の御贖《おんあがもの》、山科《やましな》、平野《ひらの》、春日《かすが》、杜本《もりもと》、梅宮《うめのみや》、大《おお》原野《はらの》の祭、[78]新嘗、[79]神嘗会《かんなめのえ》、賀茂《かも》の臨時の祭あり、宴会。

十二月は、朔日《ついたち》より同じき(十)八日に至るまで、内膳司、忌火の御飯を供ず。御体《ごたい》の御卜《みうら》、陰陽寮《おんようりょう》、来年の御忌《おんき》を勘録《かんろく》して、内侍《ないし》にこれを進る。[80]荷前《のさき》の使《つかい》、[81]御仏名《ごぶつみょう》、大寒《だいかん》の日、[82]土牛童子《どぎゅうどうじ》を立て、晦日《つごもり》、宮内省《くないしょう》、御薬を奏する。大祓《おおはらえ》、[83]御髪上《みぐしあげ》、「[84]金五四《きんごし》

する儀。
50 率川(いさがわ)神社の祭。
51 中旬に申の日が二回あるときは、後の申の日。
52 五日の競馬で走る馬。
53 日吉大社や春日大社で五月九日に行った祭礼。
54 清浄な火で炊いた御飯を帝に奉る儀。
55 十一月一日が正しい。
56 七月まで毎日奉る一夜作りの酒。
57 帝の体を卜する儀。
58 神祇官で諸社へ御幣を奉る儀。
59 月次のあと、帝が天照大神に神饌を供する儀。
60 京の辻の神を祭る儀。
61 京の火災を防ぐ儀。
62 除災の服を献じる儀。
63 大祓(おおはらえ)。百官の罪穢を祓う。十二月にも行う。
64 文殊菩薩を供養し、貧

隊《たい》に列をなして、院々の燈《ともしび》を焼《た》いて白日《はくじつ》の如し。沈香火底《じんこうかてい》に座して笙《しょう》を吹く」と云へる[85]追儺《ついな》の節会《せちえ》、今夜《こよい》なり。

委《くわ》しくその数を挙げば、車を以て乗すとも[86]勝《すぐ》れまじ。ゆゑに、ただ大綱《たいこう》を録せり。これは皆、代々の聖主賢君《せいしゅけんくん》の、天に受けて地に奉じて、世を静め国を治《おさ》め賜《たま》ふべき[87]枢機《すうき》なれば、一度《ひとたび》も断絶あるまじき事なれども、近年、武家の奢移《しゃし》、公家の衰微《すいび》によつて、一事《いちじ》も[88]更《さら》に行はれず。されば、仏法《ぶっぽう》も神道《しんとう》も、朝儀《ちょうぎ》も礼《れい》節《せつ》も、かつてなき世になりにけり。

天龍寺《てんりゅうじ》の事 2

武家の輩《ともがら》、かくの如く諸国を押領《おうりょう》する事も、軍用《ぐんよう》を支へんためならば、せめては力なき折節《おりふし》なれば、心を遣《や》る方《かた》もあるべきに、そぞろなる[1]ばさらによつて、身には五色《ごしき》を粧《よそお》ひ、食には[2]八《はっ》

者救済の布施をする法会。
65 先帝の御願寺へ送る盆供を帝が拝する儀。
66 諸国の相撲人の勝負を帝が見る節会。
67 地下官人の評定の儀。
68 諸国の馬を帝が見る儀。
69 長寿を祝う菊花の宴。
70 伊勢へ新穀献上の儀。
71 帝へ新穀献上の儀。
72 四月七月の広瀬・龍田社の行事で、ここは誤り。
73 新穀を神に供える儀。
74 帝の長寿を祈る儀。
75 二月まで朝夕鉦鼓を鳴らす儀。
76 刑の執行などの奏上。
77 大歌所を招集する儀。
78 帝が行う新穀収穫祭。
79 新穀を伊勢へ奉る祭。
80 諸国の貢ぎ物を歴代の山陵に奉る儀。
81 仏名経を講じる法会。
82 陰陽師が疫病を祓うた

珍《ちん》を尽《つ》くし、茶の会、酒宴にそこばくの費《つい》えを入れ、[3]傾城田楽《けいせいでんがく》に[4]無量の財《たから》を与へしかば、国費《つい》え、人疲れて、飢饉《ききん》、[5]疫癘《えきれい》、盗賊《ぞく》、兵乱《ひょうらん》、止《や》む時《とき》なし。これ全く天の災《わざわ》ひを降《くだ》すにあらず、ただ国の政《まつりごと》なきによるものなり。

しかるに、愚かにして道を知る人なかりしかば、天下の罪を身に帰して、己れを責むる心なかりけるにや、或る人、[6]将軍の御前《おんまえ》に来たつて申されけるは、「近年、天下の様《よう》を見候ふに、人力を以て天災を収め得つべしとも覚え候はず。これは[7]いかさま、[8]先帝の御神霊御憤《ごしんれいおんいきどお》り深くして、国土に災ひを下し、禍《わざわ》ひをなされ候ふかと覚え候ふ。あはれ、しかるべき禅院《ぜんいん》を一所《いっしょ》御造営候ひて、かの御菩提《ごぼだい》を弔《とぶら》ひ奉《まいら》せられ候はば、天下などか静まらで候ふべき。[9]宇治悪左府《うじのあくさふ》に官を贈り、[10]北野天神《きたののてんじん》に爵《しゃく》を奉り、[11]讃岐院《さぬきのいん》、隠岐院《おきのいん》に尊号《そんごう》を諡《おくりな》し奉りて、[12]仙宮《せんきゅう》を都に遷《うつ》し奉りしかば、怨霊《おんりょう》皆鎮《しず》まり、却《かえ》つて鎮護《ちんご》の神とならせ給ひ候ふなるも

め、内裏諸門に立てる牛と童の土人形。 83 帝・東宮の髪のくずを焼く儀。
84 王建(中唐の詩人)「宮詞」による。金吾は近衛府。
85 疫鬼を追い払う儀式。
86 車に乗せきれまい。
87 要めとなるもの。
88 まったく。

2

1 常軌を超えた豪奢な風俗。当時の流行語。
2 八種の珍味をそろえた贅沢なご馳走。
3 遊女や田楽法師。
4 莫大な。 5 疫病。
6 足利尊氏。 7 きっと。 8 後醍醐帝。
9 保元の乱で滅んだ藤原頼長。没後に、正一位太政大臣を追贈。
10 菅原道真。没後に、正一位太政大臣を追贈。

のを」と申しければ、将軍も[13]左兵衛督《さひょうえのかみ》も、「この議、誠《まこと》にしかるべし」とぞ[14]肝心《かんじん》せられける。

さらば、やがて夢窓国師《むそうこくし》を開山《かいざん》として、禅院を建立《こんりゅう》せらるべしとて、[15]亀山殿《かめやまどの》の御旧跡《ごきゅうせき》を点じ、[16][17]安芸《あき》、周防《すおう》の両国を寄せられて、[18]天龍寺《てんりゅうじ》を造らる。このために、[19]宋朝《そうちょう》へ宝を渡せば、売買の利百千倍を得て、[20]船の往来恙《つつが》なし。遠国《おんごく》に材木を取らすれば、[21]勝載《しょうさい》の船盗賊の恐れ無うして、独《ひと》り順風を得たり。誠に[22]天龍《てんりゅう》八部《はちぶ》もこれを随喜し、[23]諸天善神《しょてんぜんしん》もかれを納受し給ふかと見えし。されば、仏殿《ぶつでん》、法堂《ほうどう》、庫裏《くり》、僧堂《そうどう》、山門《さんもん》、惣門《そうもん》、鐘楼《しょうろう》、方丈《ほうじょう》、浴室《よくしつ》、[24]輪蔵《りんぞう》、[25]雲居庵《うんごあん》、七千余宇の寮舎《りょうしゃ》、六十四間の廊下《ろうか》、経営《けいえい》[26]不日《ふじつ》に事なつて、奇麗粧《きれいよそお》ひを雑《まじ》へたり。

この開山和尚《かいざんおしょう》、[27]天性泉水《せんずい》に好《す》かれたりしかば、水に傍《そ》ひ山に倚《よ》つて、[28]十境《じっきょう》の山川《さんせん》を作られたり。[29]大士応化《だいしおうげ》の普明閣《ふみょうかく》、[30]天心《てんしん》秋を浸《ひた》す曹源池《そうげんち》、[31]金鱗《こんりん》尾を焦がす三級巌《さんきゅうがん》、これに対せる龍門亭《りゅうもんてい》、

11 崇徳院、後鳥羽院。
12 上皇の御所。
13 足利直義。
14 心に深く感じること。
15 京都市右京区嵯峨にあった後嵯峨院・亀山院の離宮。
16 場所を選定すること。
17 良材の産地である安芸・周防両国を造営の用度に当てて。大内裏造営の際も、この両国が料国に当てられた。第十二巻・1。
18 臨済宗天竜寺派の大本山。貞和元年(一三四五)建立。
19 元王朝の時代だが、中国を宋朝と呼称したもの。
20 いわゆる天龍寺船。
21 荷(材木)を満載した船。
22 仏法守護の鬼神。
23 仏法守護の善神。
24 回転式の経蔵。
25 天龍寺の塔頭(たっちゅう)。

[32]三壺《さんこ》を擎《ささ》ぐる亀頂塔《きちょうとう》、[33]雲平間《くもはんかん》の万松洞《ばんしょうとう》、[34]言《ものいわ》ずして咲《え》みを開ける拈花嶺《ねんげれい》、[35]無声《むしょう》に声を聴く絶唱渓《ぜっしょうけい》、[36]銀漢《ぎんかん》に登る渡月橋《とげつきょう》、[37]塵々和光《じんじんわこう》の霊庇廟《れいひびょう》。石を集めては[38]煙嶂《えんしょう》の色を仮り、樹を栽《う》ゑては[39]風濤《ふうとう》の声を移す。[40]恵崇《えそう》が煙雨《えんう》の図、[41]韋偃《いえん》が山水《さんすい》の景にも、未だ得ざりし風流《ふりゅう》なり。[42]康永《こうえい》四年に、[43]成風《せいふう》功終はつて、この寺を[44]五山《ござん》の第二に列せしかば、惣じては公家の勅願寺《ちょくがんじ》、別しては武家の御《ご》祈禱所《きとうしょ》として、千人の僧衆《そうしゅ》を置かる。

同じき八月に、[45]上皇臨幸《しょうこうりんこう》なつて、供養を遂げらるべしと聞こえしかば、例の[46]山門《さんもん》の大衆《だいしゅ》、憤《いきどお》りをなして、夜々の蜂起《ほうき》、谷々の雷動《らいどう》止《や》む時なし。あはや、[47]天魔《てんま》の障碍《しょうげ》出で来たりぬるとぞ見えし。[48]三門跡《さんもんぜき》、これを静められんために、御登山《ごとうざん》ありければ、若大衆《わかだいしゅ》、御坊へ押し寄せて、[49]不日《ふじつ》に追《お》つ下《くだ》し奉る。やがて[50]三塔会合《さんとうかいごう》して、大講堂《だいこうどう》の大庭《おおにわ》に僉議《せんぎ》して曰はく、

夫《そ》れ王道《おうどう》の盛衰《せいすい》は、仏法《ぶっぽう》の邪正《じゃしょう》に依り、国家の安全は、山《さん》

26 日ならず。まもなく。
27 生まれつき泉水に興味を持たれていたので。
28 以下は、嵐山を含む天龍寺の景勝、亀山十景の記述。亀山は、大堰川にのぞみ、嵐山に対する丘。
29 仏菩薩が化現した。普明閣は、三門(山門)。
30 天の心を映す。
31 金鱗の魚がはねる。三級巌は、中国の黄河中流の龍門山の急流(三段の滝になる)に、嵐山の戸無瀬の滝をたとえる。底本「三級岸」。
32 仙人が住む海中の三山を捧げるような。亀頂塔は、亀山の頂にあった九重の塔。
33 雲が半ばまでたちこめる。万松洞は、天龍寺門前の松並木。 34 釈迦が蓮の花をひねった意味を迦葉(かしょう)だけが理解して微笑し

門《もん》の護持《ごじ》に在り。所謂《いわゆる》桓武《かんむ》天皇《てんのう》平安城《へいあんじょう》を建つるや、[51]将来《しょうらい》を吾《わ》が山に契《ちぎ》り、伝教大師《でんぎょうだいし》比叡山《ひえいざん》を開くや、鎮護《ちんご》を帝城《ていじょう》に致す。爾《しか》つしより以降《このかた》、[52]釈氏《しゃくし》化導《けどう》の正宗《しょうしゅう》、[53]天子《てんし》本命《ほんみょう》の道場、偏《ひと》へに[54]真言《しんごん》止観《しかん》の繁興《はんこう》に在り。聖代《せいだい》明時《めいじ》の尊崇《そんすう》を専《もっぱ》らにせらるる者なり。

爰《ここ》に、[55]頃年《しきりのとし》、[56]禅法《ぜんぼう》の興行《こうぎょう》世に喧《かまびす》しくして、[57]顕密《けんみつ》の弘通《ぐつう》無きが如し。亡国《ぼうこく》の先兆《せんちょう》、法滅《ほうめつ》の[58]表事《ひょうじ》、誰人《たれひと》かこれを思はざらん。吾が山殊《こと》に驚歎《きょうたん》する所なり。例を異国に訪《とぶら》へば、宋《そう》朝《ちょう》の[59]幼帝《ようてい》、禅宗を崇《たっと》びて世を蒙古《もうこ》に奪はる。証《しょう》を我《わ》が朝《ちょう》に引けば、[60]武《ぶ》臣《しん》相州《そうしゅう》、この法を尊《たっと》びて家を当今《とうぎん》に傾《かたぶ》けらる。[61]覆轍《ふくてつ》遠からず、後車《こうしゃ》盍《なん》ぞ誡《いまし》めざらん。而《しか》るに今、天龍寺供養の儀、[62]勅願《ちょくがん》の軌則《きそく》を整へ、臨幸《りんこう》の壮観《そうかん》に(及ぶ)べしと云々。事風聞《ことふうぶん》の如くんば、[63]天聴《てんちょう》を驚かし奉り、疎石《そせき》法師《ほうし》を遠流《おんる》し、天龍寺に於ては、[64]犬神人《いぬじにん》を以て破却《はきゃく》せしむべきの

た故事。拈花嶺は、嵐山。
35　声なくて声を聞く。絶唱渓は、大堰川。
36　天の川にかかる。
37　仏が衆生に交わる。霊庇廟は、夢窓疎石の発願による鎮守八幡宮。
38　霞や雲のかかる峰をあらわし。
39　風が吹いて立つ波の音を写す。
40　宋の画僧。
41　唐の画家。
42　一三四五年。十月に貞和と改元。
43　みごとに普請すること(荘子・徐無鬼)。
44　幕府が定めた京都・鎌倉の禅宗寺院の格式。足利尊氏の時代は、第一位南禅寺(京都)・建長寺(鎌倉)、第二位天龍寺・円覚寺、第三位寿福寺、第四位建仁寺、第五位東福寺とされ、天龍寺は京都五山の第二位とされた。
45　光厳上皇。
46　比叡山延暦寺。

由《よし》、公家に奏聞《そうもん》し、武家に触れ訴ふべし。裁許猶預《さいきょゆうよ》に及ばば、早く[65]七社《しちしゃ》の神輿《しんよ》を頂戴《ちょうだい》して、[66]九重《きゅうちょう》の帝闕《ていけつ》に振り奉るべし。

と僉議《せんぎ》しければ、三千の大衆《だいしゅ》、一同に尤《もっと》も尤もとぞ同じける。

同じき三日、[67]谷々の[68]宿老《しゅくろう》三十人、[69]款状《かんじょう》を捧げて[70]陣参《じんさん》す。その奏状に云はく、

延暦寺《えんりゃくじ》三千の大衆法師等《ら》、誠惶誠恐《せいこうせいきょう》謹んで言《もう》す[71]自徹草す

特《こと》に[72]天裁《てんさい》を蒙《かうぶ》つて、先例に因準《いんじゅん》し、疎石法師《そせきほうし》が邪(法)を停廃《ちょうはい》せられ、その身を遠島《おんとう》に追ひ放ち、天龍寺《てんりゅうじ》に至つては、[73]勅供養《ちょくくよう》の儀則《ぎそく》を止《とど》めて、顕密両宗《けんみつりょうしゅう》の遺跡《ゆいせき》を[74]恢弘《かいこう》して、弥《いよいよ》国家護持の[75]精祈《せいき》を致さんと請《こ》ふ状

右、謹んで案内《あんない》を考ふるに、直《じき》に諸宗の最頂《さいちょう》を踏み、快く[76]百王《ひゃくおう》の聖躬《せいきゅう》を護《まも》るは、唯《ただ》[77]天台顕密《てんだいけんみつ》の法のみ。これを仰げば弥《いよいよ》高く、(誰《たれ》[78]か)一実円頓《いちじつえんどん》の月を攀《よ》ぢん。これを鑽《き》れば

47 仏法を妨げる悪魔。
48 延暦寺を統括する三門跡。梶井宮、青蓮院、妙法院。 49 すぐに。
50 延暦寺全山の僧が大講堂の前に集まり、方針を評議すること。
51 都の将来を叡山に託し。
52 釈迦の真正の教え。
53 天子の誕生年に当たる星を祈念する寺。
54 真言密教と天台止観。
55 ここ数年来。
56 禅宗の法門。
57 顕教と密教の教えは広く行われぬようだ。
58 前兆。
59 南宋最後の皇帝。
60 北条高時。当今は後醍醐帝をさす。
61 前人の失敗をみて、後につづく者は注意すべきだ。
62 帝の御願寺の格式。
63 帝にじかに訴えて。

弥《いよいよ》堅く、[79]曷《なん》ぞ四《し》曼相即《まんそうそく》の花を折らん。是《ここ》を以て、[80]累代の徳花《とくか》、忝《かたじけ》なく叡運《えいうん》を当山に比し、[81]諸刹《しょせつ》の興基《こうき》、多くは称号を末寺《まつじ》に寄す。若《も》し夫《そ》れ順なる則《とき》は妨《さまた》げず。[82]建仁《けんにん》の儀、前《さき》に在り。逆なる則《とき》は得《え》ず。[83]嘉元《かげん》の例、後《しり》へに在り。

今、疎石法師の行迹《こうせき》の如きは、柱を食らふ[84]蠹虫《とちゅう》、[85]人を射る含沙《がんしゃ》なり。亡国《ぼうこく》の先兆《せんちょう》、[86]大教《だいきょう》の陵夷《りょうい》、これより甚《はなは》だしきは莫《な》し。何を以てかこれを道《い》ふとなれば、纔《わず》かにその端《はし》を叩《たた》くに、暗《あん》に[87]西来《さいらい》の宗旨《しゅうし》を挙《あ》げて、漫《みだ》りに[88]東漸《とうぜん》の仏法を破る。これを守る者は、[89]瓫《ほとぎ》を蒙《かぶ》つて壁に向かひ、これを信ずる者は、[90]石を緘《つつ》んで金《こがね》と為す。その愚《ぐ》なること皆かくの如し。加旃《しかのみならず》、[91]皇居の遺基《いき》を移して、[92]人処《じんしょ》の棲界《せいかい》と為す、何ぞ傷《いた》まざらんや。[93]三朝礼儀《さんちょうれいぎ》の明堂《めいどう》、云《ここ》に捨《す》てて、[94]野干尸《やかんかばね》を争ふ地と為《な》り、[95]八宗論談《はっしゅうろんだん》の梵席《ぼんせき》、永く絶《た》えて、鬼神《きじん》舌を暢《の》ぶる声に替へたり。笑うてかの[96]行蔵《こうぞう》を問ふに、何か似た

64　延暦寺末社の八坂神社で雑役に従事した下部。
65　日吉山王七社の御輿をかついで。　66　内裏。
67　貞和元年(一三四五)七月三日。
68　年功を積んだ僧。
69　嘆願状。
70　宮中警固の衛府の詰め所(陣)へ参上すること。
71　延暦寺僧だが、不詳。
72　帝の裁定。　73　帝臨席の落慶法要の儀式。
74　おし広めること。
75　心をこめて祈ること。
76　永代に続く帝の体。
77　顕密を兼ねる天台宗。
78　誰が容易に法華経の真理に到達できようか。
79　どうして容易に天台の教義を会得できようか。
80　代々の帝の治政。
81　諸寺の興隆は当山の末寺となったからだ。

る(所)ぞ。譬《たと》へば、猶《なお》[97]調達《ちょうだつ》が衆を萃《あつ》めて邪路《じゃろ》に落ち、[98]提《だい》羅《ら》が供を貪《むさぼ》つて[99]利門《りもん》を開きしが如し。嗚呼《ああ》、人家《じんか》漸《ようや》く寺と為ること、古賢《こけん》悲しみてこれを戒《いまし》む。況《いわ》んや、皇居に於てをや。

[100]聞説《きくならく》、[101]巌栖洞飲《がんせいとういん》して、大きに人世《じんせ》を忘るるは、[102]道人《どうじん》の幽趣《ゆうしゅ》なり。疎《そ》石独《せきひと》りこれに背《そむ》く。[103]櫛《せつ》を山にし梲《せつ》を藻《えが》いて、自《みずか》ら居所《こしょ》を安んずるは、俗士《ぞくし》の奢侈《しゃし》なり。疎石尚《なお》これに過ぎた[104]り。[105]光を韜《つつ》んで門を掩《おお》ふ、何ぞ[106]牆《かき》を踰《こ》ゆる人に異ならん。手を垂れて[107]廛《てん》に入る、宛《あた》か[108]執鞭《しつべん》の士に同じ。天下これを言へば、口を嗽《すす》ぎ、山上《さんじょう》これを聴けば、[109]耳を洗ふ処《ところ》に、剰《あまっさ》へ今臨幸《りんこう》の粧《よそお》ひ厳《おごそ》かにして、将《まさ》に供養の儀を刷《かいつくろ》はんとす。これに因《よ》つて、三千の学侶《がくりょ》、忽《たちま》ちに雷同《らいどう》を為し、一紙《いっし》表《ひょう》奏《そう》し、累《しき》りに天聴《てんちょう》を驚かし奉る。是《ここ》に於て、勅答《ちょくとう》有つて云はく、「天龍寺《てんりゅうじ》供養の事、厳重《げんじょう》の勅願寺《ちょくがんじ》供養に非ず。当寺[110]

82 建仁二年(一二〇二)、栄西が建仁寺を比叡山末寺として建立した例。
83 嘉元三年(一三〇五)、大応国師(南浦紹明)建立の嘉元寺を、比叡山衆徒が破却した例。 84 木食い虫。
85 砂を含んで人の影に吹き付けて、害をなす怪虫、含沙。蜮(よ)の一名(事物異名録)。
86 仏教の衰微。
87 天竺渡来の禅宗。
88 東方に正しく伝播した仏法。
89 ほとぎ(酒などを入れる瓶)をかぶり壁に向かい。
90 価値のないものを貴ぶ。達磨の面壁九年の故事。
91 亀山殿。
92 凡人の住みか。
93 三代の帝が政治を執る場。 94 狐。
95 南都六宗(倶舎・成

に準拠《じゅんきょ》して、後醍醐院《ごだいごいん》の奉為《おんため》に建立《こんりゅう》せられ訖《おわ》んぬ。而《しか》るに、追善《ついぜん》の御仏事、武家申し行ふ間、聴聞《ちょうもん》の為に密々に臨幸《りんこう》有るべきかの由、その沙汰《さた》有る所なり。山門何の篇《へん》[111]を訴へ申すや」と云々。[112]綸宣《りんせん》に就《つ》いて往事《おうじ》を訪《とぶら》ふに、[113]元《もと》を捨てて末《すえ》を務《おさ》むるは、明王《めいおう》の至徳《しとく》に非ず。正《しょう》を軽《かろ》んじ邪《じゃ》を重んじるは、豈《あ》に仏意《ぶつい》の帰《き》する所ならんや。而るに今、[114]九院《きゅういん》荒廃して、[115]旧苔疎《きゅうたいおろそ》かにして侵露《しんろ》の隙《ひま》を補ふ。五堂《ごどう》[116]回禄《かいろく》すれども、[117]昨木《さくぼく》未だ成風《せいふう》の斧《おの》を運《めぐ》らさず。吾《わ》が君《きみ》何ぞ、天子《てんし》本《ほん》命《みょう》の道場を閣《さしお》いて、[118]犢牛前身《とくぎゅうぜんしん》の僧界《そうかい》を興《おこ》されん。偉《おお》いなる哉《かな》、世[119]淳朴《じゅんぼく》に在るときには、[120]四花台嶺《しかたいれい》に敷く。痛ましき哉、時[121]澆薄《ぎょうはく》に及んで、[122]五葉叢林《ごようそうりん》を為す。正法邪法《しょうほうじゃほう》の興廃、[123]参然《さんぜん》としてこれを覿《み》つべし。

倩《つらつら》[124]仏法滅尽《めつじん》の経文《きょうもん》を看《み》るに、曰はく、「我滅尽の時、[125]五《ご》濁悪世《じょくあくせ》に、魔[126]沙門《しゃもん》と作《な》つて、吾が道を壊乱《えらん》し、ただ財物《ざいもつ》

実・律・法相・三論・華厳)と、天台・真言二宗を講じる寺院。　96 行い。

97 釈迦の従兄、提婆達多。仏弟子となるも釈迦に背き、釈迦の殺害をたくらんで、生きながら地獄に堕ちた。

98 扇提羅(せんだいら)という怠け者の五人の比丘尼が、荒野に座して供物を得たが、貪欲であったため石女(うまずめ)に転生した。

99 利欲に結びつく道。

100 聞くところでは。

101 岩屋に住み、深い谷間の水を飲むこと。

102 修行者の風流。

103 ぜいたくな邸に住み。「節を山にし梲を藻にす」(論語・公冶長)。節は、柱の上のますがた。梲は、梁の上の短い柱。

104 底本「遇テ」を改める。

105 栄華を独りじめにする。

を貪《むさぼ》り、積集《せきしゅう》して散ぜず」と。誠《まこと》に斯《これ》を言ふ。今の疎《そ》石是《せきこれ》なり。望み請ふ、天裁《てんさい》、急《すみやか》に[127]葛藤《かっとう》を断ち、天龍寺《てんりゅうじ》に於ては、須《すべか》らく勅願の号を削らしめ、勅会《ちょくえ》の儀を停止《ちょうじ》し、疎石を流《る》刑《けい》し、かの寺を徹却《てっきゃく》せんことを。若《も》し然《しか》らば、[128]法性常《ほっしょうじょう》住《じゅう》の燈《ともしび》長く挑《かか》げて、[129]後五百歳《ごごひゃくさい》の闇を耀《かかや》かし、[130]皇化《おうか》(照)耀《しょうよう》の日自《おの》づから暖《あたた》かにして、[131]春三《しゅんさん》、二月《じげつ》の天に麗《うるわ》しからん。[132]懇款《こんかん》の至りに耐へず。衆徒等《しゅとら》誠恐謹言《せいきょうきんげん》。

康永《こうえい》四年七月日　　三千大衆法師等《だいしゅほうしら》上《たてまつ》る

とぞ書きたりける。

奏状[133]内覧《ないらん》の後《のち》、諸卿参列《しょきょうさんれつ》して、この事いかがあるべきと、僉議《せんぎ》あり。[134]坊城大納言経顕卿《ぼうじょうだいなごんつねあききょう》申されけるは、「先《ま》づ山門《さんもん》の申す詞《ことば》に、和漢の例を引いて、この宗《しゅう》を好まば、世必ず亡ぜずと云ふ事なしと申す条、[135]愚案短才《ぐあんたんさい》の第一なり。異国にこの宗を尊崇せし始めを云へば、[136]梁《りょう》の武帝《ぶてい》、[137]達磨《だるま》に逢ひて、大同寺《だいどうじ》に禅座《ぜんざ》

106　隙を窺い野合する者(孟子・滕文公下)。
107　市場。
108　賤しい職業の者。
109　天下を譲ろうという帝堯の言葉を聞いた許由が、けがれたことを聞いたと潁川で耳を洗い、箕山に隠れた故事。
110　延暦寺にならって。
111　書状。
112　みことのりについて昔のしきたりを調べると。
113　元を捨てて小事に走る。
114　延暦寺の九院(全山)。
115　古苔がまばらに生えて雨露を防いでいる。
116　火災。五堂(五つの堂舎)は、何をさすか不詳。
117　用材にならない大木。成風は、みごとに造りあげること。
118　前世で子牛であったような僧たちの世界。

し給ひしより以来《このかた》、唐《とう》の代《よ》二百八十八年、宋朝《そうちょう》三百十七年、[138]宝《ほう》祚《そ》長久《ちょうきゅう》にして、国家安静《あんせい》なり。わが朝には、武臣[139]平氏《へいし》この宗に傾《かたぶ》きて、九代を保てり。しかるに、[140]幼帝《ようてい》の時に至つて、大宋は蒙古《もうこ》に奪はれ、元弘《げんこう》の初めに当たつて、高時《たかとき》一家を亡ぼしし事は、全く禅法帰依《ぜんぼうきえ》の咎《とが》にあらず。ただ政《まつりごと》を乱り、驕《おご》りを究《きわ》めしゆゑなり。何ぞ必ずしも、治まりし世を捨てて、亡びし時を取らんや。[141]奸乱《かんらん》の謀訴《ぼうそ》なり。豈《あ》に許容するに足らんや。

そもそも天子武《ぶ》を[142]諱《いみな》とし給ひし時は、世人虎の名を云はず。況《いわ》んや、この夢窓和尚《むそうおしょう》は、[143]三代の国師《こくし》として[144]四海《しかい》の知識《ちしき》たり。山門、たとひ[145]訴へを横に経《ふ》とも、儀を知り、礼を存《そん》せば、過言《かごん》を止《とど》めて、天裁《てんさい》を仰ぐべし。漫《みだ》りに、疎石法師を遠島《おんとう》へ遣《つか》はし、天龍寺を犬神人《いぬじにん》に仰せて破却《はきゃく》すべしと申す条、罪科《ざいか》軽《かろ》きにあらず。この時しも[146]刑錯《けいそ》を用ゐずは、[147]向後《きょうこう》の嗷訴《ごうそ》絶《た》ゆべからず。早く三門跡《さんもんぜき》に相尋ねられ、衆徒の張本《ちょうぼん》を召されて、遠流《おんる》せられ候

119 すなお。
120 天台の四教義が花のように比叡山に栄え。
121 道徳が衰えて情が薄くなること。
122 禅宗五派が藪のように茂り栄える。
123 あきらかに。
124 「仏説法滅尽経」。
125 五種の汚濁の現れる悪世。 126 僧侶。
127 もつれた混乱。
128 不変の仏法の真理の燈。
129 釈迦入滅後に五種の五百歳があり、第五(後五百歳)は末法の開始期。
130 帝の政。
131 春の二月、三月。
132 嘆願。
133 帝に上奏する前の、摂政・関白による下見。
134 坊城定資の子。勧修寺を称す。
135 愚かで才能のないこと。

ふべきか」とぞ申されける。

この儀、げにもと聞こゆる処《ところ》に、148日野中納言資明卿《ひののちゅうなごんすけあきらきょう》申されけるは、「山門《さんもん》の申す処、いささか嗷訴《ごうそ》には似て候へども、退いて愚案《ぐあん》を加ふるに、その謂《い》はれなきにあらず候ふ。149日本開《かい》闢《びゃく》は、天台山《てんだいさん》より起こり、王城の鎮護は、延暦寺《えんりゃくじ》を以て専《もっぱ》らとす。ゆゑに、乱政朝《らんせいちょう》に行はるる日は、山門これを諫《いさ》め申し、邪《じゃ》法《ほう》世に興る時は、衆徒《しゅと》これを退くる例、その来たる事尚《ひさ》し。

先《ま》づ150後宇多院《ごうだいん》の御宇《ぎょう》、151横岳《よこだけ》の大応国師《だいおうこくし》をして152嘉元寺《かげんじ》を造られし時、山門訴へ申すによつて、その儀を止《とど》められ畢《おわ》んぬ。また、153土御門院《つちみかどいん》の御宇　154元久《げんきゅう》三年、沙門　155源空《げんくう》　156専修念仏《せんじゅねんぶつ》敷演《ふえん》の時、山門訴へ申すによつて、これを157対治《たいじ》す。158後堀河院《ごほりかわいん》の御宇　159嘉禄《かろく》三年、なほ専修の160余殃《よおう》を誡《いまし》めて、法然上人《ほうねんしょうにん》の墳墓《ふんぼ》を破却《はきゃく》せしむ。161後鳥羽院《ごとばいん》の御宇　162建久《けんきゅう》年中に、163栄西《えいさい》、164能忍《のうにん》等、この宗《しゅう》を洛中に弘めしかば、165南都北嶺《なんとほくれい》ともに騒動す。166建仁寺《けんにんじ》建立に至つては、

136 南朝の梁の初代皇帝武帝と達磨の問答は、「碧巌録」ほか。
137 六世紀の中国禅宗の開祖。大同寺は不詳。
138 帝位。 139 北条氏。
140 第三十八巻・12、参照。
141 邪（よこしま）に天下を乱す訴え。 142 実名。
143 後醍醐・光厳・光明三代の仏法の師。
144 天下の高僧。
145 横暴な訴えで妨げる。
146 刑罰。 147 今後の徒党を組んでの強引な訴え。
148 俊光の子。坊城（勧修寺）経顕とともに一貫して持明院統に仕えた。
149 この開闢説は、第十八巻・13、参照。
150 在位一二七四―八七年。後醍醐帝の父。
151 臨済宗の南浦紹明（なんぽしょうみょう）。勅諡、円通大応国師。

[167]遮那《しゃな》止《し》観《かん》の諸宗を置かるる上、山門の末寺《まつじ》たるべき由《よし》を申し請《う》けしによつて、免許せられ候ひき。凡《およ》そ仏法の一事《いちじ》に限らず、百王の[168]理乱《りらん》、四海《しかい》の安危《あんき》、古《いにし》へより今に至るまで、山門、これを耳の外《ほか》に[169]処《しょ》せず。所謂《いわゆる》治承《じしょう》の往代に、[170]平相国《へいしょうこく》天下の権を執つて、平安城《へいあんじょう》を福原《ふくはら》に移せし時、山門、奏状を捧《ささ》げて、つひに遷都《せんと》の儀を申し止め畢んぬ。これらは皆、山門の大事にあらざれども、仏法と王法と相比するゆゑに、以て裁許せられしものなり。

　そもそも禅僧の[171]模様《もよう》とする処は、宋朝の振る舞ひ、貴《たっと》ぶ所は、[172]祖師《そし》の行儀《ぎょうぎ》なり。しかるに今、禅者の[173]心操《しんそう》、皆法則《ほうそく》これに違《たが》へり。宋朝には、[174]西蕃《せいばん》の帝師とて、[175]摩訶迦羅天《まかからてん》の法を修《しゅ》して、朝家《ちょうか》の護持を至す[176]真言師《しんごんし》あり。かれ[177]上天《しょうてん》の下、一人《いちじん》の上たるべき約《やく》ありしによつて、禅僧は、いかなる[178]大刹《たいせつ》の長老、[179]大耆旧《だいききゅう》とも申せ、路次《ろし》に行き合ふ時は、膝を屈《かが》めて地に跪《ひざまず》き、朝廷に参

横岳は、帰朝後入寺した太宰府の崇福寺の山号。
152　前出・注83。
153　在位一一九八—一二一〇年。後鳥羽院皇子。
154　一二〇六年。
155　浄土宗の開祖、法然。諱は、源空。
156　ひたすら念仏を唱えることを仏教実践の核心に据え、ほかの行(ぎょう)を修めないこと。敷演は、広める意。
157　退治。
158　在位一二二一—三二年。後高倉院皇子。
159　一二二七年、叡山僧が法然の墓をあばいた。
160　災い。
161　在位一一八三—九八年。高倉院皇子。
162　一一九〇—九九年。
163　日本臨済宗の祖。京都に建仁寺を開く。
164　達磨宗の開祖。
165　興福寺と延暦寺。

会する時は、手を延べて[180]履《くつ》を取る。日本には、しからず、[181]無行《むぎょう》短才《たんさい》の客《きゃく》たりと云へども、禅僧とだにも云はれぬれば、[182]法務《ほうむ》の大僧正《だいそうじょう》、[183]門主《もんしゅ》、貫長《かんちょう》の座に均《ひと》しからん事を思へり。ただ今父母の養育を出でたる小僧《こぞう》、[184]喝食《かっしき》も、兄を越え、父をも下《さ》ぐる志《こころざし》あり。これ先《ま》づ、[185]仁義《じんぎ》礼智《れいち》信《しん》の法にはづる。かつて宋朝にその例なし。わが朝に始まれり。仁義の道闕《か》けて、[186]一向鳥獣《いっこうちょうじゅう》に相同じ。言《ことば》を[187]語録《ごろく》に仮《か》つて、その宗旨《しゅうし》を説き、仏を越え、祖を越ゆる手段ありと雖《いえど》も、利に向かつて他《た》の[188]権貴《ごんき》に媚《こ》ぶる時は、[189]檀《だん》那《な》に諂《へつら》ひ、富《ふ》人《じん》に下《くだ》らずと云ふ事なし。ゆゑに、財産を投げて住持《じゅうじ》を望み、寄進《きしん》と号して[190]寄《よ》せ沙汰《さた》をする有様、誠《まこと》に法滅の至りと見えたり。[191]「君子は、その言《げん》のその行《こう》に過ぎんことを恥づ」と云へり。これ豈《あ》に恥を知ると云はんや。

凡《およ》そ寺を建てられん事も、[192]人法繁昌《にんぽうはんじょう》して、僧法相対《そうほうあいたい》せば、真《しん》俗道《ぞくみち》備はつて、尤《もっと》もしかるべし。今の体《てい》を見るに、禁裏《きんり》仙洞《せんとう》は

166 京都市東山区小松町にある臨済宗建仁寺派の本山。
167 天台宗で密教を修する行業と、顕教たる止観を学修する行業。 168 治乱。
169 聞き捨てにしない。
170 平清盛。治承四年(一一八〇)に、清盛は福原(兵庫県神戸市兵庫区)に遷都した。
171 模範。
172 開祖達磨の修行法。
173 心構え。
174 中国西方の外国から来た天子の師。
175 大黒天のこと。
176 真言密教の祈禱僧。
177 天帝の下、天子の上。
178 大寺院。
179 老人。耆は六十歳。
180 沓をお脱がせする。
181 修行せず才に乏しい。
182 寺務を統括する職。
183 門跡寺の住職や座主(貫頂)。

[193]松門茅屋《しょうもんぼうおく》なれば、僧処《そうしょ》は[194]玉楼金殿《ぎょくろうきんでん》をみがき、[195]卿相雲客《けいしょううんかく》は[196]木《もく》食草衣《じきそうえ》なれば、禅僧は珍膳好衣《ちんぜんこうえ》に余れり。[197]祖師の行儀、豈《あ》にかくの如くならんや。朝廷の哀微、歎いても余りあり。[198]これを見て、山門頻《さんもんしき》りに[199]禁廷《きんてい》に訴ふ。これを言ふ者は咎《とが》なく、これを聞く者は以て誡《いまし》むるに足れり。しかれば、山門の衆徒《しゅと》等が申す処《ところ》は、尤もその謂《い》はれありとこそ存じ候へ」とぞ申されける。

[200]両儀《りょうぎ》相分かれて、「是非いづれにかある」と、諸卿《しょきょう》、心を傾《かたぶ》けられける処に、[201]三条源大納言通冬卿《さんじょうげんだいなごんみちふゆきょう》申されけるは、「山門の申す処、事多しと云へども、肝要《かんよう》はただ、[202]正法邪法《しょうぼうじゃほう》の論なり。しからば、禅と[203]聖道《しょうどう》とを召し合はせられて、[204]宗論《しゅうろん》あるべしとこそ存じ候へ。これ[205]和漢の間にその例多く候ふか。

後漢《ごかん》の[206]顕宗《けんそう》皇帝、永平《えいへい》十四年八月十六日の夜、日輪《にちりん》の如くなる光明帯《こうみょうたい》したる一人《いちにん》の沙門《しゃもん》、帝《みかど》の御前《おんまえ》に来たつて空中に立つたりと、御夢《おんゆめ》に御覧ぜらる。[207]夙《つと》に群臣を召して、御夢を問ひ給ふ

184 禅寺の有髪の少年僧。
185 儒教で説く五つの基本的な人倫の道。
186 ひとえに。
187 高僧の言行録。
188 権勢家や貴人。
189 施主。
190 代償を払い、訴訟の表面上の当事者になってもらうこと。
191 「君子はその言のその行に過ぎんことを恥ず」(論語・憲問)。
192 俗人の道が栄えて、僧侶の道がともに栄えるなら。
193 松の木の粗末な門や草ぶきのあばら屋。
194 玉や金で飾った高殿と殿舎。 195 公卿殿上人。
196 貧しい食事と衣服。
197 達磨。
198 流布本は、ここに摩羯陀国(まかだこく)の僧の挿話が入る。 199 宮中。

に、臣[208]傅毅《ふき》答へて申さく、「[209]天竺《てんじく》に、[210]大聖釈尊《だいしょうしゃくそん》とて独《ひと》りの仏出世《しゅっせ》し給ふ。その教へ[211]震旦国《しんだんこく》に流布して、万人《ばんにん》かの化導《けどう》に預《あず》かるべき御夢想なるべし」とぞ申しける。帝、則ち[212]摩騰法師《まとうほうし》、竺《じく》法蘭《ほうらん》と申しける二人《ににん》の沙門《しゃもん》を、天竺へ遣《つか》はされて、[213]仏舎利《ぶっしゃり》并びに[214]四十二章経《しょうぎょう》を、[215]月氏国《げっしこく》より渡さる。時に、[216]荘老《そうろう》の道を貴びて[217]虚無自然《きょぶしぜん》の理《り》を守る[218]道士《どうし》ども、列して訴へ申しけるは、「古《いにし》への[219]三皇五帝《さんこうごてい》、天下に王たりしより以来《このかた》、或いは儒教《じゅきょう》を以て仁義を収《おさ》め、或いは[220]道徳《どうとく》を以て淳朴《じゅんぼく》に帰し給ふ。しかるに今、摩騰法師等《ら》、釈氏の教へを伝へて、仏骨《ぶっこつ》の貴《たっと》き文《もん》を説く。[221]内聖外王《だいせいがいおう》の義に背《そむ》き、[222]有徳無為《うとくぶい》の道にあらず。早くかの法師を流罪せられて、[223]太素《たいそ》の風《ふう》に復《ふく》せしめ給へ」とぞ申しける。これによつて、「さらば、道士と法師とを召し合はせて、その威徳《いとく》の勝劣《しょうれつ》を御覧ぜらるべし」とて、[224]禁闕《きんけつ》の東門に壇を高く築《つ》いて、[225]預参《よさん》の日を定めらる。

200 坊城(勧修寺)経顕、日野資明両者の意見。
201 中院通顕の子。村上源氏。 202 正しい教法か正道に背く教えかの議論。
203 自力聖道門の宗。天台・真言、南都六宗など。
204 宗派間の教義上の優劣についての論争。
205 神田本・流布本「三国の間」とあり、以下にまず、天竺の祇園精舎建立に際しての舎利弗(しゃりほつ)と外道との宗論説話を語る(底本なし)。玄玖本・簗田本は「和漢」とするが、祇園精舎説話を載せる。
206 二代皇帝明帝(みんてい)。以下の話は、「法苑珠林」巻十二ほか。 207 早朝に。
208 後漢の学者、文人。
209 インド。
210 釈迦牟尼の尊称。
211 底本「月氏国」。神田

すでにその日になりければ、道士三千七百人、[226]胡床《こしょう》を列《つら》ねて、西に向かつて座す。摩騰法師は、[227]草座《そうざ》を敷いて、東に向かつて座す。座定まつて後、道士等《ら》、「いかやうの事を以て、勝負を決すべき事にて候ふやらん」と申すに、「ただ天に上《のぼ》り、地に入《い》り、[228]山を擘《つんざ》き、月を握る術《じゅつ》を致すべし」と宣下《せんげ》せらる。これらは皆、道士どもが朝夕業《ちょうせきぎょう》とする処《ところ》なれば、するに難《かた》からじとて、[229]玉晨君《ぎょくしんくん》を礼《らい》し、[230]芝荻《してき》を香《こう》に炷《た》いて、[231]気を飲み、[232]鯨桓《げいかん》の審《しん》に向かつて、天に昇らんとすれども、昇られず、地に入らんとすれども、入られず。まして山を擘かんとするに、山裂《さ》けず。月を取らんとするに、月下《くだ》らず。種々の仙術《せんじゅつ》、皆仏力《ぶつりき》に押されて、する事を得ざれば、万人手を打つてこれを笑ふ。道士、面《おもて》を低《た》れて[233]機を失ふ。ここに、摩騰法師、[234]瑠璃《るり》の宝瓶《ほうびょう》に仏舎利を入れて、左右の手に捧げて、虚空《こくう》百余丈の上に飛び上がりて立てり。上に付く所なく、下に踏む所なし。仏舎利より光明を放ちて、

本により改める。
212 天竺の僧。明帝の招きで洛陽の白馬寺に住み、同じ天竺僧、竺法蘭とともに仏教を広めた。
213 仏陀の遺骨。
214 仏典を四十二章に要約した経で、漢訳仏典の最初。摩騰・竺法蘭の訳。底本「四十二聖教」。
215 中国西域の国。
216 荘子・老子。
217 何ごとにも捉われずに、虚心に自足してある法。
218 道教の僧。方士。
219 中国古代の聖天子。
220 道教の教え。
221 内には聖人、外には王の徳を備えた者(荘子・天下)。 222 徳のある政で世がひとりでに治まること。
223 天地開闢以前の虚無自然の世。
224 皇居。 225 参会の日。

[235]一天四海《いってんしかい》を照らす。その光、[236]金帳《きんちょう》の中《うち》、[237]玉扆《ぎょくい》の上までも耀《かがや》きしかば、天子《てんし》、諸侯《しょこう》、[238]卿大夫《けいたいふ》、[239]百寮《ひゃくりょう》、万民《ばんみん》悉《ことごと》く金色《こんじき》の光りに映ぜり。天子、玉扆より下《お》りさせ給ひて、[240]五体を地に抛《な》げて礼《らい》をなし給ひしかば、皇后《こうごう》[241]元妃《げんぴ》、卿相雲客《けいしょううんかく》、等しく信仰の首《こうべ》を地に付けて、随喜の涙を袖に余す。さしも確執《かくしつ》をなしつる道士ども、邪《じゃ》を翻《ひるがえ》し、正《しょう》に帰《き》して、信心肝《きも》に銘ぜしかば、三千七百人、同時に出家して、摩騰《まとう》の弟子になりにける。この日やがて[242]白馬寺《はくばじ》を立てて、仏法を[243]弘通《ぐつう》せられしかば、同時に寺を造る事、支那《しな》四百州の内に、一千七百三ヶ所なり。これより漢土《かんど》の仏法は始めて弘まり、[244]遺教《ゆいきょう》今に流布せり。

また、わが朝には、[245]村上天皇《むらかみてんのう》の御宇《ぎょう》、[246]応和《おうわ》元年に、天台《てんだい》、[247]法《ほっ》相《そう》の[248]碩徳《せきとく》を召されて、宗論を致させらる。山門《さんもん》よりは[249]慈恵《じえ》大師《だいし》、南都《なんと》よりは[250]松室《まつむろの》仲算《ちゅうざん》已講《いこう》ぞ、参ぜられける。預参《よさん》の日になりければ、仲算、すでに南都より上洛《しょうらく》し給ひけるが、時節時雨《おりふししぐれ》の

226 折りたたみ式の椅子。
227 草で編んだ敷物。
228 山を裂き。
229 道教で祭る仙人。
230 香に焚く芝や荻。
231 気分を集中し。
232 雌くじらの集まる淵。「鯢桓の審を淵と為す」(荘子・応帝王)。審は淵。
233 気勢を失う。
234 青い宝玉の瓶。
235 世界中。
236 金糸で織った帳(とばり)。
237 玉座。
238 高位の臣。
239 すべての役人。
240 両膝・両肘・額を地に付けて礼拝する最高の礼。
241 皇后に同じ。
242 洛陽にある中国最初の仏教寺院。
243 教えをひろめること。
244 釈迦の遺した教え。
245 在位九四六—九六七年。

比《ころ》なれば、木津川《こづがわ》に水おびたたしく出でて、船もなく橋もなし。いかがせんと思《おも》ひ煩《わずら》ひて、川の辺《ほと》りに、輿を舁《か》き居《す》ゑたる処《ところ》に、怪しげなる老翁一人《ろうおういちにん》出で来て、「何事に、この川の辺《ほと》りには徘《やすら》はせ給ふぞ」と問ひければ、仲算、「これは、天台、法相の宗論のために召されて、参内仕《さんだいつかまつ》るが、洪水に川を渡りかねて、水の干《ひ》落《お》つるを待つなり」と答へ給ふ。老翁、大きに笑うて、「水深くして智恵浅し。[251]潜鱗水禽《せんりんすいきん》にだにも及ばず。何を以てか宗論を致さるべし」と恥ぢしめける間、仲算、げにもと思ひて、十二人の輿舁《こしかき》に、「ただ水の中を舁《か》いて通れ」と下知《げじ》せらる。輿舁、さらばとて、おづおづ水の中を舁いて通るに、さしもおびたたしく漲《みなぎ》り落《お》ちたる洪水、上下へさつと分かれて、大河俄《にわ》かに陸地《くがち》になりければ、供奉《ぐぶ》の大衆《だいしゅ》、悉《ことごと》く足も濡らさで渡りにけり。

　慈恵大師も、比叡山の[252]西坂本《にしさかもと》[253]降松《さがりまつ》の辺に車を儲《もう》けさせて、

醍醐帝皇子。
246　九六一年。以下の宗論の話は、応和三年八月、清涼殿での法華経講説に際して、南都・北嶺の学僧の間で行われた宗論を説話化したもの(応和宗論記)。
247　唯識説を説く宗派。興福寺に伝わった。
248　高徳の僧。
249　良源。第十八代天台座主。諡号は慈恵大師。俗称、元三大師。
250　興福寺の松室に住んだ高僧。已講は、内裏の御斎会・薬師寺最勝会・興福寺維摩会の三会の講師を勤める僧。
251　水中の魚や水鳥。
252　比叡山の西麓、京都市左京区修学院の辺一帯。
253　左京区一乗寺下り松町。

下洛せんとし給ふに、鴨川《かもがわ》に水出《い》でて、逆浪《さかなみ》岸を浸《ひた》せり。牛飼《うしかい》車を扣《ひか》へて立ちたる処《ところ》に、いづくより来たるとも知らぬ水牛《すいぎゅう》一頭、水の中より游《およ》ぎ出《い》でて、車の前に喘《あえ》ぎける間、大師、「この牛に車を懸けて、ただ水の中をやれ」と仰せらる。牛飼命《めい》に随つて、水牛に車を懸け替へて、一鞭《ひとむち》当てたるに、天を飛ぶが如くに、車の[254]輫《とこ》をも濡らさず、浪の上をあがいて三十余町[255]を通り、内裏《だいり》の[256]陽明門《ようめいもん》の前にて、水牛は忽《たちま》ちにいづくともなく失せにけり。両方の不思議奇《き》特《どく》、皆[257]権者《ごんじゃ》の態《わざ》とぞ見えたりける。

[258]清涼殿《せいりょうでん》に[259]獅子《しし》の座を敷いて、[260]問者《もんじゃ》、[261]講師《こうじ》、東西に相対《あいたい》す。天子は南面にして、玉扆《ぎょくい》に[262]統纊《とうこう》をかかげ、臣下は北面にして、階下に[263]冠弁《かんべん》をうなだる。法席すでに調《ととの》ひて、大師、[264]草木成仏《そうもくじょうぶつ》の義を宣《の》べ給ふに、仲算《ちゅうざん》は、[265]五性各別《ごしょうかくべつ》の儀を立てて、難じて云はく、「非情《ひじょう》の草木、[266]理仏性《りぶっしょう》を具すと云へども、[267]行仏性《ぎょうぶっしょう》なし。行仏性

254 牛車の人が乗る部分。
255 三キロメートル余り。
256 大内裏の東門。
257 神仏の化身。
258 帝の常の御所。
259 仏や高僧のすわる座。
260 仏法の論議の質問者。
261 問者に答える僧。
262 冠の左右に垂らす飾り。
263 冠冕。冕板（べんばん＝冠の頂につける板）をつけた冠。
264 天台宗の教えで、心のない草木も仏性を備え、成仏できるとする思想。
265 生まれながらに衆生が備える宗教的資質に五種あるという考え。
266 すべての衆生に備わる存在の妙理。法相宗でいう。
267 衆生の中にある成仏の種子。これを備えるものと備えないものがある。

なくは、何《なん》ぞ成仏の儀あらんや。但し、[268]文《もん》の証《しょう》あらば、暫《しばら》く疑ひを除くべし」と宣《のたま》ふに、大師、[269]円覚経《えんがくきょう》の文《もん》を引いて、「地獄《じごく》天宮《てんぐう》、皆浄土たり。[270]有性無性《うしょうむしょう》、斉《ひと》しく仏道を成《じょう》ず」と誦《じゅ》し給ふ。仲算、この文に詰《つ》まりて、暫《しばら》く口を閉ぢておはしける処に、法《ほっ》相擁護《そうおうご》の[271]春日大明神《かすがだいみょうじん》、高座《こうざ》の上に立ち変はり、幽《かす》かなる御声にて、この文《もん》の点を読み替へ給ひけるは、「地獄天宮、皆《みな》浄土たらましかば、有性も無性も、斉しく仏道を成じてまし」と。

　大師、重ねて難じて曰はく、「この文《もん》の点、全く心に叶《かな》はず。[272]一草一木各一因果《いっそういちもくかくいついんが》、山河天地同一仏性《さんがてんちどういつぶっしょう》のゆゑに、[273]講答《こうとう》すでに理仏性を具《ぐ》すと許す。もし理仏性を具しながら、つひに成仏の時なくは、何を以てか仏性と曰はんや。もしまた、仏性を具すと雖《いえど》も、成仏せずと言はば、有情《うじょう》も成仏すべからず。有情の成仏は、理(仏)性を具するによるがゆゑなり」と難じ給ふ。仲算、重ねて答へ給ひけるは、「草木成仏までもあるべからず。[274]先《ま》づ

268　経典中の証拠。
269　「大方広円覚修多羅了義経」。唐代の経。以下はその清浄慧菩薩章の句。
270　仏性を持つ者と持たない者。
271　春日大社。藤原氏の氏神で、興福寺の鎮守。
272　草木も因果によって生じ、山河天地も同じ仏性を備えるゆえに。
273　仲算の発言。
274　まず自分の成仏の証しを見せなければ。

自身成仏の証《しょう》を呈《あらわ》し給はずは、何を以てか疑ひを散ぜん」。この時、大師、言《ことば》を出ださずして、やや久しく黙座《もくざ》し給ふに、[275]香《こう》染《ぞめ》の法服《ほうふく》、忽《たちま》ちに[276]瓔珞細耎《ようらくさいなん》の衣となり、肉身《にくしん》変じて赫奕《かくやく》たる[277]紫磨金《しまごん》の御膚《おんはだえ》より、光明十方《じっぽう》に遍照《へんじょう》す。庭前《ていぜん》の冬木《とうぼく》、俄《にわ》かに花咲きて、恰《あた》か[278]春三《しゅんさん》、二月《じげつ》の東風《とうふう》に、繽紛《ひんぷん》たるに異ならず。座中の[279]三公九卿《さんこうきゅうけい》、[280]知るも知らざるも、即身《そくしん》を替へずして、花蔵世《けぞうせ》界《かい》の土《ど》に至つて、[281]妙雲如来《みょううんにょらい》の御所に到るかとぞ覚えける。

ここに、仲算《ちゅうざん》、少し[282]欺《あざむ》ける気色《けしき》にて、[283]如意《にょい》を揚げて席を敲《たた》いて曰はく、「[284]止みなん、止みなん、須《すべから》く説《と》く可《べ》からず。我が法は、妙《みょう》にして思《おも》ひ難《がた》し」と誦《じゅ》し給ふに、大師の光明忽ちに消えて、本《もと》の軀《み》になり給ひにけり。この時、藤氏一家《とうしいっか》の卿相雲客《けいしょううんかく》、[285]さればこそ、わが氏寺《うじでら》の法相宗《ほっそうしゅう》こそ世に勝《すぐ》れたりけれと、[286]我慢《がまん》の心を起こして退出し給ひける処《ところ》に、門前に繫《つな》がれたる牛、舌を低《た》れて[287]唾《よだれ》を唐居敷《からいしき》の上に残せるを見給へば、一首の歌に見え

275　丁子（ちょうじ）を煎じた汁で染めた衣。黄を帯びた薄紅色の衣。　276　珠の首飾りと、精妙な軟らかい衣。　277　紫色を帯びた光り輝く黄金の膚。　278　二月、三月の春風にさかんに咲き乱れるかのようだ。　279　三人の大臣と公卿。　280　成仏の理を知る者も知らぬ者も、皆肉身を替えずに蓮華蔵世界（毘盧舎那仏の浄土）に至って。　281　龍樹菩薩の本地仏。龍樹は、インド大乗仏教中観派の祖。また顕密八宗（南都六宗と天台・真言）の祖師。　282　嘲る。　283　講僧が手に執る棒。　284　「法華経」方便品の偈。止めよう、ここで説くことはできぬ。わが教えは霊妙で思惟しがたい。　285　思ったとおりよ。

たり。

草[288]も木も仏《ほとけ》に成ると聞く時は情《こころ》ある身の憑《たの》もしきかなと。これまた、草木成仏《そうもくじょうぶつ》の証歌《しょうか》なり。

理《ことわ》りなるかな、仲算已講《いこう》は[289]千手《せんじゅ》の化身《けしん》、慈恵大師《じえだいし》は[290]如意輪《にょいりん》の変作《へんさ》なり。されば、[291]智《ち》弁言説《べんごんぜつ》、いづれもなじかは勝劣あるべき。ただ[292]雲間《うんかん》の陸士龍《りくしりゅう》、日下《じっか》の荀鳴鶴《しゅんめいかく》、相逢《あいあ》ひし時の如くなり。つひに、天台《てんだい》、法相ともに相並んで[293]八宗《はっしゅう》の最頂《さいちょう》たるべき由、宣下《せんげ》せられて、ともに眉目《びもく》を開けり。

そもそも天台の血脈《けちみゃく》は、[294]師子尊者《ししそんじゃ》に至つて絶《た》えたりしを、遥《はる》かに世隔《へだ》たつて、唐朝の大師、[295]南岳《なんがく》、[296]天台、[297]章安《しょうあん》、[298]妙楽《みょうらく》、[299]自解《じげ》仏乗《ぶつじょう》の智を得て、[300]金口《きんく》の相承《そうじょう》を続《つ》ぎ給へりと申す段、[301]髣髴《ほうふつ》なりと、禅よりして天台宗を難じ申す。また、禅の立つる処の宗は、釈尊《しゃくそん》、[302]大梵天王《だいぼんてんのう》の請《しょう》を受けて、[303]忉利天《とうりてん》にして法を説き給ひし時、一枝《いっし》の花を[304]拈《ねん》じ給ひしを、会中《えちゅう》の[305]大比丘衆《だいびくしゅ》知る事の更《さら》に

286　慢心。
287　門の柱の下にある石。
288　無常の草木さえ成仏すると聞くと、有情のわが身がたのもしい。
289　千手観音。
290　如意輪観音。
291　才知と弁舌。
292　西晋の時代、陸雲(字は士龍)と荀隠(字は鳴鶴)が、初対面の席で雲間の士龍、日下の鳴鶴と互いに名乗りあった故事(蒙求・鳴鶴日下士龍雲間)。
293　仏教の八つの宗派。倶舎・成実・律・法相・三論・華厳・天台・真言。
294　西天二十三祖の駄那師子(だなしし)。罽賓(けいひん)国の王に殺され、同人で釈迦の付法相承は絶えた(付法蔵因縁伝)。
295　南岳大師慧思(えしえ)。天台第二祖。
296　天台大師智顗(ぎち)。三

なかりしを、[306]摩訶迦葉《まかかしょう》一人、破顔微笑《はがんみしょう》して、心を以て心を得たり。この事、[307]大梵天王問仏決疑経《だいぼんてんのうもんぶつけつぎきょう》に説かれたるを、宋朝の[308]舒王《じょおう》、[309]翰林学士《かんりんがくし》たりし時、秘して宮庫《きゅうこ》に収めし後《のち》、この経失せたりと申す条、他宗の証拠に足らずと、天台宗《てんだいしゅう》は禅を難じ申す。かやうの不審をも、この次でに散じたくこそ候へ。ただ禅と天台とを召し合はせられて、宗論《しゅうろん》を致させられ候へ」とぞ申されける。

[310]三公の異儀、区々《まちまち》に分かれて、是非の徳失《とくしつ》互ひに備はれり。[311]上衆《じょうしゅ》の儀、いづれにか同ぜらるべきと聞く処《ところ》に、[312]二条関白殿《にじょうかんばくどの》申させ給ひけるは、「八宗の派分《わ》かれて、末流道《みち》異なりと云へども、ともにこれ、[313]獅子吼無畏《ししくむい》の説にあらずと云ふ事なし。しかれば、いづれをか取り、いづれをか捨つべき。たとひまた宗論を致すとも、天台の[314]唯受一人《ゆいじゅいちにん》の口決《くけつ》と、禅家の[315]没滋味《もつじみ》の手段《しゅだん》、誰《たれ》かこれを弁《わきま》へ、誰かこれを会《え》せん。世[316]澆季《ぎょうき》なれば、摩騰《まとう》の

祖。297 章安大師灌頂（かんじょう）。四祖。
298 妙楽大師湛然（たんねん）。七祖。299 天台十徳の第一。法華の教えを自ら悟る智。
300 釈迦の口伝・付法。
301 明確でない。
302 色界初禅天の王。
303 欲界六天の第二。
304 つまむこと。
305 僧衆。
306 釈迦十大弟子の一人。禅宗で尊崇される。釈迦が花を拈（ねん）った意味を迦葉だけが理解して微笑した故事（無門関）。
307 禅宗に伝わったという存否不明の経典。
308 王安石。北宋の政治家、文人。没後、舒王（荊国公）に封ぜられた。
309 詔を管掌する役人。
310 坊城（勧修寺）経顕、日野資明、三条（中院）通冬の

如く、空中に立つ人もあるべからず。慈恵大師《じえだいし》のやうに、光明を放つ事もあるべからず。ただ如来《にょらい》の[317]権実《ごんじつ》、徒《いたず》らに[318]堅石白馬《けんせきはくば》の論となり、祖師の[319]心印《しんいん》、空しく[320]叫騒怒張《きょうそうどちょう》の中に落つべし。

凡そ宗論の難《かた》き事を、われかつてこれを聞けり。如来滅後《めつご》三百年を経て、[321]西天《さいてん》に、[322]護法《ごほう》、[323]清弁《じょうべん》とて二人《ににん》の菩薩《ぼさつ》御座《まし》しき。護法菩薩は、法相宗《ほっそうしゅう》の元祖にて、[324]有相《うそう》の義を談じ、清弁菩薩は、[325]三論宗《さんろんしゅう》の祖にて、法の無なる理《ことわ》りを宣《の》べ給ふ。門徒二つに分かれて、かれを是《ぜ》し、これを非《ひ》す。或る時、かの二菩薩相逢うて、空有《くうう》の法論を致し給ふ事七日七夜《なぬかななよ》なり。ともに[326]富楼那《ふるな》の舌を仮《か》つて、智[327]三千界《さんぜんかい》を傾《かたぶ》けしかば、無心《むしん》の草木《そうもく》も、これを随《ずい》喜《き》して時ならぬ花咲き、人を恐るる鳥獣《ちょうじゅう》も、これを感歎して去るべき処を忘れたり。しかれども、議論つひに休《や》まず、法理《ほうり》両端に分かれしかば、[328]よしや、さらば、五十六億七千万歳を経て、[329]慈尊《じそん》の出世し給はん時、会座《えざ》に臨《のぞ》んで、この疑ひを散《さん》ぜんに

三人をさす。
311 身分の高い人。
312 二条良基。道平の子。
313 獅子が魔を畏れず吼えるような堅固な仏の教え(維摩経・仏国品)。
314 師からただ一人口伝される天台の教え。
315 味をかみくだいては教えない、とらえどころのない禅の教え。
316 末世。
317 方便と真実の教え。
318 趙の公孫龍が唱えた詭弁(公孫龍子)。堅白同異とも。堅と石、白と馬とはそれぞれ別の概念であり、ゆえに堅石は石ではなく、白馬は馬ではないとする論法。
319 言葉によらない教え。
320 怒ってわめき騒ぐ。
321 天竺。インド。
322 六世紀南インドの唯識説の論師。

は(如《し》かじ)とて、護法菩薩《ごほうぼさつ》は蒼天《そうてん》の雲を分けて、[330]都卒宮《とそつぐう》に上《のぼ》り給へば、清弁菩薩《じょうべんぼさつ》も同じく青山《せいざん》の巌《いわお》を擘《つんざ》いて、[331]修羅崛《しゅらくつ》へ入り給ひにけり。時に、華厳《けごん》の祖師[332]香象大師《こうぞうだいし》、両人の有空《うくう》の論を聞いて曰はく、「[333]色即是空《しきそくぜくう》なれば、護法の有《う》をも嫌はず。[334]空即是《くうそくぜ》色《しき》なれば、清弁の空《くう》をも遮《しゃ》せず」と、二宗を[335]欺《あざむ》き給ひけり。

上古《しょうこ》の[336]薩埵《さった》、なほかくの如し。況《いわ》んや、末世の比丘《びく》に於てをや。とても近年の天下の事、小大《なに》となく皆武家の計らひとして、万《よろ》づ叡慮《えいりょ》に任《まか》せ奉らざる事なれば、ただ、山門《さんもん》の訴へ申す処《ところ》いかがあるべきと、武家へ尋ね仰せられて、その趣《おもむき》に付いてこそ、聖断《せいだん》せられ候はめ」と申させ給ひければ、諸卿皆この儀に同ぜられて、[337]法家《ほうけ》の勘状《かんじょう》までも及ばず、則ち山門の奏状を武家へ下されて、「しかるべきやうに相計《あいはか》るべし」とぞ仰せられける。

[338]将軍、同じく左兵衛督《さひょうえのかみ》、山門の奏状披見《ひけん》して、「これはそも何事ぞ。寺を建て、僧を崇敬《すうけい》すればとて、山門の所領をも妨げ

323　六世紀インドの空観の論師。
324　法(形相・存在)の有を認める立場。
325　龍樹の「中論」「十二門論」、提婆(龍樹の弟子)の「百論」の三論を典拠とする仏教宗派。
326　釈迦十大弟子の一人。弁舌に秀でた。
327　全宇宙。
328　ままよ。
329　弥勒菩薩。釈迦入滅から五十数億年後に弥勒が出現して行う説法の座。
330　欲界六天の第四。その内院で弥勒菩薩が修行しているという。
331　阿修羅の住む窟(いわや)。
332　華厳教学の大成者。
333　万物は因縁で生じるから実体のない空である。
334　空は因縁によって有形万物となる。

ず、衆徒《しゅと》の煩《わづら》ひにもならず。たまたま公家武家仏法に帰し、[339]大《だい》善根《ぜんごん》を修《しゅ》せば、ともに[340]方袍円頂《ほうほうえんちょう》の身としては、悦《よろこ》ぶべき事にてこそあるに、障《さわ》りをなさんとする条、返す返す不思議なり。所詮神輿《しんよ》入洛《じゅらく》あらば、官軍を以て防かすべし。路次《ろし》に振り捨て奉らば、京中にあらゆる処の[341]山法師《やまほうし》の土倉《どそう》を点じて、造り替へられんに、何の痛みかあるべき。この上は、山門の嗷訴《ごうそ》を捨て置かせられて、勅供養《ちょくくよう》の儀則を調《ととの》へられ候ふべきか」とぞ奏聞《そうもん》せられける。

武家かくの如く申し沙汰し候ふ上は、公家あへて一義[342]にも及ばせ給はず。列参の大衆《だいしゅ》、款状徒《かんじょういたず》らに公庭《きんてい》に棄てられて、面目失ひて登山《とうさん》す。三千の衆徒《しゅと》、これを聞いて、なじかは憤《いきどお》らざるべき。その儀ならば嗷訴に及べとて、八月十六日に、先《ま》づ[343]三社《さんしゃ》の神輿《しんよ》を[344]中堂《ちゅうどう》へ上げ奉つて、[345]祇園《ぎおん》、北野《きたの》の門戸を閉ぢ、[346]獅子《しし》、田楽《でんがく》、庭上《ていしょう》に相従ふ。[347]神人《じにん》、社司《しゃし》、御前《おんまえ》に奉仕す。山門の案否、

335　嘲る。
336　菩薩に同じ。
337　法律を専門とする官吏の意見書。
338　足利尊氏と直義。
339　大きな善行、功徳。
340　袈裟を着て剃髪している僧の身としては。
341　叡山僧の土蔵(の財物)を召し上げて、代わりの神輿を造る。
342　一議。一つの異議。
343　日吉山王上七社のうち、とくに大宮・二宮・聖真子をさす。
344　比叡山東塔の根本中堂。
345　祇園社・北野天満宮は延暦寺が管理した。
346　獅子舞と田楽法師。
347　神社に奉仕する下級の神職。

天下の重事《ちょうじ》、この時にありとぞ見えたりける。

同じき十七日、剣《つるぎ》[348]、白山《しらやま》、豊原《とよはら》、平泉寺《へいせんじ》、書写《しょしゃ》、法華《ほっけ》、多武《とうの》峯《みね》、日光《にっこう》、内山《うちやま》、太平寺《たいへいじ》以下《いげ》の末寺、三百七十三ヶ寺へ触れ送り、同じき十八日、四箇《しか》[349]の大寺《たいじ》へ牒送《ちょうそう》す。先《ま》づ興福寺《こうふくじ》へ送る牒《ちょう》状《じょう》に云はく、

延暦寺《えんりゃくじ》　興福寺の衙《が》に牒《ちょう》す　玄恵草す

早く先規《せんき》に任せ、同心の訴へを致し、天龍寺《てんりゅうじ》供養の儀を停止《ちょうじ》せられ、并《なら》びに禅室《ぜんしつ》興行を断絶せしむべき子細《しさい》の状

右、大道《たいどう》[350]高く懸かつて、均《ひと》しく第一義《だいいちぎ》天《てん》[351]の日月《じつげつ》を戴《いただ》き、教《きょう》門《もん》広く闢《ひら》いて、互ひに無尽蔵海《むじんぞうかい》[352]の源流を斟《く》む。帝徳安寧《ていとくあんねい》の基《もとい》、仏法擁護《おうご》の要《かなめ》、遐邇《かじ》[353]力を勠《あわ》せ、彼此《ひし》功を同じくす。理《り》の推す所、その来たること尚《ひさ》し。茲《ここ》を以て、邪執《じゃしゅう》を対治《たいじ》し、異見を掃蕩《そうとう》する勤め、古へより今に覃《およ》んで懈《おこ》たるに匪《あら》ず。朝家《ちょうけ》を扶翼《ふよく》し、政道を修整《しゅせい》するの例、貴寺、当山《とうさん》、盟を合

348　金剣（かなつるぎ）神社（石川県白山市の金劔宮（きんけんぐう））、白山比咩（しらやまひめ）神社（同）、豊原寺（福井県坂井市丸岡町）、平泉寺（福井県勝山市）、書写山円教寺（兵庫県姫路市）、古法華寺（兵庫県加西市）、多武峯妙楽寺（奈良県桜井市の談山神社）、二荒山（ふたらさん）神社（栃木県日光市）、内山永久寺（奈良県天理市）、太平護国寺（滋賀県米原市）。

349　東大寺・興福寺・延暦寺・園城寺。

350　釈迦の教え。

351　唯一究極の真理を天にたとえる。

352　無尽蔵の仏徳を海にたとえる。

353　遠い所と近い所。

はすこと、専《もっぱ》ら[354]先聖《せんせい》(明《めい》)王《おう》の叡願《えいがん》より起こり、深く尊神霊《そんしんれい》祇《ぎ》の[355]冥鑑《みょうかん》に詫《つ》げたり。国の安否、政《まつりごと》の[356]要須《ようしゅ》、これより先なるは莫《な》し。[357]誰《たれ》か聊爾《りょうじ》に処《しょ》せん。

爰《ここ》に、近年、禅法の興行《こうぎょう》、天下に喧《かまびす》しくして、[358]暗証《あんしょう》の朋党《ほうとう》、人間《じんかん》に満つ。[359]濫觴《らんしょう》浅しと雖《いえど》も、(既に)滔天《とうてん》の波瀾《はらん》を揚《あ》ぐ。[360]爝火《しゃくか》消えず、忽《たちま》ちに燎原《りょうげん》の煙悖《えんぼつ》を起こす。本寺本山の威光、白日《はくじつ》空しく掩蔽《えんぺい》せられ、公家武家の[361]偏信《へんしん》、迷雲《めいうん》遂に開晴《かいせい》せず。若《も》し[362]禁遏《きんあつ》を加へずは、諸宗の滅亡疑ひ無し。伝へ聞く、先年、和州片岳山《わしゅうかたおかやま》の[363]達磨寺《だるまじ》、速やかにこれを焼き払はれ、その住持法師《じゅうじほうし》、流刑に処せらる。貴寺の美談、茲《ここ》に在り。今般《このたび》の[364]先蹤《せんしょう》、遠きに弗《あら》ず。

而《しか》るに今、天龍寺供養の儀に付いて、勅会《ちょくえ》に非ずと云々。仍つて[365]鬱訴《うっそ》を休《や》め、静謐《せいひつ》に属《しょく》する処《ところ》に、勅言《ちょくげん》忽《たちま》ちに表裏《ひょうり》有り。供養殊《こと》に厳重《げんじょう》を増す。[366]院司《いんじ》の公卿以下《くぎょういげ》、限り有るの職《しょく》

354　昔の聖人や賢明な王。
355　神祇のご照覧。
356　なくてはならないもの。
357　誰も軽く扱えない。
358　経文に暗い徒党。禅家をさす。
359　起こりは浅いが、既に天を覆うほどの騒ぎをなす。
360　火種は消えず、忽ち野を焼き尽くす煙を起こす。
361　誤った信仰で、迷いの雲が晴れない。
362　禁制。
363　奈良県北葛城郡王寺町にある臨済宗寺院。
364　先例。
365　不満の訴え。
366　院に仕える公卿以下、院庁の(権限に制限のある)下役人。

宰《さい》、悉《ことごと》く以て参行《さんこう》せしむべき由《よし》、その聞こえ有り。[367]朝端《ちょうたん》の軌則、理豈《あ》に然《しか》るべけんや。[368]天下の謗議《ほうき》、言《ことば》以て欺《あざむ》くべからず。吾が山已《すで》に無きに処せられて、面目《めんぼく》を失ふ。[369]神道元《しんとうもと》来在《よりま》すが如し、盍《なん》ぞ忿怒《ふんぬ》を含まざらん。今に於ては、再び[370]本訴《ほんそ》に帰《き》して、屢《しばしば》上聞《しょうぶん》を驚かし奉らん。

詮《せん》ずる所、天龍寺《てんりゅうじ》の供養、院中の御沙汰、公卿《くぎょう》の参向以下《いげ》、一向《いっこう》これを停止《ちょうじ》せられ、又御幸《ごこう》に於ては、当日と云ひ、翌日と云ひ、共《とも》に以てその儀を罷《や》められて、凡《およ》そ亦《また》、禅法の興行を断絶せしめん為に、先《ま》づ疎石《そせき》を遠島《おんとう》に放たれ、禅院に於ては、天龍一寺に限らず、洛中洛外の大小寺院、悉く以てこれを破却《はきゃく》し、永く達磨《だるま》の[371]蹤跡《しょうせき》を掃《はら》ひ、宜《よろ》しく[372]正法《しょうほう》輪《りん》の弘通《ぐつう》を開くべし。これ専《もっぱ》ら釈門の公義なり。尤《もっと》も貴寺の[373]与同《よどう》を待つ。

綺《こと》既に喉《のんど》に迫る。[374]踵《くびす》を廻《めぐ》らすべからず。若《も》し許諾《きょだく》有らば、

367 朝臣の規則にてらして、理に叶っていない。
368 天下の非難の言を侮ることはできない。
369 神が元々いらっしゃる以上、必ずお怒りになる。
370 再び元の訴えを行い。

371 事跡。
372 仏の正しい教えを転輪聖王の輪宝にたとえる。
373 くみし同意すること。
374 踵を反転させるほどの時間の猶予もない。
375 春日大社の神体に擬し

日吉《ひよし》の神輿《しんよ》入洛《じゅらく》の時、春日《かすが》の社《やしろ》の[375]神木《しんぼく》同じく神行《しんこう》を勧め奉る。加之《しかのみならず》、或いはかの[376]寺の供養を勤むる奉行《ぶぎょう》、或いは[377]着《ちゃく》座《ざ》催促《さいそく》の領状《りょうじょう》を致す藤氏《とうし》の月卿雲客《げっけいうんかくら》等、供養以前に悉く以て[378]氏を放たれ、その上、猶《なお》押して出仕の人有らば、貴寺並びに山門《さんもん》、寺家《じけ》(社家《しゃけ》)の[379]神人《じにん》公人《にんら》等を放《はな》ち遣《つか》はし、その家々に臨《のぞ》んで、[380]呵法《かほう》の沙汰を致すべき由、[381]不日《ふじつ》に触れ送るべきなり。

これ等《ら》の条々、衆議《しゅぎ》停滞せしむること無かれ。返報《へんぽう》先規に違《たが》はずは、[382]南北両門の和睦《わぼく》、先づ[383]当時の太平を表《ひょう》し、[384]自他《じた》一揆《いっき》の始終、将来の長久《ちょうきゅう》を約せんと欲す。[385]宗旨《しゅうじ》を公庭《きんてい》に論ずる則《とき》は、兄弟[386]鬩牆《げきしょう》の争ひ有るに似たりと雖も、[387]至好《しこう》を仏家に寄する則《とき》は、復須《またすべから》く[388]楚越同舟《そえつどうしゅう》の志を共にすべし。早く[389]当機《とうき》拘《かか》はらざるの義勢《ぎせい》を成し、速やかに義を見て即ち勇むの歓声《かんせい》を聞かん。仍つて牒状件《ちょうじょうくだん》の如し。

た榊(さかき)の木。それを担いで京都に入り強訴した。

376　天龍寺の供養会を司る役人。

377　供養会への列座を承諾した藤原氏の公卿殿上人。

378　氏族から除名され。

379　寺院神社に仕える下部。

380　とがめて家などを破却すること。

381　ただちに。

382　南都と北嶺。

383　今の世。

384　互いの変わらぬ団結は、将来の繁栄を約束する。

385　朝廷での宗論では。

386　身内で争うこと(詩経・小雅・常棣)。

387　究極の願い。

388　仲の悪い者同士が同じ立場にあること。呉越同舟に同じ。

389　機に臨んでためらわない勢い。

康永《こうえい》四年八月日

とぞ書きたりける。

山門《さんもん》すでに南都《なんと》に牒送《ちょうそう》すと聞こえしかば、返牒未だ送らざる先に、院司《いんし》の公卿《くぎょう》、藤氏《とうし》の諸卿《しょきょう》、参列して申されけるは、「古《いにし》へより、山門の訴訟は、非を以て理とせらるる[390]事にてこそ候へ。況んやこれは、申す処《ところ》皆先跡《せんせき》ある事にて候へば、急ぎ聖断《せいだん》[391]あるべしとこそ存じ候へ」と、おのおの奏し申されければ、「げにも、近年四海《しかい》半ば乱れて、一日も未だ静かならざる上、山門、南都訴訟して、神輿《しんよ》、神木《しんぼく》ともに入洛《じゅらく》あらん事は、以《もっ》ての外《ほか》の騒動なるべし」とて、則ち院宣をなされて、「今度天龍寺《てんりゅうじ》の事、勅願《ちょくがん》の儀に非《あら》ず。御結縁《ごけちえん》のために、翌日に御幸《ごこう》あるべきなり」と宣下せらる。山門これに宥《なだ》[392]まりて、神輿御帰座《ごきざ》ありしかば、陣頭警固《じんとうけいご》[393]の武士も、馬の腹帯《はるび》[394]を解き、末寺末社の門戸も、参詣の道を開きけり。

390 非を道理としてしまう。
391 光厳上皇の判断。
392 なだめられて。
393 宮中の衛府の詰め所。
394 鞍を固定するため馬の腹にしめる帯。
395 御家人の統制・検断にあたる役職。

さらば、武家の沙汰として、当日の供養をば遂げ行ひ、翌日に御幸を成すべしとて、八月二十九日に、将軍并びに左兵衛督《さひょうえのかみ》、路次《ろし》の行粧《ぎょうそう》を引《ひ》き拵《こしら》へて、天龍寺へ参詣せらる。

先《ま》づ一番に、時の[395]侍所《さぶらいどころ》なれば、[396]山名《やまな》伊豆守《いずのかみ》時氏《ときうじ》、甲冑《かっちゅう》を帯《たい》して五百余騎にて打つ。二番に、随兵《ずいひょう》の先陣、[397]武田《たけだ》伊豆前司《いずのぜんじ》信《のぶ》武《たけ》、[398]小笠原《おがさわら》兵庫助政長《ひょうごのすけまさなが》、[399]戸次《へつぎ》丹後守頼時《たんごのかみよりとき》、[400]大和《やまと》八郎左衛門尉《はちろうざえもんのじょう》祐直《すけなお》、[401]土屋《つちや》備前守範遠《びぜんのかみのりとお》、[402]東中務丞《とうのなかつかさのじょう》常顕《つねあき》、[403]佐々木《ささき》佐渡四郎左《さどのしろうざ》衛門尉《えもんのじょう》秀定《ひでさだ》、[404]佐々木《ささき》近江四郎《おうみのしろう》氏綱《うじつな》六角泰綱の孫なり、[405]大平《おおひら》出羽守義尚《でわのかみよしなお》、[406]粟飯原《あいばら》下総守清胤《しもうさのかみきよたね》、[407]吉良《きら》上総三郎《かずさのさぶろう》満貞《みつさだ》、[408]高《こうの》刑部大夫《ぎょうぶのたいふ》師兼《もろかね》、皆[409]烏帽子《えぼし》懸《か》けに鎧着て、太く逞《たくま》しき馬に[410]厚総《あつぶさ》懸けて、閑《しず》かに小路《こうじ》を歩ませけり。三番に、[411]太刀帯《たちはき》佩五十人、思ひ思ひの直垂《ひたたれ》に、金作《こがねづく》りの太刀佩《は》いて、二行に歩み連《つら》ねたり。

四番に、正二位《しょうにい》行《ぎょう》権大納言《ごんのだいな》言大将軍《ごんたいしょうぐん》源《みなもとの》尊氏卿《たかうじきょう》、[412]小八葉《こはちよう》の車に簾《すだれ》を高く巻き上げ、衣冠《いかん》正しくして乗られたり。五番に、

396　政氏の子。
397　信宗の子。底本「信氏」は誤写。
398　貞宗の子。甲斐源氏。
399　豊後の大友一族。
400　神田本・流布本「祐熙」。伊東一族。
401　相模(神奈川県平塚市)の武士。
402　氏村の子。千葉一族。
403　秀宗か。道誉の子。
404　六角頼綱の子か。
405　高の一族。
406　千葉一族。氏光の子。
407　満義の子。足利一門。
408　師治(師春)の子。
409　烏帽子に紐を懸けて顎で結ぶこと。
410　馬の胸や尻にかける紐の総飾り。
411　太刀を帯びた警固の武士。
412　小さい八葉の紋を付けた車。殿上人が乗る。

後陣《ごじん》の太刀《たち》帯《はき》五十人、衣服帯剣《たいけん》前《さき》の如し。六番に、参議《さんぎ》従三位《じゅさんみ》兼左兵衛督《けんさひょうえのかみ》源《みなもとの》朝臣《あそん》直義《ただよし》、衣冠にて[413]後車《こうしゃ》に乗られたり。七番に、[414]布衣《ほい》の役人、[415]南遠江守宗継《みなみとおとうみのかみむねつぐ》、[416]高播磨守師冬《こうのはりまのかみもろふゆ》二人《にん》は帯剣の役、[417]長井大膳大夫広秀《ながいだいぜんのだいぶひろひで》、長井治部少輔時春《ながいじぶのしょうときはる》二人は沓《くつ》の役、[418]佐々木源三左衛門秀長《ささきげんぞうざえもんひでなが》、[419]加地三郎左衛門尉貞信《かじさぶろうざえもんのじょうさだのぶ》二人は御調度《みちょうど》の役、[420]和田越前守宣茂《わだえちぜんのかみのぶしげ》、[421]千秋三河左衛門大夫惟範《せんしゅうみかわさえもんのたいふこれのり》二人は笠《かさ》の役、相並んで八人、次第を守つて列を引く。

八番に、[422]高武蔵守師直《こうのむさしのかみもろなお》、[423]上杉弾正少弼朝貞《うえすぎだんじょうのしょうひつともさだ》、[424]高越後守師泰《こうのえちごのかみもろやす》、[425]上杉伊豆守重能《うえすぎいずのかみしげよし》、上杉左馬助朝房《うえすぎさまのすけともふさ》、[426]大高伊予守重成《だいこういよのかみしげなり》、皆布衣に[427]袍靴《ほうか》はいて、二騎づつ左右に打ち並ぶ。九番に、また後陣の随兵《ずいひょう》、[428]尾張左近大夫将監氏頼《おわりさこんのたいふしょうげんうじより》、[429]千葉新介氏胤《ちばのしんすけうじたね》、[430]二階堂美濃守行通《にかいどうみののかみゆきみち》、二階堂山城三郎左衛門尉行元《にかいどうやましろのさぶろうざえもんのじょうゆきもと》、[431]佐竹掃部助師義《さたけかもんのすけもろよし》、佐竹和泉守義長《さたけいずみのかみよしなが》、[432]武田甲斐前司盛信《たけだかいのぜんじもりのぶ》、[433]伴野出羽守長房《とものでわのかみながふさ》、[434]三浦遠江守行連《みうらとおとうみのかみゆきつら》、[435]土肥美濃権守高真《とひみののごんのかみたかざね》、[436]戎衣甲冑《じゅういかっちゅう》皆前《さき》の如し。

413 後に続く車。
414 麻製の狩衣の総称。中級官人が着た。
415 惟宗の子。高一族。
416 師行の子。師直の猶子。
417 関東評定衆貞秀の子。時春は、広秀の甥。
418 加地時綱の子。
419 顕信の子。
420 不詳。
421 熱田大宮司の一族。
422 足利尊氏の執事。
423 朝定とも。扇谷上杉重顕の子。
424 師直の弟。
425 憲房の子。朝房は、憲藤の子(重能の甥)。
426 高の一族。
427 半靴。乗馬用の靴。
428 斯波高経の子。
429 貞胤の子。
430 行朝の子。行元は、高貞の子。
431 貞義の子。義長は、義

十番に、外様《とざま》の大名五百余騎、皆直垂《ひたたれ》にて相随ふ。十一番に、諸大名の郎従《ろうじゅう》三千余騎、[437]弓箭兵杖《きゅうせんひょうじょう》を帯して、十四町が間、袖《そで》を連ねて支へたり。馬打ちの次第、事の体《てい》、前代未聞《ぜんだいみもん》の見物なり。

翌日は、御結縁《ごけちえん》の御ためとて、[438]両上皇《りょうじょうこう》、また天龍寺《てんりゅうじ》へ御幸《ごこう》なる。昨日には様《さま》替はつて、公卿《くぎょう》六人、殿上人《てんじょうびと》十二人、前駆《ぜんく》、[439]御随身《みずいじん》、[440]雑色《ざっしき》、牛飼《うしかい》に至るまで、皆花を折つて出で立つたれば、あたりも耀《かかや》くやうにぞ見えたりける。この日、舞楽《ぶがく》あつて、[441]伶倫《れいりん》[442]荒序《こうじょ》を奏し、[443]国師《こくし》自ら香《こう》を拈《ねん》じて万歳《ばんぜい》を祝《しゅく》し給ふ。上皇を始めまゐらせて公卿殿上人に至るまで、金銀珠玉《きんぎんしゅぎょく》、綾羅錦《りょうらきん》繍《しゅう》、和漢の間に名をのみ聞きて、未だ目には見ざる珍宝《ちんぼう》どもを山の如くに積み上げて、御引出物《おんひきでもの》に献ぜらる。両日の儀式、万《ばん》人《にん》の称歎《しょうたん》、誠に[444]福智《ふくち》の二《じ》法成就《ほうじょうじゅ》し給へる人とは、この夢窓和尚《むそうおしょう》を申すべきと、思はぬ人はなかりけり。

教の子。
432 政嗣の子。
433 小笠原の一族。
434 貞宗の子。
435 相模の土肥一族。
436 いくさ装束。
437 弓矢・武器。
438 花園院・光厳院。
439 身辺警固の役人。
440 雑役を務める下役人。
441 楽人。
442 左方舞「陵王」の序。
443 夢窓国師。
444 福徳と智恵を得る二つの行法。

大仏供養《だいぶつくよう》の事　3

それ仏を作り、堂を立つる善根《ぜんごん》[1]、誠《まこと》に勝《すぐ》れたりと云へども、願主聊《がんしゅいささ》かも憍慢《きょうまん》の心を起こす時は、法会《ほうえ》の違乱《いらん》出で来て、三宝《さんぼう》[2]の住持《じゅうじ》久しからず。されば、梁《りょう》[3]の武帝《ぶてい》、達磨《だるま》に対して、「朕《ちん》、寺を建つる事、一千七百ヶ所、僧尼《そうに》を供養する事、十万八千人、功徳《くどく》ありや」と問ひ給ひしに、達磨、「無功徳《むくどく》」と答へ給ふ。これ誠に功徳なしと云ふにはあらず。ただ叡慮《えいりょ》の憍慢の心を破つて、無作《むさ》[4]の大善《だいぜん》に帰せしめんとなり。

しかるに、わが朝《ちょう》の聖武天皇《しょうむてんのう》[5]、東大寺《とうだいじ》を造立《ぞうりゅう》せられて、金銅《こんどう》十六丈[6]の盧遮那仏《るしゃなぶつ》[7]を安置《あんじ》し給ひて供養を遂げられしに、行基菩薩《ぎょうきぼさつ》[8]を導師《どうし》[9]に請《しょう》じ給ふ。行基、勅使《ちょくし》に向かつて申させ給ひけるは、「綸命《りんめい》[10]重くして、辞するに言《ことば》はなしと云へども、かくの如きの

3
1 功徳。
2 仏法の維持。三宝は、仏・法・僧。
3 梁の初代皇帝武帝と達磨との無功徳の問答は、「碧巌録」ほかに見える。
4 人為的でない、おのずからの善。
5 在位七二四―七四九年。光明皇后とともに仏教を深く尊信した。
6 約四八メートル。
7 華厳宗の本尊、毘盧舎那仏（びるしゃなぶつ）。全宇宙をあまねく照らす仏で、真言宗では大日如来をさす。
8 民生慈善の事業に尽力し、聖武天皇の帰依を受けて、初の大僧正となる。
9 法会を主宰する僧。
10 天皇の命。
11 神仏のみ心。

御願《ごがん》は、ただ11冥顕《みょうけん》の帰《き》する所に任《まか》せらるべきにて候へば、供養の当日に、香花《こうげ》を備へ、12伽陀《かだ》を唱へて、天竺《てんじく》より13梵僧《ぼんそう》を請《しょう》じて、供養をば遂《と》げ行《おこな》はれ候へ」とぞ、計らひ申されける。天子を始めまゐらせて、諸卿《しょきょう》悉《ことごと》く、世すでに14澆季《ぎょうき》なり、いかに誠を至すとも、百万里の波濤《はとう》を隔《へだ》てたる天竺《てんじく》より、俄《にわ》かに導師来たつて、供養を遂げられん事あるべからずと、大きに疑ひをなしながら、行基の計らひ申さるる上は、異儀に及ぶべきにあらずとて、明日供養と云ふまで、導師をば未だ定められず。

すでにその日になりける朝、行基、自《みずか》ら摂津国《つのくに》15難波《なにわ》の浦に出で給ひ、西に向かつて香花《こうげ》を供《く》じ、座具《ざぐ》を展《の》べて礼拝《らいはい》し給ふに、五色《ごしき》の雲《くも》天に聳《たなび》き、一葉《いちよう》の船《ふね》浪に浮かんで、天竺の16波羅門《ばらもん》僧正《そうじょう》、忽然《こつぜん》として来たり給ふ。17諸天蓋《しょてんがい》を捧《ささ》げて、18御津《みつ》の浜松《はままつ》、自《おの》づから雪に傾《かたぶ》くかと驚き、19異香《いきょう》衣に染《そ》みて、20難波津《なにわづ》の梅、忽《たちま》ちに春を得たるかと怪しまる。21奇特《きどく》ここに呈《あらわ》れて、万人の信仰

12 韻文体の経文(偈頌)。
13 インドの僧。
14 末世。
15 今の大阪湾。
16 南天竺の僧、菩提僊那(ぼだいせんな)。天平八年(七三六)来朝、大安寺にはいり、のち東大寺大仏開眼供養の導師をつとめた。行基との和歌贈答説話は、「三宝絵」「扶桑略記」「今昔物語集」「平家物語」等。
17 仏法守護の諸天善神は高僧の上にさす傘を持ち。
18 難波の湊(津)の松。
19 妙なる香(こう)のかおり。
20 「難波津に咲くやこの花冬ごもり今は春べと咲くやこの花」(古今和歌集・序)。
21 奇蹟。

斜《なの》めならず。行基菩薩《ぎょうきぼさつ》は、即ち波羅門僧正《ばらもんそうじょう》の御袖をひかへて、

　[22]霊山《りょうぜん》の釈迦の御所《みもと》に契《ちぎ》りてし真如《しんにょ》朽ちせず相見つるかな

と一首の歌を詠《えい》じ給へば、波羅門僧正、

　[23]伽毗羅会《かびらえ》に契りて置きし甲斐《かい》ありて文殊《もんじゅ》の御顔《みかお》相見《あいみ》つるかな

と読み給ふ。供養の儀則、なかなか言《ことば》を尽《つ》くすに遑《いとま》あらず。[24]天《てん》花《げ》風に繽紛《ひんぷん》として、[25]梵音《ぼんおん》雲に幽揚《ゆうよう》す。上古《しょうこ》にも末代《まつだい》にも、あり難《がた》かりし供養なり。

　仏閣《ぶっかく》供養の有様、尤《もっと》もかくの如くにこそあるべきに、この天《てん》龍寺《りゅうじ》供養の事は、山門《さんもん》強《しき》りに嗷訴《ごうそ》を致し、つひに勅会《ちょくえ》の儀を申《もう》し止《とど》めつる事、ただ事にあらず、いかさま[26]真俗《しんぞく》ともに憍慢《きょうまん》の心あるによつて、[27]天魔波旬《てんまはじゅん》の窺《うかが》ふ処《ところ》にあるにやと、人皆これを怪しみけるが、はたしてこの寺、二十余年が内に、[28]二度まで焼ける事こそ不思議なれ。

22　霊鷲山での釈迦の説法の座で再会を約束したが、仏法の真理が不変であるようにお会いできたことよ。
23　伽毗羅会(釈迦の故郷)で約束した甲斐があり、文殊の化身(行基)のお顔を再び拝見できたことよ。
24　天上界から降る花は風にさかんに散り乱れ。
25　読経の声は雲の上はるかにのぼってゆく。
26　僧侶と俗人。
27　仏道を妨げる悪魔。欲界第六天の魔王。
28　延文三年(一三五八)、貞治六年(一三六七)に炎上した後、応安六年(一三七三)にも炎上(底本巻末に注記あり)。「二度」焼けたとあるのは、本記事の成立時期をうかがわせるか。

三宅《みやけ》荻野《おぎの》謀叛《むほん》の事　4

その比《ころ》、備前国《びぜんのくに》の住人三宅三郎高徳《みやけのさぶろうたかのり》[1]は、新田刑部卿義助《にったぎょうぶきょうよしすけ》[2]に属《しょく》して、伊予国《いよのくに》へ越えたりけるが、義助死去の後は、備前国へ立ち帰り、児島《こじま》[3]に隠れ居て、なほ本意《ほい》を達せんために、上野国《こうずけのくに》におはしける新田左衛門佐義治《にったさえもんのすけよしはる》[4]を喚び奉つて、これを大将にて旗を挙げんとぞ企《くわだ》てける。

その比《ころ》、丹波国《たんばのくに》の住人荻野彦六朝忠《おぎのひころくともただ》[5]、将軍を恨み奉る事ありと聞こえければ、高徳、ひそかに使者を遣はして触《ふ》れ送《おく》りけるに、朝忠、悦《よろこ》んで許諾《きょだく》す。両国すでに日を定めて打つ立たんとしける処に、事忽《たちま》ちに漏《も》れ聞《き》こえて、丹波国へは、山名伊豆守時氏《やまないずのかみときうじ》[6]、三千余騎にて高山寺《こうせんじ》[7]の麓《ふもと》、四方三里を塀《へい》[8]に塗《ぬ》り籠《こ》めて、食攻《じきぜ》[9]めにしける間、朝忠、つひに降人《こうにん》になつて出でにけり。

4

1　児島高徳。今木とも児島とも和田とも称する。三宅は、児島郡三家（みやけ）郷（岡山県岡山市南区郡〈こおり〉あたり）に由来する名字。
2　脇屋義助。義貞の弟。第二十四巻・3で病死。
3　倉敷市児島。
4　脇屋義助の子。5　兵庫県丹波市に住んだ武士。丹波守護代。
6　政氏の子。
7　丹波市氷上町の高山寺に築かれた城。
8　城柵。
9　兵糧攻め。

児島《こじま》へは、備前《びぜん》、備中《びっちゅう》、備後《びんご》三ヶ国の守護、五千余騎にて寄せける間、高徳《たかのり》、ここにては本意《ほい》を遂ぐる程の合戦叶《かな》ふまじ。京都へ上《のぼ》り、将軍、同じく[10]左兵衛督《さひょうえのかみ》以下《いげ》、[11]高《こう》、上杉《うえすぎ》等を夜討《ようち》にせんとぞ巧《たく》みける。勢《せい》少くしては叶ふまじ。[12]廻文《かいぶん》を遣《つか》はして、かしこここに身を側《そば》めたる同意の勢を集めよとて、諸国へこの由《よし》を触《ふ》れ遣《つか》はすに、隠れ居たる宮方《みやがた》の兵千余人、[13]夜《よ》を日《ひ》に継《つ》いで馳《は》せ集《あつ》まりける。この勢一所《いっしょ》に集まらば、人に怪しめらるべしとて、二百余騎をば、大将義治《よしはる》に付け奉り、[14]東坂本《ひがしさかもと》に隠し置き、二百余騎をば、[15]宇治《うじ》、醍醐《だいご》、真木《まき》、片野《かたの》、葛葉《くずは》に宿《やど》し置き、勝《すぐ》れたる兵三百人をば、京、[16]白河《しらかわ》に打ち散らして、わざと一所には置かざりけり。

すでに明夜《みょうや》、[17]小幡嵩《こはたとうげ》に打ち寄せて、将軍、左兵衛督、高、上杉が館《たち》へ、四手に分けて夜討《ようち》に寄すべしと、相図《あいず》を定めたりける前の日、いかにしてか聞こえたりけん、時の[18]所司《しょし》代《だい》都筑《つづき》、三

10 足利直義。
11 高は、足利家譜代の重臣。上杉は、外戚。
12 回覧する書状。
13 昼夜兼行で。
14 比叡山の東麓。滋賀県大津市坂本。
15 京都府宇治市、京都市伏見区醍醐、真木・片野(交野)・葛葉(楠葉)は大阪府枚方市内。
16 京の東北、鴨川以東の地域。
17 宇治市木幡。
18 侍所の所司(長官)の代官。都筑は、武蔵国都筑郡(東京都町田市周辺)から起こった武士。

百余騎にて、夜討《ようち》の手引きせんとて[19]究竟《くっきょう》の忍びどもが隠れ居たる[20]四条壬生《しじょうみぶ》の宿《やど》へ、未明《びめい》に押し寄せたり。楯籠《たてご》もる所の兵ども、元来《もとより》[21]死生《ししょう》知らずの者どもなりければ、家の上に走り上がり、矢種《やだね》のある程射尽《いつ》くして後《のち》、皆腹搔き破つて死ににけり。

これを聞いて、処々《しょしょ》に隠れ居たる[22]与党《よとう》の謀叛人《むほんにん》、皆散り散りになりければ、高徳は支度《したく》相違して、大将義治相共《あいとも》に信濃国《しなののくに》へぞ落ち行きける。

地蔵命《じぞういのち》に替《か》はる事　5

さてもこの日、壬生の[1]在家《ざいけ》に隠れ居たる謀叛人ども、遁《のが》るる所なく、皆討たれける中に、武蔵国《むさしのくに》の住人[2]香勾《こうわ》新左《しんざ》衛門尉《えもんのじょう》高《たか》遠《とお》と云ひける者ただ一人《いちにん》、[3]地蔵菩薩《じぞうぼさつ》の命に替はらせ給ひけるによつて、死を遁《のが》れけるこそ不思議なれ。

19　武勇にすぐれた間者（かんじゃ＝隠密）。忍びの活躍は、南北朝期から見られる。
20　京都市中京区壬生。
21　命知らず。
22　仲間。

5
1　民家。
2　不詳。以下の話は、「壬生寺縁起」(下巻「香勾当高遠が身に代はり給ふ事」)にも記される。
3　釈迦入滅後、弥勒菩薩が出現するまでの無仏世界の教主として、平安末期から信仰された。

所司代《しょしだい》の勢《せい》、すでに明けざるに押し寄せて、八重二十重《やえはたえ》に取り巻きける時、この高遠《たかとお》ただ一人、敵の中を打ち破つて、壬生《みぶ》の[4]地蔵堂《じぞうどう》へ走り入りけるが、いづくにか隠れましと、かなたこなたを見る処《ところ》に、寺僧《じそう》かと覚えたる法師一人、堂の内より出でたりけるが、この高遠を打ち見て、「さやうの御形《おんかたち》にては、叶《かな》ふまじく候ふ。この[5]念珠《ねんじゅ》を、その御太刀に取り替へて持たせ給へ」と云ひける間、げにもと思ひて、この法師の云ふままにぞ随ひける。

かかる処に、追手《おって》ども四、五十人懸かつて、四方の門を楯籠《たてこ》めて、残る所なく探《さが》しける。高遠は、元来《もとより》心剛《こう》にして、少しも動転《どうてん》せぬ者なりければ、長珠数爪繰《ながじゅずつまぐ》りて、高らかに「[6]以大神通《いだいじんつう》方便力《ほうべんりき》、勿令堕在諸悪趣《もつりょうだざいしょあくしゅ》」と、[7]啓白《けいびゃく》してぞ居たりける。追手の者ども、これを見て、誠《まこと》に参詣の人かと思ひて、あへて見咎《みとが》むる者一人《いちにん》もなし。「ただ仏殿《ぶつでん》の内、天井《てんじょう》の上まで、打ち破つ

4　壬生寺(京都市中京区壬生梛ノ宮町)。伝定朝作の地蔵菩薩を本尊とする。

5　数珠。

6　「地蔵菩薩本願経」の句。偉大な仏の力で、悪道(地獄・餓鬼・畜生の三悪道)に堕ちるのを救い給えの意。

7　神仏につつしんで申し上げること。

て探せ」とぞ詈《ののし》りける。

ここに、ただ今物切つたりと覚えて、鋒《きっさき》に血の付いたる太刀を見つけて、袖の下に引《ひ》き側《そば》めて持つたる法師の、堂の傍《かたわ》らに立ちたるを、「[8]すはや、これこそ落人《おちうど》なりけれ」とて、[9]抱手《だきて》三人走り寄つて、中《ちゅう》に挙げ倒して、高手《たかて》小手《こて》に禁《いまし》め、[10]侍所《さぶらいどころ》へ渡せば、所司代これを請け取つて、[11]攻籠《つめろう》の中にぞ入れたりける。

翌日《つぎのひ》一日あつて、[12]守手《もりて》、目をも放さず、籠《ろう》の口も開《あ》かずして、この[13]召人《めしうど》、暮《くれ》に失せてけり。[14]預人《あずかりびと》、怪しみ驚いて、その跡を見るに、[15]異香《いきょう》座に留《とど》まつて、恰《あた》か[16]牛頭《ごず》栴檀《せんだん》の薫《かおり》の如し。この召人を捕《と》らへ搦《から》めし兵、皆、「左右の手、鎧の袖、[17]草摺《くさずり》まで異香に染《そ》みて、その香かつて消えず」と申し合ひける間、「さては、[18]いかさまただ事にあらず」とて、壬生の地蔵堂の御戸《みと》を開かせて、本尊を見奉るに、忝《かたじけ》なくも、[19]六道能化《ろくどうのうげ》の地蔵薩埵《じぞうさった》の御体《おんからだ》、処々《しょしょ》に[20]刑鞭《けいべん》のために[21]つしみ黒みて、高手小手に禁《いまし》めしその縄、

8 それ。
9 捕り手。
10 幕府の御家人統制や市中検断を司る役所。
11 狭く厳重な牢獄。
12 見張り。
13 囚人。
14 監視役。
15 霊妙な香り。
16 天竺の牛頭山に産するという香木の栴檀（法華経・薬王菩薩本事品）。
17 鎧の胴に垂れ下げて腿を守る防具。
18 必ずや。
19 六道の衆生を救済する地蔵菩薩。
20 刑罰の鞭。
21 血がにじんだ跡が黒くなって。

未だ御身に付きたりけるこそ不思議なれ。

これを禁《いまし》め奉りし兵ども三人、[22]発露涕泣《はつろていきゅう》して、罪障《ざいしょう》を懺悔《さんげ》するに、なほ堪へず、忽《たちま》ちに髻《もとどり》を切つて、発心修行《ほっしんしゅぎょう》の者となりにけり。かれは、[23]順縁《じゅんえん》によつて今生《こんじょう》に命を助かり、これは、[24]逆縁《ぎゃくえん》によつて来生《らいしょう》の[25]値遇《ちぐ》を得たり。誠《まこと》に[26]如来付属《にょらいふしょく》の金言違《きんげんたが》はずは、今世後世《こんぜごせ》よく引導《いんどう》す。憑《たの》もしかりし悲願《ひがん》かな。

22 涙をこぼして泣いて。
23 順当に仏縁を結ぶこと。
24 仏道に背く悪事が、かえって仏道に入る機縁となること。
25 来世で仏と会うこと。
26 仏が伝授した尊い言葉。

太平記 第二十六巻

第二十六巻　梗概

貞和《じょうわ》四年(一三四八)十月、光厳上皇《こうごんじょうこう》の皇子興仁王《おきひとおう》が践祚したが(崇光帝《すこうてい》)、折しも院の御所に、子どもの首を犬がくわえてくるという怪異があった。その頃、仁和寺の六本杉で、天狗道に落ちた尊雲法親王《そんうんほっしんのう》(護良親王《もりよししんのう》)以下の宮方の怨霊が、天下を乱す謀議を企てるのを、ある僧が目撃した。その謀議とは、まず尊雲が足利直義《あしかがただよし》の北の方の胎内にやどり、ほかの天狗も足利方諸将にとりついて大乱を起こすというものだった。直義の北の方はまもなく懐妊して男子を生んだ(史実は貞和三年)。またその頃、楠正成《くすのきまさしげ》の子正行《まさつら》が、父の十三年忌に際して挙兵し、八月、河内藤井寺で細川顕氏《ほそかわあきうじ》の軍を破った。その頃、円成《えんじょう》という僧が、かつて壇ノ浦の海に沈んだ宝剣を、伊勢で発見したと称し、日野資明《ひのすけあきら》のもとに持参した。卜部兼員《うらべかねかず》から三種の神器の由来を聞いた資明は、兼員に命じて剣を平野社《ひらののやしろ》の神殿に籠めて祈らせると、はたして伊勢から宝剣が奉られる夢を足利直義が見た。八月十八日、宝剣は朝廷に迎えられたが、坊城《ぼうじょう》(勧修寺《かじゅうじ》)経顕《つねあき》が、黄粱《こうりょう》の夢の故事を説いて上皇を諫め、剣は卜部兼員のもとにさし戻された。十一月、楠正行は、住吉《すみよし》、天王寺《てんのうじ》で、山名時氏《やまなときうじ》と細川顕《ほそかわあき》氏《うじ》の軍を破った。十二月、高師直《こうのもろなお》・師泰《もろやす》が楠討伐に向かった。死を覚悟した正行は、吉野に赴いて後村上帝《ごむらかみてい》に謁し、如意輪堂の壁板に一族の過去帳を書き付けた。明くる正月五日、正行は四条畷《しじょうなわて》の合戦で師直軍を追い詰めたが、上山左衛門《うえやまさえもん》の身代わりで師直は難を逃れた。楠正行・正時《まさとき》兄弟は戦死し、高師直は吉野へ押し寄せ、南朝の皇居や金峯山寺《きんぶせんじ》を焼き払った。

持明院殿御即位《じみょういんどのごそくい》の事　1

[1]貞和《じょうわ》四年十月二十七日、[2]後伏見院《ごふしみいん》の御孫[3]、(御《おん》)歳《とし》十六にて御譲りを受けさせ給ひて、同日、内裏《だいり》にて御元服《ごげんぶく》あり。[4]剣璽《けんじ》を渡して後《のち》、同じき二十八日、[5]萩原法皇《はぎわらのほうおう》の第一[6]の御子《みこ》、東宮《とうぐう》に立たせ給ふ。御年十三にぞならせ給ひける。

[7]卜部宿禰《うらべのすくね》兼前《かねさき》、[8]軒廊《こんろう》の御占《みうら》を奉り、国郡卜定《ぼくじょう》ありて、[9]抜穂《ぬきぼ》の使ひを丹波国《たんばのくに》へ下さる。その十月に、[10]行事所始《ぎょうじところはじ》めありて、すでに、[11]斎庁所《さいちょうしょ》を作られんとしける時、院の御所に、一つの不思議あり。三歳ばかりなる少《おさな》き者の頸《くび》一つ、斑《まだら》なる犬嚙《くわ》へて、院の御所の[12]南殿《なんでん》の大床《おおゆか》の上にぞ置いたりける。[13]平明《へいめい》に御隔子《みこうし》を進《まいら》せける御所侍《ごしょさぶらい》、篝《ほうき》を持つてこれを打たんとするに、この犬、[14]孫《まご》廂《びさし》の方《かた》より御殿の棟《むね》に上《のぼ》つて、西に向かひ三声《みこえ》吠えて、いづく

1

1　一三四八年。本巻の記事は、足利直義室の懐妊や楠正行の挙兵など、貞和三年の出来事だが、冒頭に貞和四年の崇光帝即位を記すことで、年次を一年繰り下げている。

2　伏見院皇子。光厳・光明院の父。

3　光厳院皇子、興仁王(おきひとおう)。即位して崇光帝。在位一三四八―五一。

4　三種の神器のうち、宝剣と神璽。

5　花園院。後伏見院の弟。在位一三〇八―一八。

6　直仁(なおひと)親王。観応二年(一三五一)に廃太子。

7　吉田兼員(かねかず)の子。

8　紫宸殿南庭の回廊で、大嘗会に新穀を献上する悠紀(ゆき)・主基(すき)両国を卜定

へ行くとも見えず失せにけり。

「かやうの[15]妖怪《ようかい》、[16]触穢《しょくえ》になるべくは、今年の[17]大嘗会《だいじょうえ》を止《とど》めらるべし。且《かつう》は先例を引き、且は法令に任《まか》せて[18]勘《かんが》へ申《もう》すべし」と、[19]法家《ほうけ》の輩《ともがら》に尋ね下さる。皆、「一年の触穢にて候ふべし」とぞ勘へ申しける。中に、[20]前大判事《さきのだいはんじ》明清《あききよ》が[21]勘状《かんじょう》に、法令の文《もん》を引いて曰はく、「[22]神道《しんとう》は王道《おうどう》によつて用ゐる所なりと云へり。しかれば、[23]ただ宜《よろ》しく叡慮《えいりょ》に在るべし」とぞ勘へ申したりける。主上《しゅしょう》も上皇《しょうこう》も、この明清が勘文《かんもん》御心《みこころ》に叶《かな》ひて、げにもと思《おぼ》し召《め》されければ、今年大嘗会を行はるべしとて、武家へ院宣を成《な》し下《くだ》さる。

武家、これを[24]巡行《じゅんこう》して、国々へ[25]大嘗会米《だいじょうえまい》を課《おお》せて、[26]不日《ふじつ》に責《せ》め徴《はた》る。近年は、天下の兵乱《ひょうらん》打ち連《つづ》いて、国弊《つい》え、民苦しめる処《ところ》に、君の御位《みくらい》常に替はつて、[27]大礼《たいれい》(止《や》む時)なかりしかば、人の歎きのみあつて、聊《いささ》かもこれぞ仁政《じんせい》なると思ふ事もなし。さ

する儀式。
9 悠紀・主基の斎田へ稲穂を抜き取りにゆく使者。
10 大嘗会を差配する役所の執務初めがあって。
11 神饌を調える建物。
12 南おもてにある正殿。大床は、広縁。
13 夜明けに格子戸を開けた御所の侍。
14 寝殿造りの建物で、廂の間のさらに外側にもうけられた部屋。
15 怪異なできごと。
16 死の穢れに触れること。
17 天皇即位後、初めての新嘗会で、一代一度の大祭。
18 方策を勘案せよ。
19 法律を専門とする家。坂上・中原の両家。
20 坂上明清。大判事は、刑部省の官職。
21 官吏の意見書。
22 神の意向は王の意向の

れば、事騒がしの大嘗会や。今年はなくてもありなんと、世《よ》皆[28]唇《くちびる》を翻《ひるがえ》す。[29]仙洞《せんとう》の妖怪をこそ、[30]希代《きたい》の事と聞く処に、

大塔宮《おおとうのみや》の亡霊《ぼうれい》胎内《たいない》に宿《やど》る事　2

また、[1]仁和寺《にんなじ》に一つの不思議あり。[2]往来《おうらい》の僧、[3]嵯峨《さが》より京へ帰りけるが、夕立《ゆうだち》に逢ひて、立ち寄るべき方もなかりければ、仁和寺の六本杉の木陰《こかげ》にて、雨の晴れ間《ま》を待ち居《い》たりけるが、かくて日すでに晩《く》れければ、行前《ゆくさき》恐ろしくて、[4]よし、さらば、今夜《こよい》は御堂《みどう》の傍《かたわ》らにても明かせかしと思ひて、本堂の縁《えん》に寄《よ》り居《い》つつ、[5]念誦《ねんじゅ》して心を澄ましたる処に、夜いたく深《ふ》けて、月晴れ明らかなるに見れば、[6]愛太子《あたご》の嶽《たけ》、比叡《ひえ》の山の方《かた》より、[7]四方《しほう》輿《こし》に乗つたる者、虚空《こくう》より来たり集まつて、この六本杉の梢《こずえ》にぞ並《な》み居《い》たりける。

赴くところに従う。
23 ひとえに帝のお考え次第です。
24 命令に従い行って。「巡」は「徇」(従う)に同じ。
25 大嘗会に供える新米。
26 即座に取り立てた。
27 大きな儀式。
28 非難する。
29 院の御所。
30 世にもまれなこと。

2
1 京都市右京区御室にある真言宗御室派の本山。
2 諸国を行脚する僧。
3 右京区嵯峨。
4 ままよ、それならば。
5 経文をとなえて。
6 京都の西北の愛宕山。山城と丹波の国境。修験道の霊場で、古くから天狗が住むとされた。
7 貴人の乗る輿。屋形の

座定まつて後《のち》、虚空に[8]引いたる幔《まん》をさつと打ち上げたるに、座中の人々を見れば、上座《かみざ》には、先帝の御外戚[9]峯僧正春雅《みねのそうじょうしゅんが》、[10]香《こう》の衣に袈裟《けさ》かけて、眼《まなこ》は日月《じつげつ》の如く光り渡り、口嘴《くちばし》長うして鳶《とび》の如くなるが、水晶の珠数《じゅず》爪繰《つまぐ》りて座し給へり。その次に、南都《なんと》の[11]智教上人《ちきょうしょうにん》、浄土寺《じょうどじ》の[12]忠円僧正《ちゅうえんそうじょう》、左右に着座《ちゃくざ》し給ふ。皆古《いにし》へ見奉りし形にはありながら、眼の光は尋常《よのつね》に替はつて、左右の脇より長き翅《つばさお》生ひ出《い》でたり。

往来の僧、これを見て、怪しや、われ[13]天狗道《てんぐどう》に落ちぬるか、はた、[14]天狗のわが眼に遮《さえぎ》るかと、肝心《きもこころ》も身に添はで、目も離《か》れず守《まも》り居《い》たりける程に、また、空中より[15]五緒《いつつお》の車鮮やかなるに乗つて来たる客あり。[16]榻《しじ》を践《ふ》んで下《お》るるを見れば、[17]兵部卿親王《ひょうぶきょうのしんのう》の、未だ法体《ほったい》にて御座《ぎょざ》ありし御貌《おんかたち》なり。先に座して待ち奉る天狗ども、皆席を去つて[18]蹲踞《そんきょ》す。

暫《しばら》くあつて、[19]房官《ぼうかん》かと覚しき者一人《いちにん》、銀《しろかね》の銚子《ちょうし》に金《こがね》の盃《さかずき》取

四方を吹き放しのままですだれを垂らした輿。

8　張った幕。

9　後醍醐帝の母談天門院(五辻忠継の娘)の一門の叡山僧。

10　香染め。丁子(ちょうじ)を煎じた汁で染めた黄を帯びた薄紅色。

11　正中の変で捕らわれた西大寺の律僧。第二巻・1。

12　後醍醐帝の側近の僧で、正中の変で越後国へ流罪(第二巻・3)。浄土寺は、京都市左京区浄土寺町にあった天台宗の門跡寺。

13　慢心した僧が堕ちる魔界。

14　天狗がわが目を惑わせるかと、茫然として、目もはなせずじっと見ていると。

15　牛車の前の簾に五筋の染革の緒を垂らした車。貴人の乗用。

り添へて、御酌《おんしゃく》に立つたり。大塔宮《おおとうのみや》、御盃を召して、左右にきつと礼あつて、三度聞こし召して閣《さしお》かせ給へば、峯僧正以下《いげ》の人々、[20]次第に飲み流して、さしも興《きょう》ある気色《けしき》もなし。[21]やや遥《はる》かにあつて、同時にわつと喚《おめ》く声しけるが、手をあがき足引《ひ》き亀《かが》めつつ、頸《くび》より黒煙《くろけぶり》燃え出でて、[22]悶絶躃地《もんぜつびゃくじ》する事[23]半時《はんとき》ばかりあつて、皆火に入る夏の虫の如くに焦がれ死ににける。

あな恐ろしや。これなめり。天狗道の苦患《くげん》に、[24]熱鉄《ねってつ》の丸《まろ》かしを日に三度呑むなることはと思ひ居たれば、[25]二時《ふたとき》ばかりあつて、皆生き出で給へば、ここに峯僧正春雅、苦しげなる息をついて、

「さても、この世の中を、いかがしてまた騒動せさせ候ふべき」

と宣《のたま》へば、忠円僧正、末座《ばつざ》より進み出でて、「それこそいと安き事にて候へ。先《ま》づ左兵衛督直義《さひょうえのかみただよし》は、[26]他犯戒《たぼんかい》を持《たも》つて候ふ間、俗人に於てわれ程禁戒《きんかい》を犯さぬ者なしと思ふ[27]我慢《がまん》の心深く候ふ。これをわれらが依《よ》り所《どころ》として、大塔宮は、直義が[28]内室《ないしつ》の腹に男《なん》

16　車に乗り降りする台。
17　大塔宮護良（もりよし）親王。
18　両膝を折ってうずくまり、頭を垂れる礼。
19　門跡寺に仕える妻帯僧。
20　順々に飲んで。
21　しばらくして。
22　苦しみ悶えころげまわること。
23　約一時間ほど。
24　溶けた鉄のかたまり。
25　約四時間。
26　姦通などの邪淫の戒め。
27　慢心。
28　北の方。渋川貞頼の娘。

子《し》となつて生まれさせ給ひ候ふべし。しかれば、天下を執《と》つてわが子に与へんと思ふ欲心挟《さしはさ》むべく候ふ。[29]夢窓《むそう》の法眷《はっけん》に、[30]妙吉侍者《みょうきつじしゃ》と云ふ僧あり。[31]道行《どうぎょう》ともに足らずして、われ程の[32]学解《がくげ》の者なしと思へり。この慢心、われらが伺《うかが》ふ所にて候へば、峯僧正《みねのそうじょう》の御房《ごぼう》、その心に入り替はらせ給ひて、政道を輔佐《ふさ》し、邪法《じゃほう》を[33]説破《せっぱ》させ給ふべし。智教上人《ちきょうしょうにん》は、[34]上杉伊豆守重能《うえすぎいずのかみしげよし》、[35]畠山大蔵少輔《はたけやまおおくらのしょう》が心に[36]依託《えたく》して、[37]師直《もろなお》、[38]師泰《もろやす》を失はんと計らはれ候ふべし。忠円《ちゅうえん》は、[39]武蔵守《むさしのかみ》が心に入り替はつて、上杉、畠山を亡ぼし候ふべし。これによつて、直義《ただよし》、兄弟の中悪《あ》しくなり、師直、主従の礼に背《そむ》かば、天下また大きなる合戦出《い》で来《き》て、暫《しばら》くの見物は絶《た》え候はじ」と申せば、大塔宮《おおとうのみや》を始めまゐらせて、[40]我慢邪慢《がまんじゃまん》の小天狗《こてんぐ》どもに至るまで、「[41]いしくも計らひ申されたる事かな」と、一同に皆[42]入興《じゅきょう》して、幻《まぼろし》の如くになりにけり。

夜《よ》明けければ、往来の僧、京に帰つて、[43]薬医頭嗣成《やくいのかみつぐなり》にこの事

29 夢窓疎石と師を同じくし、同じ法流をつぐ仲間。
30 夢窓の斡旋で直義に仕え、その庇護下で勢力を振るった僧。
31 学道と修行。
32 学識のある者。
33 説き尽くさせなさい。
34 憲房の子。直義の側近。
35 直宗。宗国の子。
36 とりつくこと。
37 高。足利尊氏の執事。
38 高師直の弟。
39 高師直。
40 我慢は、高慢なこと。邪慢は、心がよこしまでおごっていること。
41 みごとに企てられたことよ。
42 面白さにうかれること。
43 和気弘景の子。薬医頭は、施薬院使(施薬院の長官)に同じ。「園太暦」によれば、直義室の出産に仕え

をこそ物語りしたりければ、四、五日あつて後《のち》、足利左兵衛督《あしかがさひょうえのかみ》の北の方、[44]相労《あいいたわ》る事あつて、[45]和気《わけ》、丹波《たんば》の両流の博士《はかせ》、[46]本道外《ほんどうげ》鏡《きょう》一代の名医《めいい》、数十人招請《しょうじょう》せられて、脈を取らせらるるに、或いは、「御労り、[47]風《ふう》より起こりて候へば、風を治《じ》する薬には、[48]牛黄金虎丹《ごおうきんこたん》、[49]辰砂天麻円《しんしゃてんまえん》を合はせて、御療治《ごりょうじ》候ふべし」と申す。或いは、「諸病、[50]気より起こる事にて候へば、気を治する薬は、[51]兪山人降気湯《ゆさんじんがごうきとう》、[52]神仙沈麝円《しんせんちんじゃえん》を合はせて、まゐり候ふべし」とぞ申し、或いは、「この御労りは、腹の[53]生《お》ひ物《もの》にて候へば、腹病《ふくびょう》を治《じ》する薬には、[54]金沙正元丹《きんさしょうげんたん》、秘伝玉鎖円《ひでんぎょくさえん》を合はせて、御療治候ふべし」とぞ申しける。

かかる所に、薬医頭嗣成、少し遅参《ちさん》して、脈を取りまゐらせけるが、いかなる病《やまい》とも弁《わきま》へず。病多しと云へども、束《つか》ねて[55]四《し》種《しゅ》を出でず。しかりと雖《いえど》も、[56]混散《こんさん》の中に於て、料簡《りょうけん》を致しけれども、更《さら》にいづれの病《やまい》とも覚えず。心の中に不審をなす処《ところ》に、

たのは、和気仲成が正しい。
44 患うこと。
45 ともに医術の家。
46 内科(本道)外科(外鏡)。
47 風邪。
48 牛黄(牛の胆石)で作った薬の名。
49 水銀と硫黄の化合物で作った薬の名。
50 万物の根元の力。元気。
51 気を鎮める薬湯の一種。
52 沈香・麝香などの香木から作られた薬か。
53 病。
54 婦人病の薬。
55 風・気・腹病・虚羸(きょるい)。
56 症状がまちまちな中で、診断したが。

天狗ども仁和寺《にんなじ》の六本杉にて評定《ひょうじょう》しけることを、きつと思ひ出だして、「これは、御《ご》(懐《かい》)妊《にん》の御脈と覚えて候ふが、しかも男《なん》子《し》にて御渡り候ふべし」とぞ[57]ささやきける。当座に聞きける者ども、「あら悪《にく》の嗣成《つぐなり》が追従《ついしょう》や。女房の四十に余つて、始めて懐妊することやあるべき」と、[58]口を噤《すく》めぬ者はなかりけり。

さる程に、月日重なつて、[59]誠《まこと》にただならずなり給ひければ、[60]そぞろなる御労《おんいたわ》りとて、大薬《たいやく》どもを合はせし医師は、皆面目《めんぼく》を失ひて、嗣成一人《いちにん》所領を給はり、俸禄《ほうろく》に預かるのみならず、やがて[61]典薬頭《てんやくのかみ》にぞ申しなされける。

「なほ懐妊誠しからず。月比《つきごろ》にならば、[62]いかなる人の生みたらん子を、これこそそよとて、懐《いだ》き冊《かしず》かんずらん」とぞ、[63]偏《へん》執《じゅう》の族《やから》は申し合ひける所に、[64]六月八日の朝、[65]生産《せいざん》たやすくして、しかも[66]男《おのこ》にてぞおはしける。[67]桑《くわ》の弓《ゆみ》、蓬《よもぎ》の矢《や》の慶賀《けいが》、天下に聞こえしかば、源家《げんけ》の御一族、その[68]門葉《もんよう》、国々の大名は申すに及

57 小声で言った。
58 非難しない者はなかった。
59 妊娠している状態。
60 何とも知れない病。
61 宮中で医薬・医療に当たった役所の長官。
62 だれが生んだのかわからない子。
63 ねたみ非難する者たち。
64 史実は、貞和三年。このあたりは記事の年次が前後する。
65 出産。
66 直義の長男。幼名を如意王といい、観応二年(一三五一)二月、直義と尊氏・高兄弟との合戦の最中に、五歳で病没した。第三十巻・1、参照。
67 男子が生まれると、桑の弓と、蓬の矢で四方を射て邪気を払った(礼記・内

ばず、人と肩をも並べ、世に名をも知られたる公家、武家の人々は、鎧、腹巻《はらまき》[69]、太刀、馬、車、綾羅金繡《りょうらきんしゅう》[70]、われ人に増《ま》さらんと、引出物《ひきでもの》先立《さきだ》てて賀し申されける間、賓客《ひんかく》、堂上《とうしょう》に群集《くんじゅ》し、僧俗《そうぞく》、門前に立《た》ち連《つら》なる。後《のち》[71]の禍《わざわ》ひをば未だ知らず、「あはれ、大果報《だいかほう》の少《おさな》き人や」と、云はぬ者こそなかりけれ。

藤井寺合戦《ふじいでらかっせん》の事　3

楠帯刀正行《くすのきたてわきまさつら》[1]は、父正成《まさしげ》が先年湊川《みなとがわ》へ下りし時、「思ふ様《よう》あれば、今度の合戦にわれは必ず討死《うちじに》すべし。汝《なんじ》は河内国《かわちのくに》へ帰つて、君《きみ》[2]のいかにもならせ給はんずる御有様を見終《みは》てまゐらせよ」と申し含めしかば、その庭訓《ていきん》[3]を忘れず、この十余年、わが身の長《ひととな》[4]るを待つて、討死《うちじに》せし郎従《ろうじゅう》の子孫を扶持《ふち》し立て、いかにもして、父が敵を滅《ほろ》ぼし、君の御憤《おんいきどお》りを休め奉らんと、朝《ちょう》

則)。
68 一門に属する者。
69 胴に巻く略式の鎧。
70 薄い綾絹と、金糸で模様を織りだした錦。
71 このあと、直義が尊氏・高兄弟と争うことになる原因を、「太平記」は、この如意王を直義が将軍にしようとしたためとする。第二十七巻・7、参照。

3
1 正成の子。建武三年(一三三六)の湊川合戦の前に、父正成が、桜井の宿で正行に庭訓を遺した(第十六巻・7)。
2 後醍醐帝。
3 父の教え。
4 成人する。

暮《ぼ》[5]肺肝《はいかん》を苦しめて思ひける。

[6]光陰移《こういんうつ》り易《やす》ければ、年積《つ》もり、正行《まさつら》、すでに二十五、今年は[7]殊更《ことさら》、父が十三年の遠忌《おんき》に当たりしかば、[8]供仏施僧《くぶつせそう》の作善《さぜん》、所存の如くに致して、今は命惜しとも思はざりければ、その勢《せい》五百余騎を率《そっ》し、時々[9]住吉《すみよし》、天王寺《てんのうじ》辺へ打ち出で打ち出で、[10]中《なか》島《しま》の[11]在家《ざいけ》少々焼き払ひて、京勢《きょうぜい》今や懸かるとぞ待ちたりける。

[12]将軍、これを聞き給ひて、「楠《くすのき》が勢の分際《ぶんざい》、思ふに[13]さこそあらめ。これに辺境侵《おか》し奪《うば》はれて、洛中驚き騒ぐ事、天下の嘲哢《ちょうろう》、武将の恥辱《ちじょく》なり。急ぎ馳《は》せ向《む》かつて退治せよ」とて、[14]細川陸奥《ほそかわむつの》守顕氏《かみあきうじ》を大将にて、[15]宇都宮三河入道《うつのみやみかわのにゅうどう》、[16]佐々木六角判官《さきろっかくほうがん》、[17]長左《ちょうのさ》衛門《えもん》、[18]赤松信濃守範資《あかまつしなののかみのりすけ》、舎弟筑前守貞範《ちくぜんのかみさだのり》、[19]村田《むらた》、楢崎《ならさき》、坂西《ばんぜい》、坂東《ばんどう》、菅家《かんけ》の一族ども、都合三千余騎、河内国《かわちのくに》へ差し下さる。

この勢、[20]八月十四日の[21]午刻《うまのこく》に、[22]藤井寺《ふじいでら》にぞ着いたりける。

この陣より楠が館《たち》へ、七里を隔《へだ》てたれば、たとひ急に寄せら

5 胸の奥底。
6 歳月。
7 建武三年(一三三六)の湊川合戦の当時、正行は十一歳。本巻の年次は、貞和三年(一三四七)。計算上は二十二歳になる。
8 仏に供え物をし、僧に布施をする供養。
9 大阪市住吉区、天王寺区。
10 淀川沿いの大阪市北部の地。
11 民家。
12 足利尊氏。
13 大したことあるまい。
14 頼貞の子。阿波・讃岐・河内などの守護。
15 貞宗。泰宗の子。伊予宇都宮氏。
16 氏頼。近江守護。
17 但馬の武士。以仁王(もちひとおう)の臣長谷部信連(のぶつら)の子孫(平家物語巻四・信連)。

るとも、明日《あす》か明後日《あさて》かの間にぞ寄せんずらんと、京勢、油断して、或いは物具《もののぐ》[23]を脱《ぬ》いで休息し、或いは馬の鞍を下ろして休める所に、誉田《こんだ》[24]の八幡宮《はちまんぐう》の後ろより、山陰《やまかげ》に沿うて、菊水《きくすい》[25]の旗一流れほの見えて、ひた甲《かぶと》[26]の兵七百余騎、閑々《しずしず》と馬を歩ませて押し寄せたり。「すはや[27]、敵の寄せたるは。馬に鞍置け、物具せよ」とて、ひしめき[28]色めく処《ところ》へ、正行、真前《まっさき》に進んで、喚《おめ》いて懸け入る。

大将細川陸奥守、鎧をば肩に懸けたれども、未だ上帯《うわおび》[29]をもしめず、太刀を帯《は》く程の隙《ひま》もなく見え給ひける間、村田の一族、小具足《こぐそく》[30]ばかりにて、誰《たれ》が馬ともなくひたひたと打ち乗り、雲《うん》霞《か》の如く群がりてひかへたる敵の中へ懸け入つて、火を散らしてぞ戦ひける。されども、続く御方《みかた》なければ、大勢《おおぜい》の中に取り籠《こ》められて、村田の一族六騎は、一所《いっしょ》にて討たれにけり。

その間に、大将も物具差し堅め、馬に打ち乗つて、相順《あいしたが》ふ兵

18 円心の長男。摂津守護。次男貞範は、美作守護。
19 村田は、河内の武士。坂楢崎は、佐々木一族。坂西・坂東は阿波、菅家は美作の武士。
20 史実は、貞和三年九月十七日。本巻・6に「九月十七日」。
21 正午頃。
22 大阪府藤井寺市にある真言宗寺院、葛井寺。
23 鎧・兜などの武具。
24 羽曳野市誉田にある。
25 楠の紋。流れは、旗を数える語。
26 全員が鎧・兜で身を固めること。
27 それ大変だ。
28 動揺する。
29 鎧の胴をしめる帯。
30 小手・臑当・脇立の類。

百余騎、暫《しば》し支[31]へて戦うたり。敵は小勢《こぜい》なり、身方《みかた》は大勢《おおぜい》なり、たとひ進んで懸け合はするまではなくとも、引き退く兵だになかりせば、この軍《いくさ》に、京勢《きょうぜい》は惣《すべ》て負くまじかりけるを、四国、中国より駆《か》り集《あつ》めたる葉武者《はむしゃ》[32]ども、前に支へて戦へば、後ろは捨《す》[33]て鞭《むち》を打つて引きける間、力なく、大将も猛卒《もうそつ》[34]も同じやうにぞ落ち行きける。

正行《まさつら》、勝《かつ》に乗つて、時[35]を作り懸け作り懸けて追ひける間、大将、すでに天王寺《てんのうじ》、渡辺《わたなべ》[36]の辺にては危ふく見えけるを、六角判《ろっかくほう》官《がん》の舎弟六郎左衛門《ろくろうざえもん》[37]、返し合はせて討たれにけり。また、赤《あか》松信濃守《まつしなののかみ》、舎弟筑前守《ちくぜんのかみ》三百余騎、「命を名に替へて討死《うちじに》せん」と、取つては返し取つては返し、七、八度まで踏《ふ》み留《とど》まつて戦ひける。楢崎《ならさき》も主従三騎討たれて、粟生田小太郎《あおうだこたろう》[38]も、馬を射られて討たれにけり。これらに度々《たびたび》支へられて、敵さまでも追はざりければ、大将も士卒も危ふき命を助かりて、皆京都へぞ帰

31 持ちこたえて。
32 取るに足らない兵士。
33 逃げるために馬の尻を強く鞭打つこと。
34 勇敢な兵士。
35 鬨(とき)の声。
36 天王寺の北。現在の大阪城付近。
37 氏泰。氏頼の弟。
38 埼玉県坂戸市粟生田(あおだう)出身の武士。

りにける。

伊勢国《いせのくに》より宝剣《ほうけん》を進《まいら》す事　4

[1]今年《ことし》、古《いにし》へ[2]安徳天皇《あんとくてんのう》の[3]壇浦《だんのうら》にて海底に沈めさせ給ひし宝剣出《い》で来《き》たれりとて、伊勢国より進奏《しんそう》す。

その子細《しさい》をよくよく尋ぬれば、伊勢国の[4]国崎神戸《くさきかんべ》に、[5]下野《しもつけの》阿闍梨円成《あじゃりえんじょう》と云ふ[6]山寺法師《やまでらほうし》あり。[7]大神宮《だいじんぐう》へ千日参詣の志ありける間、毎日[8]潮《しお》を垢離《こり》に掻いて、[9]隔夜詣《かくやもう》でをしけるが、すでに千日に満《まん》ずる夜《よ》、また垢離を掻かんとて、礒《いそ》へ行きて遥《はる》かの澳《おき》を見るに、一つの光物《ひかりもの》あり。怪しく思ひて、釣りする海士《あま》に、「あれは何物の光りたる」と問ひければ、「[10]いさとよ、何とは知り候はず。この二、三日が間、夜《よ》ごとに光物浪の上に浮かんで、かなたこなたへ流れありき候ふ間、船を漕ぎ寄せて取らんとし

4

1　文脈からは、貞和四年。
2　在位一一八〇—八五年。高倉帝皇子。母は、平清盛の娘、徳子。
3　今の関門海峡。元暦二年(一一八五)三月に源平最後の合戦が戦われ、その際、宝剣(三種の神器の一)は安徳帝とともに海に沈んだ。
4　三重県鳥羽市国崎(くざき)町。
5　不詳。
6　山中の寺に住む僧。
7　伊勢神宮。
8　海水を浴び身を清めること。
9　神社・仏閣に毎日一か所ずつ泊まって参詣してまわる修行。
10　さあ。

候へば、打《う》ち失《う》せ候ふなり」と答へけるを聞いて、いよいよ不思議に思ひて、目も放たずこれを[11]守りて、[12]遠き汀《なぎさ》の海面《うみづら》を、遥々《はるばる》と歩み行く処《ところ》に、この光物《ひかりもの》次第に礒へ寄りて、円成《えんじょう》が歩むに随つて来たれり。されば、子細ありと思ひて立《た》ち留《と》まりたれば、光物は少《ちい》さくなつて、円成が足もとに来たれり。懼《おそろ》しながら立ち寄りて取り上げたれば、金《こがね》にもあらず、石にもあらず、[13]三鈷《さんこ》柄《づか》の剣《つるぎ》のなりにて、長さ二尺五、六寸ある物なり。これは明月《めいげつ》に当たつて光を含める[14]犀《さい》の角《つの》か、しからずは、海底に生《お》ふなる珊瑚樹《さんごじゅ》の枝かなんど思ひて、手に持ちて、大神宮《だいじんぐう》へぞ参りける。

　ここに、年十二、三ばかりなる童部一人《わらんべいちにん》、俄《にわ》かに物に狂ひて、[15]四、五丈《じょう》飛《と》び揚《あ》がり飛び揚がり狂ひけるが、

　[16]思ふことなど問ふ人のなかるらん仰げば空に月ぞさやけき

と云ふ歌を、高らかに詠じける間、[17]社人《しゃじん》、村老《そんろう》数百人集まつて、

11　見守って。
12　長い海岸の波打ち際。
13　柄（つか＝剣の握りの部分）が三鈷の形をした剣。三鈷は、密教で使う法具。
14　薬用に使われ、珍重された。
15　一丈は、約三メートル。
16　私の思いをなぜ問う人がいないのか。空を仰げば真理の月が照り輝いているのに。「新古今和歌集」雑、慈円の歌。
17　神官や村の古老。

「いかなる神の託《たく》し給ひたるぞ」と問ふに、[18]物付《ものつ》き、口走つて申しけるは、「神代《かみよ》より伝へて、わが国に[19]三種《さんじゅ》の神器《じんぎ》あり。たとひ[20]継体《けいたい》の天子、位《くらい》を継《つ》がせ給ふと云へども、この三つの宝なき時は、君も君たらず、[21]世も世たらず。汝等《なんじら》これを見ずや、[22]承久《じょうきゅう》以後、代々の王位軽《かろ》くして、武家のために威を失はせ給へる事、ひとへに、宝剣の君の御守りとならせ給はで、海底に沈めるゆゑなり。剰《あまっさ》へ今、[23]内侍所《ないしどころ》、[24]神璽《しんじ》の御箱《みはこ》さへ[25]外都《がいと》の塵《ちり》に埋《うず》もれて、[26]登極《とうきょく》の天子、空しく[27]九五《きゅうご》の位に臨《のぞ》ませ給へり。これによつて、四海《しかい》いよいよ乱れて、[28]一天《いってん》未だ静かならず。ここに、百王鎮護《ひゃくおうちんご》の[29]宗廟《そうびょう》の神、[30]龍宮《りゅうぐう》に神勅《しんちょく》を下されて、元暦《げんりゃく》の古《いにし》へ海底に沈みし宝剣を、召し出だされたるものなり。すは、ここに立つてわれを見るあの法師の、手に持つたるは。[31]便宜《びんぎ》の伝奏《てんそう》に属《しょく》して、この宝剣を[32]大裏《だいり》へ進《まいら》すべし。云ふ所不審あらば、これを見よ」とて、円成に走り懸かつて、手に持つたる光物《ひかりもの》を取

18 神が憑いた者。
19 皇位継承に伴う三つの宝器。草薙剣(くさなぎのつるぎ)、八坂瓊勾玉(やさかにのまがたま)、八咫鏡(やたのかがみ)。
20 皇位を継承した帝。
21 治世も正統な治世ではない。
22 後鳥羽院が起こした承久の乱以後。
23 八咫鏡のこと。
24 八坂瓊勾玉を納める箱。
25 都の外。吉野をさす。
26 即位した帝。
27 天子の位(易経・乾卦)。
28 天下。一は、すべて。
29 皇祖の神。天照大神。
30 海に沈んだ宝剣は龍宮にあると考えられた(源平盛衰記・巻四十四)。
31 都合のよい帝への取り次ぎ役に託して。
32 内裏。

つて、涙をはらはらと落とし、額より汗を流しけるが、暫《しばら》く死に入りたる体《てい》に見えて、物《もの》の怪《け》は則ち去りにけり。

神託《しんたく》不審あるべきにあらざれば、[33]斎所《さいしょ》を始めとして、見及ぶ所の[34]神人《じにん》等、[35]連署《れんしょ》の起請《きしょう》を書いて、円成《えんじょう》に与ふ。円成、これを錦の袋に入れて頸《くび》に懸け、託宣《たくせん》に任《まか》せて、[36]南都《なんと》へぞ趣《おもむ》きける。

[37]春日社《かすがのやしろ》に七日参籠《さんろう》してありけれども、これこそ事の顕《あらわ》るべき端《はし》よと思ふ験《しるし》もなかりければ、また[38]泊瀬《はつせ》へ参つて、三日断食《だんじき》して籠《こ》もりたるに、[39]京家《きょうけ》の人よと覚しくて、[40]拝殿《はいでん》の脇に通夜《つや》したる人のありけるが、円成を呼び寄せて、「今夜《こよい》の夢に、伊勢国《いせのくに》より参り三日断食したる法師の申さんずる事を、伝奏《てんそう》に[41]挙達《きょたつ》せよと云ふ[42]示現《じげん》を蒙《こうぶ》つて候ふ。御辺《ごへん》は、もし伊勢国よりや参られて候ふ」とぞ問はれける。円成、嬉《うれ》しく思ひて、始めよりの有様委細《いさい》に語りければ、「われこそ[43]日野大納言殿《ひののだいなごんどの》の[44]所縁《しょえん》にて候へば、この人に属《しょく》して奏聞《そうもん》を経《へ》られ候はん事、いと安かるべきに

33 禰宜(ねぎ)。宮司を補佐する神職。
34 神事雑役に奉仕する下級の神職。
35 連名の起請文(神への誓詞)。
36 奈良。
37 春日大社(奈良市春日野町)。
38 長谷寺(桜井市)。真言宗豊山派の本山。
39 公家。
40 拝礼を行う殿舎。
41 あることを取り上げて目上の人に伝えること。
42 神のお示し。
43 資明。俊光の子。
44 ゆかりの者。

て候ふ」とて、やがて円成を同道し、京に上《のぼ》つて、日野前大《ひののさきのだい》納言《なごん》資明卿《すけあきらきょう》に属《しょく》して、件《くだん》の宝剣と斎所が起請とをぞ出だしたりける。

資明卿、事の様《よう》をよくよく聞き給ひて、「誠《まこと》に不思議の神託なり。但し、かやうの事には、いかにも[45]横句謀計《おうくぼうけい》あつて、[46]伝奏の短才《たんさい》、人の嘲哢《ちょうろう》となる事多ければ、よくよく事の実否《じっぷ》を尋ね聞いて、諸卿げにもと信を執《と》る程の事あらば、奏聞《そうもん》すべし。[47]いかさま天下静謐《せいひつ》の奇瑞《きずい》なれば、先《ま》づ引出物《ひきでもの》をせよ」とて、銀剣三振《みふり》、[48]被《かず》け物十《と》重《かさね》、円成に賜《た》うで、宝剣をば、[49]前栽《せんざい》に崇《あが》め給へる春日《かすが》の神殿《しんでん》にぞ納められける。

神の代の事をば、いかにも[50]日本記《にほんぎ》の家に存知《ぞんち》すべき事なれば、委《くわ》しく尋ねて、事の実否を定むべしとて、[51]平野社《ひらののやしろ》の神主、[52]神祇《じんぎの》大副《たいふ》兼員《かねかず》をぞ呼ばれける。大納言、兼員に向かつて宣《のたま》ひけるは、「聊《いささ》か三種《さんじゅ》の神器《じんぎ》の事、家々に相伝し来たる義区々《まちまち》なれども、

45　うそや悪だくみ。
46　取り次ぎ役の軽率。
47　必ずや。
48　褒美に与える衣服。
49　前庭。後に「南庭に崇め給へる春日社」とある。
50　「日本書紀」を家学とする故実の家。
51　平野神社（京都市北区平野宮本町）の神職卜部家は、兼員の祖父兼方が「釈日本紀」を著すなど、代々「日本紀」の家。
52　卜部兼彦の子。

資明《すけあきら》は未だこれを信ぜず。[53]画工闘牛《がこうとうぎゅう》の尾《お》を誤つて、牧童《ぼくどう》に笑はれたる事なれば、御辺《ごへん》の申されんずる義を以て、[54]正路《せいろ》とは存ずべきにて候ふ。聊《いささ》か事の次《つい》でを以て、この事存知《ぞんち》したき事あり。委《くわ》しく[55]宣説《せんせつ》候へ」とぞ仰せられける。

兼員《かねかず》、畏《かしこ》まつて申しけるは、「御前《おんまえ》にてかやうの事を申し候はんは、ただ[56]養由《ようゆう》に弓を教へ、[57]義之《ぎし》に筆を授けんずるに相似て候へども、御尋ねあることを申さざらんも、また恐れにて候へば、伝ふる所の儀、一事も残さず申さんずるにて候ふ。

[58]先《ま》づ[59]天神七代《てんじんしちだい》と申すは、[60]国常立尊《くにとこたちのみこと》、国狭槌尊《くにさづちのみこと》、豊斟渟尊《とよくんぬのみこと》、この時、天地《あめつち》開け始めて、空《そら》の中に物あり。葦《あし》の葉《は》の如しと云へり。その後《のち》、男神に[61]泥土瓊尊《ういじにのみこと》、[62]沙土瓊尊《すいじにのみこと》、大戸之道尊《おおとのじのみこと》、女(神に)大戸間辺尊《おおとまべのみこと》、面足尊《おもたるのみこと》、惶根尊《かしこねのみこと》、この時、男女《なんにょ》の形ありと云へども、その振る舞ひなし。また、隠れ給へる所を知らず。その後《のち》、[63]伊弉諾尊《いざなぎのみこと》、伊弉冊尊《いざなみのみこと》、男女の二神《ふたはしら》、[64]天《あま》の浮橋《うきはし》の上にて、

53 闘牛は尾を股の間に挟んで戦うが、尾を振って戦う絵を珍重していた男が、牧童に笑われてその絵を燃やした故事(蘇軾・戴嵩の画牛に書す)。物事はその道の者に教えを受けよの意。
54 正しい説。
55 説明すること。
56 養由基。中国春秋時代の弓の名手。
57 王羲之。四世紀の中国の書家。
58 以下は、記紀神話(古事記・日本書紀)が中世的に改変されて伝えられた日本神話(いわゆる中世日本紀)。神鏡・宝剣・神璽の三種の神器をめぐる以下の記述が、南北朝頃の通説的な神話伝承だったことは、伊藤正義の研究がある。神璽にまつわる伝承は、第十六巻・13、参照。

この下に豈《あ》に国なからんやと、[65]天瓊鉾《あまのにいほこ》を差し下ろして、大海《おおうな》原《ばら》を掻き捜り給ふ。その鉾《ほこ》の滴《したた》り凝《こ》りて、[66]磤馭盧島《おのころじま》となる。次に、一つの国を生み給ふ。この国余りに小さかりしゆゑに、淡《あわ》路国《じのくに》と名づく。我《あ》恥《はじ》の国《くに》と云ふ心なるべし。

二神《ふたはしら》、この島に天下り給ひて、宮造りせんとし給ふに、葦原《あしはら》生《お》ひ繁つて所もなかりしかば、この葦の生《お》ひたる所は、山となり、引き捨てたる跡は、川となる。二神、夫婦となつて栖《す》み給ふと云へども、未だ[67]陰陽和合《いんようわごう》の道を知り給はず。時に、[68]鶺鴒《にわくなぶり》と云ふ鳥の、尾を土に敲《たた》きけるを見給ひて、始めて嫁《か》することを習うて、「悉嬉《あなうれ》し哉《や》、可美乙女子《うましおとめご》に遇《あ》ひぬ」と読み給ふ。これぞ和歌の始めなり。

かくて四神《よはしら》を産み給ふ。日神《ひのかみ》、月神《つきのかみ》、蛭子《ひるこ》、素戔烏尊《そさのおのみこと》、これなり。日神と申すは、天照太神《あまてらすおおみかみ》、[69]日天子《にってんし》の垂跡《すいじゃく》。月神と申すは、[70]月夜見明神《つきよみのみょうじん》、余りに御形厳《いつく》しくおはして、人間の類《たぐ》ひにあ

59　地神五代の前に出現した七代の天神。
60　以下三神は、原初の天上界の神。
61　泥土瓊・大戸之道・面足は、天神の四・五・六代。
62　沙土瓊・大戸間辺・惶根は、女神。
63　天神の七代目。伊弉冊とともに国土創成神で、天照大神らの親神。
64　天上と地上の通路としてかかる橋。
65　天上の聖なる鉾。神田本「瓊矛（ニヒホコ）」。
66　鉾の滴りが自ずと固まってできた島。
67　結婚。
68　尻ふり鳥。セキレイ。
69　太陽を神格化した古代インドの神。
70　月を神格化した神。

らざりしかば、二親《にしん》の御許しにて、天に登らせ奉る。蛭子《ひるこ》と申すは、今の[71]西宮大明神《にしのみやのだいみょうじん》にてまします。生まれ給ひし後《のち》、三年《みとせ》まで御足立たずして、片輪《かたわ》におはせしかば、[72]いはくす船に乗せ奉つて、海に放し奉る。

　[73]かぞいろはいかにあはれと思ふらん三年になれど足立たず
　　して

と読める歌、これなり。素《そ》盞烏尊《さのおのみこと》は、[74]出雲大社《いずものおおやしろ》にておはします。この尊、草木を枯らし、[75]禽獣《きんじゅう》の命を失ひ、よろづ荒くおはせし間、出雲国へ流し奉る。三神《みはしら》かくの如し。或いは天に登り、或いは海に放たれ、或いは流され給ひし間、天照太神《あまてらすおおみかみ》、この国の主《あるじ》とならせ給ふ。

　ここに、素盞烏尊、われ国を取らんとて、軍《いくさ》を起こして、[76]五月蠅《さばえ》なす一千の悪神を率《そっ》して、大和国《やまとのくに》[77]宇多野《うだの》に、一千の剣《つるぎ》を掘り立てて、城郭《じょうかく》として楯籠《たてご》もり給ふ。天照太神、これをよ

71　西宮神社（兵庫県西宮市）。えびす神社とも。
72　天の磐楠舟。楠で作った頑丈な舟。
73　ひるこの足が三年たっても立たないのを、父母はいかに思っているだろう。底本「かぞいろ」の傍注に「父母事」。「かぞいろはあはれと見ずやひるのこはみとせになりぬ足たたずして」（日本紀竟宴和歌・大江朝綱）、「かぞいろはいかにあはれと思ふらんみとせになりぬ足たたずして」（和漢朗詠集・詠史）。
74　島根県出雲市大社町の出雲大社。
75　鳥、けもの。
76　五月の蠅のように群がり騒ぐ。
77　奈良県宇陀郡の野。ここに城郭を構えたとの説は、

しなき事に思《おぼ》し召《め》して、八《や》(百《お》)万《よろず》の神達を引き具して、[78]葛城《かずらき》の天《あま》の岩戸《いわと》に閉《と》ぢ籠《こ》もらせ給ひにければ、世界国土皆暗くなつて、日月《じつげつ》の光も見えざりけり。この時に、[79]島根見尊《しまねみのみこと》、これを歎《なげ》いて、[80]香久山《かぐやま》の鹿を捕らへて、肩の骨を抜き、[81]葉若《はわか》の木を焼いて、「この事、いかにあるべき」と、占《うらな》はせ給ふに、「鏡を鋳《い》て岩戸の前に懸けて、歌を歌はば、御出であるべし」と、占《うら》に出でたり。

　[82]香久山の葉若の下に占《うら》とけて肩抜く鹿は妻恋ひなせそ

と読める歌は、則ちこの意《こころ》なり。さて、島根見尊は、一千の神達を語らひて、大和国天《あま》の香久山《かぐやま》に、庭火《にわび》を焼《た》き、一面の鏡を鋳させ給ふ。この鏡は、思ふやうになしとて捨てられぬ。今、紀州《きしゅう》[83]日前宮《ひのくまのみや》の神体、これなり。次に鋳給ひし鏡、よかるべしとて、榊《さかき》の枝に付けて、一千の神達、声を引き、調子を調《しら》めて、神歌《かみうた》を詠《うた》ひ給ひければ、天照太神、これにめで給ひて、[84]岩根手《いわねた》

「古今和歌集」仮名序の中世の注釈書「古今和歌集序聞書三流抄」にも。

78　葛城山地の主峰、金剛山。ここを天の岩戸の場所とする説は「三流抄」にも。

79　「三流抄」によれば、月神の子。記紀神話に見えない神。

80　橿原市にある大和三山の一。

81　うわみずざくらの異名。獣骨卜占に用いる。

82　「堀河百首」大江匡房の歌。香久山の葉若の木の下で占いが出て、肩の骨を抜かれた鹿は妻を慕って鳴かないでくれ。

83　和歌山市秋月の日前(ひのくま)神宮。

84　岩のように手の力の強い神。

力雄尊《ちからおのみこと》に岩戸を少し開かせて、御顔を差し出ださせ給へば、世界忽《たちま》ちに明らかになつて、鏡に移りける御形《おんかたち》、永く消えざりけり。この鏡を名づけて、[85]八咫鏡《やたのかがみ》とも名づく。内侍所《ないしどころ》とも申すなり。

天照太神《あまてらすおおみかみ》、岩戸を出でさせ給ひて、八《や》(百《お》)万《よろず》の神達を遣《つか》はし、宇多野《うだの》に掘り立てたる千の剣《つるぎ》を、皆蹴《け》破《やぶ》つて捨て給ふ。これよりして、[86]千《ち》剣《は》破《やぶ》るとは申しつづくるなり。この時の一千の悪神《あくしん》は、小蠅《さばえ》となつて失せぬ。

また、素戔烏尊《そさのおのみこと》、一人になつて、かなたこなた迷《まよ》ひ歩《あり》き給ふ程に、出雲国《いずものくに》に行き至り給ひぬ。海上《かいしょう》に浮かんで流るる島あり。この島は、天照太神も知らせ給ふべき所ならずとて、尊、御手《みて》にて撫《な》で留《とど》めて栖《す》み給ふゆゑに、この島をば、[87]手摩島《てなでしま》とは申すなり。

ここにて、遥《はる》かに見給へば、[88]清地郷《すがちのさと》の奥[89]簸河上《ひのかわかみ》に、八色《やいろ》の

85 三種の神器の一、神鏡。

86 「神」にかかる枕詞。霊力の盛んなの意。語源については、中世の歌学で諸説が行われた。

87 これと同じ「手摩島」由来譚は、「三流抄」他の、中世古今集(仮名序)注釈書にみえる。

88 島根県雲南市大東町須賀にある須我神社の地。

89 宍道湖に注ぐ斐伊川。

雲あり。尊、怪しく思《おぼ》し召《め》して、行きて見給へば、老翁《おきな》老女《うば》二《に》人《にん》、うつくしく若き女を中に置いて、泣き悲しむ事切《せつ》なり。尊、かれが泣く故《ゆえ》を問ひ給へば、老翁、答へて云はく、「われをば脚摩乳《あしなづち》[90]、老女をば手摩乳《てなづち》と申すなり。この姫は、祖父祖母《おきなうば》が儲《もう》けたる孤子《ひとりご》なり。名を稲田姫《いなだひめ》[91]と申す。近来《ちかごろ》、この処《ところ》に八岐《やまたの》蛇《おろち》とて、八頭《はちず》の大蛇《おろち》あり。尾七つ谷七つに這《は》ひ渡《わた》りて候ふが、夜ごとに人を以て食《じき》とし候ふ間、野人村老《やじんそんろう》[92]皆食《く》ひ尽《つ》くされて、哭《こく》する声も稀《まれ》なり。今夜《こよい》は、この稲田姫が食はるべき番に当たつて候ふ程に、今日を限りの別《わか》れ路《じ》、やる方もなき悲しさに泣《な》き臥《ふ》すなり」とぞ語りける。尊、あはれと思し召して、「この姫をわれに得させせば、この蛇《おろち》を退治して、姫が命を助くべし」と宣《のたま》ふに、老翁悦《よろこ》びて、「子細《しさい》候はじ」と申しければ、湯津爪《ゆづのつま》[93]櫛《ぐし》を八つ作つて、姫が髪に差し、八つの酒船《さかぶね》に酒を湛《たた》へ、その上に棚を掻いて、姫を置き奉りて、その影を酒に移してぞ待ち

90　脚・手を撫でて子を育てる神。「足名椎」「手名椎」(古事記)。
91　稲田の豊穣の女神。「奇稲田姫(くしいなだひめ)」(日本書紀)。
92　農民・村の老人。
93　神聖な爪形の櫛。以下の話は、記紀よりも「三流抄」に一致。

給ひける。

夜半《やはん》過ぐる程に、雨荒く、風劇《はげ》しく吹き過ぎ、大山の動くが如くなる物、来たる勢ひなり。電光《いなびかり》にこれを見れば、八つの頭《かしら》に、おのおの二つの角《つの》ありて、あはひに松柏《まつかしわお》生ひ茂《しげ》りたり。十六の眼《まなこ》は、日月《じつげつ》の光に異ならず。喉《のんど》の下なる鱗《いろこ》は、夕日の移《うつ》る白波の、風に漂《ただよ》ひたるに異ならず。暫《しばら》く酒船《さかぶね》の底なる稲田姫《いなだひめ》の影を望み見て、生牲《いけにえ》ここにありとや思ひけん、[94]八千石湛《ごくたた》へたる酒を、少しも残さず飲《の》み尽《つ》くす。尽くれば、余所《よそ》より筧《かけひ》を懸けて、数万石これを呑ませたるに、大蛇《おろち》、忽《たち》ちに飲《の》み酔《え》ひて、[95]惘然《ぼうぜん》としてぞ臥したりける。この時に、尊《みこと》、剣を抜いて、大蛇を寸々《つだつだ》に切り給ふ。尾の骨を切り給ひけるに、剣の刃さし折れて、切れず。尊、怪しみて剣を取り直し、尾を縦《たて》ざまに割《さ》き、見給ふに、尾の中に一つの剣あり。尊、これを取つて、天照《あまてらす》太神《おおみかみ》に奉り給ふ。天照太神、「これは、当時《そのかみ》、われ[96]高間原《たかまのはら》より

94 一石は、約一八〇リットル。

95 もうろうとした状態。

96 高天原。天つ神がいたという天上の国。

落としたりし剣なり」と、悦《よろこ》び給ふ。
その後《のち》、出雲国《いずものくに》に宮作りし給ひて、稲田姫を妻とし給ふ。
八雲《やくも》立つ出雲八重《やえ》垣妻籠《がきつまご》めに八重垣造るその八重垣を
[97]これを三十一字《みそひともじ》に定めたる歌の始めなり。それより以来《このかた》、この剣《つるぎ》、代々天子の御宝《みたから》となつて、代十嗣《よとつぎ》を経たりし時に、第十代の帝《みかど》、崇神天皇《すじんてんのう》の御宇《ぎょう》に、これを伊勢大神宮《いせだいじんぐう》に献《けん》じ給ふ。
十二代の帝、景行天皇《けいこうてんのう》四十年六月に、[98]東夷《とうい》乱れて、天下静かならず。これによつて、第二の王子[99]日本武尊《やまとたけるのみこと》、東夷征罰《せいばつ》のために、東国に下り給ふ。先《ま》づ伊勢大神宮に参つて、事《こと》の由《よし》を奏し給ひけるに、「慎《つつし》みて懈《おこた》ることなかれ」と、直《じき》に神勅あつて、件《くだん》の剣《つるぎ》を下さる。尊《みこと》、剣を給はつて、武蔵野《むさしの》の芦原《あしはら》を過ぎ給ひける時に、賊徒相謀《あいはか》つて、葦原に火を放つて、尊を焼き殺し奉らんとす。焼原《のび》焔《ほのお》盛んにして、遁《のが》るべき方もなかりければ、尊、剣を抜いて打ち払ひ給ふ。刃の向かふ方《かた》の草木、一里

97　「古今和歌集」仮名序に、三十一字（みそひともじ）に定まった和歌の最初として上げる。
98　東国に住む夷（えびす）。
99　小碓尊（おうすのみこと）の美称。

が間、己《おの》れと薙《な》ぎ伏《ふ》せられて、煙忽《たちま》ちに賊徒の方に靡《なび》きしかば、尊《みこと》は遁《のが》れさせ給ひて、朝敵若干《そこばく》亡びにけり。これによつて、草《くさ》薙剣《なぎのつるぎ》とは申すなり。

この剣、未だ大蛇《おろち》の尾の中にありし程は、簸川上《ひのかわかみ》に雲懸かりて、天更《さら》に晴れざりしかば、天群雲剣《あまのむらくものつるぎ》とも名づけたり。その尺《しゃく》わづかに100十束《とつか》なれば、十束剣《とつかのつるぎ》とも名づけたり。101天武《てんむ》天皇《てんのう》の御《ぎょ》宇《う》、102朱鳥《しゅちょう》元年に、また召されて、内裏に収められしより以来《このかた》、代々の天子の御宝なればとて、宝剣とはまた申すなり。

神璽《しんじ》は、天照太神《あまてらすおおみかみ》、素《そ》盞烏尊《さのおのみこと》と、103みとのまぐはひありて、104八坂瓊曲玉《やさかにのまがたま》を舐《ね》ぶり給ひしかば、陰陽成生《いんようせいせい》して、105正哉《まさや》吾《あ》勝勝《かつかつ》速日天忍穂耳尊《はやひのあまのおしほみみのみこと》を生み給ふ。この玉をば、神璽と申すなり。いづれも、異説端《はし》多し。委細を尽《つ》くすに遑《いとま》あらず。106蓬蓽《ほうひつ》に伝ふる所の一説、大概《たいがい》これにて候ふ」と、委細《いさい》にぞ答へ申したりける。

100 束（つか）は、手でつかんだときの、小指から人差指までの長さ。約八―一〇センチ。
101 在位六七三―六八六年。舒明帝皇子。
102 六八六年。
103 結婚。記紀では、高天原での両神の誓約（うけ）で、素戔嗚尊が、天照大神の身につけた八坂瓊勾玉を嚙んで吹き棄てた息の中から、天忍穂耳尊が生まれたとある。
104 三種の神器の一、神璽。
105 皇祖の神。この神の五代目が神武天皇。
106 蓬（よもぎ）で編んだ戸や蓽（いばら）で造った粗末な家。自家の謙称。

[107]大納言、よくよく聞き給ひて、「ただ今、何の次《つい》でともなきに、御辺《ごへん》を呼び奉つて、三種《さんじゅ》の神器《じんぎ》の様《よう》を委《くわ》しく問ひつる事は、別の子細《しさい》なし。昨日《きのう》、伊勢国《いせのくに》より、宝剣と云ふ物を持参したる事ある間、不審を開かんために尋ね申すなり。委細の説、大略日来《ひごろ》より誰《たれ》も[108]存知《ぞんち》の前なれば、別に異儀なし。但し、この説の中に、十束剣と名づけしは、十束あるゆゑなりと聞こえつるを、人の[109]左右《そう》なく知るべき事ならずと覚ゆる。その剣、取り出だせ」とて、南庭《なんてい》に崇《あが》め給へる春日社《かすがのやしろ》より、錦の袋に入れたる剣を取り出だして、尺《しゃく》を差させて見給へば、はたして十束ありけり。

「さては、不審なき宝剣と覚ゆる。但し、[110]奏聞《そうもん》の段は一つの不思議を顕《あらわ》さずは、[111]叡信《えいしん》立つべからず。暫《しばら》くこの剣を御辺のもとに置いて、いかなる不思議をも一つ、祈り出だされよかし」と宣《のたま》へば、兼員《かねかず》、「世[112]澆季《ぎょうき》に及んで、仏神《ぶつじん》の威徳《いとく》も、あつてな

107　日野資明。

108　知っていることなので、とくに異論はない。

109　容易には知ることのできない事と思われる。

110　帝への奏上。

111　帝の信用。

112　末世。

きが如くになつて候へば、いかにも祈り候ふとも、天下の人を驚かす程の不思議、出《い》で来《く》べしとも覚え候はず。但し、今も仏《ぶつ》神《じん》の威光を顕《あらわ》して、人の信心を催《もよお》すは、夢に過ぎたる事はなきにて候ふ。詮《せん》ずる所、先《ま》づこの剣を預《あず》かり賜《たまわ》つて、[113]三七日《さんしちにち》が間、[114]幣帛《へいはく》を捧げ、[115]礼奠《れいてん》を調《ととの》へて、祈誓《きせい》を致し候はんずる最中、先づは[116]両上皇、関白殿下、[117]院司《いんじ》の公卿《くぎょう》、もしくは[118]将軍、左兵衛督《さひょうえのかみ》なんどの夢に、この剣誠《つるぎまこと》の宝剣なりけりと、不審を散ずる程の夢想を御覧ぜられ候はば、御奏聞候ふべし」と申して、卜部宿《うらべのすく》禰《ね》兼員《かねかず》は、この剣を給はってぞ帰りける。

その翌日より、兼員、この剣を平野社《ひらののやしろ》の神殿に[119]安《あん》じ、十二人の[120]社僧《しゃそう》に、真読《しんどく》の[121]大般若経《だいはんにゃきょう》を読ませ、三十六人の神子《みこ》に、[122]長時《ちょうじ》の御神楽《みかぐら》を奉《たてまつ》らしむるに、[123]殷々《いんいん》たる梵音《ぼんおん》は、[124]本地《ほんじ》三身《さんしん》の高聴《こうちょう》にも達し、[125]玲々《れいれい》たる鈴の声は、[126]垂跡五《すいじゃくご》能《のう》の応化《おうげ》をも助くらんとぞ聞こえける。その外《ほか》、金銀幣帛《きんぎんへいはく》の奠《てん》、[127]蘋蘩薀藻《ひんぱんうんそう》の礼、神《しん》その

113 二十一日間。
114 神前への捧げ物。
115 奠は、供え物。
116 光厳院と光明院。
117 院の御所に仕える。
118 足利尊氏と弟の直義。
119 安置し。
120 神社に仕える僧侶。
121 「大般若波羅蜜多経(だいはんにゃはらみったきょう)」六百巻の経文を全部読むこと。真読は、略式の転読に対する。
122 長時間の神事芸能。
123 大きく響く読経の声。
124 仏のお耳にも届き。本地は、本地仏。三身は、仏の具備する三相の身体(法身・報身・応身)。
125 美しく鳴りひびく鈴の音。
126 仏が神として五趣の衆生を済度するのを助ける。垂跡(垂迹)は、垂迹神。五能は、五趣(地獄・餓鬼・

神《しん》たらば、などか奇瑞ここに現ぜざらんと覚ゆる程にぞ祈りける。

　すでに三七日に満じける夜《よ》、鎌倉左兵衛督直義朝臣《かまくらさひょうえのかみただよしあそん》見給ひける夢こそ不思議なれ。所は、[128]大内《だいだい》の神祇官《じんぎかん》かと覚えたるに、[129]三公九卿《さんこうきゅうけい》、[130]百司《はくし》千官《せんかん》、位によつて列座す。[131]纛《とう》の旗《はた》を建《た》て、[132]幔《まん》の座《ざ》を布《し》いて、[133]伶倫楽《れいりんがく》を奏し、文人《ぶんじん》詩を献ず。事の儀式、厳重《げんじょう》にして、[134]大礼《たいれい》を行はるる体《てい》なり。直義朝臣、夢心地《ゆめごこち》に、これは何事のあるやらんと、怪しく思ひて、[135]龍尾道《りょうびどう》の傍《かたわ》らに徘徊《はいかい》したれば、執権《しっけん》の[136]大納言《だいなごん》経顕《つねあき》、出で来たり給へり。直義朝臣、「これは、何事を行はれ候ふやらん」と問ひ給へば、「伊勢《いせ》大神宮《だいじんぐう》より、宝剣を進《まいら》せらるべしとて、[137]中儀《ちゅうぎ》の節会《せちえ》を行はれ候ふなり」とぞ答へられける。さては、希代《きたい》の大慶《たいけい》かなと思ひて、暫《しばら》く見居《みい》たる処《ところ》に、南方《なんぼう》より、五色《ごしき》の雲一村《ひとむら》起こつて、中に[138]光明赫奕《こうみょうかくやく》たる日輪《にちりん》あり。その光の上に、宝剣よと覚えたる一つの剣立ちた

畜生・人間・天上)。
127 浮き草・白よもぎ・水草・藻(春秋左氏伝・隠公五年)。神への供え物。
128 大内裏の神祇祭祀を司る役所。
129 三人の大臣と公卿。
130 多くの官人。
131 天子のしるしの旗。
132 周囲に幔幕をめぐらした座。
133 楽人。
134 重要な儀式。
135 大極殿の前庭にある龍尾壇に登る東西の通路。
136 坊城(勧修寺)経顕。定資の子。執権は、政務を取り仕切る意。
137 即位・朝賀などの大儀に対して、白馬・端午・豊明などの中程度の儀式。
138 赤く輝く太陽。

り。[139]梵天《ぼんてん》、[140]帝釈《たいしゃく》、[141]四《し》王天《おうてん》、[142]龍神八部《りゅうじんはちぶ》、[143]蓋《かい》を捧げ、列を引いて、前後左右に[144]囲遶《いにょう》し給へりと見て、夢即ち覚めにけり。直義朝臣《ただよしあそん》、[145]夙《つと》に起きて、この夢を語り給ふに、聞く人皆、「[146]静謐《せいひつ》の御夢想なり」と、賀し申さぬはなかりけり。

その聞こえ洛中に満ちて、次第に語り伝へければ、卜部宿禰《うらべのすくね》兼員《かねかず》、急ぎ夢の記録を書きて、日野大納言殿《ひののだいなごんどの》に進覧す。大納言、この夢想の記録を以て、[147]仙洞《せんとう》に奏聞せらる。(事の)次第《しだい》に、御不審を残さるべきにあらざれば、八月十八日の早旦《そうたん》に、諸卿参列して、宝剣を請け取り奉る。翌日、これを執《と》りまゐらせし円《えん》成阿闍梨《じょうあじゃり》、[148]次第を経ずして、直任《じきにん》の僧都《そうず》になされ、河内国《かわちのくに》[149]葛葉《くずは》の関所を、恩賞にぞ下されける。周《しゅう》の代に[150]宝鼎《ほうてい》を掘り出だし、夏《か》の時に[151]河図《かと》を得たりし祥瑞《しょうずい》も、これには過ぎじとぞ見えし。

この比《ころ》、朝廷に[152]賢才輔佐《けんさいふさ》の臣多しと云へども、君の不儀[153]を諫《いさ》

139 色界四禅天の中、初禅天にいる大梵天王。
140 欲界第二天の忉利天にいる帝釈天。
141 四天王。欲界第一天の四王天にいる。
142 仏法の守護神。
143 剣の上に傘をさしかかげ。
144 とりまく。
145 早朝。
146 天下が静まること。
147 院の御所。
148 順序をとびこえて、いきなり任じること。僧都は、僧綱(僧官)の第二位。
149 大阪府枚方市楠葉。
150 古代中国、黄帝が鼎(帝業の祥瑞)を得たこと(史記・五帝本紀)、また、漢の武帝が鼎(王位継承の宝器)を得たこと(漢書・武帝本紀)。周の代は誤り。
151 夏の禹が、河の精から

め、不善を誡《いまし》めらるるは、坊城大納言《ぼうじょうだいなごん》経顕《つねあき》、日野大納言資明《すけあきら》二人《ににん》のみなり。それ両雄は必ず諍《あらそ》ふ習ひなれば、互ひに威勢を競《きそ》はれけるにや、[154]経顕卿の申し沙汰《もうさた》せられたる事をば、資明卿申し破らんとし、資明卿の執奏《しっそう》せられたる事は、経顕卿支へ申されけり。

ここに、伊勢《いせ》より宝剣進奏の事、日野大納言執《と》り申《もう》されたりと聞こえしかば、坊城大納言経顕、院参《いんざん》して申されけるは、「宝剣進奏の事、委細に尋《たず》ね承《うけたまわ》り候へば、[155]一向《いっこう》、資明卿が[156]阿党《あとう》の所より事起こつて候ふなる。「[157]佞臣《ねいしん》朝《ちょう》に仕《つか》へて、国に不義の政《まつりごと》有り」とは、これにて候ふなり。先《ま》づ思ひて見候ふに、素戔烏尊《そさのおのみこと》の古へ、簸川上《ひのかわかみ》にて切られし[158]八岐蛇《やまたのおろち》、元暦《げんりゃく》の比《ころ》、安徳《あんとく》天皇《てんのう》となつて、この宝剣を執《と》つて龍宮城《りゅうぐうじょう》へ還《かえ》り給ひぬ。それより後《のち》、君十九代、春秋百六十余年、政《まつりごと》盛りに徳饒《ゆた》かなりし時だにも、つひに出現せざりし宝剣の、何故《なにゆえ》、かかる[159]乱世無道《らんせぶとう》の

治水に関する河図を得たこと(宋書・符瑞志)。

152 政を補佐する賢臣。

153 道理にはずれた行ない。

154 坊城(勧修寺)経顕と日野資明の意見の対立は、第二十五巻・2にも語られる。

155 もっぱら。

156 おもねり仲間になること。

157 出典不明。佞臣は、邪な臣。

158 八岐大蛇が安徳天皇となって宝剣を龍宮に持ち去ったことは、「平家物語」巻十一「剣」、「源平盛衰記」巻四十四「老松若松剣を尋ぬる事」。

159 道義の廃れた乱世。

時に当たつて出で来たり候ふべき。もし、わが君の聖徳《せいとく》に感じて出現せりと申さば、それよりも先《ま》づ、天下の静謐《せいひつ》をこそあるべく候へ。もしまた、直義《ただよし》が夢を以て御信用あるべきにて候はば、世間《よのなか》に[160]定相《じょうそう》なき事は、夢幻《ゆめまぼろし》と申し候はずや。されば、「[161]聖人に夢無し」とは、ここを以て申すにて候ふ。

黄粱《こうりょう》の夢《ゆめ》の事　5

[1]昔、漢朝《かんちょう》に、才なくして富貴《ふっき》を願ふ[2]客《きゃく》あり。楚国《そこく》の君、賢才《けんさい》の臣を求め給ふ由《よし》を聞いて、[3]恩爵《おんしゃく》を貪《むさぼ》らんために、則ち楚国へぞ趣《おもむ》きける。路《みち》に歩み疲れて、[4]邯鄲《かんたん》の旅亭《りょてい》に暫《しば》く休みけるを、[5]呂洞賓《りょどうひん》と云ふ仙術の人、この客の心に願ふ事暗《あん》に(悟りて)、富貴の夢を見する一つの枕をぞ借したりける。

客、この枕に寝《い》ねて一睡《いっすい》したる夢に、楚国の[6]侯王《こうおう》より勅使《ちょくし》来

160 真相がはっきりしない事。

161 「聖人に夢無し」(大恵語録。類句は荘子、淮南子など)。聖人は雑念にわずらわされないから、つまらない夢を見ない。

5

1 以下「邯鄲の夢」の故事。原拠は、唐代の伝奇小説「枕中記」。

2 旅人。

3 朝廷が特別に与える官位。

4 中国戦国時代の趙の都(河南省)。

5 中国・唐末の道士。仙人として尊ばれ、道教で神格化された。第三十九巻・10、参照。「枕中記」に「呂翁」、明代の「邯鄲記」に「呂洞賓」。

6 封国の君主。

たつて、客を召さる。その礼、その贈り物、甚《はなは》だ厚し。客、悦《よろこ》びて、則ち楚国の侯門《こうもん》[7]に参ずるに、楚王、席を近づけて、道[8]を計り、武を問ひ給ふ。客、答ふる度《たび》ごとに、諸卿《しょきょう》、皆頭《こうべ》を屈して旨《むね》[9]を請《う》けければ、楚王、斜《なの》めならずこれを貴寵《きちょう》[10]して、将相《しょうじょう》[11]の位に昇《のぼ》せ給ふ。

　かくて三十年を経て後《のち》、楚王、隠れ給ひける刻《きざみ》、第一の姫宮を客に妻《めと》らしめ給ひければ、従官使令《しょうかんしれい》[12]、好衣珍膳《こういちんぜん》[13]、心に叶《かな》はずと云ふ事なく、目を悦ばしめずと云ふ事なし。座上《ざしょう》に客常《つね》に満ち、樽中《そんちゅう》に酒空《むな》しからず。楽しみ身に余り、遊び日を尽《つ》くして、五十一年と申すに、夫人、独《ひと》りの王子を産み給ふ。楚王に位を継《つ》ぐべき御子《みこ》なくして、この孫子《そんし》出《い》で来《き》にければ、公卿大臣皆相計《あいはか》らひて、楚国の王になし奉る。蛮夷率服《ばんいそつふく》[14]し、諸侯来朝《しょこうらいちょう》する事、ただ秦《しん》[15]の始皇《しこう》の六国《りっこく》を并《あわ》せ、漢《かん》[16]の文景《ぶんけい》の九夷《きゅうい》を順《したが》へしに異ならず。

7　諸侯の王城の門。
8　政道について尋ね、武略について問うた。
9　考えに同意したので。
10　貴び寵愛して。
11　将軍や大臣。
12　侍従と召使い。
13　ぜいたくな衣服と食事。
14　四方の夷敵も服従し。
15　秦の始皇帝が斉・楚・燕・韓・魏・趙の六国を従えたこと。
16　前漢の盛時の基礎を築いた文帝・景帝が九種の東夷を従えたこと。底本「文恵」。

王子すでに三歳になり給ひける時、[17]洞庭《どうてい》の波の上に、三千余艘の船を並べ、数百人の[18]好客《こうきゃく》を集めて、三年三月の遊びをし給ふ。[19]紫髯《しぜん》の老将、錦《にしき》の纜《ともづな》を解《と》き、青娥《せいが》の小女《おとめ》、[20]棹《さお》の歌《うた》を唱ふ。[21]かれをさへや、[22]大梵高台《だいぼんこうだい》の月、[23]喜見城宮《きけんじょうぐう》の花、見るに足らず、翫《もてあそ》ぶべからずと、遊《あそ》び戯《たわぶ》れ、舞ひ歌ひて、三年三月の[24]歓娯《かんご》、すでに終《は》てける時、夫人、かの三歳の太子を懐《いだ》いて舷《ふなばた》に立ち給ひたるが、踏みはづして、太子、夫人もろともに、海底に落ち入り給ひけり。数万の侍臣周章《あわ》てて、一同に、「あれや」と云ふ声に、客の夢、忽《たちま》ちに覚《さ》めにけり。

つらつら夢の中の楽しみを数ふれば、遥《はる》かに天位《てんい》五十年を経たりと云へども、覚めて枕の上の眠《ねぶ》りを思へば、わづかに[25]午炊《ごすい》一黄粱《いちこうりょう》の間を過ぎざりけり。客、ここに、人間百年の楽しみも、[26]枕頭片時《ちんとうへんし》の夢なることを悟りて、これより楚国《そこく》へは越えず、忽ち身を捨て、世を避《さ》くる人となつて、つひに[27]名利《みょうり》に繫《つな》がる心

17 湖南省にある湖。
18 風流の士。
19 「紫髯の郎将錦の纜を護し、青娥の御史迷楼に直す」(白居易・隋堤の柳)。紫髯は、赤茶けたほおひげ。郎将は、将軍。青娥は、若い美人。
20 舟歌。
21 それにくらべたら。
22 大梵天王が住む宮殿から仰ぎ見る月。
23 帝釈天が住む宮殿に咲きほこる花。
24 喜び楽しむこと。
25 粟飯が昼間まだ炊きあがらないほどの短い時間。
26 枕の上のつかの間の夢。
27 名声と富。

はなかりけり。これを、[28]楊亀山《ようきざん》が日月《じつげつ》を謝《しゃ》する詩に云はく、

[29]少年より学に勧《つと》めて志《こころざし》須《すべか》らく張《ちょう》すべし
得失《とくしつ》由来《ゆらい》一夢《いちむ》長し
[30]試みに問ふ邯鄲《かんたん》枕を攲《そばだ》つる客
人間幾度《いくたび》か黄粱を熟する

これを、邯鄲午《かんたんご》炊《すい》の夢とは申すなり。就中《なかんずく》、葛葉《くずは》の関《せき》は、年《とし》来南都《ごろなんと》管領《かんれい》の地にて候ふを、謂《い》はれなく召し放されん事、衆徒《しゅと》の嗷訴《ごうそ》を招くにて候はずや。[31]綸言《りんげん》再び難《がた》しと雖《いえど》も、「[32]過《あやま》ちて改むるに憚《はばか》ることなかれ」と申す事の候へば、速やかに以前の[33]勅裁《ちょくさい》を召《め》し還《かえ》され、南都の嗷訴の未だ萌《きざ》さざる先に、止《や》めらるべくや候ふらん」と、委細に奏し申されければ、上皇《しょうこう》、申す所その謂《い》はれありと思《おぼ》し召《め》して、[34]則ち院宣《いんぜん》を成し返されければ、宝剣をば、平野社《ひらののやしろ》の神主卜部宿禰《うらべのすくね》兼員《かねかず》に預けられ、葛葉の関をば、本《もと》の如《ごと》く、また南都へぞ付けられける。

28　楊時(じょう)。北宋の儒者。亀山先生と称する。程頤(ていい=号は伊川)に学び、朱子に影響を与えた。底本「楊龍山」とあるが(他本同じ)、「楊龜山」の誤写と思われる。以下の詩は、「勉謝自明」(楊亀山先生集)。
29　若くから学に励んで志を高く持たねばならない。成功と失敗ははかない夢の出来事でしかない。
30　試みに邯鄲の夢を見たあの旅人に尋ねてみよう。人の一生は、何度黄粱を炊く間の出来事なのか。
31　帝の言葉は、汗のように一旦出されたら撤回できないものだが。
32　「論語」学而篇の句。
33　帝の裁定。
34　ただちに。

住吉合戦《すみよしかっせん》の事　6

去んぬる九月[1]十七日に、河内国藤井寺《かわちのくにふじいでら》の合戦に、細川陸奥守《ほそかわむつのかみ》顕氏《あきうじ》、[2]云《い》ひ甲斐《がい》なく打ち負けて引き退きし後《のち》、楠《くすのき》帯刀左衛門《たてわきさえもん》正行《まさつら》が勢《せい》、[3]機に乗つて、辺境《へんきょう》常に侵《おか》し奪《うば》はると云へども、年内は[4]冴寒《ごかん》甚《はなは》だしくして、兵皆楯《たて》を墜《お》として、手亀《かが》まる事ありぬべければ、暫《しばら》くとて閣《さしお》かれけるが、さのみ延引《えんいん》せば、敵に勢付《つ》きぬべしとて、十一月二十三日に、軍評定《いくさひょうじょう》あつて、同じき二十五日、[5]山名伊豆守時氏《やまないずのかみときうじ》、細川陸奥守顕氏を両大将にて、六千余騎を住吉、天王寺《てんのうじ》へ差し下さる。

顕氏は、去んぬる九月の合戦に、楠帯刀左衛門正行に打ち負けて、天下の[6]人口《じんこう》に落ちぬること、生涯の恥辱《ちじょく》なりと思はれければ、四国の兵どもを召し集めて、「今度の合戦、また[7]（先の如

6

1 本巻・3に「八月十四日」とある。

2 ふがいなく。

3 勝ちに乗って。

4 冴は、こごえる寒さ。

5 政氏の子。山陰諸国を領国とし、四職家としての山名家の基礎を築く。

6 物笑いの種となったこと。

7 神田本により補う。

くして帰りなば、万人《ばんにん》の嘲哢《ちょうろう》たるべし。相構へて、面々に身命を軽《かろ》くして）、以前の恥を洗《すす》がるべし」と、衆を勇《いさ》め、気を励《はげ》まされければ、坂東《ばんどう》[8]、坂西《ばんぜい》、藤《とう》、橘《きつ》、伴《ばん》の者ども、五百騎づつ一揆《いっき》[9]を結んで、大旗《おおはた》、小旗《こはた》、下濃《すそご》[10]の旗、三流《みなが》れ立てて三手《みて》に分かれ、一足も引かず討死《うちじに》すべしと、神水《じんずい》[11]を飲んでぞ打つ立ちける。事の賾《おぎ》[12]ろ、誠《まこと》に思ひ切つたる体《てい》かなと、先《ま》ず涼[13]しくぞ見えたりける。

大手《おおて》の大将山名伊豆守時氏、千余騎にて住吉に陣を取れば、搦手《からめて》の大将細川陸奥守顕氏、八百余騎にて天王寺に陣を取る。楠帯刀正行、これを聞いて、「敵に足をためさせ、住吉、天王寺両所に城郭《じょうかく》を構へられなば、神[14]に向かひ仏に向かつて、弓を引き矢を放つ恐れあるべし。不日《ふじつ》[15]に押し寄せて、先づ住吉の敵を逐《お》つ散《ち》らし、ただ攻めに攻め立てて、忽《たちま》ちに追ひ破る程ならば、天王寺の敵は、戦はで引き退きぬと覚ゆるぞ」とて、同じ

8　坂東・坂西は、阿波の武士。藤・橘・伴は、讃岐の藤原・橘・大伴諸氏の武士。
9　誓約して一味同心した武士集団。
10　上方が薄く、下になるほど濃く染めた旗。
11　一味同心の誓いとして神前に備えた水を飲む。
12　勢いがはなはだしいさま。
13　さわやかに見えた。
14　住吉には、摂津国一の宮の住吉大社が、天王寺には、和宗の総本山四天王寺がある。
15　日を置かず直ちに。

き[16]六日の暁天《ぎょうてん》に、五百余騎を率《そっ》し、先《ま》づ住吉《すみよし》の敵を追ひ出ださんと、[17]石津《いしづ》の在家《ざいけ》に火を懸けて、[18]瓜生野《うりゅうの》の北より押し寄せたり。山名伊豆守《やまないずのかみ》、これを見て、「敵、一方《いっぽう》よりはよも寄せじ。手を分けて相戦へ」とて、[19]赤松筑前守貞範《あかまつちくぜんのかみさだのり》に、摂津国《つのくに》、播磨《はりま》両国の勢《せい》を差し添《そ》へて、八百余騎、浜の手を防かんと、住吉の浦の南に陣を取る。[20]土岐周済房《ときすさいぼう》、[21]明智兵庫助《あけちひょうごのすけ》、[22]佐々木四郎左衛門《ささきしろうざえもん》、その勢三千余騎にて、[23]安部野《あべの》の東西両所に陣を張る。搦手《からめて》の大将細川陸奥守《ほそかわむつのかみ》は、手勢《てぜい》の外《ほか》、四国の兵五千余騎を率して、わざと本陣を離れず、[24]荒手《あらて》に入れ替はらんために、天王寺《てんのうじ》にひかへたり。大手《おおて》の大将山名伊豆守、[25]舎弟三河守《みかわのかみ》、[26]原四郎太郎《はらのしろうたろう》、同じき四郎次郎《しろうじろう》、同じき四郎三郎《しろうさぶろう》、千余騎にて、ただ今[27]煙《けぶり》を揚げて進んだる先蒐《さきが》けの敵に懸け合はせんと、瓜生野の東に懸け出でたり。

楠帯刀《くすのきたてわき》は、馬煙《うまけぶり》を見て、陣の在所四ヶ所にありと見てけれ

16 二十六日が正しい。暁天は、夜明け。
17 大阪府堺市石津町。
18 天王寺南の地。今の大阪市平野区瓜破(うりわり)から住吉区遠里小野(おりおの)にかけての地。
19 円心の次男。
20 俗名頼明。頼遠の弟。
21 土岐一族。
22 直綱。時信の子。
23 阿倍野区。
24 新手。ひかえの新しい軍勢。
25 山名兼義。
26 土岐の家来だが、不詳。
27 馬が蹴立てる土ぼこり。

ば、「多からぬわが勢をあまたに分けば、なかなか悪《あ》しかるべし」とて、もと五手《いつて》に分けたりける二千余騎の勢を、ただ一手《ひとて》に集めて、瓜生野へ打つて懸かる。この陣、東西南北野《の》遠くして、[28]疋馬《ひつば》蹄《ひづめ》を労せざれば、両陣互ひに射手《いて》を進め、時[29]の声を一度上ぐる程こそあれ、敵御方《みかた》六千余騎、一度にさつと懸け合はせて、思ひ思ひに相戦ふ。[30]半時《はんとき》ばかり切り合うて、互ひにまた勝時《かつどき》を揚げ、四、五町が程両方へ引き分かれ、敵御方を見渡せば、両陣半ば過ぎ滅《ほろ》んで、死人戦場に充《み》ち満《み》ちたり。

また、大将山名伊豆守、切《き》り疵《きず》、射疵《いきず》七ヶ所まで負はれたれば、兵[31]前《まえ》に立《た》ち陰《かく》して、疵を吸ひ、血を拭《のご》ふ程、少し[32]猶予《ゆうよ》したる所へ、楠が勢の中より、年の程二十ばかりなる若武者、「[33]和田《わだ》新発意《しんぼち》源秀《げんしゅう》」と名乗つて、[34]洗革《あらいがわ》の鎧に、大太刀《おおだち》、小太刀《こだち》二振り帯《は》いて、三尺余りの長刀《なぎなた》を小脇に挿《はさ》み、閑々《しずしず》と馬を歩ませて、[35]小《こ》歌《うた》歌うて進んだり。その次に、これも法師《ほうし》武者《むしゃ》の、長《たけ》

28　疋馬。馬。
29　鬨(とき)の声。
30　約一時間。
31　前に立って(大将を)隠して。
32　時を過ごした所へ。
33　正成の弟正氏の子で、法名源秀。新発意は、新しく出家した者。
34　もんでやわらかにした鹿のなめし皮で緘(おど)した鎧。
35　南北朝・室町期にはやった歌詞の短い歌謡。

七尺余りもあるらんと覚えたるが、「阿間了願《あまのりょうがん》[36]」と名乗つて、唐綾《からあや》[37]の鎧に、小太刀《こだち》帯《は》いて、柄《え》の長さ一丈[38]ばかりに見えたる鑓《やり》を、馬の平頸《ひらくび》[39]に引き添へて、少しも擬々《ぎぎ》[40]せず懸け出でたり。その勢ひ事柄《ことがら》、尋常《よのつね》の者にはあらずと見えながら、跡に続く勢《せい》なければ、「あれや」とばかりにて、山名《やまな》が大勢《おおぜい》、さしも驚かずひかへたる中へ、ただ二騎、つと懸け入つて、前後左右を突いて廻《まわ》るに、小手《こて》[41]のはづれ、髄当《すねあて》[42]の余り、手反《てへん》[43]の真中《まんなか》、内甲《うちかぶと》[44]、一分《いちぶ》もあきたる処《ところ》をばはづさず、矢庭《やにわ》に三十六騎突き落として、大将に近づかんと目を賦《くば》る。

三河守《みかわのかみ》[45]、これを見て、一騎合ひ[46]の勝負は叶《かな》はじとや思はれけん、大勢を以てこれを取《と》り籠《こ》めんと、百五十騎、横合《よこあ》ひ[47]に懸かられたり。楠《くすのき》、またこれを見て、「討たすな、続けや」とて、相懸《あいが》かり[48]に懸かりて攻め戦ふ。太刀の鐔音《つばおと》天に響《ひび》き、汗馬《かんば》[49]の足音地を動かす。互ひに御方《みかた》を恥[50]ぢしめて、「引くな、退くな」

36 楠方の武士。摂津国島上郡安満庄(大阪府高槻市安満)に住んだ。
37 唐綾を細く裁ち、芯に麻をいれて緘(おど)した鎧。
38 約三メートル。
39 馬の首のたてがみの下、左右平らな部分。
40 ためらわずに。
41 肘と手首との間を守る防具。
42 臑当から出た部分。
43 兜の鉢の頂上。
44 兜の正面の内側、額のあたり。
45 山名時氏の弟兼義。
46 一騎打ち。
47 側面から。
48 迎え撃って。
49 汗をかき疾駆する馬。
50 いましめて。

と云ふ声に、退く兵なかりけり。

されども、大将山名《やまな》伊豆守《いずのかみ》、すでに疵《きず》を被《こうぶ》りぬ、入れ替はる御方の勢はなし、叶ふべしとも覚えざりければ、徒立《かちだち》になる兵ども、伊豆守の馬の口を引き向けて、後陣《ごじん》の御方と一所にならんと、天王寺《てんのうじ》を指して引き退く。楠、いよいよ[51]気に乗つて、追つ懸け追つ懸け攻めける間、山名三河守、原四郎太郎《はらのしろうたろう》、同じき四郎次郎《しろうじろう》兄弟二騎、[52]犬飼六郎《いぬかいのろくろう》主従三騎、[53]返し合はせて討たれにけり。二陣にひかへたる土岐周済房《ときすさいぼう》、佐々木四郎左衛門《ささきしろうざえもん》三百余騎、安部野《あべの》の南に懸け出でて、しばし[54]支へて戦ひけるが、[55]目《め》賀田《かだ》、馬淵《まぶち》の者ども三十八騎、一所《いっしょ》にて討たれにける間、この陣をも破られて、ともに天王寺へと[56]引きしさる。

一陣、二陣かくの如くなりしかば、浜の手も、天王寺の勢も、「[57]大河《たいが》後ろにあつて、両陣前に破れぬ、敵に橋を引かれなば、一人《いちにん》も生きて帰る者あるべからず。先《ま》づ橋を警固《けいご》せよ」とて、

51　勝ちに乗って。

52　不詳。山名の家来。
53　引き返して防ぎ戦い。

54　もちこたえて。
55　滋賀県愛知郡愛荘町目加田、近江八幡市馬淵町に住んだ武士。佐々木の家来。
56　あとずさる。

57　淀川。

[58]渡辺《わたなべ》を指して引きけるが、大勢《おおぜい》の[59]靡《なび》き立《た》つたる習ひにて、一《ひと》度《たび》も更《さら》に返し得ず、行く先狭《せば》き橋の上を、落つるとも云はず[60]関《せ》き合《あ》うたり。

山名伊豆守《やまないずのかみ》は、わが身深手《ふかで》を負ふのみならず、馬の[61]三頭《さんず》を二《ふた》太刀《たち》切られて、馬は弱りぬ、敵は手繁《てしげ》く懸かる。今は落ち延びじとや思はれけん、[62]橋の爪《つめ》にて、すでに腹を切らんとせられけるを、[63]河村山城守《かわむらやましろのかみ》、ただ一騎返し合はせて、近づく敵二騎切つて落とし、三騎に手負はせて、暫《しば》し支へたりける間に、[64]安田弾《やすだだん》正忠《じょうのちゅう》、走り寄つて、「いかなる事にて候ふぞ。大将の腹切る所にては候はぬものを」と云ひて、己れが[65]六尺三寸の太刀を[66]守《も》り木《き》になし、鎧武者を鎧の上に掻き負うて、橋の上を渡るに、守り木の太刀に塞《せ》き落《お》とされて、水に溺るる者数を知らず。

播磨国《はりまのくに》の住人[67]小松原刑部左衛門《こまつばらぎょうぶざえもん》は、主《しゅ》の三河守《みかわのかみ》の討たれたる事をも知らず、[68]天神《てんじん》の松原《まつばら》まで落ち延びたりけるが、三河守

58 天王寺の北。現在の大阪城付近。渡辺橋があった。
59 浮き足だった。
60 身動きがとれないほど混み合った。
61 馬の尻の、骨の高くなった所。
62 橋のたもと。
63 鳥取県東伯郡湯梨浜町の武士。山名の家来。
64 不詳。山名の家来。
65 約二メートルの大太刀。背にすじかいに負って携行した。
66 背に負った人を腰掛けさせる木。
67 兵庫県高砂市荒井町小松原の武士。
68 大阪市西成区天神ノ森。

の乗り給ひたりける馬の、平頸《ひらくび》二太刀《ふたたち》切られて放たれたりけるを見て、さては、三河守殿は討たれ給ひにけり。落ちては[69]、誰《たれ》がために命を惜しむべきとて、ただ一騎、天神の松原より引つ返し、向かふ敵に矢二筋《ふたすじ》射懸けて、腹掻《か》き切《き》つて死ににけり。その外《ほか》の兵ども、親討たるれども子は知らず、主討死《しゅうちじに》すれども郎従《ろうじゅう》これを助けず、物具《もののぐ》[70]を脱《ぬ》ぎ捨《す》て、弓を杖について、夜中に京へ逃《に》げ上《のぼ》る、見苦しかりし有様なり。

四条合戦《しじょうかっせん》の事　7

安部野《あべの》の合戦は、霜月《しもつき》[1]二十六日の事なれば、渡辺《わたなべ》の橋《はし》より関《せ》き落《お》とされて、流るる兵五百余人、甲斐《かい》なき命を楠《くすのき》に助けられて、川より引き上げられたりけれども、秋の霜肉《にく》を破り、暁《あかつき》の氷膚《はだえ》に結んで、生くべしとも見えざりけるを、楠、情けある者

69　落ち延びては。

70　鎧・兜などの武具。

7

1　十一月。

なりければ、[2]小袖《こそで》を脱《ぬ》ぎ替《か》へさせて身を暖め、薬を与へて疵《きず》を療治《りょうじ》せしむ。四、五日皆[3]労《いたわ》りて、馬を引き、物具《もののぐ》を失ひたる人には、具足《ぐそく》を着せ、[4]色代《しきだい》してぞ送りける。されば、敵ながらもその情けを感じける人は、今日より後《のち》、心を通ぜん事を思ひ、その恩を報ぜんとする人は、[5]やがてかの手に属《しょく》して後、[6]四条縄《しじょうなわ》手《て》の合戦に討死《うちじに》しけるとぞ聞こえし。

今年、両度の合戦に、京勢《きょうぜい》[7]無下《むげ》に打ち負けて、畿内《きない》多く敵のために犯し奪はる。遠国《おんごく》もまた蜂起しぬと告げければ、将軍、左兵衛督《さひょうえのかみ》の[8]周章《しゅうしょう》、ただ熱(湯)を執《と》つて手を濯《あら》ふが如し。今は、[9]末々《すえずえ》の源氏、国々の[10]催《もよお》し勢《ぜい》なんどを向けては、叶《かな》ふべしとも覚えずとて、[11]執事《しつじ》高武蔵守師直《こうのむさしのかみもろなお》、越後守師泰《えちごのかみもろやす》兄弟を両大将にて、四国、中国、東山《とうせん》、東海《とうかい》、二十余ヶ国の勢《せい》をぞ向けられける。

軍勢の手分け、事定まり、未だ一日も過ぎざるに、越後守師

2 筒袖の着物。
3 養生させて。
4 丁重なあいさつ。
5 そのまま楠の軍勢に従属してその後。
6 大阪府四條畷市。
7 ひどく。
8 あわてぶり。
9 両度の合戦に敗れた細川顕氏、山名時氏は、ともに清和源氏。
10 かり集められた勢。
11 高師直は、室町幕府初代の執事(管領。将軍の補佐職)。師泰は、侍所頭人。
12 京都市伏見区淀。
13 盛信。政嗣の子。
14 時氏。武田一族。
15 宗衡。大江広元の子孫。
16 武村。武実の子。山口県厚狭(さあ)郡の豪族。長門守護。
17 円心の長男。
18 貞平。安芸の土肥一族。

泰は、手勢《てぜい》三千余騎を率《そっ》して、十二月十四日の早旦《そうたん》に、先《ま》づ[12]淀《よど》に着く。これを聞いて馳《は》せ加《くわ》はる人々には、[13]武田甲斐守《たけだかいのかみ》、[14]逸見《へんみ》孫六入道《まごろくにゅうどう》、[15]長井丹後入道《ながいたんごのにゅうどう》、[16]厚東駿河守《こうとうするがのかみ》、[17]赤松信濃守範資《あかまつしなののかみのりすけ》、[18]小早《こばい》川備後守《かわびんごのかみ》、都合その勢二万余騎、淀《よど》、[19]羽束使《はつかし》、赤井《あかい》、大渡《おおわたり》の[20]在家《ざいけ》に居余《いあま》りて、堂舎仏閣にも充《み》ち満《み》ちたり。

その後《のち》、十余日を経て、十二月二十五日、武蔵守師直、手勢七千余騎を率して、[21]八幡《やわた》に着く。これを聞いて馳せ加はる人々には、[22]細川阿波将監清氏《ほそかわあわのしょうげんきようじ》、[23]仁木左京大夫頼章《にきさきょうのだいぶよりあき》、[24]今川五郎入《いまがわごろうにゅう》道《どう》、[25]武田伊豆守《たけだいずのかみ》、[26]高刑部大輔《こうのぎょうぶのたいふ》、[27]高播磨守《こうのはりまのかみ》、[28]南遠江守《みなみとおとうみのかみ》、同じき次郎左衛門尉《じろうざえもんのじょう》、[29]宇都宮遠江入道《うつのみやとおとうみのにゅうどう》、同じき三河入道《みかわのにゅうどう》、[30]佐々《ささ》木佐渡判官入道《きさどのほうがんにゅうどう》、同じき[31]六角判官《ろっかくほうがん》、同じき[32]黒田判官《くろだほうがん》、[33]土岐周済《ときすさい》房《ぼう》、同じき明智三郎《あけちのさぶろう》、[34]荻野尾張守朝忠《おぎのおわりのかみともただ》、[35]長九郎左衛門尉《ちょうのくろうざえもんのじょう》、松《まつ》田備前次郎《だびぜんのじろう》、宇津木平三《うつぎへいぞう》、曾我左衛門《そがさえもん》、[36]多田院《ただのいん》の御家人《ごけにん》、これらを宗徒《むねと》の人々として、末々の源氏二十三人、外様《とざま》の大名三百

19 伏見区羽束師。赤井は、淀と羽束師の間の地。大渡は、桂川・宇治川・木津川の合流するあたり。
20 民家。
21 京都府八幡市の石清水八幡宮。
22 和氏の子。
23 義勝の子。丹波守護。
24 範国。基氏の子。遠江・駿河守護。
25 信武。甲斐・安芸守護。
26 師兼。師治の子。
27 師冬。師直の猶子。武蔵・伊賀守護。
28 宗継。高一族。次郎左衛門尉は、不詳。
29 貞泰。伊予宇都宮氏。三河入道は貞宗。
30 道誉。
31 佐々木(六角)氏頼。近江守護。
32 宗満。道誉の叔父。
33 俗名頼明。明智は、美

四十六人、都合その勢《せい》八万余騎、八幡《やわた》、[37]山崎《やまざき》、真木《まき》、葛葉《くずは》、宇戸野《ごの》、賀島《かしま》、神崎《かんざき》、桜井《さくらい》、水無瀬《みなせ》の在家《ざいけ》に居《い》余《あま》りて、過半《かはん》は野宿《じゅく》に充《み》ち満《み》ちたり。

京勢雲霞《きょうぜいうんか》の如く八幡に着きぬと聞こえしかば、楠《くすのき》帯刀正行《たてわきまさつら》、舎弟次郎正時二《じろうまさときに》人《にん》は、一族若党三百余騎にて、十二月二十七日、吉野《よしの》の皇居に参つて、[38]四条中納言隆資卿《しじょうちゅうなごんたかすけきょう》[39]を伝奏《てんそう》にて申しけるは、「亡父正成《まさしげ》、[40]尫弱《おうじゃく》の身を以て大敵の威を砕《くだ》き、[41]先皇《せんおう》の宸襟《しんきん》を休めまゐらせ候ひし後《のち》、天下程なく乱れて、逆臣西海《ぎゃくしんさいかい》より攻《せ》め上《のぼ》り候ひし間、危ふきを見て[42]命《めい》を致す所、かねて思ひ定め候ひけるかによつて、つひに[43]摂州湊川《せっしゅうみなとがわ》にして討死《うちじに》仕《つかまつ》り候ひ畢《おわ》んぬ。その時、正行十一歳になり候ひしを、戦場へは伴ひ候はで、河内《かわち》へ返《かえ》し遣《つか》はし候ひし事は、死に残つて候はんずる[44]一族の若党等《ら》を扶持《ふち》し立てて、朝敵を亡ぼし、君を御代《みよ》に即《つ》けまゐらせよと、申し置きしにて候ふ。しかるを今、正行、正時、すでに

濃の土岐一族。
34 丹波の武士。第二十五巻・4、参照。
35 長は但馬、松田は備前、宇津木・曾我は相模の武士。
36 源満仲が建立した天台宗寺院、多田院(兵庫県川西市の多田神社)周辺に住んだ多田源氏。
37 京都府乙訓(おとくに)郡大山崎町。真木・葛葉は、大阪府枚方市内。高槻市鵜殿。大阪市淀川区加島。兵庫県尼崎市神崎町。大阪府三島郡島本町桜井。同水無瀬。
38 隆実の子。南朝の重臣。
39 奏請を天皇や上皇に取り次ぐこと。また、それを任務とする役。
40 「尫」は、弱い意。
41 先帝後醍醐のお心。
42 身命を捨てて尽くす。
43 兵庫県神戸市兵庫区湊川町。

壮[45]年に及び候ひながら、[46]天下の草創《そうそう》を聖運《せいうん》の開きたる処《ところ》に待つて、われと手を砕《くだ》く合戦を仕り候はずは、且《かつ》は亡父《ぼうふ》が遺言《ゆいごん》に違《たが》ひ、または[47]武略《ぶりゃく》の云《い》ひ甲斐《がい》なき誹《そし》りに落ちぬと覚え候ふ。[48]有待《うだい》の身、思ふに似ぬ習ひにて候へば、自然《しぜん》われら病《やまい》に犯されて、早世《そうせい》仕る事も候ひなば、ただ君の御ためには不忠《ふちゅう》の身となり、父がためには不孝《ふきょう》の子たるべきにて候ふ間、今度、師直《もろなお》、師泰《もろやす》に対して、身命を尽《つ》くす合戦を仕つて、かれらが頸《くび》を、正行が手にかけて取り候ふか、正行、正時が首を、かれらに取られ候ふか、その二つの中《うち》に戦ひの雌雄《しゆう》を決すべきにて候へば、今生《こんじょう》にて今一度《ひとたび》[49]君の龍顔《りょうがん》を拝しまゐらせ候はんために、参内《さんだい》仕つて候ふ」と、申しもあへず、涙を鎧の袖に懸けて、[50]義心《ぎしん》その気に顕《あらわ》れければ、[51]伝奏《てんそう》未だ奏せざりける先に、先づ[52]直衣《のうし》の袖をぞ濡らされける。

主上《しゅしょう》、則ち[53]南殿《なんでん》の御簾《みす》を高く巻かせて、玉顔《ぎょくがん》殊に麗《うるわ》しく[54]諸卒

44　一族の若い家来たちを立派に養い。
45　一生のうち、最も元気さかんな年頃。
46　帝の世に返すことを、帝の運が開けるのにまかせて、みずから手を下す合戦をしないならば。
47　いくさのかけひきがふがいないとの非難。
48　生身の人の身は、思い通りにならない世の習いですから。
49　帝（後村上帝）のお顔。
50　忠義の心。
51　四条隆資。
52　帝以下、上級貴族の平服。
53　紫宸殿。
54　武士たちに姿をお見せになって。

に照臨《しょうりん》あつて、「以前、両度の戦ひに勝つ事を得て、敵軍に気を屈《くつ》せしめ、[55]叡慮《えいりょ》先《ま》づ憤《いきどお》りを慰《い》する条、[56]累代《るいだい》の武功、返す返すも神妙《しんびょう》なり。大敵、今勢《いませい》を尽《つ》くして向かふなれば、今度の合戦は、天下の[57]安否《あんぴ》たるべし。[58]進退度《ど》に当たり、変化《へんか》機に応ずる事は、勇士の心とする処《ところ》なれば、今度、[59]令旨《りょうじ》を下すべきにあらずと云へども、進むべきを知つて進むは、時を失はじがためなり。退くべきを見て退くは、[60]後《しり》へを全《まっと》うせんがためなり。朕《ちん》、汝《なんじ》を以て[61]股肱《ここう》とす。慎《つつし》みて命を全うすべし」と仰せ出だされければ、正行《まさつら》、首《こうべ》を地に付けて、とかくの勅答《ちょくとう》に及ばず、これを最後の参内なりと思ひ定めて、退出す。

正行、正時《まさとき》、[62]和田新発意《わだしんぼち》、同じき新兵衛《しんびょうえい》以下《いげ》、今度の軍《いくさ》難儀なれば、一足も引かず、一所《いっしょ》にて討死《うちじに》せんと、内々約諾《やくだく》したりける兵百四十三人、[63]前皇《せんこう》の御廟《ごびょう》へ参つて、今度の軍《いくさ》難儀ならば、討死仕《うちじにつかまつ》るべき由《よし》の暇《いとま》を申し、[64]如意輪堂《にょいりんどう》の壁板に、おのおの己

55 帝の心。
56 親子二代にわたる武勲。
57 勝敗の分け目。
58 適切に軍を動かし、臨機応変に行動するのは、武将が(上の命令を待たずに)判断することだから。
59 帝の命令。
60 後日の勝利を確かなものにするためである。
61 手足のように重要な臣下。
62 正成の甥の源秀。新兵衛(高家とも行忠とも)の弟。本巻・6、前出。
63 後醍醐帝の陵墓。
64 奈良県吉野郡吉野町吉野山の如意輪寺。境内に後醍醐天皇陵がある。
65 寺に保管される物故者

れが名字《みょうじ》を[65]過去帳《かこちょう》に書《か》き連《つら》ねて、その奥に、

[66]返らじとかねて思へば梓弓《あずさゆみ》なき数《かず》に入《い》る名をぞ留《とど》むる

と、一首の歌を書《か》き留《とど》め、[67]逆修《ぎゃくしゅ》のためと覚しくて、おのおの鬢《びん》の髪《かみ》を少し押し切つて、仏殿《ぶつでん》に投げ入れ、その日、吉野《よしの》を打ち出でて、敵陣へとぞ向かひける。

師直《もろなお》、師泰《もろやす》は、淀《よど》、八幡《やわた》に越年《えつねん》して、「なほ諸国の勢を待《ま》ち調《そろ》へて、河内国《かわちのくに》へは向かふべし」と議しけるが、楠《くすのき》、すでに[68]逆《さか》寄《よ》せにせんために、吉野へ参つて暇《いとま》を申し、河内国[69]往生院《おうじょういん》に着きぬと聞こえければ、師泰、先づ[70]正月二日に淀《よど》を立つて、二万余騎、和泉《いずみ》の[71]堺《さかい》の浦《うら》に陣を取る。師直も、翌日《つぎのひ》三日の朝、八幡を立つて、六万余騎、[72]四条《しじょう》に着く。このまま[73]やがて相近づくべけれども、楠定《さだ》めて難所を前に当ててぞ相待つらん。寄せては、悪《あ》しかるべし。[74]寄せられては、便りあるべしとて、[75]三軍《さんぐん》五所に別《わか》れ、[76]鳥雲《ちょううん》の陣《じん》をなして、[77]陰《いん》に設《もう》け、陽《よう》に備ふ。

の名簿。
66　梓弓の矢が二度と返らぬように、生還しまいと過去帳に名を書き留める。
67　生前に行う仏事。
68　逆に攻め寄せること。
69　大阪府東大阪市六万寺町にある浄土宗寺院、往生院六万寺。
70　文脈上は、貞和五年だが、史実は、貞和四年(正平三年)。
71　堺市の海岸。
72　四條畷市。
73　ただちに。
74　攻め寄せられたら、かえって手だてがある。
75　全軍。
76　鳥の群れや雲が集散するような集合、展開が自在な陣形(六韜・豹韜)。
77　「鳥雲の陣、…或いはその陰に屯し、或いは陽に屯す」(六韜・豹韜)。

白旗一揆《しらはたいっき》[78]の衆には、県下野守《あがたしもつけのかみ》[79]を旗頭《はたがしら》として、その勢《せい》五千余騎、飯盛山《いいもりやま》[80]に打ち上がつて、南の尾崎《おさき》[81]にひかへたり。大旗一揆《おおはたいっき》の衆には、河津《かわづ》[82]、高橋《たかはし》二《に》人《にん》を旗頭として、その勢三千余騎、秋《あき》篠《しの》や外山《とやま》[83]の峰に打ち上がつて、東の尾崎にひかへたり。武田《たけだ》伊《い》豆守《ずのかみ》は、千余騎にて、四条縄手《しじょうなわて》西の田中に、馬の懸け場[84]を前に残してひかへたり。佐々木佐渡判官入道道誉《ささきさどのほうがんにゅうどうどうよ》[85]は、二千余騎にて、伊駒《いこま》[86]の南の山に打ち上がり、面《おもて》に畳楯《じょうだて》[87]五百帖《じょう》突き並べ、足軽《あしがる》[88]の射手《いて》八百人、馬より下ろして、打つて上がる敵あらば、馬の太腹《ふとばら》射させて、猶予《ゆうよ》[89]する処《ところ》あらば、真倒《まっさかさま》に懸け落とさんと、後ろに馬をひかへたり。

大将武蔵守師直《むさしのかみもろなお》は、二十余町[90]引《ひ》き殿《おく》れて、将軍の御旗《みはた》の下《もと》に、輪違《わちがい》[91]の旗《はた》打つ立てて、前後左右に、騎馬の兵二万余騎、馬廻《うままわ》[92]りに、徒立《かちだち》の射手《いて》四方十余町を相支へて、稲麻《とうま》[93]の如くに打ち囲んだり。手分けの一揆、互ひに勇み争うて、陣の張《は》り様《よう》きびし

78 白旗を旗印に結集した東国の武士集団。一揆は、心を一つにし行動すること。
79 不詳。
80 四條畷市と大東市の境にある山。
81 山の尾根が下がってくる先端。
82 ともに東国出身の武士か。大旗・小旗一揆は四国勢(本巻・6)。
83 飯盛山の外側の峰。「秋篠や外山の里やしぐるらん生駒の嶽に雲のかかれる」(新古今和歌集・西行)。
84 馬を走らせる場所。
85 底本「信濃判官」を改める。
86 大阪府と奈良県の境にある生駒山。
87 面が広く大きい楯。
88 軽装の歩兵。
89 進撃がとまる。
90 一町は、約一〇九メー

ければ、[94]項羽《こうう》が山を抜き、[95]魯陽《ろよう》が日を返す勢ひありとも、この堅陣《けんじん》に懸け入つて、戦ふべしとは見えざりけり。

さる程に、正月五日の早旦に、先《ま》づ、四条中納言隆資卿《しじょうちゅうなごんたかすけきょう》を大将として、和泉《いずみ》、紀伊国《きのくに》の[96]野伏《のぶし》二万人引き具して、色々の旗を手々《てんで》に差し上げ、飯盛山にぞ向かひ合ふ。これは、大旗、小旗《こはた》両一揆を麓《ふもと》へ下ろして、楠《くすのき》を四条縄手へ寄せさせんがための謀《はかりごと》なり。案の如く、大旗、小旗の両一揆、これを見て、謀《たばか》るを知らず、これぞ寄手《よせて》なるらんと心得て、射手《いて》を分け、旗を進めて、坂中《さかなか》までおり下《くだ》つて、[97]嶮岨《けんそ》に待つて戦はんと見繕《みつくろ》ふ処に、楠帯刀正行《くすのきたてわきまさつら》、舎弟次郎《じろう》、[98]和田新兵衛高家《わだしんびょうえたかいえ》、舎弟新発意源秀《しんぼちげんしゅう》、[99]究竟《くっきょう》の兵三千余騎を率《そっ》して、[100]霞陰《かすみがく》れよりただちに四条縄手へ押し寄せ、先づ[101]隻候《せっこう》の敵を懸け散らさば、大将師直に寄り合うて、などか勝負を決せざらんと、少しも[102]擬々《ぎぎ》せず進んだり。

県下野守は、白旗一揆の旗頭《はたがしら》にて遥《はる》かにひかへたりけるが、

トル。
91　二つの輪を寄せて重ねた紋。高の紋。

輪違

92　大将師直の馬の周囲。
93　稲や麻が生えるようにびっしりと。
94　項羽が最期に臨んで詠んだ詩の一句、「力は山を抜き気は世を蓋(おお)ふ」(史記・項羽本紀)。
95　韓と戦う魯の陽公が、戦いの最中に日暮れをむかえたが、沈む日を戈(ほこ)で招き返したという故事(淮南子・覧冥訓)。
96　武装した農民や地侍。
97　険しい要害の地。
98　行忠とも(本巻・9)。
99　武勇に秀でた。

[103]菊水《きくすい》の旗《はた》ただ一流れ、是非なく武蔵守《むさしのかみ》の陣へ蒐《か》け入《い》らんとするを見て、北の谷より馳《は》せ下《くだ》り、馬よりひたひたと飛《と》び下《お》りて、ただ今敵のまつしぐらに蒐け入らんとする道の末を、一文字《いちもんじ》に遮《さえぎ》つて東西にさつと立ち渡り、徒立《かちだち》になつてぞ待ちかけたる。勇気尤《もっと》も盛んなる楠《くすのき》が勢《せい》、わづかに徒立なる敵を見て、何故《なにゆえ》にか少しもやすらふべき[104]、三手《みて》に分けたる前陣《せんじん》の勢五百余騎、閑々《しずしず》と懸かれば、[105]秋山弥六郎《あきやまやろくろう》、[106]大草三郎左衛門《おおくささぶろうざえもん》兄弟二人《ににん》、真前《まっさき》に進んで射て落とさる。[107]居野七郎《いののしちろう》、これを見て、敵に気を付け[108]じと、秋山が臥したる上をづんと飛《と》び超《こ》えて、「ここをあそばせ」と、[109]射向《いむけ》の袖《そで》を敲《たた》いて、小跳《こおど》りして進んだり。敵、東西より差し合はせて、雨の降るやうに射る矢に、これも、[110]内甲《うちかぶと》、草摺《くさずり》のはづれ、二所《ふたところ》[111]篦深《のぶか》に射られて、太刀を倒《さかさま》に突き、その矢を抜かんとすくみて立つたる所を、和田新発意《わだしんぼち》、つと懸け寄つて、甲の鉢をしたたかに打つ。打たれて[112]犬居《いぬい》に倒れければ、和

100　霞が立ちこめた中から。
101　物見を兼ねた先駆けの兵。
102　ためらわずに。
103　楠の紋。
104　ためらうことがあろうか。
105　山梨県南アルプス市秋山の武士。甲斐源氏。
106　愛知県小牧市大草の武士。
107　山名の家来。
108　勢いをつけさせまいと。
109　左側の鎧の袖。
110　兜の眉庇(まびさし)の内側。
111　矢柄(篦)が深く突き刺さること。
112　四つんばいの形。

田が[113]中間《ちゅうげん》走り寄つて、頸《くび》を掻《か》き切《き》つて差し上げたり。

これを軍《いくさ》の始めとして、楠が騎馬の兵五百余騎と、県《あがた》が徒立の兵三百余人と、喚《おめ》き呼《さけ》んで相戦ふに、田野《でんや》開け平らにして、懸け引き自在なれば、徒立の兵、[114]汗馬《かんば》に懸け悩まされて、白旗《しらはた》一揆《いっき》の兵、三百余騎討たれにければ、県下野守《あがたしもつけのかみ》も、深手《ふかで》浅手《あさで》五ヶ所まで被《こうぶ》つて、叶《かな》はじとや思ひけん、討ち残されたる兵は、師直《もろなお》の陣へ引いて去る。

二番に、[115]戦《たたか》ひ屈《くっ》して居たる楠が勢を、弊《つい》えに乗つて討たんと、武田《たけだ》伊《い》豆守《ずのかみ》、七百余騎にて進んだり。楠が二陣の勢、千余騎にて懸け合はせ、二手《ふたて》にさつと分かれて、一人も残さじと取《と》り籠《こ》むる。汗馬東西に馳《は》せ違《ちが》ひて、追つつ追はれつ、旗南北に開け分かれて、捲《ま》いつ捲くられつ、互ひに命を惜しまで、七、八度まで揉み合うたるに、武田が七百余騎、残り少なに討たるれば、楠が二陣の勢も、大半疵《きず》を被《こうぶ》つて、朱《あけ》になつてぞひかへたる。

113 侍と小者の中間の者。

114 汗をかき疾駆する馬。

115 戦い疲れている。

小旗一揆《こはたいっき》の衆は、始めより四条中納言隆資卿《しじょうちゅうなごんたかすけきょう》の偽つてひかへたる見せ勢に対揚《たいよう》[116]して、飯盛山《いいもりやま》に打ち上がつて、大手《おおて》[117]の合戦をば徒《いたず》らに余所《よそ》に直下《みおろ》して居たりけるが、楠《くすのき》が二陣の、戦ひに疲れて麓《ふもと》にひかへたるを見て、小旗一揆の中より、長崎彦九郎資宗《ながさきひこくろうすけむね》[118]、松田左近将監重明《まつださこんのしょうげんしげあき》[119]、舎弟七郎五郎《しちろうごろう》、子息太郎三郎《たろうさぶろう》、松田《まつだ》小次郎《こじろう》、河匂左京 進入道《こうわさきょうのしんにゅうどう》[120]、高橋新左衛門《たかはししんざえもん》[121]、青砥左衛門尉《あおとさえもんのじょう》[122]、有元新左衛門《ありもとしんざえもん》[123]、広戸弾正左衛門《ひろとだんじょうざえもん》、舎弟八郎次郎《はちろうじろう》、その弟太郎次郎《たろうじろう》以下《いげ》、勝《すぐ》りたる兵四十八騎、小松原より懸《か》け下《くだ》つて、山を後ろに当てて敵を麓に直下し、懸け合ひ懸け合ひ戦ふに、二陣の千余騎、わづかの敵に遮《さえぎ》られて、進みかねてぞ見えたりける。

佐々木佐渡判官入道道誉《ささきさどのほうがんにゅうどうどうよ》は、楠が軍《いくさ》[124]の疲れ足推量《すいりょう》するに、「自余《じよ》の敵には、よも目を懸けじ。大将武蔵守《むさしのかみ》の旗を見てぞ懸からんずらん。さる程ならば、少し遣《や》り過《す》ごして、跡を塞《ふさ》いで討たん」と議して、その勢《せい》三千余騎を率《そっ》し、飯盛山の南なる峰

116 対陣して。
117 正面の主力軍の合戦。
118 北条氏に仕えた長崎一門か。
119 備前の武士。
120 武蔵七党の武士か。
121 不詳。
122 東京都葛飾区青戸出身の武士か。
123 有元・広戸は、美作の菅家の武士。
124 軍勢。

に打ち上がつて、旗打つ立ててひかへたりけるが、二陣の勢の両度数刻《すこく》の戦ひに馬疲れ、気屈《くっ》[125]して、少し猶予《ゆうよ》じたる所を見澄まして、三千余騎を三手《みて》に分けて、同時に時[126]を作つて蒐《か》け下《くだ》す。楠が二陣の勢、暫《しば》く支へて戦ひけるが、敵は大勢《おおぜい》なり、御方《みかた》は疲れたり、[127]馬強《うまづよ》げなる荒手《あらて》に懸け立てられて、叶《かな》はじとや思ひけん、大半は討たれて、残る勢南を差して引いて行く。

元来《もとより》小勢《こぜい》なる楠が兵、後陣《ごじん》すでに破られて、止《とど》まる前陣《せんじん》の勢、わづかに三百騎にも足らじと見えたれば、こらへじと見る処《ところ》に、楠帯刀《くすのきたてわき》、和田《わだ》新発意《しんぼち》、未だ討たれずしてこの中にありければ、今度の軍《いくさ》に討死《うちじに》せんと思ひ、過去帳に入りたりし連署《れんしょ》の兵百四十三人、一所《いっしょ》にひしひしと打ち寄つて、少しも後陣《ごじん》の破れたるをば顧《かえり》みず、ただ敵の大将師直《もろなお》は跡にぞひかへてあるらんと、目を懸けてこそ進みけれ。

武蔵守が兵は、御方軍《いくさ》に打ち勝つて、敵しかも小勢なれば、

125　気力も衰えて。

126　鬨(とき)の声。

127　馬術にすぐれたひかえの新しい軍勢。

[128]機に乗り勇み進んで、これを討つ取らんと、先《ま》づ一番に、細川《ほそかわ》阿波将監清氏《あわのしょうげんきようじ》、五百余騎にて相当たる。三百騎の勢《せい》、少しも滞《とどこお》らず、[129]相懸《あいが》かりに懸かりて面《おもて》も揮《ふ》らず戦ふに、細川が兵五十余騎討たれて、北を差して引き退く。

二番に、仁木左京大夫頼章《にきさきょうのだいぶよりあき》、七百余騎にて入れ替はつて攻むるに、また楠《くすのき》三百余騎、轡《くつばみ》を並べて真中《まんなか》に懸け入り、火を散らして戦ふに、左京大夫頼章、[130]四角八方《しかくはっぽう》へ懸け立てられて、一所へまたも打ち寄せず。

三番に、[131]千葉介《ちばのすけ》、宇都宮遠江入道《うつのみやとおとうみのにゅうどう》、同じき三河入道《みかわのにゅうどう》、両勢并《あわ》せて五百余騎、東西より相近づいて、[132]手先《てさき》を捲《ま》くりて中を破《わ》らんとするに、楠あへて破《わ》られず、敵[133]虎韜《ことう》に連《つら》なつて囲めば、虎韜に分かれて相当たる。敵[134]龍鱗《りょうりん》に結んで懸かれば、龍鱗に進んで戦ふ。三度《みたび》合うて三度別れたるに、千葉介、宇都宮が兵、[135]若干《そこばく》討たれて引《ひ》つ返《かえ》す。

128 勢いに乗り。
129 敵味方の双方が同時に攻めかかること。
130 四方八方。
131 貞胤。下総守護。
132 前陣を蹴散らして。
133 猛虎を包むように、敵を包囲する陣形(六韜)。鶴翼に同じ。
134 魚鱗に同じ。敵陣を突破する鱗形の陣形。
135 大勢。

この時に、和田《わだ》、楠が勢、百余騎討たれて、[136]馬を踏み放つて徒立《かちだち》になつて、とある田の[137]畔《くろ》に後ろを差しあて、[138]胡籙《えびら》に差いたる[139]竹葉《ちくよう》の酒、[140]餁嚢《じんのう》なんど取り出だして、心閑《しず》かに兵粮《ひょうろう》をつかひ、[141]機を助けてぞ並《な》み居《い》たる。これ程に思ひ切つたる敵を、取り籠めて討たんとせば、御方《みかた》の兵若干《そこばく》亡びぬべし。ただ後ろをあけて落とせとて、数万騎《すまんき》の兵皆一所《いっしょ》に押し寄せて、取り巻く体《てい》をば見せざりけり。されば、楠、たとひ小勢《こぜい》なりとも、落ちば落つべかりけるを、始めより、「今度の軍《いくさ》に、師直《もろなお》が頸《くび》を取つて帰り参らずは、正行《まさつら》が首、[142]六条河原《ろくじょうがわら》に曝《さら》されぬと思《おぼ》し召《め》され候へ」と、[143]吉野殿《よしのどの》にて奏し申したりしかば、その言《ことば》をや恥ぢたりけん、また運命ここにや尽《つ》きにけん、和田も楠ももろともに、一足《ひとあし》も後ろへ退かず、「ただ師直に寄せ合うて、勝負を決せよ」と、声々に罵《ののし》り呼《よ》ばはりて、閑《しず》かに歩み近づいたり。

[144]細川讃岐守頼春《ほそかわさぬきのかみよりはる》、今川五郎入道《いまがわごろうにゅうどう》、高刑部大輔《こうのぎょうぶのたいふ》、同じき播磨《はりまの》

136 鐙から足をはずし馬を下り、馬だけ行かせること。
137 あぜ。
138 箙（えびら）。矢を入れて背負う筒。
139 酒を入れる竹筒。
140 食糧を入れた袋。
141 英気を養って。
142 六条大路東端の鴨川の河原。刑場として使われた。
143 吉野の朝廷。
144 公頼の子。阿波・伊予・備後守護。

守《かみ》、南遠江守《みなみとおとうみのかみ》、同じき次郎左衛門尉《じろうざえもんのじょう》、佐々木六角判官《ささきろっかくほうがん》、同じき黒田判官《くろだほうがん》、土岐周済房《ときすさいぼう》、同じき明智三郎《あけちのさぶろう》、荻野尾張守朝忠《おぎのおわりのかみともただ》、長九郎左衛門《ちょうのくろうざえもん》、松田備前次郎《まつだびぜんのじろう》、宇津木平三《うつきへいぞう》、曾我左衛門《そがさえもん》、多田院《ただのいん》の御家人を始めとして、武蔵守《むさしのかみ》の前後左右にひかへたる究竟《くっきょう》の兵ども七千余騎、われ先に討つ取らんと、喚《おめ》き呼《さけ》んで蒐《か》け出《い》でたり。

楠《くすのき》、これに少しも臆せずして、暫《しばら》く息を継《つ》がんと思ふ時は、一度にさつと並《な》み居《い》て鎧の袖を[145]振り合はせ、思ふやうに射させて、敵近づけば、同時にばつと立ち上がり、鋒《きっさき》を並べて跳《おど》り懸《か》かる。先《ま》づ、一番に懸け寄せける南次郎左衛門尉、[146]馬の諸膝薙《もろひざな》がれて落つる所に、起こしも立てず討ちにけり。二番に、劣らじと蒐《か》け入《い》りける松田次郎左衛門《まつだじろうざえもん》、和田新発意《わだしんぼち》に寄せ合うて、[147](敵を切らんとさしうつぶく所を、和田新発意、長刀《なぎなた》の柄《え》を取り延べて、)松田が甲《かぶと》の鉢《はち》を、はつたと打つ。打たれて[148]錣《しころ》を傾《かたぶ》く

145　札(さね)の隙き間をなくすためにゆり動かすこと。

146　馬の左右の膝を横ざまに斬られて落馬する。

147　神田本により補う。

148　錣(兜の鉢の左右・後方に垂らして首を守る防具)を後ろに傾けたところ。内甲は、額。

る所に、内甲《うちかぶと》を突かれて、馬より倒《さかさま》に落ちて討たれにけり。

この外《ほか》、目の前に切つて落とさるる者五十余人、[149]小《こ》膝《ひざ》、二の腕《うで》打ち落とされて、朱《あけ》になる者二百余騎、追つ立て追つ立て攻められて、叶《かな》はじとや思ひけん、七千余騎の兵ども、[150]開《あら》け靡《なび》いて引きけるが、淀《よど》、八《や》幡《わた》をも馳《は》せ過《す》ぎ、京まで逃ぐるも多かりけり。

この時、もし武蔵守一足《ひとあし》も退く程ならば、逃ぐる大勢《おおぜい》に引き立てられて、洛中までも追つつけられぬと見えけるを、少しも漂《ただよ》ふ気《け》色《しき》なくして、大音声《だいおんじょう》を揚げて、「濆《きたな》し、返せ、敵は小勢《こぜい》ぞ。師直《もろなお》ここにあり。見捨てて京へ逃《に》げ上《のぼ》りたらん人、何の面目ありてか、将軍の御目にも懸かるべき。運命天にあり。名を惜しまんとは思はざらんや」と、[151]目をいらられげ、牙《きば》を嚙《か》うで、四方を下《げ》知《じ》せられけるにぞ、恥ある兵引《ひ》き留《とど》まつて、師直の前後にひかへける。

149　膝に同じ。

150　ばらばらになって。

151　目を怒らせ、歯がみをして。

かかる処《ところ》に、土岐周済房《ときすさいぼう》が手の者どもは、皆打ち散らされ、わが身も[152]膝口《ひざぐち》切られて血にまみれ、武蔵守《むさしのかみ》の前を引いて[153]すげなう通りけるを、「日来《ひごろ》の[154]荒言《こうげん》にも似ず、[155]まさならも見え候ふものかな」と言《ことば》を懸けられて、「何か見苦しく候ふべき。さらば、討死《うちじに》して見せまゐらせん」とて、また馬を引つ返し、敵の真中《まんなか》へ蒐《か》け入《い》つて、つひに討死してけり。これを見て、[156]雑賀次郎《さいがのじろう》も蒐け入つて討死す。

さる程に、すでに楠《くすのき》と武蔵守と、あはひわづかに半町を隔《へだ》てたるを、すはや、楠が多年の本望《ほんもう》ここにて遂げぬと見えける処に、[157]上山左衛門《うえやまさえもん》、師直《もろなお》の前に馳《は》せ塞《ふさ》がり、「[158]八幡殿《はちまんどの》より以来《このかた》、源家《げんけ》累代《るいだい》の[159]執権《しっけん》として、武功天下に顕《あらわ》したる高武蔵守《こうのむさしのかみ》、これにあり」と名乗つて、討死しけるその間に、師直は遥《はる》かに隔たりて、楠本意《ほい》を遂げざりけり。

そもそも多かる軍勢の中に、上山一人《いちにん》、師直が命に替はりけ

152 膝がしら。
153 あいさつもせずに。
154 大口。
155 見苦しく。
156 和歌山市雑賀町出身の武士。
157 大江広元子孫の長井一族の武士。
158 八幡太郎源義家。
159 執事のこと。将軍補佐の要職。

る所存、何事ぞと尋ぬれば、ただ今楠この陣へ寄すべしとは、誰《たれ》も思ひ寄らざりければ、上山、心静かに物語りせんとて、執事の陣へ行きたりける処に、東西南北騒ぎ色めいて[160]、敵寄せたりと打つ立ちける間、上山、わが陣屋へ帰つて物具《もののぐ》せんとしけるが、余りに事急になつて、帰る逗留《とうりゅう》[161]もなかりければ、武蔵守が着長《きせなが》[162]の料に、同じ毛の鎧を二領まで並べたりけるを、上山走《はし》り寄《よ》つて、唐櫃《からびつ》の緒《お》ふつと引つ切り、鎧取つて肩に投げ懸けけるを、武蔵守が若党[163]、鎧の袖をひかへて、「これは、いかなる狼藉《ろうぜき》候ふぞ。執事の御着長にて候ふ物を、案内も申され候はで、取つて召され候ふ」とて、奪《うば》ひ留《とど》めんとぞ引き合ひける。

武蔵守、これを見て、馬より飛んで下り、若党をはたと睨《にら》んで、「云《い》ひ甲斐《がい》なき者の振る舞ひかな。ただ今師直が命に替はらんずる人々に、たとひ千領[164]万領の鎧なりとも、何か惜しかるべき。そこ退《の》き候へ」と若党を制して、「心早くも召され候ふ

160　浮き足だって。

161　余裕。

162　大将の着る鎧。

163　若い身分の低い家来。

164　領は、装束・鎧などを数える語。

ものかな」とて、却《かえ》つて上山《うえやま》を感ぜ[165]られければ、上山、よにうれしげにて、この一言《いちごん》の情けに、豈《あ》に命を軽《かろ》くせざらんやと、思ひ入れたるその心、云はねど色に顕《あらわ》れたり。されば、事の義を知らずして鎧を惜しみたる若党は、軍《いくさ》の難儀なるを見て、先《ま》づ一番に落ちけれども、情けを感じける上山は、師直《もろなお》がその身になり替はり、討死《うちじに》しけるこそあはれなれ。

秦《しん》の穆公《ぼくこう》の事　8

かやうの事、異国にも規《ためし》あり。秦の穆公[1]と申しける王、（六《りっ》）[2]国《こく》の諸侯と戦ひけるに、穆公、軍《いくさ》破れて、他国へ落ち給ふ。敵近づく事甚《はなは》だ急にして、騎《の》り給へる馬すでに疲れにければ、跡に下がりたる乗り[3]替《の》へ《が》を待ち給ふ処《ところ》に、穆公の舎人[4]《とねり》ども、馬をば引いても来たらずして、疲れたる兵どもを、二十余人まで高[5]《たか》

165　ほめたので。

8

1　繆公（ぼくこう）とも。春秋時代の秦の王。百里奚を用いて秦を強国とした。以下の話は、「史記」秦本紀に見える。穆公の良馬を食った三百人が、罪を許された上に薬酒を与えられ、後に穆公が晋軍に包囲された時、その三百人が主君を命がけで救った故事。

2　斉・楚・燕・韓・魏・趙の六国。

3　乗りかえるために用意しておく馬。

4　馬の世話役の従者。

手小手《てこて》に縛《しば》りて、軍門[6]の前に引《ひ》き居《す》ゑたり。

　穆公、自《みずか》らその故《ゆえ》を問ひ賜《たま》ふに、舎人、答へて申しけるは、「召し替への御馬《おんうま》を引いて参り候ふ処に、戦ひに疲れ、食《じき》に飢《う》ゑたる兵ども二十余人、この御馬を殺して喰《く》らうて候ふ間、死罪に行はせまゐらせんために、馬を喰らへる兵どもを生け取《いど》つて参りたり」とぞ申しける。穆公、少しも怒りたる気色《けしき》を顕《あらわ》し給はず、「死せる者は、二度《ふたたび》生《い》くべからず。たとひ二度生くとも、獣《けだもの》の卑しきを以て、人の貴《たっと》きを失はんや。われ聞く、疲れて馬を喰へる者は、必ず病む事あり」とて、「その兵どもに、酒を飲ませ、薬を与へよ」と、却《かえ》つて医療《いりょう》を加へられし上は、あへて罪科《ざいか》に及ばず。

　その後《のち》、また穆公、軍《いくさ》に打ち負けて、大勢《おおぜい》の敵に囲まれ、すでに討たれんとし給ひけるに、馬を殺して食ひたりし兵ども二十余人、穆公の命に替はり、身に替はりて、一足《ひとあし》も引かず戦ひ

5　後ろ手に腕全体を厳重に縛ること。
6　陣営の門。

ける程に、大敵皆打ち殺されて、穆公《ぼくこう》、死を遁《のが》れ給ひぬ。されば、今も古《いにし》へも、大将たらん人は、皆罰をば軽く行ひて、しかも[7]宥《なだ》め、賞をば厚く与へて、長く改めざるべし。もし穆公馬を惜しまば、大敵の囲みを出で給はんや。師直《もろなお》鎧を与へずは、上《うえ》山命《やまいのち》に替はらんや。「[8]大将恩を施《ほどこ》せば、士卒[9]節《せつ》に死す」とは、これ体《てい》の事をぞ申すべき。

和田《わだ》楠《くすのき》討死《うちじに》の事 9

さる程に、楠《くすのき》は、[1]武蔵守《むさしのかみ》を討つて、多年《たねん》の本意《ほい》今日すでに達しぬと悦《よろこ》びて、よくよく見れば、師直にてはなかりければ、大きに怒つて打ち捨てけるを、舎弟の次郎《じろう》、「さりながらも、余りに[2]剛《こう》に見えつるが[3]やさしきに、自余《じよ》の頸《くび》には混《こん》ずまじきぞ」とて、着たる小袖《こそで》の片袖を引き切りて、この頸を押《お》し裹《つつ》みて、

7 寛大に処して。
8 典拠不明。流布本「情けは人の為ならず」。
9 節義。

9
1 高師直。
2 強く勇ましいこと。
3 殊勝なので。

岸の上にぞ差し置きける。

[4]鼻田《はなだ》与三《よぞう》、[5]膝《ひざ》の口を[6]箆深《のぶか》に射られて、すくみて立つたりけるが、これを見て、「さては、武蔵守は討たれざりけり。安からぬものかな。師直いづくにかあるらん」(と云ふ)声を力にて、[7]内甲《うちかぶと》に乱れ懸かりたる鬢《びん》の髪《かみ》を押しのけ、血眼《ちまなこ》になつて遥《はる》かに北の方《かた》を見るに、[8]輪違《わちがい》の旗一流れ打つ立てて、清げなる老武者、七、八十騎が程ひかへたり。「ここなる勢《せい》は、[9]いかさま師直と覚ゆるぞ。いざ懸からん」と云ふ処《ところ》に、[10]和田橘六左衛門《わだきつろくざえもん》、鎧の袖をひかへて、「暫《しばら》く思ふ様《よう》あり。余りに勇みて、大事の敵を討ち漏らすな。敵は馬武者なり。われらは徒立《かちだち》なり。追はば、敵定めて引かうず。引かば、何としてかこれを討ち取るべき。事《こと》の様《よう》を案ずるに、われら詐《いつわ》つて引き退く学《まね》をせば、この敵、気に乗つて追つ懸けつと覚ゆる。敵を近々とおびき寄せて、その中に武蔵守にてあらんと思はん敵を、馬の諸膝薙《もろひざな》いで切《き》り居《す》

4　河内国八上郡花田郷(大阪府堺市内)の武士。
5　膝頭。
6　矢柄(箆)が深く突き刺さること。
7　兜の眉庇(まびさし)の内側。
8　高の紋。本巻・7、参照。流れは、旗を数える語。
9　たしかに。
10　楠一族の武士。

ゑ、落ちん所にて、頸《くび》を討たんと思ふはいかに」と云ひければ、討ち残されたる五十余人の兵ども、「[11]この儀、げにもしかるべし」と一同して、[12]楯《たて》後ろに引《ひ》き蒙《かず》き、引き退く体《てい》にぞ見せたりける。

師直《もろなお》は、思慮深き老将なれば、敵の謀《たばか》りて引く処《ところ》を推《すい》して、少しも馬を進めず。[13]高播磨守《こうのはりまのかみ》が、西なる田中に三百余騎にてひかへたるが、これを見て、引く敵ぞと心得て、一人も余さじと追つ懸けたり。元来《もとより》思ひ切つたる和田《わだ》、楠《くすのき》が兵どもなれば、敵の太刀の鋒《きっさき》、鎧の[14]総角《あげまき》、冑《かぶと》の錣《しころ》に[15]二つ三つ打ち当たる程近づけて、一同におつと喚《おめ》きて、礒《いそ》打つ浪の岸に当たつて返るが如く取つて返して、[16]兵刃《へいじん》風をなし、[17]旄戟《ぼうげき》塵《ちり》を巻いて、火出づる程こそ戦うたれ。高播磨守が兵ども、引つ返すべき程の隙《ひま》もなければ、矢庭《やにわ》に討たるる者五十余人、散々《さんざん》に切り立てられて、叶《かな》はじとや思ひけん、馬を[18]かい開いて逃げけるが、元《もと》の陣《じん》をも馳《は》

11　この考えは、なるほどその通りだ。
12　楯を背中に当て。
13　師冬。師行の子。師直の猶子。
14　鎧の背中の揚巻結びの飾り紐をつけた部分。
15　二つ三つ(敵の太刀が鎧の背に)当たるぐらい敵を近寄せて。
16　武器のやいば。
17　旗飾り(旄)の付いた鉾。
18　「かい」は接頭語。「開く」は、馬を返すこと。
19　一町は、約一〇九メートル。

せ過《す》ぎて、[19]二十余町ぞ引いたりける。

　さる程に、師直と楠とがあはひ、また一町ばかりになりにけり。これぞ願ふ所の敵よと、見澄ましてければ、[20]魯陽《ろよう》二度《ふたたび》白骨を連《つら》ねて[21]韓構《かんこう》に戦ひける心も、これには過ぎじと勇《いさ》み悦《よろこ》びて、千里を一足《ひとあし》に飛んで懸からんと、心ばかりは早りけれども、今《こん》朝《ちょう》の[22]巳刻《みのこく》より申《さる》の時《とき》の終りまで、三十余度の戦ひに、息絶《た》え、気疲《つか》るるのみならず、切《き》り疵《きず》、射疵《いきず》、二、三ヶ所負はぬ者もなかりければ、騎馬の敵を追《お》つ攻《つ》めて討つべき様《よう》もなかりけり。されども、十万余騎の敵ども、四角八方《しかくはっぽう》へ追つ散らされて、師直の一勢《いちぜい》、七、八十騎にてひかへたれば、何程の事かあるべきと思ふ心を力にて、和田、楠、[23]野田《のだ》、[24]禁峯《きんぶ》、[25]関地西阿《せきじのせいあ》、子息良円《りょうえん》、[26]河辺石菊丸《かわのべいわきくまる》、しづしづと歩みて相近づく。

　余りに[27]辞理《じり》なく懸けられて、師直すでに引き色に見えける処に、[28]九国《くこく》の住人[29]鱸《すずきの》四《し》郎《ろう》と云ひける[30]強弓《つよゆみ》の手だれの矢次早《やつぎばや》、

20　韓と戦う魯の陽公が、沈む日を戈(ほこ)で招き返して、一日に二度決死の戦いをした(淮南子・覧冥訓)。
21　「魯陽公与レ韓構レ難」(淮南子・覧冥訓)の誤読。神田本・玄玖本「韓綧」も意味不明。
22　午前十時頃から、午後五時頃まで。
23　河内国丹比郡野田荘(大阪府堺市内)の武士。
24　不詳。神田本「禁岸」、玄玖本「野岸」。
25　三輪西阿。大神(おおみわ)神社(奈良県桜井市)の神主。
26　大阪府南河内郡千早赤阪村川野辺に住んだ武士。
27　むやみに。
28　九州。
29　不詳。流布本「須々木」。
30　強い弓で次々に矢を射る名手。

馬より飛んで下《お》り、逃ぐる兵どもの解《と》き捨《す》てたる胡籙《えびら》[31]、尻籠《しこ》拾ひ集めて、雨の降る如くに散々《さんざん》に射たりけるに、和田新発意《わだしんぼち》、七ヶ所まで射られぬ。楠《くすのき》、左右の膝口《ひざぐち》三所、右の頬先《ほおさき》、左の目《ま》尻篦《じりの》深《ぶか》に射られて、その矢、冬野《ふゆの》の草の霜に臥したるが如く折りかけたり。その外《ほか》、一騎当千《いっきとうぜん》と憑《たの》んだる兵、わづかに百十三人、いづれも皆血に染みて、深手《ふかで》浅手《あさで》二、三ヶ所被《こうぶ》らぬ者はなかりけり。

馬には放れ、身は疲れたり。今はこれまでとや思ひけん、楠帯刀正行《くすのきたてわきまさつら》、舎弟次郎正時《じろうまさとき》、和田新発意、三人立ちながら差《さ》し違《ちが》へ、同じ枕に臥したりけり。吉野《よしの》の御廟《ごびょう》にて過去帳《かこちょう》に入りたりし兵、これまでなほ六十三人討ち残されてありけるが、「今はこれまでぞ。いざや面々、同道《どうどう》[32]申さん」とて、同時に腹掻《か》き切つて、同じ枕に臥しにけり。

和田新兵衛行忠《わだしんびょうえゆきただ》[33]は、いかが思ひけん、ただ一人《いちにん》、鎧[34]一縮《いっしゅく》しな

31 箙(えびら)、尻籠、ともに矢入れの道具。

32 同じ冥途へ赴こう。

33 高家とも(本巻・7)。

34 鎧の一揃えを着て。

がら徒立《かちだち》になつて、太刀を右の脇に引《ひ》き側《そば》め、敵の頸《くび》一つ取つて左の手に提《ひっさ》げつつ、[35]小歌《こうた》歌ひて、[36]東条《とうじょう》の方《かた》へぞ落ち行きける。

[37]安保《あぶ》肥前守《ひぜんのかみ》忠実《ただざね》、ただ一騎馳《は》せ合《あ》はせて、「和田、楠の人々、皆自害せられて候ふ処《ところ》に、見捨てて一人落ちられ候ふこそ、情けなう覚え候へ。返され候へ。見参《げんざん》に入《い》らん」と、言《ことば》を懸ければ、和田新兵衛、莞爾《にっこ》と打ち笑うて、「返すに難《かた》き事か」とて、四尺六寸の太刀の[38]貝鎬《かいしのぎ》に血の余りたるを、打ち振つて走り懸かる。忠実は、[39]一騎合ひの勝負は叶《かな》はじとや思ひけん、馬を間《あい》に開いて引つ返す。忠実止《と》まれば、行忠また落ちて行く。落ちて行けば、忠実また追つ懸けて、討《う》ち留《とど》めんとす。追へば返し、返せば留まり、路《みち》一里ばかり過ぐるまで、互ひに討たれずして、日すでに[40]夕陽《せきよう》に及ばんとす。かくては、打ち漏らしぬと思ひける処に、[41]青木次郎《あおきのじろう》、長崎彦九郎《ながさきひこくろう》二騎、胡簶に矢少々射残して馳《は》せ来《き》たれり。かれら二人《ににん》、新兵衛を[42]弓手《ゆんで》の脇になし、馬

35　南北朝・室町期に流行した歌詞の短い歌謡。
36　大阪府富田林市内。楠の本拠地。
37　武蔵七党の丹党の武士。
38　太刀の鎬(刃と峰の間の高くなったところ)が貝のように丸みを帯びたもの。
39　一騎打ち。
40　夕暮れ。
41　武蔵七党の丹党の武士。
42　左手。

を懸《か》け除《の》けて射ける矢に、草摺《くさずり》のはづれ、[43]引合《ひきあわせ》の下、七筋《ななすじ》まで射立てられて、新兵衛《しんびょうえ》、つひに忠実《ただざね》に頸《くび》をば取られにけり。

すべて今日一日の合戦に、和田《わだ》、楠《くすのき》が兄弟四人、一族二十三人、相順《あいしたが》ふ兵三百四十三人は、[44]龍門原上《りょうもんげんしょう》の苔の下に尸《かばね》を埋《うず》めて名を残し、頸を六条河原《ろくじょうがわら》に懸けられにけり。[45]奥州国司顕家《おうしゅうのこくしあきいえ》卿《きょう》、和泉《いずみ》の堺《さかい》にて討たれ、武将[46]新田左中将義貞朝臣《にったさちゅうじょうよしさだあそん》、越前《えちぜん》の国《くに》にて亡びし後《のち》は、遠国《おんごく》に宮方の城郭《じょうかく》少々ありと雖《いえど》も、勢ひ未だ振るはざれば、今更《いまさら》驚くに足らず。ただこの楠ばかりこそ、都近き[47]殺所《せっしょ》に威を逞《たくま》しうして、両度まで大敵を[48]靡《なび》かしぬれば、[49]吉野《よしの》の君《きみ》も、[50]魚《うお》の水を得たる(如く)叡慮《えいりょ》を悦《よろこ》ばされぬ。京都の敵も、[51]虎の山に靠《よりかか》る恐懼《きょうく》をなしつるに、和田、楠が一類、皆片時《へんし》に亡びはてぬれば、[52]聖運《せいうん》すでに傾《かたぶ》きぬ、[53]武徳誠《ぶとくまこと》に久しかるべしと、思はぬ人もなかりけり。

さらばやがて、この次《つい》でに、楠が館《たち》をも焼き払ひ、吉野の君

43　鎧の胴の右脇の合わせ目。
44　屍は朽ちても、名を後代に残すこと。「龍門原上の土、骨を埋めて名を埋めず」(白居易・故元少伊集の後に題す)。龍門は、洛陽(河南省)の西南の闕塞山の別名。葬地があった。
45　北畠顕家。暦応元年(延元三年=一三三八)五月に戦死。
46　暦応元年閏七月に戦死。第二十巻・10。　47　要害。
48　討ち平らげたので。
49　後村上帝。
50　良い臣下を得た喜び。「孤の孔明有るは、なほ魚の水有るが如きなり」(蜀志・諸葛亮伝)。水魚の交わり。
51　虎が山に住む恐れ。
52　帝の運。
53　武家の威徳。
54　富田林市の東部を流れ

をも取り奉るべしとて、越後守師泰《えちごのかみもろやす》、六千余騎にて、正月八日、和泉の堺の浦を立つて、54石川河原《いしかわがわら》に先《ま》づ55向かひ城を取る。武蔵《むさしの》守師直《かみもろなお》は、三万余騎の勢《せい》を率《そっ》して、同じき十四日に、56平田《ひらた》を立つて、吉野の麓へ押し寄する。

その勢、すでに近づきぬと聞こえければ、57四条中納言隆資《しじょうちゅうなごんたかすけ》卿《きょう》、急ぎ58黒木《くろき》の御所に参じて、「昨日《きのう》、正行《まさつら》すでに討たれ候ひて、明日《あす》、師直皇居に襲ひ来たり候ふ由《よし》、聞こえ候ふ。当山、59要害《ようがい》の便り稀《まれ》にして、防くべき兵更《さら》に候はず。今夜《こよい》、急ぎ60天川《てんのかわ》の奥、61穴生《あなう》の辺へ御忍び候ふべし」と申して、三種《さんじゅ》の神《じん》器《ぎ》を62内侍典司《ないしのすけ》に取り出ださせ、63寮《りょう》の御馬を庭前に引き立てたれば、主上《しゅしょう》はよろづ思《おぼ》し召《め》し分《わ》けたる方もなく、夢路《ゆめじ》をたどる御心地して、黒木の御所を立ち出でさせ給へば、64女院《にょういん》、65皇后《こうごう》、66准《じゅ》后《ごう》、内親王《ないしんのう》、宮々を始めまゐらせて、67内侍《ないし》、68上童《うえわらわ》、69北の政所《まんどころ》、70月卿雲客《げっけいうんかく》、71郎吏《ろうり》従官《しょうかん》、72諸寮《しょりょう》の頭《かみ》、八省《はっしょう》の輔《すけ》、73僧正《そうじょう》、僧都《そうず》、74児《ちご》、

る石川の河原。
55 城攻めの時に、敵城に向かい合って築く城。
56 奈良県葛城市一帯にあった荘園。
57 隆実の子。南朝の重臣。
58 木の皮がついたままの丸太で造った御所。
59 防備がおろそかで。
60 奈良県吉野郡天川村。
61 五條市西吉野町賀名生。もと「穴生」と書いたが、朝廷の行在所として「賀名生」と改められる。
62 後宮の内侍司（ないしづかさ）の次官。　63 宮中の馬寮（めりょう）で飼う馬。
64 後村上帝の母、新待賢門院(阿野廉子)。
65 中宮顕子をさすか。北畠親房の娘。
66 太皇太后・皇太后・皇后の三后に准ずる位。
67 内侍司の三等官。

[75]坊官《ぼうかん》に至るまで、取る物も取りあへず、周章《あわ》てふためき、倒れ迷ひて、習はぬ道の岩根《いわね》を歩み、重なる山の雪を分けて、吉《よし》野《の》の奥へ迷ひ入る。

この山中《さんちゅう》とても、心を留《とど》むべき所ならねども、年久しく住《す》み狎《な》れぬる上、行末《ゆくすえ》はなほ山深き方《かた》なれば、[76]さこそは栖《す》み憂《う》からめと思《おも》ひやるにつけても、涙は袖に関《せ》きあへず。主上《しゅしょう》、[77]勝手宮《かってのみや》の御前《おんまえ》を過ぎさせ給ひける時、寮《りょう》の御馬より下《お》りさせ給ひ、[78]叢《そう》祠《し》の前に[79]敬白《けいびゃく》あつて、御涙の中《うち》に、一首をぞ思《おぼ》し召《め》しつづけさせ給ひける。

[80]たのむ甲斐《かい》なきにつけても誓ひてし勝手の宮の名こそ惜しけれ

異国の昔は、唐《とう》の[81]玄宗《げんそう》皇帝、安禄山《あんろくざん》に傾《かたぶ》けられて、蜀《しょく》の[82]剣閣《けんかく》山《さん》に幸《みゆき》なり、わが朝の古へは、[83]清見原天皇《きよみはらのてんのう》、大友皇子《おおとものおうじ》に襲《おそ》はれて、この吉野山に隠れ給ひき。これ皆、逆臣《ぎゃくしん》暫《しばら》く世を乱ると云

68 帝の側仕えの少年少女。
69 摂政・関白の北の方。
70 公卿・殿上人。
71 中国で、宿衛を司る役人。従官は、君主に仕える役人。「従官郎吏上の馬前に伏す」(長恨歌伝)。
72 太政官八省に付属した役所。
73 僧官(僧綱)の第一位。僧都は第二位。
74 稚児。公家、武家、寺院などで召し使われた少年。
75 門跡寺に仕えた在家の僧。 76 さぞ。
77 蔵王堂(金峯山寺の本堂)の南にある勝手神社。
78 草深い祠(ほこら)。
79 神に祈願を申すこと。
80 戦勝祈願をした甲斐もなく、勝つという名の勝手神社の名折れであることよ。
81 唐の第六代皇帝。安禄山の叛乱で蜀へ逃れた。

へども、つひには聖主《せいしゅ》[84]遠く化《か》を施しし先蹤《せんしょう》なれば、[85]かくてはよもありはてじと、思《おぼ》し召《め》し準《なずら》ふる方《かた》はありながら、貴賤男女《きせんなんにょ》、周章て騒いで、「こはそもいづくにか、暫《しばら》く身を隠すべき」と、泣き悲しむ有様を御覧ぜらるるに、[86]叡襟《えいきん》更《さら》に休む時なし。

吉野《よしの》炎上《えんしょう》の事 10

さる程に、武蔵守師直《むさしのかみもろなお》、三万余騎を率《そっ》して、吉野山に押し寄せ、三度《みたび》[1]時の声を揚げたれども、敵なければ音もせず。さらば、焼き払へとて、皇居并《なら》びに卿相雲客《けいしょううんかく》の宿所《しゅくしょ》に火を懸けたれば、魔風《まふう》盛りに吹き懸けて、[2]二丈《じょう》一基の笠鳥居《かさとりい》、二丈五尺の金鳥居《かねとりい》、[3]金剛力士《こんごうりきし》の二階の門、[4]北野天神《きたののてんじん》の示現《じげん》の宮、[5]七十二間《けん》の廻廊《かいろう》、[6]三十八所《しょ》の行化《ぎょうげ》の神楽屋《かぐらや》、宝蔵《ほうぞう》、[7]竈殿《へついどの》、[8]三尊《さんぞん》光を和《やわ》らげて、万人頭《ばんにんこうべ》を傾《かたぶ》けし金剛蔵王《こんごうざおう》の社壇《しゃだん》まで、一時《いっし》に灰燼《かいじん》となりは

82　長安から蜀(四川省)へ至る難所。
83　天武帝。大友皇子(天智帝の子)を滅ぼして飛鳥浄御原宮で即位。在位六七三―六八六年。
84　末永く治世を保った先例。
85　このままで終ることはまさかあるまいと、(古えの出来事と)比べ合わせてお考えになる点はありながらも。
86　帝の心。

10

1　鬨(きと)の声。
2　一丈は約三メートル。笠鳥居は、金峯神社の鳥居(修行門)か。金鳥居は、総門と蔵王堂の間の銅製の大鳥居(発心門)。
3　仏法守護の金剛力士を安置した二王門。
4　蔵王堂近くの天神宮。
5　一間は柱と柱の間の距

てて、煙[9]蒼天《そうてん》に立ち登る。あさましかりし有様なり。

そもそもこの北野天神《きたののてんじん》の社壇と申すは、[10]延喜《えんぎ》十三年に、[11]笙《しょう》の岩屋《いわや》の[12]日蔵上人《にちぞうしょうにん》、頓死《とんし》し給ひたりしを、蔵王権現《ざおうごんげん》、左の御手《みて》に乗せ奉つて、[13]閻魔王宮《えんまおうぐう》に至り給ふに、第二の[14]冥官《みょうかん》、一人《いちにん》の[15]倶《く》生神《しょうじん》を相添へて、この上人に[16]六道《ろくどう》を見せ奉る。[17]鉄窟苦所《てっくつくしょ》と云ふ所に至つて見給ふに、鉄湯《てっとう》の中に、玉《たま》の冠《かぶり》を着て天子の形なる罪人あり。手を揚げて、上人を招き給ふ。いかなる罪人なるらんと怪しんで、立ち寄つて見給へば、[18]延喜帝《えんぎのみかど》にてぞおはしける。上人、御前《おんまえ》に跪《ひざまず》いて、「君、御在位の間、外には、[19]五常《ごじょう》を正しうして仁義《じんぎ》を専《もっぱ》らにし、内には、[20]五戒《ごかい》を守つて慈悲を先としてましまし候ひしかば、いかなる[21]十地等覚《じゅうじとうがく》の位《くらい》にも到らせ給ひぬらんとこそ存じ候ひつるに、何故《なにゆえ》にかかる地獄には堕《お》ちさせ給ひ候ふやらん」と尋ね申されければ、帝、御涙を拭《のご》ひ給ひて、「われ、在位の間、[22]万機《ばんき》怠らず、民を撫《な》で世を治めしかば、万《ばん》

離、約一・八メートル。

6 三十八所神社。行化は、教化に同じ。

7 竈神を祀る社。

8 蔵王堂の本尊、金剛蔵王権現の三尊。 9 大空。

10 九一三年。

11 吉野の奥、大峯の行場。

12 三善清行(きよつら)の弟。修験僧。

13 地獄の閻魔王の宮殿。

14 閻魔庁の役人。

15 人の誕生時から常に両肩にあって、その人の一生の善悪を閻魔王に報告する男女二神。

16 衆生が輪廻する六種の世界(地獄・餓鬼・畜生・修羅・人間・天)。

17 鉄窟地獄。鉄の刀、鉄の玉などで罪人を責めさいなむ鉄の洞穴。

18 醍醐帝。在位八九七―九三〇年。

事《じ》誤る事なかりしに、[23]時平《しへい》が讒《ざん》を信じて、罪なきに[24]菅丞相《かんしょうじょう》を流したりしゆゑに、この地獄に落ちたり。上人、今冥途《めいど》に趣《おもむ》き給ふと云へども、[25]非業《ひごう》なれば蘇生すべし。朕《ちん》、上人と師弟の契り浅からず。早く娑婆《しゃば》に還《かえ》り給はば、菅丞相の[26]廟《びょう》を立てて、[27]化《け》導利生《どうりしょう》を専《もっぱ》らにし給ふべし。さてぞ、朕がこの苦患《くげん》をば免《まぬか》るべし」と、泣く泣く勅宣《ちょくせん》ありけるを、上人、[28]具《つぶ》さに承《うけたまわ》りし事なればとて、則ち吉野山《よしのやま》に廟を建てて、[29]利生方便《りしょうほうべん》を施しし、天神の社壇これなり。

蔵王権現と申すは、昔、[30]役優婆塞《えんのうばそく》、[31]済度《さいど》利生《りしょう》のために[32]金峯《きんぶ》山《せん》に一千日籠《こ》もりて、[33]生身《しょうじん》の像を祈り給ひしに、この金剛蔵王《こんごうざおう》、先《ま》づ[34]柔和忍辱《にゅうわにんにく》の相を顕《あらわ》し、地蔵菩薩《じぞうぼさつ》の形にて[35]涌出《ゆじゅつ》し給ひたりしを、優婆塞、御頭《みぐし》を押さへて、未来悪世《あくせ》の衆生を済度せんとならば、かやうの御形にては叶《かな》ふまじき由《よし》を申されければ、先《ま》づ伯耆国《ほうきのくに》[36]大山《だいせん》へ飛び去り給ひぬ。その後《のち》、[37]大勢忿怒《たいせいふんぬ》の形を呈《あらわ》し、

19　仁・義・礼・智・信の五つの徳。
20　殺生・偸盗・邪婬・妄語・飲酒の五つの戒。
21　仏になる一歩手前の、菩薩の修行の最終段階。
22　帝の全ての政務。
23　藤原時平。基経の子。
24　右大臣菅原道真。左大臣時平の讒言により、太宰府に左遷された。
25　定業(じょうごう)=前世から定まった宿命)でないこと。
26　廟所。みたまや。
27　衆生を導き利益(りやく)すること。
28　詳細に。
29　仏が衆生に恩恵を与えるさまざまな方法。
30　修験道の祖、役小角(えんのおづぬ)。優婆塞は在家の仏教者。
31　仏が衆生を救済すること。
32　金峯山寺蔵王堂を中心とする吉野の修験道場。

右の御手《みて》には、[38]三鈷《さんこ》を拳《にぎ》つて[39]臂《ひじ》をいらゞげ、左の御手には、[40]五《ご》指《し》をあざへて御腰を押さへ給ふ。[41]一睨《いちげい》大きに怒つて、魔障降伏《ましょうごうぶく》の相を示し、[42]両脚高低《りょうあしこうてい》にして、天地経緯《てんちけいい》の徳を顕《あらわ》し給へり。示現の貌《かたち》尋常《よのつね》の神に替はつて、[43]尊像錦帳《きんちょう》の中《うち》に鎖《とざ》されば、[44]その涌出《ゆじゅつ》の体《てい》を秘せんために、優婆塞《うばそく》と[45]天暦帝《てんりゃくのみかど》と、おのおの手づから[46]二尊《にそん》を造り添へて、三尊《さんぞん》を安置《あんじ》し奉り給ふ。[47]悪愛《おあい》を六十余州に示して、かれを是《ぜ》し、これを非《ひ》し、賞罰を[48]三千世界《さんぜんせかい》に顕《あらわ》して、[49]人を悩まし物を理《ただ》す。すべて[50]神明権跡《しんめいごんじゃく》を垂《た》れて七千余座、[51]利生《りしょう》の新たなるを論ずれば、無二《むに》(亦《やく》)無三《むさん》の霊神《れいじん》なり。

かかる霊験《れいげん》不思議の社壇を、一時《いっし》に焼き払ひたる事、誰《たれ》か悲しみを含まざるべき。されば、主《ぬし》なき宿の花は、ただ[52]露に綻《ほころ》べる粧《よそお》ひを添へ、荒れぬる庭の松までも、[53]風に吟《ぎん》ずる声を呑む。天の怒り、いづれの処《ところ》にか帰せん。この悪行《あくぎょう》身に留《とど》まらば、師《もろ》

33　肉身の像。
34　穏和で怒らず耐え忍ぶこと。
35　地から涌き出ること。
36　鳥取県西部にある中国地方最高峰の山。修験道場の大山寺がある。
37　烈しく怒った姿。
38　魔障を降伏する密教の法具。
39　肘をいからかして。
40　五本の指を組み合わせて(印を結んで)。
41　烈しく怒った姿で睨みつけて。仏道を妨げる悪魔をとりしずめる神の姿で。
42　一方の脚を高く上げ、他方を低くして、天地を秩序づける威徳を顕わす。
43　お姿を錦のとばりの中に隠さないので。
44　この世に現われた姿を秘すために。
45　村上帝。在位九四六—

直忽《なおたちま》ちに亡びなんずと、思はぬ人はなかりけり。

九六七年。
46　中尊の蔵王権現(本地釈迦如来)の脇侍の左右の蔵王権現(本地弥勒菩薩・千手観音)。
47　忿怒と慈愛。
48　すべての世界。
49　煩悩に囚われる人を懲らしめ、物事を糺す。
50　仏が神として現れて。
51　衆生利益のあらたかなことは、ほかにまたとない霊妙な神である。
52　露にうたれてしおれるさま。
53　松の葉が風に鳴る音さえ止めてしまう。

太平記 第二十七巻

第二十七巻　梗概

　吉野から賀名生《あのう》に退去した後村上帝《ごむらかみてい》以下の南朝の人々は、暮らしにも事欠くありさまだった。京では、南朝討伐に功のあった高師直《こうのもろなお》・師泰《もろやす》兄弟が奢りを極めていたが、それを妬む上杉重能《うえすぎしげよし》と畠山直宗《はたけやまただむね》は、高一族の排除を企てた。それは、中国戦国時代の趙王《ちょうおう》の臣で、卞和《べんか》の玉《ぎょく》を秦王から取り返した藺相如《りんしょうじょ》が、廉頗《れんぱ》将軍との争いを避け、刎頸の交わりを結んだのとは著しい違いだった。その頃、夢窓疎石《むそうそせき》の兄弟弟子で、足利直義《あしかがただよし》に重用されていた妙吉侍《みょうきつじ》者《しゃ》は、高兄弟に軽んじられたのを憤り、直義に、秦の始《し》皇帝《こうてい》が蓬莱の薬を求めて龍神の祟りで死去した故事、また、始皇帝の子が趙高《ちょうこう》に殺害されて秦が滅んだ故事を語り、高師直を趙高になぞらえ、高兄弟を討つように直義に進言した。直義はまず、尊氏《たかうじ》の庶子で自分の養子となっていた足利直冬《あしかがただふゆ》を、長門探題に任じて西国へ下した。二月に清水寺が炎上し、六月十一日には、四条河原の田楽桟敷が倒壊して多くの死者が出たが、それは天狗のしわざと噂された。足利直義は、妙吉侍者や上杉・畠山の讒言により、高師直の謀殺を企てたが、逆に高兄弟の軍に包囲され、出家して錦小路邸に蟄居の身となった。上杉・畠山は越前に流罪となり、配所の江守庄で討たれた。事変に先立って、羽黒山伏の雲景《うんけい》は、愛宕山の天狗太郎坊から、直義と高兄弟の抗争の顚末を聞かされ、未来記を記していた。その頃、天に電光が走るなどの怪異があった。

賀名生《あのう》皇居《こうきょ》の事　1

[1]貞和《じょうわ》五年正月五日の四条縄手《しじょうなわて》の合戦に、和田《わだ》、楠《くすのき》が[2]一類皆亡《ほろ》んで、今は、正行《まさつら》が舎弟　[3]次郎左衛門正儀《じろうざえもんまさのり》ばかり生きて残りたりと聞こえしかば、この次《つい》でに、残る所なく退治せらるべしとて、高越後守師泰《こうのえちごのかみもろやす》、三千余騎にて、[4]石川河原《いしかわがわら》に向かひ[5]城を取り、互ひに寄せつ寄せられつ、合戦の止《や》む隙《ひま》なし。

[6]吉野《よしの》の主上《しゅしょう》は、天川《てんのかわ》の奥、賀名生と云ふ所に、わづかなる[7]黒木《くろき》の御所を立てて御座《ぎょざ》あれば、かの[8]虞舜《ぐしゅん》、唐堯《とうぎょう》の古《いにしへ》、[9]茅茨《ぼうし》斬《き》らず、柴椽《さいてん》削らざりし淳素《じゅんそ》の風、かくやと思ひ知られたり。

[10]誠《まこと》なる方《かた》もありながら、[11]女院《にょういん》、[12]皇后《こうごう》は、柴葺《しばぶ》きの庵《いおり》のあやしきに、軒漏《のきも》る雨を防きかね、御袖の涙干《ほ》す隙《ひま》なく、月卿雲客《げっけいうんかく》は、木の下、岩の陰《かげ》に、松の葉を葺《ふ》きかけ、苔の莚《むしろ》を片敷きて、身

1

1　貞和四年(一三四八)、南朝の正平三年が正しい。
2　一族。
3　正成の三男。
4　大阪府富田林市の東部を流れる石川の河原。
5　城攻めの際に、敵城に向かい合って築く城。
6　後村上帝。　7　皮を削らぬ丸木作りの御所。
8　中国古代の聖天子、舜と堯。　9　屋根を葺いた茅(かや)の先を切りそろえず、椽(たるき)も鉋(かんな)で削らない質素な風。「堯舜采椽刮(けず)らず、茅茨剪らず」(史記・始皇本紀)。
10　いにしへの聖天子にも通じる質実な暮らしぶりとはいうものの。
11　新待賢門院(阿野廉子)。
後村上帝の母。

を置く宿とし給へば、高峰《たかね》の嵐吹き落ちて、夜の衣《ころも》をかへせども、[13]露《つゆ》の手枕《たまくら》寒ければ、昔を見する夢もなし。況《いわ》んや、その[14]郎《ろう》従眷属《じゅうけんぞく》たる者は、[15]暮山《ぼざん》の薪《たきぎ》を拾うては、雪を戴《いただ》くに骨寒く、幽谷《ゆうこく》の水を掬《むす》んでは、月を担《にな》ふに肩痩《や》せたり。

かくては、一日片時《へんし》もありながらへん心地《ここち》ともなけれども、[16]さすがに消えぬ露の身の、命あらばと思ふ世に、憑《たの》みを懸けてや残るらん。

師直《もろなお》驕《おご》りを究《きわ》むる事 2

それ富貴《ふっき》に驕り、功に誇《ほこ》る輩《ともがら》、[1]終りを慎《つつし》まざるは、人の尋常《よのつね》皆ある事なれば、武蔵守師直《むさしのかみもろなお》、今度南方《なんぼう》の軍《いくさ》に打ち勝つて後《のち》、いよいよ心奢《おご》り、振る舞ひ思ふやうになつて、人の譏《そし》りをも顧みず、世の嘲《あざけ》りをも知らぬ事ども多かりけり。

12 中宮顕子をさすか。北畠親房の娘。
13 露の置く野での旅寝が寒いので、昔の栄華を夢に見ることもできない。
14 家来・従者。
15 夕暮れの山の薪を拾ってきても、雪をいただく吉野の地は寒く、深い谷間の水を汲んでも、月の光をあびる肩が痩せ衰えて見える。「凍（こおり）を叩いて負ひ来たる寒谷の月、霜を払ひて拾ひ尽くす暮山の雲」（和漢朗詠集・仏事）。
16 そうはいっても容易には消えない露のような、はかない身の。

2
1 物事の終わりを慎まずに恥ずべき行為に及ぶ。
2 四位以下の身分の低い侍。

常の法には、[2]四品《しほん》以下《いげ》の平侍《ひらさぶらい》、武士なんどは、[3]関板《せきいた》打たぬ熨《のし》葺《ぶ》きの家にだに居《い》ぬ事にてこそあるに、この師直、[4]一条今出川《いちじょういまでがわ》に、[5]故兵部卿親王《ひょうぶきょうのしんのう》の御母、[6]宣旨三位殿《せんじのさんみどの》の[7]栖《す》み荒《あ》らし給ひし古御所《ふるごしょ》を点じて、[8]唐門《からもん》、棟門《むなもん》四方にあけ、[9]釣殿《つりどの》、渡殿《わたどの》、泉殿《いずみどの》、[10]棟梁《むなつばり》高く造り並べて、奇麗壮観《きれいそうかん》を逞《たくま》しくせり。泉水《せんずい》には、伊勢《いせ》、[11]島《しま》、雑賀《さいが》の大石どもを集むれば、車轄《きし》りて[12]軸《よこがみ》を摧《くだ》き、[13]呉牛喘《ごぎゅうあえ》ぎて舌を垂《た》る。樹《うえき》には、[14]月中《げっちゅう》の桂《かつら》、[15]仙家《せんけ》の菊、[16]吉野《よしの》の桜、[17]尾上《おのえ》の松、露霜《つゆしも》染めし紅《くれない》の[18]八入《やしお》の岡の下紅葉《したもみじ》、[19]西行《さいぎょう》法師が古《いにし》へ、枯葉《かれは》の風を詠じ初《そ》めけん[20]難波《なにわ》の蘆《あし》の一村《ひとむら》、[21]在原中将《ありわらのちゅうじょう》の露分《つゆわ》けし[22]宇都《うつ》の山辺《やまべ》の蔦楓《つたかえで》、名所名所の風景を、さながら庭に集めたり。

また、月卿雲客《げっけいうんかく》の御女《おんむすめ》などは、世を[23]浮き草の寄《よ》り難《がた》く、[24]誘ふ水あらばと、うち侘《わ》びぬる折節なれば、せめては[25]さるわざもいかがせん、申すもや[26]ごとなき宮腹《みやばら》など、その数を知らず、ここ

3　薄板を釘打ちにして葺き、板の反りを止めるための関板を打たない板葺きの家。
4　鴨川の分流の今出川が平安京に入る東洞院大路と一条大路の交点。
5　護良親王。　6　名は親子。北畠師親(もろちか)の娘。
7　かつて住んでいて、今は荒れた古御所を選んで。
8　屋根が唐破風(からはふ)造りの門と、切妻破風(きりづまはふ)造りの門。
9　寝殿造りの、池のそばの殿舎、渡り廊下、池に突き出た殿舎。
10　屋根の最も高い部分(棟)と、棟を受ける柱。
11　志摩。雑賀は、和歌山市雑賀町。　12　車の心棒。
13　中国の南方の呉の牛が、暑さに月を日と見誤って喘ぐ。「呉牛月を見て喘ぐ」

かしこに隠し置き奉り、夜《よ》ごとに通ふ方《かた》多かりしかば、「執事《しつじ》の[27]宮廻《みやめぐ》りに、手向《たむ》けを受けぬ神もなし」と、[23]京童部《きょうわらんべ》なんどが笑《わら》ひ弄《もてあそ》びけるこそあさましけれ。

　かやうの事多かる中にも、殊更《ことさら》[29]冥加《みょうが》の程もいかがと覚えてうたてかりしは、[30]二条前関白殿《にじょうさきのかんぱくどの》の御妹、深宮《しんきゅう》の中に冊《かしず》かれて、[31]三千の数にもと思《おぼ》し召《め》したりしを、師直《もろなお》盗み出だし奉つて、始めは少し忍びたる様《さま》なりしが、後《のち》は早や打《う》ち顕《あらわ》れたる振る舞ひにて、憚《はばか》る方もなかりけり。かくて年月《としつき》を経《へ》しかば、この御腹《おんはら》に男子《なんし》一人《いちにん》出で来て、[32]武蔵五郎《むさしのごろう》とぞ申しける。[33]さこそ世の末ならめ、忝《かたじけ》なくも[34]大織冠《たいしょっかん》の御末《おんすえ》、太政大臣《だじょうだいじん》の御妹、東夷《とうい》の礼なきに下《くだ》らせ給ふ、あさましかりし御事なり。

師泰奢侈《もろやすしゃし》の事　3

(世説新語・言語)。牛が苦しみ喘ぐ意。

14　月に生えるという桂。

15　仙人の家に咲く菊。

16　吉野は桜の名所。

17　兵庫県加古川市の尾上神社の松。高砂の松とも。

18　八塩岡。京都市左京区岩倉の紅葉の名所。八入は、何度も染料に浸して濃く染めること。「紅の八しほの岡の紅葉をばいかに染めよとなほしぐるらん」(新勅撰和歌集・藤原伊光)。

19　平安末期の歌人。

20　「津の国の難波の春は夢なれや蘆の枯れ葉に風渡るなり」(新古今和歌集・西行)。　21　業平。

22　東海道の難所、宇津の山(静岡市の西端)。「宇津の山にいたりて…蔦楓は茂り」(伊勢物語九段)。

23　浮き草(憂きの掛詞)の

これらはなほもおろかなり。[1]越後守師泰《えちごのかみもろやす》[2]が悪行《あくぎょう》を伝へ聞くこそ不思議なれ。東山《ひがしやま》の枝橋《えだはし》[3]と云ふ所に、山庄《さんしょう》[4]を造らんとて、この地の主《ぬし》を誰《たれ》ぞと問ふに、「北野《きたの》[5]の長者《ちょうじゃ》、菅宰相在登卿《かんさいしょうありのりきょう》[6]の領地なり」と申しければ、やがて使ひを立てて、この所を賜《たま》ふべき由《よし》を所望《しょもう》しけるに、菅三位《かんさんみ》、使ひに対面して、「枝橋の事、御山庄のために承《うけたまわ》り候ふ上は、子細《しさい》あるまじきにて候ふ。但し、御当家の父祖、代々この地に墳墓《ふんぼ》を卜《し》めて、五輪《ごりん》[7]を立て、御経を奉納したる地にて候へば、かの墓じるしを他所へ遷《うつ》し候はん程を御待ち候へ」とぞ、返事をしたりける。師泰、これを聞き、「何条《なんじょう》[8]、その人、惜しまんずるためにぞ、さやうの返事をば申[9]すらん」とて、その墓ども皆掘り崩して、木を切り捨てて地を引くに、或いは塁々《るいるい》たる五輪の下、苔に朽ちたる尸《かばね》あり、或いは芊々《せんせん》[10]たる断碑《だんぴ》の上、雨に消えたるその名もあり。青塚《せいちょう》[11]忽《たちま》ちに崩れて、白楊《はくよう》すでに枯れぬれば、捨魂迷魄《しゃこんめいはく》[12]の霊、いづくにか

ように寄るべがない。
24 「わびぬれば身を浮き草の根を絶えて誘ふ水あらばいなんとぞ思ふ」(古今和歌集・小野小町)。
25 そのような振る舞いも仕方ないのだろう。
26 高貴な皇女腹の姫君。
27 宮腹と宮(神社)を掛けた洒落。手向けは、神への供え物。
28 京の口さがない民衆。
29 神仏の加護。
30 二条道平か。
31 後宮の女性。「後宮の佳麗三千人」(白居易・長恨歌)。 32 高師夏。
33 いかに末世とはいえ。
34 藤原氏の祖、中臣鎌足。

3

1 まだましなほうである。
2 兄師直とともに幕府創設の功労者。

彷徨《さまよ》ふらんとあはれなり。これを見て、いかなる[13]痴《し》れ者《もの》かしたりけん、一首の歌を書いて、引く土の上にこそ立てたりけれ。

[14]亡き人のしるしの卒都婆《そとば》掘り捨てて墓無《はかな》かりける家造りかな

越後守《えちごのかみ》、この落書《らくしょ》を見て、「これは[15]いかさま、菅三位《かんさんみ》が所行《しょぎょう》と覚ゆるぞ。当座の口論に事を寄せて、差し殺せ」とて、[16]大覚《だいかく》寺殿《じどの》の[17]御寵童《ごちょうどう》、五護殿《ごごどの》と云ひける大力《だいちから》の児《ちご》を語らうて、[18]是非なく菅三位を殺させけるこそ不便《ふびん》なれ。この人、[19]聖廟《せいびょう》の祠官《しかん》として[20]文道《ぶんどう》の大祖《たいそ》たり。何事の神慮に違《たが》ひて、かかる無実の死刑に逢ひぬらん。ただこれ魏《ぎ》の[21]禰子瑕《でいしか》、尸《かばね》を鸚鵡州《おうむしゅう》の土に埋《うず》まれし昔の悲しみに相似たり。

また、この山庄《さんしょう》を造りける時、[22]四条大納言隆蔭卿《しじょうだいなごんたかかげきょう》の[23]青侍《あおさぶらい》、[24]大蔵少輔《おおくらのしょうゆう》重藤《しげふじ》、[25]古見《こみ》源左衛門尉《げんざえもんのじょう》宗久《むねひさ》と云ひける者二人《ににん》、この地を通りけるが、立ち寄つて見るに、地を引く人夫《にんぶ》どもの汗

3 鴨川の東、京都市左京区の今出川口あたり。 4 山荘。 5 菅原氏の長者。 6 菅原在輔の子。 7 五輪塔。墓標とされた。 8 何を言うか。 9 地ならしすると。 10 青々と茂る草かげの割れた石碑。 11 青く苔むした墓。「君見ずや、北芒の暮雨に塁々たる青塚の色を、又見ずや、東郊の秋風に歴々たる白楊の声を」(新撰朗詠集・無常)。菅原文時「老閑行」による。 12 うち捨てられて迷う亡者の霊。他本「旅魂幽霊」。 13 おろか者。 14 故人の墓石を掘り捨てて家を建てても、永くは栄えまいよ。墓が無しと、はかなしを掛ける。 15 きっと。

を流し、肩を苦しめて、少しも休む隙《ひま》なく駆り使はれけるを見て、「[26]あらかはゆや。さこそ賤《いや》しき夫《ぶ》なりとも、これ程までは[27]打ち張らずともあれかし」と、[28]慚愧《ざんき》してぞ過ぎ行きける。[29]作事《さくじ》奉行《ぶぎょう》しける者の[30]中間《ちゅうげん》、これを聞いて、「何者にて候ふやらん。ここを通る[31]本所《ほんじょ》の侍《さぶらい》か、かかる事を申して過ぎ候ひつる」と語りければ、越後守、大きに怒つて、「安き程の事かな。夫《ぶ》をいたはらば、[32]しやつ原《ばら》を使ふべし」とて、遥《はる》かに行き過ぎたりけるを呼び返し、夫の着たる[33]綴《つづり》を着替へさせ、[34]立烏帽子《たてえぼし》を引きこませて、さしも暑き夏の日に、鋤《すき》を取りては土を掻き寄せさせ、石を掘りては[35]簣輿《あおだ》にて運ばせ、終日《ひねもす》に責め使ひければ、これを見る人々、皆[36]爪弾《つまはじ》きをして、「命はよく惜しき物かな。恥を見んよりは死ねかし」と、云はぬ人こそなかりけれ。

　これらはなほも少事《しょうじ》なり。今年、石川河原《いしかわがわら》に陣を取つて、近《きん》辺《べん》を管領《かんれい》せし後《のち》は、諸寺諸社の所領も、[37]本主《ほんしゅ》に当て付けず。殊《こと》

16 寛尊法親王。亀山院皇子。17 寵愛の童。
18 強引に。19 菅原道真を祀る北野天満宮。
20 学芸の元締め。
21 禰衡（でいこう）の誤り。字は正平。中国、後漢末の人。曹操、劉表、黄祖に仕え、「鸚鵡の賦」（文選所収）を作って才名をはせたが、黄祖に殺された（後漢書）。鸚鵡州は、湖北省漢陽県の長江の中洲の名。州は洲に同じ。
22 隆政の子。
23 公家に仕える六位の侍。
24 上杉重顕の子。院蔵人。
25 筑後の武士か。
26 気の毒なことよ。
27 痛めつけなくても。
28 非難して。
29 工事の責任者。
30 侍と小者の中間の者。
31 公家仕えの侍。
32 そやつら。

更天王寺《さらてんのうじ》の常燈料所《じょうとうりょうしょ》[38]の庄を、押さへて知行せしかば、七百年より以来《このかた》、一時《いっし》も更《さら》に絶《た》えざりし仏法常住《ぶっぽうじょうじゅう》[39]の燈《ともしび》も、威光とともに消えはてぬ。

また、いかなる極悪《ごくあく》の者か云ひ出だしけん、「この辺の塔の九輪《くりん》[40]は、大略[41]赤銅《しゃくどう》にてあると覚ゆる。あはれ、これを以て鑵子《かんす》[42]を鋳《い》たらんに、いかによからんずらん」と申しけるを、越後守《えちごのかみ》聞いて、げにもと思ひければ、或る九輪の宝形《ほうぎょう》[43]を一つ下《お》ろして、鑵子にぞ鋳させたりける。げにも人の云ひしに違《たが》はず、膚《はだえ》疵《きず》なくして、磨《みが》くに光冷々《れいれい》たり。芳甘《ほうかん》[44]を酌《く》んで立つる時、建渓《けんけい》[45]の気味濃《こまや》かなり。東坡《とうば》[46]先生が人間《じんかん》[47]第一の水と誉《ほ》めたりしも、この[48]中よりや出でたりけん。

上の好む所に下の随ふ習ひなれば、相集まれる諸国の武士どもも、これを聞き伝へて、われ劣らじと塔の九輪を下ろさせて、鑵子を鋳させける間、和泉《いずみ》、河内《かわち》の間、数百ヶ所の塔婆《とうば》[49]ども、

33 つぎはぎの粗末な衣。
34 高位の者の着ける立烏帽子をへこませて、庶民のかぶる萎烏帽子（なええぼし＝漆で塗りかためないやわらかな烏帽子）のようにして。
35 竹や枝などを編んで作った粗末な釣り輿。
36 非難するしぐさ。
37 荘園の所有主。
38 仏前に常時ともす燈明の費用に当てる荘園。
39 仏法の不変を示す燈。
40 塔の最頂部に立てる九重の金具の輪。
41 おおよそ。
42 茶の湯を沸かす釜。
43 九輪の輪（宝輪）をさす。
44 芳しい茶。
45 中国福建省の茶の産地。その茶の風味の趣がある。
46 蘇軾（そしょく）。号は東坡。十一世紀の北宋の文人・政治家。唐宋八大家の一人。

一基も更に直《すぐ》なるはなし。或いは九輪を下ろされて、[50]升形《ますがた》ばかりあるもあり、或いは[51]心柱《しんばしら》を切られて、[52]九層《きゅうそう》ばかり残るもあり。[53]二《に》仏《ぶつ》の並《なら》び座《ましま》す[54]瓔珞《ようらく》を暁《あかつき》の風に漂《ただよ》はせ、[55]五智《ごち》の如来《にょらい》は[56]烏瑟《うしつ》を夜の雨に潤《うるお》へり。ただ[57]守屋《もりや》の逆臣《ぎゃくしん》二度《ふたたび》この世に生まれて、仏法を亡ぼさんとするにやと、あさましき程にぞ見えたりける。

この時にまた、[58]上杉伊豆守重能《うえすぎいずのかみしげよし》、[59]畠山大蔵少輔直宗《はたけやまおおくらのしょうただむね》と云ふ人あり。才短くして、官位人よりも高からん事を望み、功少くして、忠賞世に超えん事を思ひしかば、ただ師直《もろなお》、師泰《もろやす》が、将軍御兄弟の[60]執事《しつじ》として、よろづ心に任《まか》せたる事を猜《そね》み、折節《おりふし》に付けては、[61]吹毛《すいもう》の咎《とが》を挙げて、讒《ざん》を構ふる事休《や》む時なし。されども、将軍も左兵衛督《さひょうえのかみ》も、執事兄弟なくては、誰《たれ》か天下の乱を静むる者あるべきと、他《た》に異《こと》に思はれければ、少々の咎をば耳にも聞き入れ給はず、ただ[62]佞人讒者《ねいじんざんしゃ》世を乱らん事を悲しまる。

47　江蘇省無錫市の恵山寺の石泉を、蘇東坡が「人間第二の泉」(蘇東坡詩集巻十一)と称えた詩によるか。
48　この鑵子の中から出た水と思われるほどだ。
49　塔に同じ。三重・五重・九重・多宝塔など。
50　柱の上の枡形の木枠。
51　塔の中心にある支柱。
52　九層の台(うてな)の意。幾層もの高い建物の土台。
53　宝塔に座す多宝如来と釈迦如来。
54　仏像を飾る宝玉。
55　仏の五つの智恵を現わす五如来(大日・阿閦〈あしゅく〉・宝生・阿弥陀・不空成就)。
56　仏の二重になった頭頂部の高い部分。肉髻(にくけい)。
57　物部守屋。仏教を排撃して、蘇我馬子・聖徳太子に滅ぼされた。

廉頗《れんぱ》藺相如《りんしょうじょ》の事　4

それ天下を取つて世を治むる人には、必ず賢才輔弼《[1]けんさいほひつ》の臣下あつて、国の乱を鎮《しず》め、君の誤りを正すものなり。所謂《いわゆる》堯《[2]ぎょう》の八《はち》元《げん》、舜《[3]しゅん》の八凱《はちがい》、周《[4]しゅう》の十乱《じゅうらん》、漢《[5]かん》の三傑《さんけつ》、世祖《[6]せいそ》の二十八将《しょう》、太宗《[7]たいそう》の十八学士《がくし》、皆禄篤《ろくあつ》く、官高しと云へども、もろともにあつて争ふ心なかりしかば、互ひに非を諫《いさ》め、国を鎮めて、ただ天下の無為《[8]ぶい》ならん事をのみ思へり。これをこそ呼んで忠臣《ちゅうしん》とは申すに、今、高《こう》、上杉《うえすぎ》の両家、仲悪《あ》しくして、ややもすれば、かれが失《しつ》を指《ゆび》さしてその権を奪はんと、心に挿《[9]さしはさ》んで思へること、豈《[10]あ》に忠烈《ちゅうれつ》を存ずる人とせんや。

　言《ことば》長くして聞くに解《おこた》るべしと云へども、折々譬《たと》へを取つて愚《ぐ》なることを述ぶるに、[11](昔、漢朝《かんちょう》に、)卞和《べんか》と申しける賤《いや》しき者、

58　憲房の子。尊氏・直義の母方の従兄弟。
59　宗国の子。
60　幕政補佐の要職。
61　毛を吹いて疵をさがす。あらを探すこと。
62　邪(よこしま)な臣・讒言者。

4

1　政務を補佐する賢臣。
2　古代中国の伝説上の五帝の一人、嚳(こく)高辛氏に仕えた八人の才子。なお、嚳は、顓頊(せんぎょく)の子、堯の父にあたる。
3　五帝の一人、顓頊高陽氏に仕えた八人の才子。顓頊は、黄帝の孫にあたる。
4　周の武王に仕えた十人の名臣。乱は、事を治める。
5　漢の高祖に仕えた三人の名臣(張良・蕭何・韓信)。
6　後漢の光武帝(世祖)に仕えた二十八人の武将。

[12]楚山《そざん》に畑を打ちけるが、廻《まわ》り一尺に余る石の、磨《みが》かば玉《ぎょく》になるべきを求め得たり。これ私《わたくし》に用ゐるべき物にあらず、誰《たれ》にか奉るべきと、人を待ちける処《ところ》に、楚《そ》の[13]勵王《れいおう》、楚山《そざん》に御狩りをし給ひけるに、卞和、この石を奉つて、「これは世に類《たぐ》ひなき程の玉にて候ふべし。琢《みが》かせて御覧候ふべし」とぞ申しける。勵王、大きに悦《よろこ》びて、則ち玉磨《たまみがき》を召してこれを磨《みが》かせらるるに、光更《さら》になかりければ、玉磨、「これは玉にて候はず。ただ尋常《よのつね》の石にて候ふなり」とぞ奏しける。勵王、大きに怒つて、「さては、朕《ちん》を欺《あざむ》きけるものなり」とて、卞和を召し出だし、その左の足を切つて、かの石を背に負はせて、楚山にこそ追ひ放しける。

独《ひと》り卞和罪なくしてこの刑にあへる事を歎きて、楚山の中に草の庵《いおり》を結び、この石を抱きながら、世に珠《たま》を知る人のなき事をのみ悲しんで、年月久しく泣き居たり。その後《のち》三年ありて、

7　唐の太宗に仕えた十八人の学士。
8　太平。
9　心中に含みもって。
10　どうして忠節の心を持つ人といえようか。
11　神田本により補う。以下の話の出典は、「韓非子」和氏篇、「蒙求」卞和泣璧。「今昔物語集」以下の説話集や歌学書に引かれる。
12　楚国の山。
13　卞和が玉を献じた楚王の名は、「韓非子」「蒙求」は、厲王・武王・文王。底本は、勵王・文王・武王。神田本は、武王・文王・荘王。玄玖本は、武王・文王・成王。

勵王《れいおう》隠れ給ひしかば、御子《みこ》文王《ぶんおう》の御代《みよ》になりにけり。

文王、また或る時、楚山《そざん》に狩りをし給ふに、草の庵の中に人の啼《な》く声あり。文王、怪しんで泣く故《ゆえ》を問ひ給へば、卞和《べんか》、答へて申さく、「臣、昔この山に入りて畑を打ちし時、一つの石を求め得たり。これ世に類《たぐ》ひなき程の玉《ぎょく》なる間、先朝《せんちょう》勵王に奉りたるを、玉磨《たまみがき》見知らずして、「ただ石にて候ふ」と申したりし間、われ左の足を斬られまゐらせて、不慮の刑に会ひ候ひき。願はくは、この玉を君に献じて、臣が罪なき所を顕《あらわ》し候はん」と申しければ、文王、大きに悦《よろこ》びて、この石をまた或る玉磨にぞ磨《みが》かせられける。これもまた見知らざりけるにや、「これ全く玉にては候はず」と奏しければ、文王、また大きに怒つて、卞和が右の足を斬らせて、楚山の中にぞ捨てられける。

卞和、両足を斬られて、五体[14]苦《く》を責めしかども、ただ二代の君の眼《まなこ》拙《つたな》き事をのみ悲しんで、つひに百[15]年の命を早くせんこと

14 全身。
15 百年の寿命を早く終わらせること。

を傷《いた》まず、落つる涙の玉も血の色にぞなりにける。かくて二十余年を過ぎけるまで、卞和、なほ命[16]つれなくして、石を抱《いだ》きながら、ただとことはに泣き居たり。さる程に、文王、崩じ給ひて、武王《ぶおう》の御代《みよ》になりにけり。

武王、また或る時、楚山に狩りし給ひけるに、卞和、なほ先にも懲《こ》りず、草の庵《いおり》の内より這ひ出でて、二代の君に二つの足を斬られし故《ゆえ》を語つて、泣く泣くこの石を武王にぞ奉りける。武王、則ち玉琢を召して、これを磨かせらるるに、その光天地に映徹《えいてつ》して、双びなき玉になりにけり。これを行路《こうろ》に懸けたるに、車十七両を照らしければ、[17]照車《しょうしゃ》の玉《ぎょく》とも名づけ、これを宮殿に懸くるに、夜十二街《がい》を耀《かかや》かせば、[18]夜光《やこう》の璧《へき》とも名づけたり。誠《まこと》に天上の[19]摩尼珠《まにしゅ》、海底の珊瑚樹《さんごじゅ》も、これには過ぎじとぞ見えし。

[20]この玉、代々天子の御宝となつて、趙王《ちょうおう》の代《よ》に伝はる。趙王、

16 命は卞和の意に反してながらえて。
17 「史記」田敬仲完世家に「車の前後各十二乗を照らす」とある珠。卞和の玉とは別の物だが、わが国では早くから同一視された(奥義抄、他)。
18 「夜光の璧」(史記・魯仲連鄒陽列伝)。
19 仏典に説かれる宝珠。悪を去り、災難を避ける徳があるという。
20 以下の話は、「史記」廉頗藺相如列伝を原拠とする。卞和の璧(玉)を手に入れた趙の恵文王に、秦の昭王が十五城との交換を求める。趙の将軍廉頗は、璧を与えても秦王は城を渡すまいと進言。趙の臣藺相如は、璧を秦に持参したが、秦王の謀略をはね返して無事に璧を持ち帰る。

これを重んじて、趙璧《ちょうへき》と名を替へて、更《さら》に身を放《はな》ち給はず。[21]学《がく》窓《そう》に蛍《ほたる》を集めねども、書を照らす光暗からず、[22]輦路《れんろ》に月を得ざれども、路《みち》を分かつに影明らかなり。

この比《ころ》、天下大きに乱れて、諸侯皆《みな》、威あるは弱きを奪ひ、大なるは小を亡ぼす世になりにけり。かの趙国《ちょうこく》の傍《かたわ》らに、秦王《しんおう》とて威勢の王おはしけり。秦王、この趙璧の事を伝へ聞きて、いかにもして奪ひ取らばやとぞ巧《たく》まれける。異国には、[23]会盟《かいめい》とて、隣りの国の王、互ひに国の堺《さかい》に出で合ひて、羊を殺してその血を啜《すす》り、[24]天神地祇《てんじんちぎ》に誓ひて、法を定め、約を堅《かた》め、交はりを結ぶ事あり。この時、隣国に[25]見落とさるれば、当座にもまた後日にも、国を傾《かたぶ》けられ、位《くらい》を奪はるる事ある間、互ひに賢才《けんさい》の臣、勇猛《ゆうもう》の士を召し具して、才をくらべ、武を争ふ習ひなり。

或る時、秦王、会盟あるべしとて、趙王《ちょうおう》に触れ送る。趙王、

21 「蒙求」車胤聚蛍。貧しい車胤が蛍の光で勉学に励んで立身した故事。
22 天子の通る道。影は、光。
23 諸侯が会合して盟約すること。
24 天の神と地の神。
25 見下されれば。

則ち日を定めて、国の堺へぞ出で合ひ給ひける。会盟の事未だ[26](定まらず、血未だ)啜らざる前《さき》に、秦王、宴《えん》を儲《もう》けて楽《がく》を奏し、酒宴終日《しゅえんひねもす》に及べり。酒酣《たけなわ》にして、秦王、盃《さかずき》を挙《あ》げ給ふ時、秦の兵ども、[27]酔狂《すいきょう》せる学《まね》をして、座席に進み出でて、目を瞋《いか》らかし、臂《ひじ》を張りて、「わが君、今興《きょう》に和《か》して盃を傾けんとし給ふ。趙王、早く[28]瑟《しつ》を調べて[29]寿《ことぶき》をなし給へ」とぞ、[30]苛《いら》で申しける。趙王、もし辞せば、秦の兵のために殺されぬと見えける間、趙王、力なく瑟を調べ給ふ。君の傍らには、必ず[31]左史右史《さしうし》とて、王の御振る舞ひと言《ことば》を注《しる》し留《とど》むる人あり。時に、秦の左史、筆を取つて、「秦趙《しんちょう》両国の会盟に、先《ま》づ酒宴あり。秦王、盃を挙げ給ふ時、趙王、自ら寿をなし、瑟を調ぶ」とぞ書き付けける。趙王、後記《こうき》に留《とど》まりぬる事、心憂しと思はれけれども、すべきわざなければ力なし。

　盃廻《めぐ》りて、趙王、また飲み給ひける時、趙王の臣下に始めて

26　他本により補う。
27　酒に酔ったふり。
28　大型の琴。
29　長寿を祝うこと。
30　いらだち。
31　君主の言動を記録する左右の史官。

召し仕はれける[32]藺相如《りんしょうじょ》と云ひける者、秦王《しんおう》の前に進み出でて、[33]剣《つるぎ》を取りばしり、臂《ひじ》をいららげて、「わが王、すでに秦王のために瑟《しつ》を調べぬ。秦王、何《なん》ぞわが王のために寿《ことぶき》をなさざるべき。秦王、もしこの事辞し給はば、臣、[34]必ず君王の座に死すべし」と申して、誠《まこと》に思ひ切つたる体《てい》をぞ見せたりける。秦王、辞するに言《ことば》なければ、自ら立つて寿をなし、[35]缶《ほとぎ》を打つて舞ひ給ふ。則ち趙王《ちょうおう》の左史《さし》、進み出でて、「その年月の幾日《いくか》の日、秦趙両国の会盟《かいめい》あり。趙王、盃を挙げ給ふ時、秦王、自ら酌《しゃく》を取つて缶を撃《う》ち畢《おわ》んぬ」と、委細《いさい》の紀録を書《か》き留《とど》めて、[36]（趙王の恥を洗《すす》ぎける。

これはかくて果てぬ。酒宴すでに終はつて）、趙王、帰らんとし給ひける時、秦の傍《かたわ》らに隠せる兵二十万騎、甲冑《かっちゅう》を帯《たい》して馳《は》せ来《き》たれり。秦王、この兵を差し招いて、趙王に向かつて宣《のたま》ひけるは、「卞和《べんか》が夜光《やこう》の玉《ぎょく》、世に類《たぐ》ひなき光ありと伝へ承《うけたまわ》る。

32　趙の恵文王に仕え、秦王との交渉で璧を完(まっと)うした功により上卿となる（「完璧」の故事）。
33　勢いよく剣を取り、臂をいからして。
34　この場で王を殺し、私も殺されよう。
35　素焼きの甕。
36　神田本により補う。

願はくは、この玉を給はつて、秦の十五の城をその代はりに献ぜん。君、また玉を出だし給はずは、両国の会盟忽《たちま》ちに破れて、永く胡越《こえつ》[37]を隔《へだ》つる思ひをなすべし」とぞ脅《おど》されける。異国の一城と云ふは、方三百六十里[38]なり。それを十五并《あわ》せたらん地は、恰《あた》かも二、三ヶ国にも及ぶべし。たとひまた玉を惜しんで、十五の城に替へずとも、今の勢ひにては奪はれぬべしと思はれければ、趙王、心ならず十五の城に玉を替へて、秦王の方《かた》へぞ出だされける。秦王、これを得て、かの十五の城に替へたりし玉なればとて、連城《れんじょう》[39]の玉《ぎょく》とぞ名づけける。

その後《のち》、趙王、度々《たびたび》使ひを立てて、十五の城を請《こ》はれけれども、秦王、忽ちに約を変じて、一城をも出ださず。まして玉をも返さず、ただ使ひを欺《あざむ》[40]き、礼を軽《かろ》くして、返事にだにも及ばねば、趙王、玉を失ふのみにあらず、天下の嘲《あざけ》り甚《はなは》だし。

ここに、かの藺相如、趙王の御前《おんまえ》に参つて、「願はくは、君、

37　胡は中国の北方、越は南方で、関係が疎遠になること。

38　一里は、約六町(約六五〇メートル)。

39　城を連ねるほど価値のある玉の意。

40　侮り。

臣《しん》に許されば、われ秦王《しんおう》の都に行き向かひ、かの玉《ぎょく》を取り返して、君の御憤《おんいきどお》りを休め奉るべし」と申しければ、趙王《ちょうおう》、「さる[41]ことやあるべき。秦はこれ国大きにして、兵多し。わが国の力、及《およ》び難《がた》し。たとひ兵を引いて戦ひを致すとも、いかでかこの玉を取り返す事を得んや」と宣《のたま》ひければ、藺相如《りんしょうじょ》、「兵を引き、力を以て玉を奪はんとにはあらず。われ、秦王を欺《あざむ》きて取り返すべき謀《はかりごと》候へば、ただ御許容を蒙《こうぶ》つて、一人罷《いちにんまか》り向《む》かふべし」と申しければ、趙王、なほも誠《まこと》しからずと思ひ給ひながら、「さらば、汝《なんじ》が意《こころ》に任《まか》すべし」とぞ許されける。藺相如悦《よろこ》びて、やがて秦の国へ越えけるに、兵の一人も召し具せず、自ら[42]剣戟《けんげき》を(も)帯《たい》せず、衣冠《いかん》正しくして車に乗り、[43]専使《せんし》の威儀を調《ととの》へて、秦王の都へぞ参りける。

宮門に入《い》りて、礼儀をなし、趙王の使ひに、藺相如直《じき》に奏すべき事あつて参りたる由《よし》申し入れければ、秦王、[44]南殿《なんでん》に出御《しゅつぎょ》な

41 そんなことができようか。

42 剣と鉾。武器。

43 特別に遣わす使者。

44 王宮の正殿。

つて、則ち謁《えっ》し給ふ。藺相如、畏《かしこ》まつて申しけるは、「先年、君王《くんおう》に献ぜし夜光の玉に、隠れたる瑕《きず》の少し候ふを、かくとも知らせまゐらせで進《しん》じ置《お》き候ひし事、第一の[45]越度《おちど》にて候ふ。凡《およ》そ玉の瑕を知らで置きぬれば、つひに主《ぬし》の宝とならぬ事にて候ふ間、趙王、臣をしてこの玉の瑕を君に知らせまゐらせんために、参じて候ふなり」と申しければ、秦王、悦《よろこ》びてかの玉を取り出だし、[46]玉盤《ぎょくばん》の上に居《す》ゑて、藺相如が前に置かれたり。藺相如、この玉を取つて[47]楼閣《ろうかく》の柱に押し当てて、剣《つるぎ》を抜いて申しけるは、「それ君子《くんし》は言約《げんやく》の堅《かた》きこと、金石《きんせき》の如し。そもそも趙王、[48]心飽《あ》きたらずと云へども、秦王、強ひて十五の城を以てこの玉に替へ給ひき。しかるに、十五の城をも出だされず、また玉をも返し給はらず。これ[49]盗跖《とうせき》が悪にも過ぎ、[50]文成《ぶんせい》が偽りにも越えたり。この玉、全く瑕《きず》あるにあらず。ただ臣が命を玉とともに砕《くだ》きて、君王の座に血を淋《そそ》かんと思ふゆゑに、参じて候ふ

45　落ち度。あやまち。
46　宝玉で作った大皿。
47　高殿。
48　不満ではあったが。
49　中国古代の伝説的な大盗賊(荘子・盗跖)。
50　前漢の方士。武帝に重用されたが、病死(史記・封禅書)。また、鬼道の偽りが発覚して刑死したとも(資治通鑑・漢紀)。

なり」と怒《いか》つて、珪《たま》と秦王《しんおう》とをはたと睨《にら》み、近づく人あらば、忽《たちま》ちに玉を切《き》り破《わ》りて、返す刀に腹を切らんと、誠《まこと》に思ひ切つたる[51]眼差事柄《まなざしことがら》、あへて遮《さえぎ》り止《とど》むべき様《よう》もなかりけり。秦王呆《あき》れて言《ことば》なく、群臣恐れて近づかざれば、藺相如《りんしょうじょ》、つひに連城《れんじょう》の玉《ぎょく》を奪ひ取つて、趙《ちょう》の国へぞ帰りにける。

趙王《ちょうおう》、玉を得て、悦《よろこ》び給ふ事斜《なの》めならず。これより藺相如を賞翫《しょうかん》せられて、大禄《たいろく》を与へ、高官《こうかん》を授《さず》けしかば、位《くらい》[52]外戚《げしゃく》を越え、禄万戸《ろくばんこ》に過ぎたり。やがて[53]牛車《ぎっしゃ》の宣旨を蒙《こうぶ》つて、宮門《きゅうもん》を出入《しゅつにゅう》するに、時の王侯貴人も、[54]目を側《そば》めて皆道を去る。

ここに、[55]廉頗《れんぱ》将軍と申しける趙王の旧臣、代々功を積み忠を重ねて、われに肩を双《なら》ぶべき者なしと思ひけるが、忽《たちま》ちに藺相如に権を執《と》られて、安からぬ事に思ひければ、藺相如が参内《さんだい》しける道に、三千余騎を構へて、これを討たんとす。藺相如も、勝《すぐ》りたる兵千余騎を召し具して出仕しけるが、遥《はる》かに廉頗が道

51　眼つきと態度。

52　国王の母方の親戚。

53　牛車で宮門を出入することを許す詔。

54　目をそらして皆道を譲った。

55　趙の将軍。斉を討った功で上卿となる。藺相如と「刎頸の交わり」を結んだ以下の故事で名高い。

にて相待つ体《てい》を見て、かつて戦はんともせず、車を飛ばせ、兵を引いて、己《おの》が館《たち》へぞ逃げたりける。廉頗が兵、これを見て、[56]「さればこそ、藺相如が勢ひ、ただ他《た》の力を借るものなり。直《じき》に戦ひを決せん事は、廉頗将軍の小指にだにも及ばじ」と、笑ひ[57]欺《あざむ》きける間、藺相如が兵、心憂き事に思ひて、「さらば、われら廉頗が館《たち》へ押し寄せ、合戦の雌雄を決して、かの輩《ともがら》が欺きを防かん」とぞ望みける。

藺相如、これを聞いて、その兵に向かひ、涙を流して申しけるは、「汝等《なんじら》、未だ知らずや。[58]「両虎《りょうこ》相闘うて共に死する時、一つの狐、その弊《つい》えに乗つてこれを咀《か》む」と云ふ譬《たと》へあり。今、廉頗とわれとは両虎なり。戦はば、必ず兵死せん。秦の国は、これ一つの狐なり。弊えに乗つて趙を喰《く》らはんに、誰《たれ》かこれを防かん。この理を思ふゆゑに、われ廉頗に戦はん事を思はず。[59]一朝《いっちょう》の嘲《あざけ》りを恥ぢて、両国の傾《かたぶ》かん事を忘れば、豈《あ》に忠臣に

56　やはり思ったとおりだ。

57　嘲ける。

58　「今両虎共に闘はばその勢倶に生きず」(史記・廉頗藺相如列伝)。「両虎相与(と)(も)に闘ひて、駑犬その弊えを受けけん」(史記・春申君列伝)。

59　一旦の。

あらんや」と、理を尽《つ》くして制しければ、兵皆《みな》理に押されて、合戦の企《くわだ》てを休《や》めてけり。

廉頗《れんぱ》、またこの由《よし》を聞いて、黙然《もくねん》として大きに恥ぢけるが、なほわが咎《とが》を直《じき》に謝せんがために、自ら杖を背に負ひて、藺相《りんしょう》如《じょ》がもとに行き、「公が忠貞《ちゅうてい》の信《まこと》を聞いて、われ確執《かくしつ》[60]の心を恥づ。願はくは、公、われをこの杖にて百箇《こ》打ち給へ。これを以て罪を謝《しゃ》せん」と請《こ》ひて、庭に立つてぞ泣き居たりける。藺相如、元来《もとより》義ありて怨《うら》みなき者なりければ、なじかはこれを打つべき。廉頗を引いて堂上《とうしょう》[61]に居《す》ゑ、酒を勧め、交はりを深くして返しけるこそ[62]やさしけれ。

されば、趙《ちょう》の国は、秦《しん》、楚《そ》に挟《はさ》まりて地狭《せば》く、兵少なしと云へども、この二人《ににん》、文を以て行ひ、武を以て守りしかば、秦にも楚にも傾《かたぶ》けられず、国家を保つ事長久《ちょうきゅう》なり。誠《まこと》に私を忘れ忠を存ずる人は、かやうにこそあるべきに、今、東夷《とうい》[63]南蛮《なんばん》の

60 不和。底本「霍執（クワクシ）」。
61 邸の中。
62 立派な態度だった。
63 東方と南方の異民族。
64 西方と北方の異民族。

5

1 臨済宗の高僧。後醍醐帝や光厳院、足利尊氏・直義らの帰依を受ける。
2 尊氏が後醍醐帝供養のために貞和元年（一三四五）に建立。京都市右京区嵯峨。

如くに窺《うかが》ひ、[64]西戎北狄《せいじゅうほくてき》は龍の如くに見ゆる折しも、高《こう》、上杉《うえすぎ》の両家、さしたる恨みもなく、また咎《とが》むべき所もなきに、権を争ひ、威を猜《そね》みて、ややもすれは確執に及ばんと、互ひに隙《ひま》を伺《うかが》ふ事、豈《あ》に忠臣と云ふべしや。

妙吉侍者《みょうきつじしゃ》の事　5

近来《ちかごろ》、左兵衛督直義朝臣《さひょうえのかみただよしあそん》は、将軍に代はつて天下の権を取り給ひし後《のち》、専《もっぱ》ら禅の宗旨《しゅうし》に傾《かたぶ》いて、[1]夢窓国師《むそうこくし》の御弟子となり、[2]天龍寺《てんりゅうじ》を建立して、[3]陞座拈香《しんぞねんこう》の招請《ちょうしょう》隙《ひま》なく、[4]供仏施僧《くぶっせそう》の財産、目を驚かさずと云ふ事なかりけり。

ここに、夢窓国師の[5]法眷《はっけん》に、[6]妙吉侍者と云ひける僧、これを見て、羨《うらや》ましき事に思ひければ、[7]仁和寺《にんなじ》に[8]志《し》一房《いちぼう》とて[9]外法《げほう》成就《じょうじゅ》の人のありけるに、[10]吒祇尼天《だぎにてん》の法を習ひて、[11]三七日《さんしちにち》行ひけ

第二十五巻・2、参照。
3　禅語。陞座は説教、拈香は焼香。招請は招く。
4　仏に供え物をし、僧に布施をすること。
5　師を同じくし同じ法流をつぐ兄弟弟子。
6　足利直義に仕えた禅僧。大休寺の住職。前出、第二十六巻・2。
7　右京区御室にある真言宗御室派の本山。
8　伝未詳。第三十六巻・10で、細川清氏のため外法を修し、清氏失脚の原因となる。
9　仏道に背く邪な教法を修行してその法力を得た人。
10　荼枳尼天（だきにてん）。人の死を六か月前に知ってその心臓を食い、その法を修する者に自在の通力を得させるという夜叉神。
11　二十一日間。

るに、[12]頓法《とんぼう》立ちどころに成就《じょうじゅ》して、心に願ふ事聊《いささ》かも叶《かな》はずと云ふ事なし。これより、夢窓和尚《むそうおしょう》も、この僧を以て[13]一大事と思ふ心つき給ひければ、左兵衛督《さひょうえのかみ》参ぜられたりける時、「日夜《にちや》の参禅《さんぜん》、[14]学道《がくどう》の御《おん》ためにて候へば、いかにも[15]解《おこた》る処《ところ》をこそ勧め申すべく候へども、行路《こうろ》程遠くして、往還《おうかん》の御煩《おんわずら》ひその恐れ候へば、今より後《のち》は、これに妙吉侍者《みょうきつじしゃ》と申す法眷《はっけん》の僧の候ふを進《まいら》せ候ふべし。[16]語録《ごろく》なんどをかひがひしく沙汰《さた》し、[17]祖師《そし》の[18]心印《しんいん》をも直《じき》に承当《しょうとう》し候はんずる事、恐らくは[19]恥づべき人も候はねば、われに変はらず、常に[20]御相看《ごしょうかん》候ひて、御法談《ごほうだん》候ふべし」とて、則ち妙吉侍者を左兵衛督の方《かた》にぞ遣《つか》はされける。

[21]直義朝臣《ただよしあそん》、一度《ひとたび》この僧を見奉りしより、信心肝《きも》に銘じ、[22]渇仰《かつごう》類《たぐ》ひなかりければ、ただ西天《さいてん》の初祖[23]達磨大師《だるまだいし》、二度《ふたたび》わが朝に再来して、[24]直指人心《じきしにんしん》の正宗《しょうしゅう》を示さるるかとぞ思はれける。

やがて[25]一条堀川村雲橋《いちじょうほりかわむらくもばし》と云ふ所に寺を立てて、宗風《しゅうふう》を開基《かいき》

12　速やかに願望を成就する修法。
13　たいせつな人材。
14　仏道を学ぶこと。
15　未熟な点。
16　先師の教えの記録。
17　達磨大師。
18　言葉によらない、心で悟る教え。承当は継承。
19　うわまわる人。
20　禅語。対面すること。
21　底本「直義以下」。他本により改める。
22　仰ぎ慕うこと。
23　天竺(西天)の禅宗の開祖。
24　直指人心見性成仏の略。坐禅により己の心の本性をつかむ正しい禅の教え。
25　一条大路と堀川小路との交点、上京区村雲町。京域の境で、さまざまな怪異談が伝わる地。神田本「一条反橋」、流布本「一条堀

するに、左兵衛督、日夜の参学、朝夕《ちょうせき》の法談、[26]隙《ひま》なかりければ、その[27]趣《おもむき》に随はんために、[28]山門寺門《さんもんじもん》の貫首《かんじゅ》、宗《しゅう》を改めて[29]衣鉢《えはつ》を持《たも》ち、[30]五山十刹《ござんじっさつ》の長老も、[31]風《ふう》を顧《かえり》みて吹挙《すいきょ》を望む。況《いわ》んや、卿《けい》相雲客《しょううんかく》の交はり近づき給ふ有様、[32]奉行頭人《ぶぎょうとうにん》の諂《へつら》ひたる体《てい》、語るに言《ことば》も及ばざるべし。車馬《しゃば》門前に立《た》ち連《つら》なり、僧俗堂上《とうしょう》に群《くん》集《じゅ》す。その一日の[33]布施物《ふせもつ》、一座の引き物などを集めば、山の如くにも積みつべし。ただ[34]釈尊出世《しゃくそんしゅっせ》のその古《いにし》へ、[35]王舎城《おうしゃじょう》より毎日色々五百の車に宝を積んで仏に奉り給ひけるも、これには過ぎじとぞ見えたりける。

かやうに万人崇敬類《そうきょうたぐ》ひなかりけれども、師直《もろなお》、師泰《もろやす》兄弟は、[36]何条《なんじょう》その僧の智恵才学《ちえさいがく》、[37]さぞあるらんと欺《あざむ》いて、一度《ひとたび》も更《さら》に相看せず。剰《あまっさ》へ門前を乗り打ちにして、[38]路次《ろし》に行き合ふ時も、[39]大衣《だいえ》を[40]沓《くつ》の鼻に蹴《け》さする体《てい》にぞ振る舞ひける。吉侍者、これを見て、安からぬ事に思ひければ、物語りの端《はし》、事の次《つい》でに、

川村雲の反橋（もどりばし）」。
26 忙しかったので。
27 意向。
28 延暦寺・園城寺の長。
29 僧が持つ三衣（三種の袈裟）と一鉢（食器）。禅宗では、教えの授受を衣鉢を伝え継ぐという。
30 五山は、京都・鎌倉の禅宗の五大寺。十刹は、五山に継ぐ十大寺。
31 風潮に従って（妙吉に）推挙されることを願う。
32 幕府の高官。訴訟を審理する引付衆とその首席。
33 僧に与える金銭や品物。
34 釈迦の生誕。
35 古代インドの摩訶陀（まがだ）国の首都。釈迦が長く滞在した地で、阿闍世（あじゃせ）王がその王。
36 どうして。
37 たいしたことあるまいと侮って。

ただ執事《しつじ》兄弟の振る舞ひ(穏《おん》)便《びん》ならぬ物かなと、[41]云ひ沙汰せられけるを聞いて、上杉伊豆守《うえすぎいずのかみ》、畠山大蔵少輔《はたけやまおおくらのしょう》、[42]すはや、究竟《くっきょう》の事こそありけれ、師直《もろなお》、師泰《もろやす》を讒《ざん》し失はんずる事は、この僧にまさる人あらじと思はれければ、やがて交はりを深くし、媚《こ》びを厚くして、様々《さまざま》讒をぞ構へける。

吉侍者《きつじしゃ》も、元来《もとより》悪《にく》しと思ふ高家《こうけ》の者どもの振る舞ひなれば、事に触れて、かれらが所行の在様《ありさま》、国を乱し政《まつりごと》を破る最長《さいちょう》たりと、讒し申さるる事多かりけり。中にも、言《ことば》を巧み、譬《たと》へげにもと覚ゆる事のありけるは、或る時、[43]首楞厳《しゅりょうごん》の談義《だんぎ》すでに畢《おわ》つて、異国、本朝の物語に及びける時、吉侍者、左兵衛督《さひょうえのかみ》に向かつて申されけるは、

始《し》皇《こう》蓬萊《ほうらい》を求《もと》むる事 **6**

38 下馬の礼をとらず。
39 僧侶が持つ三衣のうち最も大きい袈裟。法要などに用いる。
40 乗馬用の沓。
41 うわさされる。
42 それ、好都合なことだ。
43 「首楞厳三昧経」十巻。

6
1 以下、妙吉侍者の言は、

「昔、秦《しん》[1]の始皇と申しける王に、二人《ににん》の王子ましましけり。兄をば扶蘇《ふそ》[2]、弟をば胡亥《こがい》[3]とぞ申しける。扶蘇は、第一の御子《みこ》にておはせしかども、常は始皇帝の御政《おんまつりごと》の治まらで、民をも愍《あわ》れまず、仁義《じんぎ》を専《もっぱ》らにし給はぬ事を諫《いさ》め申《もう》されける程に、始皇帝の叡慮《えいりょ》に逆《さか》うて、[4]さしもの御覚えもなかりけり。第二の御子胡亥は、寵愛《ちょうあい》の后腹《きさきばら》にておはする上、驕《おご》りを好み、賢《けん》を悪《にく》み、悪を究《きわ》め、武を嗜《たしな》む御心根《おんこころね》、始皇帝の御心《みこころ》に似たりければ、鍾愛他《しょうあいた》[5]に異《こと》にして、常に君の傍《かたわ》らを離れ給はず。ここに、趙高《ちょうこう》[6]と申しける大臣を、執政《しっせい》に付けられて、万事《ばんじ》ただこの計らひにぞ任《まか》せられける。

かの秦の始皇と申すは、荘襄王《そうじょうおう》[7]の御子なりしが、年十六の始め、魏《ぎ》の畢万《ひつばん》[8]、趙《ちょう》[9]の襄《じょう》、韓《かん》[10]の宣子《せんし》、斉《せい》[11]の陳敬仲《ちんけいちゅう》、楚王《そおう》、燕王《えんおう》の六国《りっこく》皆滅《ほろ》ぼして、天下を一つにし給へり。諸侯を朝《ちょう》せしめ、四海《しかい》[12]を保つ事、古今《ここん》第一の帝《みかど》にておはせしかば、これを始め

本巻・7へ続く。
2　始皇帝の長男。父帝の死後、遺勅を改竄した趙高と李斯の謀により自害。
3　秦の第二代皇帝。即位の三年後に自害。
4　さほどの寵愛。
5　寵愛。
6　始皇帝の長男扶蘇を謀殺し、次男二世皇帝胡亥を自害に追い込み、権力を握るが、三世皇帝子嬰(始皇帝の孫)に殺された。
7　孝文王の子。
8　晋の献公に仕え、魏に封ぜられた。
9　神田本「趙譲」。悼襄王か。その子嘉(か)を始皇帝は滅ぼした。
10　不詳。始皇帝は韓王安(あん)を滅ぼした。
11　田氏斉を興した田敬仲。桓公の時、陳と改姓。
12　天下。

て皇帝《こうてい》とは申すべしとて、始皇帝《しこうてい》とぞ尊号を献《たてまつ》りける。

ここに、洪才博学《こうさいはくがく》[13]の儒者どもが、五帝三皇《ごていさんこう》[14]の跡を追ひ、周《しゅう》[15]公《こう》、孔子《こうし》の道を伝へて、今の政《まつりごと》古《いにし》へに違《たが》へりと申す事、ただ書伝《しょでん》[16]の世にあるゆゑなりとて、三墳五典《さんふんごてん》[17]、史書全経《ししょぜんけい》[18]、すべて三千七百六十余巻、一部も天下に残さず、皆焼き捨てられけるこそあさましけれ。また、四海《しかい》の間に叛逆《ほんぎゃく》の者の出で来たる事は、弓箭兵杖《きゅうせんひょうじょう》[19]を人ごとに持ちたるゆゑなり。今より後《のち》、宮門《きゅうもん》警固《けいご》の武士より外《ほか》は、兵具《ひょうぐ》を持つべからずとて、一天下《いってんか》の兵どもが持つ所の弓箭兵杖、一つをも残さず集めて、これを焼き捨て、その鉄《くろがね》を以て、長《たけ》[20]十二丈の金人《こんじん》十二人を鋳《い》させて、湧金門《ゆうきんもん》[21]にぞ立てられける。

かやうの悪行《あくぎょう》、人望に違《たが》ひ、天に背《そむ》きけるにや、邯鄲《かんたん》[22]と云ふ所へ、天より災《わざわ》ひを告ぐる悪星《あくせい》一つ落ちて、忽《たちま》ちに方《ほう》二十丈《じょう》の石となる。その石の面《おもて》に、一句の文字あつて、秦《しん》の世滅《ほろ》んで漢《かん》

13 すぐれた才能を持ち、広く学問に通じている儒者たち。
14 古代中国の伝説的な聖天子。
15 周の文王の子。武王の弟。名は旦。孔子と並ぶ聖人とされる。
16 伝来した書物。
17 三皇や五帝について記した書。
18 歴史書や聖賢の教えを述べた全ての書物。
19 弓矢と剣などの武器。
20 一丈は、約三メートル。
21 不詳。
22 趙の都。河北省南部。
23 それほど。

の代になるべき瑞相《ずいそう》を示したりける。始皇、これを聞き給ひて、「全く天のする所にあらず、人のなす禍《わざわ》ひなり。さのみ[23]遠き所の者は、よもこれをせじ。四方十里が中《うち》を離るべからず」とて、この石より四方十里の中に居たる貴賤男女《きせんなんにょ》、一人《いちにん》をも残さず、皆首を刎《は》ねられけるこそ不便《ふびん》なれ。

東南には[24]函谷二《かんこくに》崤《こう》の嶮《けわ》しきを峙《そばだ》て、西北には[25]洪河《こうが》涇渭《けいい》の源を遶《めぐ》らして、その中に、廻《まわ》り[26]三百七十里、高さ三里の山を九重《きゅうちょう》に築《つ》き上げて、口六尺の(銅《あかがね》の)柱を立てて、天に鉄《くろがね》の網を張つて、[27]前殿《ぜんでん》四十八殿《でん》、後宮《こうきゅう》三十六宮、[28]千門万戸《せんもんばんこ》通り開け、[29]麒麟《きりん》列《つら》なり、鳳《ほう》(凰《おう》)相対《あいむか》へり。[30]虹《こう》の梁《うつばり》、金《こがね》の[31]鐺《こじり》、日月《じつげつ》光を放ちて、楼《ろう》閣《かく》互ひに[32]映徹《えいてつ》し、玉の沙《いさご》、銀《しろかね》の床《ゆか》、[33]花柳《かりゅう》影を浮かべて、[34]階闥《かいたつ》品々《しなじな》に分かれたり。

その居所《きょしょ》を高くし、その歓楽を究《きわ》め給ふにつけても、ただ[35]有《う》待《だい》の御寿《おんいのち》の限りある事を歎《なげ》き給ひしかば、[36]いかがして[37]蓬萊《ほうらい》にあ

24　函谷関(河南省北部、秦嶺山脈東端にあった秦の東関)と、函谷関東端の南崤と北崤の二山。
25　黄河と、黄河に合流する涇水・渭水。
26　一里は約六五〇メートル。
27　政務を行う宮殿。
28　多くの門や家が並び。
29　麒麟・鳳凰(ともに想像上の動物)の多くの像が向き合って立っている。
30　虹のように反(そ)った梁。
31　垂木の端の飾り金具。
32　照り映え。
33　紅の花と緑の柳。
34　宮殿の階段と小門がさまざまに建て分けられた。
35　生身の人間の寿命。
36　なんとしてでも。
37　東方にあるという神仙の住む島。

るなる不死の薬を求めて、[38]千秋万歳《せんしゅうばんぜい》の宝祚《ほうそ》を保たんと思ひける処《ところ》に、[39]徐福《じょふく》、[40]文成《ぶんせい》と申しける二人《ににん》の[41]道士《どうし》来たつて、われ不死の薬を求むる術を知りたる由《よし》申しける。帝《みかど》、限りなく悦《よろこ》び給ひて、先《ま》づかれに大官《たいかん》を授け、大禄《たいろく》を与へ給ふ。やがてかれが申す旨《むね》に任せて、年未だ十五に過ぎざる童男《どうなん》[42]丱女《かんじょ》六千人を集め、[43]龍頭鷁首《りょうどうげきしゅ》の船に乗せて、蓬萊《ほうらい》の島をぞ求めける。

[44]海漫々《まんまん》として辺《ほと》りもなし。雲の浪、煙《けぶり》の波いと深く、風浩々《こうこう》として閑《しず》かならず。[45]月華《げっか》星彩《せいさい》、蒼茫《そうぼう》たり。蓬萊は今も古《いにし》へもただ名のみ聞きける事なれば、[46]天水茫々《てんすいぼうぼう》として求むるに所なし。「[47]蓬萊を見ずは、否《いな》や帰らじ」と云ひし童男丱女は、徒《いたず》らに船の中《うち》にや老いぬらん。[48]徐福、文成、その偽りの顕《あらわ》れて、（責めの）わが身に来たらんずる事を恐れて、「これは[49]いかさま、龍神の祟《たた》りをなすと覚え候ふ。皇帝、自ら海上《かいしょう》に幸《みゆき》なりて、龍神を退治せられ候ひなば、蓬萊の島をなどか尋《たず》ね得《え》ぬ事候ふべき」

38 永遠の帝位。
39 斉の人。徐福（漢書）、徐市（じょふつ）（史記・始皇本紀）。
40 漢の武帝に仕えた方士。
41 仙術を使う者。方士。
42 童女。丱は、少女の髪型（あげまき）の意。
43 船首に、龍の頭と、鷁（想像上の鳥）の首を付けた二艘一対の御座船。
44 「海漫々として…旁らに辺りもなし。雲の濤、煙の浪最（とい）深き処、…風浩々たり」（白居易・海漫々）。
45 月の華やかさと星の色どり。杜荀鶴「旅懐詩」の詩句。蒼茫は、青々として広いさま。
46 天と海がどこまでも広がって。「煙水茫々として覓（もと）むるに処（ところ）無し」（海漫々）。
47 「蓬萊の島を見ずは敢へて帰らじ、童男丱女舟中

と申しければ、始皇帝《しこうてい》、げにもとて、数万艘の大船《たいせん》を漕ぎ並べ、連弩《れんど》[50]とて四、五百人して引いて一同に放つ大弓大矢《おおゆみおおや》を、船ごとに持たせたり。これは、祟りをなす龍神もし海上に現じて出でたらば、射殺さんための用意なり。

始皇、すでに之罘《しふ》[51]の大江《たいこう》を渡り給ふ道すがら、三百万人の兵ども、舷《ふなばた》を叩き、大鼓を打つて、時[52]を作る声止《や》む時《とき》なし。儀山《いそやま》嵐《あらし》、澳津浪《おきつなみ》、互ひに響《ひび》きを交へて、天維坤軸《てんいこんじく》[53]もろともに、断《た》え砕《くだ》けぬとぞ聞こえける。龍神、これにや驚き給ひけん、節長《ふしたけ》[54]五百丈ばかりなる鮫大魚《こうたいぎょ》[55]と云ふ魚《うお》に変じて、浪の上にぞ浮き出でたる。頭《かしら》は獅子《しし》の如くにして、遥《はる》かなる天に延び上がり、背は龍蛇《りゅうじゃ》の如くにして、万頃《ばんけい》[56]の浪に横たはれり。数万艘の大船、四方に漕ぎ分かれて、同時に連弩を放つに、数百万の毒の矢、皆鮫大魚の身に立ちければ、この魚忽《たちま》ちに射殺《いころ》されて、蒼海万里《そうかいばんり》の波の色、皆血になつてこそ流れけれ。

に老ゆ」(海漫々)。
48 「徐福・文成誑誕《きょうたん》多く」(海漫々)。
49 必ずや。
50 多くの人数で一度に多く矢を射ることができるバネ仕掛けの弓。
51 山東半島にある之罘山(しふざん)。
52 鬨(きと)の声。
53 天が落ちてこないように支える綱と、大地の中心を貫いているとされる軸。
54 臥長。臥した時の体の長さ。一丈は、約三メートル。
55 鮫のような大魚。「大鮫魚」(史記・始皇本紀)。
56 頃は、百畝(せ=約一万平方メートル)。

始皇帝《しこうてい》、その夜、龍神と自ら戦ふと夢を見給ひたりけるが、翌日《つぎのひ》より重き病《やまい》を請けて、[57]五体暫《しばら》くも安き事なく、七日が間、苦痛[58]逼迫《ひっぱく》して、つひに[59]沙丘《さきゅう》の平台《へいだい》にして、即《すなわ》ち崩御《ほうぎょ》なりにけり。

57 全身。
58 烈しく責められて。
59 河北省の沙丘の平台宮で没(史記・始皇本紀)。

秦《しん》の趙高《ちょうこう》の事 7

始皇帝、自ら詔《みことのり》を遺《のこ》して、御位《みくらい》をば第一の御子《みこ》扶蘇《ふそ》に譲り給ひたりけるを、趙高《ちょうこう》は、扶蘇御位に即《つ》き給ひなば、賢人才人皆朝家《ちょうか》に召《め》し仕《つか》はれて、天下をわが心に任《まか》する事あるまじと思ひければ、始皇帝の御譲り[1]を引き破つて捨てて、趙高が養君にし奉りたる第二の王子胡亥《こがい》と申しけるに、世を譲り給ひたりと披露《ひろう》して、剰《あまっさ》へ討手《うって》を[2]咸陽宮《かんようきゅう》へ差《さ》し遣《つか》はし、(扶蘇をば)討ち奉りてけり。かくて、幼稚におはする胡亥を二世皇帝と称して、御位に即け奉り、[3]四海万機《しかいばんき》の政《まつりごと》、ただ趙高が心のままにぞ行

7
1 譲り状。
2 始皇帝が、秦の都咸陽(陝西省西安市)に建てた宮殿。
3 帝の行う天下の全ての政務。

ひける。

この時に、天下初めて乱れて、高祖《こうそ》[4] 沛郡《はいぐん》[5]より起こり、項羽《こうう》[6]楚《そ》より起こつて、六国《りっこく》の諸侯悉《ことごと》く秦を背《そむ》く。これによつて、白起《はくき》[7]、蒙恬《もうてん》[8]、秦の将軍として戦ふと云へども、秦の軍《いくさ》利なくして、大将皆討たれしかば、秦また章邯《しょうかん》[9]を上将軍《じょうしょうぐん》[10]として、重ねて百万騎の勢《せい》を差し下し、河北《かほく》の間に戦はしむ。百度《ももたび》戦ひ、千度《ちたび》遭ふと云へども、雌雄《しゆう》未だ決せざれば、天下の乱れ止《や》む時《とき》なし。

ここに、趙高、秦の都咸陽宮に兵の少なき時を伺《うかが》ひ見《み》て、二世皇帝を討ち奉り、われ世を取らんと思ひければ、先《ま》づわが威勢の程を知らんために、夏毛《なつげ》[11]の鹿に鞍を置いて、「この馬に召されて御覧候へ」とて、二世皇帝にぞ奉りける。二世、これを見給ひて、「これ馬にあらず、鹿なり」と宣《のたま》ひければ、趙高、「さ候はば、宮中の大臣どもを召されて、鹿馬《しかうま》の間を御尋ね候

4　漢の高祖、劉邦。
5　江蘇省沛県。
6　秦末の楚の武将。劉邦と天下を争って敗れた。
7　秦の昭襄王に仕えた将軍、武安君。始皇帝とは時代があわない。
8　始皇帝に仕えた将軍。趙高の謀略により自害。
9　秦の将軍。陳勝の乱などを平定したが、のち項羽に降る。
10　大将軍。
11　鹿の毛色は、夏の半ばを過ぎると黄色になり、白い斑点がはっきりと浮き出る。

へかし」とぞ申しける。二世、百司《はくし》千官《せんかん》、公卿大臣、悉《ことごと》く召し集めて、鹿馬《しかうま》の間《あいだ》を問ひ給ふに、人皆盲者《もうじゃ》にあらざれば、馬にあらずとは見けれども、趙高《ちょうこう》が威勢に恐れて、「馬なり」と申さぬはなかりけり。二世皇帝、一度《ひとたび》鹿馬の分かちに迷ひしかば、趙高大臣は、忽《たちま》ちに[12]虎狼《ころう》の心を挟《さしはさ》めり。これより、趙高、今はわが威勢を砕《くだ》く人はあらじと思ひければ、兵を宮中へ差《さ》し遣《つか》はし、二世皇帝を攻め奉る。二世、趙高が兵を見て、遁《のが》るまじき処《ところ》を知り給ひければ、自ら剣の上に臥《ふ》して、則ち御自害ありてけり。

これを聞いて、秦《しん》の将軍にて漢《かん》、楚《そ》と戦ひける章邯《しょうかん》将軍も、今は誰《たれ》をか君として、秦の州《くに》をも守るべきとて、忽ちに降人《こうにん》になつて、楚の項羽《こうう》の方《かた》へ出でければ、秦の世、忽ちに傾《かたぶ》いて、高祖《こうそ》、項羽もろともに咸陽宮《かんようきゅう》に入りにけり。趙高、世を奪ひて後《のち》二十一日と申すに、始皇帝《しこうてい》の御孫子嬰《しえい》と申せしに殺されぬ。

12 獣のような貪る心。

子嬰はまた、楚の項羽に殺され給ひしかば、[13]神陵三月《しんりょうさんげつ》の火、[14]九重《きゅうちょう》の雲を焦がし、[15]泉下《せんか》多少の宝玉《ほうぎょく》、人間《じんかん》の塵《ちり》となりにけり。

　さしもいみじかりし秦の世、二世に至つて亡びし事は、ただ趙高が驕《おご》りの心より出で来たる事にて候ひき。されば、古《いにし》へも今も、人の世を保ちて家を失ふ事は、その内の[16]執事《しつじ》、管領《かんれい》の善悪による事にて候ふ。今、[17]武蔵守《むさしのかみ》、越後守《えちごのかみ》の振る舞ひにては、世の中静まり得じとこそ覚えて候へ。

　わが[18]被官《ひかん》の者の、恩賞をも給はり、[19]御恩《ごおん》をも拝領して、少所《しょうしょ》なる由《よし》を歎《なげ》き申《もう》せば、「何か少所と歎き給ふ。その近辺に寺社《じしゃ》本所《ほんしょ》の所領あらば、堺を越えて知行せよかし」と下知《げじ》す。また、罪科《ざいか》ありて[20]所帯《しょたい》を没収《もっしゅ》せられたる人、[21]縁書《えんしょ》を以て執事兄弟に属《しょく》し、「いかが仕《つかまつ》るべき」と歎けば、「よしよし、師直《もろなお》、[22]そら知らずして見んずるぞ。たとひいかなる[23]御教書《みきょうじょ》なりとも、ただ押さへて知行せよ」と[24]成敗《せいばい》す。また、正《まさ》しく承《うけたまわ》りし事のあさまし

13 始皇帝の陵墓である驪山。項羽が咸陽宮(秦の王宮)を焼いた火が三か月燃えたこと(史記・項羽本紀)。
14 九天。高い空。
15 墓の下。多少は、多い。
16 家老や内管領(将軍家の家令)。
17 高師直と師泰。
18 家来。
19 恩賞の領地。
20 官職や領地。
21 縁故を頼る書状。
22 知らぬふりをして。
23 将軍の発給する文書。
24 処理する。

かりしは、「都に、王と云ふ人のましまして、[25]若干《そこばく》の所領をふさげ、内裏《だいり》、院の御所と云ふ所のありて、馬より下《お》るる[26]むつかしさよ。もし王なくて叶《かな》ふまじき道理あらば、木を以て作るか、金《かね》を以て鋳《い》るかして、生きたる院、国王をば、いづくへも皆流し捨てばや」と、云ひし言《ことば》のあさましさよ。「[27]一人《いちにん》天下に横行するをば、武王これを恥ぢしめたり」とこそ申し候へ。況《いわ》んや、[28]己《おの》が身として申し沙汰する事をも、諛《へつら》ふ人あれば、改めて非を理になし、下《しも》として上《かみ》を犯す咎《とが》、事すでに[29]重畳《ちょうじょう》せり。刑罰その罪を懲らさずは、天下の静謐《せいひつ》いづれの時をか期《ご》し候ふべき。早くかれらを討たせられて、上杉《うえすぎ》、畠山《はたけやま》を執権《しっけん》として、御幼稚の[30]若子《わこ》に、天下を持《たも》たせまゐらせんと思《おぼ》し召《め》す御心の候はぬか」と、言《ことば》を尽《つ》くし、譬《たと》へを引いて、様々《さまざま》に申されければ、左《さ》兵衛督直義《ひょうえのかみただよし》、つらつら事《こと》の由《よし》を聞き給ひて、げにもと思《おぼ》す心つき給ひにけり。これぞ早や、[31]仁和寺《にんなじ》の六本杉《ろっぽんすぎ》の梢《こずえ》にて、[32]所々《しょしょ》

25 多くの所領を占有し。
26 うっとうしさよ。
27 「一人天下に衡行するも、武王これを恥づ」(孟子・梁恵王下)。一人でも天下に横柄にふるまう者がいたら、武王は自分の恥辱としてその者を討つ。なお、引用本文に「横行」とあるのは、「孟子」趙岐注の「衡は横也」によるか(増田欣の説)。
28 自分自身で処理する訴訟の裁定も。
29 たび重なっている。
30 若君。第二十六巻・2で生まれた直義の長男、如意王。母は、渋川貞頼の娘。
31 巻二十六巻・2、参照。
32 あちこち。
33 「足利系図」は、尊氏の次男とする。
34 神田本・玄玖本「越前殿」、流布本「越前局」。

の天狗ども、また天下を乱さんと様々《さまざま》に計らひし事の端《はし》よとは覚えたる。

先《ま》づ、西国静謐《さいごくせいひつ》のためとて、将軍の[33]嫡男《ちゃくなん》、宮内大輔《くないのたいふ》直冬《ただふゆ》を、備前国《びぜんのくに》へ下さる。そもそもこの直冬と申すは、古《いにし》へ、将軍の忍びて一夜《ひとよ》通ひ給ひたりし[34]越後殿《えちごどの》と申す女房の腹より出で来たりし人とて、始めは[35]武蔵国《むさしのくに》[36]東勝寺《とうしょうじ》の[37]喝食《かっしき》なりしを、[38]男《おとこ》になして、京へ上《のぼ》せ奉りし人なり。この由内々《ないない》申し入れたりしかば、将軍、[39]かつて許容もし給はざりしかば、[40]独清軒《どくせいけん》の玄恵法印《げんえほういん》がもとに[41]文学して、幽《かす》かなる体《てい》にてぞ栖《す》み侘《わ》び給ひける。[42]器用事柄《きようことがら》さる体《てい》に見え給ひければ、玄恵法印、事の次《つい》でを得て、左兵衛督にかくと語り申したりけるに、「さらば、その人これへ[43]具足して御渡り候へ。事《こと》の体《てい》よくよく試みて、げにもと思ふ処《ところ》あらば、将軍へも申《もう》し達《たっ》すべし」とて、始めて直冬を左兵衛督の方へぞ[44]招引《しょういん》せられける。

35　相模国の誤り。諸本同じ。
36　神奈川県鎌倉市小町に東勝寺跡がある。鎌倉滅亡の時、高時以下北条一門が自害した寺。
37　禅寺の稚児。
38　(僧侶にせず)元服させて。
39　まったく(直冬を一人前の男子として成人させることを)お許しにならなかったので。
40　天台の学僧。独清軒と称す。後醍醐帝の宮廷で宋学を講じ、のち足利直義に仕えて「建武式目」の起草に参加。「太平記」の成立に関与したと伝える(難太平記)。
41　学問をして。
42　才気や風采がしかるべきものと見えたので。
43　連れて。

これにて一、二年過ぎけるまでも、なほ将軍の御許容の儀なかりけるを、紀伊国《きのくに》の宮方《みやがた》ども蜂起して事《こと》難儀に及びける時、将軍、始めて父子の号を許され、右兵衛佐《うひょうえのすけ》に補任《ぶにん》して、この直《ただ》冬《ふゆ》を討手の大将軍にぞ差《さ》し遣《つか》はされける。紀州暫《きしゅうしばら》く静謐《せいひつ》の体《てい》にて、直冬帰参《きさん》せられしより後《のち》は、早や人々これを重んじ奉る儀も出で来たり。時々将軍の御方《おんかた》へも出仕し給ひしかども、なほ座席なんどは仁木《にき》[45]、細川《ほそかわ》の人々と等列《とうれつ》にて、さまでの賞翫《しょうかん》は未だなかりき。

しかるを今、左兵衛督《さひょうえのかみ》の計らひとして、西国《さいごく》[46]の探題《たんだい》になし給ひければ、いつしか人皆帰服《きふく》[47]し奉りて、付き随ふ者多かりけり。備後《びんご》の鞆《とも》[48]におはし給ひて、中国の成敗《せいばい》[49]を司《つかさど》り、忠ある者は、望まざるに恩賞を賜《たまわ》り、咎《とが》ある者は罰せられざるにその堺を去る。これより、多年非《ひ》を飾りて上《かみ》を犯しつる師直《もろなお》、師泰《もろやす》が悪行《あくぎょう》、いよいよ隠れもなかりけり。

44 招き寄せること。

45 ともに足利一族だが、本家から遠い。

46 長門探題。中国地方の政務・軍事を司る役職。

47 服従すること。

48 広島県福山市鞆町。

49 政務。

清水寺炎上《きよみずでらえんしょう》の事　8

[1]同じき五年二月二十六日の夜半ばかりに、[2]将軍塚《しょうぐんづか》おびたたしく鳴動して、虚空《こくう》に馳《は》せ通《とお》る音[3]半時《はんとき》ばかりしければ、京中の貴賤《きせん》、こは何事のあらんずるやらんと、肝《きも》を冷やしける処《ところ》に、明くる二十七日の[4]子刻《ねのこく》に、[5]清水坂《きよみずざか》より俄《にわ》かに失火《しっか》出で来て、[6]清水寺の本堂、阿弥陀堂《あみだどう》、[7]楼門《ろうもん》、[8]舞台《ぶたい》、[9]鎮守《ちんじゅ》の社《やしろ》、一宇《いちう》も残らず焼けにけり。

火災は尋常《よのつね》ある事なれども、風吹かざるに、大きなる焔《ほのお》遥《はる》かに飛び去つて、[10]厳重《げんじょう》の御祈禱所《ごきとうじょ》一時《いっし》に焼け失せぬる事、ただ事にあらずと、人皆驚いて怪しみける処に、[11]四条河原《しじょうがわら》にまた[12]希代《きたい》の不思議あり。

8

1　貞和五年（一三四九）。
2　京都市東山区粟田口の華頂山頂の塚。桓武帝が平安京鎮護のために八尺の将軍像を埋めたと伝え、都に変異があるとき鳴動するという。
3　約一時間ほど。
4　午前零時頃。
5　清水寺の参詣道の坂。五条大路（現松原通）の延長。
6　東山区清水の法相宗の寺。本尊の十一面千手千眼観音が衆庶の信仰を集めた。
7　楼閣（高殿）造りの門。
8　清水寺の本堂正面の崖に張り出した広い舞台。
9　本堂の北の地主権現。
10　おごそかな。
11　四条大路東端の鴨川の河原。
12　世にまれなこと。

田楽《でんがく》の事　9

祇園《ぎおん》[1]の執行《しゅぎょう》行恵《ぎょうえ》、四条《しじょう》の橋を勧進《かんじん》[2]して渡さんために、新座《しんざ》[3]本《ほん》座《ざ》の田楽ども、老若《ろうにゃく》ともに楽屋《がくや》を構へて、能くらべ[4]の猿楽《さるがく》[5]をぞせさせける。洛中洛外《らくちゅうらくがい》の貴賤男女《きせんなんにょ》、これ希代《きたい》の見物なるべしとて、われ劣らじと桟敷《さじき》[6]を打ちけるに、五六、八九寸[7]の安郡《あんのこおり》と云ふ材木にて重々《じゅうじゅう》に構へ上げて、廻《まわ》り八十三間《げん》[8]に三重《さんじゅう》に組《く》み挙《あ》げたり。

すでにその日になりければ、馬、車、輿《こし》、河原に充満《じゅうまん》して、見物の貴賤雲霞《うんか》の如し。幔幕《まんまく》風に飛揚《ひよう》して、薫香《くんきょう》[9]天に散満《さんまん》す。律雅《りつが》[10]の調べ清くして、颯声《さっせい》[11]耳を冷《ひや》やかならしむる時、勢粧《せいそう》[12]に紅粉《こうふん》を尽《つ》くせる容儀美麗《びれい》の童《わらわ》八人、一様に金襴《きんらん》[13]の水干着《すいかんちゃく》して、東の楽屋より出でたれば、白く清らかなる法師八人、金黒《かねぐろ》[14]にて、

9

1　祇園社(八坂神社)の社務を管掌する僧職。
2　寺社修造や公共事業のため浄財を募ること。
3　新座は南都(奈良)の田楽、本座は京・白河の田楽。田楽は、曲芸的な舞に演劇的要素をあわせ持つ芸能。
4　芸くらべ。
5　滑稽な物まねや歌舞・曲芸を演じる芸能。
6　芸能興行で組まれる仮設の見物席。
7　幅五寸・厚さ六寸、幅八寸・厚さ九寸の長門国阿武郡産の良質の材木。
8　柱の数が八十三本。
9　香を焚いた香り。
10　優雅な楽の調べ。
11　笛や鼓の鋭い音色。
12　豪華な衣装に化粧を尽くした容姿美麗な少年。

[15]白金《しろかね》の乱紋《らんもん》打ったる下濃《すそご》の袴《はかま》に、[16]白打手《しろうちで》の笠を傾《かたぶ》け、西の楽屋より出で会うたり。[17]一《いち》の簓《ささら》には、本座の阿古《あこ》、[18]乱拍子《らんびょうし》は、新座の彦夜叉《ひこやしゃ》、立ち会ひ畢《おわ》つて、[19]日吉山王《ひよしさんのう》の[20]示現利生《じげんりしょう》の新たなる事をしけるに、見物の貴賤上下、喚《おめ》き叫《さけ》んで感じける程に、いかがして崩《くず》れ初《そ》めけん、三重に構へたる将軍の御桟敷、[21]下桁《したげた》微《み》塵《じん》に打《う》ち砕《くだ》けて、鳴りはためく。「あれや」と、云ふ程こそありけれ、作り続けたる物どもなれども、何としても拘《とど》むる所はあるべきに、上下二百四十九間の桟敷ども、将碁倒《しょうぎだお》しをする如く、一度にどつとぞまろびける。

[22]若干《そこばく》の大物《だいもつ》ども、上が上に落ち重なりければ、やにはに打ち殺されたる人五百余人、腰膝《こしひざ》を打ち折られ、手足を打ち切られ、或いは己れと抜けたる太刀、長刀《なぎなた》に、ここかしこ突《つ》き貫《つらぬ》かれて、血にまみれ、或いは涌《わ》かせる茶の湯に身を焼きて、鳴《な》き喚《おめ》く。ただ[23]衆合叫喚《しゅごうきょうかん》の罪人も、かくやと覚えてあはれなり。田楽は、

13　金糸を織りまぜた狩衣。
14　お歯黒。
15　銀の散らし模様の、裾に行くほど濃く染めた袴。
16　白打出綾藺笠（しろうちでのあやいがさ）の略。よくさらした藺草（いぐさ）で編み、裏に綾絹を張った笠。
17　第一番目のびんざさら。阿古は不詳。
18　小鼓だけで拍子をとる舞。彦夜叉は不詳。
19　比叡山の守護神、日吉大社の山王権現。
20　神が現れて示す霊験のあらたかなる事。
21　桟敷を支える横材。
22　多くの大木。
23　八熱地獄のうち、相対する鉄山が両方から崩れて罪人を圧殺する衆合地獄と、熱湯や猛火の鉄室に入れられた罪人が泣き叫ぶ叫喚地獄。

鬼の面を懸けながら、装束《しょうぞく》を取つて逃ぐる盗人《ぬすびと》を、赤きしもと[24]を打ち振つて追うて走る。人の[25]中間《ちゅうげん》、若党《わかとう》は、主《しゅ》の女房を舁《か》き負《お》うて逃ぐるを、[26]打物《うちもの》の鞘《さや》をはづして追つ懸くる。返し合はせて切り合ふ処《ところ》もあり、切られて朱《あけ》になる者もあり、[27]修羅の闘諍《とうじょう》、[28]獄卒《ごくそつ》の呵責《かしゃく》、眼の前にあるが如し。

[29]天台座主《てんだいざす》[30]梶井二品親王《かじいのにほんしんのう》も、御腰を打ち損ぜさせ給ひたりと聞こえければ、いかなる者かしたりけん、その時[31]やがて、四条《しじょう》河原《がわら》に、一首の狂歌《きょうか》を札に書いてぞ立てたりける。

[32]釘《くぎ》付けにしたる桟敷《さじき》の破るるは梶井の宮の不覚なりけり

また、[33]二条当関白殿《にじょうとうのかんぱくどの》も御覧じたりと申しければ、

[34]田楽の将基倒しの桟敷には王ばかりこそ登らざりけれ

これただ事にあらず、[35]いかさま天狗《てんぐ》の所行《しょぎょう》にてぞあるらんと思ふに合はせて、後《のち》に事《こと》の由《よし》を聞きければ、[36]山門西塔院《さんもんさいとういん》の釈迦《しゃか》堂《どう》の[37]長講《ちょうこう》、所用ありて下りける道に、山伏一人《やまぶしいちにん》行き合ひて、

24 むち。
25 中間は、侍と小者の中間。若党は、身分の低い若い家来。
26 太刀。
27 修羅道に堕ちた者たちが闘うさま。
28 地獄の獄卒が罪人を責めるさま。
29 比叡山延暦寺の最高位の僧職。
30 尊胤法親王。光厳上皇の弟。梶井は、梨本門跡円徳院(今の三千院)。
31 すぐに。
32 釘で留めた桟敷が壊れたのは、釘を作る鍛冶の失敗であるよ。梶井宮と鍛冶を掛ける。
33 二条良基。当関白は、現在の関白。二条前関白(道平)に対する語。
34 田楽の将棋倒しの桟敷には、王(天皇)だけが登ら

「ただ今、四条河原に希代《きたい》の見物の候ふ。御覧候へかし」と申しければ、長講、「日すでに、[38]日中《にっちゅう》になり候ふ。また、用意の桟敷なども候はで、ただ今よりその座に望みて候ふとも、中《うち》へもいかが入《い》り候ふべき」と申せば、山伏、「中へ安く入れ奉るべき様《よう》候ふ。ただわが跡に付いて歩《あよ》まれ候へ」とぞ申しける。長講、げにも聞こゆる如くならば、希代の見物なるべし。さらば行きて見ばやと思ひければ、山伏の跡に付いて、三尺ばかり歩むと思ひければ、覚えずふつと四条河原に行き至りぬ。

早や[39]中門口《ちゅうもんぐち》打つ程になりぬれば、[40]鼠戸《ねずみど》の口も塞がりて、入るべき方《かた》もなし。「いかがして内へは入《い》り候ふべき」と侘《わ》ぶれば、山伏、「わが手に取り付かせ給へ。飛び越えて内へ入り候はん」と申す間、誠《まこと》しからずと思ひながら、手に取り付きたれば、山伏、長講を小脇に挿《さしはさ》みて、三重に構へたる桟敷の上を、軽々《かろがろ》と飛び越えて、将軍の御桟敷の中《うち》にぞ入りにける。

なかったことよ。王（駒）は将棋の縁語。

35　必ずや。

36　延暦寺の西塔の本堂。

37　伝教大師最澄の忌日に西塔釈迦堂で行う長講会（法華経の講説）の役僧。

38　昼夜六時のうちの一つで、正午。田楽開始の時刻。

39　田楽で最初に（中門の出入り口で）演じられた曲目。

40　入り口のくぐり戸。

長講《ちょうこう》、座席にして座中の人々を見るに、皆[41]仁木《にき》、細川《ほそかわ》、高《こう》、上杉《うえすぎ》の人々ならでは、交《まじ》りたる人もなければ、[42]いかがこの座には居《お》るべきと、[43]蹲踞《そんきょ》したる体《てい》を見て、かの山伏《やまぶし》、忍びやかに、「苦しかるまじきぞ。ただそれにて見物し給へ」と申す間、長講は、様《よう》ぞあるらんと思ひて、山伏と並んで、将軍の[44]対座《たいざ》に居たれば、種々《しゅじゅ》の献盃《けんぱい》、様々《さまざま》の[45]美物《びぶつ》、盃《さかずき》の始まるごとに、将軍、殊《こと》にこの山伏と長講とに[46]色代《しきだい》ありて、替はる替はるに始め給ふ。

座中皆[47]酔《え》ひに和《か》して、簾《すだれ》を引き破り、幔《まん》を巻き挙げて、[48]そぞろにはづみ懸かりたる処《ところ》に、新座《しんざ》の[49]閑屋《しずや》、猿の面《おもて》を着て[50]五幣《ごへい》を差し上げ、[51]渡橋《わたりばし》の高欄《こうらん》を一飛《ひとと》び飛びては拍子を踏み、踏みては五幣を打ち振つて、真《まこと》に軽《かろ》げに跳《おど》り出《い》でたり。上下の桟敷《さじき》これを見て、座席にもたまらず、[52]「あら面白や。堪《た》へ難《がた》や。われ死ぬるや。これ助けよ」と、喚《おめ》き叫《さけ》びて感ずる声、[53]半時《はんとき》ばかりそ[54]ののめきたる。この時に、かの山伏、長講が耳にささやきけ

41 仁木・細川は足利一族。高は家老。上杉は外戚。
42 どうしてこの座におられよう。
43 うずくまる。
44 向かいの席。
45 美味な食べ物。
46 あいさつ。
47 酔うにつれて。
48 むやみに調子に乗りかけたときに。
49 「申楽談義」に「しづや、人かはりたる風体す」とある田楽法師。
50 御幣。ここは五色の紙を幣束にしたもの。
51 渡り廊。橋がかり。
52 じっとしていられず。
53 約一時間。
54 声高に騒ぐ。

るは、「余りに人[55]物狂《ものぐる》はしげに見ゆるが悪《にく》きに、肝つぶさせて興《きょう》を醒《さ》まさせんずるぞ。騒ぎ給ふな」と云ひて、座より立つて、或る桟敷の柱を、えいやえいやと押すと見えけるが、二百余間の桟敷、皆[56]天狗《てんぐ》倒《だお》しに会《あ》ひにけり。余所《よそ》よりは、[57]辻風《つじかぜ》の吹くかと見えける。[58]山門の記録に載せられてありと云々《うんぬん》。

左兵衛督師直《さひょうえのかみもろなお》を誅《ちゅう》せんと欲《ほっ》せらるる事 10

師直、師泰《もろやす》等誅罰《ちゅうばつ》の事、[1]上杉《うえすぎ》、畠山《はたけやま》が讒《ざん》なほ深くして、[2]妙《みょう》吉侍《きつじ》者《しゃ》頻《しき》りに勧め申されければ、将軍には知らせ奉らで、左兵衛督、ひそかに上杉、畠山、[3]大高伊予守《だいこういよのかみ》、[4]粟飯原下総守《あいばらしもうさのかみ》、[5]斎藤五郎兵衛入道《さいとうごろうびょうえにゅうどう》、五、六人に[6]評定《ひょうじょう》あつて、内々《ないない》師直兄弟を討たるべき謀《はかりごと》をぞ議せられける。大高伊予守は、大力《だいちから》なり。[7]宍戸安芸守《ししどあきのかみ》は、物馴《ものな》れたる剛《こう》の者なればとて、かれら二人《ににん》を

55 我を忘れて馬鹿げて。
56 原因不明の(天狗のしわざとされた)大音響とともに物が倒れること。
57 つむじ風。竜巻。
58 底本や神田本の独自文。

10
1 上杉重能と畠山直宗二人の讒言については、本巻・3、参照。
2 本巻・5、参照。
3 重成。高一族。
4 清胤。氏光の子。千葉一族。
5 利仁流藤原氏。
6 相談。
7 常陸国茨城郡宍戸荘(茨城県笠間市)の武士。

組手《くみて》に定め、「もし手に余る事あらば、討ち漏らさぬやうに用意せよ」とて、[8]器用《きよう》の者ども百余人に[9]物具《もののぐ》せさせて、ひそかにこれを隠し置き、師直《もろなお》をぞ召しける。

師直は、夢にも思ひ寄るべき事ならねば、若党《わかとう》三人騎馬に打たせて、何心《なにごころ》もなげにて参りけり。若党中間《ちゅうげん》は、皆[10]遠侍《とおさぶらい》、[11]大《おお》庭《にわ》に並《な》み居《い》て、[12]中門《ちゅうもん》の[13]唐垣《からかき》をかけ隔《へだ》てられたれば、師直ただ一《いち》人《にん》、[14]六間《むま》の客殿《きゃくでん》に座したりし。師直が今の命は、風待つ程の露《つゆ》よりもあやふしと見えける処《ところ》に、殊更《ことさら》この事[15]勝《すぐ》つて申し沙汰したりける粟飯原下総守《あいばらしもうさのかみ》、俄《にわ》かに心替はりして、告げ知らせばやと思ひければ、ちと[16]色代《しきだい》するやうにして、きつと[17]目くはせをしたりければ、師直、[18]心早き者なれば、やがて心得てけり。かりそめに罷《まか》り出《い》づるやうにて、門前より馬に打ち乗り、すでに宿所《しゅくしょ》にぞ馳《は》せ帰《かえ》りける。

その夜《よ》やがて、粟飯原、斎藤《さいとう》二《に》人《にん》、[19]執事《しつじ》の屋形に来たつて、

8 武芸にすぐれている者たち。
9 鎧・兜を着せて。
10 主殿から離れた所にある侍の詰め所。
11 主殿の前庭。
12 表門と主殿の間の門。
13 白壁の塀。
14 柱と柱の間を一間（ひとま）として、間口が六間の客間。
15 格別に企てを申しつけていた。
16 あいさつ。
17 目で合図したので。
18 機敏な者だったので。
19 高師直。
20 足利直義。三条坊門高倉(三条坊門小路と高倉小路の交点)に住んだので、三条殿とも高倉殿とも。のちに錦小路に住んだので、

「この間、[20]三条殿《さんじょうどの》の御企《おんくわだ》て、上杉《うえすぎ》、畠山《はたけやま》の人々の隠謀《いんぼう》、[21]とこそ候ひつれ、かくこそ謀《はか》られ候ひつれ」と語りければ、執事、様々《さまざま》の引出物《ひきでもの》して、「なほも[22]殿中様《でんちゅうざま》の事は、内々告《つ》げ承《うけたまわ》り候ふべし」とて、斎藤、粟飯原をば返してけり。師直、これより用心きびしくして、一族若党数万人近辺《きんぺん》の[23]在家《ざいけ》に宿《やど》し置《お》き、出《しゅっ》仕《し》を留《とど》めて、虚病《そらやまい》してぞ居たりけれ。

[24]去年の春より、越後守師泰《えちごのかみもろやす》、楠《くすのき》退治のために河内国《かわちのくに》に下つて、[25]石川河原《いしかわがわら》に[26]向かひ城を構へて居たりけるを、師直、使ひを遣《つか》はして事《こと》の由《よし》を告げたりければ、[27]畠山左京大夫国清《はたけやまさきょうのだいぶくにきよ》の紀伊《きの》国《くに》の守護にておはしけるを喚《よ》び挙《あ》げて、石川城《いしかわのじょう》[28]をふまへさせて、越後守は急ぎ京都へぞ帰《かえ》り上《のぼ》りける。

左兵衛督《さひょうえのかみ》は、師泰が大勢《おおぜい》にて上洛《しょうらく》する由《よし》聞き給ひて、この者が[29]心を取らでは叶《かな》ふまじ、[30]すかさばやと思はれければ、[31]飯尾修《いのおしゅ》理入道《りのにゅうどう》を使ひにて、「[32]武蔵守《むさしのかみ》が[33]行事《ぎょうじ》、よろづ[34]短才庸愚《たんさいようぐ》の事ある

錦小路殿とも。
21 あのように言った、このようにたくらんだ。
22 三条殿の様子。
23 民家。
24 貞和五年(史実は、貞和四年)。本巻・1。
25 大阪府富田林市の東部を流れる石川の河原。
26 楠攻めのために、敵に向かい合って築いた城。
27 家国の子。観応擾乱で直義方に付くが、のち尊氏方となり、鎌倉公方足利基氏の執事となる。底本「清国」を改める。
28 守らせて。
29 機嫌をとらないでは。
30 だましてやろう。
31 宏昭。飯尾は、幕府の奉行人(引付衆)。
32 高師直。
33 政務。
34 才がなく凡庸で愚か。

間、暫《しばら》く世務《せいむ》の[35]綺《いろ》ひを止《とど》むる処《ところ》なり。今より後《のち》は、[36]越後守《えちごのかみ》を以て管領《かんれい》に居《きょ》せしむるものなり。[37]政所《まんどころ》以下《いげ》の沙汰は、毎事《まいじ》[38]慇懃《いんぎん》に取り沙汰せらるべし」とぞ[39]委補《いふ》せられける。師泰《もろやす》、この使ひに対して、「仰せは畏《かしこ》まつて候へども、枝を切つて後、根を断たんとの御意《ぎょい》にてぞ候ふらん。いかさま罷《まか》り上《のぼ》り候ひて、御返事をば申し入れ候ふべし」と、[40]事《こと》の外《ほか》なる返事申して、やがてその日、石川《いしかわ》の館《たち》をぞ打ち出でける。甲冑《かっちゅう》を鎧うたる兵三千余騎にて打つ立ちて、[41]持楯《もちだて》、[42]一枚楯《いちまいだて》、人夫《にんぶ》七千人に持たせて、ひたすら合戦の体《てい》に出で立ちて、わざと白昼に京へ(入る)。目驚かす有様なり。

師泰、執事《しつじ》の宿所に着いて、三条殿《さんじょうどの》と合戦の企てありと聞こえければ、八月十一日の宵《よい》に、[43]赤松入道円心《あかまつにゅうどうえんしん》と子息[44]律師《りっし》則祐《そくゆう》、[45]弾正少弼氏範《だんじょうのしょうひつうじのり》、七百余騎にて、武蔵守《むさしのかみ》の屋形へ行き向かふ。師直《もろなお》、急ぎ対面あつて、「三条殿、謂《い》はれなく師直が一家を亡

35 関与。
36 高師泰を管領(執事。将軍の補佐職)に任じる。
37 幕府の財政・行政を司る役所。
38 ていねいに。
39 ゆだねた。
40 もくろみに反した返答。
41 携帯用の楯。
42 一枚板の軽便な楯。
43 俗名則村。播磨守護。
44 円心の三男。赤松一族の惣領となる。
45 則祐の弟。

ぼさんとの御意《ぎょい》、事[46]すでに喉《のんど》に迫《せま》り候ふ間《あいだ》、将軍へ内々事《ないないこと》の由《よし》を歎き申して候へば、「[47]武衛《ぶえい》さやうの企てに及ぶ条、事の体穏《ていおん》便《びん》ならず。速やかにその儀を留《とど》めて、讒者《ざんしゃ》の罪を緩《ゆる》くすべからず。よくよく制止を加へらるべし。もし[48]叙用《じょよう》せずして、討手《うって》を遣《つか》はす事あらば、尊氏《たかうじ》、必ず師直と一所《いっしょ》になつて、[49]安否《あんぴ》を共にすべし」と仰せ出だされて候ふ。将軍の御意かくの如くに候へば、今は恐れながら三条殿の討手に向かつて、矢一つ仕《つかま》らんずるにて候ふ。京都の事は、内々志《こころざし》を通ずる人多く候へば、心安く候ふ。なほもただ難儀に覚え候ふは、[50]兵衛佐殿《ひょうえのすけどの》の[51]備後《びんご》におはせられ候へば、[52]一定《いちじょう》中国の勢《せい》を引いて攻《せ》め(上《のぼ》)られぬと覚ゆるばかりにて候ふ。今夜《こよい》、急ぎ[53]播磨《はりま》へ御下り候ひて、山陰《せんおん》、山陽《せんよう》両道を、[54]杉坂《すぎさか》、[55]船坂《ふなさか》の[56]殺所《せっしょ》にて支へて給はり候へ」とて、一献《いっこん》を進められけるが、「この太刀は、[57]保昌《ほうしょう》より伝へて、代々身を放たぬ守《まもり》と存じ候へば、これを進《まいら》すべし」とて、[58]懐剣《かいけん》と云

46　事態が切迫している。
47　直義。武衛は、兵衛府の唐名。直義は、左兵衛督。
48　命令に従わずに。
49　生死。
50　足利直冬。
51　広島県の東部。本巻・7、参照。
52　必ずや。
53　兵庫県の南西部。
54　播磨と美作の境(兵庫県佐用郡佐用町と岡山県美作市の間)の峠。山陰道の要所。
55　播磨と備前の境(兵庫県赤穂郡上郡町梨ヶ原と岡山県備前市三石の間)の峠。山陽道の要所。
56　難所。要害の地。
57　藤原保昌。道長に仕え、勇武の士として著名。
58　護身用の短刀。

ふ太刀を、錦の袋より取り出だして、引出物《ひきでもの》にぞせられける。

赤松《あかまつ》父子三人、その夜やがて[59]都を立って播磨《はりま》に下《くだ》り、三千余騎を二手《ふたて》に分けて、[60]備前《びぜん》の船坂《ふなさか》、美作《みまさか》の杉坂《すぎさか》、二つの道を支へしかば、直冬朝臣《ただふゆあそん》、備後《びんご》より勢《せい》を揃へて馳《は》せ上《のぼ》らんと議せられける[61]支度《したく》相違してけり。

師直将軍《もろなおしょうぐん》の屋形《やかた》を打《う》ち囲《かこ》む事　11

さる程に、洛中には、ただ今合戦あるべしとひしめき立つて、八月十二日の宵より、数万騎の兵ども、[1]上下《かみしも》へ馳《は》せ違《ちが》ふ。

先《ま》づ[2]三条殿《さんじょうどの》へ参りける人々は、[3]石塔入道《いしどうにゅうどう》、上杉伊豆守重能《うえすぎいずのかみしげよし》、同じき[4]左馬助《さまのすけ》、[5]畠山大蔵少輔《はたけやまおおくらのしょう》、[6]石橋左衛門佐《いしばしさえもんのすけ》、[7]南遠江守《みなみとおとうみのかみ》、[8]大高伊予守《だいこういよのかみ》、[9]島津四郎左衛門《しまづしろうざえもん》、[10]曾我左衛門尉《そがのさえもんのじょう》、饗庭《あいば》弾正少《だんじょうのしょう》弼尊宣《ひったかのぶ》、梶原河内守《かじわらかわちのかみ》、須賀左衛門《すがさえもん》、[11]斎藤左衛門大夫《さいとうさえもんのたいふ》を始めとし

59 ただちに。
60 ここに底本「自二備後一之勢共」とあるのを削除。
61 心づもり。

11
1 京都の南北。
2 足利直義。
3 頼房。義房の子。
4 朝房。憲藤の子。
5 直宗。
6 和義。足利一族。
7 宗継。高一族。
8 重成。高一族。
9 光久。貞久の子。
10 曾我(師助)、饗庭、梶原(景広)、須賀(清秀)は、相模の武士。
11 利泰。評定衆。
12 高師直。
13 義勝の子。丹波守護。義長、頼勝は、頼章の弟。
14 和氏の子。

て、日来《ひごろ》より二心《ふたごころ》を存ぜざる人々、以上三千余騎、三条殿へ馳《は》せ参《まい》る。

[12]執事《しつじ》の方《かた》へ付きける人々には、[13]仁木《にき》左京大夫頼章《さきょうのだいぶよりあき》、同じき右《う》京大夫義長《きょうのだいぶよしなが》、舎弟弾正少弼頼勝《だんじょうのしょうひつよりかつ》、[14]細川相模守清氏《ほそかわさがみのかみきようじ》、同じき[15]讃岐守《さぬきのかみ》、[16]吉良左京大夫《きらさきょうのだいぶ》、[17]山名伊豆守《やまないずのかみ》、[18]今川五郎入道《いまがわごろうにゅうどう》、同じき[19]駿河守《するがのかみ》、[20]千葉介貞胤《ちばのすけさだたね》、[21]宇都宮三河入道《うつのみやみかわのにゅうどう》、同じき[22]遠江守入道《とおとうみのかみにゅうどう》、[23]土岐大膳大夫《ときだいぜんのだいぶ》、佐々木佐渡判官入道道誉《ささきさどのほうがんにゅうどうどうよ》、同じき[24]六角大夫《ろっかくたいふの》判官《ほうがん》、[25]武田伊豆守《たけだいずのかみ》、[26]小笠原遠江守《おがさわらとおとうみのかみ》、[27]戸次丹後守《へつぎたんごのかみ》、[28]荒尾《あらお》、関東の[29]土肥《とひ》、土屋《つちや》、[30]多田院《ただのいん》の御家人、[31]常陸《ひたち》の平氏《へいし》、[32]甲斐《かい》の源氏《げんじ》、高《こう》家《け》の一族は申すに及ばず、畿内近国《きないきんごく》、四国、中国の兵ども、われも執事へ、われも執事へと馳《は》せ集《あつ》まりける程に、その勢忽《せいたちま》ちに五万騎になりしかば、[33]一条《いちじょう》の大路に充《み》ち満《み》ちたり。

三条殿に始め三千余騎馳せ参りたりける軍勢ども、かくては叶《かな》はじとや思ひけん、独《ひと》り落ち、二人《ふたり》落ち、落ち失せける程に、

15 頼春。和氏の弟。
16 満義。貞義の子。
17 時氏。政氏の子。
18 俗名範国。遠江・駿河守護。
19 頼貞。頼基の子。
20 下総守護。千葉の惣領。
21 貞宗。伊予宇都宮氏。
22 貞泰。貞宗の弟。
23 頼康。叔父頼遠の死後、美濃守護を継承。
24 佐々木氏頼。近江守護。
25 信武。安芸・甲斐守護。
26 政長。貞宗の子。信濃守護。
27 頼時。大友一族。
28 肥後(熊本県荒尾市)の武士か。
29 ともに相模の武士。
30 源満仲が建立した多田院(兵庫県川西市の多田神社)周辺に住んだ多田源氏。
31 千葉・相馬の一族。
32 武田・小笠原の一族。

今はわづかに三百騎にも足らざりけり。将軍[34]、これを聞き給ひて、三条殿《さんじょうどの》へ使ひを立て、「師直《もろなお》、師泰《もろやす》が体《てい》、主従の義を忘れて、敵対の思ひをなす上は、[35]いかさまそれへ寄する事もありぬと覚え候ふ。急ぎこれへ御渡り候へ。[36]一所《いっしょ》にてこそ、ともかくもなり候はめ」と仰せられたりければ、[37]左兵衛督《さひょうえのかみ》、落ち残つたる兵百五十騎を率《そっ》して、将軍の御屋形、[38]近衛《このえ》東洞院《ひがしのとういん》へぞおはしける。

明くれば、八月十四日の[39]卯刻《うのこく》に、武蔵守《むさしのかみ》師直、子息武蔵五郎《むさしのごろう》師夏《もろなつ》、二万余騎にて[40]法成寺《ほうじょうじ》へ打ち出でて、将軍の御屋形の東北を取り巻き、越後守《えちごのかみ》師泰は、七千余騎にて西南の小路《こうじ》を立ち切つて、搦手《からめて》にこそ廻《まわ》りける。四方より火を懸けて、焼《や》き攻《ぜ》めに攻むべしと聞こえければ、兵火《ひょうか》の余煙《よえん》遁《のが》れ難《がた》しとて、その辺近き卿相雲客《けいしょううんかく》の亭《てい》、[41]長講堂《ちょうこうどう》、[42]三宝院《さんぼういん》の[43]房官《ぼうかん》、僧俗男女《そうぞくなんにょ》、東西に逃げ迷ふ。内裏《だいり》も程遠からねば、軍勢事《こと》に触れていかなる狼藉を

33 師直邸は、一条今出川にあった。本巻・2、参照。
34 足利尊氏。
35 きっと。
36 一緒に、運命を共にしよう。
37 足利直義。
38 京の東西を走る近衛大路と南北に走る東洞院大路の交点。
39 午前六時頃。
40 近衛大路の東端の鴨川畔。ここにあった法成寺は、藤原道長の建立で、当時退転していた。
41 元来は、後白河院が六条殿の御所内に建てた持仏堂で、幾度かの焼失・再建を繰り返したが、当時、土御門東洞院にあった。
42 醍醐寺の門跡寺。鎌倉末期の火災後、土御門万里小路にあった。
43 門跡寺の雑務を差配す

か致さんずらんとて、俄《にわ》かに[44]龍駕《りょうが》を廻《めぐ》らさるべき御用意なれば、太政大臣《だじょうだいじん》、左右《さう》の大将、大中納言《だいちゅうなごん》、[45]八座《はちざ》[46]七弁《しちべん》、五位六位、階《かい》下庭上《かていしょう》に立《た》ち連《つら》なり、[47]内侍《ないし》以下《いげ》、[48]縫《ぬい》、[49]采女《うねめ》、徒跣《かちはだし》にて逃げふためく、目も当てられぬ有様なり。

[50]時の声を揚《あ》げば、将軍も左兵衛督も、侍《さぶらい》どもに暫《しばら》く防き矢射させて腹を切らんと思《おも》ひ儲《もう》けて、[51]小具足《こぐそく》ばかりにておはしけるが、師直、師泰、[52]さすがやがて攻め入らんずる気色《けしき》ばかりにて、時を移しける間《あいだ》、将軍、[53]須賀左衛門尉《すがさえもんのじょう》を以て、師直が方へ仰せられけるは、「[54]義家朝臣《よしいえあそん》より以来《このかた》、汝《なんじ》が[55]列祖《れっそ》、当家累代《るいだい》の家臣として、未だかつて一日も主従の礼儀を違《たが》へず。しかるに今、一旦の怒りを以て、身に余る恩を忘れ、穏《おだ》やかに子細をのべず、濫《みだ》りに[56]鈇鉞《ふえつ》を取つて東西に囲みをなす。これ尊氏《たかうじ》を[57]賤《いや》しうすとも、天の譴《せ》め遁《のが》るる処《ところ》あらんや。心中に憤《いきどお》り思ふ事あらば、退いて所存を申さんに、何の子細《しさい》かあるべき。但し、[58]讒者《ざんしゃ》の真偽

る在家僧。
44 帝の輿。
45 参議(宰相)。定員は八人。
46 太政官の弁官(書記官)。定員は七人。
47 後宮の内侍司の女官。
48 縫の司の女官。
49 下級女官。
50 関(とき)の声。
51 小手、臑当、脇立(わいだて)など。
52 そうはいっても、ただちに攻め入ろうとするそぶりだけで。
53 清秀。尊氏の側近。前出、第十四巻・8。
54 八幡太郎源義家。
55 代々の先祖。
56 武器。斧とまさかり。
57 軽んじることはできても。
58 讒言者の言を真偽を確かめずに言いがかりとして。

に事を寄せて国家を奪はんと企てあらば、再往《さいおう》の問答に及ぶべからず。自ら白刃《はくじん》の前にわが命を止《とど》めて、忽《たちま》ちに[59]黄壌《こうじょう》の下に汝《なんじ》が運を見るべし」と、ただ一言《いちごん》に[60]若干《そこばく》の理を尽《つ》くして仰せられければ、師直《もろなお》、「いやいや、これまで仰せを承《うけたまわ》るべしとは存じ候はず。ただ讒人《ざんにん》の申す処《ところ》を御承引《ごしょういん》候ひて、三条殿《さんじょうどの》より故《ゆえ》なく師直が一類を亡ぼさんとの御結構[61]にて候ふ間、且《かつう》は身の誤りなき処を申し開き、且は讒者《ざんしゃ》の張本《ちょうぼん》、上杉《うえすぎ》、畠山《はたけやま》二人《にん》を出だし給ひて、六条河原《ろくじょうがわら》に切り懸けて、後《のち》の人の悪を止《とど》め候はんずるためにてこそ候へ」とて、旗[62]の手皆下《お》ろさせて、楯を一面に進ませ、[63]御左右《おんそう》を遅しと責めたりける。

将軍、いよいよ腹を居《す》ゑかね給ひて、「そもそも相伝譜代の家人《けにん》に取り巻かれ、[64]下手人《げしにん》乞はれて、出だすと云ふ事やあるべき。よしよし、[65]天下の嘲《あざけ》りに、身を替へて討死《うちじに》せん」と、はづ[66]まれけるを、左兵衛督《さひょうえのかみ》、いかなる所存かおはしけん、「ただ先《ま》

59 黄泉(あの世)からそなたの運命を見ていよう。
60 多くの道理。
61 ご計画。
62 旗を下げて、楯を前面に進ませ(戦闘準備に入る態勢)。旗の手は、旗を竿に付ける緒。
63 将軍尊氏の決定。
64 事を起こした張本人。
65 天下の嘲りにならぬように、命に替えて。
66 勢い込んだところ。

づ、師直が申《もう》し請《こ》ふるに任《まか》せられ候へ」と、堅く留《とど》め申《もう》されければ、再往《さいおう》の問答、つひに[67]師直が所存にぞ落ち伏して、「今より後《のち》は、左兵衛督を政道に[68]綺《いろ》はせ奉る事、あるべからず。上杉、畠山をば、遠流《おんる》せらるべし」と許されければ、師直、喜悦《きえつ》の眉を開いて、己《おの》が宿所へ帰りける。

　翌《つぎ》の朝《あさ》、やがて人を遣《つか》はして、吉侍者《きつじしゃ》を搦《から》め取《と》らんとするに、先立つて早や[69]逐電《ちくでん》してければ、力なくその堂舎《どうしゃ》を壊《こぼ》たせて、十方に取り散らす。[70]浮雲《ふうん》の富貴《ふっき》、忽《たちま》ちに夢の如くになりにけり。

　右兵衛佐直冬《うひょうえのすけただふゆ》は、中国の探題《たんだい》にて備後《びんご》の鞆《とも》におはしけるを、師直、近国《きんごく》の地頭《じとう》、御家人《ごけにん》に相触れて、誅《ちゅう》し奉るべき由申《よしもう》し下《くだ》しければ、[71]杉坂又次郎《すぎさかまたじろう》、二百余騎にて押し寄せたり。俄《にわ》かの事なれば、防くべき兵少なうして、右兵衛佐すでに討たれぬべう見えけるを、[72]礒辺左近将監《いそべさこんのしょうげん》、相随ふ郎従《ろうじゅう》三人、[73]究竟《くっきょう》の射手《いて》なりければ、[74]腹巻《はらまき》取つて肩に抛《な》げ懸《か》け、[75]妻手《めて》の高紐《たかひも》はづして、[76]百箭《ももや》

67 師直の思いどおりに落着して。
68 関与させること。
69 逃亡。
70 浮き雲のようにはかない富と地位。
71 神田本・玄玖本「杉原又次郎」。杉原は、広島県尾道市木ノ庄町に住んだ武士。
72 不詳。
73 強い弓を引く射手。
74 腹に巻く略式の鎧。
75 馬手。右側。高紐は、鎧の後胴の綿上(わたがみ=両肩の部分)と胸板(鎧の前胴の最上部)をつなぐ紐。
76 百本の矢を入れた箙(えびら)を二つ。

二腰《ふたこし》抜き散らして沙《いさご》の上に突き立て、敵の物具《もののぐ》の隙間《あきま》を数へて一分《いちぶ》も志《こころざ》す処《ところ》を違《たが》へず、[77]差しつめ引きつめ散々《さんざん》に射ける程に、矢場《やにわ》に十六騎馬より倒《さかさま》に射て落とし、十八騎に手負はせて、浪《なみ》打《う》ち際《ぎわ》に立つたりける。

右兵衛佐殿《うひょうえのすけどの》は、礒辺《いそべ》が防き矢に隙《ひま》を得て、[78]川尻肥後守幸俊《かわじりひごのかみゆきとし》が船に乗り、肥後国《ひごのくに》へ落ち給ふ。志《こころざし》ある人は小舟に乗つて、遥《はる》かの澳《おき》まで追ひつき奉り、[79]心つくしへ落《お》ち塩《じお》の、[80]鳴戸《なると》を指して行く舟は、[81]片帆《へんぱん》雲に遡《さかのぼ》り、[82]煙水眼《えんすいまなこ》に穿《うが》ちなんとす。[83]一年《ひととせ》、将軍の京都の軍《いくさ》に利を失ひて、筑紫《つくし》へ落ちさせ給ひしも、幾程なく御悦《おんよろこ》びにて帰洛《きらく》ありしかば、遠からぬ佳例《かれい》なりと、人々上には勇《いさ》める気色《けしき》をあらはせども、落ち行く旅の悲しさは、せん方《かた》なくぞ見えたりける。九月十三夜《や》は、[84]名に負《お》ふ月、殊《こと》に隈《くま》なくて、旅泊《りょはく》の思ひも切《せつ》なりければ、[85]武衛《ぶえい》、

[86]梓弓《あずさゆみ》われこそあらめ引き連れて人にさへ憂き月を見せつ

77 矢を次々に手早く弦につがえて射出すさま。
78 肥後(熊本市川尻)の豪族。
79 心つくしと筑紫、落ち潮と落ちのびるを掛ける。
80 周防の鳴門。山口県柳井市大島と周防大島(屋代島)の間の海峡。
81 帆を一方に傾け風をはらませて雲に向かって進み。
82 もやの立ちこめた海が、見渡すかぎり広がっている。
83 建武三年(一三三六)。第十五巻・13、参照。
84 有名な。九月十三日の夜の月は、八月十五日夜に対して「後の月」といい、月見の行事を行う。
85 直冬。武衛は、兵衛府の唐名。
86 私はともかくとして、

る
と詠じ給ふを聞いて、皆袖を濡らさぬ人はなし。
左兵衛督直義朝臣《さひょうえのかみただよしあそん》をば、師直《もろなお》、師泰《もろやす》、なほもかくて置き奉つては始終悪《あ》しかりぬべし、討ち奉らんと、内々《ないない》議する由《よし》聞こえければ、その不審を遁《のが》れんために、先《ま》づ世に望みなく、[87]御身《おんみ》を捨てはてたる心を知らせんと、年四十一と申せしに、翠《みどり》の髻《もとどり》を剃り落として、墨染《すみぞめ》の衣になり給ふ。天下の事に綺《いろ》ひし程こそあれ、今は[88]大廈《たいか》高牆《こうしょう》の内に身を置くべきにあらずとて、多年《たねん》住み馴れ給ひたりし[89]三条坊門高倉《さんじょうのぼうもんたかくら》の御屋形を住み捨てて、[90]錦小路堀川《にしきのこうじほりかわ》に、幽《かす》かなる栖家《すみか》の、牆《かき》に苔生《お》ひ、瓦《かわら》に松古《ふ》りたる荒屋《あばらや》に移り給へば、稀《まれ》に言問《ことと》ふ人もなし。
(古き)梢《こずえ》の風の音、荒れたる庭の月の影、住む人柄《ひとがら》のあはれさは、[91]時しもあれや秋の暮れ、この時までも、古《いにし》への名残りとては、[92]独清軒《どくせいけん》の師法印玄恵《ほういんげんえ》が、武蔵守《むさしのかみ》が許しを蒙《こうぶ》つて、時々参

引き連れた他の者にまで、異郷の辛い月を見せることだ。梓弓は、引くの枕詞。つる(弦)は縁語。

87 世俗の事を捨てた心。

88 大きな家と高い塀。

89 村上源氏の中院家(三条坊門家)の邸を直義が接収した建物。二代将軍義詮のとき、将軍御所となる。

90 東西に走る錦小路と南北に走る堀川小路の交点。

91 季節はちょうど。

92 天台の学僧。独清軒と号す。直義と親交があり、「建武式目」の起草に関わり、「太平記」の成立にも関与したとされる(「難太平記」)。

り通《かよ》ひて、異国本朝の古き物語りなんど申して、慰《なぐさ》め申《もう》しけるが、老病すでに催《もよお》して、参《さん》じ得《え》ぬ由《よし》申したりけるに、薬を一裹《ひとつつ》み送り給ふとて、

[93]長らへて問へとぞ思ふ君ならで今はともなふ人もなき世に

法印この歌を見て、泣く泣く、

[94]君が今日の恩を感じて
我《わ》が九原《きゅうげん》の魂を招く
病《やまい》を扶《たす》けて床下《しょうか》に座し
書を披《ひら》いて涕痕《ていこん》を拭《のご》ふ

と一首の小詩《しょうし》を作つて、心中の思ひを述ぶ。その後《のち》、法印幾程《いくほど》なく[95]身まかりにければ、左兵衛入道《さひょうえにゅうどう》[96]恵源《えげん》、自らこの詩の奥に紙を継いで、[97]金剛般若経《こんごうはんにゃきょう》を書いて送られけるこそあはれなれ。

93 長生きして私を訪ねてください。今はあなた以外に親しく過ごす人もいない。
94 今日までのご恩に感謝し、墓場へ赴くわが魂を呼び返す。病床から起きて座し、君の文を見て涙を拭う。
95 観応元年(一三五〇)三月没。
96 足利直義の法名。
97 「金剛般若波羅蜜多経」。一切空を説く。

上杉畠山死《うえすぎはたけやまし》罪《ざい》の事　12

[1]上杉伊《うえすぎい》豆守《ずのかみ》、畠山大蔵少輔《はたけやまおおくらのしょう》をば、所領を没収《もっしゅ》し、宿所《しゅくしょ》を破《は》却《きゃく》して、ともに越前国《えちぜんのくに》へ流《なが》し遣《つか》はす。さりとも、死罪に行ふまでの事はよもあらじと[2]憑《たの》まれけるにや、暫《しばら》くの別れを悲しみて、女房、少《おさな》き人々まで、皆伴《ともな》ひて下り給へば、馴れぬ旅寝《たびね》の床《とこ》の露《つゆ》、起き臥し袖をや濡らすらん。日来《ひごろ》より弄《もてあそ》びし道なれば、旅の思ひを慰《なぐさ》むる方《かた》もやとて、二面の琵琶《びわ》を馬の鞍《くら》に懸け、宿々《しゅくしゅく》にて弾ぜられければ、聞く人袖を絞《しぼ》りける。ただ[3]王昭君《おうしょうくん》が胡国《ここく》の旅も、かくやと覚えてあはれなり。

嵐の風に[4]関超《せきこ》えて、紅葉《もみじ》を幣《ぬさ》と[5]手向山《たむけやま》、暮れ行く秋の別れまで、身に知られたるあはれなり。遁《のが》れぬ罪を身の上に、今は[6]大《おお》津《つ》の東の浦、浜の真砂《まさご》の数よりも、思へば多き歎《なげ》きかな。聞こ

12

1　上杉重能、畠山直宗。

2　まさかあるまいとあてにしていたのが。

3　前漢の元帝に仕えた宮女。絵師に賄賂を贈らなかったために肖像を醜く描かれ、匈奴に嫁入りさせられ、胡国で生涯を終えた(西京雑記)。悲運の美女として、後の文芸にさかんに取材された。なお、馬上で琵琶を弾いて胡地に赴く王昭君のイメージは、白居易「琵琶行」などの影響下に宋代に作られたという。

4　逢坂の関。滋賀県大津市。

5　道中の安全を祈り神に幣をたむける所。「このたびは幣もとりあへず手向山紅葉の錦神のまにまに」(古今和歌集・菅原道真)。

えぬ思ひを[7]志賀《しが》の浦《うら》、渚《なぎさ》に寄するさざ浪《なみ》の、帰る[8]を見るも浦山《うらやま》し。[9]七在神《ななますかみ》を臥《ふ》し拝《おが》み、身の行末《ゆくすえ》を祈りても、都にまたも帰るべき、事は[10]堅田《かただ》に引く網の、目にもたまらぬわが涙。[11]今津《いまづ》、海《かい》津《づ》を過ぎ行けば、湖水《こすい》の霧に峙《そばだ》ちて、波間に見えたる小島あり。「これなりけり、[12]都《と》良香《りょうきょう》の古《いにし》へ、この島に詣でて、「[13]三千世界《さんぜんせかい》は眼《まなこ》の前に尽《つ》きぬ」と詠ぜしかば、「[14]十二因縁《じゅうにいんねん》は心の中《うち》に空《むな》し」と云ふ下の句を、[15]弁才天《べんざいてん》の継《つ》がせ給ひけん、[16]竹生島《ちくぶしま》よ」と望み見て、暫《しばら》く[17]法施《ほっせ》を奉る。

思へば遠く[18]木目山《きのめやま》、[19]荒血《あらち》の中山打ち過ぎて、[20]敦賀《つるが》の津《つ》にも付《つ》きしかば、[21]庭《にわ》よくなりて行く舟の、浮き沈むさまを見給ひても、袖にや浪の懸かるらん。きびしく守るもののふの、[22]矢田野《やたの》の浅《あさ》茅《じ》打ち払ひ、露に越路《こしじ》の帰る[23]山、名のみはありて甲斐《かい》もなし。治承《じしょう》の乱に名を聞きし、[24]火打城《ひうちがじょう》を見渡せば、[25]蝸牛《かぎゅう》の角《つの》の(上の)三千界《さんぜんかい》、石火《せっか》の光の中の一刹那《いっせつな》、あはれあだなる[26]浮世《うきよ》かなと、

6　負うと大津を掛ける。
7　思いを「し」と志賀(大津市滋賀里)を掛ける。
8　「いとどしく過ぎゆく方の恋しきに羨ましくも帰る波かな」(伊勢物語七段)。
9　大津市坂本の日吉山王七社。「数々に祈る頼みをかけてけり七(なな)ます神の七のゆふしで」(続後拾遺和歌集・祝部成久)。
10　難(かた)しと堅田(大津市堅田)を掛ける。「帰りこん事は堅田に引く網の目にもたまらぬわが涙かな」(平家物語巻十二・平大納言流され)。
11　高島市今津町、マキノ町海津。
12　平安初期の漢詩人。
13　「和漢朗詠集」山寺。あらゆる世界を観じ尽くす思いがする。
14　人間世界の煩悩も払わ

今更《いまさら》驚くばかりなり。[27]無常の虎の身を責むる、[28]上野《うえの》の原を過ぎ行けば、今はわれゆゑ騒がしき、[29]月の鼠《ねずみ》の根を噛《か》ぶる、[30]壁草《いつまでぐさ》のいつまでか、露の命の懸かるべき。[31]とても消ゆべき水の泡《あわ》の、流《なが》れ留《とど》まる処《ところ》とて、[32]江《え》守《もり》の庄《しょう》に着きしかば、当国の守護《しゅご》代《だい》[33]八《や》木《ぎ》光勝《みつかつ》、これを請け取つて、[34]あさましげなるあばら屋に、警固《けいご》を居《す》ゑてぞ置きたりける。都にては、さしも気高かりし[35]薄檜皮《うすひわだ》の屋形の、[36]三葉《みつば》四葉《よつば》に作り並べたるに、車馬《しゃば》群集《くんじゅ》し、[37]綺羅《きら》充《じゅう》満《まん》して、堂上《とうしょう》花の如く、門前市《もんぜんいち》をなしたりしに、今引き替へたる柴の編戸《あみど》、苔の窓、露も時雨《しぐれ》もたまらねば、[38]袂《たもと》の乾く隙《ひま》もなし。

　師直《もろなお》、師泰《もろやす》は、後《のち》の禍《わざわ》ひをも顧みず、心のままに悪行《あくぎょう》を究《きわ》めて、なほ飽きたらずや思ひけん、ひそかに討手《うって》を差し下し、守護代八木光勝に心を合はせて、上杉《うえすぎ》、畠山《はたけやま》を討つべしとぞ下知《げじ》しける。

れて心が洗われる。
15 才芸・福徳の神。この話は「江談抄」等に見える。
16 琵琶湖北部の島。弁才天を祀る宝厳寺がある。
17 経を誦み法文を唱えること。
18 来(き)と木を掛ける。福井県南条郡南越前町と敦賀市との間にある鉢伏山の木ノ芽峠。
19 敦賀市の南部一帯の山。愛発山とも。古代、愛発関が置かれた。
20 敦賀市の港。
21 「武庫の海の庭よくあらしいさりする海人の釣舟波の上ゆ見ゆ」(万葉集・柿本人麻呂)。庭は、漁場。
22 荒血山近くの歌枕。「八田の野の浅茅色づくあら血山峰の泡雪寒く降るらし」(万葉集巻十)。矢と矢田野を掛ける。

光勝《みつかつ》、もとは上杉《うえすぎ》と知音《ちいん》[39]なりけるが、武蔵守《むさしのかみ》に語らはれて、俄《にわ》かに心変じければ、八月二十四日の夜半《やはん》ばかりに、伊豆守《いずのかみ》の配所、江守《えもり》の庄《しょう》へ行き、「昨日の暮れ程に、高弁定信《こうのべんさだのぶ》[40]、大勢《おおぜい》にて当国の府《こう》に着いて候ふを、何事やらんと内々《ないない》相尋ねて候へば、かたがたを討ちまゐらせんために下《くだ》りて候ふなる。かやうにておはしまし候ひては、いかでか叶《かな》はせ給ふべき。今夜《こよい》急に夜に紛《まぎ》れて落ちさせ給ひ、越中《えっちゅう》、越後《えちご》の間にて立ち忍ばせ給ひて、将軍へ事の子細《しさい》を申し入れさせ給ひ候はば、師直《もろなお》等は忽《たちま》ちに御《ご》[41]勘気《かんき》を蒙《こうぶ》り、御身《おんみ》の咎《とが》は軽《かろ》くなつて、などか帰京の事なかるべき。警固《けいご》の兵どもにも、道の程の御怖畏《ごふい》候ふまじ。ただ早や討手の近づかれぬ前《さき》に落ちさせ給へ」と、実《まこと》しやかに二心《ふたごころ》なげに申しければ、出し抜くとは夢にも知り給はず、取る物も取りあへず、女房、少《おさな》き人々まで、皆引き具して五十三人、徒跣《かちはだし》なる有様にて、加賀《かが》の方《かた》へぞ落ちられける。

23 越前の歌枕。敦賀市から南条郡南越前町今庄へ至る途中。「帰る山なにぞはありてあるかひは来てもとまらぬ名にこそありけれ」(古今和歌集・凡河内躬恒)。

24 寿永二年(一一八三)に木曾義仲と平家が火打城(南条郡南越前町今庄)で戦った古戦場。

25 「蝸牛の角の上に何の事をか争ふ　石火の光の中にこの身を寄せたり」(和漢朗詠集・無常)。白居易「酒に対す五首の二」による。この世の出来事は、かたつむりの角の上にも似た小さな世界でのこと。人生は、石を打ち合わせて光る一瞬の火のようにはかない。

26 はかない浮世。

27 猛々しい虎のような死(無常)の影が身に迫まる。

28 南条郡南越前町上野。

時しもこそあれ、みぞれ交《まじ》りに降る時雨《しぐれ》、面《おもて》を打つが如くにて、わづかに細き田面《たづら》の道の、上は氷れる[42]馬《うま》ざくり、踏めば深《しん》泥《でい》膝に上がる。蓑《みの》もなく、笠も着ざれば、膚《はだえ》まで濡れ通りて、手亀《かが》まり、足凍《こご》えたるに、男は女の手を引き、親は少《おさな》き子を負うて、いづくを落ち着くべき所とも知らず、ただ跡より討手や懸かるらんと、怖《おそ》ろしきまでにて落ちて行く、心の内こそあはれなれ。

八木光勝、かねて近辺に打ち回り、「上杉、畠山《はたけやま》の人々、流《る》人《にん》の身として落ち行く事あらば、是非《ぜひ》なく皆討《う》ち留《と》めよ」とて触《ふ》れ置《お》きければ、伊豆守落ち給ふと聞いて、[43]足羽《あすわ》、藤島《ふじしま》、江守、浅生水《あそうず》、[44]八代《やしろ》の庄、安居《あご》、波羅蜜《はらみ》の辺に居たる[45]溢《あぶ》れ者《もの》ども、太鼓を鳴らし、鐘を推《つ》いて、「落人《おちうど》あり、討ち留めよ」と騒動す。上杉、畠山、これに驚いて、一足《ひとあし》も前《さき》へ落ち延びんと倒れふためきて、[46]足羽の渡《わたり》[47]へかかぐり着いたれば、橋を引きて、川向か

29　「草の根に露の命のかかる間を月の鼠の騒ぐなるかな」(俊頼髄脳)。草の根にすがるような危うい命も、その草の根をネズミがかじろうと騒いでいることよ。余命が危ういたとえ。
30　木蔦(きづた)。いつまでの序詞。
31　所詮。
32　福井市江守中町。
33　越前の豪族。
34　あきれるほどひどいあばら屋。
35　上質な檜の薄皮で葺いた貴人の家。
36　殿舎が三棟四棟と建ち並んで立派なさま。「この殿はむべも富みけりさきくさの三葉四葉に殿づくりせり」(古今和歌集・仮名序)。
37　綾絹や薄絹。
38　防げないので。
39　友人。

うに楯を一面につき並べたり。さらば、跡へ帰りて八木《やぎ》をこそ憑《たの》めとて、憂かりし江守《えもり》へ立ち帰れば、また浅生水《あそうず》の橋をはねはづして、跡にも敵充満《じゅうまん》したり。ただ疲れの鳥[48]の、犬と鷹とに責められたるらんも、かくやと思ひ知られたり。

ここまでも、主《しゅ》の先途《せんど》[49]を見はてんと付き随ひたりける若党《わかとう》十三人、主の自害を勧めんために、押膚脱《おしはだぬ》[50]いで、皆一度に腹をぞ切つたりける。畠山大蔵少輔《はたけやまおおくらのしょう》も、続いて腹搔《か》き切《き》つて、その刀を抜いて、上杉伊豆守《うえすぎいずのかみ》の前に抛《な》げやり、「御腰刀《おんこしがたな》[51]は、ちと寸《すん》延びて見え候ふ。これにて御自害候へ」と云ひもはてず、うつ伏しになりて倒れにけり。

伊豆守、その刀を手に取りながら、幾程《いくほど》ならぬ浮世《うきよ》の名残りを惜しみかね、女房の方《かた》をつくづくと打ち見て、袖を面《おもて》に押しあて、ただきめざめと泣き居たるばかりにて、そぞろ[52]に時を遷《うつ》しける程に、八木光勝《やぎみつかつ》が中間《ちゅうげん》[53]どもに生け捕られて、差し殺され

40 高一族だが、不詳。
41 主君のお怒り。
42 水たまりになった馬の蹄の跡。
43 福井市足羽。同藤島町。同江守中町。同浅水(あそうず)町。
44 福井市足羽山の西。同金屋町の辺。同原目町。
45 無頼の徒。
46 足羽川の渡し。福井市渡町。
47 たどり着くと。
48 困窮した(逃げ場をなくした)鳥。
49 最期。
50 肌脱ぎになって。
51 腰にさす鍔(つば)のない短刀。
52 むだに。
53 侍と小者の中間の者。

けるこそうたてけれ。武士たる人は、平生《へいぜい》の振る舞ひは、[54]よしやともかくもあれ、あながち見る所にあらず。ただ最後の死《し》に様《ざま》こそ[55]執《しゅう》する事なるに、きたなくも見え給ひつる死《し》に場《ば》かなと、[56]爪弾《つまはじ》きをせぬ人もなかりけり。

女房は、年来日来《としごろひごろ》の馴染《なじ》み、昨日今日《きのうきょう》の情けの色、いつ忘るべしとも覚えずと、泣き悲しみ悶《もだ》へ焦《こ》がれて、その淵瀬《ふちせ》に身をも沈めんと、[57]人目の憚《はばか》りを求め給ひけるを、年来[58]知識《ちしき》に憑《たの》まれける聖《ひじり》、とかく留《とど》め教訓して、[59]往生院《おうじょういん》の道場にて、髪剃り下ろし出家せさせ奉つて、[60]亡き跡を問《と》ふ勤めの外《ほか》は更《さら》に他事《たじ》なしとぞ聞こえし。

さる程に、天下の政道[61]併《しか》しながら武家の[62]執事《しつじ》の手に落ちて、今に乱れぬと見えながら、今年は[63]無為《ぶい》にて暮れにけり。

54　たとえどうであれ、強いて問題ではない。
55　心にかける。
56　非難するしぐさ。
57　人目を避ける場所。
58　仏道に導く僧。聖は念仏聖。
59　坂井市丸岡町長崎にある時衆道場、往生院称念寺。
60　(上杉の)菩提を弔うことに余念がないということだ。
61　ことごとく。
62　高師直。
63　何事もなく。

雲景《うんけい》未来記《みらいき》の事　13

またこの比《ころ》、天下第一の不思議あり。出羽国《でわのくに》[1]羽黒《はぐろ》と云ふ処《ところ》に、一人の山伏《やまぶし》あり。雲景とぞ申しける、[2]希代《きたい》の目に合つて、熊野《くまの》の[3]牛王《ごおう》の裏を翻《ひるがえ》して[4]告文《こうぶん》を書《か》き添《そ》へて、世に出だせる[5]未来《みらい》記《き》これあり。

この雲景、[6]諸国一見《しょこくいっけん》の志《こころざし》あつて、過ぎし春の比《ころ》より思ひ立つて都に上《のぼ》り、[7]新熊野《いまくまの》に移住して、[8]花洛《からく》の名所旧跡を巡礼する程に、[9]貞和《じょうわ》五年六月二十六日の事なるに、先《ま》づ[10]天龍寺《てんりゅうじ》を一見せばやと思ひ、[11]西郊《にしのきょう》にぞ趣《おもむ》きける。[12]官の庁の辺より、年六十ばかりなる山伏一人《いちにん》、行き連れにけり。かの雲景を、「[13]御身《おんみ》はいづくへおはす人ぞ」と問ひければ、「これは、(当)時公家武家の崇敬《そうきょう》あつて建立ある大伽藍《だいがらん》にて候ふなれば、一見仕《つかまつ》らばや

13

1　羽黒山。山形県にある修験道の霊場、出羽三山の一。
2　世にも珍らしい体験。
3　牛王宝印（ごおうほういん）。熊野三山で発行する護符。その裏面は起請文の用紙などに使われた。
4　神仏に祈誓する文書。
5　未来の予言の書。
6　諸国行脚の志。
7　京都市東山区今熊野にある新熊野神社。後白河院が熊野神社を勧請して、院の御所内に建立された。
8　花の都。
9　一三四九年。
10　右京区嵯峨にある臨済宗天龍寺派の大本山。貞和元年(一三四五)建立。
11　嵯峨野のあたり。
12　太政官の庁の跡地。上

と存じ候ひて、天龍寺へ参る」とぞ答へける。この道連れの山伏申しけるは、「天龍寺もさる事なれども、それは[14]夢《む》窓《そう》の住所《すみか》にて、さしたる見所《みどころ》なし。われらが住む山こそ、日本[15]無《ぶ》双《そう》の霊地にて侍れ。修行の思ひ出に、いざ見せ奉らん」とて、天龍寺より誘《さそ》ひ行《ゆ》く程に、[16]愛宕《あたご》とかや聞こゆる高峰《たかね》に至りぬ。誠《まこと》に仏閣奇麗《きれい》にして、玉を敷き、金《こがね》を鏤《ちりば》めたり。信心肝《きも》に銘じ、[17]身の毛よだち貴《たっと》く思ひければ、[18]かくてもあらまほしく思ふ処《ところ》に、この山伏、雲景が袖をひかへて、「これまで参り給へる思ひ出に、いざ秘所《ひしょ》ども見せ奉らん」とて、本堂の後ろの辺《あた》り、[19]座主《ざす》の坊と覚しき所へ行きたれば、これまた殊勝《しゅしょう》の住所なり。ここに至つて見れば、人多く座し給へり。或いは[20]衣冠《いかん》正しくして、金の笏《しゃく》を持ち給へる人もあり。或いは貴僧高僧《きそうこうそう》の形にて、[21]香染《こうぞめ》の衣着たる人もあり。

雲景、恐れながら[22]広庇《ひろびさし》にくぐまり居たれば、別の座に山伏八

京区の千本丸太町のあたり。
13　貴殿。
14　夢窓疎石。天龍寺の初代住持。
15　二つとない。
16　京都の西北、山城と丹波の国境にある修験道の霊場。
17　身の毛がよだつほど。
18　このままここで修行したいと思っていると。
19　一山の長の僧坊。
20　貴族の正装。
21　黄を帯びた薄紅色の衣。
22　堂舎の庇の間の外側に、一段低く設けた板張りの吹放し部分。大床。

人あり。われを伴ひつる山伏《やまぶし》も、この中にぞ座したりける。一座に候ひける山伏、雲景《うんけい》を見て、「いづくより来たり給へる客[23]僧ぞ」と問ひければ、雲景、しかじかとぞ答へける。「さてはこの間《あいだ》、京の事どもをば見聞き給ひつらん。何事か侍る。また[24]京童部《きょうわらんべ》は、いかなる事をか[25]口遊《くちすさ》びにはする」と問ひければ、「殊《こと》なる事候はず。この比《ころ》はただ、[26]四条河原《しじょうがわら》の桟敷《さじき》の倒れて、人多く打ち殺されて候ふをこそ、昔も今もかかる事はなしとて、天狗《てんぐ》の為態《しわざ》と申し合ひ候へ。その外《ほか》、何事も候はず。但し、将[27]軍と三条殿《さんじょうどの》と、[28]執事《しつじ》のゆゑに御中《おんなか》不快と申し候ふ。これ天下の大事にもやなり候はんずらんと、[29]雑説《ざつせつ》に申し候へども、われらが及ばぬ事にて候ふ程に、委《くわ》しき事は存知《ぞんち》せず」と申しければ、「さる事も候ふらん。四条の桟敷は、天狗などばかりの叶《かな》ふまじきわざにこそあれ。その故《ゆえ》は、[30]当関白殿《とうのかんぱくどの》は、忝《かたじけ》なくも[31]天津児《あまつこ》屋根尊《やねのみこと》の御末《おんすえ》、天子輔佐《ふさ》の大臣として、[32]やんごとなき上臈《じょうろう》にて

23 旅の僧。
24 京の口さがない民衆。
25 うわさ。
26 本巻・9、参照。
27 足利尊氏と直義。
28 高師直。
29 しもじものうわさ。
30 二条良基。
31 藤原氏の祖神。
32 尊い貴人。
33 尊胤法親王。
34 光明帝と皇太子(興仁親王。後の崇光帝)の高貴な親族。
35 神田本同じ。流布本「御連枝」。
36 延暦寺東塔・西塔・横

渡らせ給ふ。また[33]梶井宮《かじいのみや》と申すも、正《まさ》しく[34]今上《きんじょう》、太子《たいし》の貴族[35]、[36]三塔《さんとう》の貫首《かんじゅ》、国家護持《ごじ》の棟梁《とうりょう》、[37]円宗顕密《えんしゅうけんみつ》の主《あるじ》にておはします。将軍と申すは、弓矢の長者、[38]海内衛護《かいだいえいご》の征夷将軍なり。しかるに、この桟敷と云ふは、橋の勧進《かんじん》に、[39]桑門斗藪《そうもんとそう》の捨《す》て人《びと》が興行《こうぎょう》する処《ところ》なり。見物の者と云ふは、京中の商人《あきうど》、[40]力者《りきしゃ》、下部《しもべ》どもなり。よく[41]定侍《じょうさぶらい》には過ぎず。それに日本一州を治め給へる貴人達交《まじ》り、雑居《ざっきょ》し給へば、[42]正八幡大菩薩《しょうはちまんだいぼさつ》、[43]春日大明神《かすがだいみょうじん》、[44]山王《さんのう》権現《ごんげん》歎かせ給ふによつて、この地を頂《いただ》き給ふ[45]堅牢地神《けんろうじしん》驚き給ふ。その勢ひに応じて、崩れたるなり。この僧も、その比《ころ》京に罷《まか》り出《い》でしかども、[46]村雲《むらくも》の僧《そう》に申すべき事あつて罷りしに、[47]菜《さい》など取りきらめきしによつて、時刻遷《うつ》りて見侍らぬ」と申しければ、雲景、「さて、今ほど村雲の僧とて、[48]行徳《ぎょうとく》、権勢《けんせい》、世に聞こえ候ふは、いかなる人にて候ふやらん。京童部は、[49]一向《いっこう》天狗にておはすなど申し候ふは、いかやうの事にて候ふやらん」と問ひ

川の長。天台座主。
37　顕教・密教をあわせ持つ天台宗。
38　天下を守る。
39　仏門修行の世捨て人。
40　公家、寺社、武家などに仕え、力仕事の雑役にたずさわった従者。
41　よくて普通の侍でしかない。
42　八幡神。源氏の守護神。
43　春日大社の神。藤原氏の氏神。
44　日吉大社の神。延暦寺の守護神。
45　大地をつかさどる仏教の神。
46　村雲(上京区村雲町)に住む妙吉侍者をさす。本巻・5、参照。
47　食事などで大層もてなす。他本「斎」(精進料理)。
48　修行で得た徳。
49　もっぱら。

ければ、この老僧の曰はく、「それは[50]さる事候ふ。かの僧は、この比《ころ》[51]心さかさかしき人にて候ふ間、天狗《てんぐ》の中より撰び出だして、乱世の媒《なかだち》のために遣《つか》はしたるなり。世の中乱れば、本《もと》の住所《すみか》に帰るべきなり。さてこそ、所こそ多きに村雲《むらくも》と云ふ処《ところ》に住《じゅう》すれ。雲は天狗の乗り物なるによつて、かの在所《ざいしょ》には居住するなり。かやうの事、ゆめゆめ人に知らせ給ふべからず。この所へ尋ね来たり給へば、委細《いさい》の物語りを申すなり」とぞ語りける。

雲景《うんけい》、不思議の思ひをなして、天下の[52]重事《ちょうじ》、未来の安否《あんぴ》を問はばやと思ひて、委細に尋ぬるに、「三条殿《さんじょうどの》と執事《しつじ》との不快は、[53]一両月《いちりょうげつ》を過ぐべからず。大きなる珍事なるべし」とぞ答へける。雲景、重ねてかの[54]理非の様《よう》を尋ぬるに、「何方《いずかた》の道理とも申し難し。その故《ゆえ》は、この人々世を取りし始めは、一日も[55]四海《しかい》を持《たも》ちたらば、政道はよく行はんずるものをと思ひしかども、

50 もっともなことだ。
51 才気ある人。
52 大事。
53 一、二か月。
54 どちらに道理があり非があるか。
55 天下。

[56]上《かみ》暗く、下《しも》諛《へつら》ひて、諸《もろもろ》に親疎あり。されば、[57]神明三宝《しんめいさんぼう》の冥鑑《みょうかん》に背《そむ》き、人望を失ひしによつて、わが非をば知らず、誹《そし》り合《あ》ふ心あり。ただ[58]獅子《しし》の虫の獅子を喰《く》らふが如し。たまたま仁政《じんせい》と思ふも、仁政にあらず。ただ人の歎きのみなり。

それ仁とは、恵みを四海に施し、深く民を憐《あわ》れむを仁と云ふ。政《まつりごと》とは、道なり。万《よろ》づ国を[59]理《おさ》め、[60]人を撰んで浅深《せんじん》を知る。しかれども、[61]善悪親疎《しんそ》を分かず撫育《ぶいく》するを、政と申すなり。しかるに、[62]政徳聊《せいとくいささ》かもかくの如くならず。内心は欲深く、放逸《ほういつ》にして、君臣父子の儀をだにも分かず。況《いわ》んや、その外《ほか》の[63]徳政憐《とくせいれん》恤《じゅつ》の儀に於てをや。政道を沙汰《さた》すと雖《いえど》も、皆、われ世を奪ひ、人の財《たから》をわが物にせんとばかりの意《こころ》なれば、悉《ことごと》く[64]矯飾《きょうしょく》ならずと云ふ事なし。仏神《ぶつじん》よく知見しおはしませば、わが企《くわだ》つる所もならず。[65]果報の浅深《せんじん》によつて、聊《いささ》か世を取つて、国を持《たも》つ者ありと云へども、[66]真実の儀にあらず。されば、一人として世を[67]直《すぐ》

56　上の者は暗愚で、下の者はそれに追従して、万事公正ではない。
57　神仏のご照覧。
58　「獅子身中の虫」(梵網経)。
59　すじみちを立てて治める。
60　人を採用してその人物の深浅を知る。
61　善悪において公私を混同せず、公平に民を養うことを。
62　政の徳義。
63　徳のある政治と民への慈しみ。
64　いつわり飾ること。
65　前世での行為の報いとしてうける宿運のよしあし。
66　真実の徳義ではない。
67　正しく。

に治め、運を長久《ちょうきゅう》に持《たも》たざるなり。先君《せんくん》を軽んじ、仏神《ぶつじん》をだにも恐るる所なき末世なれば、ましてその外《ほか》の政道、何事かあるべき。されば、[68]悪逆《あくぎゃく》の道こそ替はれ、[69]猜《そね》みもどき合ふ輩《ともがら》、いづれも差別なく亡びん事疑ひなし。喩《たと》へば、山賊と海賊と寄り合うて、互ひに[70]犯科《ぼんか》の得失《とくしつ》を指《ゆび》さし合ふが如し。

　されば近年、武家の世を執《と》る事、頼朝卿《よりともきょう》より以来《このかた》[71]高時《たかとき》に至るまですでに十一代、[72]蛮夷《ばんい》の卑身《ひしん》として世の主《あるじ》たる事、必ず本儀にあらねども、世[73]澆季《ぎょうき》に及ぶ験《しるし》に力なし。[74]時と事と、ただ一つ世の道理にあらず。臣君を殺し、子父を殺し、力を以て争ふべき時至るゆゑに、[75]下剋上《げこくじょう》の一端により、[76]高貴清花《こうきせいが》も君主一《いち》人《じん》も、ともに力を得ずして、下輩下賤《げはいげせん》の士四海《しかい》を呑む。これによつて、天下、[77]武家となるものなり。これ誰《たれ》がわざにもあらず。[78]時代機根《きこん》に相萌《あいきざ》して、[79]因果業報《いんがごうほう》の時至るゆゑなり。君を遠島《えんとう》へ配し奉り、悪を天下に行ひし[80]義時《よしとき》を、あさましと云ひしかども、

68　悪逆のさまに違いにあっても。
69　ねたみ非難しあうやから。
70　犯罪の軽重。
71　北条高時。
72　東夷（あずま えびす）。武士を卑しんで言う語。
73　末世。
74　時勢と事態のなりゆきは、ただこの世だけの道理ではない（前世からの因縁がある）。
75　下賤の者が上位の権勢を犯すことの一つの表れ。
76　摂政関白や大臣も天皇も。
77　武家のものとなる。
78　時勢と機運。
79　すべての業因の報いの時。
80　北条義時。承久の乱（一二二一）で後鳥羽・土御

[81]宿因《しゅくいん》のある程は、子孫無窮《ぶきゅう》に光栄せり。これまた、[82]涯分《がいぶん》の政道、己れを責めて徳を施《ほどこ》ししかば、国豊かに民苦しまず。されども、[83]宿報《しゅくほう》の漸《ようや》く傾《かたぶ》く時、[84]天心《てんしん》に背《そむ》き、仏神捨て給ふ時を得て、[85]先朝《せんちょう》、高時を追伐《ついばつ》せらる。これ必ずしも、後醍醐院《ごだいごいん》の聖徳《せいとく》の至りにあらず。自滅の時到るなり。世も[86]上代《しょうだい》、仁徳《じんとく》も今の君主に増し給ひし後鳥羽院《ごとばいん》の御時《おんとき》は、上《かみ》の威も強く、下《しも》の勢《せい》弱かりしかども、下《しも》勝ち、上《かみ》負く。今は[87]末世濁乱《まっせじょくらん》の時分なれども、下勝つことを(得ず、上)負けざる事は、貴賤によらず、[88]運の興廃《こうはい》なるべし。ここを以て心得《こころえ》給ふべし」と語りければ、雲景《うんけい》、重ねて申さく、「[89]先代《せんだい》、運尽《つ》きて亡びしかば、など先朝《せんちょう》、久しく御代《みよ》をば持《たも》ちおはしまし候はぬ」と問ひければ、「それまた子細ある事に候ふ。先朝、随分賢王《ずいぶんけんおう》の行ひを学びしかども、真実の仁徳、[90]撫育《ぶいく》の叡慮《えいりょ》は惣じてなし。絶《た》えたるを継《つ》ぎ、廃《すた》れたるを興し、神明仏陀《しんめいぶつだ》を御帰依《ごきえ》あるやうに見えしかども、矯飾《きょうしょく》のみ

門・順徳の三上皇を流罪に処した。
81　前世の果報。
82　分際に応じた政道。
83　前世での善悪の業の報い。
84　天の思し召し。
85　後醍醐帝。
86　かみつよ(上つ代)。下り衰えた時代に対する、古き良き時代。
87　末世ゆえに悪がはびこり、秩序が乱れた時代。
88　運が上向きになることと衰えること。
89　当代の足利氏に対して北条氏をさす。
90　民を憐れむ帝の心。

あつて、[91]実儀《じつぎ》ましまさず。されども、それ程の賢(王)も、末代にはあるまじければ、[92]何事にも吉《よ》き真似《まね》をすべし。ここを以て、[93]暫《しばら》くなれども、かやうのゆゑその御器用に当たり、運の傾《かたぶ》く高時《たかとき》、消え方の燈《ともしび》の前の扇とならせ給ひて、亡ぼし給ひぬ。その理に答へて、[94]累代繁栄四《るいだいはんえいし》海《かい》に満《まん》ぜし先代をば亡ぼし給ひしかども、誠《まこと》に[95]堯舜《ぎょうしゅん》の功、[96]聖明《せいめい》の徳のおはせねば、高時に劣る足《あし》利《かが》に世をば奪はれさせ給ひぬ。

今、[97]持明院殿《じみょういんどの》は、[98]なかなか権を執《と》り運を開く武家に順《したが》はせ給ひて、ひとへに幼児の乳母《めのと》を憑《たの》むが如く、奴《やっこ》と等しくなりおはしますに、[99]仁道《じんどう》の善悪これなく、運によつて形《かた》の如く安全におはしますものなり。これも御本意《ごほい》にはあらねども、理《ことわ》りをも欲心をも打ち捨ておはしまさば、末代《まつだい》邪悪の時、なかなかに御運を開かせ給ふべきものなり。[100]とても[101]王法《おうほう》は、平家の末より本朝には尽《つ》きはてて、[102]武運《ぶうん》ならでは立つまじかりしを、[103]御了知《ごりょうち》も

91 まごころ。
92 何事につけても善政の先例をまねるだろう。
93 暫くの間ではあったが、こうしたわけで天子のご器量に当たり。
94 代々繁栄して威勢が天下を覆った北条氏。
95 中国古代の聖天子、堯と舜のような治績。
96 天子の明徳。
97 持明院統の帝。
98 かえって。
99 政道の善し悪しに関係なく。
100 ともあれ。
101 王の治政は、平家の世の末頃からわが国には尽き果てて。
102 武家の覇道でなければ天下は立ちゆかないのに。
103 さとり知られることもなく。

なく、仁徳聖化《じんとくせいか》は昔にも及ばずして、国を執らん御欲心ばかりを先とし、[104]本《もと》に代を復《かえ》すべしとて、末世の機分[105]、[106]戎夷《じゅうい》の掌《たなごころ》に堕《お》つべき御悟《おんさと》りなかりしかば、[107]後鳥羽院《ごとばいん》の御謀叛《ごむほん》徒《いたず》らになつて、公家の威勢、その時より[108]塗炭《とたん》に落ちしなり。されば、その[109]宸襟《しんきん》を休めんため、先朝、高時を失ひ給ひしかども、なほ公家の代をば執らせ給はぬものなり。

　さても、[110]三種《さんじゅ》の神器《じんぎ》を本朝の宝として、神代《じんだい》より伝はる璽《しるし》、国を理《おさ》むる守りもこの神器なり。これは伝ふるを以て[111]詮《せん》となす。しかるに、今の王者、この明器《めいき》を伝ふる事なくして位を践《ふ》みおはします事、誠の王位とも申し難し。しかれども、さすが[112]三箇《さんこ》の重事《ちょうじ》を執り行はせ給へば、天照太神《あまてらすおおみかみ》も守らせ給ふらんと、憑《たの》もしき所もあるなり。この(明)器、わが朝《ちょう》の宝として、神代の始めより人皇《にんおう》の今に至るまで、取り伝へおはします事、誠には小国《しょうこく》なりと云へども、[113]三国《さんごく》に超過せるわが朝神国《しんこく》の不思議こ

104　公家中心の世に戻そうと。
105　時代の機運。
106　蛮夷に同じ。武士。
107　後鳥羽院が鎌倉幕府討伐をはかり、失敗した承久の乱。
108　きわめて苦しい境遇。泥にまみれ火に焼かれる意から。
109　後鳥羽院の無念。
110　皇位継承のしるしである鏡・剣・玉の三つの宝器。
111　物事の眼目。
112　三つの重要な儀式。即位式、御禊、大嘗会。
113　インド・中国・日本。

れなり。されば、この神器《じんぎ》のなき代は、月入る後の残夜《ざんや》の如し。114末代のしるし、王法を神道《しんとう》棄て給ふ事知るべし。

この重器《ちょうき》は、平家滅亡の時、115安徳天皇《あんとくてんのう》、116(西海《さいかい》に渡し奉つて)海底に沈められし時、神璽《しんじ》、117内侍所《ないしどころ》をば取り返し奉りしかども、宝剣《ほうけん》はつひに沈み失ひぬ。されば、王法は悪王ながら安徳天皇の御時までにて失せはてぬる証《しるし》はこれなり。その故《ゆえ》は、後鳥羽《ごとば》院《いん》始めて三種《さんじゅ》の神器《じんぎ》なくして118元暦《げんりゃく》に践祚《せんそ》ありしに、その末流《ばつりゅう》、119皇統継体《こうとうけいたい》として今に御相承《ごしょうじょう》120佳模《かも》とは申せども、今思へば、かの元暦よりこそ、正《まさ》しく本朝に武家を始め置かれ、121海内《かいだい》を則《のっと》り、君王を蔑《あなず》り奉る事は出で来にける。されば、122武運、王道に123欠けし表示は、(宝剣は)その時までにて失せにき。よつて、武威昌《さか》んに立つて、国家を奪ひしなり。しかれども、その尽《つ》きし後《のち》百余年は、武家124雅意《がい》に任せて天下を司《つかさど》ると雖《いえど》も、王位も125文《ぶん》道《どう》も相残るゆゑに、関東形《かた》の如《ごと》く政道をも理《おさ》め、君王をも崇《あが》め

114　末代の証しとして、神が王の治世を見捨てたと悟るべきだ。
115　高倉院皇子。母は建礼門院徳子。
116　神田本により補う。
117　神鏡。宮中の賢所(かしこどころ)に置かれ、女官の内侍が奉仕したので内侍所という。
118　寿永二年(一一八三)践祚。
119　皇統の継承者。
120　めでたい先例。
121　国内に号令を発して政権をとり。
122　宝剣の喪失に関するこれに類似の解釈は、慈円の「愚管抄」などにみえる。
123　底本「負(ケマ)シ」。神田本により改める。
124　我意。自分勝手な心。
125　学芸の道。

奉る体《てい》にて、諸国に[126]惣追捕使《そうついぶし》をば置きたれども、[127]諸司要脚《しょしようきゃく》、[128]公事正税《じしょうぜい》、[129]仏神《ぶつじん》の本主《ほんしゅ》、相伝《そうでん》の所領には手を懸けず、めでたかりしに、時代[130]純機《じゅんき》、宿報《しゅくほう》の感果《かんか》ある事なれば、後醍醐院《ごだいごいん》武家を亡ぼされしによつて、いよいよ王道衰へて、公家悉《ことごと》く廃《すた》れたり。

この時を得て、三種の神器、徒《いたず》らに[131]微運《びうん》の君に随つて、空《むな》しく[132]辺鄙外土《へんぴがいと》に交はり給ふ。これや(神明)わが朝《ちょう》を棄て給ひ、王威残る処《ところ》なく尽きし証《しるし》なり。これ元暦の安徳天皇の御時に相同じ。[133]国を受け給ふ主《あるじ》に随ひ給はぬは、国を守らざる験《しるし》なり。主《あるじ》に奪はれ給へば、随ひ給へども、神明その主を守り給はざる現《げん》証《しょう》なり。しかれば、今の代は王法尽きぬれば、[134]神感《しんかん》自づからなきなり」と申しければ、雲景《うんけい》、重ねて問ふやう、「さて、かやうなる世にて候へば、[135]是非もあるまじきにて、今、[136]この人の申し沙汰し候ふ[137]武家主従の確執《かくしつ》、始終はいづれか理になり候ふべき。また、[138]仏神《ぶつじん》の御綺《おんいろ》ひ候ふまじきやらん」と申しければ、

126　守護をさす。
127　役所の費用。
128　公の租税。
129　寺社の領地や公家が相伝する荘園。
130　時勢やよい機会を得るのは前世の果報によることなので。
131　南朝の帝をさす。
132　都の外の地。吉野。
133　北朝の帝をさす。
134　神の感応。
135　致し方ないことで。
136　世間の人。
137　直義と師直の対立。
138　仏と神のおはからい。

「[139]さのみいかが、仏神《ぶつじん》ならで行末までの事をば知るべきなれども、村雲《むらくも》の僧《そう》の事、[140]急なるべき由申《こし》しかば、[141]いかさまにも目を驚かす程の不思議は出《い》で来《く》べし。[142]道理《どうり》僻事《ひがごと》は、以前申しつる如く、とても末世の風俗、上下ともに[143]不当不善の行跡《こうせき》なれば、いづれか理の如くあるべしとも申《もう》し難《がた》し。その故《ゆえ》は、武家も君王を軽んじ奉れば、執事《しつじ》家《け》人等《にんら》も武将を軽んずる事、末代にては同じ事なり。[144]あるまじき事ならず。しかれども、今度は、[145]地《ち》下《しも》口天心《こうてんしん》を呑むと云ふ事あれば、いかにも[146]下剋上《げこくじょう》の時分にて、下《しも》勝ちぬべし」と申しければ、雲景《うんけい》、重ねて申すやう、「さては、[147]下《しも》の道理にて、僻事上《ひがごとかみ》に逆《さか》うて、天下をわがままに治むべきか」と問へば、「いや、さはまたあるまじ。末世乱悪の儀にて、先《ま》づ下勝ちて、上を犯すべし。されども、上を犯す科《とが》も遁《のが》れ難《がた》ければ、重ねて下科《とが》に伏《ふく》すべし。これより当代、[148]公家武家忽《たちま》ちに変化して、大逆《たいぎゃく》あるべし」と申せば、「さては、武家の代尽《つ》

139 そのようにばかりどうして、仏神でもないので未来のことを知るはずもないが。
140 事が差し迫っている。
141 必ずや。
142 いずれに道理があり非があるかは。
143 道理にはずれた邪なふるまい。
144 ありえない事でない。
145 大地が天を呑み込むような大変事があるから。
146 下位の者が上位の者を倒して権力を握る時勢。
147 下位者が勝つ道理で、悪事が上位者を滅ぼして。
148 公家と武家の立場はにわかに異変があって、大きな逆乱があるだろう。
149 どうなることやら(どうにもならないだろう)。
150 天がもたらす異変はまさしく近いうちに起こるだ

き、君、天下を治めさせ給ふべきか」と問へば、「それは、いさ知らず。今日明日《きょうあす》、武運も尽くべき時分ならねば、南朝の御治世は[149]何《なに》とかあらんずらん。[150]天変《てんぺん》はいかにもこの中《うち》にあるべし」と申しけるを、重ねて未来の事を尋ねんとする処《ところ》に、「客《きゃく》来《らい》の事あり」とて、[151]物忩《ぶっそう》になりしかば、雲景も、暇《いとま》乞ひて立ち出でにけるが、雲景を誘引《ゆういん》しつる僧に向かつて、「今、かやうに世間の事、[152]鑑《かがみ》に懸けて宣《のたま》ひつる人は、誰《たれ》と申し候ふぞ」と尋ぬれば、「今は何をか隠し奉るべき。世に人の[153]持てあつかふ[154]愛宕山《あたごやま》の太郎房《たろうぼう》にておはします。上座《かみざ》なりつる[155]上綱《しょうこう》は、諸宗の人集まり、徳行名望《とくぎょうめいぼう》世に聞こえたる[156]玄昉《げんぼう》、[157]真済《しんぜい》、[158]寛朝《かんちょう》、[159]慈恵《じえ》、[160]頼豪《らいごう》、[161]仁海《にんかい》、[162]尊雲等《そんうんら》の高僧達よ。その上の座席に、[163]玉扆《ぎょくい》を敷き並べたるこそ、代々の帝王、[164]淡路《あわじ》の廃帝《はいてい》、後鳥羽院《ごとばいん》、後醍醐《ごだいご》院《いん》、次第の昇進を遂げて悪魔王《あくまおう》の棟梁《とうりょう》となり給ふ、やんごとなき賢帝達《けんていたち》よ」と[165]宣説《せんせつ》しければ、雲景、聞くに身の毛よだちて、

ろう。

151　あわただしく。

152　鏡で見るように。

153　人がうわさしている。

154　愛宕山に住むといわれた大天狗。

155　高位の僧官。

156　奈良時代の僧。興福寺に住し、法相宗を広めた。聖武帝に寵愛されたが、政争に敗れて筑紫に左遷。

157　平安前期の真言僧。文徳帝の没後、皇位継承をめぐる験競べで天台僧恵亮に敗れたという。

158　平安中期の真言僧。広沢流開祖。宇多帝の孫。

159　第十八代天台座主良源。比叡山中興の祖。

160　院政期の三井寺僧。白河院の皇子誕生の祈禱を果たすも戒壇建立を認められず、憤死したという。第十五巻・1、参照。

恐れながら暇《いとま》乞ひて、今寺門《じもん》をふと出づると思ひたれば、夢の覚めたる心地して、[166]大内《だいだい》の旧跡、大庭《おおにわ》の[167]椋木《むくのき》の下にこそ立ちにけれ。

[168]心ほれぼれとして、われとも覚えず、宿坊《しゅくぼう》にたどり着いて、心閑《しず》かにかの不思議どもを思ふに、疑ひなく[169]天狗道《てんぐどう》に行きにけり。末代は、われら如きの[170]愚癡蒙昧《ぐちもうまい》の身にはあり難《がた》きことかなと覚えて、かの天狗の申せし事、肝《きも》に銘ぜし端々《はしばし》を、思ひ出だすに任《まか》せて書《か》き止《とど》む。且《かつう》は末代の物語り、且は当世の用心にもなれかしと思ひしかば、一筆これを注《しる》して、[171]告文《こうぶん》を制《せい》して、その奥に「貞和《じょうわ》五年閏《うるう》六月三日」とぞ書きたりける。

誠《まこと》に天狗の申す如く、[172]神明の御眸《おんまなじり》を廻《めぐ》らされけるにや、かの四条《しじょう》の桟敷《さじき》破れて人多く打ち殺されしは、六月十一日なり。その次の日、夜に及んで[173]大雨車軸《しゃじく》を下《くだ》し、洪水大海《こうずいたいかい》を流し、昨日の河原の死人どもが汚穢不浄《おあいふじょう》を濯《あら》ひ流《なが》して、十四日の[174]祇園《ぎおん》の

161 平安中期の真言僧。験力に優れ、藤原道長に重用された。
162 還俗以前の護良親王の法名。
163 玉座。
164 淳仁天皇。在位七五八―七六四年。孝謙上皇と対立し、藤原仲麻呂の乱後に淡路に流罪。
165 説明したので。
166 平安京の大内裏の跡。
167 大内裏の旧跡に、平安末頃から椋の木の巨木があったらしい。
168 ぼんやりとして。
169 驕慢な僧侶が死後に赴く天狗の世界。
170 愚かで物事に暗い。
171 自分の言動に偽りがないことを神仏に誓う起請文。
172 神が恵みを垂れたのだろうか。
173 激しい大雨が降り。雨

神幸《しんこう》の路《みち》を清めけるこそ、不思議なれ。[175]天龍八部《てんりゅうはちぶ》悉《ことごと》く霊神《れいじん》の威に服して、清浄《しょうじょう》の雨をぞ降らしける。末世といかが謂《い》ふべきと、思はぬ人もなかりけり。

天下怪異《てんかけい》の事　14

これらをこそ、希代《きたい》の[1]表示《ひょうじ》とも申すべき処《ところ》に、同じき六月三日、[2]八幡《やわた》の御宝殿《ごほうでん》、[3]辰刻《たつのこく》より酉刻《とりのこく》まで鳴動《めいどう》す。その響《ひび》き休《や》む事なく振るひけるに、[4]神鏑《しんてき》の声を添へて、王城を指して鳴つて出づ。「[5]常篇《じょうへん》に少なし」と、社務これを注進《ちゅうしん》す。また、同じき六月十日より、[6]太白《たいはく》、辰星《しんせい》、歳星斗《さいせいと》、[7]四季の司曜宿三星《しようしゅくさんせい》打ち続きしかば、「月日を経ずして大乱出《い》で来《き》、天子位を失ひ、大臣災《わざわ》ひを受け、子父を殺し、臣君を殺し、凡《およ》そ飢饉《ききん》、疫癘《えきれい》、兵革《ひょうがく》(の禍《わざわ》ひ)なり。謹慎軽《きんしんかろ》からず」と、[8]陰陽宿曜《おんようすくよう》等密奏す。

脚が車の心棒ほど太いという意。
174　祇園社の祭礼の山鉾巡行の道。
175　仏法守護のもろもろの神。諸天と龍神と八部衆。

14
1　神仏の示す予兆。
2　石清水八幡宮(京都府八幡市)。
3　午前八時頃から午後六時頃。
4　神の放つ鏑矢(かぶらや)。
5　常備の書物に記載が少ない。前例がない。
6　太白は金星、辰星は水星、歳星は木星。斗は星。
7　四季の運行を司る三つの星が一列に並んだので。
8　陰陽師と宿曜師(天文を見て吉凶を占う役人)。

国王襟[9]《えり》を傾《かたぶ》け、大臣肝《きも》を冷やす処《ところ》に、また後[10]《のち》の六月五日の戌刻[11]《いぬのこく》に、巽[12]《たつみ》の方より、電《いなびかり》[13]けしからず天地を閃《ひらめ》かす。例の夏秋の暑気の天に、穂の上照らす[14]宵の間《ま》の稲妻《いなずま》かと見る程に、また乾[15]《いぬい》の方より、電光輝《いなびかりひか》り出《い》でて、両方よりの稲妻暉《ひか》り耀《かかや》く。その余光、百千《ひゃくせん》の燈《ともしび》を虚空《こくう》に張るが如くなり。あな不思議やと見居たれば、かの両方の電寄《よ》り合《あ》ひて、戦ふ如くに、散りては寄り合ひ寄り合ひ、その映輝形耀[16]《えいきけいよう》迸《ほとばし》りて、ただ猛火《みょうか》を打ち散らし、暴風焔《ほのお》を吹き立つるが如く、余光天地に満ちて、赤き事焼亡[17]《しょうぼう》に異ならず。この電の寄り合ふ姿、色々の異形[18]《いぎょう》の者どもに見えしが、寅刻[19]《とらのこく》ばかりに、乾《いぬい》の光次第に退きて、巽《たつみ》の光頻《しき》りに進み行くやうに見えて、両方の光消え去る事卯刻[20]《うのこく》ばかりに失《う》せにけり。「これただ事ならず、いかさまにも天下の変《へん》なり」と申し合へり。

9 お心を悩まし。
10 閏六月。
11 午後八時頃。
12 南東。
13 おびただしく。
14 稲穂の上を照らす。
15 北西。
16 烈しい光り輝き。
17 火災。
18 妖怪のたぐい。
19 午前四時頃。
20 午前六時頃。

太平記 第二十八巻

第二十八巻　梗概

貞和《じょうわ》六年（一三五〇）二月、改元して観応《かんのう》となった。足利直義《あしかがただよし》の失脚後、尊氏《たかうじ》の嫡男義《よし》詮《あきら》が鎌倉から上洛して政務をとったが、万事は高《こう》兄弟の計らいだった。前年九月、備後から九州に落ちた直義方の足利直冬《ただふゆ》は、肥後の川尻幸俊《かわじりゆきとし》の加勢を受け、また筑前の少弐頼尚《しょうによりひさ》の婿に迎えられ、天下は、宮方、将軍方、西国の直冬方という三分の形勢となった。石見《いわみ》では、直冬に呼応して三角兼連《みすみかねつら》が挙兵した。高師泰《こうのもろやす》が石見へ下り、まず三角方の佐波善四《さわぜんし》郎《ろう》の籠もる鼓崎城《つづみがさきのじょう》を落としたが、その間、九州では、足利直冬の軍が西国の有力武士を味方としていよいよ強大となった。十月、高師直《こうのもろなお》の進言により、直冬の父尊氏が自ら直冬討伐に向かうことになったが、その前夜、足利直義は錦小路邸を脱出して大和へ落ちた。十一月、九州へ向かう尊氏と高師直の軍は、悪天候のため備前に留まった。大和へ落ちた足利直義は、越智《おち》氏の加勢を得て、まず北朝の光厳上皇《こうごんじょうこう》から鎮守府将軍の院宣を受け、つぎに南朝に書状を送り、後村上帝《ごむらかみてい》に勅免を乞うた。南朝では公卿僉議が行われ、洞院実世《とういんさねよ》が、直義を討つべきだと述べたのに対して、二条師基《にじょうもろもと》は、直義を味方として召し使うべきだと主張した。意見が割れたところで、北畠親房《きたばたけちかふさ》は、高祖《こうそ》と項羽《こうう》との漢楚合戦の故事を語り、漢が勝利したのは、陳平《ちんぺい》、張良《ちょうりょう》の謀によって、高祖が偽って項羽と和睦したからだと説いた。この意見に諸卿は同意し、十二月、後村上帝から直義に勅免の宣旨が下された。

[1]八座《はちざ》羽《う》林《りん》政務《せいむ》の事　1

[2]貞和《じょうわ》六年二月二十七日、改元ありて、観応《かんのう》に移る。[3]去年の八月十四日に、武蔵守《むさしのかみ》師直《もろなお》、越後守《えちごのかみ》師泰《もろやす》等、[4]将軍の御屋形を打ち囲んで、[5]上杉《うえすぎ》伊豆守《いずのかみ》、畠山《はたけやま》大蔵少輔《おおくらのしょう》を攻め出だし、配所にて死罪に行ひたりし後《のち》、[6]左兵衛督《さひょうえのかみ》直義《ただよし》朝臣《あそん》出家して、隠遁《いんとん》の体《てい》になり給ひしかば、将軍の嫡男《ちゃくなん》、宰相《さいしょう》中将《ちゅうじょう》義詮《よしあきら》、同じき十月二十二日鎌倉《かまくら》より上洛《しょうらく》して、天下の政道を取り行ひ給ふ。しかりと雖《いえど》も、万事ただ師直、師泰等が[7]計らひにてありしかば、高《こう》家《け》の人々の権勢、恰《あた》か魯《ろ》の[8]哀公《あいこう》に[9]季《き》桓子《かんし》が威を振るひ、唐《とう》の[10]玄宗《げんそう》に[11]楊国忠《ようこくちゅう》が驕《おご》りを究《きわ》めしに異ならず。

1

1　八座は、宰相（参議）、羽林は、近衛府の武官。宰相中将足利義詮のこと。
2　一三五〇年。
3　第二十七巻・11、参照。
4　足利尊氏。
5　上杉重能、畠山直宗。越前国江守庄で討たれたことは、第二十七巻・12、参照。
6　直義の出家は、第二十七巻・11、参照。
7　処置。
8　中国春秋時代末の魯の君主。重臣の三桓氏（魯の桓公から出た三つの氏）に権力を奪われ、他国に亡命した（春秋左氏伝・哀公、史記・魯周公世家）。
9　季孫斯（きそんし）。三桓の一人。諡（おくりな）は桓。
10　唐の第六代皇帝。

太宰少弐《だざいのしょうに》直冬《ただふゆ》を婿君《むこぎみ》にし奉《たてまつ》る事　2

右兵衛佐直冬《うひょうえのすけただふゆ》は、去年[1]の九月に備後《びんご》を落ちて、川尻肥後守幸[2]《かわじりひごのかみゆき》俊《とし》がもとにおはしけるを、討ち奉るべき由《よし》、将軍より御教書[3]《みきょうじょ》をなされたりけれども、これはただ武蔵守師直《むさしのかみもろなお》が申し沙汰する処《ところ》なり、誠《まこと》に将軍の御意《ぎょい》より事起こつてなされたる御教書にあらずと、人皆推量を廻《めぐ》らしければ、後《のち》の禍《わざわ》ひを顧みて、討ち奉らんとする人もなかりけり。かかる処に、太宰少弐頼尚[4]《だざいのしょうによりひさ》、いかが思ひけん、この兵衛佐殿を聟に取つて、己《おの》が館《たち》に置き奉りければ、筑紫九国[5]《つくしくこく》の外《ほか》も、その催促[6]《さいそく》に随ひ、かの命《めい》を重んずる人多かりけり。

これによつて、宮方、将軍方、兵衛佐殿方とて、天下三つに分かれしかば、国々の怱劇[7]《そうげき》いよいよ止《や》む時《とき》なし。ただ漢《かん》の代《よ》

11　玄宗の寵をもっぱらにした楊貴妃の親戚。楊貴妃の縁で玄宗に重用されたが、安禄山の乱で殺された。第三十七巻・10、参照。

2

1　第二十七巻・11、参照。
2　肥後（熊本市南区川尻）の豪族。
3　将軍の発給する文書。
4　貞経（法名妙恵）の子。筑前・豊前などの守護。直冬を婿にとった史実は不明。
5　筑紫は筑前・筑後の北九州、または九州全体の称。九国は九州。
6　軍勢の招集。
7　あわただしさ。

傾《かたぶ》いて後《のち》、呉魏蜀《ごぎしょく》[8]の三国、鼎《かなえ》の如くに立つて、互ひに二つを亡ぼさんとせし戦国の始めに相似《あいに》たり。

三角入道謀叛《みすみにゅうどうむほん》の事　3

ここに、石見国《いわみのくに》の住人三角入道[1]、右兵衛佐直冬の下知《げじ》に随つて国中《くにじゅう》を打ち随へ、庄園を掠《かす》め領《りょう》し、逆威《ぎゃくい》を恣《ほしいまま》にすと聞こえければ、事の大きにならぬ前《さき》に退治すべしとて、越後守師泰《えちごのかみもろやす》、六月二十日都を立つて、路次《ろし》の軍勢を相順《あいしたが》へ、二万余騎の勢《せい》を率《そっ》し、石見国へ発向す。

七月二十七日の暮《くれ》程に、江川《ごうのかわ》[2]へ打ち莅《のぞ》み、遥《はる》かに敵陣を見渡せば、これぞ聞こゆる佐波善四郎《さわぜんしろう》[3]が楯籠《たてご》もりたる城よと覚えて、青杉《あおすぎ》[4]、丸屋《まるや》、鼓崎《つづみがさき》とて、あはひ四、五町[5]を隔《へだ》てたる城三つ、三鈷《さんこ》[6]の如くに峙《そばだ》つて、麓《ふもと》に大河《たいが》流れたり。城より下《お》り向《む》かひたる

8　中国、後漢末に呉の孫権、魏の曹操、蜀の劉備が覇を争ったこと。

3

1　三角兼連。石見(島根県浜田市三隅町)の武士。
2　中国山地に源を発し、島根県江津(ごう)市で日本海に注ぐ川。
3　江川中流の邑智(おお)郡佐波郷(島根県邑智郡美郷町)の武士。
4　底本「青松、丸尾」。他本により改める。美郷町内にあった城。
5　一町は、約一〇九メートル。
6　密教法具の金剛杵の一つ。先が三つに分かれる。

敵三百余騎、川より向かひにひかへて、「ここを渡せや」とてぞ招きたる。寄手《よせて》二万余騎、皆川端《かわばた》に打《う》ち臨《のぞ》んで、いづくをか渡さんと見るに、深山《みやま》の雲を分けて流れ出でたる川なれば、[7]松柏《しょうはく》影を沁《ひた》して、青山《せいざん》の動くかとあやまたれ、石巌《せきがん》流れを激しくして、白雪《はくせつ》の翻《ひるがえ》るに相似たり。

「案内も知らぬ[8]立川《たちかわ》を[9]早《はや》りのままに渡し懸けて、水に溺れて亡びなば、猛くとも何の益かあらん。日すでに晩《ばん》に及びぬ。夜に入らば、[10]水練《すいれん》の者どもをあまた入れて、[11]瀬踏《せぶ》みをよくよくさせて後《のち》、明日《あす》渡すべし」と評定《ひょうじょう》あつて、閑《しず》かに馬をひかへたる処《ところ》に、[12]毛利小太郎《もうりこたろう》、[13]高橋九郎左衛門《たかはしくろうざえもん》、三百余騎にて一陣に進んだりけるが申しけるは、「[14]足利又太郎《あしかがまたたろう》が治承《じしょう》に宇治川《うじがわ》を渡り、[15]柴田《しばた》橋六《きつろく》が承久《じょうきゅう》に[16]供御《くご》の瀬《せ》を渡したりしも、いづれか瀬踏みをさせて候ひし。思ふに、(ここが)[17]渡《わたり》にてあればこそ、渡さん所を防かんとて敵は向かひにひかへたるらめ。この川の[18]案《あん》

7　常磐木が影を映して。青山は、青く樹木の茂った山。石巌は、巨岩。この文、出典があるようだが未詳。
8　自然のままの急流。
9　血気にはやって。
10　泳ぎの達者な者。
11　足を踏み入れて深さを測ること。
12　師親。親茂の子。のち元春と改名。安芸の武士。相模国愛甲郡毛利荘の出身。大江氏。
13　岡山県高梁市の武士。
14　忠綱。「平家物語」巻四「橋合戦」で名高い。
15　兼能(兼義)。宇治川で佐々木信綱と先陣争いをした(承久記下巻)。
16　滋賀県大津市黒津付近にあった瀬田川の浅瀬。瀬田橋の下流で、田上川との合流点。
17　渡れる場所。浅瀬。

内者《ないしや》、われらに増さる人あるべからず。連《つづ》けや殿原《とのばら》」とて、ただ二騎、真先《まつさき》に進んで渡せば、二人《ににん》が郎等《ろうどう》三百余騎、[19]三善《みよし》が一族二百余騎、一度にさつと馬を打ち入れて、[20]弓の本弭末弭《もとはずうらはず》取り違へ、[21]疋馬《ひつぱ》に流れを関《せ》き上《あ》げて、向かひの岸へぞ懸け上げたる。善四郎《ぜんしろう》が兵、且《しばら》く[22]支《ささ》へて戦ひけるが、散々《さんざん》に懸け立てられて、後ろなる城へ引き退く。

寄手、いよいよ勝《かつ》に乗つて、連《つづ》いて城へ掛け入らんとす。三つの城より、[23]城戸《きど》を開いて、同時に打つて出で、前後左右より取り籠めて、散々に射る。毛利、高橋、三善が兵百余人、痛手を負ひ、[24]石弓《いしゆみ》に打たれて進みかねたるを見て、越後守《えちごのかみ》、「三善討たすな、連《つづ》け」と下知《げじ》せられければ、[25]山口七郎右衛門《やまぐちしちろうえもん》、[26]赤旗《あかはた》、小旗《こはた》、(大旗《おおはた》)の一揆《いつき》、千余騎[27]抜《ぬ》き列《つ》れて、叫《おめ》いて懸かる。[28]荒《あら》手《て》の大勢《おおぜい》に攻め立てられて、敵皆《みな》城中へ引いて入れば、寄手皆[29]逆木《さかもぎ》の涯《きわ》まで攻め寄せて、[30]掻楯《かいだて》かいてぞ居たりける。手合は

18 道案内をする人。
19 広島県三次市に住んだ武士。
20 弓の上端と下端を互いに取り合って。馬筏を組んだ様子。
21 馬で流れを堰き止めて。
22 もちこたえて。
23 城門。
24 城壁から石を落としかけて敵を圧殺する装置。
25 遠江国山口郷(静岡県湖西市山口)に住んだ高一族。
26 赤旗・小旗・大旗を旗印にして一味同心した武士集団。
27 大勢の者がいっせいに刀を抜いて。
28 新手。ひかえの新しい軍勢。
29 棘のある木の枝で作った防御の柵。
30 垣のように並べた楯。

せの合戦に打ち勝つて、敵を城へ追ひ込うだれども、城の構へきびしくして、岸高く切り立つたれば、打つて入《い》るべき便り[31]もなく、攻め落とすべき方便《ほうべん》もなし。ただ徒《いたず》らに塀《へい》[32]を隔《へだ》て、搔楯《かいだて》を堺《さか》ひて、矢軍《やいくさ》に日をぞ送りける。

或る時、寄手《よせて》三文字《みつもんじ》[33]一揆《いっき》の中に、日来《ひごろ》より手柄《てがら》[34]を表《あらわ》したる兵ども、三、四人寄り合ひて評定《ひょうじょう》しけるは、「城の体《てい》を見るに、今の如くに攻めば、御方《みかた》は兵粮《ひょうろう》につまりて[35]怺《こら》へずとも、敵の軍《いくさ》に負けて落つる事はあるべからず。その上、備中《びっちゅう》、備後《びんご》、安芸《あき》、周防《すおう》の間にも、右兵衛佐《うひょうえのすけ》のために心を通ずる者多しと聞こゆれば、後ろに敵の出で来たらん事疑ひなし。前には、数ヶ所《すかしょ》の城を一つも落とさで、後ろにまた、敵道《みち》を塞《ふさ》ぎぬと聞こえなば、いかなる樊噲《はんかい》[36]、張良《ちょうりょう》[37]ともいへ、片時《へんし》も怺ふべからず。いざや、事の難儀にならぬ前《さき》に、この城を夜討《ようち》に打ち落として、国々の敵に気[38]を失はせ、宰相中将殿《さいしょうちゅうじょうどの》[39]に力を付けまゐらせん」

31 手だて。
32 城柵。
33 「三」の文字を旗印とした一揆。
34 武勇。
35 不足してもちこたえられなくても。
36 漢の高祖に仕えた剛勇の臣。
37 高祖に仕えた智略の臣。
38 士気。
39 足利義詮。

と申しければ、「この儀尤《もっと》もしかるべし。さらば、[40]手柄の者どもを萃《あつ》めよ」とて、六千余騎の兵の中より、世に勝《すぐ》れたる[41]剛《こう》の者《もの》を択《えら》び出《い》だすに、[42]足立《あだち》五郎《ごろう》左衛門尉《ざえもんのじょう》、子息又五郎《またごろう》正成《まさなり》、松田《まつだ》弾正《だんじょう》左衛門尉《ざえもんのじょう》、後藤《ごとう》左衛門《さえもん》蔵人《のくろうど》種則《たねのり》、同じき兵庫允《ひょうごのじょう》泰則《やすのり》、[43]熊井《くまがい》五郎《ごろう》左衛門尉《ざえもんのじょう》、[44]山口《やまぐち》新左衛門尉《しんざえもんのじょう》、[45]城所《きどころ》藤五《とうご》、金子《かねこの》次郎《じろう》、同じき十郎、村上《むらかみ》新五郎《しんごろう》、同じき弥次郎《やじろう》、神田《かんだの》八郎《はちろう》、赤木《あかぎ》五郎《ごろう》左衛門《ざえもん》、同じき次郎《じろう》、安芸《あきの》十郎《じゅうろう》、田久《たく》仲次郎《なかじろう》、織田《おだ》小次郎《こじろう》、奴《ぬ》可《かの》源五《げんご》、小原《おはら》半四郎《はんしろう》、井上《いのうえ》源四郎《げんしろう》、瓜生《うりゅう》源左衛門《げんざえもん》、富田《とんだ》孫四郎《まごしろう》、大庭《おおば》孫四郎《まごしろう》、山田《やまだ》又次郎《またじろう》、甕《もたい》次郎右衛門《じろうえもん》、那河《なか》彦五郎《ひこごろう》、二十七人を勝《すぐ》りたる。

これら皆、一騎当千《いっきとうぜん》の兵にて、[46]心きき、夜討に馴れたる者どもなりと云ひながら、敵千人籠《こ》もつて用心きびしき城どもを、落とすべしとは見えざりけり。

40　武勇の器量にすぐれた者。
41　強く勇敢な者。
42　足立・松田・後藤は不詳。
43　安芸の熊谷氏。
44　前出の山口の一族。
45　以下、城所・金子・村上・神田・赤木・安芸・田久・織田・奴可(備後奴可郡の武士か)・小原・井上・瓜生・富田・大庭・山田・甕・那珂は、いずれも一揆に加わった中国地方の中小武士。
46　才覚のある。

鼓崎《つづみがさき》城《のじょう》熊《くま》ゆゑ落《お》つる事 4

八月二十五日の宵《よい》の間《ま》に、声を出だして先立つ人を待ち調《そろ》へさせ、[1]筒《とう》の火《ひ》を見せて、下《さ》がる勢《せい》を進ませて、城の背《うし》ろの深山《みやま》より、這ふ這ふ忍《しの》び寄《よ》りて、薄《すすき》、刈萱《かるかや》、篠竹《しのだけ》などを切つて、鎧の[2]札頭《さねがしら》、冑《かぶと》の[3]鉢付《はちつけ》の板《いた》にひしひし[4]と差して、[5]探竿影草《たんかんようそう》に身を隠し、鼓崎の[6]切岸《きりぎし》の下、岩の影にぞ伏したりける。[7]刈藻《かるも》掻きたる臥《ふ》す猪《い》、[8]朽木《くつき》の虚《うつ》ろなる熊ども、人影に驚いて、前なる篠原《しのはら》を二、三十連れて落ちたりける[9]。

城中の兵ども、始め、夜討《ようち》の入《い》るよと心得て、櫓々《やぐらやぐら》に弦音《つるおと》して、投《な》げ続明《たいまつ》塀より外へ抛《な》げ出《い》だし抛げ出だし、静まり返つて見けるが、「夜討にてはなくて、背《うし》ろの山より熊の落ちて通りけるぞ。止《とど》めよ殿原《とのばら》」と喚《よ》ばはりければ、われ先に射取《いと》らんと、

4
1 炭を竹筒に入れて火をつけたもの。
2 鎧を形づくるさね(皮や鉄の小片)の上部。
3 兜の鉢に付ける錣(しころ)の最上部。
4 すきまもなくびっしりと。
5 身を隠す道具のこと。禅語(臨済録)。
6 切り立った崖。
7 枯れ草をかぶって寝ている猪。「かるもかき伏す猪の床の庵(をい)やすみさこそ寝ざらめかからずもがな」(後拾遺和歌集・和泉式部)。
8 朽ちた木の空洞にいた熊。
9 逃げた。

弓押し張り、靭《うつぼ》[10]掻《か》い付《つ》け掻い付け、三百余人の兵ども、落ち行く熊の迹《あと》を逐うて、遥《はる》かなる麓へ下《くだ》れば、城に貽《のこ》る兵、わづかに五十人になりにけり。

夜《よ》はすでに明けぬ、関《きど》[11]は皆開きたり、なじかは少しも擬々《ぎぎ》[12]すべき、二十七人の者ども、打物《うちもの》[13]の鞘《さや》を弛《はず》し、同音《どうおん》に時[14]をどつと作つて、城戸《きど》より打つて入る。城の本人[15]佐波《さわ》善四郎《ぜんしろう》并びに郎等《ろうどう》三人、腹巻《はらまき》[16]取つて肩に抛《な》げ掛《か》け、一の関口《きどぐち》[17]に下《お》り会うて、一足《ひとあし》も挽《ひ》かず戦ひけるが、善四郎、膝口《ひざぐち》[18]切られて犬居《いぬい》[19]に臥せば、郎等三人前《さき》に立《た》ち塞《ふさ》がつて、暫《しば》し支へて討死《うちじに》す。その間に、佐波善四郎は、己《おの》が役所[20]に走り入り、火懸け[21]て落ちにけり。その外《ほか》、四十余人ありける者ども、一防《ひとふせ》ぎも防かず、青杉《あおすぎ》の城へ落ちて行く。

熊狩りしつる兵どもは、熊をも追はず、跡にも返らず、散り散りになつてぞ落ち行きける。恃《たの》み切《き》つたる鼓崎の城を落とさ

10 腰や背に帯びる矢入れの用具。
11 城柵の門。
12 ためらう。
13 太刀。
14 鬨(とき)の声。
15 城主。
16 腹に巻く略式の鎧。
17 第一の城門の入り口。
18 膝頭。
19 四つんばいの姿。
20 陣屋。
21 火を放って逃げた。

るるのみならず、善四郎《ぜんしろう》、[22]落ち口にて忽《たちま》ちに討たれにければ、残り二つの城も、皆十一日あつて落ちにけり。「[23]兵《へい》野に臥す則《とき》は、飛《ひ》雁行《がんつら》を乱る」と云ふ兵書《へいしょ》の詞《ことば》を知らざりしかば、熊ゆゑ城をば落とされしと、(世の)嘲《あざけ》りになりにけり。

その夜、越後守《えちごのかみ》、石見《いわみ》の勢《せい》を相順《あいしたが》へて、国中《くにじゅう》へ打ち出でたるに、[24]攻められて落ち得じとや思ひけん、石見の国中に三十二ヶ所ありける城ども、皆[25]聞き落ちして、今はただ、三《み》角入道《すみにゅうどう》の籠もりたる三角城《みすみのじょう》一つ残りける。この城、山嶮《けわ》しく用意深ければ、[26]力攻めに攻むる事こそ叶《かな》はずとも、扶《たす》けの兵も近国《きんごく》になし。[27]知行《ちぎょう》の所領もなければ、いつまでか怺《こら》へて城にも滞《たま》るべき。ただ四方の峰々《みねみね》に[28]向かひ城を取つて、二年、三年にも攻め落とせとて、寄手《よせて》の構へきびしければ、城中の兵、[29]気たゆみて、憑《たの》む方なくぞ覚えける。

22 逃げる始めに。
23 「鳥起(た)てば伏せるなり。獣驚けば覆ふなり」(孫子・行軍)。「古今著聞集」巻九に、大江匡房が源義家に語った言葉として、「軍野に伏す時は飛雁つらをやぶる」とある。
24 攻められて逃げられなくなると思ったのか。
25 うわさを聞いただけで逃げること。
26 兵力をたのんで強引に攻めること。
27 支配する領地。
28 城攻めの時、敵城に向かい合って築く城。
29 気勢がおとろえて。

直冬蜂起《ただふゆほうき》の事　5

中国は大略[1]静謐《せいひつ》の体《てい》なれども、九州また蜂起しければ、九月二十九日、肥後国《ひごのくに》より都へ早馬《はやうま》を立てて注進《ちゅうしん》[2]しけるは、「右兵衛佐《うひょうえのすけ》直冬《ただふゆ》、去月《きょげつ》[3]十三日、当国に下着《げちゃく》ありて、川尻肥後守幸俊《かわじりひごのかみゆきとし》が館《たち》におはし給ふ処《ところ》に、宅磨《たくま》[4]別当太郎宗直《べっとうのたろうむねなお》、与力《よりき》[5]同心《どうしん》して国中を駆《か》り催《もよお》す間、御方《みかた》[6]に志《こころざし》を通ずる族《やから》ありと云へども、その責めに堪《た》へずして、悉《ことごと》く付《つ》き順《したが》はずと云ふ者なし。しかる間、川尻が勢《せい》、雲霞《うんか》の如くになつて、宇都宮三河守《うつのみやみかわのかみ》[7]が城を囲み、一日一夜の合戦に、討たるる者百余人、また疵《きず》を被《こうぶ》る兵数《かず》を知らず。つひに三河守、城を攻め落とされて、未だ死生《ししょう》の堺を知り分かず。宅磨、川尻、いよいよ大勢《おおぜい》になつて、鹿子木大炊助《かのこぎおおいのすけ》[8]が城を取り巻きし間、後攻め《ごづめ》[9]のために、少弐《しょうに》が代官 宗刑部丞利重《そうのぎょうぶのじょうとししげ》[10]、

5

1 おおよそ。
2 上への報告。
3 去年(貞和五年)九月十三日とあるべき。
4 肥後国託麻郡(熊本市内)の武士。大友一族。
5 心を同じくして加勢すること。
6 将軍方。
7 宇都宮貞宗。豊前宇都宮氏。
8 熊本市北区鹿子木町に住んだ武士。大友一族。
9 城攻めの敵を背後から攻めること。
10 将軍方の武士。宗は惟宗氏の略称。

近国《きんごく》の勢《せい》を相催すと云へども、[11]九国二《くこくに》島《とう》の兵、大半右兵衛佐殿《うひょうえのすけどの》に心を通ずる間、催促に順《したが》ふ輩《ともがら》多からず。事すでに難儀《なんぎ》に覃《およ》び候ひぬ。急ぎ御勢《おんぜい》を下さるべし」とぞ申したる。

将軍、この注進に驚きて、「さても、誰《たれ》をか討手《うって》に下すべき」と、[12]武蔵守《むさしのかみ》に問ひ給ひければ、師直《もろなお》、「遠国《おんごく》の乱を徇《したが》へんために、末々の御一族乃至《ないし》師直なんどこそ、罷《まか》り下《くだ》るべきにて候へども、これはいかにも上様《うえさま》の自ら御下知《おんげじ》候ひて、御退治《ごたいじ》なくてはかなふまじきにて候ふ。その故《ゆえ》は、九国の者どもが兵衛佐殿に付き奉る事は、ただ将軍の君達《きんだち》にて御座《ござ》候へば、内々御志《ないないおんこころざし》を通ぜられぬ事は候はじと存ずる者にて候ふなり。しかるを、天下の人の案に相違し、直《じき》に御退治の御合戦に及び候はば、[13]誰《たれ》か父子の確執《かくしつ》に、天の伐《ばっ》するを顧《かえり》みぬ者候ふべき。将軍の御旗《みはた》の下《もと》にて、師直、命を軽《かろ》くする程ならば、中国咸《ことごと》く御敵に与《くみ》すると云へども、何の恐れか候ふべき。ただ[14]夜《よ》を日《ひ》に継《つ》いで御

11　九州と壱岐・対馬。

12　高師直。

13　誰もが、父子の対立で父に背く子を天が罰することを納得するだろう。

14　昼夜兼行で。

下り候へ」と、[15]強《あなが》ちに勧め申しければ、将軍、[16]かつて一義にも及び給はず、都の警固《けいご》には宰相中将《さいしょうちゅうじょう》義詮《よしあきら》を残《のこ》し措《お》き奉つて、十月に、征夷《せいい》大将軍《たいしょうぐん》正二位《しょうにい》大納言《だいなごん》　源《みなもとの》尊氏卿《たかうじきょう》、執事《しつじ》武蔵守師直を召し具して、七千余騎を率《そっ》し、右兵衛佐直冬誅罰《ただふゆちゅうばつ》のためとて、先《ま》づ中国へぞ急がれける。

恵源禅閤没落《えげんぜんこうぼつらく》の事　6

将軍すでに明日《あす》西国《さいごく》へ立たるべしと聞こえけるその夜、左兵衛督《さひょうえのかみ》[1]恵源《えげん》、[2]石塔右馬助頼房《いしどううまのすけよりふさ》ばかりを供《とも》にて、いづちとも知らず、落ち給ひにけり。これを聞いて、世の危ふきを思ふ人は、[3]「すはや、天下の乱れ出で来たりぬるは。高家《こうけ》の一類、[4]今に亡びなん」とささやきければ、事《こと》の様《よう》を知らぬその方様《かたざま》の人々、女性《にょしょう》なんどは、「あなあさましや。こはいかになりぬる世の中

15　しきりに。
16　まったく一言の異論もおっしゃらない。

6
1　足利直義の出家後の法名。
2　義房の子。直義党の武将。
3　それ。
4　近いうちに亡びるにちがいない。

ぞや。御供に参りたる人もなし。御馬も皆厩《うまや》に維《つな》がれたり。歩《かち》跣《はだし》にてはいづくへか一足《ひとあし》も落ちさせ給ふべき。これはただ武蔵《むさしの》守《かみ》の計らひとして、今夜忍《こよいしの》びやかに殺し奉りたるものなり」と、声も惜しまず啼《な》き悲《かな》しむ。

仁木《にき》、細川《ほそかわ》の人々も、執事《しつじ》の屋形《やかた》に馳《は》せ集《あつ》まつて、「[5]錦小《にしきのこう》路殿《じどの》落ちさせ給ひて候ふ事、後《のち》の禍《わざわ》ひ遠からじとこそ覚え候へ。暫《しばら》く[6]都に御逗留《ごとうりゅう》あつて、御在所《ございしょ》をもよくよく尋ねらるべうや候ふらん」と申されければ、師直《もろなお》、「[7]あなことごとし。たとひ、いかなる吉野《よしの》、[8]十津川《とつがわ》の奥、[9]鬼海《きかい》、[10]高麗《こうらい》の方《かた》へ落ち給ひたりとも、師直が世にあらん程は、誰《たれ》かその人に[11]与《くみ》し奉るべき。首《こうべ》を獄門《ごくもん》の木に晒《さら》され、尸《かばね》を[12]疋夫《ひっぷ》の鏃《やじり》に止《とど》め給はん事、三日が内を出づべからず。その上、将軍御進発《ごしんぱつ》の事、すでに諸国へ日を定めて触《ふ》れ遣《つか》はしぬ。相図《あいず》相違せば、事の煩《わずら》ひ多かるべし。且《しばら》くも逗留すべき処《ところ》にあらず」とて、十月十三日の早旦《そうたん》に、師直、

5　足利直義。
6　都におとどまりになって、(直義の)居場所を十分に尋ねられてはどうか。
7　ああ、おおげさだ。
8　奈良県吉野郡十津川村。
9　鬼界ヶ島。今の鹿児島県鹿児島郡三島村硫黄島。
10　十四世紀末まで朝鮮半島を支配した王朝。
11　お味方することがあろうか。
12　名もない兵士。

つひに都を立つて、将軍を先立て奉り、路次《ろし》の軍勢駆り具して、十一月十九日に、備前国《びぜんのくに》[13]福岡《ふくおか》に先《ま》づ付き給ふ。

ここにて、四国、中国の勢《せい》を待ちけれども、海上《かいしょう》は塩風荒れて、船も通はず、山陰道《せんおんどう》は雪降り積もつて、馬の蹄《ひづめ》も立たざれば、馳《は》せ参《まい》る勢多からず。さらば、年明けてこそ筑紫《つくし》へは向かはめとて、将軍、備前の福岡にて、徒《いたず》らに日をぞ送られける。

13　岡山県瀬戸内市長船町福岡。

恵源禅閤《えげんぜんこう》南方《なんぼう》合体《がってい》の事、并《ならびに》持明院殿《じみょういんどの》より院宣《いんぜん》を成《な》さるる事　7

左兵衛《さひょうえ》入道《にゅうどう》恵源《えげん》は、師直が西国《さいごく》へ下らんとしける比《ころ》ほひ、ひそかに殺し奉るべき企《くわだ》てありと聞こえしかば、その死を遁《のが》れんがために、忍んで先《ま》づ大和国《やまとのくに》へ落ちて、[1]越智伊賀守《おちいがのかみ》を憑《たの》まれたりければ、近辺の[2]郷民《ごうみん》ども、[3]同心合力《どうしんごうりき》して路々《みちみち》を塞《ふさ》ぎ、四方に関居《す》ゑて、実《まこと》に二心《ふたごころ》なげにぞ見えたりける。後《のち》一日あつて、

7
1　名は家澄（根成柿越智系譜）。奈良県高市郡高取町に住んだ南朝方の武士。
2　村人。
3　味方になって助勢すること。

石塔《いしどう》右馬助《まのすけ》頼房《よりふさ》以下《いげ》、少々志を存ずる[4]旧好《きゅうこう》の人々馳《は》せ参《まい》りければ、(早や)陰《かく》れたる気色《けしき》もなし。その聞こえ、都鄙《とひ》の間に区々《まちまち》なり。

[5]いかさま天気《てんき》ならでは、私《わたくし》の本意達《ほいたっ》し難《がた》しとて、先《ま》づ京都へ人を上《のぼ》せ、[6]院宣《いんぜん》を伺ひ申しければ、子細《しさい》なくやがて[7]宣下《せんげ》せられ、剰《あまっさ》へ望まざるに[8]鎮守府将軍《ちんじゅふのしょうぐん》に補《ふ》せらる。その詞《ことば》に云はく、

院宣を被《こうぶ》つて称《い》はく、[9]斑鳩宮《いかるがのみや》の[10]守屋《もりや》を誅《ちゅう》し、[11]朱雀院《すざくいん》の[12]将門《まさかど》を戮《りく》せられし、これ豈《あ》に[13]悪を捨て善を持するの聖猷《せいゆう》に非《あら》ずや。爰《ここ》に、凶徒《きょうと》を退治し、[14]父叔《ふしゅく》両将の鬱念《うつねん》を息《やす》めんとす。[15]叡感甚《えいかんはなは》だ少なからず。仍《よ》つて鎮守府の将軍に補《ふ》し、左兵衛督《さひょうえのかみ》に任ぜられ畢《おわ》んぬ。[16]九国《くこく》二島并《とうなら》びに五畿七道《ごきしちどう》の軍勢を率《そっ》して、上洛《しょうらく》を企《くわだ》て、天下を守護せしむべし。者《てえ》れば、院宣に依つて執達《しったつ》件《くだん》の如し。

観応《かんのう》元年十月二十五日　[17]権中納言国俊《ごんのちゅうなごんくにとし》判

4 昔からのよしみの人たち。
5 なんとしても帝の同意がなくては、高兄弟討伐の宿意は達しがたい。
6 光厳上皇の院宣。
7 即座に。
8 奥州鎮撫の将軍。征夷大将軍に次ぐ武将の位。
9 聖徳太子。斑鳩宮は太子の邸。
10 物部守屋。仏教を排撃して、蘇我馬子と聖徳太子に討たれた。
11 在位九三〇―九四六年。醍醐帝皇子。在位中に平将門の乱が起きた。
12 平将門。東国で叛し、天慶三年(九四〇)に藤原秀郷・平貞盛に討たれた。
13 悪を捨て善を保つ天子のはかりごと。
14 父と叔父。「参考太平記」は、尊氏と直義をさす

足利左兵衛督殿《あしかがさひょうえのかみどの》

とぞなされたる。

左兵衛督入道、都をば仁木《にき》、細川《ほそかわ》、高家《こうけ》の一族どもに背《そむ》かれて浮かれ出でぬ。大和《やまと》、河内《かわち》、和泉《いずみ》、紀伊国《きのくに》は皆[18]吉野《よしの》の王命《おうめい》に順《したが》うて、今更《いまさら》武家に付き随ふべしとも見えざりければ、澳《おき》にも付かず、磯にも離れたる心地して、進退歩みを失へり。

吉野殿《よしのどの》へ恵源書状奏達《えげんしょじょうそうたつ》の事　8

越智伊賀守《おちいがのかみ》、「[1]かくて(は)、いかさま難儀なるべしと覚え候ふ。ただ[2]吉野殿の御方《おんかた》へ御参り候ひて、先非《せんぴ》を改め、[3]後栄《こうえい》を期《ご》する御謀《おんはかりごと》を廻《めぐ》らさるべしとこそ存じ候へ」と申しければ、「尤《もっと》もこの[4]儀しかるべし」とて、やがて[5]専使《せんし》を以て、吉野殿へ奏達《そうたつ》せられける。その状に云はく、

とし、この院宣を、本来足利直冬に出されたものと考証する。
15　帝の感心。
16　九州と壱岐・対馬および畿内五か国と諸国七道の全国。
17　吉田国房の子。
18　吉野の後村上帝の命令。

8
1　こうしていては、必ずや。
2　後村上帝。
3　後の繁栄。
4　考え。
5　特別に遣わす使者。

元弘《げんこう》の初め、[6]先朝《せんちょう》、逆臣《ぎゃくしん》の為に皇居を西海《さいかい》に遷《うつ》されさせ給ひて、[7]宸襟《しんきん》を悩まされ候ひし時、勅命《ちょくめい》に応じて、義兵を起こす輩《ともがら》少々有りと雖《いえど》も、或いは敵に囲まれ、或いは戦ひに負けて[8]機を屈《くっ》し、志《こころざし》を空《むな》しくせし処《ところ》に、[9]恵源《えげん》、[10]苟《いやしく》も尊《たか》氏卿《うじきょう》を勧めて上洛《しょうらく》を企《くわだ》て、勅に応じて戦ひを決し、忽《たちま》ちに天下一統の[11]皇化《こうか》に帰せしめ候ふ事、[12]乾臨《けんりん》定めて[13]叡感《えいかん》を貽《のこ》され候ふか。その後《のち》、義貞《よしさだ》等が讒《ざん》に依《よ》つて、罪無きに勅勘《ちょくかん》の身と罷《まか》り成《な》り、君臣[14]胡越《こえつ》の地を隔《へだ》て、一類悉《ことごと》く朝敵《ちょうてき》の名を残す条、歎《なげ》いて(余り)有る所なり。臣が罪寔《まこと》に重しと雖も、[15]天恩《てんおん》往《い》んじを咎《とが》めず、[16]負荊《ふけい》の下《もと》にその科《とが》を許されば、則ち[17]勅免《ちょくめん》の綸言《りんげん》を蒙《こうぶ》つて四海《しかい》の逆乱《げきらん》を静め、[18]聖朝《せいちょう》の安泰を戴《いただ》くべきにて候ふ。この旨《むね》、内々御意《ぎょい》を得《え》、[19]奏聞《そうもん》せしめ(給ふ)べく候ふ。恐惶謹言《きょうこうきんげん》。

十二月九日　　[20]沙弥恵源《しゃみえげん》

6　元弘の乱で、後醍醐帝が北条高時によって隠岐に流されたこと。
7　帝の心。
8　士気をなくし。
9　私(直義)。
10　もったいなくも。
11　天子による徳化。
12　天子の処置。
13　ご満足いただいたことだろう。
14　南北に遠く離れて。胡は中国の北方、越は南方。
15　帝のご恩で過去の罪を咎めず。
16　自ら荊(いばらの鞭)で打たれるのを求めること(史記・廉頗藺相如列伝)。深く謝罪する意。
17　帝のお許しの言葉。
18　聖帝の安泰を願う次第です。
19　帝への取り次ぎ。
20　未熟な僧。謙称。

進上　[21]四条大納言《しじょうだいなごん》殿御中《どのおんちゅう》へ

と委細の書状を捧げて、降参《こうさん》の由《よし》をぞ申されたる。

則ち諸卿参内《しょきょうさんだい》して、この事いかがあるべきと僉議《せんぎ》ありけるに、先《ま》づ[22]洞院左大将実世《とういんさだいしょうさねよ》公《こう》申されけるは、「直義入道《ただよしにゅうどう》が申す所、甚《はなは》だ以て偽《いつわ》れり。[23]相伝譜代の家人《けにん》、師直《もろなお》、師泰《もろやす》等がために都を追ひ出だされて、身を措《お》き処《どころ》なき間、聊《いささ》か[24]天威《てんい》を借りて[25]己《おの》が宿意《しゅくい》を達せんがために、[26]天聴《てんちょう》を掠《かす》め奉るものなり。[27]二十余年の間、[28]一人《いちじん》を始め奉りまゐらせて[29]百司千官《はくしせんかん》、悉《ことごと》く[30]鳳闕《ほうけつ》の雲を望んで、空しく飛鳥《ひちょう》の翥《つばさ》を翦《そ》ぐが如くなること、[31]併《しか》しながら直義入道が[32]逆悪《ぎゃくあく》にあらずや。しかるに今、幸ひに軍門に降らん事を請ふ。これ天の与ふる所なり。今の時に乗《じょう》じてこれを誅《ちゅう》せずは、後《のち》の禍《わざわ》ひ、[33]臍《ほぞ》を噛《か》むに益なからんか。ただ速やかに討手《うって》を差《さ》し遣《つか》はされて、首《こうべ》を[34]禁門《きんもん》の前に晒《さら》さるべしとこそ存じ候へ」と申されける。

21　四条隆資。
22　公賢の子。南朝の重臣。
23　代々仕えてきた家来。
24　帝の威光。
25　私的な恨み。
26　帝のお耳をいつわる。
27　後醍醐帝が吉野に移った建武三年（一三三六）から、この年観応元年（一三五〇）までは十四年間。
28　帝。
29　すべての役所の役人。
30　皇居のある都の雲。
31　すべて。
32　道に外れたひどい悪事。悪逆。
33　後悔する。
34　皇居の門。

次に[35]二条関白左大臣殿《にじょうかんぱくさだいじんどの》、且《しばら》く思案して仰せられけるは、「[36]張《ちょう》良《りょう》が三略《さんりゃく》の詞《ことば》に、「[37]恵《けい》を推して恩を施す則《とき》は、士の力日《ひ》に新たにして、戦ふこと風の発するが如し」と云へり。これ、己《おの》が罪を謝する者は、[38]忠貞《ちゅうてい》に懈《おこた》らず、誠《まこと》を以て尽《つ》くす事却《かえ》つて二心《ふたごころ》なきゆゑなり。されば、[39]章邯楚《しょうかんそ》に降つて、秦忽《しんたちま》ちに破れ、[40]管仲《かんちゅう》罪を許されて、斉《せい》則ち治まりし事、尤《もっと》も今の世に指南たるべし。直義入道御《ただよしにゅうどうみ》方《かた》に参る程ならば、君、天下を保たせ給はん事、[41]万歳《ばんぜい》これより始まるべし。ただ元弘《げんこう》の旧功を捨てられず、官職に復して、召《め》し仕《つか》はるるより外《ほか》の儀はあらじとこそ覚え候へ」と、異儀区々《まちまち》にこそ申させ給ひけれ。

漢楚《かんそ》戦《たたか》ひの事、付《つけたり》 吉野《よしの》殿綸旨《どのりんし》を成《な》さるる事 9

[1]諫臣《かんしん》両人の儀、得失《とくしつ》互ひに備はりて、是非分《ぜひわ》かち難《がた》ければ、

35 二条師基。兼基の子。
36 漢の高祖に仕えた智将。「三略」は、張良が黄石公から授かったとされる兵書。
37 「三略」上巻の句。恩恵を与えれば、兵士の力は日々に新しく、風が自然に起こるように戦う。
38 忠節。
39 秦の将軍。楚の項羽と戦ったが、趙高と対立して項羽に降った(史記・項羽本紀)。
40 斉の桓公(小白)と王位を争った異母兄糾(きゅう)の臣管仲(名は夷吾)が罪を赦されて桓公に仕え、宰相として斉を強国にしたこと(史記・斉大公世家)。
41 永く栄えること。

9
1 君を諫める賢臣。
2 帝も考え込まれ。

君[2]も叡慮《えいりょ》を傾《かたぶ》けられ、末座《ばつざ》の諸卿《しょきょう》も言《ことば》を出ださで、やや久しくある処《ところ》に、[3]北畠准后禅閤《きたばたけじゅごうぜんこう》、喩《たと》へを引いて申されけるは、「昔、[4]項羽《こうう》は秦《しん》の世すでに傾《かたぶ》かんとせし時、[5]沛公《はいこう》は沛郡《はいぐん》より起こり、項羽は楚国《そこく》より起こる。[6]六国《りっこく》の諸侯秦を背《そむ》く者、かの両将に付き随ひしかば、その威漸《ようや》くに振るうて、沛公が兵十万余騎、[7]濮陽《ぼくよう》に軍《いくさ》立《だ》ちし、項羽が勢《せい》四十万騎、[8]定陶《ていとう》を攻めて[9]雍丘《ようきゅう》の西に至る。沛公、項羽相共《あいとも》に、古《いにし》への楚王《そおう》の末に孫[10]心《しん》と云ひし人の、民となりて羊を飼ひしを取り立てて、義帝《ぎてい》と号し、その御前《おんまえ》にして、先に[11]咸陽《かんよう》に入りて、秦を滅《ほろ》ぼしたらん者、必ず天下に王たるべしと約諾《やくだく》して、東西に別れて攻《せ》め上《のぼ》る。

かくて項羽すでに[12]鉅鹿《きょろく》に至る時、秦の左将軍章邯、百万余騎にて相待ちける間、項羽、自ら二十万余騎にて、川を渡りて後《のち》、船を沈め、[13]釜甑《ふそう》を破り、[14]盧舎《ろしゃ》を灼《や》く。これは、敵大勢《おおぜい》にて御方《みかた》小勢《こぜい》なり、一人《いちにん》も生きては返らじと心を一つにして戦はずは、

3　北畠親房。准后は、三后(太皇太后・皇太后・皇后)に准ずる待遇を受ける位。禅閤は、摂政、関白だった人が仏門に入った時の称。
4　以下の漢楚合戦の故事は、「史記」項羽本紀・高祖本紀を原拠とする。
5　漢の高祖、劉邦。江蘇省沛郡より起こる。
6　戦国時代の七雄のうち、秦以外の斉・楚・燕・韓・魏・趙。
7　河北省の地。
8　山東省の地。
9　河南省の地。
10　楚の懐王の孫、心。「楚の懐王の孫心、民間に人と為り羊を牧するを求めて、以て楚の懐王と為す」(史記・項羽本紀)。項羽が関中を平定したあと、「懐王を尊び義帝と為す」(同)。

千万に一つも勝つ事あらじと思ふゆゑに、思ひ切つたる心中を士卒に知らしめんためなり。ここに於て、秦《しん》の軍《いくさ》と九《く》度遇《たびあ》うて、百度《ももたび》戦ふ。忽《たちま》ちに秦の副将軍蘇《ふくしょうぐんそ》角《かく》を討つて、王離《おうり》を生《い》け虜《ど》りしかば、討たる秦の兵四十余万人、章邯《しょうかん》、重ねて戦ふ事を得ず、つひに項羽《こうう》に降《くだ》つて、かへつて秦をぞ攻めたりける。

項羽、また[15]新安城《しんあんじょう》の戦ひに打ち勝つて、首を切る事二十万人、凡《およ》そ項羽が向かふ所、破らずと云ふ事なく、攻むる城は落とさずと云ふ事なかりしかども、到る処《ところ》ごとに美女を愛し、酒に淫《いん》し、財を貪《むさぼ》り、[16]地を屠《ほふ》りしかば、路次《ろし》に数月《すげつ》の滞《とどこお》りあつて、未だ都へは攻《せ》め入《い》らず、漢の元年[17]十一月に、[18]函谷関《かんこくかん》にぞ着きにける。沛公《はいこう》は、無勢《ぶぜい》にして、しかも道の難所を歴《へ》しかども、民を哀《あわ》れみ、人を[19]なつくる心深くして、財をも貪らず、人をも殺さざりしかば、支《ささ》へ防《ふせ》く城もなく、降《くだ》らじとする敵もなし。道開《ひら》けて事安かりしかば、項羽に三月《みつき》先立つて、[20]咸陽宮《かんようきゅう》に入りにけり。

11 秦の都。陝西省咸陽市。
12 河北省の地。
13 釜と甑（こしき＝蒸し器）。
14 兵舎。
15 河南省の地。
16 土地の民を殺戮したので。
17 紀元前二〇六年。
18 河南省北部、秦嶺山脈東端にあった秦の東の関所。
19 手なずける。
20 始皇帝の築いた宮殿。

しかれども、沛公、志《こころざし》天下にありしかば、秦の宮室をも焼かず、[21]驪山《りざん》の宝玉《ほうぎょく》をも取り乱さず。剰《あまっさ》へ降《くだ》れる秦の[22]子嬰《しえい》を守護し奉つて、[23]天下の約を定めんために、かへつて函谷へ兵を差《さ》し遣《つか》はし、項羽を咸陽へ入れ立てじと、関《かん》の戸《と》堅く閉ぢたりける。

数月《すげつ》あつて、[24](項羽、咸陽へ入らんとするに、沛公の兵、函谷関を閉ぢて)項羽を入れず。項羽、大きに怒つて、[25]当陽君《とうようくん》に二十万騎の兵を差し添へ、函谷関を打ち破つて咸陽宮へ入りにけり。則ち降《くだ》れる子嬰皇帝を殺し奉つて、咸陽宮に火を懸けたれば、[26]方《ほう》三百七十里に作り並《なら》べたる宮殿[27]楼閣《ろうかく》、一宇《いちう》も貽《のこ》らず焼けて、三月《さんげつ》まで火滅《き》えず。驪山の神陵《しんりょう》、忽《たちま》ちに灰塵《かいじん》となるこそ悲しけれ。

この神陵と申すは、秦の始皇帝《しこうてい》崩御《ほうぎょ》なりし時、はかなくも、人間の富貴《ふっき》を冥途《めいど》までも御身《おんみ》に随へんと欲して、楼殿《ろうでん》を作《つく》り瑩《みが》き、山川《さんせん》を飾りなせり。天には、金銀を以て日月《じつげつ》を[28]十丈に鋳《い》さ

21　始皇帝の陵墓。陝西省臨潼県。
22　秦の三世皇帝。始皇帝の孫。
23　先に咸陽に入った者が天下を取るという項羽との約束を実行するため。
24　流布本により補う。
25　黥布(げいふ＝英布の別名)。項羽の将として多くの戦功を立てるが、のち高祖に仕えた。
26　三七〇里四方。一里は、約六町(約六五〇メートル)。
27　高殿。
28　一丈は、約三メートル。

せて懸け、下には、江海《こうかい》を象《かたど》つて[29]銀水《ぎんすい》を百里に流せり。[30]人魚《にんぎょ》の油[31]十万斛《ごく》、銀《しろかね》の御土器《おんかわらけ》に入れて、[32]長時《ちょうじ》に燈《ともしび》を挑《かか》げたれば、石壁《せきへき》闇《くら》しと雖《いえど》も、[33]青天白日《せいてんはくじつ》の如くなり。この中に、[34]三公以下《いげ》の千官六千人、宮門守護の兵一万人、後宮《こうきゅう》の美人三千人、[35]楽府《がふ》の妓女《ぎにょ》三百人、皆生きながら神陵《しんりょう》の土に埋《うず》もれて、苔の下にぞ朽ちにける。[36]「始めて俑《よう》を作れる人は、後《のち》無からんか」と、[37]文宣王《ぶんせんおう》の誡《いまし》めしも、今こそ思ひ知られたれ。始皇帝《しこうてい》、かくの如く執《しゅう》し覚《おぼ》して、様々《さまざま》詔《しょう》を残されし神陵なれば、さこそはその妄執《もうじゅう》をも留《とど》め給ふらん。項羽《こうう》、情けなくこれを掘り崩して、殿閣《でんかく》悉《ことごと》く焼き屠《ほふ》りしかば、[38]九泉《きゅうせん》の宝玉二度《ふたたび》人間《じんかん》に返るこそあはれなれ。

この時、項羽が兵は四十万騎、[39]新豊《しんぽう》の鴻門《こうもん》にあり。沛公《はいこう》が兵十万騎、咸《かん》(陽《よう》)の[40]覇上《はじょう》にあり。その間、相去る事四十里、沛公、項羽、未だ相見《あいまみ》えず。ここに於て、范増《はんぞう》と云ひける項羽が老臣、項羽に説いて申しけるは、「沛公、沛郡にありし時、その振る

29 水銀。
30 イルカ、クジラの類か。
31 一斛(一石)は、百升(一八〇リットル)。
32 常時。
33 青空に輝く太陽。
34 臣下の最高位者の三人。
35 音楽を司る役所の舞姫。
36 「孟子」梁恵王上に見える孔子の言葉。墓に俑(埋葬のとき一緒に埋めた焼き物の人形)を埋める風習が殉死の風を広めたゆえ、はじめて俑を作った者は、その子孫が絶えるだろう。
37 唐の玄宗皇帝が孔子に贈った諡(おくりな)。
38 死者の世界。あの世。
39 陝西省の地。
40 陝西省の地。西安の東方、覇水のほとり。

舞ひを見しかば、財を貪《むさぼ》り、美女を愛する心、常の人に超えたりき。今、咸陽に入りて後《のち》、財をも貪らず、美女をも愛せず。これその志《こころざし》天下にある者なり。われ人を遣《つか》はして、徐《しず》かにかの陣中の体《てい》を見するに、旗の文《もん》、皆[41]龍虎《りゅうこ》を書けり。これ[42]天子の気にあらずや。速やかに沛公を討たずは、必ず天下を沛公がために傾《かたぶ》けらるべし」と申しければ、項羽、げにもと聞きながら、わが勢《せい》の強大なるを憑《たの》みて、いかさまの事かあるべきと、思《おも》ひ侮《あなず》つてぞ居たりける。

　かかる処《ところ》に、沛公の臣下に曹無傷《そうぶしょう》と云ひける者、ひそかに項羽が方《かた》へ人を遣はして、沛公天下に王たらんずる由《よし》をぞ告げたりける。項羽、これを聞いて、この上は疑ふ所にあらずとて、四十余万騎の兵どもに命じて、「夜明けなば、則ち沛公の陣へ押し寄せ、一人も余さず討つべし」と下知《げじ》しける。

　ここに、項羽が季父《おじ》に項伯《こうはく》と云ひける人、昔より[43]張良《ちょうりょう》に[44]知《ち》

41 龍は天子の象徴。
42 天子となる兆し。
43 漢の三傑の一人。
44 知己。親友。

音《いん》なりければ、この事告げ知らせて、[45]落とさばやと思ひける間、急ぎ沛公《はいこう》の陣へ行き向かひ、張良《ちょうりょう》を呼び出だして、「事《こと》の体《てい》すでに急なり。今宵《こよい》急ぎ逃げ去りて、命ばかりを助かれ」とぞ教訓したりける。張良、元来《もとより》義を重んじて、[46]節《せつ》に莅《のぞ》む時、命を思ふ事塵芥《じんかい》よりも軽《かろ》くせる者なりければ、何故《なにゆえ》にか事の急なるに当たつて、[47]高祖《こうそ》を捨てて逃げ去るべき。項伯《こうはく》が云ふ所を沛公に告げり。沛公、大きに怖《おそ》れて、「そもそもわが兵を以て項羽《こうう》と戦はん事、[48]勝負の運によるべしや」と問ひ給へば、張良、且《しばら》く案じて、「漢《かん》の兵は十万騎、楚《そ》はこれ四十万騎、平野にして戦はんに、漢勝つことを得難《えがた》し」とぞ答へける。沛公、「さらば、われ項伯を呼びて、兄弟の交はりをなし、[49]婚姻の義を約して、先《ま》づ事の[50]無為《ぶい》ならんずる様《よう》を謀《はか》るべし」とて、項伯を[51]帷幕《いばく》の内へ呼び給ふ。

先づ[52]卮酒《ししゅ》を奉じ、自ら[53]寿《ことぶき》をなして宣《のたま》ひけるは、「初めわれ[54]項《こう》

45 逃がしてやりたい。
46 節義。
47 沛公。
48 運によって勝つこともあろうか。
49 縁組みして親戚になることを約束して。
50 平穏無事。
51 陣幕。
52 さかずきについだ酒。卮(し)は大盃。
53 長寿を祝して。
54 項羽。

王《おう》と約をなして、先に咸陽《かんよう》に入《い》らん者を王とせんと云ひき。われ項王に先立つて咸陽に入る事七十余日、しかれども、約を以て、われ天下に王たらん事を思はず。関《かん》に入りて、秋毫《しゅうごう》[55]もあへて近づくる所あらず。吏民《りみん》を籍《せき》[56]し、府《ふ》[57]の庫《こ》を封じて、項王の来たり給はん日を待つ。これ世の知る処《ところ》なり。兵を遣《つか》はして函谷《かんこく》関《かん》を守りし事は、全く項王を禦《ふせ》くにあらず。他《た》の盗《ぬすびと》の出入りと非常とに備へんためなりき。冀《ねが》はくは、公、速やかに帰つて、わが徳に倍《そむ》かざる処《ところ》を具《つぶ》さに項王に語つて、明日の戦ひを止《とど》め給へ。われ則ち旦日《たんじつ》[58]に項王の陣に行きて、自ら罪なき故《ゆえ》を謝《しゃ》すべし」と宣《のたま》へば、項伯、乃《すなわ》ち許諾《きょだく》して、馬に策《むち》打つてぞ帰りける。

項伯、則ち項羽の陣に行きて、具《つぶ》さに沛公の謝する処を申しけるは、「そもそも沛公、先づ関中《かんちゅう》を破らざらましかば、項王、今咸陽に入《い》りて、枕を高くし食を安《やす》んずる事を得ましや。今天[59]

55　ほんのわずかも自分の手兵を財物に近づけない。
56　官吏や民の戸籍を明らかにし。
57　官の庫を封印して。
58　明朝。
59　天下平定の大功。

下の大功は、[60]併《しか》しながら沛公《はいこう》にあり。しかるを、小人《しょうじん》の讒《ざん》を信じて功ある人を撃《う》たん事、大きなる不義なり。[61]如《し》かじ、沛公と交はりを深くし、功を重くして、天下を治めんには」と、理を尽《つ》くして申しければ、項羽《こうう》、げにもと心服《しんぷく》して、顔色《がんしょく》快くなりにけり。

暫《しばら》くあれば、沛公、百余騎を随へて来たり、項王《こうおう》に見《まみ》ゆ。乃《すなわ》ち[62]礼を謝《しゃ》して曰はく、「臣、項王と力を勠《あわ》せて秦《しん》を攻めし時、項王は[63]河北《かほく》に戦ひ、臣は河南《かなん》に戦ふ。自ら意《おも》はざりき。万死《ばんし》を秦の虎口《ここう》に遁《のが》れて、再会を楚《そ》の鴻門《こうもん》に遂げんとは。しかるに今、[64]佞人《ねいじん》の讒によつて、臣、項王と[65]胡越《こえつ》の隔《へだ》てあらん事、豈《あ》に悲しまざるべけんや」と、首《こうべ》を地に付けて宣《のたま》へば、項王、寔《まこと》に心解けたる気色《けしき》にて、「これ沛公の[66]左司馬曹無傷《さしばそうぶしょう》が告げ知らせしによつて、藉《みだ》りに沛公を疑ひき。しからずは、何を以てか知る事あらんや」と、忽《たちま》ちに讒人《ざんにん》を表《あらわ》して所存なげなる体《てい》、心浅く

60 すべて。
61 …するのがよい。
62 拝謁の礼を感謝して。
63 黄河の北。
64 邪な者の讒言。
65 北方の胡国と南方の越国。転じて、きわめて疎遠なことのたとえ。
66 司馬は、軍事を司る大臣。

ぞ見えたりける。

　項羽、頻《しき》りに沛公を止《とど》めて、酒宴に及ぶ。項王と項伯《こうはく》とは、東に嚮《む》かひて座す。范増《はんぞう》は、南に嚮かひて居《お》り、沛公、北に嚮かひて座し、張良《ちょうりょう》は、西に嚮かひて侍り。范増は、かねてより、沛公を討たん事、今日にあらずは、いつをか期《ご》すべきと思ひければ、項羽を内へ入れて、沛公と刺し違へんために、帯《は》く所の太刀の柄《つか》を拳《にぎ》りて、三度まで目加《めくわ》[67]しをしけれども、項羽、その心を悟らず、ただ黙然《もくねん》として居たりける。

　范増、則ち座を立つて、項荘《こうそう》[68]を呼びて申しけるは、「われ項王のために沛公を討たんとすれども、項王、愚かにして悟らず。汝《なんじ》、早く席に帰つて、沛公を寿《ことぶき》せよ。沛公盃《さかずき》を傾けん時、われと汝と、剣を抜いて舞ふ学《まね》をして、沛公を座中にして殺さん。しからずは、汝が輩《ともがら》、つひに沛公がために殞《ほろ》ぼされて、項王の天下を奪はれん事は、一年の中《うち》を出づべからず」と、涙を流し

67　目で合図をしたが。
68　項羽の従兄弟。

て申しければ、項荘《こうそう》、[69]一義に及ばず、則ち席に帰つて、自ら酌《しゃく》を取つて沛公《はいこう》を寿《ことぶき》す。沛公盃《さかずき》を傾《かたぶ》くる時、項荘、「君王《くんぷう》、今沛公と飲酒《いんしゅ》す。軍中に楽《がく》をなさざる事久し。請ふ、臣等《ら》剣を抜いて、[70]太平の曲を舞はん」とて、項荘、剣を抜いて立てば、范増《はんぞう》も、もろともに剣をさしかざして、沛公の前に立ち合うたり。項伯《こうはく》、かれらが気色《きしょく》を見て、沛公を討たせじと思ひければ、「われもともに舞ふべし」とて、同じくまた剣を抜いて立つ。項荘、南に向かへば、項伯、北に向かつて立つ。范増、沛公に近づけば、項伯、身を(以て)立ち隠す。これによつて、楽すでに徹《おわ》らんとするまで、沛公を討つ事あたはず。

少し隙《ひま》ある時、張良《ちょうりょう》、門前に走り出でて、誰《たれ》かあると見るに、[71]樊噲《はんかい》、つと走り寄つて、「座中の体《てい》、いかんぞ」と問ひければ、「事太《はなは》だ急なり。今、項荘、剣を抜いて舞ふ。その心、常に沛公に存《そん》す」と答へければ、樊噲、「これ、すでに[72]迫《せま》れるなり。

69 一言の異論もはさまず、即座に。
70 太平を祝う曲。
71 沛公の臣。
72 事態が切迫している。

速やかに入《い》りて、[73]沛公と同じく命を失はんには如《し》かじ」とて、冑《かぶと》の緒《お》をしめ、鉄《くろがね》の楯脇挟《わきばさ》んで、軍門の内へ入らんとす。門の左右に、[74]交戟《こうげき》の衛士《えじ》五百余人、戈《ほこ》を支へ太刀を抜いて、これを入れじとす。樊噲、大きに怒つて、その楯を身に横たへ、門の[75]関《かん》の木七、八本押し折つて、内へつと走り入れば、倒るる扉に打ち倒され、鉄の楯に突き倒されて、交戟の衛士五百人、地に臥して皆起き上がらず。

樊噲、つひに軍門に入りて、その帷幕《いばく》を褰《かか》げ、目を瞋《いか》らかして、項王《こうおう》をばはたと睨《にら》んで立つ。髪[76]つら様《さま》に上がりて、冑の鉢を生《お》ひ貫《つらぬ》き、[77]獅子の怒《いか》り毛の如くに巻いて、百千万の星となる。目の眦《まなじり》逆様《さかさま》に裂けて、光れること、[78]百錬《ひゃくれん》の鏡に血を洒《そそ》くが如くなり。その長《たけ》九尺七寸あつて、怒れる髭《ひげ》左右に別れたるが、[79]鎧突《よろいづき》して立つたる体《てい》、いかなる悪魔[80]羅刹《らせつ》も、これには過ぎじと見えたりける。

73　沛公とともに死ぬしかない。

74　鉾（ほこ）を交差して門を守る守衛。

75　門を差し固めるための横木。かんぬき。

76　顔に沿ってまっすぐ上にの意。神田本「逆様」、玄玖本「上様」。

77　獅子が怒って逆立てた毛。

78　地金を百回練り直して作った鏡。

79　戦闘の前に、鎧を揺すって体になじませる動作。

80　悪魔は、仏道を妨げる魔神。羅刹は、通力により人を食うという悪鬼。

項王《こうおう》、これを見給ひて、自ら剣を脱《ぬ》きかけ跪《ひざまず》[81]いて、「汝《なんじ》、何者ぞ」と問ひ給へば、張良《ちょうりょう》、「沛公《はいこう》の兵、樊噲《はんかい》と申す者にて候ふなり」とぞ答へける。項羽《こうう》、その時に座に直つて、「これ天下の勇士なり。かれに酒を賜《たま》はん」とて、一斗《と》[82]を盛る卮《さかずき》を召《め》し出《い》だして、樊噲が前に置き、七尾《ななつお》[83]ばかりなる彘《いのしし》の肩を肴《さかな》にとて出だされたり。樊噲、楯を地に覆《ふ》せ、剣を抜いて彘の肩を切つて、少しも貽《のこ》さず噛《か》み喰《くら》うて、一斗入る卮に酒をたふたふと受けて三度傾《かたぶ》け、卮を閣《さしお》いて申しけるは、「それ秦王《しんおう》、虎狼[84]の心あつて、人を殺し民を害する事止《や》む時《とき》なし。天下、これによつて秦を背《そむ》かずと云ふ者なし。ここに沛公、項王と同じく義兵を揚《あ》げて、無道《ぶとう》[85]の秦を亡ぼして天下を救はんために、義帝《ぎてい》の御前にして血を啜《すす》り約せし時、先に秦を壊《ほろ》ぼして咸陽《かんよう》に入《い》らん者を、王とせんと云ひき。しかるに今、沛公、項王に先立つて咸陽に入る事数月《すげつ》、しかれども、秋毫《しゅうごう》もあへて近づくる処《ところ》あらず。

81　片膝を立てて。
82　一斗は十升(一八リットル)。
83　七頭分くらいの豚の肩肉。
84　残忍な心。
85　人の道に背くこと。

宮室を封閉《ほうへい》して、以て項王の来たり給はん事を待つ。[86]これ豈《あ》に沛公の仁義にあらずや。兵を遣《つか》はして函谷関《かんこくかん》を守らしめし事は、他《た》の盗《ぬすびと》の出入りと非常とに備へんがためなりき。その功の高き事、かくの如し。未だ[87]封侯《ほうこう》の賞あらずして、剰《あまつさ》へ功ある人を誅《ちゅう》せんとす。これ亡秦《ぼうしん》の悪を続《つ》ぎ、自ら天の罰を招くものなり」と、少しも憚《はばか》る処《ところ》なく項王を睨《にら》んで申せば、項王、答ふるに言《ことば》なく、ただ首《こうべ》を低《た》れて赤面す。樊噲は、かやうに思ふ程云ひ散らして、張良が末座《ばつざ》に着く。

　且《しばら》くあつて、沛公、厠《かわや》に往《ゆ》く学《まね》をして、樊噲を招いて出で給ふ。沛公、徐《しず》かに樊噲に向かつて、「さきに項荘《こうそう》が剣を抜いて舞ひつる志《こころざし》、ひとへにわれを討たんと謀《はか》るものなり。座久しくして帰らずは、事危ふきに近し。これより急にわが陣へ逃げて帰らんと思ふが、[88]辞《じ》をせずして出でたらん事礼《れい》にあらず。いかがすべき」と宣《のたま》へば、樊噲、「[89]大行《たいこう》は細謹《さいきん》を顧みず。大礼《たいれい》は

86　これはまったく沛公の仁義の行いである。

87　諸侯に封ずる褒賞。

88　あいさつをせずに。

89　以下は、「史記」項羽本紀の樊噲の言をほぼそのまま引いたもの。大事を行うときは、小さな礼儀など顧みなくてよい。今の状態は、相手は刀とまな板で、こちらは魚肉である。どうして相手にあいさつする必要があろうか。

必ずしも辞譲《じじょう》せず。今の如くんば、人は方《まさ》に刀俎《とうそ》たり。われは魚宍《ぎょにく》とならん。何ぞ辞する事をせんや」とて、90白璧一双《はくへきいっそう》と玉《ぎょく》の卮《さかずき》一双とを、張良《ちょうりょう》に与へて留《とど》め措《お》き、驪山《りざん》の麓《ふもと》より91間道《かんどう》を経《へ》て、92龍蹄《りょうてい》に策《むち》を進め、93靳彊《きんきょう》、紀《き》信《しん》、樊噲《はんかい》、夏侯嬰《かこうえい》四人、自ら楯を脇挟《わきばさ》み、戈《ほこ》を採《と》つて、馬の前後に相順《あいしたが》ふ。その道二十余里、嶮《けわ》しきを凌《しの》ぎ、絶《た》えたるを渡《わた》つて、未だ94半時《はんとき》を過ぎざるに覇上《はじょう》の陣に往き至りぬ。

初め沛公《はいこう》に順ひし百余騎の兵どもは、なほ項王《こうおう》の陣の前に並《な》み居《い》て、張良未だ鴻門《こうもん》にあれば、人皆《みな》沛公の帰り給へるを知らず。且《しばら》くあつて、張良、座に還《かえ》つて95謝《しゃ》して曰はく、「沛公、酔《え》ひて杯《さかずき》を酌《く》むに堪へず、退出し給ひ候ひつるが、96臣良《りょう》をして、謹《つつし》んでこれを97足下《そっか》に献ずべしと、申し置かれ候ひき」とて、先《ま》づ白璧一双を捧げて、再拝して、項王の前にぞ置いたりける。

項王、白璧を受けて、「真《まこと》に天下の重宝《ちょうほう》なり」と感悦《かんえつ》して、座

90 一対の白い宝玉と一対の玉製の盃。
91 抜け道。
92 駿馬。
93 沛公に従った四人は、「史記」と一致。底本「靳強」。
94 約一時間。
95 陳謝して。
96 私、張良。
97 貴下のおそば。

上に措《お》いて、自ら愛し給ふ事類《たぐ》ひなし。その後《のち》、張良、また[98]玉斗《ぎょくと》一双を捧げて、范増《はんぞう》が前にぞ置いたりける。范増、大きに怒つて、玉斗を地に投げ、剣を抜いて撞《つ》き摧《くだ》き、項王をはたと睨《にら》みて、「嗟呼《ああ》、[99]豎子《じゅし》ともに謀《はか》るに足らず。項王の天下を奪はん者は、必ず沛公なるべし。いかんせん、わが属《ともがら》、今これが虜《とりこ》とならんことを。白璧重宝なりと云へども、豈《あ》に天下に替へんや」とて、怒《いか》れる眼《まなこ》に涙を流し、半時《はんとき》ばかりぞ立つたりける。

項王、なほも范増が心を悟らず、いたく酔《え》ひて帳中《ちょうちゅう》に入り給へば、張良、百余騎を随へて覇上に帰りぬ。沛公の軍門に至つて、項王の方《かた》へ[100]返り忠しつる曹無傷《そうぶしょう》を斬つて、首《こうべ》を軍門に梟《か》けらる。

かかりし後《のち》は、沛公、項羽《こうう》、互ひに相見《あいまみ》ゆる事なし。天下はただ、項羽が[101]成敗《せいばい》に随つて、賞罰ともに明らかならざりしかば、諸侯万民相共《あいとも》に、沛公が功の陰《かく》れて、天下の主《あるじ》たらざる事をぞ

98　玉で作った柄杓(ひしゃく)。少し前に「玉の卮一双」とあるが、「史記」では「玉斗」。

99　小人(しょうじん)。未熟者。「豎子与(とも)に謀るに足らず」(史記・項羽本紀)。

100　裏切り。

101　政治の処置。

悲しみける。

その後《のち》、項羽《こうう》と沛公《はいこう》と、天下を争ふ気すでに顕《あらわ》れて、国々両方に属《しょく》せしかば、漢楚《かんそ》二つに分かれて、四海《しかい》の乱、止《や》む事《こと》なし。沛公は、漢の高祖《こうそ》と称し、その手に属《しょく》する兵には、[102]韓信《かんしん》、彭越《ほうえつ》、蕭何《しょうか》、曹参《そうさん》、陳平《ちんぺい》、張良《ちょうりょう》、樊噲《はんかい》、周勃《しゅうぼつ》、鯨布《げいふ》、盧綰《ろわん》、張耳《ちょうじ》、王《おう》陵《りょう》、劉賈《りゅうか》、酈商《れきしょう》、灌嬰《かんえい》、夏侯嬰《かこうえい》、傅寛《ふかん》、劉敬《りゅうきょう》、靳彊《きんきょう》、酈食其《れきいき》、呉芮《ごぜい》、董公《とうこう》、紀信《きしん》、轅生《えんせい》、周苛《しゅうか》、侯公《こうこう》、随何《ずいか》、陸賈《りくか》、魏無知《ぎむち》、叔孫通《しゅくそんつう》、呂須《りょしゅ》、呂臣《りょしん》、呂青《りょせい》、呂安《りょあん》、呂禄《りょろく》(以下《いげ》の)呂《りょ》氏三百人、都合その勢《せい》三十万騎、高祖の方《かた》にぞ属《しょく》しける。

楚の項羽は、元来《もとより》代々将軍の家なりければ、相順《あいしたが》ふ兵八千人あり。その外、今馳《は》せ付《つ》きける兵には、[103]櫟陽《れきよう》の長史欣《ちょうしきん》、[104]都尉《とい》董《とう》翳《えい》、塞王司馬欣《さいおうしばきん》、魏王豹《ぎおうひょう》、瑕丘《かきゅう》の申陽《しんよう》、韓王成《かんおうせい》、趙《ちょう》の司馬卬《しばこう》、趙王歇《ちょうおうあつ》、常山王張耳《じょうざんおうちょうじ》、義帝《ぎてい》、柱国《ちゅうこく》の共敖《きょうごう》、遼東《りょうとう》の韓広《かんこう》、燕《えん》の将臧荼《ぞうと》、田市《でんし》、田都《でんと》、田安《でんあん》、[105]田栄《でんえい》、番君《ばんくん》の将梅鋗《ばいけん》、咸安君《かんあんくん》の陳《ちん》

102 韓信、蕭何、張良は漢の三傑。彭越は梁王となるが韓信とともに刑死。曹参は宰相。陳平は道教を修めた軍略家。樊噲は勇士。周勃は漢の基礎を固めた賢臣。鯨布は軍人、叛して殺された。盧綰は燕王、張耳は項羽に仕え常山王となるが、高祖に従い趙王となる。劉賈は荊王となる。王陵は、母が項羽に囚われた逸話で有名。夏侯嬰は汝陰侯、傅寛は丞相、劉敬は奉春君、酈食其は広野君、呉芮は長沙王、周苛は御史大夫、侯公は平国公となる。酈商、灌嬰、靳彊、董公、轅生、随何は楚との戦いに功績。紀信は、高祖の身代わりとなった逸話で有名。陸賈は弁舌の人。魏無知は陳平を推挙した人。叔孫通は儒者。呂須以下は高祖の后呂后(より

余《よ》、番君の雍王章邯《ようおうしょうかん》は、河北の戦ひ破れし後、三十万騎の勢にて項羽に降《くだ》りて属《しょく》せしかば、項氏十七人、諸侯五十三人、都合その勢三百八十六万余騎、項羽の方《かた》にぞ加はりける。

漢二年に、項王《こうおう》、[106]城陽《せいよう》に至つて、高祖の兵田栄《でんえい》と戦ふ。田栄が軍《いくさ》破れて、降人《こうにん》に出でければ、その老弱《ろうじゃく》婦女に至るまで、二十万人を土の穴に入れて、埋《うず》めてこれを殺す。

漢王《かんおう》、また五十六万人を率《そっ》して、[107]彭城《ほうせい》に入る。項羽、自ら精《せい》兵《びょう》三万人を将《ひき》ゐて、[108]胡陵《こりょう》にして戦ふ。高祖また打ち負けしかば、楚、則ち漢の兵十余万人を生《い》け虜《ど》つて、[109]彭水《ほうすい》の淵《ふち》にぞ沈めける。彭水これがために流れず。

高祖、二度《ふたたび》戦ひ負けて、[110]霊璧《れいへき》の東に至る時、その勢わづかに百余騎なり。項王の兵三百万騎、漢王を囲める事[111]三匝《さんそう》、漢、遁《のが》るべき方《かた》もなかりける処《ところ》に、俄《にわ》かに風吹き雨荒くして、[112]白日《はくじつ》忽《たちま》ちに夜よりもなほ暗かりければ、高祖、数十騎と敵の囲みを

こう)の親族。

103　陝西省の地。長史欣は、後出、司馬欣に同じ。長史(丞相の次官)だったが、項羽に帰服した。

104　以下の人物は、項羽が秦を滅ぼした後、董翳は翟(てき)王、司馬欣は塞王、申陽は河南王、司馬卬は殷王、趙王歇は趙王、張耳は常山王、共敖は臨江王、韓広は遼東王、臧荼は燕王、田市は膠東王、田都は斉王、田安は済北王、梅鋗は十万戸の主、陳余は代王、章邯は雍王に封ぜられた。

105　斉の王族。はじめ項羽についたが、叛して敗死。

106　山東省の地。

107　江蘇省の地。項羽が都とした。

108　山東省の地。

109　「史記」および流布本「睢水(すいすい)」。彭城の南を流

出でて、[113]豊沛《ほうはい》へ落ち給ふ。

　項王《こうおう》、これを追うて沛郡《はいぐん》へ押し寄せければ、高祖《こうそ》の兵ども、ここに支へ、かしこに防きて、討死《うちじに》する者二十余万人、沛郡の戦ひにもまた漢王《かんおう》打ち負け給ひければ、高祖の父太公《たいこう》、楚《そ》の兵に生《い》け虜《ど》られて、項王の前に引き出ださる。

　漢王、また[114]周呂侯《しゅうりょこう》と蕭何《しょうか》が兵を併《あは》せて二十万騎、[115]滎陽《けいよう》に至る。項王、勝《かつ》に乗つて八十万騎、彭城《ほうせい》より押し寄せて相戦ふ。この時、漢の軍《いくさ》わづかに利ありと雖《いえど》も、項王、更《さら》に物ともせず。漢《かん》楚《そ》互ひに勢ひを振るうて、未だ累《かさ》ねて戦はず。ともに[116]広武《こうぶ》に陣を張つて、川を隔《へだ》ててぞ居たりける。

　或る時、項王の陣に、高き俎《まないた》を作つて、その上に漢王の父太公を置いて、高祖に告げて曰はく、「これ沛公《はいこう》が父にあらずや。沛公、今首《こうべ》を演《の》べて楚に降《くだ》らば、太公と汝《なんじ》が命を資《たす》けん。沛公、もし楚に下《くだ》らずは、急に太公を烹殺《にころ》すべし」とぞ申しける。漢

れる。
110　彭城の南の地。
111　三重。
112　太陽。
113　江蘇省沛県。高祖の故郷。
114　高祖の后呂后の兄。
115　河南省の地。
116　河南省の山。

王、これを聞いて、大きにあざ笑うて曰はく、「われ、項羽《こうう》とともに[117]北面《ほくめん》して命《めい》を[118]懐王《かいおう》に受けし時、兄弟たらん事を盟《ちか》ひき。しかれば、わが父《ちち》は汝が父なり。今、汝が父を殺さば、われにその一盃の羹《あつもの》を分かて」と[119]欺《あざむ》かれければ、項王、大きに怒つて、即ち太公を殺さんとしけるを、項伯《こうはく》、堅く諫《いさ》めければ、「[120]よしや、さらば」とて、太公を殺す事をば止《とど》めけり。

　楚漢久しく相支へて、未だ勝負を決せず。[121]丁壮《ていそう》は軍旅《ぐんりょ》に苦しみ、老弱《ろうじゃく》は[122]転漕《てんそう》に罷《つか》る。[123]或る時、項羽、自ら甲冑《かっちゅう》を着《ちゃく》し、戈《ほこ》を取つて、一日に千里を翔《かけ》る[124]騅《すい》と云ふ馬に打ち乗つて、ただ一騎、川の向かひの岸にひかへて宣ひけるは、「天下の士卒、戦ひに苦しむ事すでに八ヶ年、これ、われと沛公と、ただ両人を以てのゆゑのみなり。そぞろに四海《しかい》の人民を悩まさんよりは、われと沛公と、独《ひと》り身《み》にして雌雄《しゆう》を決すべし」と招きて、敵陣を睨《にら》んでぞ立つたりける。

117　南面する天子に対して座ること。
118　楚の懐王、義帝。
119　嘲ったので。
120　いまいましい、それならば。
121　若く壮んな兵士は戦いに疲れ。
122　兵粮の運送。
123　漢楚合戦の以下の故事(「史記」項羽本紀・高祖本紀による)は、「太平記」の新田と足利の争いの粉本。第十四巻・2、第十七巻・10、参照。
124　項羽の愛馬。

ここに、漢王《かんおう》、自ら[125]帷幕《いばく》の中《うち》より出でて、項羽《こうう》を攻めて[126]宣《せ》ひけるは、「[127]それ項王《こうおう》、自ら義なくして天の罰を招く事、その罪一つにあらず。始め項王と与《とも》に命《めい》を懐王《かいおう》に受けし時、先に入りて関中《かんちゅう》を定《しず》めたらん者を、王となさんと云ひき。項羽、忽《たちま》ちに約を負《そむ》きて、われを[128]蜀漢《しょくかん》に主《あるじ》たらしむ。その罪一つ。[129]宋義《そうぎ》、懐王の命を受け、[130]卿子《けいし》冠軍《かんぐん》となる処《ところ》に、項羽、猥《みだ》りにその帷幕に入りて、自ら卿子冠軍の首を切つて、懐王、われをしてこれを誅《ちゅう》せしめたりと偽つて、令《れい》を軍中に出だす。その罪二つ。項羽、趙《ちょう》を救ひて戦ひ利ありし時、還《かえ》つて懐王に報ぜず。[131]境内《きょうだい》の兵を掃《はら》うて、自ら関《かん》に入る。その罪三つ。懐王、堅《かた》く令《れい》すらく、秦《しん》に入らば、民を害し財を貪《むさぼ》る事なかれと。項羽、数月《すげつ》殿《おく》れて秦に入りし後《のち》、秦の宮室を焼き、驪山《りざん》の塚を掘りて、その宝玉を私《わたくし》にせり。その罪四つ。また、降《くだ》れる秦の王子嬰《しえい》を害して、天下に[132]徇《とな》ふ。その罪五つ。詐《いつわ》つて秦の子弟を[133]新安《しんあん》の坑《あな》に埋《うず》めて

125 陣幕。
126 非難して。
127 以下、高祖が項羽の罪状を列挙するのは、「史記」高祖本紀による。
128 四川省の地。
129 懐王に仕え、楚の総大将となるが、項羽に殺された。
130 卿子は大臣、冠軍は上将軍の意。
131 関中に同じ。函谷関の内側、秦の都咸陽の周辺。
132 号令する。
133 河南省の地。秦の捕虜二十万余が生き埋めにされた。
134 旧主。秦によって任じられていた各地の王。
135 懐王(義帝)を彭城に追いやってそこを都とし、自らは韓・梁・楚を併せた広大な領土の覇王となる。

殺せる事、二十余万人。その罪六つ。項羽、諸将を善き地に王として、[134]故主《こしゅ》をつひに討ちたり。叛逆《ほんぎゃく》これより起こる。その罪七つ。[135]懐王を彭城《ほうせい》に移して、韓王《かんおう》の地を奪ひて、并《あわ》せて梁《りょう》、楚《そ》に王として、[136]自ら天下を与《あずか》り聴《き》く。その罪八つ。項羽、人をして陰《ひそ》かに懐王を[137]江南《こうなん》に殺せり。その罪九つ。この九つの悪は、天下の指《ゆび》さす処《ところ》、[138]道路《どうろ》目を以て憎むものなり。大逆無道《たいぎゃくぶとう》の太《はなは》だしき事、天、豈《あ》に公を刑せざらんや。何ぞ[139]徒《いたず》らがはしく、項羽と独《ひと》り身《み》にして戦ふ事を致さん。公が[140]力《ちから》山を抜くと云へども、わが義の天に協《かな》へるには如《し》かじ。しかれば、[141]刑余《けいよ》の罪人をして、「[142]甲兵金革《こうへいきんかく》を棄てて[143]梃楚《ていそ》を作りて、項羽をば撃ち殺すべし」と欺[144]いて、百万の士卒、同音に箙《えびら》を扣《たた》いてどつと笑ふ。

　項羽、大きに怒つて、自ら[145]強弩《きょうど》を引いて漢王を射る。その矢、川の面《おもて》[146]四町余り射越して、漢王の前にひかへたる兵の鎧の、草《くさ》摺《ずり》より[147]引敷《ひっしき》の板《いた》の裏面《うらおもて》四重を懸けず射徹《いとお》し、高祖《こうそ》の鎧の[148]胸板《むないた》に、

136 天下の政務を司る。
137 長江の南。
138 口で言わずに道路で目で告げあう。
139 わざわざ。
140 力は山を引き抜くほどといっても。「力は山を抜き、気は世を蓋《おお》う」(史記・項羽本紀。第九巻・6)。
141 かつて刑罰を受けた者で刑吏となった罪人。
142 武器と鎧。
143 棒と笞。
144 嘲って。
145 強い石ゆみ(ばねじかけで矢を射る弓)。
146 一町は、約一〇九メートル。
147 背面の草摺(鎧の胴から垂らして下半身を覆う防具)。前草摺から引敷の板までたやすく射通し。
148 鎧の胴の上部。

[149]沓巻《くつまき》責めてぞ立つたりける。漢《かん》の兵に、楼煩《ろうはん》と云ひける強弓《つよゆみ》[150]の矢継早《やつぎばや》、馬の上の達者にて、三町、四町が内の物をば、下げ[151]針《ばり》をも射る程の者なりけるが、漢王《かんおう》の当《とう》[152]の矢《や》を射んとて、[153]矢来《やごろ》過ぎて懸け出でたりけるを、項羽《こうう》、自ら戟《ほこ》を持つて立ち向かひ、目を瞋《いか》らかし、大音声《だいおんじょう》を揚げて、「汝《なんじ》何者なれば、われに向かつて弓を引かんとはするぞや」と怒つて、ちやうど睨《にら》む。その勢ひに僻易《へきえき》して、さしもの楼煩、目あへて物を見ず、手あへて弓を引き得ず、人馬ともに噫《わなな》いて、漢王の陣へぞ逃げ入りける。

漢王疵《きず》を蒙《こうぶ》つて、癒《い》ゆるを待つ程に、その兵皆《みな》[154]気を失ひしかば、戦ふごとに、楚《そ》、勝《かつ》に乗らずと云ふ事なし。これただ范増《はんぞう》が謀《はかりごと》より出でて、漢王常に困《くる》しみしかば、陳平《ちんぺい》、張良《ちょうりょう》等、いかにしても范増を討たんとぞ謀《はか》りける。

或る時、項王《こうおう》の使者、漢王の方《かた》に来たれり。陳平、これに対

149 沓巻(鏃の根を矢柄に差し込んで巻きしめた部分)まで深々と。
150 強い弓で立て続けに矢を射ること。
151 つり下げた針。
152 返しの矢。
153 矢を射当てるのにちょうどよい距離を越えて。
154 士気が衰えたので。

面して、先《ま》づ酒を勧めんとしけるに、[155]大牢《たいろう》の具《そな》へを為《つく》り、山海《さんかい》の珍物《ちんぶつ》を尽《つ》くし、[156]旨酒《ししゅ》泉の如くに湛《たた》へて、沙金《しゃきん》四万斤《きん》、珍玉《ちんぎょく》、[157]綾羅錦繍《りょうらきんしゅう》以下《いげ》の重宝《ちょうほう》を、山の如くに積み上げて、引出物《ひきでもの》にぞ置いたりける。陳平が語る詞《ことば》ごとに、使者、あへて心得ず、黙《もく》然《ねん》として答ふる事なかりける時、陳平、詐《いつわ》り悖《おどろ》いて、「われ、公を以て范増が使ひなりと思ひて、密事を語りつ。今、項王の使ひなる事を知つて、悔ゆるに益なし。これ命《めい》を伝ふる者の錯《あやま》りなり」と云ひて、様々《さまざま》に積み置きたる引出物を取り返し、大牢の具《そな》へを取り入れて、却《かへ》つて[158]飢口《きこう》にだにも飽きぬべき悪食《あくじき》をぞ具へける。

使者、帰つて、この由《よし》を項王に語る。項王、これより、范増が漢王と密儀を謀《はか》つて、返り忠しけるよと疑ひて、稍《ようや》くこれが権を奪ひて、誅せん事を計る。范増、これを聞いて、一言《いちごん》もつひに陳謝せず、「[159]天下の事、大きに定まりぬ。君王、自らこれ

155　大牢は、牛・羊・豚の三牲を併せた供え物。転じて立派なご馳走のこと。
156　うまい酒。
157　綾絹と薄絹と刺繍を施した錦の織物。
158　飢えた者でも食べないような粗末な食事。
159　天下の大勢は決した。あとはご自分で対処なさい。

を治め給へ。われすでに年八十余、命《めい》の中《うち》に君が亡びんを見ん事も悲しかるべし。冀《ねが》はくは、わが首を刎《は》ねて[160]市朝《しちょう》に曝《さら》さるるか、しからずは[161]鴆毒《ちんどく》を賜《たま》うて死を早くせん」と請《こ》ひければ、項《こう》王《おう》、いよいよ瞋《いか》つて、即ち鴆毒を飲ませらる。[162]范増《はんぞう》、鴆《ちん》を呑みて後《のち》、未だ三日を過ぎざるに、血を吐いてこそ死にけれ。

[163]楚漢《そかん》相戦うてすでに八ヶ年、自ら相当たる事七十余度の戦ひに覃《およ》ぶまで、天下楚を負《そむ》くと云へども、項王、度《たび》ごとに勝《かつ》に乗りし事は、ただ楚の兵猛く勇めるのみにあらず、范増謀《はかりごと》を出だして、民を育《はぐく》み、士を勇《いさ》め、敵の気を察し、[164]老《ろう》せる兵を相助け、[165]恩化《おんか》を同じく施《ほどこ》して、人の心を和《か》せしゆゑなり。されば、范増死を賜《たまわ》りし後、諸侯悉《ことごと》く負《そむ》きて、漢に属《しょく》する者甚《はなは》だ多し。

楚漢ともに滎陽《けいよう》の東に至つて、久しく相支へたる時、漢は兵盛りに食《じき》多くして、楚は兵疲れ食絶《た》えぬ。この時、漢の[166]陸賈《りくか》を楚に使はして曰はく、「今より後《のち》は[167]天下を中分《ちゅうぶん》して、[168]鴻溝《こうこう》より

160 市中。人ごみの中。
161 中国南方にいる鴆という鳥から採れる猛毒。日本ではヒ素などをさして鴆毒と呼んだ。
162 「史記」では、疑われた范増は、項羽のもとを去り、悪瘡を患って死ぬ。
163 「吾、兵を起し、今に至るまで八歳、身七十余戦す」(史記・項羽本紀)。
164 疲れた兵。
165 主君の恩恵。
166 沛公に仕えた弁舌の人。「楚漢春秋」の著者。
167 天下を二つに分けて。
168 河南省滎陽県を流れる川。

西をば漢とし、鴻溝より東をば楚とせん」と、和を請ひ給ふに、項王、忻《よろこ》びて、その約を堅くし給ふ。仍《よ》つて、先に虜《いけど》つて、戦ひの弱き時には、これを烹殺《にころ》さんとせし漢王《かんおう》の父太公《たいこう》を免《ゆる》して、漢へぞ賜《おく》られける。軍皆万歳《ばんぜい》を呼《さけ》ぶ。

かくて楚は東に帰り、漢は西に帰らんとしける時、陳平《ちんぺい》、張良《ちょうりょう》、ともに漢王に申しけるは、「漢、今天下の太平を有《たも》つて、諸侯皆付き随ふ。楚は、兵罷《つか》れて食尽《つ》くせり。これ天の楚を亡ぼさん時なり。その餓《う》ゑたるに因《よ》つて撃たずは、ただ虎を[169]養うて、自ら患《うれ》へを遺《のこ》すものなるべし」と云ふ。漢王、この諫《いさ》めに付《つ》きて、即ち諸侯に約し、三百余万騎の勢《せい》にて、項王を追ひ懸くる。（項王、）わづかに十万騎の勢を以て、[170]固陵《こりょう》に返し合はせて、漢と相戦ふ。漢の兵、四十余万人討たれて引き退く。

これを聞いて、韓信《かんしん》、斉国《せいこく》の兵三十万騎を率《そっ》して、[171]寿春《じゅしゅん》より廻《まわ》りて、楚と闘ふ。彭越《ほうえつ》、[172]穀城《こくせい》の兵二十万騎を率して、[173]城父《せいほ》を

169 「虎を養ひて自ら患へを遺す」（史記・項羽本紀）。
170 河南省の地。
171 安徽省の地。
172 山東省の地。
173 安徽省の地。

歴《へ》て、楚《そ》の陣へ押し寄せ、敵の行く先を遮つて陣を張る。[174]大司《だいし》馬周殷《ばしゅういん》、[175]九江《きゅうこう》の兵十万騎を率して、楚の陣へ押し寄せ、水を阻《へだ》てて取《と》り籠《こ》む。東西南北咸《ことごと》く、百重千重に取り巻きたれば、項羽《こうう》、落つべき方《かた》なくして、[176]垓下《がいか》の城にぞ籠もられける。

漢《かん》の兵、これを囲める事数百重、[177]四面皆楚の歌するを聞いて、項羽、これを限りと思はれければ、美人[178]虞氏《ぐし》に向かつて、涙を流し、[179]詩を作つて悲歌慷慨《ひかこうがい》し給ふ。虞氏、悲しみに堪へず、剣を賜《たまわ》つて、自らその刃《やいば》に貫ぬかれて臥しければ、項羽、今は浮世《うきよ》に思《おも》ひ措《お》く事なしと悦《よろこ》びて、夜明けければ、討《う》ち貽《のこ》されたる兵二十八騎を伴うて、先《ま》づ四面を囲める漢の兵百万余騎を懸け破り、[180]烏江《うこう》と云ふ川の辺《ほと》りに打ち出で給ふ。

自ら涙を押さへて、その兵に語つて曰はく、「われ、兵を発《おこ》してより已来《このかた》、八ヶ年の戦ひに、自ら逢ふ事七十余戦、膺《あた》る所は要《かなら》ず破れ、撃つ所は皆服す。未だ嘗《むかし》より、一度《ひとたび》も(敵)敗北せ

174 軍事を司る大臣。

175 安徽省の地。

176 安徽省霊璧県の東南。

177 漢軍が項羽の郷里である楚の歌を歌うのを聞いて、項羽が楚の人も漢軍に加わったと思ったこと。いわゆる四面楚歌の故事。

178 項羽の寵姫。なお、「史記」には、虞氏の最期は語られない。

179 第九巻・6、参照。

180 安徽省和県の東北の長江の渡し。

ずと云ふ事なし。つひに覇《は》として天下を有《たも》てり。しかりと雖《いえど》も、今、勢ひ尽《つ》き、力衰へて、漢のために殞《ほろ》ぼされぬる事、全く戦ひの罪にあらず。ただ、天のわれを亡ぼすものなり。ゆゑに、今日の闘ひに、われ、必ず快く三度《みたび》打ち勝つて、しかも漢の大将が頸《くび》を取つて、楚の旗を靡《なび》けて、真《まこと》にわが言ふ所の錯《あやま》らざる事を、子等《しら》に知らすべし」とて、二十八騎を四手《よて》に分けて、漢の兵百万騎を四方に承《う》けてひかへたる処《ところ》に、先づ一番に、漢の将軍淮陰侯《わいいんこう》[181]、三十万騎にて押し寄せたり。

項羽、二十八騎を跡に立てて、真前《まつさき》に懸け入つて、自ら敵三百余騎斬つて落とし、漢の大将の首を取つて鋒《きつさき》に貫き、本《もと》の陣へ馳《は》せ還《かえ》り、山東《さんとう》[182]にして見給へば、二十八騎の兵、八騎討たれて二十騎になりにけり。その勢《せい》をまた三所《さんしょ》にひかへさせて、近づく敵を待ち懸けたるに、孔将軍《くしょうぐん》[183]二十万騎、費将軍《ひしょうぐん》五十万騎にて、東西より押し寄せたり。項王《こうおう》、また大きに呼《おめ》いて、山東

181　韓信。

182　山の東斜面。

183　次の費将軍とともに、韓信の将。

より馳《は》せ下《くだ》り、両陣の敵を[184]四角八方《しかくはっぽう》へ懸け散らし、逃ぐる敵五百余人を切つて落とし、また漢《かん》の大将[185]都尉《とい》が首を取つて、左の手に提《ひっさ》げて、本《もと》の陣《じん》へ馳《は》せ返《かえ》り、その兵を見給ふに、七騎になりにけり。項羽《こうう》、自ら漢の大将軍三人の頸《くび》を鋒《きっさき》に貫いて差し上げ、七騎の兵に向かつて、「いかに汝等《なんじら》、[186]わが云ひつる処《ところ》にあらずや」と問ひ給へば、兵[187]皆《みな》舌を振るひて、「誠《まこと》に大王の御《お》言《ことば》の如し」と感じける。

　項王《こうおう》、すでに五十余ヶ所疵《きず》を被《こうぶ》りてければ、「今はこれまでぞ。さらば自害せん」とて、烏江《うこう》の辺《ほと》りに打《う》ち莅《のぞ》み給ふ。ここに、烏江の[188]亭《てい》の長《ちょう》と云ふ者、舟を一艘漕ぎ寄せて、「この向かひは、項王の御手《おんて》に属《しょく》して所々《しょしょ》の合戦に討死仕《うちじにつかまつ》りし兵どもの故郷にて候ふ。地狭《せば》しと云へども、その人数十万人あり。この舟より外《ほか》は、渡《わた》るべき浅瀬もなし。また橋もなし。漢の兵至るとも、何を以てか渡る事を得ん。願はくは、大王、急に渡つて

184　四方八方。
185　軍事を司る官。
186　私の言ったとおりではないか。
187　驚き畏れて。
188　宿駅の長。

命を続《つ》ぎ、重ねて大軍を動かして、天下を今一度覆《くつがえ》し給へ」と申しければ、項王、大きにあざ笑うて、「天、われを亡ぼせり。われ、いかんぞ渡る事をせんや。われ、昔《むかし》[189]江東《こうとう》の子弟《してい》八千人とこの川を渡つて、秦《しん》を傾《かたぶ》け、つひに天下に覇《は》として、嘗未だ士卒に及ばざる処に、また高祖《こうそ》と戦ふ事八ヶ年、今、その子弟一人《いちにん》も還《かえ》る者なくして、われ独《ひと》り江東に帰らんは、たとひ江東の父兄《ふけい》、憐れんでわれを王とすとも、われ、何の面目《めんぼく》あつてか、これに見《まみ》ゆる事を得ん。[190]たとひ言はずとも、われ独り心に愧《は》ぢざらんや」とて、つひに川を渡り給はず。されども、亭の長がその志《こころざし》を感じて、騅《すい》と云ひける馬の一日に千里を翔《かけ》るを、ただ今まで乗り給ひたるを下《お》りて、亭の長にぞ賜《た》びたりける。

その後《のち》、歩立《かちだち》になつて、ただ三人、なほ怒つて立ち給ふ所へ、[191]赤泉侯《せきせんこう》、騎《き》の将として二万余騎が真前《まっさき》に進み、項王を虜《いけど》らん

189　長江下流の南岸の地方。

190　たとえ口に出して非難せずとも、私だけは恥じないことがあろうか。

191　楊喜。漢軍の騎将。

と馳《は》せ近《ちか》づく。項王《こうおう》、[192]眼を瞋《いか》らかして声を発して、「汝《なんじ》、何者なれば、われを討たんと近づくぞ」と怒つて、立ち向かひ給ふに、さしもの赤泉侯《せきせんこう》、[193]その人こそあらめ、心なき馬さへ振《ふ》るひ噫《わなな》いて、[194]小《こ》膝《ひざ》を折つてぞ臥したりける。

ここに、漢《かん》の[195]司馬《しば》呂馬《りょば》童《どう》、はるかにひかへたりけるを、項王、手を挙げて招きて、「汝は、わが年来の[196]知《ち》音《いん》なり。われ聞く、漢、わが首を以て[197]千金、邑万戸《ゆうばんこ》に購《つの》るべしと。われ、今汝がために頸《くび》を与へて、朋友の恩を謝すべし」と云ふに、呂馬童、涙を流して、あへて項王を討たんとせず。項王、「よしや、さらば、われとわが首を掻《か》き切つて、汝に与へん」とて、自ら剣を抜《ぬ》いて、己れが頸を掻き落とし、左の手に差し揚げて、立ちすくみにこそ死に給ひけれ。

項王、つひに殞《ほろ》びて、漢、[198]七百の祚《そ》を保ちし事は、ただ、陳《ちん》平《ぺい》、張良《ちょうりょう》が謀《はかりごと》にて、偽《いつわ》つて和睦《わぼく》せしゆゑなり。その智謀《ちぼう》、今

192 怒った眼でにらんで。

193 その当人だけでなく。

194 膝。「小」は接頭語。

195 軍事を司る官。

196 友人。

197 黄金千金と一万戸の村(広い領地)で買う。

198 漢の世は、前漢・後漢あわせて約四百年。「祚」は、天子の位。

また当たれり。しかれば、ただ直義入道《ただよしにゅうどう》が謝《しゃ》し申《もう》す旨《むね》に任《まか》せて、先《ま》づ[199]御合体《ごがってい》あらば、定めて君を御位《みくらい》に即《つ》けまゐらせて、[200]万機《ばんき》の政《まつりごと》を四海《しかい》に施されんか。[201]聖徳普《せいとくあまね》くして、士卒悉《ことごと》く帰服し奉らん。その威を俄《にわ》かに振るひて逆臣等《ぎゃくしんら》亡ぼさしむるに、何の子《し》細《さい》か候ふべき」と、次《つい》での才覚《さいがく》と覚えて、言《ことば》を巧みに申されければ、諸卿、げにもと同《どう》じて、即ち[202]勅免《ちょくめん》の宣旨《せんじ》をぞ下されける。

[203]綸言《りんげん》を被《こうぶ》つて称《い》はく、[204]故《ふる》きを温《たず》ね、新しきを知るは、[205]明哲《めいてつ》の好《よ》くする所なり。[206]乱を撥《おさ》めて、正に復するは、良将の先んずる所なり。而《しか》るに、元弘《げんこう》の旧功を忘れず、[207]皇天《こうてん》の景命《けいめい》に帰《き》し奉る、[208]叡感《えいかん》の至り、尤も褒賞《ほうしょう》するに足れり。早く義兵を揚げて、天下静謐《せいひつ》の策《はかりごと》を運《めぐ》らすべし。者《てえ》れば、[209]綸旨《りんし》かくの若《ごと》し。仍《よ》つて執達件《しったつくだん》の如し。

[210]正平《しょうへい》五年十二月十三日　[211]左京権大夫正雄《さきょうのごんのだいぶまさお》奉ず

199 和議。
200 帝の行う万般の治政。
201 帝の徳化があまねく行き渡り。
202 帝のお赦しの命令書。
203 帝の仰せごと。
204 「故きを温ね新しきを知る」(論語・為政)。
205 道理に明るい賢人。
206 「乱を撥（おさ）めて、これを正に反（かえ）す」(史記・高祖本紀)。
207 天皇の命令。
208 帝の感心。
209 帝の意を受けて蔵人の発行する文書。
210 北朝の観応元年（一三五〇）。
211 藤原（六角）隆雄の子。

謹上《きんじょう》　足利左馬頭入道殿《あしかがさまのかみにゅうどうどの》

とぞなされける。

太平記 第二十九巻

第二十九巻　梗概

観応《かんのう》元年（一三五〇）十二月、足利直冬《あしかがただふゆ》討伐のため西国へ向かった尊氏《たかうじ》は、直義《ただよし》と南朝の合体を知って、備前から引き返した。翌年正月、直義は、石清水《いわしみず》八幡宮《はちまんぐう》に陣を置き、それに呼応して、越中守護の桃井直常《もものいただつね》が上洛した。形勢不利とみた足利義詮《あしかがよしあきら》は京を退いた。正月十五日、尊氏と高師直《こうのもろなお》は、義詮と合流し、京一帯で桃井軍と戦った。この時、阿保《あぶ》と秋《あき》山《やま》の四条河原での華やかな一騎打ちは、人々が絵に描いてもてあそぶほど評判となった。

桃井との合戦に勝利したにもかかわらず、離反者が続出した将軍方は、丹波路を西へ落ち、義詮は、丹波井原の石龕寺《せきがんじ》に留まった。石見にいた高師泰《こうのもろやす》は、京からの報せで、三角城《みすみのじょう》攻めをやめて京へ向かう途中、備中で上杉朝定《うえすぎともさだ》の軍を破り、高師夏《こうのもろなつ》（師直の子）とともに、播磨の書写坂本で尊氏、師直の軍と合流した。二月四日、将軍方は、石塔頼房《いしどうよりふさ》の籠もる光《こう》明寺城《みょうじのじょう》を攻めあぐみ、十七日には、摂津の小清水一帯で、畠山国清《はたけやまくにきよ》の軍と戦って大敗した。松岡城《まつおかのじょう》に逃げ籠もった尊氏、師直らのもとへ、直義からの和議の申し出がもたらされた。その頃、師直が頼みとする鎌倉執事の高師冬《こうのもろふゆ》が、甲斐国で討たれたとの報せが入った。二十六日、師直・師泰兄弟は、直義と和睦した尊氏に従って上洛する途中、武庫川辺で討たれた。師夏も捕らえられて斬られ、ほかの高一族もことごとく討たれたが、高一族と死をともにした家来はきわめて少なかった。この乱世がいつまでも終わらないのも、節義をまっとうする真の勇者が少ないからである。

吉野殿《よしのどの》と恵源禅閤《えげんぜんこう》と合体《がってい》の事　1

暫時《ざんじ》の智謀《ちぼう》、事成《な》りしかば、[1]吉野殿と[2]三条兵衛入道恵源《さんじょうひょうえにゅうどうえげん》と、[3]御合体ありて、大和《やまと》の[4]越智《おち》がもとにおはしければ、[5]東条《とうじょう》の和田《わだ》、楠《くすのき》を始めとして、大和、河内《かわち》、和泉《いずみ》、紀伊国《きのくに》の宮方《みやがた》ども、われもわれもと三条殿《さんじょうどの》に馳《は》せ参《まい》る。これのみならず、洛中辺土《らくちゅうへんど》の[6]武士どもも、抜け抜けに参ると聞こえしかば、今まで二心《ふたごころ》なき[7]将軍方にて、楠退治のために、[8]石川河原《いしかわがわら》に[9]向かひ城を取つて居られたりける[10]畠山阿波将監国清《はたけやまあわのしょうげんくにきよ》も、その勢《せい》千余騎にてぞ馳せ参られたりける。

[11]謳歌《おうか》の説巷《ちまた》に満ちて、南方の勢すでに京都に寄せぬるなんど聞こえければ、京都の警固《けいご》にておはし給へる宰相中将義詮《さいしょうちゅうじょうよしあきら》朝臣《あそん》より早馬《はやうま》を立てて、将軍、備前国《びぜんのくに》[12]福岡《ふくおか》に九州下向のため

1

1　吉野の後村上帝。
2　足利直義。
3　和睦。
4　奈良県高市郡高取町越智に住んだ武士。足利直義が越智伊賀守を頼ったことは、第二十八巻・7、参照。
5　大阪府富田林市内の地。
6　一人また一人と抜け出して。
7　足利尊氏方。
8　富田林市の東部を流れる石川の河原。
9　敵の城を攻める時、それに対して築く城。
10　家国の子。足利一族。底本「清国」を改める。
11　大勢が声をそろえて言ううわさ。
12　岡山県瀬戸内市長船町福岡。足利直冬討伐のため、足利尊氏、高師直らが西国

とておはしける処《ところ》へ急を告げらるる事、[13]しきなみの如し。これによつて、将軍よりまた[14]脚力《かくりき》を以て、[15]越後守師泰《えちごのかみもろやす》が石見《いわみ》の[16]三角城《みすみのじょう》退治せんとて居たりけるを、その国はともあれ、先《ま》づ京都の事が一大事なれば、[17]夜《よ》を日《ひ》に継《つ》いで上洛《しょうらく》すべき由《よし》をぞ告げられける。飛脚の往復する程、日数《ひかず》を経《へ》ければ、師泰が[18]参否《さんぴ》の左右《そう》を待つまでもなしとて、将軍、急ぎ福岡《ふくおか》を立つて、二千余騎にて上洛し給ふ。

[19]入道左兵衛督《にゅうどうさひょうえのかみ》、この由を聞いて、さらば、京都に勢《せい》の着かぬ先に、義詮朝臣《よしあきらあそん》を攻め落とせとて、[20]観応《かんのう》二年正月七日、七千余騎にて[21]八幡山《やわたやま》に陣をとる。

桃井四条河原合戦《もものいしじょうがわらかっせん》の事 2

[1]桃井右馬権頭直常《もものいうまのごんのかみただつね》は、その比《ころ》、越中《えっちゅう》の守護にて在国したり

に向かったことは、第二十八巻・6、参照。
13 しきりに打ち寄せる波のようにひんぱんだ。
14 飛脚。
15 高師泰。
16 宮方の三角兼連のたてこもる城(島根県浜田市三隅町)。第二十八巻・4、参照。
17 昼夜兼行で。
18 上洛できるかどうかの返答。
19 足利直義。
20 一三五一年。
21 石清水八幡宮のある男山(京都府八幡市)。

2
1 貞頼の子。直義方の武将で、足利一族。

けるが、かねて相図《あいず》を定めたりければ、同じき正月八日、越中を立つて、能登《のと》、加賀《かが》、越前《えちぜん》の勢を相催《あいもよお》し、夜を日に継いで攻《せ》め上《のぼ》りけるが、時節《おりふし》、雪おびたたしく降つて、馬の足も立たざりければ、兵を皆馬より下ろし、2檋《かんじき》を掛けさせて、二万余人を前《さき》に立て、道を踏ませて通りけるに、山の雪氷つて、鏡の如くなれば、なかなか馬の蹄《ひづめ》を労せずして、3七里半の山中《さんちゅう》をば、馬人《うまひと》たやすく超《こ》え果《は》て、比叡山《ひえいざん》の4東坂本《ひがしさかもと》にぞ着きにける。

足利宰相中将義詮《あしかがさいしょうちゅうじょうよしあきら》は、その比《ころ》、京都におはしけるが、八幡《やわた》、比叡《ひえい》、坂本《さかもと》に大敵を承《う》けて、油断すべきにあらず、5着到《ちゃくとう》を付けて、勢の6分際《ぶんざい》を見よとて、正月八日より、日々に着到を付けられけるに、初めの日は、三万余騎と註《しる》したりけるが、翌日《つぎのひ》は、一万騎に減《げん》ず。また翌日は、三千騎になる。「これはいかさま、7御方《みかた》の軍勢《ぐんぜい》、敵になると覚ゆるぞ。道々に関を居《す》ゑよ」とて、8淀《よど》、9赤井《あかい》、10今路《いまみち》、11関山《せきやま》に関を居ゑたれば、関守《せきもり》ともに打

2　雪の上を歩くために草鞋の下に履く物。枝や蔓を輪状にしてある。
3　越前敦賀(福井県敦賀市)から愛発山を越え、近江海津(滋賀県高島市マキノ町海津)へ至る七里半越え。西近江路。
4　比叡山の東麓。滋賀県大津市坂本。
5　軍勢の来着を記す名簿。
6　数量。
7　きっと。
8　京都市伏見区淀。
9　伏見区羽束師《はつかし》から淀の桂川西岸の地。
10　左京区修学院から延暦寺東塔を経て滋賀県大津市坂本へ至る比叡山越えの道。
11　逢坂山(大津市逢坂)。

ち連れて、われもわれもと敵に馳《は》せ付《つ》きける程に、同じき十二日の暮れ程には、[12]御内《みうち》、外様《とざま》の御勢《おんぜい》、五百騎に足らずとぞ誌《しる》したる。

さる程に、十三日の夜より、桃井《もものい》、[13]山上《さんじょう》に取《と》り上《あ》がりぬと見えて、大篝《おおかがり》を炷《た》けば、八幡山《やわたやま》にも、相図《あいず》の篝を焼《た》き列《つら》けたり。これを見て、仁木《にき》、細川《ほそかわ》以下《いげ》宗徒《むねと》の人々、評定《ひょうじょう》あつて、「合戦は、始終の勝《かつ》こそ肝要《かんよう》にて候へ。この小勢《こぜい》にて、かの大敵に合はん事、千に一つも勝つ事を得難《えがた》く覚え候ふ。その上、将軍、すでに西国《さいごく》より御上《おんのぼ》り候ふなれば、今は摂津国《つのくに》辺にも着かせ給ひて候ふらん。ただ京都を[14]事故《ことゆえ》なく御開き候ひて、将軍の御勢と一つになり、却《かえ》つて京都へ寄せられ候はば、[15]などか、思《おも》ふばかりの合戦一度《ひとたび》せでは候ふべき」と申されければ、義詮卿《よしあきらきょう》、[16]「義は宜《よろ》しきに順《したが》ふに如《し》かず」とて、正月十五日の[17]早旦《そうたん》に、西国を指して落ち給へば、同じき日の[18]午刻《うまのこく》に、桃井、都へ入れ替

12 足利一族と、それ以外の大名。
13 比叡山の山上。
14 無事に退却して。
15 どうして思いどおりの合戦が、一度でもできないことがありましょうか。
16 時宜に随うのが道理である。「義は必ず時に随ふ」(日本書紀・神武即位前紀)。
17 早朝。
18 正午頃。

はる。

　[19]治承《じしょう》の古《いにし》へ、平家都を落ちはてたりしかども、木曾《きそ》は、なほ[20]天台山《てんだいさん》に陣を把《と》つて、十一日まで都へ入《い》らざりき。これ全く入洛《じゅらく》を急がざるにはあらず。[21]敵を欺《あざむ》かざるゆゑ、または軍勢の狼藉を静めんためなりき。武略に長ぜる人は、慎《つつし》む処《ところ》かやうにこそ賢《かしこ》かるべきに、[22]楚忽《そこつ》に都へ入れ替はる事、その[23]要《よう》、何事ぞや。敵、もし偽つて引き退き、却つてまた寄せ来たる事あらば、直常《ただつね》[24]一定《いちじょう》打ち負けぬと、云はぬ人こそなかりけれ。

　義詮朝臣、心細く都を落ちて、桂川《かつらがわ》を打ち渡り、[25]向日明神《むこうのみょうじん》を南へ打ち過ぎ給ふ処《ところ》に、[26]物集女《もずめ》の前、[27]西岡《にしのおか》の東西に当たつて、[28]馬煙《うまけぶり》おびたたしく立つて、勢《せい》の多少は未だ見えず、旗[29]二、三十流れ翻《ひるがえ》して、小松原より懸け出でたり。義詮卿、馬をひかへて、これはもし八幡より搦手《からめて》に廻《まわ》る敵にやあらんとて、先《ま》づ人を見せに遣《つか》はされたれば、八幡の敵にてはあらで、将軍と武蔵守師《むさしのかみもろ》

19　「平家物語」巻八の故事。治承の古へは、正しくは寿永二年(一一八三)のこと。木曾は、木曾義仲。
20　比叡山。
21　敵を侮らないゆえ。
22　軽率。
23　必要。
24　必ずや。
25　京都府向日市向日町にある向日神社。
26　向日市物集女町。
27　向日市・長岡京市一帯の丘陵地。
28　馬が蹴立てる土ぼこり。
29　流れは、旗を数える語。

直《なお》とが、山陽道《せんようどう》の勢《せい》を駆り具し、二万余騎を率《そっ》して、上洛《しょうらく》し給ふにてぞありける。義詮《よしあきら》を始めとし奉つて、諸軍勢に至るまで、ただ[30]窮子《ぐうじ》の他国より返つて、父の長者に逢へるが如く、悦《よろこ》び合《あ》へる事限りなし。さらば、[31]やがて取つて返して、洛中へ押し寄せ、桃井《もものい》を攻め落とせとて、将軍父子の御勢《おんせい》、都合二万余騎を、桂川《かつらがわ》より三手《みて》に分かつ。

大手《おおて》は、武蔵守《むさしのかみ》を大将として、[32]仁木《にき》兵部大輔《ひょうぶのたいふ》頼章《よりあき》、四条《しじょう》を東へ押し寄する。[33]佐々木《ささき》佐渡判官入道《さどのほうがんにゅうどう》は、手勢七百余騎を引き分けて、[34]東寺《とうじ》の前を東へ打ち通りて、[35]今比叡《いまひえい》の辺にひかへ、大手の合戦半ばならん時、思ひも寄らぬ方《かた》より敵の後ろへ懸け出でんと、[36]旗竿《はたざお》引つそばめ、[37]笠符《かさじるし》を巻き隠して、東山《ひがしやま》へ打ち上《う》がる。

将軍と宰相中将殿《さいしょうちゅうじょうどの》とは、一万余騎を一手《ひとて》に并《あわ》せ、[38]大宮《おおみや》を上《のぼ》りに打ち通り、二条《にじょう》を東へ[39]法勝寺《ほっしょうじ》の前に打ち出でんと、相図《あいず》

30　「法華経」信解品（しんげぼん）の譬喩をふまえる。長者の息子が家出して流浪し、五十年後に偶然長者の邸を訪れたのを、長者は下男として召し使い、後に親子の名乗りをして財宝を譲ったこと。仏を長者、仏道修行者を子、仏法を財宝にたとえた譬喩。

31　すぐに。

32　義勝の子。丹波守護。

33　道誉。

34　京都市南区九条町の教王護国寺。

35　東山区妙法院前側町の新日吉神社。

36　旗竿を身に引き付けて隠し。

37　敵味方を区別する布きれ。鎧の袖や兜に付ける。

38　東寺の横の東大宮通りを北へ。

39　左京区岡崎法勝寺町に

を定めて寄せ給ふ。これは、桃井東山に陣を取つたりと聞こえしかば、四条より(寄す)る勢に向かひ合うて、合戦は定めて河[40]原にてぞあらんずらん。御方《みかた》偽つて京中へ引き退かば、桃井勝《かつ》に乗つて進まんか。その時、道誉《どうよ》、桃井が陣の後ろへ懸け出でて、不慮に戦ひを致さば、前後の大敵に遮《さえぎ》られて、進退度《ど》を失はん時、将軍の大勢《おおぜい》、[41]北白河《きたしらかわ》へ懸け出でて、敵の後ろへ廻る程ならば、桃井、武《たけ》しと云へども、[42]引かではやはや怺《こら》ふるかと、謀《はかりごと》を廻《めぐ》らす処《ところ》なり。

案の如く、[43]中の手、大宮《おおみや》にて[44]旗の手下ろして、直《すぐ》に四条河原へ懸け出でたれば、桃井は、東山を後ろに当て、賀茂川《かもがわ》を前に堺《さか》ひて、[45]赤旗一揆《あかはたいっき》、(扇一揆《おうぎいっき》)、鈴付一揆《すずつけいっき》、三千騎づつ三ヶ所にひかへて、射手《いて》をば面《おもて》に進ませ、[46]畳楯《じょうだて》二、三百帖《じょう》突き並べて、敵懸からば、ともに懸かり合うて、広みにて勝負を決せんと、閑《しず》まり返《かえ》つて待ち懸けたり。

あった天台宗寺院。

40　鴨川の河原。

41　左京区北白川。

42　退却せずにどうして持ちこたえられよう。

43　佐々木道誉軍と足利尊氏・義詮軍との間、四条にいる高師直・仁木頼章らの大手の軍。

44　旗を下げて(戦闘態勢に入って)。旗の手は、旗を竿に付ける緒。

45　赤旗・扇・鈴の紋を旗じるしに一味同心した小武士の集団。

46　折りたたみができる面が広く大きい楯。

両陣旗を進めて、[47]時の声をば揚げたれども、寄手《よせて》も、搦手《からめて》の勢《せい》の相図《あいず》を待つて未だ懸からず。桃井《もものい》は、[48]八幡《やわた》の勢の攻め寄せんずる程を待つて、わざと事を延ばさんとす。互ひに勇気を励《はげ》ます程、或いは五騎、十騎、馬を懸《か》け廻《まわ》し、[49]角《すみ》の口散々《くちさんざん》に引いて、懸け引き自在に当たらんと、馬を[50]乗り浮かむる人もあり。或いは[51]母衣袋《ほろぶくろ》より母衣取り出だして、[52]これを先途《せんど》の合戦と思へる気色《けしき》顕《あらわ》れて、最後と出で立つ人もあり。

かかる処《ところ》に、桃井が扇一揆《おうぎいっき》の中より、長《たけ》八尺ばかりなる男の、髭黒《ひげぐろ》に[53]血眼《ちまなこ》なるが、[54]火威《ひおどし》の鎧に、[55]五枚冑《ごまいかぶと》の緒《お》をしめ、[56]鍬形《くわがた》のあはひに、紅《くれない》の扇の月日を出《だ》いたるを貽《のこ》らず開いて夕陽《せきよう》に輝《かかや》かし、樫《かし》の木《き》の棒の[57]一丈余りに見えたるを、八角に[58]捻《よ》りて両方に[59]石突《いしづき》入れ、右の脇に引つそばめて、[60]白瓦毛《しろかわらげ》なる馬の太く逞《たくま》しきに、[61]白沫嚙《しらあわか》ませて打《う》ち居《す》ゑ、ただ一騎[62]河原面《かわらおもて》に進み出でて、高声《こうしょう》に申しけるは、「戦場に臨《のぞ》む人ごとに、討死《うちじに》を志《こころざ》さずと云ふ者

47 鬨(とき)の声。
48 足利直義の軍勢。
49 轡を馬の上あごに密着させるように手綱を上にあげて持ち、馬に乗るさま。
50 腰を浮かせて乗る。
51 母衣(矢を防ぐために背負う袋状の布)を入れる袋。
52 これが勝敗の分かれ目の合戦。
53 眼の血走った男が。
54 緋色の糸で縅(おど)した鎧。
55 錣(しころ)の板が五段からなる兜。
56 兜の前立物(まえだてもの)＝兜正面の飾り)の鍬形(二本の角のような金属製の板)の間に。
57 一丈は、約三メートル。
58 ねじって。
59 先端を覆う金具。
60 朽ち葉色を帯びた白毛

なし。しかりと雖《いえど》も、今日の合戦には、某《それがし》、殊更《ことさら》死を軽《かろ》くして、日来《ひごろ》の荒言《こうげん》[63]の、げにもと(人に云はれんと)存ずるなり。その身、人数《ひとかず》ならねば、名乗つて人に知らるべき身にても候はぬ間、余りにことごとしきやうに候へども、名字《みょうじ》を申すにて候ふ。これは、清和源氏の後胤に、秋山九郎《あきやまのくろう》[64]と申す者にて候ふ。王氏《おうし》を出でて遠からずと雖も、身すでに武略の家に生まれて数代《すだい》、ただ弓箭《きゅうせん》を執《と》つて名を高くせん事を存ぜし間、幼稚《ようち》の昔より長《ちょう》[65]年《ねん》の今に至るまで、兵法《ひょうほう》を弄《もてあそ》び嗜《たしな》む事隙《ひま》なし。但し、黄石公《こうせきこう》[66]が子房《しぼう》[67]に授けし所は、天下のためにして匹夫《ひっぷ》[68]の勇にあらざれば、われ(未だ)学ばず。鞍馬《くらま》[69]の奥、僧正谷《そうじょうがたに》[70]にして、愛太子《あたご》[71]、高雄《たかお》の天狗どもが、九郎判官義経《くろうほうがんよしつね》に授け奉りし所の兵法に於ては、某、一つもこれを残さず伝へて得たる処なり。仁木《にき》、細川《ほそかわ》、高《こう》家《け》の御中《みうち》に、われと思はん人、名乗つてこれへ御出《おんい》で候へ。華やかなる打物《うちもの》[72]して、見物衆の居眠《いねぶ》り醒《さ》まさん」と喚《よ》ばはつて、

で、たてがみの黒い馬。
61　馬が勇み立つさま。
62　河原に面した所。
63　大言壮語。
64　流布本「秋山新蔵人光政」。甲斐源氏、武田一族。山梨県南アルプス市秋山に住んだ。
65　成人。
66　太公望の兵法書を張良に授けた隠士(史記・留侯世家)。
67　張良(漢の高祖に仕えた三傑の一人)の字《あざな》。
68　一兵卒の武勇のためではないので。
69　鞍馬寺。京都市左京区鞍馬本町。
70　牛若丸が天狗の僧正坊から武芸を習ったとされる鞍馬寺境内の地。
71　京都の西北にある修験道の霊場愛宕山と、神護寺のある高雄山。

その勢ひ辺りを払ひ、[73]西頭《にしがしら》に馬をそひかへたる。

仁木《にき》、細川《ほそかわ》、武蔵守《むさしのかみ》が内に、[74]手柄《てがら》を表《あらわ》し、名を知られたる兵多しと云へども、いかが思ひけん、互ひに目を賦《くば》つて、われこれに懸け合はせて勝負せんと云ふ者、なかりける処《ところ》に、[75]丹党《たんのとう》に、[76]阿保肥前守忠実《あぶひぜんのかみただざね》と云ひける兵《つわもの》、[77]連銭葦毛《れんぜんあしげ》なる馬に[78]総《ふさ》懸けて、[79]唐綾縅《からあやおどし》の鎧に、[80]龍頭《たつがしら》の冑《かぶと》の緒《お》をしめ、四尺六寸の[81]返陵《かいしのぎ》の太刀を抜いて、鞘《さや》をば川中へ抛《な》げ入《い》れ、三尺二寸の豹《ひょう》の皮の[82]尻鞘《しりざや》掛けたる[83]虫尽《むしづくし》の小太刀《こだち》を佩《は》き添《そ》へて、ただ一騎、大勢《おおぜい》の中より懸け出でて、「事珍しく、耳に立つて承《うけたまわ》る秋山殿《あきやまどの》の御言《おことば》かな。これは、[84]執事《しつじ》の御内《みうち》に、阿保肥前守忠実と申す者にて候ふ。幼稚の昔より東国に居住して、明け暮れは、山野の獣《けだもの》を追ひ、江河《ごうが》の鱗《うろくず》を漁《すなど》つて業《ぎょう》とせし間、[85]張良《ちょうりょう》が一巻の書も、[86]呉氏《ごし》、[87]孫氏《そんし》が伝へし処をも、かつて名をだに聞かず。されども、変化《へんげ》時に応じて、敵のために[88]気を発する処は、勇士の己れと心に得《う》る道な

72 太刀や棒での一騎打ち。
73 西向きに。
74 武勇の手並み。
75 武蔵七党の一。
76 埼玉県児玉郡神川町に住んだ武士。安保とも。第二十六巻・9、前出。
77 葦毛(白毛に黒・茶などが交じっている毛色)に銭を並べたような灰色の丸い斑点のある馬。
78 厚総。馬の胸や尻にかける総飾りのついた紐。
79 中国産の綾絹で縅《おど》した鎧。
80 龍の頭を前立物に付けた兜。
81 貝鎬。太刀の鎬(刃と峰の間の高くなったところ)が貝のように丸みを帯びたもの。
82 太刀を雨露から保護する毛皮の袋。
83 鞘の蒔絵に虫尽しの模

れば、元弘建武《げんこうけんむ》以後、三百余ヶ度の合戦に、敵を靡《なび》け、御方《みかた》を助け、強きを破つて、堅きを砕《くだ》く事、その数を知らず。[89]素引《すびき》の精兵《せいびょう》、[90]畠水練《はたけすいれん》の言《ことば》に、怖《お》づる人はあらじ。忠実が手柄《てがら》の程試《こころ》みて後《のち》、さやうの荒言《こうげん》をば吐き給へ」と、高らかに呼ばはつて、閑《しず》かに馬をぞ歩ませたる。

両陣の兵は、あれ見よとて、軍《いくさ》を止《や》めて手を[91]拳《にぎ》る。数万の見物衆は、戦場とも云はず走り寄り、[92]堅唾《かたず》を呑んでこれを見るに、寔《まこと》に(今日の)軍《いくさ》の花は、ただこれに如《し》かずとぞ見えたりける。

相近《あいちか》になれば、阿保と秋山と、莞《にっこ》と打ち笑うて、[93]弓手《ゆんで》に懸け違へ、馬手《めて》に[94]開き合うて、秋山、はたと打てば、阿保、受け太刀になつて受け流す。阿保、以て開いてしとど切れば、秋山、棒にて打《う》ち背《そむ》く。三度合うて、三度別ると見えしかば、秋山は、棒を五尺ばかり切り折られて、手本《てもと》わづかに貽《のこ》れば、阿保は、太刀を鐔本《つばもと》より打ち折られて、[95]帯副《はきぞえ》の小太刀ばかりを頼みたり。

様を描いた小太刀か。
84 執事(高師直)の家来。
85 「張良一巻の書立ちどころに師傅(ふし)に登る」(和漢朗詠集・帝王)。張良が黄石公から伝授されたとされる兵法書。
86 呉起。戦国時代の衛の兵法家。「呉子」の著者。
87 孫武。春秋時代の呉王闔閭(こうりょ)に仕えた兵法家。「孫子」の著者。
88 勇気を発揮するのは、勇士が自然と心得ている道であるので。
89 素引は、矢をつがえずに、弓の強さをためすため弦だけを引くこと。素引だけは強そうに見えるが、実戦に役に立たない兵をいう。
90 畑で水練したような、実戦経験のない兵。
91 手に汗を握る。
92 固唾。緊張しているさ

武蔵守《むさしのかみ》、これを見て、「忠実《ただざね》は、打物取つて手はききたれども、力量《りきりょう》なき者にて、力増さりに逢うて、始終[96]は叶《かな》はじと覚ゆるぞ。あれ討たすな。秋山《あきやま》を射て落とせ」と下知《げじ》すれば、精兵《せいびょう》七、八人、河原面《かわらおもて》に立ち渡つて[97]、雨の降る如く散々《さんざん》に射る。秋山、件《くだん》の棒を持つて、ただ中を指して中《あた》る矢を、二十三筋《すじ》まで打ち落とす。忠実も、情けある者なりければ、射らるる秋山を討たんとせず、剰《あまっさ》へ御方《みかた》より射る矢を制して、矢面《やおもて》にこそ塞《ふさ》がりけれ。

　さればその比《ころ》、霊仏霊社《れいぶつれいしゃ》の御手向《おんたむけ》[98]、扇打輪《おうぎうちわ》[99]のばさら絵にも、阿保、秋山が河原軍《かわらいくさ》とて、書かせぬ人はなかりけり。

道誉《どうよ》後《ご》攻《づ》めの事　3

その後《のち》、合戦始まつて、桃井《もものい》が七千余騎と、仁木《にき》、細川《ほそかわ》が一

ま。
93 左側。馬手は、右側。
94 開くは、退く。
95 太刀に添えてもう一本腰につけた刀。
96 最後。
97 立ち並んで。
98 神仏に供える絵馬の類。
99 扇や団扇に描くばさら絵。ばさらは、派手で奇抜な装飾・意匠を意味する当時の流行語。

万余騎と、[1]白河《しらかわ》を西へ[2]まくり、東へ[3]追《お》ひ靡《なび》け、七、八度が程懸け合うたるに、討たるる者三百余人、疵《きず》を蒙《こうぶ》る者は数を知らず。

両陣互ひに戦ひ屈して、馬をひかへて息を継《つ》ぐ処《ところ》に、かねての相図《あいず》を守りて、佐々木《ささき》佐渡判官《さどのほうがん》入道《にゅうどう》道誉《どうよ》、七百余騎にて、思ひも寄らぬ東山《ひがしやま》 [4]中霊山《なかりょうぜん》の南より、時をどつと作つて、桃井が陣の後ろへ懸け出でたり。桃井が兵ども、これに驚き[5]あらけて、二手《ふたて》に分かれて相戦ふ。桃井は、西南の敵に攻め立てられて、兵、引き色に見えける間、[6]兄弟二人《ににん》、わざと馬より蜚《と》んで下《お》り、敷皮《しきがわ》の上に着座して、「運は天にあり。一足も曳《ひ》く事あるべからず。ただ討死《うちじに》をせよ」と下知《げじ》しける。

さる程に、日すでに夕陽《せきよう》に及んで、戦ひ数刻《すこく》になりぬれども、[7]八幡《やわた》の大勢《おおぜい》は、かつて攻め合はせず。[8]北国《ほっこく》の兵、[9]気疲れて、且《しばら》く東山に引き上がらんとしける処に、将軍并《なら》びに[10]羽林《うりん》の両勢五千余騎、二条《にじょう》を東へ懸け出でて、桃井を山上へ引つ返させじ

3

1　京の東北、鴨川以東の地。
2　追い立て。
3　追い散らし。
4　京都市東山区清閑寺霊山町の霊山。
5　散開して。
6　桃井直常と弟直信。
7　足利直義の軍勢。
8　桃井の軍勢。
9　気力。
10　近衛府の武官の唐名。宰相中将義詮をさす。

と、跡を要《もと》めてぞ取り巻かれける。桃井《もものい》、終日《ひねもす》の合戦に入れ替はる勢《せい》もなくて、戦ひ疲れたる上、三方の大敵に囲まれてはかなはじとや思ひけん、[11]粟田口《あわたぐち》を東へ[12]山科越《やましなごえ》に引いて行く。されども、なほ[13]東坂本《ひがしさかもと》までは引つ返さず、その夜は、[14]関山《せきやま》に陣を取つて、大篝《おおかがり》を炷《た》いてぞ居たりける。

将軍都へ立ち帰り給ひて、桃井合戦に打ち負けぬれば、今は八幡《やわた》の御敵ども、[15]大略将軍へぞ馳《は》せ参《まい》らんずらんと、諸人、推量を廻《めぐ》らして、[16]今はかうと思はれけるに、案に相違して、十五日の夜半ばかりに、京都の勢また大半落ちて、八幡の勢にぞ加はりける。「こはそも何事ぞ。[17]戦ひ利あらば、御方《みかた》の兵、敵になる事は。よく尊氏《たかうじ》を背《そむ》く者多かりける。かくては、洛中にて再び戦ひを致《いた》し難《がた》し。暫《しばら》く西国《さいごく》の方《かた》へ引き退いて、中国の勢を催《もよお》し、東国《とうごく》の者どもに牒《ちょう》して、却《かえ》つて敵を攻めばや」と、将軍頻《しき》りに仰せられければ、諸人、「しかるべく覚え候ふ」と同《どう》じ

11　三条通りから山科・大津方面へ至る交通の要所。京都七口の一。京都市左京区粟田口。
12　粟田口から東山を越えて山科へ至る道。
13　比叡山の東麓。
14　逢坂山(滋賀県大津市逢坂)。
15　おおよそ。
16　今はもう大丈夫。
17　戦いが有利になったら、味方の兵が敵になることよ。よくもまあ私を裏切る者が多いことだ。

て、同じき正月十六日の早旦《そうたん》[18]に、丹波路《たんばじ》[19]を西へ落ち給ふ。昨日《きのう》は、将軍都に立ち帰つて、桃井戦ひに負けしかば、洛中にはこれを悦《よろこ》び、八幡には聞いて悲しむ。今日《きょう》また、将軍都を落ち給ひて、桃井やがて入れ替はると聞こえしかば、八幡にはこれを悦び、洛中にはひそかに悲しむ。吉凶糾《あざな》[20]へる縄の如く、哀楽《あいらく》地を易《か》へたり。何を喜び、何事を歎くべしとも定まらず。

井原《いはら》の石龕《いわや》の事　4

将軍は、昨日、都を東嶺《とうれい》[1]の暁の霞《かすみ》とともに立ち別れ、今朝《けさ》、旅《たむろ》[2]を山陰《せんおん》の暮《ゆうべ》の雲にたな引《び》いて、西国へと赴き給ひけるが、名将皆一所に萃《あつ》まらん事は、計略なきに似たりとて、子息宰《さい》相中将殿《しょうちゅうじょうどの》に、仁木左京大夫頼章《にきさきょうのだいぶよりあき》、舎弟右京大夫義長《うきょうのだいぶよしなが》を相添へて、二千余騎、丹波国《たんばのくに》[3]井原の石龕に止《とど》められる。この寺の衆徒《しゅと》、

18　早朝。

19　京都市西京区大枝(おおえ)の老の坂から亀岡を経て播磨へ至る道。

20　吉凶は縒り合わせた縄のように交互にやってくる。「吉凶糾へる纆(わな)の如く、憂喜相紛繞す」(文選・孫楚・征西の官属の陟陽侯に送りしとき作れる詩)。

4

1　京都の東山。

2　軍勢。山陰は、山陰道。

3　兵庫県丹波市山南(さんなん)町岩屋にある石龕寺(せきがんじ)。

元来二心《もとよりふたごころ》なき志《こころざし》を存じければ、軍勢の兵粮《ひょうろう》、馬の[4]糠《ぬか》に至るまで、山の如く積《つ》み揚《あ》げたり。

この山、岸高く、峰聳《そび》えて、四方皆嶮岨《けんそ》なれば、城郭《じょうかく》の便り[5]も心安く覚えたる上、[6]荻野《おぎの》、波々伯部《ほうかべ》、久下《くげ》、長沢《ながさわ》、一人《いちにん》も貽《のこ》らず馳《は》せ参《さん》じて、日夜の用心隙《ひま》なかりければ、[7]他日窮困《きゅうこん》の軍勢ども、ただ[8]翰鳥《かんちょう》の繳《あみ》を出で、[9]轍魚《てつぎょ》の水を得たるが如くにして、且《しばら》くの心を休めける。

金鼠《きんそ》の事　5

[1]相公《しょうこう》、登山《とうざん》し給ひし日より、[2]岩屋寺《いわやでら》の衆徒《しゅと》、[3]座醒《ざさ》まさずの[4]勝軍毘沙門《しょうぐんびしゃもん》の法をぞ行ひける。

七日に当たりける日、当寺の院主雲暁僧都《うんぎょうそうず》、[5]巻数《かんじゅ》を持つて参りたり。相公、[6]則ち僧都に対面し給ひて、当寺開山の事の起

4　馬の飼料。
5　便宜。
6　いずれも丹波の武士。荻野、久下は兵庫県丹波市、波々伯部、長沢(中沢)は篠山市に住んだ。
7　過日。
8　翰鳥は、天高く飛ぶ鳥、繳は、矢につけて鳥にからませる糸(和漢朗詠集・文詞による)。
9　わだちにたまった小さな泥水の中であえぐ魚(荘子・外物)。

5

1　宰相(参議の唐名)の敬称。足利義詮をさす。
2　石龕寺(せきがんじ)の別称。
3　僧の座席が常にあたたかいことから、不断に行う行法。
4　毘沙門天(四天王の一)に戦勝を祈願する修法。石

こり、本尊霊験《れいげん》の顕《あらわ》れ給ひし様《よう》なんど、様々《さまざま》問ひ給ひける次《つい》でに、「さても、いづれの[7]薩埵《さった》を帰敬《ききょう》し、いかなる秘法を修《しゅ》せしめてか、天下を静め、大敵を殞《ほろ》ぼす[8]要術《ようじゅつ》に叶《かな》ひ候ふべきぞ」と宣《のたま》ひければ、雲暁僧都、畏《かしこ》まつて申されけるは、「諸仏菩薩の[9]利生方便《りしょうほうべん》、区々《まちまち》にして、[10]かれを是《ぜ》し、これを非する応用《おうよう》、無《む》辺《へん》に候へば、いづれを増さり、いづれを劣りたりとは申《もう》し難《がた》く候へども、[11]須弥《しゅみ》の四方を領じて、[12]鬼門《きもん》の方《かた》を守護し、[13]摧伏《さいぶく》の形を現じて、専《もっぱ》ら勝軍《しょうぐん》の利を施《ほどこ》し給ふ事は、毘沙門《びしゃもん》の徳に如《し》くは候ふべからず。これわが寺の本尊にて候へばとて、謂《い》はれなく申すにては候はず。

古《いにし》へ、[14]玄宗皇帝《げんそうこうてい》の御宇《ぎょう》、[15]天宝《てんぽう》十二年に、[16]安西《あんせい》と申す処《ところ》に軍《いくさ》起こつて、数万の官軍、戦ふ度《たび》ごとに打ち負けずと云ふ事なし。「今は力の及ぶ所にあらず。いかがすべき」と、玄宗、[17]有司《ゆうし》に問ひ給ふに、有司皆《みな》、「ただ[18]不空三蔵《ふくうさんぞう》を召されて、大法《たいほう》を行は

龕寺奥の院の本尊は毘沙門天。

5　読誦した経巻の目録。

6　ただちに。

7　菩薩に同じ。帰敬は、心から信じ尊敬すること。

8　重要な方法。

9　衆生を利益(りやく)する手だて。

10　衆生を利益しまた罰するために仏菩薩が形を変えることは、無限ですので。

11　仏教で世界の中心にそびえるという高山。山頂に帝釈天の住む忉利天があり、山腹の四方に四天王がいる。毘沙門天(多聞天)は北方。

12　東北の方角。災いの来る方角とされる。

13　打ち砕いて屈服させる姿。

14　中国、唐の第六代皇帝。

15　七五三年。

16　新疆ウイグル自治区ト

せらるべきか」と申しける間、帝《みかど》、[19]則ちかの不空三蔵《ふくうさんぞう》を召されて、毘沙門《びしゃもん》の法を行はせられけるに、一夜の中《うち》に、鉄《くろがね》の牙《きば》ある金鼠《きんそ》数百万、安西《あんせい》に出で来て、謀叛人《むほんにん》の太刀、刀、甲冑《かっちゅう》、矢の羽、弓の弦《つる》に至るまで、一つも残らず喫《く》ひ破《やぶ》り、噛《か》み切つて、剰《あまっさ》へ人をさへ咀《く》ひ殺し候ひける程に、凶徒、これを禦《ふせ》きかねて、首《こうべ》を述《の》べて軍門に降《くだ》りしかば、官軍、矢の一つをも射ずして、[20]若干《そこばく》の賊徒を征《たいら》げ候ひき。

また、わが朝には、[21]朱雀院《すざくいん》の御宇《ぎょう》に、金《こん》(銅《どう》)の四天王《してんのう》を[22]天台《てんだい》山《さん》に安《あん》じ奉りて、将門《まさかど》を亡ぼされ、聖徳太子《しょうとくたいし》は、毘沙門の像を彫《きざ》みて冑《かぶと》の[23]真向《まっこう》に戴いて、[24]守屋《もりや》の逆臣《ぎゃくしん》を誅《ちゅう》せらる。これらの奇《き》特《どく》、世の知る処《ところ》、人の仰ぐ処にて候へば、御不審あるべきにあらず。しかるに今、[25]武将、幸ひに[26]多聞《たもん》示現の霊地に陣を召され候ふ事、古への佳例《かれい》に違《たが》ふまじきにて候へば、天下を一時《いっし》に鎮《しず》められて、敵軍を千里の外に掃《はら》はれ候はん事、何の疑ひ(か候

ルファンの西にあった安西都護府。
17 役人。
18 中国に密教を広めた高僧。密教付法第六祖。三蔵は、経・律・論の三蔵に通じた高僧の称。以下の金鼠の話は、「宋高僧伝」不空伝等にみえる。
19 ただちに。
20 多くの。
21 在位九三〇―九四六年。醍醐帝皇子。在位中に平将門の乱が起きた。
22 比叡山延暦寺に安置して。
23 兜の鉢の前面。
24 物部守屋。仏教を排撃して、蘇我馬子・聖徳太子に滅ぼされた。
25 宰相中将義詮をさす。
26 多聞天。毘沙門天の別名。

ふ）べき」と、真《まこと》に憑《たの》もしげに申されければ、相公《しょうこう》、信心を凝《こ》らされて、[27]丹波国小川《たんばのくにおがわ》の庄《しょう》を寄附せられて、永代《えいたい》の寺領にぞなされける。

越後守師泰《えちごのかみもろやす》石見国《いわみのくに》より引《ひ》つ返《かえ》す事、付《つけたり》美作国《みまさかのくに》の事 6

越後守師泰は、この時まで、三角城《みすみのじょう》を退治せんとて、なほ石見国に居たりけるを、師直《もろなお》のもとより[1]飛脚《ひきゃく》を立てて、「摂津国《つのくに》、播磨《はりま》の間の合戦、事《こと》すでに急なり。早くその国の合戦を閣《さしお》いて、将軍の御陣へ馳《は》せ参《まい》らるべし。もし中国の者ども、かかる時の[2]弊《つい》えに乗つて、道を塞《ふさ》がんとする事もやあらんずらんと存ずる間、[3]武蔵五郎《むさしのごろう》をかねて備後《びんご》へ差し使はし、中国の蜂起《ほうき》を徇《しず》めて待ち申すべし」とぞ、告げたりける。越後守、これに驚いて、やがて石見を立てば、相図《あいず》を違《たが》へじと、武蔵五郎、播磨を立つ

27　底本「丹後」を改める。兵庫県丹波市山南町井原にあった荘園。

6

1　本巻・1、参照。

2　弱ること。

3　高師夏。師直の子。

て、備後《びんご》の[4]石崎《いわさき》にぞ着きにける。

将軍は、八幡《やわた》、比叡山《ひえいざん》の敵に襲はれて、播磨の[5]書写坂本《しょしゃさかもと》へ落《お》ち下《くだ》り、越後守《えちごのかみ》は、三角城《みすみのじょう》を攻めかねて引きぬと聞こえしかば、[6]上杉弾正少弼《うえすぎだんじょうのしょうひつ》、八幡より、船路《ふなじ》を経て、備後の[7]鞆《とも》へ上がる。これを聞いて、備後、備中《びっちゅう》、安芸《あき》、周防《すおう》の兵ども、われ劣らじと馳《は》せ付《つ》きける程に、その勢雲霞《せいうんか》の如くにて、靡《なび》かぬ草木《くさき》もなかりけり。

さる程に、武蔵五郎《むさしのごろう》、越後守を待ち付けで[8]、中国には暫《しばら》くも逗留《とうりゅう》せず、やがて上洛《しょうらく》すと聞こえければ、上杉《うえすぎ》、取る物も取りあへず、跡を追うて討《う》ち止《とど》めよとて、その勢三千余騎、正月十[9]三日の早旦《そうたん》に、[10]草井地《くさいじ》より打つ立ちて、跡を追うてぞ押し寄せける。

越後守は、夢にもこれを知らず、[11]片時《へんし》も行末《ゆくえ》を急ぐ道なれば、[12]匹馬《ひつば》に策《むち》を進めて、[13]西山《せいやま》を打ち越えぬ。小旗一揆《こはたいっき》、[14]河津《かわづ》、高《たか》

4 広島県福山市駅家（えきや）町。
5 兵庫県姫路市西北の書写山（天台宗寺院円教寺がある）の麓。
6 朝定。重顕の子。直義方。
7 広島県福山市鞆町。
8 待たないで。
9 十三日ではつじつまがあわない。尊氏が丹波路へ落ちたのが正月十六日（本巻・3）。簗田本・流布本は底本に同じ。玄玖本は日付なし。天正本「二十三日」。
10 福山市草戸町。
11 一刻も早くと急ぐ道中なので。
12 馬。
13 玄玖本・流布本「勢山」。岡山県倉敷市真備町妹（せ）にある山。
14 河津（氏明）は伊豆、高

橋《はし》、[15]陶山《すやま》兄弟は、遥《はる》かの後陣《ごじん》に引き下がりて、未だ[16]たつ山のこなたに支へたり。

先陣《せんじん》、後陣《ごじん》、相隔《あいへだ》たつて、勢の多少も見分けかねたれば、上杉が前懸《さきが》けの五百余騎、[17]一の後陣に打ちける陶山が百余騎の勢を目に懸けて、楯の端《はし》を敲《たた》いて[18]時を作る。陶山、元来軍《もとよりいくさ》の陣に臨《のぞ》む時、仮にも人に背《うし》ろを見せぬ者どもなれば、時の声を合はせて、矢一筋《ひとすじ》射違ふる程こそあれ、大勢《おおぜい》の中へ懸け入つて、面《おもて》も振らず攻め戦ふ。敵、大勢なれば、ここに囲み、かしこに分かれて、一人も漏らさじと攻めけれども、[19]魚鱗鶴翼《ぎょりんかくよく》の陣、[20]星旄《せいぼう》電戟《でんげき》の光、須臾《しゅゆ》に変化し、万方《ばんぽう》に相当《あいあ》たれば、原野紅《くれない》に変じて、[21]汗馬《かんば》の蹄《ひづめ》血を蹴立《けた》て、河水《かすい》流れ塞《せ》かれて、士卒の尸《かばね》流れを断つ。

かかりけれども、前陣《せんじん》は、隔たつて知らず。後陣には、連《つつ》く御方《みかた》もなし。ただ命を限りと戦ひける程に、陶山又次郎高直《すやまたじろうたかなお》、

橋(英光)は遠江出身の武士。ともに大旗一揆(小旗一揆とともに師直兄弟の配下)に属した。
15 陶山高直・師高兄弟。備中の武士。
16 不詳。玄玖本・流布本「龍山」。
17 最後尾。
18 関(とき)の声。
19 魚鱗は、先端を細くして敵陣を突破する鱗形の陣形、鶴翼は、敵陣を包囲するための鶴が翼を広げた形の陣形。
20 星のように輝やく軍旗と、稲妻のように光る戟(ほこ)。
21 汗をかいて疾駆する馬。

脇の下、[22]内冑《うちかぶと》、[23]吹返《ふきかえし》のはづれ、三所《さんしょ》突かれて討たれにけり。

弟又五郎《またごろう》師高《もろたか》、これを見て、あはれ、よからんずる敵に組んで、差し違へばやと思ふ処《ところ》に、[24]火威《ひおどし》の鎧に、紅《くれない》の[25]母衣《ほろ》懸けたる武者一騎、相近《あいぢか》に寄り合うたり。「誰《た》そ」と問へば、「[26]土屋平三《つちやへいぞう》」と名乗る。陶山《すやま》、莞《にっこ》と笑ひ、「敵をば嫌ふまじ。よし組まん」と云ふままに、引つ組んで、馬二疋が中へどうど落つ。落つる処にて、陶山、上になりければ、土屋を取つて押さへて、頸《くび》を掻かんとするを見て、[27]道口七郎《みちくちのしちろう》、落ち合うて、陶山が[28]揚巻《あげまき》の上に乗り懸かる。陶山、下なる土屋をば左手に押さへ、上なる道口を掻《か》い摑《つか》んで、[29]捻《ね》じ首《くび》にせんと、振り返つて見ける処を、道口が郎等《ろうどう》、落ち重なつて、陶山が[30]引敷《ひっしき》の板《いた》を畳《たた》み揚《あ》げ、上《あ》げ様《ざま》に三刀《みかたな》刺したりければ、道口、土屋は助かりて、陶山は命を止《とど》めてけり。

[31]さらでだに、義を金石《きんせき》に比し、命を塵芥《じんかい》よりも軽《かろ》くせる陶山

22 兜の眉庇（まびさし）の内側。額。
23 兜のしころの両端を外側にひねり返した部分。
24 緋色の糸で縅（おど）した鎧。
25 矢を防ぐために背負う袋状の布。
26 神奈川県平塚市に住んだ武士。
27 不詳。
28 鎧の背の揚巻結びの飾り紐をつけた部分。
29 首をねじ取ろうと。
30 背面の草摺（鎧の胴から垂らして下半身を覆う防具）。
31 ただでさえ、節義を重んじる心が鉄や石のように固く、命をちりあくたよりも軽んずる。

が一族どもなれば、これを見て、何のためにか命を惜しむべきとて、[32]長谷与一《はせよいち》、原八郎左衛門《はらはちろうざえもん》、小池新左衛門《こいけしんざえもん》以下《いげ》の一族若党ども、大勢《おおぜい》の中へ破《わ》つては入り破つては入り、一足《ひとあし》も引かず、皆切り死にに死にければ、上杉、[33]若干《そこばく》の手の者を討たれながら、後陣《ごじん》の軍《いくさ》には勝ちにけり。

[34]宮下野(守)《みやしもつけのかみ》兼信《かねのぶ》は、始め七十騎にて、[35]中の手にてありけるが、後陣の軍《いくさ》に御方《みかた》打ち負けぬと聴《き》いて、いつの間《ま》にか落ち失せけん、ただ六騎になりにけり。兼信、四方をきつと見て、「よしよし、あるに甲斐《かい》なき臆病《おくびょう》の奴原《やつばら》は、足纏《あしまと》ひになるに、落ち失せたるこそ[36]逸物《いちもつ》なれ。敵未だ人馬《じんば》の息を休めぬ前《さき》に、いざ懸からん」と云ふままに、六騎の馬の鼻を並べて懸け入る。これを見て、小旗一揆《こはたいっき》、河津《かわづ》、高橋《たかはし》五百余騎、喚《おめ》いて懸かりける程に、上杉《うえすぎ》が大勢、跡より[37]引き立つて、一度もつひに返さず、ひた引きに曳《ひ》きける間、上杉《うえすぎ》、深手《ふかで》を負ふのみにあらず、討たるる兵

32　不詳だが、いずれも陶山の家来。
33　大勢の。
34　備後国一宮の吉備津神社(広島県福山市新市町)の社家。
35　中盤の軍勢。
36　好都合だ。
37　浮き足だって。

五百余人、疵《きず》を被《こうぶ》る者は数を知らず。その道三里が間には、鎧、腹巻《はらまき》[38]、小手《こて》、臑当《すねあて》、弓矢、太刀、刀を捨てたる事、足の踏《ふ》み処《ど》もなかりけり。

備中国《びっちゅうのくに》の合戦には、越後守師泰《えちごのかみもろやす》、念《ねん》[39]なく打ち勝ちぬ。これより播磨《はりま》までは、道の程異《こと》なる事あらじと思ふ処《ところ》に、美作国《みまさかのくに》の住人垪和《はが》[40]、角田《つのだ》の者ども、相集まつて七百余人、杉坂《すぎさか》[41]の道を切り塞いで、越後守を討たんとす。ただ今備中の軍《いくさ》に打ち勝つて、勢ひ天地を凌《しの》ぐ河津《かわづ》、高橋《たかはし》が両一揆、一矢《ひとや》をも射させず、抜き連れて懸かりける程に、敵一滞《ひとたま》りも滞《たま》らず、渓底《たにそこ》へ皆辷《ころ》び落《お》ちて、一人も貽《のこ》らず討たれにけり。

両国の軍に事故《ことゆえ》[42]なく打ち勝ちしかば、越後守師泰、武蔵五郎《むさしのごろう》師夏《もろなつ》、喜悦《きえつ》の眉《まゆ》を開いて、同じき二月一日、将軍の陣を取つておはしける書写坂本《しょしゃさかもと》へ馳《は》せ参《まい》る。

38 腹に巻く略式の鎧。小手は、肩先から腕を覆う防具。臑当は、すねを包み覆う防具。
39 たやすく。
40 いずれも美作の武士。垪和は、久米郡垪和荘。
41 兵庫県佐用郡佐用町と岡山県美作市の間の杉坂峠。播磨と美作の境にあり、山陰道の要所。
42 無事に。

光明寺合戦《こうみょうじかっせん》の事　7

さる程に、[1]八幡《やわた》より、[2]石塔《いしどう》右馬権頭《うまのごんのかみ》頼房《よりふさ》を大将にて、[3]愛曾《あそ》伊賀守《いがのかみ》、[4]矢野《やの》遠江守《とおとうみのかみ》以下《いげ》五千余騎、書写坂本へ寄せんとて下向《げこう》しけるが、書写坂本へ越後守が大勢《おおぜい》にて着いたる由《よし》を聞いて、[5]播磨国光明寺に陣を把《と》つて、なほ八幡へ勢《せい》をぞ乞はれける。

将軍、この由を聞き給ひて、光明寺に勢着かぬ前《さき》に、先《ま》づこれを攻め落とさんとて、同じき二月三日、将軍、書写坂本を打ち出で、一万余騎の勢を率《そっ》し、光明寺の四方を取り巻かる。石塔、城を堅め山に籠《こ》もれば、将軍は、[6]曳尾《ひきお》に陣を取り、師直《もろなお》は、[7]啼尾《なきお》に陣を取る。[8]名詮自性《みょうせんじしょう》の理《ことわ》り、寄手《よせて》のために、いづれも忌《いま》はしくこそ聴《き》こえけれ。

同じき四日より[9]矢合はせして、寄手、[10]高倉《たかくら》の尾《お》より攻《せ》め上《のぼ》れ

7
1　石清水八幡宮。足利直義が陣を取る。
2　この当時の伊勢守護。
3　三重県度会郡大紀町阿曾(あそ)に住んだ武田一族の武士。他本「伊勢守」。
4　伊勢国一志郡矢野の武士。
5　兵庫県加東市光明寺にある真言宗寺院。
6　引尾。光明寺の西、加西市方面への道。
7　鳴尾。光明寺の北、西脇市方面への道。
8　仏教語。物の名はその本性をあらわす意。地名にある「曳」「啼」が縁起が悪いことをいう。
9　合戦の始めに双方が鏑矢(かぶらや)を射交わす儀礼。
10　不詳。

ば、愛曾《あそ》は、[11]二《に》王堂《おうどう》の前に支へて相戦ふ。城の中には、[12]死生知《ししょうし》らずの溢《あぶ》れ者《もの》ども、ここを[13]前途《せんど》と、命を捨てて戦ふ。寄手《よせて》には、功高く禄重き大名どもが、ただ御方《みかた》の大勢《おおぜい》を恃《たの》むばかりにて、真《まこと》にわが大事と思ひ入りたる者なかりければ、日《ひ》ごとの軍《いくさ》に、城中勝《かつ》に乗らずと云ふ事なし。

[14]赤松律師則祐《あかまつのりっしそくゆう》は、七百余騎にて向かひたりけるが、遐《はる》かに城の体《てい》を見て、「敵は無勢《ぶぜい》なりけるぞ。一攻《ひとせ》め攻めて見よ」と下知《げじ》しければ、[15]浦上七郎兵衛行景《うらかみしちろうびょうえゆきかげ》、同じき五郎兵衛《ごろうびょうえ》、吉田弾《よしだだん》正忠盛清《じょうのちゅうもりきよ》、長田民部丞資真《ながたみんぶのじょうすけざね》、菅野五郎左衛門《すがのごろうざえもん》、さしも岨《けわ》しき啼尾《なきお》の坂を攻《せ》め上《のぼ》つて、[16]掻楯《かいだて》の涯《きわ》にぞ着いたりける。この時、自余の道々よりも、寄手、同時に攻め上る程ならば、城をば[17]一《いっ》束《そく》に攻め落とすべかりしを、[18]何となくとも、[19]夜《よ》さりか明日か、[20]心落ちに落ちんずる城を、骨折りに攻めては何かすべきとて、数万《すまん》の寄手、徒《いたず》らに見物して居たりければ、浦上七郎兵衛を始

11 寺院守護の金剛力士像一対を安置する二王門。
12 命知らずの無頼の徒。
13 先途。勝負の分かれ目。
14 円心(則村)の三男。のちに家督を継ぎ、播磨・摂津・備前の守護となる。
15 いずれも播磨にいた赤松の家来。浦上は揖保郡浦上郷(たつの市)、長田は加古川市、菅野は相生市に住んだ。
16 垣のように並べた楯。
17 一気に。
18 何をせずとも。
19 今晩か明日か。
20 気落ちして自然に落城すること。

めとして、攻め入る寄手、一人も残らず掻楯の下に射伏せられて、本《もと》の陣《じん》へぞ引つ返しける。

手合はせの合戦に、敵を退けて、城中、聊《いささ》か気を得たりと云へども、寄手は大勢《おおぜい》なり、城は未だ拵《こしら》へず、[21]始終《しじゅう》いかがあるべからんと、石塔《いしどう》、上杉《うえすぎ》、安き心もなかりける処《ところ》に、伊勢《いせ》の愛督が召《め》し仕《つか》ひける童一人《わらわいちにん》、俄《にわ》かに物に狂うて、飛び上がり飛び上がり跳《おど》りけるが、「われに伊勢大神宮乗り居させ給へり。わが云ふ処《ところ》、一つも誤りあるべからず。[22]二所大神宮《にしょだいじんぐう》、この城守護のために、三本椙《さんぼんすぎ》の上に御座《ぎょざ》あり。寄手たとひいかなる大勢なりとも、われかくてあらん程は、城を落とさるる事あるべからず。悪行《あくぎょう》身を責むる師直《もろなお》、師泰《もろやす》等、今七日が中《うち》に滅びんずるをば知らぬか。あら熱《あつ》や、堪《た》へ難《がた》や。いで[23]三熱《さんねつ》の炎を醒《さ》まさん」とて、[24]閼伽井《あかい》の中へ蜚《と》びおりたれば、げにも閼伽井の清水《しみず》涌き返《かえ》つて、沸《わ》かせる湯よりもなほ熱し。城の人々、これを聞き、[25]渇《かつ》

21　最後。結末。

22　伊勢神宮の内宮(天照大神を祭る)と外宮(豊受大神を祭る)。

23　仏教で龍蛇などが受ける三種の苦しみ。中世には、伊勢も含めて神の垂迹身はしばしば龍神と考えられた。

24　仏に供える水を汲む井戸。

25　心から信じ敬うこと。

仰《ごう》の頭《こうべ》を傾《かたぶ》けずと云ふ事なし。

寄手《よせて》の赤松律師《あかまつのりっし》も、この事を伝へ聞いて、さらば、この軍《いくさ》はかばかしからじと、気に礙《さわ》りて思ひける処《ところ》に、子息[26]肥前権《ひぜんのごんの》守朝範《かみとものり》が、甲《かぶと》を枕にして少々まどろみたる夢に、寄手一万余騎、同時に掻楯《かいだて》の涯《きわ》に攻め寄りて、火を懸くれば、[27]八幡山《やわたやま》、[28]金峯山《きんぶせん》の方《かた》より[29]山鳩《やまばと》数千飛び来たつて、翅《つばさ》を水に沁《ひた》して、櫓《やぐら》、掻楯に燃え付きける火を打ち消つとこそ、見えたりけれ。朝範、やがてこの夢を則祐《そくゆう》に語る。則祐、これを聞いて、[30]さればこそ、この城を攻め落とさん事あり難《がた》しと、などやらん思ひつるが、はたして神明の擁護《おうご》ありけり。あはれ、事の難義《なんぎ》にならぬ前《さき》に、引いて帰らばやと思ひける処に、美作《みまさか》より敵起こつて、[31]赤松《あかまつ》へ寄する由《よし》聞こえければ、則祐、光明寺《こうみょうじ》の陣を棄てて、[32]白旗城《しらはたのじょう》へ帰りにけり。

26　範資(則祐の兄)の子で、則祐の猶子。
27　石清水八幡宮のある男山(京都府八幡市)。
28　金峯山寺のある吉野(奈良県吉野郡吉野町)の山々の称。
29　鳩は八幡神の使い。
30　思っていたとおりだ。
31　兵庫県赤穂郡上郡町赤松。赤松の本拠地。
32　赤穂郡上郡町の白旗山に城跡がある。赤松の本城。嘉吉の乱(一四四一)で落城。

武蔵守師直《むさしのかみもろなお》の陣《じん》に旗《はた》飛《と》び降《くだ》る事　8

軍《いくさ》の習ひ、一騎も勢《せい》の加はる時には、人の心勇み、一人も勢の透《す》く時は、兵の[1]気たゆむ習ひなれば、寄手の勢、次第に減ずるを見て、武蔵守《むさしのかみ》が兵ども、いよいよ軍解《おこた》つて、皆[2]帷幕《いばく》の内に休息して居《い》たりける処に、[3]巽《たつみ》の方より、怪しげなる雲一村《ひとむら》立ち出でて、風に随つて飛揚《ひよう》す。百千万億《ひやくせんまんおく》の鳶烏《とびからす》、その下に飛び散つて、[4]雲居る山の風《かぜ》早み、散り乱れたる木《こ》の葉《は》の、空にのみして行くが如し。近づくに随つて、これを見れば、雲にもあらず、霞《かすみ》にもあらず、[5]無文《むもん》の白旗《しらはた》の一流れ、天より飛び降つたるにてぞありける。これ[6]八幡大菩薩《はちまんだいぼさつ》の、[7]擁護《おうご》の手を加へ給ふ奇瑞《きずい》なり。この旗の落《お》ち留《とど》まらんずる方《かた》ぞ、軍《いくさ》には打ち勝たんずらんとて、寄手も、城の中にも、[8]手を叉《あざ》へ礼をなして、祈念を致

8

1　士気が衰える。
2　陣幕。
3　南東。
4　雲のかかる山の風が早いため、散り乱れた木の葉がどこまでも地に落ちずに飛んでゆくようだ。「行き帰り空にのみしてふることはわがゐる山の風早みなり」(古今和歌集・在原業平)。
5　紋のない白旗。流れは、旗を数える語。
6　源氏の氏神である八幡神の尊称。
7　仏や菩薩が衆生を守ること。
8　手を合わせ礼拝して。

さずと云ふ人なし。

この旗、城の上に蜚《と》び上《あ》がり蜚《と》び下《さ》がりて、且《しばら》く[9]翩翻《へんぽん》しけるが、梢《こずえ》の風に吹かれて、また寄手《よせて》の陣の上に翻《ひるがえ》る。数万の軍勢、頸《こうべ》を地に付けて、「わが陣に天降《あまくだ》らせ給へ」と、信心を凝《こ》らす所に、飛鳥《ひちょう》十方に飛散して、旗は忽《たちま》ちに師直《もろなお》が幕の中にぞ落ちたりける。諸人同じく、「あ、めでたし」と感ずる声、且《しばら》くは静まりもやらざりけり。師直、冑《かぶと》を解《ぬ》いで、左の袖に受《う》け留《と》め、三度礼して委《くわ》しくこれを見れば、旗にてはあらで、何ともなき反故《ほご》を二、三十枚続《つ》いで、裏に二首の歌をぞ書いたりける。

[10]吉野山《よしのやま》峰の嵐のはげしさに高き梢の花ぞ散り行く

[11]限りあれば秋も暮れぬと武蔵野《むさしの》の草はみながら霜枯《しもが》れにけり

師直、傍《かたえ》の人に、「この歌の吉凶、いかんぞ」と問ひければ、

9　翻（ひるがえ）っていたが。

10　吉野山から吹き下ろす山風が烈しいので、高い梢の花が散ってゆく。

11　限りがあるので秋も終わってしまうと、武蔵野の草はすべて霜で枯れてしまった。

聴く人ごとに、あなあさましや、「高き梢の花ぞ散り行く」とあるは、高家《こうけ》の殞《ほろ》ぶべき事にてやあらん。しかも、「吉野山の峰の嵐のはげしさに」とあるも、先年、吉野《よしの》蔵《ざ》王堂《おうどう》を焼かれたりし罪、一人《いちにん》にや帰《き》すらん。また。「武蔵野の草はみながら霜枯れにけり」とあるも、[12]名字《みょうじ》の国なれば、かたがた以て不吉なる歌かなと、忌々《いまいま》しく思ひけれども、ただ、「めでたき歌どもにてこそ候へ」と、[13]会釈《えしゃく》せぬ人はなかりけり。

小《こ》清《し》水《みず》合戦《かっせん》の事　9

[1]その日の暮《くれ》程に、摂津国《つのくに》の守護[2]赤松信濃守《あかまつしなののかみ》、使者を以て申しけるは、「八幡《やわた》より、[3]石塔中務大輔《いしどうなかつかさのたいふ》、[4]畠山阿波将監国清《はたけやまあわのしょうげんくにきよ》、[5]上杉蔵人大夫《うえすぎくろうどのたいふ》を大将にて、七千余騎を、光明寺《こうみょうじ》の[6]後攻《ごづ》めのためとて差し下され候ふなり。前に光明寺の城を堅く守つて、後

12　武蔵守(師直)の官名にちなんだ国名なので。
13　会釈。お世辞。

9
1　二月四日。
2　範資。円心の長男。則祐の兄。
3　義基。義房の子。
4　家国の子。底本「清国」を改める。
5　能憲。憲顕の子。第二十七巻・12で師直に討たれた重能の猶子。
6　城の包囲軍を背後から攻める軍勢。

ろに[7]荒手《あらて》の大敵懸かりなん、ゆゆしき御大事にて候ふべし。ただ先《ま》づこの城をば閣《さしお》かれ候ひて、討手《うつて》の下向《げこう》を相交《あいまじ》へ、[8]神尾《かんのお》、[9]十輪寺《じゅうりんじ》、[10]小清水《こしみず》の辺にて御合戦候はば、敵軍の敗北疑ふ処《ところ》にあらず。御方《みかた》一戦に利を得《え》ば、敵は所々《しょしょ》に軍《いくさ》すと云ふとも、いつまでか怺《こら》へ候ふべき。これただ一挙《いっきょ》に戦ひを決して、万方《ばんぽう》に勝つ事を計る処にて候ふべし」と、追ひ追ひに早馬《はやうま》を打たせて、一日に三度までこそ申されけれ。

将軍を始めまゐらせて、師直《もろなお》、師泰《もろやす》に至るまで、「げにも聞こゆる如くならば、敵は小勢《こぜい》なり、御方はこれに十倍せり。[11]嶮《さが》しき山の城を攻むればこそかなはね。[12]平場《ひらば》に懸け合ひて、勝負を決せんには、御方勝たずと云ふ事あるべからず。さらば、この城を閣いて、先づ、[13]向かふなる敵に懸かれ」とて、二月十三日、将軍も執事《しつじ》兄弟も、光明寺《こうみょうじ》の麓《ふもと》を御立ちあつて、兵庫《ひょうご》の[14]湊川《みなとがわ》へ馳《は》せ向《む》かはる。

7 新手。ひかえの新しい軍勢。
8 兵庫県西宮市甲山(かぶとやま)町の真言宗寺院、神呪寺(かんのうじ)。甲山大師とも。
9 西宮市鷲林寺(じゅうりんじ)町にある真言宗寺院、鷲林寺。
10 西宮市越水(こしみず)町。
11 けわしい。
12 平坦な地。
13 こちらへ向かってくるという後攻めの敵。
14 神戸市兵庫区湊川町。

畠山阿波守国清《はたけやまあわのかみくにきよ》は、三千余騎にて、播磨国《はりまのくに》東条《とうじょう》[15]にありけるが、この事を聞いて、「さては、いづくにてもあれ、執事兄弟のあらん処へこそ向かはめ」とて、湯《ゆ》[16]の山《やま》を南へ打ち越えて、打出《うちで》[17]の北なる小山に、陣を取る。光明寺に楯籠《たてご》もりつる石塔《いしどう》右馬頭頼房《うまのかみよりふさ》、上杉左馬助《うえすぎさまのすけ》[18]も、光明寺をば打ち捨てて、皆畠山が陣へ馳《は》せ加《くわ》はる。これも、打出の宿《しゅく》より東なる高き峰を前に当て、所々に掻楯《かいだて》[19]掻いて、敵今やと待ち掛けたり。

同じき十七日[20]夜、将軍、執事の勢《せい》二万余騎、御影《みかげ》[21]の浜《はま》に打ち出でて、大手《おおて》、搦手二手《からめてふたて》に分けらる。「軍《いくさ》は大手より始めて、戦ひ半ばならん時、搦手の勢、浜の南より押し寄せて、敵を中に取り籠めよ」とぞ下知《げじ》せられける。薬師寺次郎左衛門公義《やくしじじろうざえもんきんよし》[22]は、今度の軍《いくさ》、いかさま[23]、大勢《おおぜい》を恃《たの》んで御方仕損《しそん》じぬと思ひければ、いよいよわが大事と気を励《はげ》ましけるにや、自余《じょ》の勢に紛れじと、絹三幅《みはば》[24]を長さ五尺に縫ひ合はせて、両方に赤き手[25]を付けたる

15　加東市天神。
16　神戸市北区の有馬温泉。
17　芦屋市打出町。
18　朝房。憲藤の子。
19　楯を垣のように立て並べて。
20　底本・玄玖本「廿七日」は、本巻・12の日付と矛盾する。流布本・天正本「十七日」がよい。流布本等により改める。
21　神戸市東灘区御影。
22　高師直の家臣。歌人で、「元可法師集」(公義集)がある。
23　必ずや。
24　一幅は、約三六センチ。一尺は、約三〇センチ。
25　旗を竿に付ける緒。

旗をぞ差したりける。一族手勢二百余騎、[26]雀《すずめ》の松原《まつばら》の木陰《こがく》れにひかへて、大手《おおて》の軍《いくさ》、今や始まると待つ処《ところ》に、かねての相図《あいず》なれば、[27]河津《かわづ》左衛門《さえもん》氏明《うじあき》、高橋《たかはし》中務《なかつかさ》英光《ひでみつ》、[28]大旗一揆《おおはたいっき》の勢《せい》六千余騎、畠山《はたけやま》が陣へ押し寄せて時[29]を作る。

畠山が兵、閑《しず》まり返《かえ》つて、わざと時の声をも合はせず。ここの藪影《やぶかげ》、かしこの木影《こかげ》に立ち隠れて、[30]差しつめ引きつめ散々《さんざん》に射けるに、面《おもて》に立つ寄手《よせて》数百人、馬より倒《さかさま》に射落とされければ、後陣《ごじん》引き足[31]になつて進み得ず。

河津左衛門氏明、これを見て、「矢軍《やいくさ》ばかりにては、叶《かな》ふまじきぞ。抜いて懸かれ」と下知《げじ》して、弓をば、藪《やぶ》へからりと抛《な》げ捨《す》て、三尺七寸の[32]返陵《かいしのぎ》の太刀を抜いて、敵の村立《むらだ》つたる中へ、[33]会釈《えしゃく》もなく懸け入らんとす。一段高き峰の上へ懸け上げける処に、十方より、鏃《やじり》を調《そろ》へて射ける矢に、馬の[34]平頸《ひらくび》、[35]草脇《くさわき》、[36]弓手《ゆんで》の小がいな、右の[37]膝口《ひざぐち》、四ヶ所まで、[38]箆深《のぶか》に射られければ、

26 神戸市東灘区の海岸。
27 大旗一揆の武士。
28 河津、高橋が属した師直配下の一揆。
29 鬨(とき)の声。
30 矢を手早く弦につがえて次々に射出すこと。
31 浮き足だって。
32 貝鎬。太刀の鎬(刃と峰の間の高くなったところ)が貝のように丸みを帯びたもの。
33 会釈。名乗りもせず、いきなり。
34 馬の首のたてがみの下、左右平らな部分。
35 馬の胸。走るときに草を分けるから言う。
36 左腕の肘から肩の部分。
37 膝頭。
38 矢柄(箆)深く。

馬は[39]小膝《こひざ》を折つてどうと臥《ふ》す。乗手《のりて》は朱《あけ》になつて、下《お》り立《た》つたり。これを見て、畠山が兵二百余騎、喚《おめ》いて懸かりければ、迹《あと》にひかへたる寄手の大勢《おおぜい》ども、荒手《あらて》に入れ替へて戦はんともせず、手負《ておい》を扶《たす》けんともせず、[40]鞭《むち》に鐙《あぶみ》を合はせて、一度にさつとぞ控《ひ》いたりける。

石塔右馬頭《いしどううまのかみ》が陣は、これより[41]二十余町を阻《へだ》てたれば、未だ御《み》方《かた》の打ち勝つたるを知らず、「打出《うちで》の浜《はま》に、旗の三流《みなが》れ見えたるは、敵か御方《みかた》か、見て帰れ」と云ひければ、[42]原三郎左衛門義《はらさぶろうざえもんよし》実《ざね》ただ一騎、馳《は》せ向《む》かつてこれを見るに、三幅《みはば》の小旗に赤き手を両方に付けたり。さては敵なりけりと[43]見果《みおお》せて、馳《は》せ帰《かえ》りけるが、徒《いたず》らに馬の足を疲らかさじとや思ひけん、扇を挙げて、御方の勢をさしまねき、「浜の南にひかへたる勢は、敵にて候ふぞ。しかも、大手の軍《いくさ》は打ち勝つたりと見え候ふぞや。懸からせ給へ」と、声を挙げてぞ呼ばはりたる。元来《もとより》[44]気早《きばや》なる石《いし》

39　膝。「小」は接頭語。

40　全速力で馬を駆けるしぐさ。鐙は、鞍からつり下げて足をおく馬具。

41　一町は、約一〇九メートル。

42　不詳。石塔頼房の家来。

43　見きわめて。

44　血気にはやった。

塔《どう》、上杉《うえすぎ》が兵ども、これを聞いて、なじかは少しも思惟《しゆい》すべき、七百余騎の兵ども、馬の轡《くつばみ》を並べて喚《おめ》いて懸かりけるに、跡にひかへたる執事《しつじ》兄弟の大勢《おおぜい》ども、未だ矢の一つをも射掛けられざるに、[45]捨《す》て策《むち》を打つてぞ逃げたりける。

[46]梶原孫六《かじわらまごろく》、同じき弾正忠《だんじょうのちゅう》二人《ににん》は、大手《おおて》の勢《せい》の中にあつて、心ならず御方《みかた》に引き立てられて六、七町落ちたりけるが、後代《こうだい》の名をや恥ぢたりけん、ただ二騎引つ返して、大勢の中へ懸け入り、暫《しば》しが程は、二人一所《いっしょ》にて戦ひけるが、後《のち》には別々になつて、ただ命を限りとぞ戦ひける。

孫六は、敵三騎切つて落とし、裏へつと懸け抜けたるに、列《つつ》く御方もなく、また見咎むる敵もなかりければ、紛《まぎ》れて資《たす》からんよと思ひて、[47]笠璽《かさじるし》取つて袖の下に収め、[48]西宮《にしのみや》へ打ち通つて、夜に入りければ、小舟に乗り、将軍の御陣へぞ参りける。

弾正忠は、ひとへに紛れんともせず、懸け入つては戦ひ、懸

45　馬で全速力で逃げるさま。
46　坂東平氏、梶原景時の子孫。師直方。
47　敵味方を識別する布きれ。鎧の袖や兜に付ける。
48　西宮市の西宮神社(戎神社)付近。

け入つては戦ひ、七、八度まで馬煙《うまけぶり》を立てて戦ひけるが、[49]藤田《ふじた》小次郎《こじろう》と猪俣弾正左衛門《いのまただんじょうざえもん》二騎に取《と》り籠《こ》められて、討たれにけり。討たれて後《のち》、「あはれ、[50]剛《こう》の者《もの》や。誰《たれ》と云ふ者やらん。名《みょう》字《じ》を知らばや」とて、これを見るに、梅の花を一枝《ひとえだ》折つて、[51]胡籙《えびら》の上に付けたり。さては、元暦《げんりゃく》の古《いにし》へ、一谷《いちのたに》の合戦に二度の駆けして名を揚げし、[52]梶原平三景時《かじわらへいぞうかげとき》がその末にてぞあるらんと、名乗らで名をぞ知られける。

　薬師寺次郎左衛門公義《やくしじじろうざえもんきんよし》は、御方の大手、搦手《からめて》二万余騎、頽《くず》れ懸《か》かつて引けども、ちとも騒がず、二百五十騎の勢にて、石塔、上杉が七百余騎の勢を、山涯《やまぎわ》までまくり[53]付《つ》けて、連《つづ》く御方を待つに、一騎もひかへたる兵なければ、また浪打《なみう》ち涯《ぎわ》にひかへて出でたるに、石塔、畠山《はたけやま》が大勢ども、「手付けたる旗は、薬師寺と見ゆるぞ。一人も余すな」とて追つ懸けたり。公義が二百五十騎、敵近づけば、一度に馬をきつと引つ返して戦ひ、敵前《まえ》

49　ともに武蔵七党の猪俣党の武士。藤田は榛沢郡藤田(埼玉県大里郡寄居町)、猪俣は那珂郡猪俣(児玉郡美里町)に住んだ。
50　強くて勇敢な者。
51　箙(えびら)。腰に結び付ける矢入れの道具。
52　源頼朝に信任され、源平合戦で活躍した武将。一ノ谷合戦で箙(えびら)に梅の枝をさして戦ったことが、「源平盛衰記」巻三十七に語られ、謡曲「箙」でも有名。
53　追い立てて。

を遮《さえぎ》れば、一同にをつと喚《おめ》いて懸け破り、打出《うちで》の浜《はま》の東より御《み》影《かげ》の浜《はま》の松原まで、十六度返して戦ひけるに、或いは討たれ、或いは敵に懸け散らされて、一所にひかへたる勢《せい》とては、[54]弾《だん》正左衛門《じょうざえもん》義冬《よしふゆ》、勘解由左衛門《かげゆざえもん》義治《よしはる》、以上十六騎になりにけり。

十六騎の兵ども、且《しば》らく馬の息を継がせて、傍《かたわ》らをきつと見たれば、[55]輪違《わちがい》の笠標《かさじるし》付けたる武者一騎、馬を白砂《はくさ》に馳《は》せ倒《たお》して、敵七騎に取り籠められてあり。弾正左衛門義冬、これを見て、「これは[56]松田《まつだ》左近将監《さこんのしょうげん》と覚ゆる。目の前にて討たるる御方《みかた》を、助けずと云ふ事やあるべき」とて、十六騎[57]抜き連れて懸かれば、七騎の敵引き退いて、松田は命を助かりにけり。松田、薬師寺《やくしじ》十七騎になつて、且《しば》しひかへたる処《ところ》へ、かれらが手の者ども、かなたこなたより馳《は》せ付《つ》いて、また百騎ばかりになりければ、石塔《いしどう》、畠山《はたけやま》が先懸けの兵を三町ばかり追つ返したるに、敵も勇気や疲れけん、その後《のち》よりは追はざりければ、軍《いくさ》はここにて止《や》

54　薬師寺公義の兄弟か親族だが、不詳。
55　二つの輪を寄せて重ねた紋。高の紋。第二十六巻・7、参照。
56　重明。師直配下の小旗一揆の武士。
57　一斉に太刀を抜いて。

みにけり。

薬師寺は、鎧に立つ所の矢少々折り掛けて、湊川《みなとがわ》へ馳《は》せ帰《かえ》つたれば、敵の旗をだにも見ずして引つ返しつる二万余騎の兵ども、[58]気を失ひ、落ち方を求めて、ただ[59]泥に酔へる魚《うお》の、小水《こみず》に息づくに異ならず。

さても、今日の合戦をつくづくと案ずれば、勢の多少、兵の勝劣《しょうれつ》、[60]天地懸《はる》かに隔《へだ》たれり。何事にか、これまで[61]念なく打ち負くべき。これはただ事にあらずと、思ふに合はせて、その先の夜、[62]武蔵五郎《むさしのごろう》と河津左衛門《かわづさえもん》と、少しも替はらず見たりける夢こそ不思議なれ。

所はいづくとも知らず、[63]漫々たる平野《ひらの》に、西には、師直《もろなお》、師泰《もろやす》以下《いげ》高家《こうけ》の一族、その郎従《ろうじゅう》数《す》万騎《まんき》、[64]打《う》ち鳩《くく》んで轡《くつばみ》を並べてひかへたり。東には、[65]錦小路禅門《にしきのこうじぜんもん》、石塔、畠山、[66]上杉民部大輔《うえすぎみんぶのたいふ》、千余騎にて相向かふ。両陣、時の声を合はせて、戦ひ未だ

58　士気を失い、逃げる方角をさがして。
59　泥の中であえぐ魚がわずかの水で息をする。
60　天と地ほどにかけ離れている。
61　ふがいなく。
62　高師夏。師直の子。
63　広々とした野原。
64　鳩は、集まる意。
65　足利直義。三条坊門高倉に住んだので、三条殿とも高倉殿とも。のちに錦小路に住んだので錦小路殿とも。
66　憲顕。憲房の子。

半ばならざる時に、石塔《いしどう》、畠山《はたけやま》が勢《せい》、旗を巻いて引き退く。師《もろ》直《なお》、師泰《もろやす》、勝《かつ》に乗つて追つ懸くる処《ところ》に、雲の上より、錦の旗一流れ差し懸けて、勢の程百騎ばかり懸け出でたり。左右に進んだる大将を誰《たれ》ぞと見れば、(左は、)吉野《よしの》の[67]金剛蔵王権現《こんごうざおうごんげん》、頭《かしら》に角生《つのお》ひて八つの足ある馬に召されたり。[68]小守《こもり》、[69]勝手《かって》の大明神《だいみょうじん》、金《こがね》の鎧に、鐵《くろがね》の楯を引つそばめて、馬の前後に順《したが》ひ給ふ。右は、[70]天王寺《てんのうじ》の聖徳太子《しょうとくたいし》、[71]甲斐《かい》の黒駒《くろこま》に[72]白鞍《しろくら》措《お》いて召されたり。[73]蘇《そ》我馬子《がのうまこ》、[74]妹子《いもこ》の大臣、甲冑《かっちゅう》を帯《たい》して、[75]跡見赤檮《とみのいちい》、[76]秦川勝《はたのかわかつ》、[77]弓《きゅう》箭《せん》を取つて真前《まっさき》に進む。

師直、師泰以下《いげ》の一族ども、太子の御勢《おんぜい》を小勢《こぜい》と見て、中に取り籠めて討たんとするに、金剛蔵王、[78]御目《おんめ》をいららげて、「あれ射て落とせ」と下知《げじ》し給へば、小守、勝手、赤檮、川勝、四方にさつと走り散り、同時に引いて放つ矢、師直、師泰、武蔵五郎《むさしのごろう》、[79]越後将監《えちごのしょうげん》が眉間《みけん》の直中《ただなか》を通つて、馬より倒《さかさま》に地を響《ひび》

67 役行者が祈り出したという修験道の神。吉野金峯山寺の本堂蔵王堂の本尊。
68 子守神社。吉野山の上千本にある水分(みくまり)神社の別名。
69 蔵王堂の南にある勝手神社。
70 四天王寺(大阪市天王寺区)。聖徳太子の建立で、境内に太子を祭る聖霊院(太子殿)がある。
71 甲斐国から聖徳太子(二十七歳の時)に献上された黒馬。太子は甲斐の黒駒に乗って天をも翔たという。
72 銀でへりを飾った鞍。
73 推古朝の大臣。聖徳太子と仏教移入に尽力し、排仏派の物部守屋を滅ぼした。
74 小野妹子。推古朝の遣隋使となった。
75 迹見赤檮。聖徳太子の舎人で、守屋を射殺した。

かして落つると見て、夢は即ち覚めにけり。朝にこの夢を語りて、今日《きょう》の軍《いくさ》いかがあらんずらんと、危ぶみけるが、はたして軍《いくさ》に打ち負けぬ。この後《のち》とても、かくては恃《たの》もしくも思はずと、聞く人恐ろしく、舌を振るひて、心に思はぬはなし。この[80]夢の記をば、吉野の寺僧《じそう》所持す。隠れなき事なり。

松岡城周章《まつおかのじょうしゅうしょう》の事　10

小清水《こしみず》の軍《いくさ》に打ち負けて、引いて返る兵二万余騎、[1]四方四町に足らぬ[2]松岡城へ、われもわれもと込《こ》み入《い》りける程に、[3]沓《くつ》の子《こ》を打つたるが如くにて、少しも[4]はたらくべき様《よう》もなかりけり。かくては叶《かな》ふまじ、[5]宗徒《むねと》の人々より外《ほか》は、内へ入るべからずとて、人の[6]郎従《ろうじゅう》若党たる者を、皆外《そと》へ追ひ出だして、四方の[7]城《き》

76　秦河勝。聖徳太子の近臣。守屋の首を斬ったとされる(聖徳太子伝暦)。
77　弓矢。
78　目を怒らせて。
79　高師世。師泰の子。
80　夢の記録。

10

1　周囲四町。一町は、約一〇九メートル。
2　兵庫県西宮市か神戸市にあった城だが、不詳。
3　沓底の鋲のようにびっしりと。
4　身動きの仕様がなかった。
5　主だった。
6　郎等や若い下級の侍。
7　城門。

戸《ど》を下ろしたれば、[8]落ち心地の着いたる者ども、[9]これに名付けして、「憑《たの》む甲斐《かい》なき執事《しつじ》の有様かな。さては誰《た》がためにか討《う》ち死《じに》をもすべき」と[10]つぶやきて、打ち連れ打ち連れ落ちて行く。

今は定めて、道々に敵あつて、落ち得じと思ふ人は、或いは釣りする海士《あま》に紛《まぎ》れて、破れたる簑《みの》を身に纏《まと》ひ、[11]福浦《ふくら》の渡《わたり》、淡《あわ》路《じ》の[12]瀬戸《せと》、船にて落つる人もあり。或いは草苅り男に窶《やつ》しつつ、竹の簀《かご》を肩に懸け、須磨《すま》の[13]上野《うえの》、[14]明石《あかし》の浦、[15]尾上《おのえ》、[16]高砂《たかさご》、[17]生田《いくた》の奥、跣《はだし》にて逃ぐる人もあり。運の傾《かたぶ》く癖《くせ》なれども、臆病神《おくびょうがみ》の付きたる人程《ほど》に、見苦しきものはなかりけり。夜《よ》すでに深《ふ》ければ、さしも[18]せき合ひつる城中、[19]さび返つて、更《さら》に人ありとも見えざりけり。

将軍、執事兄弟を召し近づけて、「[20]云《い》ひ甲斐《がい》なき者どもが、ただ一軍《ひといくさ》に負けたればとて、落ち行く事こそ不思議なれ。さりとも[21]高橋《たかはし》、[22]海老名六郎《えびなのろくろう》は、よも落ちたらじな」と問ひ給へば、

8 逃げたい気持ち。
9 これを名目として。
10 不平を言う。
11 鳴門海峡。
12 明石海峡。
13 神戸市須磨区の須磨寺（上野山福祥寺）のある山。
14 明石市の海岸。以下は、歌枕。
15 加古川市尾上町。
16 高砂市高砂町。
17 神戸市中央区生田町。
18 込み合っていた。
19 ひっそりとして。
20 ふがいない。
21 英光。大旗一揆の武士。
22 相模（神奈川県海老名市）の武士。
23 時春。利仁流藤原氏。鎌倉の御家人で足利氏に仕えた。

「それも早や落ちて候ふ」。「[23]長井治部少輔《ながいじぶのしょう》、[24]佐分利加賀《さぶりのかが》は、や[25]はや落つる」。「否《いな》、それも皆落ちて候ふ」。「さて、残る勢《せい》いか程かある」。「今は、[26]御中《みうち》の御勢《おんぜい》、師直《もろなお》が郎従《ろうじゅう》、[27]赤松信濃守《あかまつしなののかみ》が勢、かれこれ五百騎には倍《まさ》り候はじ」と申せば、将軍、「さては世の中、今夜《こよい》を限りごさんなれ。面々にその用意あるべし」とて、鎧をば脱《ぬ》いで押《お》し除《の》け、[28]小具足《こぐそく》ばかりになり給ふ。

これを見て、高武蔵守師直《こうのむさしのかみもろなお》、越後守師泰《えちごのかみもろやす》、武蔵五郎師夏《むさしのごろうもろなつ》、越後将監師世《えちごのしょうげんもろよ》、[29]豊前五郎《ぶぜんのごろう》、[30]備前守《びぜんのかみ》、[31]遠江次郎《とおとうみのじろう》、[32]彦部《ひこべ》、鹿目《かのめ》、河津《かわづ》以下《いげ》、高家《こうけ》の一族七人、宗徒《むねと》の侍二十二人、[33]十二間《ま》の客殿《きゃくでん》に二行に座を列《つら》ねて、おのおの[34]諸天《しょてん》に焼香《しょうこう》し、[35]鎧直垂《よろいひたたれ》の上をば取つて抛《な》げ除《の》け、袴《はかま》ばかりに[36]掛羅《から》懸けて、将軍御自害あらば、連れて御供申さんと、[37]腰の刀に手を懸けて、閑《しず》まり返《かえ》つてぞ居たりける。

[38]厩侍《うまやさぶらい》には、赤松信濃守範資《あかまつしなののかみのりすけ》[39]上座《しょうざ》して、一族若党三十二人、

24 若狭の武士か。
25 まさか逃げまい。
26 御方の勢は。
27 範資。
28 小手・臑当・脇立の類。
29 高師景。師久の子。
30 高師幸。師信の子。
31 南遠江守宗継(高一族)の子か。
32 彦部は、高一族。鹿目は、河津(氏明)とともに高の家来か。
33 間口十二間の客殿(主殿)。一間は、柱と柱の間(約一・八メートル)。
34 仏法守護の善神。
35 鎧の下に着る装束。
36 禅僧が着用した小型の袈裟。
37 腰の帯にさす鍔(つば)のない短刀。
38 馬屋の番をする武士の詰め所。
39 上座にすわって。

膝を屈して並《な》み居《い》たりけるが、「いざや、最後の酒盛《さかもり》して、自害の[40]思《おも》ひ差《ざ》しせん」とて、大きなる[41]酒海《しゅかい》に酒を湛《たた》へて、上に盃《さかずき》取り添へて、[42]家城源十郎師政《やぎげんじゅうろうもろまさ》、酌《しゃく》を取る。信濃守《しなののかみ》の次男[43]信濃五郎直頼《しなののごろうただより》が、この時十三にてこの内にありけるを、父、呼び出だして申しけるは、「[44]「鳥の将《まさ》に死なんとする時に、その鳴くこと哀《かな》し。人の方《まさ》に死なんとする時に、その言《ことば》善し」と云へり。わが一言《いちごん》、汝《なんじ》が耳に留《とど》まらば、[45]庭訓《ていきん》を忘れずして、身を慎《つつし》みて、先祖を[46]恥《はじ》しむることなかるべし。将軍、すでに御自害あらんとする間、範資《のりすけ》、御供申さんずるなり。日比《ひごろ》の好《よし》みを思はば、[47]家子《いえのこ》若党どもも、皆、われとともに、[48]力なく死に赴かんとぞ思ひ定めたるらん。但し、汝は未だ幼少なり。今ともに腹を切らずとも、人強《あなが》ちに[49]指《ゆび》を差す事あるまじ。則祐《そくゆう》、すでに汝を猶子《ゆうし》にすべき由《よし》、かねて約ありしかば、[50]赤松《あかまつ》へ帰つて、則祐を真《まこと》の父と頼んで、生涯をその[51]安否《あんぴ》に任《まか》するか、しからずは、

40 自害の前に酒を飲み、次に自害する者を指名して酒をつぐこと。
41 酒をいれる容器。
42 八木とも。赤松一族。
43 範資の子。則祐の猶子。
44 「論語」泰伯篇の句。
45 父親の訓え。
46 はずかしめる。
47 一族や家来たち。
48 仕方がなく。
49 非難する。
50 兵庫県赤穂郡上郡町赤松。赤松一族の本拠地。
51 則祐の将来の成否。

また僧法師にもなつて、わが後生《ごしょう》をも弔《とぶら》ひ、汝が身をも助かるべし」と、泣く泣く庭訓を遺《のこ》して、涙を袖に押《お》し拭《のご》へば、座中の人々、げにもと、同じく涙を流さぬはなし。

直頼、つくづくと父の遺言《ゆいごん》を聞いて、扇子《せんす》取り直して申しけるは、「少《おさな》く幼《いとけな》き程と申すは、五つや六つ、乃至《ないし》は十歳に足らぬ時にてこそ候へ。われ、すでに善悪を弁《わきま》ふる程になつて、たまたまこの座にあり逢《あ》ひながら、御自害を見棄てて、一人《いちにん》古郷へ帰つては、誰《たれ》をか父と憑《たの》み、誰[52]にか面《おもて》を向かふべき。また、僧になりたらば、[53]喝食《かつしき》に指をさされ、法師になりたらば、児《ちご》どもに笑はれずと云ふ事あるべからず。たとひまた、いかなる[54]果《か》報《ほう》あつて、後《のち》に栄花《えいが》を開くべくとも、殿《おく》れまゐらせては、長らふべき心地もせず。[55]色代《しきだい》は時による事にて候ふ。腹切りの最後の盃にて候へば、誰《たれ》にも論じ申すまじ。われ、先《ま》づ呑みて思ひ差し申さん」とて、前なる盃を取つて少し傾《かたぶ》くる体《てい》にて、[56]糟谷《かすや》

52　誰に顔を合わせられよう。
53　禅寺の稚児。
54　前世からの好運な報い。
55　相手に挨拶して譲るのも時によることです。これは切腹の思いざしの盃ですから、誰から先にとも論じ合いますまい。
56　糟谷は、かつて北条氏に仕えた播磨の武士。

新左衛門資行《しんざえもんすけゆき》に差せば、資行、三度《みたび》飲みて、[57]櫛橋三郎左衛門《くしはしさぶろうざえもん》伊《これ》朝《とも》に差す。たふたふと請《う》けて三度呑うで、奥次郎左衛門《おくじろうざえもん》、[58]岡本《おかもと》次郎左衛門重久《じろうざえもんしげひさ》、中山助五郎《なかやますけごろう》、次第次第に呑《の》み下《くだ》す。[59]無明《むみょう》の酒の酔《え》ひの中《うち》に、近づく命ぞあはれなる。

かかる処《ところ》に、東の[60]城戸《きど》を荒々《あらあら》と敲《たた》く人あり。諸人愕《おどろ》きて、「誰《た》そ」と問へば、[61]夜部《ようべ》落ちたりと沙汰《さた》せし[62]饗庭命鶴丸《あいばみょうつるまる》が声にて、「[63]御合体《ごがってい》なつて、合戦はあるまじきにて候ふぞ。[64]楚忽《そこつ》に御自害候ふな」とぞ喚《よ》ばはりける。こはそも何事ぞとて、急ぎ木戸を開《あ》けたれば、命鶴丸、将軍の御前《おんまえ》に参つて、「夜部、事《こと》の由《よし》をも申さで罷《まか》り出《い》で候ひしかば、早や落ちたりとぞ思《おぼ》し召《め》され候ふらん。御方《みかた》の軍勢の[65]気を失ひ、色を損じたる体《てい》を見候ひしに、かくては、戦ふとも勝《か》ち難《がた》く、落つるとも延び得させ給はじと覚え候ひつる間、畠山阿波将監《はたけやまあわのしょうげん》が陣へ罷《まか》り向《む》かひ候ひて、御合体の事を申して候へば、「[66]錦小路殿《にしきのこうじどの》も、ただくれぐれその

57 櫛橋は、赤松一族。
58 岡本に、赤松一族。奥・中山も一族か。
59 人を煩悩の迷いへいざなう酒の酔い。
60 城柵の門。
61 昨夜。
62 饗庭氏直。尊氏の側近。尊氏の使いとして、直義との和議にあたった(園太暦・観応二年二月条)。
63 尊氏・直義の和睦。
64 軽率。
65 士気をなくし、意気消沈した様子。
66 足利直義。

事をのみこそ仰せ候へ。執事《しつじ》兄弟の不義も、ただ一往思ひ知らするまでにて候へば、執心《しゅうしん》深く誅伐《ちゅうばつ》せらるるまでの議も候ふまじ。親にも超《こ》えて睦《むつ》まじきは、[67]同気《どうき》兄弟の愛なり。子にも劣らずなつかしきは、多年主従の好《よし》みなり。禽獣《きんじゅう》も皆その心あり。況《いわ》んや、人に措《お》いてをや。たとひ合戦に及ぶとも、情けなき沙汰を致すなと、八幡《やわた》より賜《たまわ》つて候ふ御文《おんふみ》、数通《すつう》候ふ」とて、取り出だして見せられつる」と、命鶴丸、委細《いさい》に語れば、将軍も執事兄弟も、[68]さては子細《しさい》あらじとて、その夜の自害は止《とど》まりてけり。

「さても、錦小路殿は、御兄弟の御中なれば、将軍をこそ悪《あ》しく思し召さずとも、[69]師直《もろなお》が去年の振る舞ひをば、なほも憎しと思し召さぬ事あるべからず。[70]げにも頸《くび》を延べて参るくらゐならば、出家をもして参るか、しからずは、将軍を赤松《あかまつ》の城へ遣《おく》りまゐらせて、師直は四国へや落つる」と評定《ひょうじょう》ありけるを、薬《やく》

67　気の通った兄弟。

68　それなら確かだろう。

69　貞和五年(一三四九)八月、師直が、将軍御所の足利直義を包囲した一件。第二十七巻・11、参照。

70　ほんとうに首を延べて(直義のもとへ)出頭するのなら、出家した上で出頭するか。

師寺《しじ》次郎《じろう》左衛門《ざえもん》公義《きんよし》、「など、かやうにはかなき事をば仰せ候ふぞ。[71]六条判官為義《ろくじょうほうがんためよし》が、咎《とが》を謝せんために入道になつて出《い》で候ひしをば、義朝《よしとも》、子の身としてだにも、首を刎《は》ね候はざりしか。たとひ御出家候ひて、いかなる[72]十戒持律《じっかいじりつ》の僧とならせ給ひて候ふとも、[73]三条殿《さんじょうどの》の御意《おんこころ》も休むまじ。[74]上杉《うえすぎ》の一族達も、憤《いきどお》りを散《さん》じ候ふべしとは覚え候はず。[75]剃髪《ていはつ》の尸《かばね》、染衣《ぜんえ》の袂《たもと》に血を淋《そそ》きて、浮き名を後代に貽《のこ》され候はん事、口惜しかるべき事にて候はずや。また、将軍を赤松《あかまつ》の城へ入れまゐらせて、四国へ落ちばやと承《うけたまわ》り候ふ事も、すべてしかるべしとも覚え候はず。[76]細川陸奥守《ほそかわむつのかみ》も、三条殿の召しによつて、大勢《おおぜい》早や[77]三石《みついし》へ着いて候ふと聞こえ候へば、将軍こそ摂津国《つのくに》の軍《いくさ》に打ち負けて、赤松へ引かせ給ふと聞いて、討《う》ち止《とど》め奉らんと思はぬ事や候ふべき。また、四国へ落ちさせ給はん事も、かなふべからず。用意の船も候はで、ここかしこの浦々に、渡海《とかい》の順風を待つて御渡《おわた》

71 源為義。保元の乱(一一五六年)で崇徳上皇方として戦って敗れ、後白河天皇方の息子の源義朝を頼って出頭したが、赦されずに斬られた。
72 出家者が守るべき十種の戒律を持した僧侶。
73 足利直義。
74 師直が将軍御所を包囲したことの解決策として上杉重能・畠山直宗が流罪になり、配所で殺害された一件。第二十七巻・11。
75 僧の姿で殺され(武士として死なずに)墨染めの衣を血に染めて、恥ずべき評判を後世に残すこと。
76 顕氏。阿波・讃岐などの守護。
77 岡山県備前市三石。

り候はんに、敵、追つ懸けて寄せ候はば、誰《たれ》か矢の一つをもはかばかしく射出《いい》だす人候ふべき。御方《みかた》の兵どもの有様は、昨日の軍《いくさ》に曇り[78]なく見透《みす》かして候ふものを。「[79]人に剛臆《こうおく》なし。気に進退《しんたい》あり」と申す事候ふ間《あいだ》、人の心の習ひ、敵に打つて懸からんとする時は、心武《たけ》くなり、一足《ひとあし》も挽《ひ》かんとなれば、心臆病《おくびょう》になるものにて候ふ。ただ御方の勢《せい》の未だ透《す》かぬ前《さき》に、ひたすら討死《うちじに》と思《おぼ》し召《め》し定《さだ》めて、今一度《ひとたび》敵に懸かりて御覧候ふより外《ほか》は、[80]余儀《よぎ》あるべしとも覚え候はず」と、言《ことば》を残さず申しけれども、執事兄弟、ただ[81]朦々《もうもう》としたるばかりにて、降参出家の儀に落ち伏しければ、公義、涙《なみだ》をはらはらと流して、「[82]嗚呼《ああ》、豎子《じゅし》倶《とも》に計るに堪へず」と、范増《はんぞう》が云ひけるも理《ことわ》りかな。運尽《つ》くる人の有様ほど、あさましき物はなかりけり。われ、この人と死をともにしても、何の高名《こうみょう》かあるべき。[83]如《し》かじ、浮世《うきよ》を捨てて、この人々の後生《ごしょう》を弔《とぶら》はんには」と、俄《にわ》かに思ひ定め、自ら髻《もとどり》押

78　はっきりと。
79　人は生まれつき剛胆・臆病なのではなく、時機によって勇んだり怖じ気づいたりするものだ。当時のことわざ。
80　他にとるべき方法があるとも思えません。
81　茫然としているだけで。
82　「唉(ああ)、豎子与(とも)に謀るに足らず」(史記・項羽本紀)。鴻門の会で、沛公を討つ献策を項羽が容れなかったときの范増の言、第二十八巻・9、参照。
83　…するのがよい。

し切つて、[84]墨染《すみぞめ》に身を易《か》へて、[85]高野山《こうやさん》へぞ上《のぼ》りける。[86]仏種《ぶつしゅ》は縁より起こる事なれば、浮世《うきよ》を思ひ捨てたるは、やさしく優なるやうなれども、[87]越後中太家光《えちごのちゅうたいえみつ》が、木曾義仲《きそよしなか》を諫《いさ》めかねて自害をしたりし振る舞ひに、無下《むげ》に劣れる薬師寺《やくしじ》かなと、譏《そし》らぬ人もなかりけり。

高播磨守《こうのはりまのかみ》自《じ》害《がい》の事　11

[1]高播磨守師冬《もろふゆ》は、師直《もろなお》が猶子《ゆうし》なりしを、将軍の三男[2]左馬頭《さまのかみ》殿《どの》の執事《しつじ》になして、鎌倉《かまくら》へ下《くだ》したりしかば、[3]上杉民部大輔《うえすぎみんぶのたいふ》と相《あい》共《とも》に東国《とうごく》の管領《かんれい》にて、勢ひ[4]八ヶ国に振るへり。

西国《さいごく》こそかやうに師直を背《そむ》く者多くとも、東国《とうごく》はよも子細《しさい》あらじ。事誠《まこと》に難儀《なんぎ》ならば、兵庫《ひょうご》より船に乗つて、鎌倉へ下つて、師冬と一つにならんと、執事兄弟、[5]徐《ようやく》に評定《ひょうじょう》せられける処《ところ》に、

84　僧衣。

85　弘法大師が開いた紀伊山中の霊場。和歌山県伊都郡高野町。

86　成仏の因はきっかけにより生じる。「仏種は縁より起こる」(法華経・方便品)。

87　木曾義仲の家来。源義経との合戦に際して、義仲が六条高倉の女房との別れを惜しんで出陣しないのを、自害して諫めた人物(平家物語巻九・河原合戦)。

11

1　師行(師直の叔父)の子で、師直の猶子。鎌倉執事(関東管領)として、常陸の宮方平定に功があった。

2　足利基氏。貞和五年(一三四九)に、義詮に代わって鎌倉府の主(鎌倉公方)となった。

同じき二十五日の夜半《やはん》ばかりに、甲斐国《かいのくに》より時衆一人《じしゅういちにん》[6]来たつて、しのびやかに語られけるは、「去年の十二月に、上杉民部大輔の養子 左衛門蔵人《さえもんのくろうど》[7]、父が代官にて上野国《こうずけのくに》の守護にて候ひしが、謀叛《むほん》を発《おこ》して高倉殿《たかくらどの》[8]の方《かた》を仕《つかまつ》る由《よし》聴こえし間《あいだ》、父民部大輔、これを誅伐《ちゅうばつ》せんために下向《げこう》の由を称して、上野に下着《げちゃく》し、則ち左衛門蔵人と同心して、武蔵国《むさしのくに》へ打ち越え、坂東《ばんどう》[9]の八平氏《はちへいし》、武蔵《むさし》[10]の七党《しちとう》を付け随ふ。播州《ばんしゅう》[11]、これを聞かれ候ひて、八ヶ国の勢《せい》を催さるるに、更《さら》に一騎も侍《はべ》らず。かくては協《かな》ふまじ。さらば、左馬頭殿を先立てまゐらせて、上杉を退治せんとて、わづかに五百余騎を率《そっ》し、上野へ発向《はっこう》候ひし道にて、さりとも二心《ふたごころ》あらじと恃《たの》み切つたる兵ども、心易《こころが》はりして、左馬頭殿を奪ひ取り奉る間、頭殿《こうのとの》[12]の後見三戸七郎殿《みとのしちろうどの》[13]は、その夜、倶討《ともう》[14]ちにせられて半死半生《はんしはんしょう》に候ひしが、行方《ゆくえ》知らずなり候ひぬ。

これより、上杉にはいよいよ勢《せい》加はり、播州には付《つ》き順《したが》ふ者

3 憲顕。憲房の子。高師冬とともに関東管領として、足利基氏の政務を補佐した。
4 関東の八か国。
5 なんとか取り決めたところに。
6 時衆(時宗)の念仏聖。戦死者の供養や敵方への使者のため、しばしば陣僧として従軍した。
7 上杉能憲。但し、憲顕の実子。重能の養子となる。
8 足利直義。
9 関東に住んだ桓武平氏の有力武士、八氏。
10 武蔵にあった七つの同族的武士団。
11 高師冬。
12 左馬頭足利基氏をさす。
13 高一族。師親。師澄の子、師冬の猶子。
14 味方同士で討ち合うこと。玄玖本「同士討」。

も候はざりし間、[15]一《ひと》まど落ちてこそ、御沙汰《おんさた》の様《よう》をも聞かばやとて、甲斐国《かいのくに》へ落ちて、[16]洲沢城《すざわのじょう》に籠もられ候ふ処《ところ》に、[17]諏訪下《すわしもの》宮《みや》の祝部《はふり》、六千余騎にて押し寄せ、三日三夜《みっかみや》の合戦に、敵御方《みかた》の手負《ておい》、討死《うちじに》数を知らず。敵皆大手《おおて》へ向かふによつて、城中の勢《せい》、[18]大略大手へ下《お》り降《くだ》つて防き戦ふ隙《ひま》を得て、山の[19]案内者《あんないしゃ》、背《うし》ろへ廻《まわ》つて[20]かさより落とし懸くる間、[21]八代《やしろ》、一足《ひとあし》も曳《ひ》かず討死《うちじに》仕《つかま》り畢《おわ》んぬ。

城すでに落ちんとし候ひし時、[22]御烏帽子子《おんえぼしご》になつて候ひし[23]諏訪《すわ》五郎《ごろう》、初めは祝部に属《しょく》して城を攻め候ひしが、城の弱りたるを見て、「そもそもわれは、執事《しつじ》の烏帽子子にて、父子の契約を致しながら、世挙《こぞ》つて皆背《そむ》けばとて、いかでか不義の振る舞ひをば致すべき。[24]曾参《そうしん》は車を勝母《しょうぼ》の郷《さと》に覆《かえ》し、[25]孔子《こうし》は渇《かつ》を盗泉《とうせん》の水に忍ぶと。君子は、そのせざる処に於て、名だにも恐る。[26]況《いわ》んや、義の違《たが》ふ処に於てをや」とて、祝部に最後の暇《いとま》を乞

15　ひとまず。
16　山梨県南アルプス市須澤。
17　諏訪下社の神主。
18　おおよそ。
19　地理に詳しい者。
20　高い場所。
21　屋代。信濃の武士。
22　元服の際に烏帽子を着せ、名をつけてやった子。
23　「寛政重修諸家譜」は、諏訪弘重の子、盛世とする。
24　孔子の弟子。孝心に厚かった曾参が、「勝母」と名のつく村にも立ち寄らなかった故事(淮南子・説山訓)。
25　孔子は喉が渇いても、「盗泉」という名を嫌いその水を飲まなかった故事(文選・陸機・猛虎行)。
26　まして、道理にかなわ

うて、城の中へ入《い》り、却《かへ》つて寄手《よせて》を防く事身命《しんめい》を惜しまず。

さる程に、城の後ろより破れて、敵の大勢《おおぜい》込み入《い》りしかば、諏訪五郎と播州師冬《もろふゆ》とは、手に手を取《と》り違《ちが》へ、腹掻《か》き切《き》つて伏し給ひぬ。この外《ほか》、義を重んじ、名を惜しむ侍ども六十四人、同時に皆自害して、名を[27]九原石上《きゅうげんせきしょう》の苔に残し、尸《かばね》を[28]一戦死場《いっせんしじょう》の土に曝《さら》され候ひし後《のち》、東国《とうごく》、北国《ほっこく》、残る所なく高倉殿《たかくらどの》の御方《みかた》へなつて候ふ。世は今は、さてとこそ見えて候へ」と、泣く泣く執事にぞ語りける。

[29]筑紫九国《つくしくこく》は、[30]兵衛佐殿《ひょうえのすけどの》に順《したが》ひ付《つ》きぬと聞こえ、四国は、[31]細川《ほそかわ》陸奥守《むつのかみ》に属《しょく》して、すでに[32]須磨《すま》、[33]大倉谷《おおくらだに》の辺まで寄せたりと告げたり。今は、東国をこそさりともと頼みたれば、師冬さへ討たれにけり。さては、いづくへか落ち、誰《たれ》をか憑《たの》むべきとて、さしも勇《いさ》める人々の気色《けしき》、皆《みな》心細げにぞ見えたりける。

ないことに関してはなおさらである。

27　墓場の墓石の上の苔。
28　決死の戦場の土。
29　筑紫は筑前・筑後の北九州、または九州全体の称。九国は九州。
30　足利直冬。
31　顕氏。
32　兵庫県神戸市須磨区の海岸。
33　明石市大蔵谷。

師直《もろなお》以下《いげ》討《う》たるる事 12

命はよく[1]捨《す》て難《がた》きものなりけり。執事《しつじ》兄弟、かくてもや助かると、心も興《おこ》らぬ出家して、[2]裳無《もな》し衣《ごろも》に[3]下鞘《さげさや》さげ、降人《こうにん》になつて出でければ、見る人ごとに爪弾《つまはじ》きして、出家の功徳莫大《くどくばくだい》なれば、後生《ごしょう》の罪は資《たす》くるとも、今生《こんじょう》の命は継《つ》ぎ難《がた》しと、[4]欺《あざむ》かぬ人もなかりけり。

同じき二十六日、将軍、すでに上洛《しょうらく》し給へば、執事兄弟も、同じく[5]遁世者《とんせいしゃ》に打《う》ち紛《まぎ》れて、[6]無常《むじょう》の岐《ちまた》に鞭《むち》を打つ。時節《おりふし》、春雨《はるさめ》しめやかに降つて、数万《すまん》の敵ここかしこにひかへたる(中を)打ち通れば、その人よと見知られじと、[7]荷葉笠《はすのはがさ》を打《う》ち傾《かたぶ》けて、袖にて顔を引き隠せども、[8]なかなかに紛れぬ天《あめ》が下、身の狭《せば》き程こそあはれなれ。将軍に離れ奉りては、道にてもいかなる事や

12

1 よほど。
2 裳を略した、時衆(時宗)の念仏聖が着る僧衣。
3 僧が腰に下げて携帯した小太刀。
4 嘲らない者はなかった。
5 時衆の僧をさす。
6 死(無常)への分かれ道。
7 蓮の葉の形をした笠。
8 かえって紛れようもないこの世の中で。
9 それ。
10 名乗りやあいさつ。
11 次々に割って入るうち

あらんずらんと危ぶみて、少しも下《さ》がらず、馬を早めて打ちけるを、上杉《うえすぎ》、畠山《はたけやま》が兵ども、かねて議したる事なれば、道の両方に百騎、二百騎、五十騎、三十騎、所々《しょしょ》にひかへて待ちける者ども、「[9]すはや、執事よ」と見てければ、将軍と執事との間を次第に隔《へだ》てんと、[10]会釈色代《えしゃくしきだい》もなく、馬を中へ[11]打《う》ち込《こ》み打ち込みしける程に、心ならず押《お》し隔《へだ》てられて、[12]武庫《むこ》川《がわ》の辺を過ぎける時は、執事と将軍とのあはひ、川を阻《へだ》て、山を阻てて、[13]五十町ばかりになりにけり。

あはれなるかなや、盛衰《じょうすい》[14]刹那《せつな》の間に替はる事、[15]修羅《しゅら》、帝釈《たいしゃく》の軍《いくさ》に負けて、[16]藕花《ぐうけ》の穴に身を隠し、[17]天人、五衰《ごすい》の日に逢ひて、[18]歓喜園《かんぎおん》に騁《さまよ》ふらんも、かくやと思ひ知られたり。この人、天下の執事にてありつる程は、いかなる大名《だいみょう》[19]高家《こうけ》も、その咲《え》める貌《かお》を見ては、[20]千鍾《せんしょう》の禄《ろく》、[21]万戸《ばんこ》の侯《こう》を得たるが如く喜び、少しも心に合はぬげなる気色《けしき》を見ては、[22]樵《たきぎ》を負うて焼原《しょうげん》を過ぎ、

に。

12 兵庫県西宮市と尼崎市の間を流れる川。

13 一町は、約一〇九メートル。

14 一瞬のうちに。

15 勇猛な阿修羅が帝釈天とのいくさに負けて。

16 蓮の茎や根の孔の中に身を隠す(観仏三昧経等)。

17 天人の寿命が尽きて五種の衰相をあらわす時。

18 忉利天にある帝釈天の宮殿の園の一つ。五衰をあらわした天人が歓喜園等をさまようことは、「往生要集」大文第一。

19 身分の高い家。

20 多くの禄高。鍾は六石四斗(六四〇升)。

21 一万戸を有する領地の領主。

22 きわめて危険なことのたとえだが、典拠不詳。

雷《いかずち》を戴《いただ》いて大江《たいこう》を渡るが如く畏《おそ》れき。いかに況《いわ》んや、将軍と並んで馬を進め給はんずるその中へ、誰《たれ》か隔《へだ》てて先立つ人あるべきに、名も知らぬ田舎武士《いなかぶし》、云ふばかりなき人の若党[23]どもに、押《お》し阻《へだ》てられ押し阻てられ、馬ざくり[24]の水を蹴懸《けか》けられ、衣も深泥《じんでい》に紛《まぎ》れぬれば、身を知る雨[25]の休《や》む時なく、涙や袖を濡らすらん。

執事《しつじ》兄弟、武庫川《むこがわ》を打ち渡つて、小堤《こつつみ》の上を過ぎける時、[26]三《み》浦八郎左《うらはちろうざ》衛《え》門《もん》が[27]中間二《ちゅうげんに》人《にん》、走り寄つて、「ここなる遁世者《とんせいしゃ》の、貌《かお》を隠すは何者ぞ。その笠脱《ぬ》げ」とて、執事[28]の着られたる荷葉《はすのは》笠《がさ》を引き切つて、投げ捨つる。哺冠《ほおかぶ》り弛《はず》れて、[29]片顔《かたかお》の少し見えたるを、三浦八郎左衛門、「あはや、敵や。冀《ねが》ふ所の幸ひかな」と悦《よろこ》びて、[30]長刀《なぎなた》の柄《え》を取り暢《の》べて、[31]胴中《どうなか》を切つて落とさんと、右の肩先《かたさき》より左の小脇《こわき》まで、鋒下《きっさきさ》がりに切り付くる。切られて、「あつ」と云ふ処《ところ》を、重ねて二打《ふたう》ち打つ。打たれて馬より倒《さかさま》に

23 取るにたらない者に仕える若い下級の侍。
24 馬の蹄で水や泥を蹴り懸けられ。
25 身の不遇を思い知らせる雨。「かずかずに思ひ思はず問ひがたみ身を知る雨は降りぞまされる」(伊勢物語百七段)。
26 相模の三浦一族の武士。
27 侍と小者の中間の家来。
28 高師直。
29 横顔。
30 長刀の柄の端を持って。
31 胴の真ん中。
32 高師泰。
33 武蔵七党の横山党の武士。
34 肩胛骨のあたり。
35 打ち合いに用いる腰にさす刀。腰刀よりも刃渡りが長く鍔(つば)をつける。
36 鞍からつり下げて足をおく馬具。その先端(鼻)を

落ちければ、三浦、馬より飛んで下り、頸《くび》を掻《か》き落《お》として、長刀の先に貫《つらぬ》きて差し上げたり。

[32]越後入道《えちごのにゅうどう》は、半町ばかり隔たりて打ちけるが、これを見て、馬を懸《か》け除《の》けんとしけるを、跡に打ちける[33]吉江小四郎《よしえこしろう》、鑓《やり》を以て、[34]胛骨《かいがね》より左の乳《ち》の下へ、つと突き通す。突かれて鑓に取り付き、懐《ふところ》に差したる[35]打刀《うちがたな》を抜かんとしける処を、吉江が中間走り寄つて、[36]鐙《あぶみ》の鼻を返して挽《ひ》き落《お》とす。落つれば、頸を掻《か》き切《き》つて、[37]あぎとを喉《のど》へ貫き、[38]取付《とっつけ》に(付けて)馳《は》せて行く。

[39]高豊前五郎《こうのぶぜんのごろう》は、[40]小芝新左衛門《こしばしんざえもん》、これを討つ。[41]高備前守《こうのびぜんのかみ》をば、[42]井野弥四郎《いのやしろう》、組んで落ちて首を取る。[43]高越後将監《こうのえちごのしょうげん》をば、[44]長尾《ながお》彦四郎《ひこしろう》、先づ馬の両膝《もろひざ》切つて切《き》り居《す》ゑ、落つる処にて二《ふた》太刀打つ。打たれて少し弱る時、押さへてやがて頸を取る。[45]遠江次《とおとうみのじ》郎《ろう》をば、[46]小田左衛門五郎《おださえもんのごろう》、切つて落とす。[47]山口入道《やまぐちにゅうどう》をば、[48]小《こ》林又次郎《ばやしまたじろう》、組んで刺《さ》し害《ころ》す。

高く持ち上げて、馬上の人を落とす。
37　あご。
38　鞍の後輪(しずわ)に付けた紐に、切り落とした首を結びつけて。
39　師景。師久の子。
40　不詳。上杉または畠山の家来か。
41　師幸。師信の子。
42　不詳。上杉または畠山の家来か。
43　師世。師泰の子。
44　上杉の家来。坂東平氏鎌倉流。
45　南遠江守宗継の子。高一族。
46　常陸の小田一族か。
47　師直の執事(家老)。山口は、静岡県湖西市山口に住んだ高一族。
48　上野国緑野郡小林(群馬県藤岡市)の武士。高山党。

[49]彦部七郎《ひこべのしちろう》をば、小林掃部助《こばやしかもんのすけ》、後ろより大太刀《おおだち》にて切りけるに、太刀の影に馬驚いて、深田《ふけだ》の中へ落ち入りにけり。彦部、馬を引つ返して、「御方《みかた》はなきか。一所《いっしょ》に馳《は》せ寄《よ》つて、思ひ思ひに討死《うちじに》せよ」と呼ばはりけるを、小林が中間《ちゅうげん》三人、走り寄つて、馬より倒《さかさま》に控《ひ》き落《お》とし、踏まへて頸《くび》を掻《か》き切《き》つて、主《しゅ》の手にこそ渡しけれ。[50]梶原孫七《かじわらまごしち》をば、[51]佐々宇六郎左衛門《ささうろくろうざえもん》、これを討つ。山口新左衛門《やまぐちしんざえもん》をば、[52]高山又次郎《たかやままたじろう》、切つて落とす。

梶原孫六《かじわらまごろく》は、十[53]余町前に打ちけるが、「跡《あと》に軍《いくさ》あつて、執事《しつじ》の討たれぬるぞや」と、人の云ひけるを聞いて、取つて返して、打刀《うちがたな》を抜いて戦ひけるが、自害を半ばにしかけて、道の傍《かたわ》らに臥したりけるを、[54]阿佐美三郎左衛門《あさみさぶろうざえもん》、[55]年来《としごろ》の知音《ちいん》なり、人手《ひとで》に懸けんよりはとて、泣く泣く頸を取つてけり。

[56]鹿目平次左衛門《かのめへいじざえもん》、山口が討たるるを見て、身の上とや思ひけん、跡なる[57]長尾三郎左衛門《ながおさぶろうざえもん》に、抜いて懸かりけるを、長尾、少

49 彦部は、高一族。
50 相模の武士。桓武平氏鎌倉流。次に出る梶原孫六の兄弟。
51 不詳。
52 上野国緑野郡高山（群馬県藤岡市）の高山党の武士。
53 一町は、約一〇九メートル。
54 武蔵七党の児玉党の武士。
55 長年の友人。
56 鹿目は、高一族。
57 景泰。景忠の子。上杉の家来。坂東平氏鎌倉流。

しも騒がず、「御身の上にては候はぬものを。僻事《ひがごと》し出だして、命失はせ給ふな」と云はれて、をめをめと太刀を差して、物語して往《い》きけるを、長尾、中間にきつと[58]目加《めくわ》せしたれば、中間二人《にん》、鹿目が馬に添《そ》うて、「御馬の[59]沓《くつ》、切つて捨て候はん」とて、抜いたる刀を取り直し、肘《ひじ》の[60]かかりの辺二刀《ふたかたな》刺して、馬より取つて引き落とし、主に頸をば掻かせてけり。

[61]河津左衛門《かわづさえもん》は、小清水《こしみず》の合戦に痛手《いたで》負ひたりける間、馬には乗り得ずして、[62]塵取《ちりとり》に舁《か》かれて、迢《はる》かの跡に舁きけるが、「執事兄弟こそ、すでに討たれさせ給ひ候ひつれ」と、人の云ふを聞いて、とある[63]辻堂《つじどう》のありけるに、輿を舁《か》き居《す》ゑさせ、腹掻き切つて死ににけり。

執事の子息、[64]武蔵五郎《むさしのごろう》をば、[65]西左衛門四郎《さいのさえもんのしろう》これを生《い》け虜《ど》つて、[66]高手小手《たかてこて》に禁《いまし》め、その日の暮れをぞ待ちにける。この人は、[67]二条前関白《にじょうさきのかんぱく》の御妹、やんごとなき御腹《おんはら》にて生まれたりしかば、

58 目で合図すると。
59 馬にはかせるわら沓。
60 関節。
61 氏明。師直配下の大旗一揆の武士。
62 屋根のない粗末な腰輿。
63 道ばたの仏堂。
64 師夏。師直の子。
65 上野国佐位郡(伊勢崎市)の武士。高山党。
66 後ろ手に腕全体を厳重に縛ること。
67 二条道平か。

面貌《みめ》質《かたち》人に勝《すぐ》れ、心[68]ざま優《ゆう》にやさしかりき。されば、将軍[69]も御覚え他《た》に異《こと》に、世の人時めき合へる事限りなし。才なきも才あるも、その子を悲しむは、人の父たる習ひなり。況《いわ》んや、最愛の一子なりしかば、塵《ちり》をも足に踏ませじ、荒き風にも当てじと翫《もてあそ》び、[70]斎《いっ》き冊《かしず》きしに、いつの頃《あいだ》に尽《つ》きはてたる[71]果報《かほう》ぞや。年未だ十五に満たざるに、荒き物武《もののふ》の手に虜《いけど》られて、暮《くれ》を待つ間《ま》の露の命、消えなん事こそあはれなれ。

夜に入りければ、誡《いまし》めたる縄解《と》き免《ゆる》して、すでに切らんとしけるが、切手《きりて》、この人の心の程を見んとて、「命惜しく候はば、今夜《こよい》速やかに髻《もとどり》を切つて、僧か念仏者《ねんぶつしゃ》かにならせ給ひて、一期《いちご》心安く暮らさせ給ひ候へかし」と申しければ、先《ま》づその返事をばせで、「執事《しつじ》は何となられけるとか、聞こえ候ふ」と問はれければ、西左衛門四郎《さいのさえもんのしろう》、「執事は早や、討たれさせ給ひて候ふなり」と答ふ。「さては、誰《たれ》がためにか暫《しばら》くの命をも惜しむべ

68 気立ては優美で殊勝であった。
69 尊氏将軍の寵愛も格別で、世間の人はこの上なくもてはやした。
70 かわいがり大切に育てたが。
71 前世からの好運な報い。

き。[72]死出《しで》の山、三途《さんず》の大河《たいが》とかやをも、ともに渡《わた》らばやと思ふなり。ただ急ぎ頸《くび》を取られ候へ」と、[73]さすがに泣く泣く死を請《こ》うて、敷皮《しきがわ》の上に居直《いなお》れば、切手、涙《なみだ》に咽《むせ》んで、暫《しば》しは目をも擡《もた》げず、後ろに立つて泣き居たり。かくて、さてあるべき事ならねば、西に向け、念仏十返ばかり唱へさせて、つひに頸を打ち落とす。

小清水《こしみず》の合戦の後、執事方の兵ども、十方《じっぽう》に退散して、貽《のこ》る人なしと云ひながら、今朝《けさ》、松岡城《まつおかのじょう》を打ち出づるまでは、正《まさ》しく六、七百騎もありと見えけるが、この人々の討たるるを見て、いづくへか逃げ隠れけん、今討たるる処《ところ》の十四人の外《ほか》は、その[74]中間《ちゅうげん》、下部《しもべ》に至るまで、一人《いちにん》もなくなりにけり。

この十四人と申すも、日比《ひごろ》、皆度々《どど》の合戦に名を揚げ、[75]手柄《てがら》を呈《あらわ》したる者どもなり。たとひ運命尽きなば、[76]始終《しじゅう》こそかなはずとも、心を一つにして戦はば、[77]などか分々《ぶんぶん》の敵に打ち違ひて

72 死後に越えなければならない冥途の山と、渡らなければならない冥途の川。
73 そうはいってもやはり。
74 下級の侍や従者。
75 武勇の手並み。
76 命は助からなくても。
77 必ずや身分相応の敵と戦って討死しないはずはなかったであろうに。

は死なざるべきに、一人も敵に太刀を打ち付けたる者なくして、切つては落とされ、押さへては首を掻《か》かれ、無代《むたい》[78]に皆討たれつる事、天の責めとは云ひながら、うたてかりける不覚かな。[79]

仁義《じんぎ》血気《けっき》勇者《ゆうしゃ》の事 13

それ兵に、仁義の勇者[1]、血気の勇者[2]とて二つあり。血気の勇者と申すは、戦ひに臨《のぞ》む度《たび》ごとに、勇《いさ》み進んで先を懸け、陣を破り、堅きを砕《くだ》く事、鬼の如くに怒り、神の如くに速やかなり。しかりと雖《いえど》も、この人、もし敵勝《かっ》に乗る時、利を以て含め、御方《みかた》勢ひを失ふ日、逋《のが》るるに便り[3]あれば、或いは降人《こうにん》になつて恥を忘れ、或いは心も起こらで[4]世を背《そむ》く。かくの如くなるは、則ちこれ血気の勇者なり。

仁義の勇者と申すは、要《かなら》ずしも人と先を争ひ、敵を見て勇み、

78 むざむざと。
79 情けない不名誉であることよ。

13
1 道義を重んじる真の勇者。
2 武勇には秀でているが、節義には欠ける勇者。「血気の勇」は、朱熹「孟子集注」(公孫丑章上)にみえる語。『太平記』のキーワードの一つ。第四巻・5、注64、参照。
3 手だて。
4 本心からではなく出家する。

[5]高声多言《こうしょうたごん》にして勢ひを振るひ、臂《ひじ》を張らざれども、一度《ひとたび》約をなして、憑《たの》み恃《たの》まれぬる後《のち》は、二心《ふたごころ》を存ぜず、心を変ぜずして、[6]大節《たいせつ》に臨んで、志《こころざし》を奪はれず、[7]傾《かたぶ》く処《ところ》に命を軽《かろ》んず。かくの如くなるは、則ちこれ仁義の勇者なり。

今の世、聖人《せいじん》去つて久しく、[8]梟悪《きょうあく》深き事多ければ、仁義の勇者は少く、血気の勇者はこれ多し。されば、異朝には[9]漢楚七十度の戦ひ、日本には[10]源平三ヶ年の軍《いくさ》に、勝負互ひに易《か》はりしかども、誰《たれ》か二度と降人に出でたる人ありし。今、元弘《げんこう》以後、君と臣との諍《あらそ》ひに、世の変ずる事、わづかに両度に過ぎざるに、天下の人、五度、十度、敵に属《しょく》し、御方になり、心を変ぜぬは稀《まれ》なり。ゆゑに、天下の諍《あらそ》ひ止《や》む時なくして、合戦の雌雄《しゆう》未だ決せず。

ここを以て、今、師直《もろなお》、師泰《もろやす》が兵どもの有様を見るに、日比《ひごろ》の名誉も高名《こうみょう》も、皆血気《けっき》に誇る者なりけり。さらずは、などか

5　大言壮語で冗舌。
6　重大な節義。
7　主君が滅ぶ時。
8　人の道にそむいた極悪な行ない。梟（ふくろう）は、中国では不孝な鳥で悪鳥とされた。
9　漢の高祖と楚の項羽との戦い。第二十八巻・9。
10　寿永二年（一一八三）の平家都落ちから、元暦二年（一一八五）の平家滅亡までの三年間。

この時に、十万余騎のその中に、千騎も二千騎も討死《うちじに》して、後《こう》代《だい》に名をば揚げざらん。「[11]仁者《じんしゃ》は必ず勇あり。勇者は必ずしも仁あらず」と、[12]文宣王《ぶんせんおう》の聖言《せいげん》、げにもと思ひ知られたり。[13]

11 「論語」憲問篇の句。
12 孔子。唐の玄宗皇帝が孔子に贈った諡（おくりな）。
13 底本は、この第二十九巻の末尾に、高師直（初代）から細川満元（十四代。法名道観）に至る歴代の執事・管領の就任年と辞任年の一覧を付す（十四代目の細川満元は、応永十九年〈一四一二〉の就任年のみで、同二十八年の辞任年が記されない。本冊「解説」、参照）。

付録

高氏系図

- 高階峰緒—茂範—（略）—惟範（高）—惟長
  - 惟重—重氏
    - 師氏
      - 師重
        - 師直
          - 師友
          - 師詮
          - 師夏
        - 師泰
          - 師世
          - 師秀
        - 師茂
        - 師久—師景
        - 重茂
      - 師行
        - 師冬
        - 師澄（三戸）—師親
        - 師秋—師有
        - 師業
      - 師治—師兼
      - 師信—師幸
    - 重長—重成（大高）—重政
    - 頼基（南）—惟宗—宗継
  - 惟忠—惟行（大平）—（略）—惟景—惟家

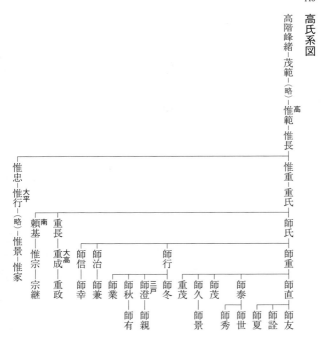

上杉氏系図

藤原冬嗣―良門―高藤―定方―(略)―清房―重房(上杉)―頼重

- 頼重
  - 重顕(扇谷上杉)
    - 重藤
    - 朝定
      - 顕定
      - 朝顕
    - 重行
  - 頼成―藤成―頼顕
  - 憲房
    - 憲顕(山内上杉)
      - 憲将
      - 憲賢
      - 憲春
      - 憲方
      - 憲英
      - 憲栄
    - 憲藤(犬懸上杉)
      - 朝房
      - 朝宗
    - 重能(宅間上杉)
      - 顕能
      - 能憲
  - 清子(足利尊氏・直義の母)

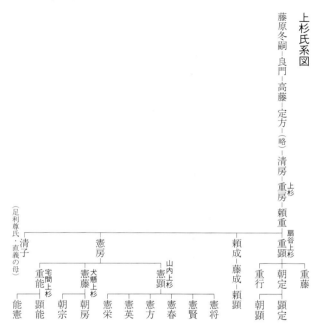

『太平記』記事年表4

※『太平記』の記事を、年月順に配列した。記事のあとに、（巻数・章段番号）を付し、史実と年月が大きく相違するものは、（史実は、……）と注記した。また、『太平記』に記されない重要事項は、〔 〕を付けて記載した。

年（西暦　和暦）	月	『太平記』記事
一三四〇　暦応三（興国元）	九	・南朝方、越前の杣山城を落とされる。（二十三・1）
一三四一　暦応四（興国二）		・新田方の畑時能、鷹巣城に籠もって奮戦し、斯波高経・高師治の包囲軍をたびたび退ける。（二十三・1）
	九	・十八日、脇屋義助、美濃の根尾城を落とされ、尾張の波津崎に逃れる。（二十三・4）
		・二十二日、畑時能、流れ矢に当たって落命。鷹巣城、落城。（二十三・3）
	十	・脇屋義助、伊勢・伊賀を経て吉野へ参り、帝から恩賞を蒙る。（二十三・4―6）

年	月	記事
一三四二 康永元（興国三）	春	・京で疫病がはやり、吉野の後醍醐帝の墓より光り物が飛び来ると見え、先帝の怨霊との噂がとぶ。（二十三・7） ・二月五日、足利直義が病に倒れるが、光厳上皇の石清水八幡への祈願により、病は平癒。（二十三・7） ・佐々木信胤、髙師秋と女性問題で争い、南朝方につく。（二十三・9） ・佐々木信胤、脇屋義助が西国の大将として吉野から西下するに際して、大将進発の道を開く。（二十三・9）
	四	・三日、脇屋義助、後村上帝の命で、吉野から伊予へ向かう。（二十四・1）（本文に暦応三年とあるのは誤り） ・十五日、伊予の将軍方、大森彦七が催す猿楽の宴に、楠正成の怨霊が現れ、天下を覆す用として、彦七が所持する剣を再三奪おうとしたが、大般若経を読誦したことで、怨霊は退散した。（二十四・2） ・二十三日、脇屋義助、伊予の国府今治に着き、伊予の守護大館氏明、国司四条有資らに迎えられ、近国に威を張る。（二十四・1）
	五	・四日、宮方の大将脇屋義助、伊予国府で発病し、七日後に死去。（二十四・3） ・細川頼春、河江城の土肥義昌を攻め、宮方の金谷経氏ら、将軍方と日比の海上で戦う。（二十四・3） ・金谷経氏、将軍方と備後の鞆の浦一帯で戦う。細川頼春が大館氏明

の世田城に攻めかかると聞き伊予国へ引き返す。（二十四・4）
・細川頼春、伊予の千町原で金谷経氏を破り、敗走させる。（二十四・5）

八 ・土岐頼遠、故伏見院の三十三年の遠忌を終えて帰る光厳院・光明帝の行列に狼藉を働き、六条河原で斬られる。（二十三・8）
・二十四日、細川頼春、大館氏明の籠もる伊予の世田城を攻める。（二十四・6）

九 ・三日、世田城、細川軍に攻められ落城。大館氏明、自害。（二十四・6）
・宮方の篠塚伊賀守、世田城を落ちのび、船で隠岐の島へ渡る。（二十四・7）
・大森彦七の剣が足利直義のもとに献上されたが、直義は一顧だにしなかった。（二十四・7）
・天下は武家のものとなり、朝廷の諸儀礼が廃れる。（二十五・1）
・足利尊氏・直義、先帝後醍醐の菩提を弔うため、天龍寺の建立にとりかかる。（二十五・2）

一三四五 貞和元（興国六）

七 ・三日、天龍寺が完成し、その落慶法要に光厳上皇が臨幸するとの報せに、山門は款状を捧げて抗議。（二十五・2）
・山門大衆の訴えについて、坊城（勧修寺）経顕・日野資明・三条通冬ら、和漢の故事を引いて公卿僉議。二条良基の進言で判断を武家に

八

委ねる。（二十五・2）

・十六日、山門、強訴を企て、日吉三社の神輿を根本中堂にあげる。（二十五・2）

・十七日、末寺三七三か寺に牒状を送り協力を要請。（二十五・2）

・十八日、南都興福寺に牒状を送り協力を要請。（二十五・2）

・朝廷、落慶法要を武家の沙汰とし、御幸は翌日とすることで山門の憤りをなだめる。（二十五・2）

・二十九日、天龍寺の落慶法要が、足利尊氏・直義以下の武家の臨席のもとに行われる。（二十五・2）

・三十日、光厳・花園両上皇が、天龍寺に御幸。（二十五・2）

・備前の児島高徳と丹波の荻野朝忠、宮方の挙兵を企てるが露見し、荻野は山名時氏軍に包囲されて降伏。（二十五・4）

・児島高徳、京に潜伏して足利兄弟らの夜討ちを企てるが露見し、大将脇屋義治とともに信濃へ逃れる。（二十五・4）

・謀叛人の香勾高遠、地蔵菩薩の身代わりで命を助けられる。（二十五・5）

一三四七　貞和三（正平二）

六

・ある僧が、仁和寺六本杉で、天狗道に落ちた護良親王らの怨霊の謀議を目撃する。（二十六・2）

八

・八日、足利直義室、男子を出産。（二十六・2）

・十四日、細川顕氏の軍、楠正行を討伐するため河内国藤井寺に着陣。

		(二十六・3)
	九	・円成という僧が、伊勢国で宝剣を発見し、日野資明に献上。三種の神器の由来を平野社の神主卜部兼員から聞いた資明が宝剣を兼員に預けて祈らせると、はたして足利直義が霊夢を見る。(二十六・4)
		・十八日、宝剣は朝廷に迎えられることになるが、坊城(勧修寺)経顕が、黄粱の夢の故事を説いて上皇を諫め、剣は卜部兼員のもとにさし戻された。(二十六・4)
	十一	・十七日、藤井寺合戦。楠正行、細川顕氏の軍を破る。(二十六・3)
		・二十五日、山名時氏・細川顕氏を大将として、住吉・天王寺に軍勢をさしむける。(二十六・6)
		・二十六日、住吉合戦。楠正行、山名時氏と細川顕氏の軍を破る。(二十六・6)
	十二	・足利尊氏・直義、楠正行を討つため、高師直・師泰兄弟を大将に軍勢の派遣を決める。(二十六・7)
		・十四日、高師泰の軍勢、淀に着陣。(二十六・7)
		・二十五日、高師直の大軍、石清水八幡宮に着陣。(二十六・7)
		・二十七日、楠正行・正時兄弟、吉野へ参り、後村上帝に謁したのち、如意輪堂の壁板に、一族郎等の過去帳を書き付ける。(二十六・7)
一三四八 貞和四 (正平三)	一	・二日、高師泰軍、淀を立ち、和泉国堺の浦に陣をとる。(二十六・7)

十

・三日、高師直軍、八幡を立ち、四条畷に陣をとる。（二十六・7）
・五日、四条畷合戦。（二十六・7）
・高師直、楠正行の追撃で危うく見えたが、上山左衛門が身代わりとなり、難を逃れた。（二十六・7、8）
・楠正行・正時兄弟、和田源秀ら、四条畷で戦死。（二十六・9）
・八日、高師泰、堺の浦より石川河原へ。十四日、高師直、吉野の麓に押し寄せる。（二十六・9）
・後村上帝以下の南朝の人々、吉野を脱出して、賀名生へ退く。（二十六・9）
・高師直の軍、吉野に押し寄せ、南朝の皇居、金峯山寺などを焼き尽くす。（二十六・10）
・二十七日、光厳上皇の皇子興仁王が践祚（崇光天皇）、二十八日、花園上皇の皇子直仁親王が皇太子となる。（二十六・1）
・院の御所の正殿に、犬が子どもの死に首をくわえてくるという触穢が起こる。（二十六・1）
・賀名生に退去した南朝の人々、日々の暮らしにも困窮する。（二十七・1）
・高師直、一条今出川に豪壮な屋敷を建てる。また、二条前関白殿の妹に通い、男子（高師夏）をもうける。（二十七・2）
・高師泰、東山の菅原家の墳墓の地を奪って山荘を造り、口論に言寄

		せて菅原在登を殺害。（二十七・3） ・河内の楠正儀と石川河原で対峙する高師泰、周辺の寺社を略奪。（二十七・3） ・上杉重能・畠山直宗、高師直・師泰の専横を憎み排除を企てる。（二十七・3） ・妙吉侍者、夢窓疎石の推挙により足利直義に重用される。（二十七・5） ・妙吉侍者、高兄弟に関して足利直義に讒言する。（二十七・6、7） ・足利直冬、備前に下る。（二十七・7）
一三四九 貞和五（正平四）	二	・二十六日、将軍塚鳴動。（二十七・8） ・二十七日、清水寺炎上。（二十七・8）
	六	・三日、石清水八幡宮の神殿、鳴動す。（二十七・14） ・十日、四季を司る三星が並ぶという異変あり。（二十七・14） ・十一日、四条河原の田楽見物の桟敷、倒壊。（二十七・9、13） ・十二日、大雨、四条河原の不浄を洗い流す。（二十七・13） ・二十六日、羽黒山伏の雲景、愛宕山の天狗太郎坊から、幕府の内紛（観応の擾乱）の顛末を聴き、閏六月三日、未来記に書き付ける。（二十七・13）
	閏六	・五日、天に電光の怪異が出現。（二十七・14） ・足利直義、高師直の闇討ちを企てて失敗。（二十七・10）

八

・高師泰、足利直義の懐柔策を断って、河内から上洛。高師直邸に入る。(二十七・10)
・十一日、高師直方の赤松円心父子、足利直冬の上洛を阻むべく、播磨国へ下向。(二十七・10)
・十二日、宵より、足利直義邸、高師直邸に参る軍勢で洛中騒動す。(二十七・11)
・十四日、将軍御所に退避した足利直義、高師直軍に包囲され、直義は政務を退き、上杉重能・畠山直宗は遠流ということで、師直を納得させる。(二十七・11)
・十五日、妙吉侍者逃亡。(二十七・11)
・足利直義、出家して恵源と号し、三条坊門高倉邸から錦小路堀川邸に移る。(二十七・11)
・玄恵法印、死去。(二十七・11)(史実は、観応元年三月)
・二十四日、上杉重能・畠山直宗、越前国江守庄の配所で討たれる。(二十七・12)

九

・十三日、足利直冬、備後国鞆を落ちて、海路九州へ向かう。(二十七・11)
・足利直冬、肥後の川尻幸俊を頼る。また、筑前の少弐頼尚の婿になり、九州に威を振るう。(二十八・2)(二十八・5)

十

・二十二日、足利義詮、鎌倉から上洛、政務をとる。(二十八・1)

一三五〇 観応元（正平五）	二	・二十七日、北朝、貞和から観応に改元。（二十八・1）
	六	・二十日、高師泰、石見国で蜂起した足利直冬方の三角兼連の討伐に向かう。（二十八・3）
	七	・二十七日、高師泰軍、三角配下の佐波善四郎の三つの城を攻める。（二十八・3）
	八	・二十五日、佐波善四郎の鼓崎城、兵が熊狩りに出かけた隙に攻められ、善四郎は戦死。高師泰軍、石見国を制圧し、三角兼連の城を包囲。（二十八・4）
	九	・二十九日、肥後国より、足利直冬が九州を制圧したとの報せが早馬で京に至る。（二十八・5）
	十	・十二日、足利直義、京を出奔して大和国へ。（二十八・6） ・十三日、足利尊氏・高師直ら、足利直冬討伐のため西国へ進発。（二十八・6） ・二十五日、足利直義、光厳上皇から、鎮守府将軍の院宣を受ける。（二十八・7）
	十一	・十九日、足利尊氏らの軍勢、備前国福岡に着く。（二十八・6）
	十二	・九日、足利直義、南朝の朝廷に書状を送り、和議を請う。（二十八・8） ・十三日、吉野の朝廷、北畠親房の漢楚の戦いの故事を引いての意見により、足利直義に勅免の宣旨を下す。（二十八・9）

		・足利尊氏、直義と南朝の合体を知り、備前から引き返す。（二十九・1） ・鎌倉公方足利基氏の執事高師冬(師直の猶子)、上杉憲顕・能憲に背かれて自害。（二十九・11）
一三五一　観応二（正平六）	一	・七日、足利直義、足利義詮討伐のため、石清水八幡宮に陣を取る。（二十九・1） ・八日、足利直義方の越中守護桃井直常、越中を発ち、京へ向かう。（二十九・2） ・十三日、桃井直常の軍、比叡山に上がり、京をうかがう。（二十九・2） ・十五日、足利義詮、形勢不利とみて、京を落ちて西国へ向かう。桃井直常の軍、入京する。（二十九・2） ・同日、備前から戻った足利尊氏と高師直、足利義詮の軍と合流し、京の桃井直常の軍と京一帯で戦う。（二十九・2） ・四条河原で、桃井方の秋山九郎と、将軍方の阿保忠実の華々しい一騎打ちが戦われる。（二十九・2） ・桃井直常、佐々木道誉の奇襲にあい、粟田口から関山に退く。（二十九・3） ・十六日、京での合戦に勝利したにもかかわらず、離反者が続出した将軍方は、丹波路を西へ落ち、桃井軍は、再度入京する。（二十

二

九・3）

・足利義詮、仁木頼章・義長兄弟と共に足利尊氏らと別れ、丹波国井原の石龕寺に留まり、同寺に庄園を寄進する。（二十九・4、5）

・高師泰、石見の三角城攻めをやめて、京に向かう途中、備中で上杉朝定の軍と戦って破る。（二十九・6）

・一日、高師泰・師夏、書写坂本で足利尊氏の軍と合流する。（二十九・6）

・三日、足利尊氏、書写坂本を出陣、石塔頼房の籠もる光明寺を囲む。（二十九・7）

・四日、光明寺合戦。将軍方の軍、石塔頼房を攻めあぐむ。高師直・師泰に伊勢大神宮の不吉な託宣があり、赤松則祐は、息朝範の夢とあわせて不利と判断し、本国の播磨へ帰る。（二十九・7、8）

・十三日、足利尊氏と高師直・師泰、光明寺を出立し、兵庫の湊川に向かう。石塔頼房と上杉朝房、光明寺を出て畠山国清と合流。（二十九・9）

・十七日、小清水合戦。将軍方、摂津の小清水一帯で、足利直義方の畠山国清、石塔頼房らの軍と戦って大敗する。（二十九・9）

・松岡城に籠もった足利尊氏・高師直ら、自害を覚悟するが、そこへ畠山国清の陣から和議の報せがもたらされる。（二十九・10）

・二十五日、甲斐で高師冬が上杉憲顕・能憲らに討たれたとの報せが、

松岡城にもたらされる。（二十九・11）
・二十六日、高師直・師泰兄弟、足利直義と和睦した尊氏に従って上洛する途中、武庫川辺で討たれる。ほかの高一族もことごとく討たれ、師直の子師夏は、捕らえられて斬られる。（二十九・12）

［解説 4］
『太平記』の本文《テクスト》

はじめに

印刷という複製技術は、オリジナルとそのコピーという区分を生み、オリジナルの起源としての「作者」の観念を法的・形而上学的な次元で成立させた。

オリジナル(原本)という考え方は、けっして自明でも普遍的でもないのだが、わが国で著作物のオリジナルということが問題となり、その知的所有権が議論されるようになるのは、活版印刷の技術が普及した明治以降、一八八〇年代の福沢諭吉の著作権運動からである(『岩波講座　文学1〈テクストとは何か〉』二〇〇三年)。だが、著作物を特定の作者のオリジナルな所産と考えることは、近世の木版印刷の時代や、それ以前の写本の時代にもそれなりに存在した。

漢籍や仏典などの典籍類のばあい、その書写は原典に忠実であることがもとめられた。一字一句もゆるがせにしない書写の典型的な例は、仏陀をオリジナルな発話者とする仏典のコピー、すなわち写経である。そして写経を一つの極とすれば、その反対の極には、書写者が自由に改作の手を加えられる写本の領域も存在した。作者名が固有名詞として伝わらず、匿名的・集合的な作者による語り伝え、書き伝えという立て前で伝わる物語草子である。たとえば、鎌倉初期に『源氏物語』本文の校訂を行った藤原定家が、諸本の異同について「狼藉にして未だ不審を散ぜず」と慨嘆したように(『明月記』元仁二年〈一二二五〉二月十六日条)、転写されるそのつど恣意的な改変の筆が加えられるのは、成立当初の『源氏物語』でも同様だった。

だが、『源氏物語』本文は、藤原定家らの尽力によって、鎌倉初期には「証本」として固定化する。それは『源氏物語』が歌人必読の書として、また王朝の故実・典礼を伝える書として正典化されたからだが、それにともなって、『源氏物語』は物語草子としては例外的に作者名が伝えられ、作者紫式部は石山寺観音の霊験によって『源氏物語』を書いた、あるいは紫式部は観音の化身であるなどの、テクストの起源をめぐるさまざまな神話的な言説がつむがれた。それは物語草子の正典化にともなう、テクスト概念の変容によってもたらされた事態だった。

『平家物語』のばあい、その語り物や読み物としての多様な生成過程のなかで、おびただしい数の異本が作られた。多様な異本群は、単一のオリジナル(いわゆる原平家物語)を想定することさえ困難にしているが、しかし南北朝期に琵琶法師の座組織(当道座)が成立し、座の内部支配を支える権威的な拠りどころとして「正本」(覚一本など)が制作されると、『平家物語』の流動状態は急速に終息し、それに並行して、「信濃前司行長」作者説や「性仏《しょうぶつ》(生仏)」作者説など、テクストの起源をめぐるさまざまな言説がつむがれた。物語草子(語り物)の「作者」という定義矛盾ともいえる存在は、正本(証本)の制作にともなうテクスト概念の変容とともに生まれたのだ。

ところで、『平家物語』の後継ジャンルとして成立した『太平記』のばあい、現存の四十巻形態の成立当初(あるいは当時)の応安七年(一三七四)、「太平記作者」にかんする風聞が取り沙汰された(『洞院公定日記』同年五月三日条)。『太平記』は成立当初から作者名が取り沙汰されるような書物として、すなわち物語草子とは次元の異なる一種の典籍——拠るべき史書——として認知されていたのだが、しかしその『太平記』も、けっして単一なオリジナルへ遡行できないことは、今川了俊の『難太平記』が伝える段階的な成立過程からうかがえる(第一分冊「解説」、参照)。

『難太平記』によれば、『太平記』のもとになった本は、法勝寺《ほっしょうじ》の恵鎮《えちん》上人が足利直義のもとに持参した「三十余巻」だったという。恵鎮の手元には、「三十余巻」を足利直義に進呈したあとも、その草稿本のたぐいが残されたろう。また、足利政権周辺で行われた改訂作業においても、さまざまな段階の改訂本や書き継ぎ本が作られたはずだ。『太平記』は足利直義の死(観応三年〈一三五二〉二月)を巻三十に記しているが、『太平記』の改訂・書き継ぎの作業はその後も継続され、現存の四十巻形態が成立したのは、三代将軍の足利義満の時代である。

だが、『太平記』の編纂事業は、最終的な完成をみないまま終わったらしい。たとえば、『太平記』の古本系の諸本は、巻二十二を欠いている(流布本等の巻二十二を有する諸本は、古本系の巻二十三以降の記事をくりあげるなどして、巻二十二の欠を形式的に補塡している)。巻二十二は、おそらくかなり早い時期に、なんらかの政治的な配慮により削除されたのだが、その巻二十二の欠を補訂する作業は保留とされたまま、『太平記』の編纂事業は終息したようなのだ。すなわち、『太平記』の編纂事業は未完のまま放置されたわけで、とすれば、『太平記』の古本といわれる諸本は、いずれも草稿段階のテクストが複数残ったということになり、それらのどれが真正なオリジナル(に近い)かという問いは、そもそも成り立たないことになる。

コピーにたいするオリジナル(原本)という観念は、さきに述べたように、活版印刷の技術が普及したヨーロッパ近代の文献学《フィロロジー》の所産である。そのような近代の観念を、近代以前の写本に無前提に適用してしまうのは、あきらかにカテゴリー・エラーである。

写本時代のテクストに証本(正本)が成立するためには、テクストの正典化と、それにともなうテクスト概念の変容が必要だった。鎌倉時代の源氏学者や、南北朝時代の当道座においてそうだったように、そこには規範的なテクストを創出することで、みずからの歴史的・文化的な過去を単一なものとして同定しようとするアイデンティティ形成の力学が作用していた。

『太平記』本文は、十七世紀後半に、水戸藩の史局彰考館で校訂作業が行われた。元禄二年(一六八九)に成立した『参考太平記』(今井弘済《こうさい》・内藤貞顕《さだあき》編)である。だが、真正な南北朝時代史をめざしたはずの校訂作業が、テクストの複数性のまえで立ち止まらざるをえなかったことは、『参考太平記』に記された詳細な異本注記が伝えている。

現代の私たちにできることも、『太平記』のオリジナル(原本)へ遡行することではありえない。『太平記』のいわゆる「善本」を認定するにしても、「善本」というカテゴリーじたいが大きな難問をかかえている。『太平記』の本文研究にできることも、起源の複数性を認めたうえで、テクスト相互の相対的な位置関係を呈示するにとどまるだろう。この第四分冊「解説」では、『太平記』の古本と認定されてきた諸本を中心に、いくつかの特徴的な記事について比較・検討する。諸本の相対的な位置関係を考えることで、本書(岩波文庫本『太平記』)が底本として使用した西源院本《せいげんいんぼん》の位置について述べてみたい。

一　西源院本について

西源院本は、京都市右京区の臨済宗寺院、龍安寺の塔頭《たっちゅう》西源院に伝わった『太平記』の古写本である。はやくから『太平記』の古本として知られたこの本は、元禄二年(一六八九)成立の『参考太平記』の校異に用いられている。

旧国宝(現在、重要文化財)の西源院本は、昭和四年(一九二九)の龍安寺の火災で焼損しているが(巻三十八―四十は焼失)、幸いなことに、大正八年(一九一九)に東京大学史料編纂所で制作された、きわめて精確な影写本がある。本書岩波文庫本『太平記』では、本文の作成にさいして(本文の作成・校訂の方針については、「凡例」参照)、龍安寺所蔵本(京都国立博物館寄託)、史料編纂所蔵影写本を用い、また影写本の翻刻である鷲尾順敬《じゅんきょう》校訂『西源院本太平記』(刀江書院、一九三六年)、影写本の影印である黒田彰・岡田美穂編『軍記物語研究叢書』第一―三巻(クレス出版、二〇〇五年)を参照した。

西源院本『太平記』を最初に本格的に調査した鷲尾順敬によれば、西源院本は応永年間に書写され、現存本の転写が行われたのは、大永・天文年間であるという。すなわち、西源院本巻二十九の巻末には、歴代の幕府執事(管領)の就任年と辞任年が記されるが、その末尾にみえる「細川右京大夫道観」(俗名満元)については、応永十九年(一四一二)の就任年のみが記され、同二十八年の辞任年が記されない。このことから、鷲尾は、西源院本の書写時期を応永二十八年以前であるとした。

また、現存の西源院本は、四人の合筆によって書写されており(高橋貞一は、五人の合筆とする)、その第一巻の書風について、龍安寺誌の『大雲山誌稿』は、龍安寺第十世大休宗休《だいきゅうそうきゅう》(一四六八―一五四九)の書写になる『西源録』と同筆であるとする。鷲尾によれば、そのことは現存する『西源録』の筆跡からも確認できるのであり、したがって西源院本は、室町初期の応永十八年から二十八年の間(一四一一—二一)に書写され、現存本は、大休宗休らによって大永・天文年間(一五二一—五五年)に転写されたという。

みぎの鷲尾の考証には、今日まで大きな異論は出されていない。西源院本は、応永年間というかなり早い時期に書写され、大永・天文年間に転写された『太平記』の古写本である。鷲尾による西源院本の翻刻(前掲、『西源院本太平記』刀江書院)も、しばしば『太平記』の古本として参照されているが、しかしこの西源院本と、ほかの『太平記』古本との関係については諸説がある。

ここでは以下、『太平記』の古本系の諸本である西源院本、神田本、玄玖本《げんきゅうぼん》(その同系統本の神宮徴古館本)、南都本(同系統本で全巻を完備する簗田本《やなだぼん》、相承院本)のほか、流布本(江戸時代に版行されて流布した本)、および流布本の前段階の形態を伝える梵舜本《ぼんしゅんぼん》、また宝徳本、書陵部本、学習院本、米沢本、毛利家本、今川家本、天正本、京大本等について、いくつかの特徴的な記事(わたくしなりに本文の先後関係を判定しうる記事)の異同を検討しながら、西源院本の位置について述べる。なお、各本の書誌的事項については、本稿末尾の〈主要参考文献〉にあげた高橋貞一、長坂成行両氏の研究を参照されたい。

二　玄玖本の位置

さきに述べたように、『太平記』の古本系の諸本は巻二十二を欠いている。流布本は、巻二十三以降の記事をくりあげて、巻二十二の欠を形式的に補塡しているが、このことから、巻二十二の有無を指標として、『太平記』の諸本は分類されてきた。

『太平記』の諸本分類の先駆者といえる亀田純一郎（本稿末尾〈主要参考文献〉参照。以下同）は、巻二十二の有無を基準として、諸本を、巻二十二を欠く「旧形」の本（神田本、西源院本など）と、巻二十二を有する「改竄形」の本（流布本）、および両者の中間・過渡的な形を伝える本に三大別した。

この亀田の分類案をうけて、諸本をほぼ網羅的に調査した高橋貞一は、第一類「古本」、第二類「古本を増訂して巻二十二を有する本」、第三類「流布本」として、諸本を三分類したうえで、第一類「古本」では、神田本と西源院本が古く、南都本は後出の本であり、また玄玖本は、神田本と南都本の双方に近い本文を持ち、古本系の「中間に位する伝本」であるとした。

亀田や高橋の研究をうけて、鈴木登美恵は、高橋のいう第二類本をさらに二類(丙類・丁類)に分け、甲類(巻二十二を欠く神田本、玄玖本、南都本、西源院本等)、乙類(流布本、梵舜本、毛利家本、米沢本、書陵部本等)、丙類(天正本等)、丁類(京大本等)の四分類案を提案した。

本書が底本とする西源院本は、第一類(ないしは甲類)に分類される本だが、鷲尾順敬も指摘するように、西源院本は書写態度がやや雑であり、誤写や脱字・脱文が少なくない。本書の校訂には、神田本、玄玖本、南都本(同系統で全巻を完備する簗田本)などの古本系の本文をおもに使用したが、校訂を行った印象として、玄玖本(および南都本)は、西源院本とはやや距離のある本文をもつという印象である。つぎに、玄玖本のいくつかの特徴的な記事をあげてみる。

巻三「桜山討死の事」(章段名は西源院本により、巻数表示は巻〇〇とした。以下同)の末尾に、玄玖本(および同系統の神宮徴古館本)は、赤坂落城後の楠正成が、金剛山に城を構えたことを記し、つづけて、役行者ゆかりの修験道の霊場である金剛山の由緒について記す。このやや長文の金剛山由緒記事は、玄玖本のほかに、毛利家本、天正本等にみえるが、すでに指摘されているように、玄玖本系の増補記事である。

巻八の冒頭「摩耶軍《まやいくさ》の事」で、播磨で挙兵した赤松円心は、摂津の摩耶山で六波羅方の軍勢をむかえ討つ。玄玖本では、摩耶山の合戦はつぎのように開始される(以下、引用する諸本の本文は、わたくしに校訂し、比較の便宜のため平仮名交じり文に改めた。なお、平仮名交じりは、神田本、神宮徴古館本、簗田本、相承院本、龍門文庫本、宝徳本など、『太平記』の古本にしばしばみられる表記である)。

西国の敵、摂津国摩耶城に取り上がつて、兵庫湊川に関を居《す》ゑたりと聞こえしかば、両六波羅大きに騒いで、佐々木判官時信、常陸前司時朝、四十八箇所の篝屋《かがりや》、在京人、并びに園城寺の衆徒五百余人、かれこれ都合七千八百余騎を、摩耶の城へ差し下さる。

この敵どもは、ただ楚の陳渉《ちんしょう》が、亡秦の弊《つい》へに乗つて、山東に越えしが如し、誠に義に当たり、節に死する心はよもあらじと、寄手、皆思ひ侮つて、山の案内をも問はず、勢の手分けをもせず、我先にとぞ寄せたりける。

城に楯籠もる所の勢ども、飽くまで野戦《のいくさ》に馴れて、時の虚盈《きょえい》を見ることを得たる者どもなりければ、足軽の射手一、二百人を麓へ下ろして、遠矢少々射させて、……

この玄玖本の本文に相当する箇所は、西源院本ではつぎのようにある。

先帝すでに船上《ふなのうえ》に着御なりて、隠岐判官合戦に打ち負けし後、近国の武士ども皆馳せ参る由、出雲、伯耆の早馬、しきなみに打つて、六波羅へ告げたりければ、事すでに珍事に及びぬと、聞く人色を失ふ。

これに付けて、都近き所に、敵の足をためさせては叶ふまじ、先づ摂津国摩耶城へ押し寄せて、赤松を退治すべしとて、佐々木判官時信、常陸前司時知に、四十八ヶ所の篝、在京人、并びに三井寺法師三百余人を相添へて、五千余騎を摩耶城へぞ向けられける。その勢、閏二月五日、京都を立つて、三月一日の卯刻に、摩耶城の南の麓、求塚、八幡林よりぞ寄せたりける。

赤松入道、これを見て、わざと敵を難所におびき寄せんために、足軽の射手、一、二百人を麓へ下ろして、遠矢少々射させて、……

神田本や宝徳本は、西源院本とほぼ同文である。この箇所は、玄玖本(同系統の神宮徴古館本)がかなり特異な本文をもつが、このあとも、玄玖本は独自本文がつづく。とくに注意されるのは、玄玖本に日付の記述がないことである。

西源院本で傍線を付した「三月一日」の日付(神田本、宝徳本も同じ)は、「閏二月五日」に京都を発った六波羅勢が、摩耶山(神戸市灘区)に着いた日付としては遅すぎる。また、この「三月一日」の合戦で六波羅勢が敗退したあと、あらためて「閏二月二十八日」に一万余騎の軍勢が派遣されたとあるのは、日付の矛盾である。さらにつづく酒部合戦の日付は「三月十日」とある。西源院本や神田本、宝徳本には、日付の混乱がみられるのだが、こうした日付の混乱の発端となるみぎの引用箇所を、日付を記さずにそっくり書き改めたのが、玄玖本の本文だろう。

なお、流布本や梵舜本、書陵部本、米沢本、毛利家本、天正本等は、西源院本や神田本、宝徳本とほぼ同文だが、傍線部分の「三月一日」を「同十一日」(閏二月十一日)とすることで、日付の矛盾を解消している(宝徳本は、「三月一日」の本文の横に「同十一日」と傍書する)。

また、南都本(同系統の簗田本、相承院本等)は、六波羅方が、軍勢を「……摩耶城へぞ向けられける。」までは、西源院本や神田本とほぼ同文だが、つづく「その勢、閏二月五日、京都を立つて、三月一日の卯刻に……」に代えて、玄玖本の「この敵どもは、ただ楚の陳渉が、亡秦の弊へに乗つて、山東に越えしが如し、……」以下の本文を接続・合成して、やはり日付の矛盾を回避している。

玄玖本の特徴的な記事は、巻二十六「伊勢国より宝剣を進《まいら》す事」の、日本紀関係記事にもみられる。宝剣のいわれを尋ねる日野資明《すけあきら》に対して、卜部兼員《かねかず》が日本紀(いわゆる中世日本紀)の所説を開陳する箇所だが、その本文は三系統に分かれる。

一つは、西源院本、梵舜本、流布本、宝徳本(長坂成行による復元宝徳本)のグループ、もう一つは、玄玖本(同系統の神宮徴古館本)、南都本(同系統の簗田本、相承院本)、書陵部本、学習院本、米沢本、毛利家本、今川家本、天正本等のグループ、さらにもう一つは、神田本である。玄玖本、南都本、書陵部本等では、天地開闢から説き起こすなど、記事が全体に詳細だが、神田本は、西源院本等の本文をベースに、それに玄玖本、南都本等の記事を接合した混合本文になっている。こうした神田本の混合形態をみても、この中世日本紀の記事は、西源院本(および梵舜本、流布本、宝徳本)などの本文が先行し、玄玖本以下の他本は改訂・増補した本文をもつだろう。

巻三十三「三上皇吉野より御出の事」には、南朝方に囚われていた光厳《こうごん》・光明《こうみょう》・崇光《すこう》の三上皇が京への帰還を許され、光厳・光明両上皇は夢窓疎石に帰依して、出家・隠遁の日々を送ったことが記される。西源院本はつぎのようにある。

かの悉達太子《しつだたいし》は、浄飯王《じょうぼんおう》の位を捨てて、檀特山《だんどくせん》に分け入り、善施太子《ぜんせたいし》は、鳩留国《くるこく》の翁に身を与へて、檀施《だんせ》の行を修し給ふ。これは、十善の国を并せたる十六の大国を保ち給ひし王位なれども、その位、一塵よりもなほ軽し。況んや、わが国は粟散辺《ぞくさんへん》地《ち》の境なり。たとひ天下を一統にして、無為《ぶい》の化に誇らせ給ふとも、かの大国の人と并《なら》ぶるに、千億にしてその一にも及び難し。

傍線部分の「十善の国を并せたる十六の大国」は、わかりにくい文である(十善は、十善戒をたもった果報として天子の位を得るという仏教語)。意味の通らない「十善の国を并せたる」は、梵舜本や学習院本の「十千の国を并せたる」(十千は、限りなく数が多い意)が正しいが(本書第五分冊の本文では、「十善」を「十千」と校訂した)、この箇所は、神田本や流布本、書陵部本、米沢本、毛利家本等が、西源院本とほぼ同文だが、玄玖本(神宮徴古館本、および南都本、簗田本等)は、つぎのようにある。

悉達太子は、浄飯王の位に家を出でて、檀特の洞に赴き、善施太子は、鳩留国の翁に身を与へて、檀施の行を修し給ふ。これは皆、十善の位一つも闕くる事なくして、十六の大国の王位なれども、捨つるとなれば、その位、一塵よりもなほ軽し。況んや、わが国は粟散辺地の境なり。たとひ天下を一統して、無為の大化に楽しませ給ふとも、かの大国の王事に准へば、千億にしてその一にも及び難し。

傍線部分「十善の位」は天子の位だが、それが「一つも闕くる事なくして」は意味不通である。西源院本等の「十善の国を并せたる」を、意味が通るように改変を試みて、かえって意味の通らない文になっている(なお、玄玖本・神宮徴古館本は、その直前の文、「悉達太子は、浄飯王(注、釈迦の父)の位に家を出でて」にも、文に乱れがある)。

玄玖本にみられる特徴的な記事のいくつかをあげてみたが、注意したいのは、玄玖本のそれらの特徴的な箇所が、次節以下でも指摘するように、しばしば南都本に近似することだ。古本系(第一類、甲類)の諸本のなかで、南都本はあきらかに後出の本文をもつ。その意味では、たしかに玄玖本は、古本系の本文として「中間に位する伝本」(高橋貞一)

といえる。

なお、玄玖本(同系統の神宮徴古館本)の位置づけに関連して、『太平記』の現存最古の写本である永和本との比較が試みられている。

永和本は、古本系の巻三十二に相当する巻だけが伝わる『太平記』の零本《れいほん》(本文の一部だけが伝わる端本)である。紙背に記された『穐夜長物語《あきのよのながものがたり》』の末尾に、永和三年(一三七七)二月の書写年時があり、そのおもてに書写された『太平記』巻三十二(に相当する巻)が、それ以前の書写であることはたしかである。すなわち、永和本の成立の下限は、永和三年二月であり、それは『太平記』の末尾、巻四十「細川右馬頭西国より上洛の事」の年時貞治六年(一三六七)十二月から九年後であり、『洞院公定日記』で「太平記作者」「小嶋法師」が死去したとされる応安七年(一三七四)四月からは三年たらずである。零本ではあっても、『太平記』の成立直後ないしは当時の写本として貴重である。

永和本の紹介者である高乗勲《こうじょういさお》は、永和本には流布本に近い箇所があり、永和本は、西源院本や神田本とは「伝来の系統」が異なることを指摘している。鈴木登美恵は、古本系(甲類本)の巻三十二と、永和本とを比較し、永和本と玄玖本がそれぞれ古態の本文を持ち、『太平記』には、古い段階から二系統の本文があったとした。永和本を、ほかの古本系とは別系統とする指摘は、高乗の指摘とも共通するが、また宝徳本(現存本は巻一—十)の巻十一以降の本文の復元を試みた長坂成行は、復元宝徳本が永和本に近い本文をもつこと、また書陵部本も同系統の本であるとした。

高乗や鈴木、長坂の指摘は、オリジナル(原本)の複数性を示唆するものとして興味深いが、小秋元段は、神宮徴古館本(玄玖本の同系統本)と永和本との先後関係を問題にし、両本における五例の異同箇所を検討して、神宮徴古館本が永和本に先行する本文をもつとした。

小秋元があげる五例の異同箇所を再検討した今井正之助は、「逆の立場に立てば別な解釈も可能である」とし、神宮徴古館本(玄玖本、および西源院本、南都本)には、記事に矛盾が多く、矛盾の少ない永和本や書陵部本が先行本文であるとした。本文の先後関係の論は、今井もいうように、たしかに「立場」によって「別な解釈」が可能である。それは今井の解釈も例外ではないと思うが、ただし小秋元があげる五例の異同箇所のうち、巻三十二「神南《こうない》合戦の事」の異同については、一定の判断をくだせると思う。

すなわち、永和本(および神田本、書陵部本、学習院本、毛利家本等)の巻三十二「神南合戦の事」は、後藤三郎左衛門の戦死を二度にわたって記す。この重複を、小秋元は、ほかの箇所への配慮を忘れた不用意な改訂ゆえの重複とする。だが、後藤三郎左衛門の二つの戦死記事のうち、あとの方の戦死記事だけをもつ神宮徴古館本(西源院本、南都本、米沢本等)にたいして、梵舜本と流布本は、まえの方の戦死記事だけをもつ。

後藤三郎左衛門の戦死記事にかんして、永和本等の本文と神宮徴古館本(玄玖本、および西源院本等)の本文との先後関係は、わたしには判断がつきかねる。だが少なくとも、後藤三郎左衛門の二つの戦死記事をもつ永和本の本文が、梵舜本や流布本の本文に先行して存在したとはいえるだろう。長坂成行が指摘するように、永和本にはあきらかな脱文箇所がみられ、永和本には、その永和書写のさらに元になった本が存在したことになる。そのような永和本(その元本)の成立年時の古さから考えて、永和本よりも以前に、すでに西源院本・神宮徴古館本等の本文と、梵舜本・流布本等の本文とが行われており、永和本がその両者を合成してなったとはどうも考えにくいのだ。

永和本(および神田本、書陵部本等)にみられる後藤三郎左衛門の二つの戦死記事のうち、梵舜本や流布本は、あとの方の戦死記事を削除して、記事の整合性を図ったとみるのが自然だろう。

三　神田本の性格

玄玖本(同系統の神宮徴古館本)は、他本における巻二十七「雲景未来記《うんけいみらいき》の事」の章段を欠いている。この点をもって、玄玖本の古態性がいわれたりするが、かりに「雲景未来記の事」が本来なかったとして、それは『太平記』のどの時点をさして「本来」なのか。オリジナルの複数性のまえで、真相はけっきょく不明というしかないと思うが、ひとつ言えることは、天皇の政治論や三種の神器論を展開する「雲景未来記の事」は、『太平記』において書かれるべくして書かれたのであり、「雲景未来記の事」を欠く玄玖本(神宮徴古館本)や南都本(同系統の簗田本、相承院本)、京大本等は、『太平記』テクストとしてはやはり物足りない。

ところで、亀田純一郎や高橋貞一によってその古態性が注目されてきた神田本は、細部の言い回しや語彙レベルで西源院本と共通する箇所が多く、『太平記』の「古き形態詞章」(高橋貞一)を多く伝えることはたしかだと思う。

だが、はやくから指摘されてきたように、神田本には、天正本系統の本文による切り継ぎ箇所があり、とくに巻三十二では、しばしば二種類の本文を並記している。並記された一本は永和本系統の本だが、並記せずに二種類の本文を合成したような箇所もある。たとえば、巻三十二「山名右衛門佐敵と為る事」で、京に迫る山名軍を足利義詮が迎え撃とうとする一節は、神田本でつぎのようにある。

この時、将軍未だ上洛し給はで、鎌倉におはせしかば、京都あまりに無勢にて、大敵に戦ふべきやうもなかりければ、中々なる合戦して、敵に気を付けては叶ふまじとて、土岐、佐々木、頻りに、「江州に引き退いて、勢田にて敵をうけ、鎌倉の勢を待ち付けて合戦を致され候へ」とぞ申されける。京都はこの時あまりに無勢なりければ、戦ひ勝つ事を得難しとや思はれけん、主上をば、先づ山門の東坂本へ行幸なしまゐらせて、宰相中将義詮朝臣は宣ひけるは、「敵大勢なればとて、一軍もせでは、いかでか聞き逃げをばすべき」とて、仁木、細川、土岐、佐々木、三千余騎を一所に集めて、鹿の谷を後ろにあてて敵を今やと相待たる。渭河の西に相請けたり。この陣の様、前に川あって、後ろに山峙《そばだ》つたれば、引き場の思ひは無けれども、韓信が兵書をさみして背水の陣を張る事あり。土岐、佐々木の兵ども、近江と美濃とを後ろにおいて戦はんに、引いて暫く気を休めばやと思はぬ事やあるべきと、未だ戦はざる先に、敵に心をぞ見せられける。

傍線部分「この時、将軍未だ上洛し給はで、鎌倉におはせしかば、京都あまりに無勢にて」と、「京都はこの時あまりに無勢なりければ」は、記事の重複であり、また波線部分「鹿の谷を後ろにあてて敵を今やと相待たる」と、「滑河の西に相請けたり」も、記事の重複である。これに相当する箇所は、永和本と西源院本では、それぞれつぎのようにある。

（永和本）この時、将軍未だ上洛し給はで、鎌倉におはせしかば、京都あまりに無勢にて、大敵に戦ふべきやうもなかりけり。中々なる軍して、敵に気を付けては叶ふまじとて、土岐、佐々木の者ども、頻りに、「江州へ引き退いて、勢多にて敵を相待たん」と申しけるを、宰相中将義詮朝臣、「敵大勢なればとて、一軍せでは、いかが聞き逃げをばすべき」とて、細川相模守、土岐、佐々木、三千余騎を一所に集め、鹿谷を後ろにあて、敵を滑川の西に相待ちたり。この陣の様、前に川あつて、後ろに大山崎《そばだ》つたれば、引き場の思ひなけれども、韓信が兵書をさみして背水の陣を張りしに違ひて、殊更土岐、佐々木の兵ども、近江と美濃とを後ろにおいて戦はんに、引いて暫く気を休めばやと思はぬ事やあるべきと、未だ戦はざる先に、敵に心をぞ計られける。

（西源院本）京都はこの時、余りに無勢なりければ、戦つて勝つ事を得難しとや思はれけん、主上をば、先づ山門の東坂本へ行幸なしまゐらせて、宰相中将義詮朝臣は、仁木、細川、土岐、佐々木三千余騎を一所に集め、鹿谷を後ろに当てて、敵遅しと相待ちたる。

永和本の傍線部分「この時、将軍未だ上洛し給はで、鎌倉におはせしかば、京都あまりに無勢にて」に相当する箇所は、西源院本（玄玖本・南都本もほぼ同文）の傍線部分「京都はこの時、余りに無勢なりければ」であり、永和本の波線部分「鹿谷を後ろにあて、敵を渭川の西に相待ちたり」に相当する箇所は、西源院本の波線部分「鹿谷を後ろに当てて、敵遅しと相待ちたる」である。この二種類の本文を一つに合成したかたちが、さきにあげた神田本の本文である(なお、梵舜本や流布本は、永和本のような本文をベースにして、西源院本の傍点部分「主上をば、先づ山門の東坂本へ行幸なしまゐらせて」を補っており、やはり混合・合成した本文になっている)。

神田本の本文は、複数の本文を切り継ぎ・合成しているわけだが、巻十七「熊野勢《くまのぜい》軍《いくさ》の事」で、熊野勢が比叡山を攻めのぼるありさまは、神田本ではつぎのようにある。

少しもためらふ気色なく、小おどりしてのぼる有様は、摩醯首羅王《まけいしゅらおう》の天帝釈《てんたいしゃく》と戦ひを決する時、須弥《しゅみ》の半腹を攻めのぼるに異ならず。

摩醯首羅は、八臂三眼で造形される大自在天(ヒンズー教のシヴァ神)のことだが、須弥山上の帝釈天と争うのは、摩醯首羅ではなく、阿修羅である。神田本には両者の混同がみられるのだが、この箇所を、玄玖本と西源院本で示すとつぎのようになる。

(玄玖本)少しも猶予《ため》らふ気色なく、小跳りして登る分野《ありさま》は、摩醯しゆら、夜叉、羅《ら》刹《せつ》の怒れる貌《すがた》に異ならず。

（西源院本）少しもためらふ処もなく、小跳りして上る風情を見れば、大阿修羅王、帝釈の軍に打ち勝つて三十三天へ追《お》ひ上《のぼ》せ、須弥の半腹へ攻め上る勢ひ、これに過ぎじと覚えたり。

神田本は、玄玖本ふうの本文と、西源院本ふうの本文とを合成したかたちである。なお、この箇所は、南都本（同系統の簗田本、相承院本等）、流布本、梵舜本、書陵部本、米沢本、毛利家本、今川家本、天正本等々は、玄玖本とほぼ同文であり、西源院本がやや孤立した本文をもつ（学習院本は西源院本とほぼ同文）。だが、神田本のような合成本文が作られる前提として、西源院本のような本文が先行して存在したことはたしかである。

神田本に、西源院本と玄玖本を合成したような本文がみられることは、さきにあげた巻二十六「伊勢国より宝剣を進《まいら》す事」でもいえる。卜部兼員が語る中世日本紀の所説は、神田本では、はじめは西源院本のような本文で説き起こし、途中から玄玖本や南都本系の本文を接合したかたちになっている。

神田本には、誤脱・脱文がみられるいっぽうで、独自の増補記事も随所にみられ、増補記事の前後は、しばしば本文が未整理の状態にある。複数本文を切り継ぎ・合成した箇所もふくめて、神田本は、たしかに新たな本文を創出するための「草案」本のすがたをみせている(神田本に付された由来書「家珍草々太平記来由」〈寛永八年(一六三一)、自得子養元〉に、「夫れこの書は、草案の元本也」とある)。だが、神田本には、西源院本と共通する本文も多く、亀田純一郎らによって指摘されてきたように、神田本が、『太平記』の「古き形態詞章」(高橋貞一)を多く伝えていることもたしかだろう。

一例をいえば、巻十六「船坂熊山等合戦の事」は、神田本では、新田軍の船坂攻めに呼応して、児島(和田)高徳が熊山で挙兵したことが簡潔に記される。西源院本、玄玖本、南都本、流布本等々は、児島高徳の熊山での挙兵とその合戦の次第を詳細に記す。すなわち、高徳は、船坂の敵軍を包囲する作戦を立て、その旨を新田義貞に知らせると、義貞はその知らせに喜ぶ。はたして高徳は熊山で挙兵するが、本陣にいたところを敵の奇襲にあって負傷する。気絶した高徳を、父範長が鎌倉権五郎景政の故事を引き合いに出して叱咤すると、高徳はにわかに息を吹き返す。

戦況の推移にほぼ関係のない挿話がながと語られるのだが、この一連の(話の展開の読み取りにくい）挿話は、神田本だけが欠いている。簡にして要を得た神田本が、古いかたちを伝えるだろうか。

四　西源院本の位置

神田本や玄玖本、南都本と読みくらべると、西源院本には、ときに独自記事がみられる。西源院本の巻二「阿新殿の事」、巻七「村上義光大塔宮に代はり自害の事」などが独自の本文をもつことは、すでに指摘されている。また、西源院本の巻二「両三の上人関東下向の事」には、他本にみられる天竺波羅奈国の沙門の説話がなく、巻二十五「天龍寺の事」には、祇園精舎建立をめぐる宗論説話がないなど、天竺（仏教）関係の故事説話のいくつかを欠いている。

巻二十五「天龍寺の事」の祇園精舎説話についていえば、天龍寺の勅供養に反対する山門の抗議をうけて、朝廷では公卿僉義《くぎょうせんぎ》が行われる。神田本、流布本等では、三条通冬が、天台宗と禅宗に宗論《しゅうろん》をさせてはどうかと提案し、「これ三国の間にその例多く候ふか」として、まず天竺の祇園精舎建立をめぐる宗論の先例を語り、つぎに中国後漢の白馬寺建立をめぐる宗論の先例、そして本朝村上天皇の代の山門と南都の宗論の先例を語る(梵舜本、毛利家本、米沢本等も同じ)。

この三条通冬による「三国」の宗論故事の語りが、西源院本では、「これ和漢の間にその例多く候ふか」とあり、天竺の祇園精舎説話が語られず、中国後漢の先例と、本朝村上天皇の先例が語られる(なお、天竺の先例説話は、ほかに今川家本、京大本等も欠く)。この「和漢」の先例を語る西源院本のかたちが、省略形とはいえないことは、たとえば、玄玖本(同系統の神宮徴古館本)や南都本(同系統の簗田本、相承院本等)、学習院本などが、三国の先例を語るにもかかわらず、「これ和漢の間にその例多く候ふか」と語りだしているのをみてもよい。

玄玖本や南都本、学習院本の宗論記事は、「和漢」の先例を語る西源院本から、「三国」の先例を語る本文に増補される、過渡的なかたちを伝えたものか、または西源院本の本文に、やや無造作に天竺の祇園精舎説話を接合したものか、そのどちらかだろう。いずれにせよ、この箇所にかんして、玄玖本や南都本の本文が、西源院本の本文に先行するとは考えがたい。

こうした説話単位の記事の有無のほかに、西源院本は、構成面で、他本と大きく相違する箇所がある。たとえば、巻三の笠置合戦のあと、後醍醐帝の皇子たちや倒幕派の公家・僧侶らが処罰される巻四「宮々流し奉る事」の記事構成である。

西源院本の構成は、①一宮の土佐流罪・妙法院宮の讃岐流罪→②四宮の但馬流罪→③九宮の詠歌の話→④僧正春雅《そうじょうしゅんが》の長門流罪→⑤花山院師賢《かさんのいんもろかた》の下総流罪→⑥万里小路《までのこうじ》藤《ふじ》房《ふさ》・季房《すえふさ》の常陸流罪→⑦藤房の思い人の入水→⑧源具行《ともゆき》の処刑→⑨殿法印良忠《とののほういんりょうちゅう》の尋問→⑩平成輔《なりすけ》の死罪→⑪三条公明《きんあきら》・洞院実世《とういんさねよ》の拘禁、という順序をとる。これは、他本とくらべて特異な構成である。

神田本は巻四を欠いていて不明だが、玄玖本(神宮徴古館本)は、⑧源具行の処刑→⑨殿法印良忠の尋問→⑩平成輔の死罪→⑪三条公明・洞院実世の拘禁→⑤花山院師賢の下総流罪→⑥万里小路藤房・季房の常陸流罪→⑦藤房の思い人の入水→④洞院公敏の上総流罪・僧正聖尋《しょうじん》の下野流罪・僧正春雅の長門流罪→②四宮の但馬流罪→③九宮の詠歌の話→①一宮の土佐流罪・妙法院宮の讃岐流罪、という順序になる。

玄玖本の記事構成は、南都本(簗田本、相承院本等)や流布本にも共通するが、流布本の同類(乙類)に分類される梵舜本や、宝徳本、書陵部本、学習院本、米沢本、毛利家本等では、⑧源具行の処刑記事で、警固役の佐々木道誉が具行に示した厚誼や、具行の辞世の偈頌《げじゅ》が記されず、また、⑨殿法印良忠の尋問記事を欠く。すなわち、梵舜本や宝徳本等では、構成は玄玖本や南都本、流布本等に近いが、本文が簡略になっている。

　要するに、巻四の「宮々流し奉る事」の記事構成は、西源院本とそれ以外の諸本とで二大別され、それ以外の諸本は、記事の繁簡(⑧の記事の繁簡と、⑨の有無)によって、玄玖本や流布本等の系統と、梵舜本や宝徳本等の系統に二分されるわけだ。

　まず、西源院本と、玄玖本・流布本等との記事構成の違いについていえば、西源院本は、後醍醐帝の皇子たちの処遇について述べ、つぎに臣下たちの死罪・流刑について語る。玄玖本や流布本(および⑧⑨の記事が簡略な宝徳本・書陵部本・梵舜本等)では、臣下たちの死罪・流刑を語ったあと、宮々の話となり、後醍醐帝の皇子のなかでも重要な一宮と妙法院宮について語ったあとで、つぎの章段で後醍醐帝の隠岐配流へと話が移ってゆく。西源院本と、玄玖本・流布本等では、それぞれに固有の構成意識がみられるが、玄玖本・流布本等に、より構成上の工夫がみとめられる。

　また、⑧⑨の記事の繁簡についていえば、西源院本と玄玖本・流布本等は、ともに⑧⑨の記事が詳細である(西源院本と今川家本の⑧は、源具行の辞世の偈頌につづけて、さらに他本にはない辞世の和歌を記す)。おそらく⑧⑨の詳細な本文がまずあって、梵舜本・宝徳本等はそれらを簡略化、または削除したものだろう。とくに⑧の源具行の処刑記事で、情誼に厚い佐々木道誉像が梵舜本や宝徳本、書陵部本等で削除されたのは、『太平記』諸本にみられる、佐々木氏関係記事を嫌う傾向の一つの現れとみられる（後述）。

ほかに、西源院本が独自本文をもつ顕著な例として、巻十四「大渡軍《おおわたりいくさ》の事」「山崎破るる事」「大渡破るる事」の大渡・山崎合戦の一連の記事がある。

建武三年（一三三六）正月、京都の南西の大渡一帯で、足利方と宮方とが橋をはさんで対峙するなか、足利方の八木与一《やぎのよいち》という武士が武勇のほどをみせるが、けっきょく足利方は攻めあぐむ。だが、搦め手にまわった細川定禅が山崎の宮方勢をやぶったことで、宮方は総崩れとなり、大渡・山崎を撤退して京へ引き返す。

この大渡・山崎合戦は、西源院本では話の展開がわかりやすい。だが、西源院本以外の他本（神田本、玄玖本、流布本等）では、話の展開が複雑である。すなわち、他本では、将軍方の八木与一が登場するまえに、宮方の「武者一人」による挑発がある。その「武者」は、『平家物語』の「橋合戦」（巻四）で有名な筒井浄妙、矢切但馬の名を引き合いに出し、橋を渡ってこない将軍方をあざけって挑発する。その挑発にのって、八木は登場するが、細い橋桁のうえを進む八木は、「上がる矢は差しうつぶし、下がる矢をば跳り越え、弓手の矢には右の橋桁へ飛び移り、馬手の矢には左の橋桁へ飛び移り、ただ中を指して射る矢をば、矢切但馬にはあらねども、切つて落とさぬ矢はなかりけり」(玄玖本。神田本も同文)と、まさに「矢切但馬」のような武勇を披露する。だが、八木のそんな敏捷さは、そのあとにつづく、敵陣の櫓を「えいやえいやと」ゆさぶる剛力ぶりと、やや矛盾するのではないか。ともかく矢切但馬ふうの八木の活躍は、西源院本のみが記さない。

八木の活躍もむなしく、将軍方は橋を渡ることができずに「攻めあぐ」む。そこに、他本では、将軍方の赤松貞範《さだのり》のもとに兄範資《のりすけ》から文がとどき、明日には山崎へ馳せ参じると知らせがある。貞範は急ぎ将軍尊氏のもとへ行き、この書状を読み上げると、足利方の諸将は「今はかう」と喜びあう。翌朝、貞範と範資は再会し、「手に手を取り組み、額を合はせて」互いの無事を喜びあう。赤松一族にとっては重要な記事なのだろうが、このあとの戦局の展開には関係のない話である(このあと、山崎の宮方軍をやぶるのは細川定禅である)。この一連の赤松氏関係記事も、西源院本だけが欠いており、そのぶん西源院本は、大渡・山崎合戦の経過がわかりやすい。

大渡・山崎の宮方軍が敗れたことを知った後醍醐帝は、新田義貞や脇屋義助らの帰参も待たずに、あわてて比叡山へ行幸する。その箇所を、玄玖本で引用する（神田本・流布本等もほぼ同文）。

義貞、義助未だ参ぜられざる先に、主上は山門へ落ちさせ給はんとて、三種の神器を玉体に添へて、鳳輦に召されたれども、駕輿丁一人もなかりければ、四門を堅めて候ひける武士ども、鎧着ながら陸立《かちだち》になつて、御輿の前後をぞ仕りける。吉田内大臣定房公、車を飛ばせて参ぜられたりけるが、御所中を走り廻つて見給ふに、よく近侍の人々も周章《あわ》てたりと覚えて、明星、日の札、二間の御本尊まで皆捨て置かれたり。内府心静かに青侍どもに取り持たせて参ぜられけるが、いかがして見落とし給ひけん、玄象、牧馬、達磨の御袈裟、毘須羯磨が作りし五大尊、取り落とされけるこそあさましけれ。公卿殿上人三、四人こそ、衣冠正しうして供奉せられたりけれ。その外の衛府の官は、皆甲冑を着し、弓箭を帯して、翠花の前後に打ち囲む。

この二、三年の間、天下わづかに一統して、朝恩に誇りし月卿雲客、さしたる事もなきに武具を嗜み、弓馬を好みて、朝儀道に違ひ、礼法則《しき》に背きしも、早やかかる不思議の出で来たるべき先表なりと、今こそ思ひ知られたれ。

（巻十四「都落ちの事」）

みぎの傍線部分「駕輿丁一人もなかりければ、四門を堅めて候ひける武士ども、鎧着ながら陸立《かちだち》になつて、御輿の前後をぞ仕りける」と、そのあとの波線部分「公卿殿上人三、四人こそ、衣冠正しうして供奉せられたりけれ。その外の衛府の官は、皆甲冑を着し、弓箭を帯して、翠花の前後に打ち囲む」は、ともに行幸の記述であり、記事の重複だが、後者の波線部分は、西源院本だけが欠いている。

行幸の堂々たるさまを記す波線部分「その外の衛府の官は、皆甲冑を着し、弓箭を帯して、翠花の前後に打ち囲む」は、その前の「駕輿丁一人もなかりければ、四門を堅めて候ひける武士ども、鎧着ながら陸立《かちだち》になつて、御輿の前後をぞ仕りける」と矛盾するのではないか。記事に矛盾のない西源院本が古いかたちを伝えると思われ、他本における記事の重複は、行幸の堂々たるさまを語る文(なかば常套句)を、不用意に挿入したための矛盾と思われる。とすれば、それ以前の大渡・山崎合戦も、記事に矛盾の少ない西源院本が古形を伝えるだろうか。

比叡山への行幸を急ぐ後醍醐帝の一行は、琵琶の名器である玄象、牧馬など、三種の神器に準じる宝器を内裏に置き忘れる。「皆人々周章《あわ》てたり」といわれるあわただしい都落ちのあと、西源院本以外の諸本には、巻十四末尾に「日吉御願文の事」の章段がある。

比叡山の東麓、東坂本に着いた後醍醐帝のもとには、馳せ参じる山門の衆徒がいなかった。だが、帝が比叡山の鎮守日吉山王権現に願文を奉納すると、はたして三千の衆徒が参上したという。この話で、後醍醐帝が願文の奉納を思い立ち、英憲僧都《えいけんそうず》に、「さて、硯やある」といって硯を召し寄せる悠然たるすがたは、それ以前の、新田義貞らの帰参も待たずに、あわてて都落ちした後醍醐帝のすがたを語ったあとの記事だけに、かなりちぐはぐな印象をうける。この「日吉御願文の事」は、増補章段と推定されるが、この章段も西源院本だけが欠いている。

五　西源院本の佐々木道誉記事

前節に述べたように、巻十四の大渡・山崎合戦の赤松氏関係記事は、西源院本だけが欠いていた。赤松氏寄りともいえる他本にたいして、西源院本に特徴的な(佐々木氏寄りともいえる)記事をいくつかあげてみる。

中先代の乱を記す巻十三「相模次郎時行滅亡の事」で、足利軍に敗れた北条時行軍が、箱根の難所で防備を固めると、西源院本(および今川家本)では、「佐々木佐渡判官入道道誉《どうよ》、さしも嶮《けわ》しき山路を、短兵直ちに進んで」、北条軍を退ける。他本では、赤松貞範が、「さしも嶮しき山路を、短兵直ちに進んで」、北条軍を撃退する。北条軍を撃退したのを、佐々木道誉の手柄とする西源院本にたいして、他本は赤松貞範の手柄とする(なお、毛利家本は佐々木・赤松両人の名を並記し、西源院本と他本を合成したかたちになっている)。

巻三十「義詮朝臣《よしあきらあそん》江州没落の事」で、観応三年(一三五二)閏二月、南朝軍が京都に侵攻し、北朝の天皇・上皇は吉野へ連行される。京都は南朝方に占拠され、足利尊氏の留守をまかされていた義詮は、近江の四十九院へのがれる。西源院本では、そこに「佐渡判官入道が計らひとして」という一句があることで、足利義詮が近江の四十九院で態勢を立て直すことができたのは、佐々木道誉の尽力ゆえとする。

また、巻三十四「宰相中将殿将軍宣旨《せんじ》を賜る事」は、延文三年（一三五八）十二月の足利義詮の将軍就任にさいして、佐々木秀詮《ひであきら》（道誉の孫）が宣旨の受け取り役をつとめたことを記す。西源院本（および流布本）は、そこに、佐々木秀詮がなぜ名誉の役に任じられたかを説明して、道誉一族の勲功を称揚するやや長文の記事がある。この記事も、西源院本（および流布本）の独自本文であり、こうした佐々木氏関係記事が、他本では簡略化、ないしは省略される傾向にある。

佐々木道誉の描かれ方として注目されるのは、西源院本の巻十七「江州軍の事、并道誉を江州守護に任ずる事」である。

建武三年（一三三六）七月、京都の足利方と比叡山の宮方との戦闘が続くなか、信濃から上洛した小笠原貞宗は、近江の宮方を破って戦功があった。だが、佐々木道誉は将軍足利尊氏に、「江州は、代々佐々木名字の守護の国」であると申し立て、尊氏から「当国の管領、并びに便宜の闕所数ヶ所」を賜って近江に入り、「当国をば将軍より給はりたる由」を披露すると、小笠原は戦功むなしく京都へ上る。そして近江を占拠した道誉の働きによって、宮方は力を失い、後醍醐帝は尊氏に屈服することになる。

西源院本の記事は、南都本(簗田本、相承院本等)、今川家本、宝徳本(長坂成行による復元宝徳本)等の諸本に共通するが、しかし流布本をはじめ、玄玖本(神宮徴古館本)、神田本、梵舜本、書陵部本、学習院本、米沢本、毛利家本等では、道誉はまず、東坂本の宮方に偽って降参し、後醍醐帝に「江州は代々当家守護の国」であることを申し立て、小笠原の追い落としを約束して、帝から「当国の守護職、并びに便宜の闕所数箇所」を与えられる。そのあと、近江へ入った道誉は、「当国をば将軍より給はりたる由」を披露したため、小笠原はやむなく「国を捨てて上洛」したという。後醍醐帝をだまして宮方に降参するという、いかにもしたたかな策謀家としての道誉像を記す他本にたいして、西源院本等はそれを記さない。

この江州合戦の記事については、佐々木氏寄りの立場をとる西源院本等が、道誉のネガティブ・イメージを低減させるため、道誉が帝をだました一節を削除したのだと説明されたりする。だが、この当時の近江守護職は佐々木(六角)氏頼であり、東近江の管領権のみをもつ佐々木(京極)道誉が、流布本、玄玖本、神田本等のように、「江州は代々当家守護の国」と主張するのは不審である。西源院本等の「江州は、代々佐々木名字の守護の国」とあるのが、道誉の主張としては穏当だろう。

また、道誉が後醍醐帝を欺き、近江守護職を帝から与えられたとする他本の展開は、話としてはおもしろいが、しかし道誉はなぜ後醍醐帝に偽って降参し、帝から近江守護職に任じられる必要があったのか。道誉のそんな策謀とは関わりなく、小笠原が近江を撤退した理由は、道誉が「当国をば将軍より給はりたる由」を主張したためである。帝をだました道誉の策謀は、話の展開からすれば、まったく不要だったことになる。

佐々木道誉については、西源院本も、多くの箇所でその策謀家(知略家)ぶりを伝えている。玄玖本、神田本、流布本等の他本では、巻十七「江州軍の事」でも、道誉の策謀家ぶりを強調するのだが、しかし策謀家としての道誉像を描くあまり、これらの諸本では話をおもしろくしすぎたようである。前述した巻十四の後半部分と同様、巻十七「江州軍の事」も、西源院本は話の展開が自然であり、他本にくらべて後出本文とみることはできない。

六　流布本について

西源院本が、玄玖本(神宮徴古館本)や神田本とは別のかたちで、『太平記』の古態を伝えていることを述べた。本文の古態性という点では、西源院本、玄玖本、神田本は、三すくみのような関係にあるが、しかしいずれにせよ、写本で伝わる『太平記』で、校訂や補訂なしで読めるようなテクストは存在しない。さほどの校訂・補訂をせずに読める本は、近世に版行されて流布した流布本のみである。

元和八年(一六二二)以降の製版本に引き継がれた流布本の祖本といえる本は、慶長八年(一六〇三)刊の古活字本である。慶長八年は、徳川家康が清和源氏新田流の由緒のもとに征夷大将軍に任じられた年であり(第六分冊「解説」、参照)、慶長・元和年間に版行された古活字本の『太平記』は、現在知られているものだけで十種類以上をかぞえる。この時期、もっとも版を重ねた『徒然草』で約二十種類である。『太平記』の全四十巻という膨大な分量を考えれば、慶長・元和年間(幕藩国家の草創期である)における『太平記』の需要のほどがうかがえるのだ。

慶長年間の版行時に校訂された流布本には、誤写や脱文が少なく、また誤字・当て字も少ないなど(ほかに、係り結びの乱れも少ない)、かなり整備された本文を持つ。今日一般に読まれている『太平記』も、天正本(やや特異な本文をもつ)を底本とした『新編日本古典文学全集　太平記』(小学館、一九九四—九八年)をのぞけば、『日本古典文学大系　太平記』(岩波書店、一九六〇—六二年)、『角川文庫　太平記』(角川書店、一九七五—八二年。ただし巻十四まで)、『新潮日本古典集成　太平記』(新潮社、一九七七—八八年)など、いずれも流布本を底本としている(近時、玄玖本を底本とする『新訂　太平記』が刊行されつつある〈太平記研究会編、東京堂出版、二〇一三年十月—〉)。

亀田純一郎や高橋貞一によって指摘されたように、流布本は、梵舜本をもとに成った本であり、梵舜本から流布本が成立した経緯は、近年では小秋元段の研究がある。たとえば、古本系の諸本は、前述のように巻二十二を欠いているが、梵舜本は、古本系の巻二十三以降の記事を順次くりあげるなどして巻二十二を作っている。流布本の巻二十二は、梵舜本のそれを引き継いだものだが、天正年間(十六世紀末)に書写された梵舜本の元になった本は、奥書によれば、長享・延徳年間(十五世紀末)に書写された本である(梵舜本巻三十九は、宝徳元年〈一四四九〉の奥書を持つ)。すでに十五世紀には、古本系の巻二十二の欠を補塡した『太平記』テクストが存在したことになるが、そのような梵舜本に、西源院本や南都本系の本文をとり合わせて成ったのが、流布本である。

近世初頭に版行された流布本が、必ずしも近世の本文を持つのではないわけだ。たとえば、この岩波文庫本が底本とした西源院本には、書写時の目移りによる誤脱とみられる箇所が少なくない。そうした箇所は、なるべく神田本や玄玖本などの古本系(第一類、甲類)の本文で補ったが、しかし西源院本の脱文は、流布本でしか補えないような箇所もある。

たとえば、西源院本の巻二「俊基朝臣《としもとあそん》を斬り奉る事」で、俊基処刑後の北の方出家のくだりの脱文は、つぎのように流布本で補訂した。

……連理の契り浅からずして、十年《とせ》余りになりぬるに、夢より外はまたも見ぬ、この世の外の別れと聞きなし、絶え入り悲しみ給ふも理りなり。(四十九日と申すに、形の如く仏事を営みて、北の方、様を変へ、濃き墨染に身をやつし、)柴の庵の明け暮れは、亡夫の菩提を弔ひ給へば、助光は、発心して高野山に閉ぢ籠もり、ひとへに亡君の後生をぞ祈り奉りける。夫婦の契り、君臣の道、亡き跡までも忘れずして、弔ひけるこそあはれなれ。

（　）内の部分は、流布本で補った西源院本の脱文である。この前後は、神田本、玄玖本、簗田本、梵舜本、宝徳本等々では文の続き具合が異なり、ここは流布本でしか補えない脱文箇所である。

あるいは、西源院本の巻三「先皇六波羅還幸の事」で、後醍醐帝が宝剣引き渡しを拒否するくだりの脱文は、つぎのように流布本で補った。

（後醍醐帝）「……宝剣は、武家の輩《ともがら》もし天の罰を顧みずして、玉体に近づき奉る事あらば、自らその刃《やいば》の上に臥させ給はんずるために、暫くも御身を放さるまじきなり」と仰せ出だされければ、東使両人も（六波羅も、言《ことば》なくして退出す。翌日、龍駕を廻らして、）六波羅へ還幸なしまゐらせんとしけるを、前々の臨幸の儀にてなくは還幸なるまじき由を、強ひて仰せ出だされける間、力なく鳳輦《ほうれん》を用意し、……

この箇所も、「六波羅」という字づらに引かれた目移りによる誤脱だが、玄玖本や簗田本ではまったく文の続き具合が異なり(神田本・南都本巻三は欠)、流布本ないしは梵舜本、宝徳本、今川家本、学習院本等によって補える脱文である。

みぎにあげたのは、ほんの一部の例でしかないが、本書の脚注で、「流布本により補う」と注記した箇所は、いずれも流布本(あるいは梵舜本等)によって補える西源院本の脱文である。流布本を一概に後出本文とみることはできないわけだ。

だが、近世初頭の校訂本である流布本には、古本系の本文を独自に改訂したとみられる箇所が少なくない。たとえば、巻十六「正成兵庫に下向し子息に遺訓の事」には、楠正成が、山陽道を東上する足利軍を迎え撃つべく、兵庫へ下向した話が語られる。兵庫へ下向するまえ、正成は足利軍を京に迎え入れて挟撃するように献策し、その献策をうけて諸卿僉義が行われたが、けっきょく後醍醐帝から、兵庫へ下るように再度命じられる。その前後を、西源院本と玄玖本で引用する。

(西源院本)正成、畏まつて奏しけるは、「……(中略)……よくよく御遠慮を廻《めぐ》らされ、公議を定めらるべく候ふらん」と申しければ、「誠にも謂はれあり」とて、諸卿僉議あつて、重ねて仰せられけるは、「征罰のために差し下されたる節刀《せっと》の使ひ、未だ戦はざる先に、帝都を棄てて、……(中略)……ただ時を替へず罷り下るべし」と仰せ出だされければ、正成、「この上は、さのみ異儀を申すに及ばず。……

(玄玖本)正成、畏まつて奏しけるは、「……(中略)……よくよく御遠慮を廻《めぐ》らされ、公議を定めらるべうや候ふらん」と申しければ、誠に軍旅の事は兵に譲らるべき由、諸卿僉義ありけるに、坊門宰相清忠進んで申されけるは、「正成が申す所もその謂はれありと云へども、征罰のために差し下されたる節刀の使ひ、未だ戦はざる先に、帝都を捨てて、……(中略)……ただ時を易へず下さるべきかとこそ存じ候へ」と申されければ、主上、げにもと思し召され、重ねて正成罷り下るべき由を仰せ出ださる。正成は、「さのみ異議を申すに及ばず。……

正成に兵庫下向を命じたのは、西源院本では後醍醐帝だが、玄玖本、神田本、南都本等では、坊門清忠が意見を述べ、帝はそれに同意したかたちになっている(書陵部本、毛利家本、米沢本、今川家本等も同じ)。

この箇所は、梵舜本、学習院本、京大本などが、西源院本とほぼ同文だが、梵舜本では、西源院本の傍線部分「重ねて仰せられけるは」に相当する箇所の横に、小書きで、「坊門宰相清忠進み出でて申されけるは、正成が申す所その謂はれありと云へども」と傍書している。玄玖本や南都本系の本文を、異文として傍書したのだが(梵舜本の巻十六末尾に、天正二十年〈一五九二〉四月の梵舜の校合識語があり、そこに「重ねて類本を以て朱点、脇小書等付け畢んぬ」とある)、その傍書された「脇小書」を本文に組み入れたかたちが、つぎの流布本の本文である。

(流布本)正成、畏まつて奏しけるは、「……(中略)……よくよく遠慮を廻《めぐ》らされて、公儀を定めらるべきにて候ふ」と申しければ、「誠に軍旅の事は兵にゆづられよ」と、諸卿僉義ありけるに、重ねて坊門宰相清忠申されけるは、「正成が申す所もその謂はれありといへども、征罰のために差し下されたる節度使、いまだ戦ひをなさざる前《さき》に、帝都をすてて、……(中略)……ただ時を替へず楠罷り下るべし」とぞ仰せ出だされける。正成、「この上は異議を申すに及ばず、……

流布本のこの箇所は、西源院本ふうの本文をベースとして、そこに梵舜本の「脇小書」を本文に組み入れたかたちである。その結果として、流布本では、「重ねて坊門宰相清忠申されけるは……」と語り出された正成への命令が、「……とぞ仰せ出だされける」(発話主体は後醍醐帝)で結ばれるという、ねじれた文になっている。正成の兵庫下向を語るこの一節は、流布本では二種の本文を合成したため、文脈に齟齬をきたしたわけだ(ついでに言えば、西源院本では、帝の命をうけた正成の決意の言葉が、一般に読まれている流布本とは相違するが、西源院本のこの箇所は、玄玖本や米沢本等とほぼ同文である)。

巻九「五月七日合戦の事」で、京へ迫る後醍醐方の軍勢にたいして、六波羅方が軍勢を手分けする箇所は、流布本ではつぎのようにある。

さる程に、六波羅には、六万余騎を三手《みて》に分けて、一手《ひとて》をば、神祇官の前にひかへさせて、足利殿を防かせらる。一手をば、東寺へ差し向けて、赤松を防かせらる。一手をば、伏見の上へ向けて、千種殿の寄せらるる竹田、伏見を支へらる。

傍線部分は、西源院本(および玄玖本、書陵部本、宝徳本、米沢本等)にはなく、流布本(および梵舜本、南都本、毛利家本、今川家本等)の補入箇所である。この補入は、前文に「六波羅には、六万余騎を三手に分けて」とあるのを受けたものだが、しかしこの本文によれば、三手に分けた軍勢がすべて出払ってしまうことになり、六波羅本陣を守る軍勢がいなくなる。流布本等の傍線部分の補入は、「三手に分けて」を受けた不用意な誤りである(なお、神田本、天正本のこの箇所は、人名を独自に増補した特異な本文になっている)。

流布本にはまた、中世末にはあまり使われなくなった語を、ほかの語に改めた例、あるいは文意のやや通りにくい箇所を、通りやすく改めた例なども少なくない。二、三の例をあげておくと、巻六「楠天王寺に出づる事」は、湯浅城を攻める楠正成が、敵が城内に兵糧を運び入れるのに勘づき、それを途中で奪い取る話がある。西源院本には、

楠、これを風取《かざど》つて、兵を道の切所《せっしょ》へ差し遣はし、悉くこれを奪ひ取つてけり。

とあり、玄玖本や南都本、宝徳本、天正本もほぼ同文である(神田本巻六は欠)。「かざどる(風取る)」は、あまり用例のない語だが、『日本国語大辞典』は、「かぎつける、察

知する、の意か」として、用例を『愚管抄』から二例あげている。中世に行われた口語的な語彙かと思われるが、このやや意味の通りにくい箇所を、流布本や梵舜本(および毛利家本、米沢本、今川家本等)では、「楠、風《ほのか》に聞いて……」と改めている。意味の通りにくい言い回しを、通りやすく改めた例である。

巻二十三「土岐御幸に参向し狼藉を致す事」で、光明帝・光厳院の御幸に狼藉をはたらいた土岐頼遠らのふるまいに、足利直義は激怒する。直義の怒りを伝え聞いた頼遠らは本国へ逃げ下るが、西源院本は、つぎのように記す(神田本、玄玖本、書陵部本、学習院本、毛利家本等もほぼ同文)。

頼遠、行春等《ら》、伝へ聞いて、事悪しとや思ひけん、跡を暗うして、皆己《おの》が本国へ逃げ下る。

傍線部分「跡を暗うして」(「跡を暗くして」の音便。底本「跡ヲ暗シテ」、神田本「跡ヲくらふして」)は、『日本国語大辞典』および『時代別国語大辞典 室町時代編』では、『源氏物語』『今昔物語集』『宇治拾遺物語』などの用例をあげ、意味は「跡を暗ます」

に同じとする。また、「跡を暗ます」については、その一つ古い語形として、「跡を暗む」の用例を鎌倉中期の『古今著聞集』からあげている。「跡を暗らす(暗くす)」は、「跡を暗む」をへて、南北朝期あたりを境に、しだいに「跡を暗ます」へ交替した語と思われるが(なお、『日葡辞書』に、「Atouo curamacasu(跡を暗まかす)」とある)、南都本(同系統の簗田本、相承院本)や今川家本は、みぎの傍線部分を「跡を暗まして」と改めており、流布本や梵舜本(および米沢本、天正本等)は、

頼遠も行春も、かくては事悪しかりなんと思ひければ、皆己《おの》が本国へぞ逃げ下りける。

とあり、あまり使われなくなった「跡を暗らして」という語そのものを削除している。巻三十六「南方勢即ち没落、越前匠作禅門《えちぜんしょうさくぜんもん》上洛の事」では、足利尊氏との反目で南朝方となっていた斯波道朝《どうちょう》(高経《たかつね》)が将軍方に帰参し、道朝の子息氏頼《うじより》が、近江武佐寺の将軍義詮の陣営に加わったことが記される。西源院本で引用すれば、

さらば、やがて都へ攻め上れとて、越前修理大夫入道《えちぜんしゅりのだいぶにゅうどう》、連々誘《れんれんこしら》へられければ、吉野より降参治定《じじょう》にして、道朝の子息左衛門佐《さえもんのすけ》(注、氏頼)三千余騎、近江の武佐寺へ馳せ参る。

傍線を引いた箇所は、文意がやや読み取りにくい(玄玖本、神田本、南都本等の古本系本文は、ほぼ同文)。流布本や梵舜本(および書陵部本、学習院本、毛利家本、米沢本、今川家本、天正本等)では、この箇所をつぎのように改めている。

さらば、やがて京へ攻め上れとて、越前修理大夫入道道朝の子息左衛門佐以下、三千余騎にて近江の武佐寺へ馳せ参る。

古本系の傍線部分を削除したことで、文意は通りやすくなったが、しかしそれによって、斯波道朝が「連々《れんれん》」(しきりに)説得されて、将軍方に「降参」したという事実関係も削除されている。

流布本は、古本系本文の特徴も伝えるいっぽうで、すでに指摘されるように、流布本の前段階の梵舜本等の改訂・増補を引き継いだ箇所、また慶長年間の版行時の改訂とみられる箇所も枚挙にいとまがない。流布本に誤写や脱字・脱文、誤字・当て字等が比較的少ないのは、近世の版行時の校訂によるだろう。そのかぎりで、さほどの校訂や補訂をせずに読める『太平記』テクストは、たしかに流布本のみといってよいのだが、しかし南北朝・室町期のテクストとして『太平記』を読むなら、流布本に拠ることにはやはり問題があるだろう。

七　むすび

『太平記』の編成上の古態を伝えるテクストは、従来の研究でいわれてきたように、巻二十二を欠く西源院本、玄玖本(同系統の神宮徴古館本)、神田本などの、古本系(第一類、甲類)の諸本である。この三種の本は、それぞれに古いかたちを伝えるいっぽうで、独自の改変箇所や誤写・誤脱もあり、古態性という点では、いわば三すくみのような関係にある。

そのなかで、神田本は、複数の本文を合成した未整理な(一種の「草案」本のような)

箇所が多く、しかも全二十六巻分しか現存しない。また、玄玖本(神宮徴古館本)は、古本系の本文としては後出性のいちじるしい南都本に近似する箇所が多い。玄玖本は、たしかに南都本をも含めた古本系諸本のなかで「中間に位する伝本」(高橋貞一)である。

西源院本は、古本系諸本なかで、ときに孤立した本文をもつ。その孤立した本文には西源院本の改変箇所もあるが、しかしその独自本文に、『太平記』の古態をうかがわせる箇所が少なくない。

はじめにも述べたように、『太平記』の諸本研究にできることは、単一のオリジナルへ遡行することではありえない。前述のように、永和本(巻三十二相当巻のみの零本)の存在から示唆されるオリジナルの複数性というプレモダン(ポストモダン)的な問題の可能性には十分注意したいが、しかしにもかかわらず、どのテクストで南北朝・室町期の『太平記』を読むかという問いは残されるのである。

この第四分冊「解説」では、本文の先後関係を判定しうる記事を中心に検討し、本書岩波文庫本が底本として使用した西源院本が、相対的(総体的)に『太平記』の古形・古態を保持していることを述べた。いずれにせよ、西源院本は、応永年間(室町初期)に書写され、大永・天文年間(室町後期)に転写された『太平記』の古写本である。南北朝・

室町期の『太平記』を代表しうるテクストとして、ここに校訂して刊行するしだいである。

〈主要参考文献〉

亀田純一郎「太平記」『岩波講座　日本文学』岩波書店、一九三二年
鷲尾順敬「西源院本太平記解説」『西源院本太平記』刀江書院、一九三六年
高乗勲「永和書写本太平記(零本)について」『国語国文』一九五五年九月
後藤丹治・釜田喜三郎「解説」『日本古典文学大系　太平記(一)』岩波書店、一九六〇年
鈴木登美恵「太平記諸本の先後関係」『文学・語学』第四十号、一九六六年
久曾神昇・長谷川端「神田本太平記解題」『神田本太平記』汲古書院、一九七二年
鈴木登美恵「玄玖本太平記解題」『玄玖本太平記』勉誠社、一九七三―七五年
高橋貞一「解説　太平記の古態本について」『新校太平記(下)』思文閣出版、一九七六年
高橋貞一『太平記諸本の研究』思文閣出版、一九八〇年
長谷川端『太平記の研究』汲古書院、一九八二年
長坂成行「宝徳本『太平記』復元考」『奈良大学紀要』第十四号、一九八五年
長坂成行「宝徳本『太平記』巻三十三本文劄記」『奈良大学紀要』第十五号、一九八六年

長谷川端・加美宏・大森北義・長坂成行「神宮徴古館本『太平記』解題」『神宮徴古館本太平記』和泉書院、一九九四年
小秋元段『太平記・梅松論の研究』汲古書院、二〇〇五年
小秋元段『太平記と古活字版の時代』新典社、二〇〇六年
長坂成行『伝存太平記写本総覧』和泉書院、二〇〇八年
小秋元段・北村昌幸・長坂成行・和田琢磨「解説」『校訂京大本　太平記(下)』勉誠出版、二〇一一年
今井正之助「永和本『太平記』の復権」『国学院雑誌』二〇一三年十一月
『太平記』国際研究集会編『『太平記』をとらえる　第一巻』笠間書院、二〇一四年

太《たい》平《へい》記《き》（四）〔全6冊〕

2015年10月16日　第1刷発行
2022年 5 月25日　第5刷発行

校注者　兵藤裕己《ひょうどうひろみ》

発行者　坂本政謙

発行所　株式会社 岩波書店
〒101-8002 東京都千代田区一ツ橋 2-5-5

案内 03-5210-4000　営業部 03-5210-4111
文庫編集部 03-5210-4051
https://www.iwanami.co.jp/

印刷 製本・法令印刷　カバー・精興社

ISBN 978-4-00-301434-9　Printed in Japan

読書子に寄す

――岩波文庫発刊に際して――

岩波茂雄

真理は万人によって求められることを自ら欲し、芸術は万人によって愛されることを自ら望む。かつては民を愚昧ならしめるために学芸が最も狭き堂宇に閉鎖されたことがあった。今や知識と美とを特権階級の独占より奪い返すことはつねに進取的なる民衆の切実なる要求である。岩波文庫はこの要求に応じそれに励まされて生まれた。それは生命ある不朽の書を少数者の書斎と研究室とより解放して街頭にくまなく立たしめ民衆に伍せしめるであろう。近時大量生産予約出版の流行を見る。その広告宣伝の狂態はしばらくおくも、後代にのこすと誇称する全集がその編集に万全の用意をなしたるか。千古の典籍の翻訳企図に敬虔の態度を欠かざりしか。さらに分売を許さず読者を繋縛して数十冊を強うるがごとき、はたしてその揚言する学芸解放のゆえんなりや。吾人は天下の名士の声に和してこれを推挙するに躊躇するものである。このときにあたって、岩波書店は自己の責務のいよいよ重大なるを思い、従来の方針の徹底を期するため、すでに十数年以前より志して来た計画を慎重審議この際断然実行することにした。吾人は範をかのレクラム文庫にとり、古今東西にわたって文芸・哲学・社会科学・自然科学等種類のいかんを問わず、いやしくも万人の必読すべき真に古典的価値ある書をきわめて簡易なる形式において逐次刊行し、あらゆる人間に須要なる生活向上の資料、生活批判の原理を提供せんと欲する。この文庫は予約出版の方法を排したるがゆえに、読者は自己の欲する時に自己の欲する書物を各個に自由に選択することができる。携帯に便にして価格の低きを最主とするがゆえに、外観を顧みざるも内容に至っては厳選最も力を尽くし、従来の岩波出版物の特色をますます発揮せしめようとする。この計画たるや世間の一時の投機的なるものと異なり、永遠の事業として吾人は微力を傾倒し、あらゆる犠牲を忍んで今後永久に継続発展せしめ、もって文庫の使命を遺憾なく果たさしめることを期する。芸術を愛し知識を求むる士の自ら進んでこの挙に参加し、希望と忠言とを寄せられることは吾人の熱望するところである。その性質上経済的には最も困難多きこの事業にあえて当たらんとする吾人の志を諒として、その達成のため世の読書子とのうるわしき共同を期待する。

昭和二年七月

《日本文学(古典)》〔黄〕

- 古事記 — 倉野憲司校注
- 日本書紀 全五冊 — 坂本太郎・家永三郎・井上光貞・大野晋校注
- 万葉集 全五冊 — 佐竹昭広・山田英雄・工藤力男・大谷雅夫・山崎福之校注
- 原文 万葉集 全二冊 — 佐竹昭広・山田英雄・工藤力男・大谷雅夫・山崎福之校注
- 竹取物語 — 阪倉篤義校訂
- 伊勢物語 — 大津有一校注
- 玉造小町子壮衰書 —小野小町物語 — 杤尾武校注
- 古今和歌集 — 佐伯梅友校注
- 土左日記 — 紀貫之 鈴木知太郎校注
- 蜻蛉日記 — 今西祐一郎校注
- 紫式部日記 — 池田亀鑑・秋山虔校注
- 源氏物語 全九冊(既刊八冊) — 柳井滋・室伏信助・大朝雄二・鈴木日出男・藤井貞和・今西祐一郎校注
- 枕草子 — 池田亀鑑校訂
- 更級日記 — 西下経一校注
- 今昔物語集 全四冊 — 池上洵一編
- 三条西家本 栄花物語 全三冊 — 三条西公正校訂
- 堤中納言物語 — 大槻修校注
- 西行全歌集 — 久保田淳・吉野朋美校注
- 梅沢本 古本説話集 — 川口久雄校訂
- 後拾遺和歌集 — 久保田淳・平田喜信校注
- 詞花和歌集 — 工藤重矩校注
- 古語拾遺 — 斎部広成撰 西宮一民校注
- 王朝漢詩選 — 小島憲之編
- 落窪物語 — 藤井貞和校注
- 新訂 方丈記 — 市古貞次校注
- 新訂 新古今和歌集 — 佐佐木信綱校訂
- 新訂 徒然草 — 西尾実・安良岡康作校注
- 平家物語 全四冊 — 梶原正昭・山下宏明校注
- 神皇正統記 — 北畠親房 岩佐正校注
- 義経記 — 島津久基校訂
- 御伽草子 全二冊 — 市古貞次校注
- 王朝秀歌選 — 樋口芳麻呂校注
- 定家八代抄 —続王朝秀歌選 全二冊 — 樋口芳麻呂・後藤重郎校注
- 中世なぞなぞ集 — 鈴木棠三編
- 謡曲選集 読む能の本 — 野上豊一郎編
- 東関紀行・海道記 — 玉井幸助校訂
- おもろさうし — 外間守善校注
- 太平記 全六冊 — 兵藤裕己校注
- 好色五人女 — 井原西鶴 東明雅校註
- 武道伝来記 — 井原西鶴 前田金五郎・横山重校注
- 西鶴文反古 — 井原西鶴 片岡良一校訂
- 芭蕉紀行文集 付 嵯峨日記 — 中村俊定校注
- 芭蕉 おくのほそ道 付 曾良旅日記・奥細道菅菰抄 — 萩原恭男校注
- 芭蕉俳句集 — 中村俊定校注
- 芭蕉連句集 — 中村俊定・萩原恭男校注
- 芭蕉書簡集 — 萩原恭男校注
- 芭蕉文集 — 潁原退蔵編註
- 芭蕉俳文集 全二冊 — 堀切実編注
- 芭蕉自筆 奥の細道 — 上野洋三・櫻井武次郎校注
- 蕪村俳句集 付 春風馬堤曲 他二篇 — 尾形仂校注

蕪村七部集　伊藤松宇校訂

蕪村文集　藤田真一編注

国性爺合戦・鑓の権三重帷子　近松門左衛門　和田万吉校訂

折たく柴の記　新井白石　松村明校注

東海道四谷怪談　鶴屋南北　河竹繁俊校訂

鶉衣　全二冊　横井也有　堀切実校注

近世畸人伝　伴蒿蹊　森銑三校註

うひ山ふみ・鈴屋答問録　本居宣長　村岡典嗣校訂

排蘆小船・石上私淑言　―宣長「物のあはれ」歌論　本居宣長　子安宣邦校注

雨月物語　上田秋成　長島弘明校注

宇下人言　修行録　松平定信　松平定光校訂

訳註 良寛詩集　大島花束　原田勘平訳註

新訂 一茶俳句集　丸山一彦校注

一茶 父の終焉日記・おらが春 他一篇　矢羽勝幸校注

増補 俳諧歳時記栞草　全二冊　曲亭馬琴編　藍亭青藍補　堀切実校注

近世物之本江戸作者部類　曲亭馬琴　徳田武校注

北越雪譜　鈴木牧之編撰　京山人百樹刪定　岡田武松校訂

東海道中膝栗毛　全二冊　十返舎一九　麻生磯次校注

浮世床　式亭三馬　和田万吉校訂

梅暦　全二冊　為永春水　古川久校訂

日本民謡集　町田嘉章　浅野建二編

誹諧 武玉川　全四冊　山澤英雄校訂

芭蕉臨終記 花屋日記　付 芭蕉翁終焉記・前後日記・行状記　小宮豊隆校訂

醒睡笑　全二冊　安楽庵策伝　鈴木棠三校注

与話情浮名横櫛　切られ与三　瀬川如皐　河竹繁俊校訂

江戸怪談集　全三冊　高田衛編・校注

柳多留名句選　山澤英雄選　粕谷宏紀校注

橘曙覧全歌集　水島直文　橋本政宣編注

万治絵入本 伊曾保物語　武藤禎夫校注

鬼貫句選・独ごと　復本一郎校注

井月句集　復本一郎編

花見車・元禄百人一句　雲英末雄　佐藤勝明校注

江戸漢詩選　全二冊　揖斐高編訳

《日本思想》〔青〕

風姿花伝　（花伝書）　世阿弥　野上豊一郎　西尾実校訂

五輪書　宮本武蔵　渡辺一郎校注

政談　荻生徂徠　辻達也校注

葉隠　全三冊　山本常朝　和辻哲郎　古川哲史校訂

養生訓・和俗童子訓　貝原益軒　石川謙校訂

貝原益軒 大和俗訓　石川謙校訂

町人嚢・百姓嚢・長崎夜話草　西川如見　飯島忠夫　西川忠幸校訂

日本水土考・水土解弁・増補華夷通商考　西川如見　飯島忠夫　西川忠幸校訂

蘭学事始　杉田玄白　緒方富雄校註

吉田松陰書簡集　広瀬豊編

島津斉彬言行録　牧野伸顕序

塵劫記　吉田光由　大矢真一校注

兵法家伝書　付 新陰流兵法目録事　柳生宗矩　渡辺一郎校注

南方録　西山松之助校注

長崎版 どちりな きりしたん　海老沢有道校註

仙境異聞・勝五郎再生記聞　平田篤胤　子安宣邦校注

- 茶湯一会集・閑夜茶話　井伊直弼／戸田勝久校注
- 新訂 海舟座談　巌本善治編／勝部真長校注
- 西郷南洲遺訓 附 手抄言志録及遺文　山田済斎編
- 文明論之概略　福沢諭吉／松沢弘陽校注
- 新訂 福翁自伝　富田正文校訂
- 学問のすゝめ　福沢諭吉
- 福沢諭吉家族論集　中村敏子編
- 日本道徳論　西村茂樹／吉田熊次校
- 新島襄の手紙　同志社編
- 新島襄 教育宗教論集　同志社編
- 新島襄自伝 —手記・紀行文・日記　同志社編
- 近時政論考　陸羯南
- 日本の下層社会　横山源之助
- 中江兆民 三酔人経綸問答　桑原武夫・島田虔次訳・校注
- 中江兆民評論集　松永昌三編
- 憲法義解　伊藤博文／宮沢俊義校註
- 日本開化小史　田口卯吉／嘉治隆一校訂

- 新訂 蹇蹇録 —日清戦争外交秘録　陸奥宗光／中塚明校注
- 茶の本　岡倉覚三／村岡博訳
- 新撰讃美歌　植村正久・奥野昌綱・松山高吉編
- 武士道　新渡戸稲造／矢内原忠雄訳
- 余はいかにしてキリスト信徒となりしか　内村鑑三／鈴木範久訳
- 代表的日本人　内村鑑三／鈴木範久訳
- 後世への最大遺物・デンマルク国の話　内村鑑三
- 宗教座談　内村鑑三
- ヨブ記講演　内村鑑三
- 足利尊氏　山路愛山
- 徳川家康 全二冊　山路愛山
- 豊臣秀吉 全二冊　山路愛山
- 妾の半生涯　福田英子
- 善の研究　西田幾多郎
- 思索と体験　西田幾多郎
- 続思索と体験・『続思索と体験』以後　西田幾多郎
- 西田幾多郎哲学論集 I —場所・私と汝 他六篇　上田閑照編

- 西田幾多郎哲学論集 II —論理と生命 他四篇　上田閑照編
- 西田幾多郎哲学論集 III —自覚について 他四篇　上田閑照編
- 西田幾多郎随筆集　上田閑照編
- 西田幾多郎歌集　上田薫編
- 西田幾多郎講演集　田中裕編
- 西田幾多郎書簡集　藤田正勝編
- 帝国主義　幸徳秋水／山泉進校注
- 麵麭の略取　クロポトキン／幸徳秋水訳
- 基督抹殺論　幸徳秋水
- 日本の労働運動　片山潜
- 吉野作造評論集　岡義武編
- 貧乏物語　河上肇／大内兵衛解題
- 河上肇評論集　杉原四郎編
- 西欧紀行 祖国を顧みて　河上肇
- 中国文明論集　宮崎市定／礪波護編
- 中国史 全二冊　宮崎市定
- 大杉栄評論集　飛鳥井雅道編

書名	著者
女工哀史	細井和喜蔵
奴隷 —小説・女工哀史1	細井和喜蔵
工場 —小説・女工哀史2	細井和喜蔵
初版 日本資本主義発達史 全二冊	野呂栄太郎
寒村自伝 全二冊	荒畑寒村
谷中村滅亡史	荒畑寒村
遠野物語・山の人生	柳田国男
青年と学問	柳田国男
木綿以前の事	柳田国男
こども風土記・母の手毬歌	柳田国男
不幸なる芸術・笑の本願	柳田国男
海上の道	柳田国男
婚姻の話	柳田国男
都市と農村	柳田国男
十二支考 全二冊	南方熊楠
特命全権大使 米欧回覧実記 全五冊	久米邦武編 田中彰校注
明治維新史研究	羽仁五郎

書名	著者
古寺巡礼	和辻哲郎
風土 —人間学的考察	和辻哲郎
イタリア古寺巡礼	和辻哲郎
和辻哲郎随筆集	坂部恵編
倫理学 全四冊	和辻哲郎
人間の学としての倫理学	和辻哲郎
日本倫理思想史 全四冊	和辻哲郎
時と永遠 他八篇	波多野精一
宗教哲学序論・宗教哲学	波多野精一
「いき」の構造 他二篇	九鬼周造
九鬼周造随筆集	菅野昭正編
偶然性の問題	九鬼周造
時間論 他二篇	九鬼周造 小浜善信編
復讐と法律	穂積陳重
パスカルにおける人間の研究	三木清
古代国語の音韻に就いて 他二篇	橋本進吉
漱石詩注	吉川幸次郎

書名	著者
吉田松陰	徳富蘇峰
林達夫評論集	中川久定編
新版 きけわだつみのこえ —日本戦没学生の手記	日本戦没学生記念会編
新版第二集 きけわだつみのこえ —日本戦没学生の手記	日本戦没学生記念会編
君たちはどう生きるか	吉野源三郎
地震・憲兵・火事・巡査	山崎今朝弥 森長英三郎編
懐旧九十年	石黒忠悳
武家の女性	山川菊栄
覚書 幕末の水戸藩	山川菊栄
おんな二代の記	山川菊栄
忘れられた日本人	宮本常一
家郷の訓	宮本常一
大阪と堺	三浦周行 朝尾直弘編
新編 歴史と人物	三浦周行 林屋辰三郎 朝尾直弘編
国家と宗教 —ヨーロッパ精神史の研究	南原繁
石橋湛山評論集	松尾尊兊編
湛山回想	石橋湛山

《哲学・教育・宗教》〔青〕

ソクラテスの弁明・クリトン　プラトン　久保勉訳
ゴルギアス　プラトン　加来彰俊訳
饗宴　プラトン　久保勉訳
テアイテトス　プラトン　田中美知太郎訳
パイドロス　プラトン　藤沢令夫訳
メノン　プラトン　藤沢令夫訳
国家　全二冊　プラトン　藤沢令夫訳
プロタゴラス　—ソフィストたち　プラトン　藤沢令夫訳
パイドン　—魂の不死について　プラトン　岩田靖夫訳
アナバシス　—敵中横断六〇〇〇キロ　クセノポン　松平千秋訳
アリストテレス　ニコマコス倫理学　全二冊　高田三郎訳
アリストテレス　形而上学　全二冊　出隆訳
アリストテレス　弁論術　戸塚七郎訳
アリストテレース詩学・ホラーティウス詩論　松本仁助・岡道男訳
物の本質について　ルクレーティウス　樋口勝彦訳
エピクロス　—教説と手紙　出隆・岩崎允胤訳

生の短さについて　他二篇　セネカ　大西英文訳
怒りについて　他二篇　セネカ　兼利琢也訳
エピクテトス　人生談義　全二冊　國方栄二訳
マルクス・アウレーリウス　自省録　神谷美恵子訳
老年について　キケロー　中務哲郎訳
友情について　キケロー　中務哲郎訳
弁論家について　全二冊　キケロー　大西英文訳
キケロー書簡集　高橋宏幸編
方法序説　デカルト　谷川多佳子訳
哲学原理　デカルト　桂寿一訳
精神指導の規則　デカルト　野田又夫訳
情念論　デカルト　谷川多佳子訳
パンセ　全三冊　パスカル　塩川徹也訳
知性改善論　スピノザ　畠中尚志訳
スピノザ　エチカ　(倫理学)　全二冊　畠中尚志訳
モナドロジー　他二篇　ライプニッツ　谷川多佳子・岡部英男訳
学問の進歩　ベーコン　服部英次郎・多田英次訳

ハイラスとフィロナスの三つの対話　バークリ　戸田剛文訳
市民の国について　全二冊　ヒューム　小松茂夫訳
自然宗教をめぐる対話　ヒューム　犬塚元訳
人間機械論　ド・ラ・メトリ　杉捷夫訳
聖トマス　形而上学叙説　—有と本質とに就いて　高桑純夫訳
エミール　全三冊　ルソー　今野一雄訳
ルソー　告白　全三冊　桑原武夫訳
孤独な散歩者の夢想　ルソー　今野一雄訳
人間不平等起原論　ルソー　本田喜代治・平岡昇訳
ルソー　社会契約論　桑原武夫・前川貞次郎訳
政治経済論　ルソー　河野健二訳
学問芸術論　ルソー　前川貞次郎訳
演劇について　—ダランベールへの手紙　ルソー　今野一雄訳
言語起源論　—旋律と音楽的模倣について　ルソー　増田真訳
ディドロ、ダランベール編　百科全書　—序論および代表項目　桑原武夫訳編
ディドロ　絵画について　佐々木健一訳
道徳形而上学原論　カント　篠田英雄訳

- 啓蒙とは何か 他四篇　カント　篠田英雄訳
- 純粋理性批判 全三冊　カント　篠田英雄訳
- カント 実践理性批判　波多野精一・宮本和吉・篠田英雄訳
- 判断力批判 全二冊　カント　篠田英雄訳
- 永遠平和のために　カント　宇都宮芳明訳
- プロレゴメナ　カント　篠田英雄訳
- 学者の使命・学者の本質　フィヒテ　宮崎洋三訳
- シュライエルマッハー 独白　木場深定訳
- 哲学史序論 —哲学と哲学史　ヘーゲル　武市健人訳
- ヘーゲル 政治論文集 全二冊　金子武蔵訳
- 歴史哲学講義 全二冊　ヘーゲル　長谷川宏訳
- 法の哲学 —自然法と国家学の要綱　ヘーゲル　上妻精・佐藤康邦・山田忠彰訳
- 人間的自由の本質　シェリング　西谷啓治訳
- 自殺について 他四篇　ショウペンハウエル　斎藤信治訳
- 読書について 他二篇　ショウペンハウエル　斎藤忍随訳
- 知性について 他四篇　ショーペンハウエル　細谷貞雄訳
- 将来の哲学の根本命題 他二篇　フォイエルバッハ　松村一人・和田楽訳

- 反復　キルケゴール　桝田啓三郎訳
- 不安の概念　キェルケゴール　斎藤信治訳
- 死に至る病　キェルケゴール　斎藤信治訳
- 体験と創作 全二冊　ディルタイ　柴田治三郎・小牧健夫訳
- 眠られぬ夜のために 全二冊　ヒルティ　草間平作・大和邦太郎訳
- 幸福論 全三冊　ヒルティ　草間平作・大和邦太郎訳
- 悲劇の誕生　ニーチェ　秋山英夫訳
- ツァラトゥストラはこう言った 全二冊　ニーチェ　氷上英廣訳
- 道徳の系譜　ニーチェ　木場深定訳
- 善悪の彼岸　ニーチェ　木場深定訳
- この人を見よ　ニーチェ　手塚富雄訳
- プラグマティズム　W・ジェイムズ　桝田啓三郎訳
- 宗教的経験の諸相 全二冊　W・ジェイムズ　桝田啓三郎訳
- 純粋現象学及現象学的哲学考案 全二冊　フッセル　池上鎌三訳
- デカルト的省察　フッサール　浜渦辰二訳
- 愛の断想・日々の断想　ジンメル　清水幾太郎訳
- 笑い　ベルクソン　林達夫訳

- 物質と記憶　ベルクソン　熊野純彦訳
- 時間と自由　ベルクソン　中村文郎訳
- ラッセル教育論　安藤貞雄訳
- ラッセル幸福論　安藤貞雄訳
- 存在と時間 全四冊　ハイデガー　熊野純彦訳
- 学校と社会　デューイ　宮原誠一訳
- 民主主義と教育 全二冊　デューイ　松野安男訳
- 歴史と自然科学・道徳の原理に就て・聖 「プレルーディエン」より　ヴィンデルバント　篠田英雄訳
- 我と汝・対話　マルティン・ブーバー　植田重雄訳
- アラン 幸福論　神谷幹夫訳
- アラン 定義集　神谷幹夫訳
- 英語発達小史　H・ブラッドリ　寺澤芳雄訳
- 日本の弓術　オイゲン・ヘリゲル述　柴田治三郎訳
- 饒舌について 他五篇　プルタルコス　柳沼重剛訳
- ことばのロマンス —英語の語源　ウィークリー　寺澤芳雄・出淵博訳
- 天才・悪　ブレンターノ　篠田英雄訳
- 人間の頭脳活動の本質 他一篇　ディーツゲン　小松摂郎訳

プラトン入門　R・S・ブラック　内山勝利訳
ハリネズミと狐 ―『戦争と平和』の歴史哲学　バーリン　河合秀和訳
論理哲学論考　ウィトゲンシュタイン　野矢茂樹訳
自由と社会的抑圧　シモーヌ・ヴェイユ　冨原眞弓訳
根をもつこと　全二冊　シモーヌ・ヴェイユ　冨原眞弓訳
重力と恩寵　シモーヌ・ヴェイユ　冨原眞弓訳
全体性と無限　全二冊　レヴィナス　熊野純彦訳
啓蒙の弁証法 ―哲学的断想　M・ホルクハイマー　T・W・アドルノ　徳永恂訳
ヘーゲルからニーチェへ ―十九世紀思想における革命的断絶　全二冊　レーヴィット　三島憲一訳
統辞構造論 付『言語理論の論理構造』序論　チョムスキー　福井直樹　辻子美保子訳
統辞理論の諸相 方法論序説　チョムスキー　福井直樹　辻子美保子訳
言語変化という問題 ―共時態、通時態、歴史　E・コセリウ　田中克彦訳
快楽について　ロレンツォ・ヴァッラ　近藤恒一訳
古代懐疑主義入門 判断保留の十の方式　J・アナス　J・バーンズ　金山弥平訳
ヨーロッパの言語　アントワーヌ・メイエ　西山教行訳
ニーチェ みずからの時代と闘う者　ルドルフ・シュタイナー　高橋巖訳
人間精神進歩史　全二冊　コンドルセ　渡辺誠訳

人間の教育　全二冊　フレーベル　荒井武訳
フレーベル自伝　長田新訳
旧約聖書 創世記　関根正雄訳
旧約聖書 出エジプト記　関根正雄訳
旧約聖書 ヨブ記　関根正雄訳
旧約聖書 詩篇　関根正雄訳
新約聖書 福音書　塚本虎二訳
文語訳 新約聖書 詩篇付
文語訳 旧約聖書　全四冊
キリストにならいて　トマス・ア・ケンピス　大沢章　呉茂一訳
聖アウグスティヌス 告白　全二冊　服部英次郎訳
アウグスティヌス 神の国　全五冊　服部英次郎　藤本雄三訳
新訳 キリスト者の自由・聖書への序言　マルティン・ルター　石原謙訳
シュヴァイツェル イエスの生涯 メシアと受難の秘密　シュヴァイツェル　波木居齊二訳
キリスト教と世界宗教　シュヴァイツェル　鈴木俊郎訳
水と原生林のはざまで　シュヴァイツェル　野村実訳
コーラン　全三冊　井筒俊彦訳

エックハルト説教集　田島照久編訳
霊操　イグナチオ・デ・ロヨラ　門脇佳吉訳・解説
ムハンマドのことば ハディース　小杉泰編訳
後期資本主義における正統化の問題　ハーバーマス　山田正行・金慧訳
シンボルの哲学 ―理性、祭礼、芸術のシンボル試論　S・K・ランガー　塚本明子訳
ジャック・ラカン 精神分析の四基本概念　全二冊　ジャック＝アラン・ミレール編　小出浩之　新宮一成　鈴木國文　小川豊昭訳

岩波文庫の最新刊

バーリン著／桑野 隆訳
ロシア・インテリゲンツィヤの誕生 他五篇

ゲルツェン、ベリンスキー、トゥルゲーネフ。個人の自由の擁護を徹底して求めた十九世紀ロシアの思想家たちを、深い共感をこめて描き出す。
〔青六八四-四〕 **定価一一一一円**

正岡子規著
仰臥漫録

子規が死の直前まで書きとめた日録。命旦夕に迫る心境が誇張も虚飾もなく綴られる。直筆の素描画を天然色で掲載する改版カラー版。
〔緑一三-五〕 **定価八八〇円**

宗像和重編
鷗外追想

近代日本の傑出した文学者・鷗外。同時代人の回想五五篇から、厳しさと共に細《こま》やかな愛情を持った巨人の素顔が現れる。鷗外文学への最良の道標。
〔緑二〇一-四〕 **定価一一〇〇円**

……今月の重版再開……

トーマス・マン著／青木順三訳
講演集 リヒァルト・ヴァーグナーの苦悩と偉大 他一篇
〔赤四三四-八〕 **定価七二六円**

コンドルセ他著／阪上 孝編訳
フランス革命期の公教育論
〔青七〇一-一〕 **定価一二一〇円**